宋

詩選 송시선

김학주 譯著

책머리에

필자가 번역한 《고문진보(古文眞寶)》 전집(前集 : 명문당, 1986년 간행)을 다시 《중국역대시선(中國歷代詩選)》이란 제하에 간행하면 어떻겠느냐는 제의를 명문당 사장 김동구씨에게 했다가, 이는 우리나라판 《고문진보》의 최초이며 유일한 완역본이니 그럴 수가 없다고 거절당하면서, 오히려 《고문진보》 전집의 시들을 바탕으로 《당시선(唐詩選)》과 《송시선(宋詩選)》을 새로 편찬 번역해 달라는 부탁을 받았다.

필자는 《고문진보》에서 시를 고른 기준을 좋아하고 있는 터이라 그것도 좋은 일이라 생각되어 곧 작업에 착수하였다. 당시는 이미 《고문진보》에도 상당히 많은 양이 실려 있어서 《당시선》의 편찬은 비교적 손쉬운 편이었다. 그러나 이 《송시선》은 거의 처음부터 새로 시작하는 작업이나 같을 정도로 힘이 들었다.

필자의 《중국문학사》(신아사, 1994년 수정판)에서는 일반 중국학자들의 견해와는 달리 북송(北宋)대를 중국전통문학의 발전이 정점에 달했던 시대로 다루고 있다. 중국의 전통문학은 시를 중심으로 발전해왔기 때문에, 그것은 중국시의 발전이 북송대에 정점에 이르렀음을 뜻하게도 된다. 그것은 중국의 옛시라면 당시(唐詩)가 대표하고, 당시는 또 성당(盛唐) 시기의 시가 대표한다고 보는 일반적인 견해와도 어긋나는 것이다.

필자의 《당시선》(명문당 간)을 통해서도 알 수 있듯이, 필자는 당대의 문학도 초당(初唐)·성당(盛唐)보다도 중당(中唐)·만당(晩唐)이 더욱 새로운 발전을 이룬 더 중요한 시대라고 보는 것이다. 그리고 중당과 만당의 새로운 변화와 발전은 북송대로 이어져 더욱 큰 성과를 이루고 있는 것이다. 따라서 남송(南宋) 이후의 시대는 중국 전통문학의 침체 내지는 변질의 시대로 접어든다.

따라서 중국의 대시인을 말할 적에도 일반적으로는 이백(李白)·두보(杜甫)·왕유(王維)를 들지만, 필자는 북송의 구양수(歐陽修)·소식(蘇軾)·왕안석(王安石) 등이 그들보다도 훨씬 위대한 문호(文豪)라 생각하고 있다.

송시는 당시처럼 아름답고 멋진 것이나 격정(激情)만을 추구하지 않고, 자기 생활 주변의 모든 문제를 시로 다루어 내용이 훨씬 다양하다. 작가정신에도 보다 투철하여 그의 시대나 사회의 문제 등도 보다

진지하게 다루고 있고, 문장에도 개성이 있다.

작가들을 비교해 보더라도 이백은 술과 달을 좋아하며 호탕한 감정을 악부체(樂府體)와 절구(絕句)로 멋진 시를 짓고 있다. 그러나 시대의식이나 작가정신은 말할 것도 없고 그밖의 업적이란 별것이 없다. 두보는 중당(中唐) 시인으로 봄이 옳은 작가여서 다른 당대의 시인들보다는 시대를 반영하는 시를 쓰고, 개성적인 작품을 추구하기도 하였다. 그러나 그도 율시와 고시에 뛰어날 뿐 그밖의 업적은 대단치 않다. 왕유는 백성들이 내란에 시달리어 고통을 받고 있을 적에 장안(長安) 교외에 별장이나 지어놓고 아름다운 자연이나 노래한 사람이며, 청(清) 초의 고염무(顧炎武)가 《일지록(日知錄)》 권19 문사기인(文辭欺人) 조에서 '안록산(安祿山)의 난' 때 난적(亂賊) 안록산을 찬양하는 시를 지은 형편없는 위인임을 지적하고 있다.

이들에 비하여 송대의 문인들은 자기 주변의 온갖 문제들을 그 시제에 적절한 여러 가지 형식으로 자신의 개성을 살리어 시를 짓고 있다. 이들은 그 시대의 문제를 시로 읊을 뿐만이 아니라 모두 직접 정계로 나가 세상을 바로잡아보려고 노력도 하고 있다. 그리고 시뿐만이 아니라 사(詞)와 온갖 산문(散文)도 잘 지었고, 학문에 있어서도 모두 상당한 업적을 남기고 있다. 그리고 모두 품성이 바르고 세상을 위하여 공헌하려는 몸가짐이어서 후인들에게 모범이 될 만하다. 당대의 시인들은 이들에 비길 수도 없는 소인(小人)에 가까운 인물들이라 할 수 있다.

이 《송시선》에서는 이러한 필자의 생각을 시를 고르는 태도와 그 시의 번역 및 해설을 통하여 드러내 보이고자 하는 욕심을 가지고 편찬에 임하였다. 이러한 충심(衷心)을 이해하면서 이 책을 읽고, 읽은 여러분들의 고견을 거리낌없이 필자에게 전하여 준다면 정말 고마울 것이다. 끝으로 이 자리를 빌어 어려운 출판계의 여건 속에서도 양서의 출판과 문화사업에 대한 열의로 명문당을 운영하고 있는 김동구 사장에게 경의를 표한다.

2012년 3월

김학주 인헌서실에서

II. 북송北宋 후기 시 – 송시宋詩의 전성기

III. 남송南宋의 시 —시 발전의 정체 시작

송시란

어떤 특징을 지닌 시인가?

1. 정치 사회상의 송대의 특징

보통 송시(宋詩)를 얘기할 적의 송(宋)대란 북송(北宋)과 남송(南宋)을 합친 양송(兩宋)을 말한다. 그리고 중국 학자들은 흔히 북송과 남송은 같은 조씨(趙氏)의 나라여서 문화상으로는 별 차이가 없는 나라라 보고 있다. 그러나 필자는 졸저 《중국문학사》(신아사, 2000년 개정판)의 '제3장 중국문학의 시대적 특징'에서 중국문학사의 시기 구분을 논하며 '북송 말년(1126)을 분계로 하여, 앞의 시대를 '고대', 뒤의 시대를 '근대'라 부를 수 있다'고 하였다. 중국 전통문학의 중심을 이루어 온 시는 북송에서 발전의 정점에 달하고, 남송 이후로는 더 이상의 발전을 이룩하지 못하고 정체되는 현상을 보이고 있다는 것이다. 문학뿐만이 아니라 중국문화 전반에 걸쳐 남송부터는 다른 민족의 영향 아래 자신의 전통을 잃고 크게 변질되어가고 있는 것이다.

따라서 북송과 남송은 그 문학의 성격이나 중국문학사상의 위치가 확연히 다르다. 그러나 여기에서는 편의상 남송과 북송의 시를 한데 묶어놓고, 이들 양송의 정치 문화나 문학을 한꺼번에 뭉뚱그리어 논하기로 한다.

송나라는 태조(太祖) 조광윤(趙匡胤, 960~975 재위)이 후주(後周)를 이어받아 나라를 세운 뒤 휘종(徽宗)의 선화(宣和) 7년(1125), 금(金)나라 군대의 침입으로, 다음 해에 흠종(欽宗)이 휘종과 함께 금나라 군대에 잡혀가기까지의 168년간을 북송(北宋), 휘종의 제9자인 고종(高宗, 1127~1162 재위)이 남쪽으로 도망와 즉위한 뒤 원(元)나라의 침입으로 1276년 공제(恭帝) 등이 잡혀가고, 뒤에 패하여 도망하는 길에 세운 단종(端宗)에 이어 제병(帝昺)까지도 죽어 송나라가 완전히 망하기까지의 153년 동안을 남송(南宋)이라 부른다.

북송은 태조에 이어 태종(太宗, 976~997 재위)에 이르는 동안에 중국을 완전히 통일하였다. 그리고 당나라의 쇠망은 중앙정권의 약화 때문이었다고 보고, 여러 가지 제도를 개혁하여 중앙집권을 이룩하고 지방의 병권(兵權)과 재정권(財政權)을 모두 중앙으로 거둬들였다.

태종은 친히 하동(河東)을 정벌하기도 하고 북한(北漢)을 멸하기도 하고 또 요(遼)와 싸움을 하면서도, 한편으로는 숭문원(崇文院)을 세워 장서를 모아들이고 여러 문신들에게 명하여 《태평어람(太平御覽)》·《태평광기(太平廣記)》 등을 편찬케 하는 등 문치(文治)에도 힘썼다. 그 결과 중원의 문물은 다시 꽃을 피우기 시작하여 진종(眞宗, 998~1022 재위)·인종(仁宗, 1023~1063 재위)에 이르러는 수많은 명신(名臣)들이 쏟아져 나오게 되었고,[1] 중국의 문화·학술·문학·예술 등 모든 면에 걸쳐 공전의 발전을 이룩하였다.

북송의 이러한 중앙집권과 문화의 발전은 경제발전이 그 바탕을 이루고 있다. 송대의 경제는 급격한 상공업의 발달이 선도하였다. 특히 수공업을 중심으로 하는 야광(冶鑛)·무기·주전(鑄錢)·방직·자기(瓷器)·칠기(漆器)·제차(製茶)·제지·인쇄 등의 발달은 전에 볼 수 없었던 성황이었다. 상업은 도시를 번성케 하여 당시의 변경(汴京, 지금의 開封, 河南)·성도(成都, 四川)·흥원(興元, 陝西 南鄭) 같은 곳은 국내 상업의 중심지로 번영하였고, 광주(廣州, 廣東)·천주(泉州, 福建)·명주(明州, 浙江 寧波)·항주(杭州, 浙江) 같은 곳은 유명한 국제적인 무역도시로 발전하였다. 맹원로(孟元老, 1126 전후)의 《동경몽화록(東京夢華錄)》에는 당시의 수도 변경(汴京, 開封)의 번화를 극했던 여러 가지 실상이 잘 그려져 있다.

그러나 한편 중앙을 위주로 한 여러 가지 제도의 개혁은 관제와 군제 및 그 운영에 많은 문제와 모순을 드러내었다. 군대에는 쓸데없는 인원이 너무 많은 위에 중앙에서 멋대로 명령을 내리다 보니 부대의 이동이 너무 잦았고, 군권을 유지하려다 보니 상여(賞與)가 너무 많은 등의 폐단이 있었다. 그리고 행정면에 있어서도 과거제도를 공정히 개혁하여 많은 성과를 거두기도 하였으나 너무 많은 진사(進士)를 내어 쓸데없는 관리가 많았고 봉록(俸祿)과 상사(賞賜)도 지나치게 많았다. 이 때문에 군은 수에 비하여 전투능력이 형편없고, 행정은 효율이 저조하였다.

이때 송나라 북쪽엔 거란(契丹)족의 요(遼)나라가 기세를 떨치고 있었고, 서쪽엔 서하(西夏)가 흥기하였는데, 북송은 이들과 제대로 싸워보지도 않고 매년 10만 냥(兩)이 넘는 은과 수십만 필의 비단을 바치

---

1) 宰相을 지낸 富弼과 韓琦, 參知政事였던 范仲淹, 樞密使였던 王德用, 征南大將이었던 狄靑, 龍圖閣直學士였던 包拯, 翰林學士였던 歐陽修 등 수많은 名臣을 내었다.

면서 이들이 침략을 하지 않도록 달래며 지내고 있었다. 북송의 문치(文治)는 비효율적이었다고 하지만 실상 중국 역대의 왕조 중 가장 훌륭한 정치를 한 왕조가 북송이었다고도 할 수 있다. 그들은 자기네 전통문화를 크게 발전시켰을 뿐만 아니라 다른 민족의 나라를 무력으로 제압하지 않았다. 그러나 북송 말엽에는 북쪽에 여진족(女眞族)의 금(金)나라가 강성해져 마침내는 요나라를 멸하고 다음 해에는 북송까지도 멸하게 된다.

북송의 비효율적인 행정과 군정 등은 이미 인종(仁宗) 때에 변법(變法)의 필요성을 느끼게 하였다. 범중엄(范仲淹, 989~1052)이 참지정사(參知政事)로 있으면서 〈십사소(十事疏)〉를 올려 정치·재정·군사·정책 등 다방면의 개혁을 건의하였는데, 인종도 이에 찬동하였으나 여러 신하들의 이해가 엇갈려 오히려 벼슬자리에서 쫓겨났다. 그리고 구양수(歐陽修, 1007~1072)도 이재(理財)와 연병(練兵)에 관한 건의를 하였다가 조신들에게 쫓겨난 일이 있다. 그러나 무엇보다도 유명한 것은 가우(嘉祐) 3년에 왕안석(王安石, 1021~1086)이 올렸던 〈상만언서(上萬言書)〉이다. 인종은 여기에서 내세운 왕안석의 변법을 실현하지 못하였으나, 신종(神宗, 1068~1085 재위)은 희녕(熙寧) 2년에 왕안석을 재상에 기용하고 신법(新法)을 결행하였다. 그의 신법은 재정·농정·군정·교육 등에 걸친 광범한 정치개혁 주장이었으나, 구양수(歐陽修)·사마광(司馬光, 1019~1086)·소식(蘇軾, 1036~1101) 등이 반대하고 나서서 결국은 철종(哲宗, 1086~1100 재위)·휘종(徽宗, 1101~1125 재위)에 이르도록 신구당 사이의 복잡한 당쟁만을 야기시키고 말았다.

거기에 상공업의 발달로 귀족과 도시인들은 사치와 즐김에 여념이 없는 반면, 일반 서민과 농민들은 더욱 심해진 경제적인 수탈로 살 길이 없어져 도처에 도적들이 횡행하였다. 이러한 정치 · 외교 · 경제상의 모순들은 크게 발전했던 북송의 문화에도 불구하고 그 나라를 멸망으로 몰고 가는 수밖에 없었던 듯하다.

남송은 고종(高宗, 1127~1162 재위)이 남쪽으로 도망와서 강남 임안(臨安, 지금의 杭州)에 도읍했던 나라이다. 중원 땅을 모두 금나라에 내주기는 하였으나 한세충(韓世忠) · 악비(岳飛) 같은 장수들의 분전으로 계속되는 금나라 군사의 남침을 막아 강남 일대만은 평안을 누릴 수 있었다. 그리고 진회(秦檜)를 영수로 하는 화의파(和議派)와 한세충 · 악비의 주전파(主戰派)가 대립한 끝에 소흥(紹興) 11년(1141)에 악비가 죽자, 남송은 금나라에 칭신(稱臣)하고 은과 비단 각 25만을 바치며 명맥을 부지하였다.

한편 송 · 금 두 나라가 오랫동안 싸우고 있는 사이에 북쪽엔 다시 몽고족이 일어나 대단한 형세로 크고 있었다. 이에 남송은 몽고와 연합하여 금나라를 멸하였으나 오래지 않아 덕우(德佑) 2년(1276)에 송나라도 몽고의 침입으로 멸망하고 말았다.

남송은 금나라에 밀려 강남으로 내려와 있으면서도 강화정책으로 일시 소강상태를 유지하여, 강남은 새로운 경제 · 문화의 중심지로 발전하였다. 이런 중에도 통치계급에서는 사치를 극한 생활 속에 취생몽사하는 나날을 보내며 현란한 문화를 유지하였다. 주밀(周密, 1232~1308?)의 《무림구사(武林舊事)》 등에는 이때의 수도 임안(臨安)의 번영과 사치가 잘 묘사되어 있다.

송대의 가장 두드러진 문화상의 특징은 신유학(新儒學)이라고도 부르는 성리학(性理學)이 발전했다는 것이다. 이 새로운 유학의 발전은 송대에 들어와 크게 발달한 인쇄술과 당대에 성행했던 불교 · 도교의 영향을 받은 것이었다. 송초에 주돈이(周敦頤, 1017~1073)가 오대(五

代)의 도사인 진단(陳摶)의 학문을 이어받아 《태극도설(太極圖說)》을 짓고 태극의 음양동정(陰陽動靜)을 통하여 우주와 인생의 여러 가지 현상을 설명하였다. 이밖에도 장재(張載, 1020~1077)와 정호(程顥, 1032~1085)·정이(程頤, 1033~1107) 형제 등이 더욱 도학(道學)을 발전시켜, 현실문제를 위주로 하던 이전의 유학과는 전혀 다른 성격의 '성리학'을 발전시켰던 것이다. 그리고 남송에 주희(朱熹, 1130~1200)가 나와 이를 종합하여 체계를 세움으로써 신유학의 체계가 완성되었다. 그 때문에 '성리학'은 '주자학'이라고도 부른다. 그와 같은 때에 '심즉리(心卽理), 이즉심(理卽心)'을 주장하며 주희와는 다른 학문 방법을 내세운 육구연(陸九淵, 1139~1192)도 두드러진 학자이다.

어떻든 송대의 문학은 대략 이상과 같은 정치·사회·학술 등을 배경으로 하여 이전의 다른 어떤 시대와도 다른 눈부신 발전과 다양한 양상을 보여주게 된다.

그리고 앞에서 북송 말 남송 초는 중국문학의 발전이 판연히 달라지는 시기라 하였다. 곧 북송 말까지는 시를 중심으로 하는 전통문학이 계속 발전하여 온 시대이고, 남송 이후는 전통문학은 쇠퇴하고 통속적인 소설과 희곡의 창작을 중심으로 문학의 방향이 바뀌었던 시대이다. 다만 여기서는 편의상 전례에 따라 북송과 남송을 한데 묶어 송대를 얘기하고 있을 따름이다.

2. 문학상의 특징

송대는 정치적으론 혼란하고 대외적으론 무력했지만 특히 북송대에는 상공업의 발달과 경제상의 번영으로 귀족계급의 사치와 즐기는 생활에 힘입어 중국의 전통문화가 모든 면에서 극도의 발전과 성취를 이루었던 시대이다. 따라서 중국의 고전문학도 시문(詩文)뿐만이 아니라 여러 가지 민중문예에 있어서까지도 최고 수준의 발전을 이룩한다. 다만 그 문화의 중요한 바탕이 되는 유학이 현실문제는 도외시하고 지나치게 관념론적(觀念論的)이라고 말할 수 있는 방법으로 성리(性理) 문제를 추구하는 신유학이었다는 것이, 그 문화 발달의 한계를 가져온 듯도 하다.

무엇보다도 중당(中唐)대에 한유(韓愈)와 유종원(柳宗元) 등에 의하여 추진되었던 고문운동(古文運動)이 송대에 와서 성공을 거둔 일에 주목을 해야 할 것이다. 중당 이후로 고문은 만당(晚唐)과 오대(五代)를 거치며 그대로 쓰여지기는 하였으나, 변려문(騈儷文)도 그대로 쓰여졌고, 고문을 쓰려는 의식이 엷어지는 경향도 있었다. 그러나 구양수(歐陽修, 1001~1072)를 필두로 하여 소식(蘇軾, 1036~1101) 삼부자와 증공(曾鞏, 1019~1083) · 왕안석(王安石, 1021~1086) 등 이른바 육대가(六大家)가 나옴으로써 고문은 큰 발전을 이루게 된다. 여기에서는 한유에게서 시작된 고문운동의 도학적인 성격이 송대에 와서 발전한 성리학의 방향과 일치하였다는 점에도 유의해야 할 것이다.

북송시의 발전도 고문 및 신유학의 흥성과 궤도를 같이한다. 송초에는 화려한 자구(字句)와 대우(對偶) · 전고(典故)를 강구하는 서곤체(西崑體)가 성행하였으나, 구양수 · 매요신(梅堯臣, 1002~1060) 등이 나와 서곤체를 반대하고 새로운 송시를 발전시켰고, 뒤이어 왕안석 · 소식 등의 대가가 나와 그 발전을 더욱 성숙시켰다. 그리고 다시 황정견(黃庭堅, 1045~1105) · 진사도(陳師道, 1053~1101)를 정점으로 하는 강서시파(江西詩派)는 시의 표현면에서 단련(鍛鍊)을 통한 개성적인 시법을 발전시키기도 하였다.

남송대로 들어와서는 초기엔 진여의(陳與義, 1090~1138) 등을 중심

으로 하여, 황정견의 강서시풍(江西詩風)이 계승되었다. 그리고는 곧
이어 육유(陸游, 1125~1210) · 양만리(楊萬里, 1127~1206) · 범성대
(范成大, 1126~1193) · 우무(尤袤, 1124~1193) 등 이른바 '남송 사대
가(四大家)'가 나와 활약한다. 그러나 이미 이들은 이전 시인들의 범
위를 벗어나지 못하는 수준이니, 나머지 다른 시인들의 작품은 그 수
준을 가히 짐작할 만할 것이다. 다만 일부 시인들에 의하여 망해가는
조국을 눈으로 보고 우러나온 뜨거운 우국의 정을 읊은 시들이 이 시
대 시단을 장식해 주기도 한다. 이후로 많은 시인들이 나오기는 하지
만 남송의 혼란과 멸망의 길을 따라 시의 창작도 함께 쇠퇴한다.

어떻든 송대의 시는 후세 중국인들이 그다지 중시하지 않는 경향이
있다. 그것은 명대의 전칠자(前七子) · 후칠자(後七子)가 모두 당시를
내세웠던 영향과 함께, 국세가 부진했던 송대를 가볍게 보려는 중국
인으로서의 편견도 작용한 때문인 듯하다. 그러나 송시는 이전의 중
국시들보다도 크게 발전한 여러 가지 특징을 지니고 있다. 무엇보다
도 시의 내용과 형식에 있어 그 규모가 크게 확대되었다는 것이다. 당
대의 이백 · 두보라 하더라도 그들이 지은 시의 내용에는 일정한 한계
가 있고, 그들이 잘 지은 시의 형식도 대체로 한두 가지로 치우쳐 있
다고 볼 수 있다. 그러나 송대에 이르러는 시인들이 자기 생활 주변의
모든 것, 예를 들면 사회 · 자연 · 개인문제 등을 모두 시로 읊고 있고,
송대의 대가들은 모든 형식의 시를 여러 가지 내용에 맞추어 다 소화
하고 있을 뿐만 아니라 사(詞)와 산문 등에도 빼어난 수준의 작품을
쓰고 있는 것이다.

따라서 송시에는 이전의 시에서는 볼 수 없었던 철학적인 작품이 있
는가 하면 하찮은 신변의 잔일들을 노래한 작품도 있게 되었다. 표현
에 있어서도 산문적이고 설리적(說理的)인 것들이 있는가 하면, 더 많

은 함축과 정확한 뜻을 추구하여 애써 단련한 문장도 있게 되었고, 심지어 통속적인 표현조차도 시어에 활용되었다. 이것은 대단한 시의 발전으로 보아야 할 것이다. 흔히 중국 학자들은 당시와 이백·두보를 중국문학의 정점이라고 내세우지만, 송시와 구양수·소식·왕안석 등의 송대 문호들은 이들보다도 한 단계 더 윗자리라 할 수 있는 것이다.

시를 중심으로 하는 중국의 전통문학은 북송을 지나면서 발달이 멈춰진다. 남송 이후로는 이전에 경시되던 소설과 희곡을 중심으로 문학이 발전하여, 시에 있어서는 창조적인 업적을 발견하기 어렵게 된다. 이 때문에 북송과 남송은 중국문학사상 큰 분계점이 되고 있는 것이다.

또 다른 송대 문학의 특징의 하나는 새로운 시가로서 사(詞)가 성행하여 흔히 송사(宋詞)라 부를 만큼 크게 발전하였다는 점이다. 사는 본시 노래의 가사로서 중당대에 대두하기 시작하여 이미 만당·오대(五代)에 새로운 시가로서의 풍격과 형식이 갖추어져 적지 않은 사(詞) 작가의 작품들이 전해지고 있다. 중당 무렵부터 문인들이 사를 짓기 시작했으나 오대에 이르러서야 사(詞)가 새로운 문학형식으로 완성된다. 사(詞)는 노래의 가사인데, 노래란 귀족들로부터 서민들에 이르기까지 모두가 즐기는 것이다. 송나라는 경제적인 발전 때문에 제왕이나 귀족들의 호화로운 생활에 노래의 수요가 많아졌고, 상공업의 발달에 따른 시민들의 연락에도 노래의 수요가 광범해졌기 때문에 송대에는 사(詞)가 발전할 수 있는 여지가 충분하였다.

이 사(詞)의 발전도 구양수 등에 의한 고문의 성행 및 새로운 송시의 발전과 궤를 같이한다. 그리고 유영(柳永, 1405 전후)·소식 등이 새로운 형식의 만사(慢詞)를 유행시켰으며, 내용에 있어서는 완약(婉約) 일변도에서 벗어나 호방(豪放)한 기풍의 사(詞)까지도 지음으로써, 형식과 내용 모두 새로운 송대를 대표하는 시가로서 성숙되는 것이다. 여기에서 사(詞)는 본시 비정통적인 문학형식으로 발생했으면서도 마침내 정통문학의 자리에까지 오르게 되는 것이다.

북송·남송을 통한 도시경제의 발달로 말미암은 시민들의 놀고 즐기는 기풍은 곧 여러 가지 민간연예를 발전시켰다. 그 중에서도 우리가 주의해야 할 것은 '강창(講唱)'과 '가무희(歌舞戲)'·'골계희(滑稽戲)'이다. 왜냐하면 '강창'은 마침내 백화(白話)로 쓰여진 본격적인 소설을 발전시켰고, '가무희'와 '골계희'는 '강창'과 함께 마침내 중국의 대희(大戲)를 발전시켰기 때문이다. '대희'란 '소희(小戲)'의 대가 되는 말로 남송 이후 중국 연극을 대표하게 되는 남희(南戲)·원잡극(元雜劇)·명전기(明傳奇)·경희(京戲)·지방희(地方戲) 등을 가리킨다. 이 '대희'의 발전에는 외국 문화의 영향(특히 요·금)도 컸던 듯하다. 그리고 '강창'이나 '가무희'·'골계희'는 그 자체의 예술성도 가벼이 볼 수가 없는 성질의 것이었다.

'소설'은 가창(歌唱)보다도 강설(講說)에 중점을 두어 고사를 얘기한 것으로, 그 연출자의 대본인 '화본(話本)'은 바로 본격적인 백화소설로 우리에게 전해지게 된 것이다. '소설'에는 다시 소설(小說, 一名 銀字兒)·담경(談經)·설참청(說參請)·설원경(說諢經)·강사서(講史書)·상미(商謎)[2] 등 여러 가지가 있었으나, 그 중에서도 '소설'과 '강사(講史)'가 가장 중요하다. 대체로 '소설'은 단편, '강사'는 장편으로 후세 중국소설을 발전시키기 때문이다.

---

2) 吳自牧《夢粱錄》卷20 의거. 孟元老의《東京夢華錄》·耐得翁의《都城紀勝》·周密의《武林舊事》 등에도 비슷한 기록이 있으나 내용이 모두 다르다.

3. 송시의 성격

송시는 명대에 전후칠자(前後七子)가 나와 '시는 반드시 성당을 배워야 한다'고 주장하며 복고주의(復古主義)로 흐르는 바람에 사람들이 거의 거들떠보지도 않는 것이 되었었다. 그러나 명말 원굉도(袁宏道, 1568~1610)를 중심으로 한 공안파(公安派)가 송시를 내세웠고, 다시 청초에 오지진(吳之振, 1640~1688)이 《송시초(宋詩鈔)》를 내면서 송시는 다시 수집되고 읽혀지기 시작했다. 그러나 청대 중엽에는 다시 송시가 사그라들었고, 말엽에 가서야 증국번(曾國藩, 1811~1872)·하소기(何紹基, 1799~1873) 같은 사람들이 송시를 내세워 크게 성행했다. 특히 이들에 이어 나온 동광체(同光體)는 송시의 별명이라고도 할 만한 것이었다.

송시를 싫어하는 사람들은 대체로 송시가 너무나 논리적이고 산문적이어서 시 같지 않다는 것을 가장 큰 이유로 내세우고 있다. 그러나 실은 중국 문인들에게는 송대가 외족에게 계속 밀려온 왕조이고, 그 뒤로 몽고족과 만주족에게 지배를 당해온 데 대한 반발도 작용하고 있는 듯하다. 이미 송대에도 엄우(嚴羽, 1200 전후)가 《창랑시화(滄浪詩話)》에서 '본조 시인들은 이치를 숭상하여 뜻과 흥취에 병폐가 있다'[3]고 한 이래로, 명나라 진자룡(陳子龍, 1608~1647)은 〈여인론시서(與人論詩書)〉에서,

송인은 시를 알지 못하면서 억지로 시를 지었다. 그들은 시에서 이치만을 말하고 정은 말하지 않았으니, 결국 송나라에는 시가 없었다 하겠다.[4]

---

3) "本朝人尚理而病於意興."
4) "宋人不知詩而强作詩. 其爲詩也, 言理而不言情, 終宋之世無詩."

고까지 극언하고 있다. 또 청의 오교(吳喬)가 《위로시화(圍爐詩話)》에서

> 당인은 시로써 시를 지었으나 송인은 문으로써 시를 지었다. 당시는 정을 전달하는 것을 위주로 하였기 때문에 《시경》에 가깝지만, 송시는 의론을 위주로 하였기 때문에 《시경》에서 멀어졌다.[5]

고 한 것도 그 보기이다. 그러나 송시는 전아하고 화려한 표현과 여리고 애틋한 개인 감정의 표현을 일삼던 이전의 시를 더 한층 높은 경지로 다양하게 발전시킨 것이라 보는 편이 옳을 것이다.

역대 비평자 중에는 송대시의 변화와 발전을 논한 사람들이 많으나,[6] 그 중 전조망(全祖望, 1750~1755)의 〈송시기사서(宋詩紀事序)〉의 글을 소개한다.

> 송시는 처음에 양억(楊億)·유균(劉筠) 제공이 가장 두드러졌는데 이른바 서곤체(西崑體)이며, 논자들이 많은 비평을 가하고 있다. 그런데 서곤파의 습성을 깨끗이 씻어 버린 이가 구양수(歐陽修)였는데, 구양수는 양억·유균을 존중하지 않은 일이 없었으니, 마치 두보(杜甫)가 초당(初唐)의 왕발(王勃)·낙빈왕(駱賓王)을 존중했던 거나 같아서 비로소 옛분들의 허심(虛心)함을 알겠다.
>
> 경력(慶曆, 1041~1048) 이후로는 구양수·매요신(梅堯臣)·소순흠(蘇舜欽)·왕안석(王安石) 같은 분들이 나와 송시를 일변시켰다. 소식(蘇軾)은 웅방(雄放)하고, 왕안석은 공련(工練)하였는데, 아울러 두드러

---

5) "唐人以詩爲詩, 宋人以文爲詩. 唐詩主於達情, 故於三百篇近 ; 宋詩主於議論, 故於三百篇遠."

6) 宋 嚴羽 《滄浪詩話》·元 方回 〈羅壽可詩序〉·戴表元 〈洪潛甫詩集序〉·袁桷 〈書湯西樓詩後〉·淸 宋犖 《漫堂說詩》·紀昀 《四庫全書總目提要》 등.

진 명성이 있었다. 그리고 황정견(黃庭堅)은 특출한 가락으로 힘써 두 보를 뒤쫓았고, 이른바 강서시파(江西詩派)들이 거기에 맞추어 극성함으로써 송시는 또 일변하였다.

건염(建炎, 1127~1130) 이후로는 소덕조(蕭德藻)의 여위면서도 꿋꿋함과, 양만리(楊萬里)의 싱싱하면서도 껄끄러움과, 육유(陸游)의 가볍고도 원만함과, 범성대(范成大)의 정교하고도 치밀함으로써, 사방의 벽이 함께 열렸다. 그런데 영가(永嘉, 浙江省)의 서조(徐照) · 서기(徐璣) · 조사수(趙師秀)는 청허(淸虛)하고 편리한 가락으로 행세하여 수심(水心)이라 완상(玩賞)되었으니, 곧 사령파(四靈派)이며, 송시는 다시 일변하였다.

가정(嘉定, 1208~1224) 이후에는 강호(江湖)의 작은 집회가 성행하였는데, 대부분이 사령(四靈)의 무리들이었다. 송이 망할 즈음에 방봉(方鳳) · 사고(謝翶) 같은 무리들이 연이어 급박하고 위태롭고 고통스런 시들을 읊어 송시는 또 일변했다.[7]

이상을 정리하면 송시의 변화 발전은 1) 서곤체, 2) 구양수 · 소순흠 · 매요신, 3) 왕안석, 4) 소식, 5) 황정견, 6) 강서시파, 7) 남송사대가, 8) 영가사령, 9) 강호시파, 10) 유민시(遺民詩) 등으로 매듭지어 볼 수 있다. 그러나 송시의 발전은 '5) 황정견'을 정점으로 하고, 그 뒤로는 창의가 퇴조하기 시작하여 더 이상의 발전은 이루지 못하

---

7) "宋詩之始也, 楊 · 劉諸公最著, 所謂西崑體者也, 說者多有貶辭 · 然一洗西崑之習者 歐公, 而歐公未嘗不推服楊 · 劉, 猶之草堂之推服王 · 駱, 始知前輩之虛心也.

慶曆以後, 歐 · 梅 · 蘇 · 王數公出, 而宋詩一變. 坡公之雄放, 荊公之工練, 並起有聲. 而涪翁崛奇之調, 力追草堂, 所謂江西詩派者, 和之最盛, 而宋詩又一變.

建炎以後, 東夫之痩硬, 誠齋之生澁, 放翁之輕圓, 石湖之精致, 四壁並開. 乃永嘉徐 · 趙諸公, 以淸虛便利之調行之, 見賞於水心, 則四靈派也, 而宋詩又一變.

嘉定以後, 江湖小集盛行, 多四靈之徒也. 及宋亡, 而方 · 謝之徒, 相率爲急迫危苦之音, 而宋詩又一變."

고 있다. 원각(袁枋)이나 기균(紀昀) 같은 사람들은 이밖에 이학시(理學詩) 일파를 내세우고도 있으나, 성리학자들의 시는 문학작품으로 지은 것이 아니며, 또 남북송 전체에 걸쳐 보이고 있고, 성리학은 송대문학 전반에 영향을 끼치고 있는 것이어서 발전을 얘기하는 속에 끼우지 않는 편이 좋을 듯하다. 그리고 보다 분명히 송시의 특징을 이해하도록 하기 위하여 다음에는 당시와 비교하면서 그 차이를 설명하려 한다.

4. 당시에 대한 송시의 특징

보통 중국시는 당시가 대표하고, 당시는 다시 이백·두보 등이 활약했던 성당(盛唐)시가 대표한다고 생각하고 있다. 그리하여 명대의 전후칠자(前後七子)들은 '시는 반드시 성당을 본떠야 한다'고 주장하였다. 그것은 곧 중국시의 발달이 성당을 정점으로 하고 있고, 성당 이후의 시대는 그 발달곡선이 하향하고 있다고 생각했기 때문이다.

그러나 송시를 자세히 검토해 보면 그 나름대로 그 시대적인 성격을 따라 새로운 방향의 발전을 이룩하고 있다. 송대의 시대적인 성격이란 중국문학의 윤리적인 바탕이 성리학이라 부르는 새로운 차원의 것으로 발전하고, 서민세력이 크게 신장되어 이를 반영하는 강창(講唱)·잡극(雜劇)·소설 등 민중예술이 성행했던 것을 가리킨다. 그리고 두보는 엄격히 따져 성당 시인이 아니라 중당 시인인 것이다.

그러면 이러한 시대적인 성격을 바탕으로 발전한 송시는 구체적으로 어떤 새로운 특징을 가지고 있는가?

1) 성리학과 시

송대에 발달한 성리학은 이학(理學) 또는 신유학(新儒學)이라고도 부르며, 유가의 경전에 대한 새로운 해석과 평가를 바탕으로 유학을 새로이 체계화한 것이다. 그들은 이전의 학자들처럼 현실적인 문제만을 연구 대상으로 하지 않고, 다시 공자의 이상을 비롯하여 우주를 창조하고 생존케 한 기본원리까지도 추구하기 시작한 것이다. 곧 유학은 성리학에 이르러 철학사상으로 격상되고, 진리추구를 위한 그 학문방법도 새로워진 것이다.

그런데 송대를 대표하는 대시인들, 구양수(歐陽修)·왕안석(王安石)·소식(蘇軾)·양만리(楊萬里) 같은 사람들이 모두 적지 않은 유가 경전에 관한 저술을 남기고 있고, 반면 성리학을 집대성(集大成)한 주희(朱熹, 1130~1200)를 비롯한 모든 학자들이 모두 적지 않은 시작을 남기고 있다. 이것은 성리학이라는 새로운 유학이 그 시대 시에 많은 영향을 미치지 않을 수가 없었음을 뜻하는 것이다.

중국의 옛 평론가들이 송시를 두고 흔히 '논리로써 시를 지었다(以理爲詩)'고 하였는데, 이것은 성리학의 시에의 영향을 단적으로 지적한 것이다. 이미 송대에 엄우(1200 전후)가 《창랑시화(滄浪詩話)》에서 '송조에는 이를 숭상하였다(本朝崇理)'고 하였고, 명(明)대 하대복(何大復)은 《한위시서(漢魏詩序)》에서 '송시는 이를 논한다(宋詩言理)' 하였으며, 진자룡(陳子龍, 1608~1647)은 〈여인론시(與人論詩)〉란 글에서 '이만을 말하고 정을 말하지 않는다(言理而不言情)'고 하였는데, 모두 성리학의 발달 분위기로 말미암은 송시의 논리화를 지적한 것이다.

송대의 대문호 소식(蘇軾, 1036~1101)의 경우를 보면 인생에 대한 자각을 바탕으로 한 적극적인 인간의 가능성에 대한 철학적인 추구가 그의 시에 두드러진다. 따라서 그러한 시들은 이전에는 볼 수 없었던 철학적 논리적인 특성을 지니고 있다. 예로 그가 45세 되던 해 황주(黃州)로 귀양가서 지은 〈임고정으로 옮겨가 삶(遷居臨皐亭)〉이란 작품을 읽어보자.

> 내가 천지 사이에 살고 있다는 것은
> 한 마리 개미가 큰 맷돌에 붙어 있는 것이나 같은 것,
> 애써 오른편으로 가려 해도
> 풍륜 같은 맷돌은 왼편으로 돎을 어찌하랴!
> 비록 인의의 길 가려 해도
> 헐벗음과 굶주림 당하는 걸 면할 수 없네.
> 칼끝에 앉아서 밥짓는 것 같기도 하고
> 바늘방석에 앉았듯이 편히 있지 못하네.
> 어찌 아름다운 산수 없었으랴만
> 눈으로 대하기를 비바람 지나가듯 하네.
> 전원으로 돌아감에 늙기를 기다리지 않는
> 용단을 내리는 이, 몇이나 있는가?
> 다행히도 버려진 찌꺼기 같은 나는
> 지친 말의 안장과 짐을 푼 것같이,
> 온 집안 함께 강가 역사를 차지하니
> 절경을 하늘이 날 위해 깨어내 준듯하네.
> 굶주리고 가난하지만 이걸 합쳐 생각하니
> 슬퍼해야 할지 축하해야 할지 알 수 없네.
> 담담히 근심도 즐거움도 없고 보니
> 괴로운 말은 전혀 나오지 않네.

$$\overset{\text{아 생 천 지 간}}{\text{我生天地間}}\text{하니 } \overset{\text{일 의 기 대 마}}{\text{一蟻寄大磨}}\text{라.}$$

구 구 욕 우 행　　불 구 풍 륜 좌
區區欲右行이나 不救風輪左라.

수 운 주 인 의　　미 면 봉 한 아
雖云走仁義나 未免逢寒餓라.

검 미 유 위 취　　침 전 무 온 좌
劍米有危炊요 鍼氈無穩坐라.

기 무 가 산 수　　차 안 풍 우 과
豈無佳山水리오? 借眼風雨過라.

귀 전 부 대 로　　용 결 범 기 개
歸田不待老어늘 勇決凡幾箇오?

행 자 폐 기 여　　피 마 해 안 태
幸茲廢棄餘이 疲馬解鞍馱라.

전 가 점 강 역　　절 경 천 위 파
全家占江驛하니 絶境天爲破라.

기 빈 상 승 제　　미 견 가 조 하
饑貧相乘除하니 未見可弔賀라.

담 연 무 우 락　　고 어 불 성 사
澹然無憂樂하니 苦語不成些라.

이 시에 보이는 '풍륜'은 《능엄경(楞嚴經)》에 보이는 세계의 운행을 뜻하는 불교의 용어이다. 그의 인생에 대한 자각에는 불가의 초탈(超脫)도 적지 않은 영향을 준 것 같다. 어떻든 보수파의 지도자로서 황주(黃州)에 귀양온 자신의 처지를 인식하는 그의 태도가 거시적(巨視的)이다. 이처럼 자기의 인생철학을 설명하려니 그 시가 논리적이지 않을 수 없고, 또 편폭은 길어지기 일쑤였을 것이다.

그러나 짧은 율시나 절구에서도 철학적인 성향은 흔히 발견된다. 〈서림사 벽에 제함(題西林壁)〉이란 시를 예로 든다.

옆에서 보면 고개를 이루고 곁에서 보면 봉우리 이루어지니,
멀고 가깝고 높고 낮은 것이 하나도 같은 게 없네.

여산의 참 모습을 알지 못하는 것은
오직 내 몸이 이 산속에 있기 때문일세.

횡 간 성 령 측 성 봉　　　원 근 고 저 무 일 동
横看成嶺側成峯하니 遠近高低無一同이라.
부 식 여 산 진 면 목　　　지 연 신 재 차 산 중
不識廬山眞面目은 只緣身在此山中이라.

이것은 여산을 빌어 표현한 소식의 인식론(認識論)인 것이다. 이러한 철학적·논리적 경향은 송시에서 발견되는 일반적인 특징이다.

심지어 이백과 같은 거리낌없는 서정과 두보 같은 정열을 바탕으로, 황정견(黃庭堅, 1045~1105)의 강서시파(江西詩派)같이 시를 딱딱하고 건조하게 만들기를 반대하던 육유(陸游, 1125~1210) 같은 시인에게서도 철학적인 작품이 발견된다. 철학적이고 논리적인 경향이란 시를 딱딱하고 건조하게 만드는 결과를 가져오기 때문에 육유는 그런 시를 짓기 꺼리었을 것이다. 〈문 닫고(閉戶)〉란 그의 시를 읽어보자.

가난한 살림이라 공연히 근심 감당 못하겠다지만
문 닫고 홀로 오묘한 자연의 섭리 따라 노니네.
안락은 본시 무사함으로써 얻어지는 것이요,
공명은 언제나 추구하는 마음 지니는 데서 탈이 난다네.
원수에 대한 원한 씻고 개인 위하려는 혼란 잊고,
번쩍이는 칼 거두어들이니 보검의 정기도 잠잠해지네.
아이 아뢰기를 침상 머리의 봄 술독 익었다 하니
인간만사 끝없이 돌아가고 있음을 느껴지네.

단 표 허 도 불 감 우　　　폐 호 방 종 조 물 유
簞瓢虛道不堪憂나 閉戶方從造物遊라.

안 락 본 인 무 사 득　공 명 상 기 유 심 구
安樂本因無事得이오 功名常忌有心求라.

세 제 구 원 망 만 촉　수 렴 광 망 정 두 우
洗除仇怨忘蠻觸하고 收斂光芒靜斗牛라.

아 보 상 두 춘 옹 숙　인 간 만 사 전 유 유
兒報牀頭春甕熟하니 人間萬事轉悠悠로다.

어지러운 세상사를 미뤄놓고 정적 속에 참된 자아를 추구하는 그의 인생철학이 잘 나타난 시이다. '인간만사 끝없이 돌아감을 느낀다' 란 만물 순환의 철학적 긍정인 것이다.

그밖에 소옹(邵雍, 1011~1077)이나 주희 같은 성리학자의 시집들에는 본격적인 철학시들이 작품의 대부분을 점하고 있다. 이처럼 송시가 '성리학'으로 말미암아 논리화하였다는 것은 중국시가 내용뿐만 아니라 그 문장구성에 있어서까지도 큰 변혁을 이루었음을 뜻한다. 다음에 얘기하는 여러 가지 송시의 특징들도 모두 이 시의 철학화·논리화와도 관계가 깊은 것들이다.

2) 서술의 섬세화(纖細化)

걸상 옮기면서 맑은 햇빛 즐기노라니
어언간 세상 근심 스러지네.
벌레는 줄에 매달리어 내려왔다 다시 올라가고
참새들은 싸우면서 떨어졌다 날아가네.
참새들은 어울리어 찬 대숲으로 들어가고
벌레는 줄 거두고 해 기운 대문 아래 매달렸네.
아무도 고요한 이 경치 알아주는 이 없는데
이끼빛만이 내 옷에 되비쳐 오네.

이 탑 애 청 휘　소 연 세 려 미
移榻愛淸暉하니 **脩然世慮微**라.

현 충 저 부 상　투 작 타 환 비
懸蟲低復上하고 **鬪雀墮還飛**라.

상 진 입 한 죽　자 수 당 만 위
相趁入寒竹하고 **自收當晚闈**라.

무 인 지 정 경　태 색 조 인 의
無人知靜景하고 **苔色照人衣**라.

〈가을날 집에서(秋日家居)〉란 매요신(梅堯臣, 1002~1060)의 시이다. 당시에서는 볼 수 없었던 섬세한 관찰과 서술이 산뜻한 시정을 안겨준다. 이전 시인들이 크고 깊은 정서를 중점적으로 표현하여 독자들의 큰 감흥을 일으키려 애썼던 데 비하여, 이 시는 분석적이고 이지적인 감각을 꾸밈없이 섬세하게 서술하고 있다. 같은 정경을 당대 시인이 읊었더라면, 줄에 매달린 거미나 멋대로 날아다니는 참새들의 묘사가 시의 중심을 이루지는 않았을 것이다. 당대 시인들이 강물 또는 구름이나 꽃을 노래하기는 하였지만, 그것은 언제나 깊은 감정이나 자연의 위대한 섭리 또는 인간의 숙명 같은 큰 주제와의 관계를 전제로 한 것이었다. 이처럼 거미줄이나 참새들의 모습 같은 자잘한 물건들은 시로써 노래할 대상이 되지 못하는 것이라 생각했던 것이다.

　송시의 이런 섬세한 감각의 표현은 문장의 성격에까지도 큰 영향을 보여준다. 이백이나 두보를 비롯한 당대의 시인들은 내용뿐만 아니라 그것을 표현하는 문장에 있어서도 화려한 멋과 묘미를 살리려고 노력하였다. 다시 말하면 같은 내용이라면 되도록 아름답고 멋있는 표현을 하려고 애썼다는 것이다. 그것은 당대가 육조(六朝)의 유미주의적인 시풍을 계승 발전시켰다는 이유에서뿐만이 아니라, 중국문장이 전통적으로 지녀온 특징의 하나라고 할 수 있다. 당시에 있어서는 한유

(韓愈)의 괴탄성(怪誕性)을 띤 풍격이나 백거이(白居易)의 평이성 같은 것은 중당 이후에 발전하기 시작한 경향이었던 것이다.

송시의 문장은 아름다움이나 멋보다도 실질적으로 자기의 감각이나 눈에 보이는 현상을 빠짐없이 표현하는 데 주력하였다. 그들은 쓸데없는 수식을 피하면서 확실하고 빈틈없는 표현을 추구하였다. 그리하여 그들은 이전 사람들은 시어로 쓰지 않던 말들도 서슴지 않고 발굴하여 사용하였다. 송인을 포함하여 송시를 평한 많은 사람들이 송시를 '떫다[澁]' 또는 '딱딱하다[硬]'는 말로 표현한 것도, 그러한 문장의식으로 말미암은 것이다. 독특한 음절과 단련된 구법으로 강서시파를 이룩했던 황정견의 시를 한 수 보기로 든다. 〈지구에서 비바람으로 사흘 머물며(池口風雨留三日)〉란 시이다.

외로운 성에 사흘 동안 비바람 날리니
작은 고을 사람들은 오직 채소밖에 먹을 것이 없게 됐네.
물 멀고 산 깊으니 날아가는 한 쌍의 들오리도 같고
몸 한가로운데 마음은 괴로우니 한 마리 황새 모습과도 같네.
영감이 옆집에서 나와 고기 그물 걷는데
나는 물 곁에 있기는 하지만 물고기 탐내지는 않네.
서성대는 동안 어느덧 모두 지난 일 되어 버리고
저녁 창 앞으로 돌아와 앉아 읽다 둔 책을 읽네.

고 성 삼 일 풍 취 우　　소 시 인 가 지 채 소
孤城三日風吹雨하니　小市人家只菜蔬라.

수 원 산 장 쌍 촉 옥　　신 한 심 고 일 용 서
水遠山長雙屬玉이오　身閑心苦一春鉏라.

옹 종 방 사 내 수 망　　아 적 임 연 불 선 어
翁從傍舍來收網이로되　我適臨淵不羨魚라.

부앙지간이진적　　모창귀료독잔서
俯仰之間已陳迹하니 暮窓歸了讀殘書라.

　당시에 비하여 '딱딱하고' '떫다'는 것은 한번 읽어보면 누구나 바로 느끼는 기분일 것이다. 우선 동사가 한 자도 들어 있지 않은 구절이 세 구나 있어서 해석에 당황하지 않을 수 없다. '소시인가지채소(小市人家只菜蔬)' '수원산장쌍촉옥(水遠山長雙屬玉)' '신한심고일용서(身閑心苦一舂鉏)'가 그것이다. 앞의 대의 번역은 문맥을 살피며 최선을 다한 것이지만, 올바른 대의를 파악했다고 자신을 가질 수가 없다. 시구의 문법적인 성격 때문에 누가 읽어도 마찬가지인 것이다.

　이 구절들은 문법적으로는 문장을 이루지 못하고 있는 것이다. 술부로 보여지는 '지채소' '쌍촉옥' '일용서'가 모두 명사구이니 읽는 사람에 따라 여러 가지 해석이 가능할 수밖에 없는 것이다. 거기에다 화려한 수식은 전혀 눈에 띄지 않으면서도 적지 않은 전고(典故)가 쓰이고 있어 문장의 떫은 맛을 더해주고 있다. 송인의 전고 사용은 이전의 문인들처럼 멋있고 함축있는 뜻의 표현을 위해서가 아니라 확실한 시의의 구현을 위한 단련에서 온 것이다. 첫째 둘째 구는 두보(杜甫) 시의 표현을 빌린 것이고, 다섯째 여섯째 구는 한(漢)대 동중서(董仲舒)의 글에서, 일곱째 구는 왕희지(王羲之)의 글에서 따온 것이다. 이밖의 구들도 모두 출전이 있을지도 모른다. 이러한 전고의 사용은 개성적인 새로운 조어의 노력으로 말미암은 것이다.

　송인의 개성적인 시의 조어 노력은 한편 그 시대에 흔히 쓰이던 속어나 구어의 사용까지도 사양치 않게 만들었다. 옛날 비평가들에게는 이러한 속어나 구어까지도 그들의 문학관으로 보면 '딱딱하고' '떫은' 맛을 느끼게 하였을 것이다. 속어나 구어는 오히려 문장을 부드럽고 평이하게 해주리라고 생각하기 쉽지만, 중국의 시어 상식에 있어서는 역시 시라는 문체에는 어울리지 않는 '떫은' 표현이 되고 마는 것이다.

  그러한 경향의 작품은 양만리(楊萬里, 1124~1206) 같은 시인이 가장 잘 대표한다. 당대에도 이미 백거이(白居易)와 원진(元稹) 같은 시인들이 그들의 작품에 구어체를 많이 사용하였으나, 그들에게서는 '딱딱하다'거나 '떫은' 맛이 별로 느껴지지 않는다. 그것은 이들이 지닌 시의식의 차이에서 오는 것일 것이다. 백거이는 구어체를 쓰면서도 멋진 문장에 위대한 내용을 담으려고 노력하였지만, 양만리의 경우는 확실한 표현과 개성적인 조어가 구어체까지도 빌려 쓰게 만든 것이다. 송대 시인들은 미문이나 묘문을 이루기를 거부하였기 때문에 결국 '딱딱하고' '떫은' 기분을 주는 문장을 이룩하고 만 것이다.

3) 자기 생활에의 밀착

  송시는 당시에 비하여 작가의 개인생활과 더욱 밀착된 내용을 담고 있다. 송대 시인들은 특별한 감정이나 아름다운 풍경뿐만 아니라 그들이 일상생활을 통하여 보고 느끼는 조그만 일들까지도 빠짐없이 세밀하게 노래하고 있다. 그들이 추구하는 이(理)란 하늘이나 땅에도 있지만 한 가닥 지푸라기나 풀잎에도 깃들어 있는 것이라고 생각했기 때문일 것이다. 이러한 경향은 송시의 새로운 성격을 개척한 구양수(歐陽修)·매요신(梅堯臣)·소순흠(蘇舜欽, 1008~1048) 같은 초기 작가들의 작품에도 뚜렷이 나타나고 있다. 예로 소순흠의 〈한여름에(夏中)〉란 시를 한 수 든다.

  집 외지고 발 깊숙이 쳐져 낮경치 텅 빈 듯하고
  가벼운 바람에 때때로 장대 위 까마귀 움직이네.

못 가운데엔 푸르름 가득한데 물고기 새끼들 놀고
뜰 아래엔 그늘 넓으니 제비가 새끼 데리고 놀고 있네.
비 온 뒤라 아이들이 떨어진 과일 다투어 줍는 게 보이고
날 개이니 손님 힘 빌어 나머지 책을 볕에 말리네.
그윽히 살려 해도 티끌 세상일에 끌려감을 면치 못하니
자기 몸과 세상을 술병으로 잊어보네.

원 벽 렴 심 주 경 허
院僻簾深晝景虛하고　輕風時見動竿烏라.
경 풍 시 견 동 간 조

지 중 록 만 어 류 자
池中綠滿魚留子하고　庭下陰多燕引雛라.
정 하 음 다 연 인 추

우 후 간 아 쟁 추 과
雨後看兒爭墜果하고　天晴因客曝殘書라.
천 청 인 객 폭 잔 서

유 서 미 면 견 진 사
幽棲未免牽塵事하니　身世相忘在酒壺라.
신 세 상 망 재 주 호

　바람에 조금씩 움직이는 장대 위의 까마귀, 수초 아래 우굴거리는 물고기 새끼, 새끼를 이끌고 다니는 제비들, 비바람에 떨어진 풋과일을 줍는 아이들, 이러한 작가의 생활주변에 일어나고 있는 자질구레한 일들은 당대만 해도 시의 제재가 될 수 없는 것들이었다. 송대에 이르러 이러한 생활주변의 일들이 섬세한 시인들의 감각에 의하여 시로써 재현되었던 것이다. 곧 그것은 송시가 이전의 시들보다도 작가의 개인생활에 밀착한 내용을 담고 있다는 것이다. 그것은 왕안석(王安石, 1021~1086)의 〈대숲 속(竹裏)〉이란 시처럼 순간적인 감흥을 노래하는 게 보통인 짧은 절구에서조차도 똑같이 발견되는 경향이다.

　대숲 속에 초가가 돌뿌리에 기대어 있으니
　성근 대줄기 사이로 앞마을이 보이네.
　한가히 잠자도 하루종일 찾아오는 이 없고

스스로 봄바람 일어 문 앞을 쓸어주네.

竹裏編茅倚石根하니 竹莖疎處見前村이라.
（죽리편모의석근）   （죽경소처견전촌）

閒眠盡日無人到요 自有春風爲掃門이라.
（한면진일무인도）   （자유춘풍위소문）

송시가 이처럼 생활과 밀착되어 자기생활을 토대로 인간에 대한 깊은 흥미를 보여주고 있다는 것은, 한편으로는 논리적이고 섬세하고 서술적이라는 특징을 지니게도 하였다. 그리고 다시 인간을 둘러싸고 있는 자연에 대하여는 이전의 시인들에 비하여 냉담한 듯한 느낌을 주기도 한다. 그래서 송대에는 육조시대의 사영운(謝靈雲), 당대의 왕유(王維)·맹호연(孟浩然)·위응물(韋應物)·유종원(柳宗元) 같은 자연의 아름다움을 전문적으로 노래한 산수시인(山水詩人)이 없다. 자연을 읊는다 하더라도 옛사람들처럼 인간의 약점이나 불행 때문에 자신을 잊고 자연에 동화되어 버리려는 태도는 보기 힘들다. 송대 시인들은 절대적인 자연을 부정하고 인간본위의 생활주변 현상으로서의 자연을 노래했다. 왕안석의 〈살구꽃(杏花)〉이란 시를 예로 든다.

　　돌다리 넓은 공중에 걸쳐 있고
　　초가집 맑고 빛나는 강물 가에 있네.
　　몸 굽히어 아리땁고 풍성한 살구꽃 보니
　　진짜 꽃이 물에 비친 그림자만 못한 듯하네.
　　아름답기 진나라의 경양비[8]가
　　웃음 머금고 궁중 우물에 빠져 있는 듯하네.

---

8) 景陽妃 : 陳後主의 妃 張麗華와 孔貴嬪. 隋軍이 쳐들어왔을 때 이들은 陳後主와 함께 景陽宮 우물 속에 숨어 있었다 한다.

가슴아프게도 잔물결 일어
흐려진 화장 무너뜨리어 어지럽게 만드네.

석 량 도 공 광　　　모 옥 임 청 형
石梁度空曠하고 茅屋臨清炯이라.

부 규 교 요 행　　　미 각 신 승 영
俯窺嬌饒杏하니 未覺身勝影이라.

언 여 경 양 비　　　함 소 타 궁 정
嫣如景陽妃이 含笑墮宮井이라.

초 창 유 미 파　　　잔 장 괴 난 정
怊悵有微波하니 殘妝壞難整이라.

　이처럼 송대의 시인들은 살구꽃을 노래한다 하더라도 언제나 사람 본위의 관점에서 그 아름다움을 추구하였다. 〈양걸을 전송함(送楊傑)〉 이란 소식의 시에는 하늘의 해를 묘사한 다음과 같은 대목이 있다.

천문에서 밤새우고 뜨는 해 맞이하니
만 리 붉은 물결에 하늘 반쪽이 빨갛네.
평지로 돌아와 공 같은 해 보니
한 점 황금으로 부어낸 가을 귤 같네.

천 문 야 상 빈 출 일　　　만 리 홍 파 반 천 적
天門夜上賓出日니 萬里紅波半天赤이라.

귀 래 평 지 간 도 환　　　일 점 황 금 주 추 귤
歸來平地看跳丸하니 一點黃金鑄秋橘이라.

　그들은 웅장한 해뜨는 광경에도 압도당하지 않고 자기본위의 해학 적인 기분을 그대로 유지하고 있다. 그들의 눈에는 하늘에 떠 있는 해 도 사람의 손이 닿을 수 없는 위대한 존재가 아니라 사람들이 갖고 노 는 공이나 즐겨 먹는 가을 귤이나 비슷한 존재의 하나였던 것이다. 송시에 농촌풍경을 노래한 작품들이 많은 것도 모든 작가들이 적어도 한동안은 농촌에서 생활할 기회를 가졌을 것임을 생각할 때, 자기의 생활주변을 담담한 마음으로 세밀히 관찰했던 송대 시인들로서는 당연한 일이라 할 것이다. 송대 시인들의 농촌시도 생활에의 밀착과 자연시의 부정이란 면에서 설명될 수가 있을 것이다.

4) 산문화 경향

앞에서 송시의 여러 가지 특징 중에 송시의 문장이 섬세한 서술적인 특색을 지니게 되었음을 논하였다. 서술적인 표현은 또 산문적이란 말로 바꿀 수도 있는 것이다. 미문(美文)이나 묘문(妙文)을 추구하지 않고 섬세한 감각으로 자기의 생활경험을 토대로 하여 논리적인 문장을 전개하다 보면 아무리 시라 하더라도 그 문체가 산문적인 경향을 띠지 않을 수가 없을 것이다. 청(淸)대의 오교(吳喬)도《위로시화(圍爐詩話)》에서 송시를 논하여 '송인들은 산문으로 시를 지었다(宋人以文爲詩)'고 말하고 있다.

소식의 〈정혜원의 동쪽에 머물다 보니 여러 가지 꽃이 산 가득히 피어있는 중에 해당화가 한 그루 있는데 그곳 사람들은 귀한 줄을 모르더라(寓居定惠院之東雜花滿山有海棠一株土人不知貴也)〉라는 제목부터 서술적인 시는 그 좋은 예가 될 것이다.

> 강을 낀 황주 땅은 무더운 기운 있어 초목 무성한데
> 오직 명화 한 그루 있어 적적하고 외로움을 괴로워하고 있네.
> 생긋 한번 웃는 듯한 모습 대 울타리 사이로 보이는데
> 복숭아 오얏꽃은 산에 질펀해도 모두 거칠고 속되기만 하네.
> 역시 조물주께선 깊은 뜻 있으심 알겠으니

일부러 미인을 텅 빈 골짜기로 보내신 걸세.
자연스럽게 부하고 귀한 모습은 타고난 바탕에서 나오는 것이니
금쟁반에 담아 화려한 집에 모셔 놓을 것도 없네.
붉은 입술로 술 마시어 발그레 양볼 상기되고
파란 소매의 엷은 비단 말아올리니 붉은 살이 비치네.
숲은 깊고 안개 자욱하여 새벽빛 더디게 비치는데
날 따스하고 바람 가벼워 봄잠 실컷 자게 되네.
선생은 배부르게 먹고 할 일 하나도 없어
왔다갔다 거닐면서 자기 배를 문지르네.
남의 집이건 절간이건 물어보지도 않고
지팡이 짚고 가, 문 두드리고 길게 자란 대를 구경하네.
갑자기 다시없는 아름다움 만나 쇠하고 시든 몸 비추니
탄식하며 말없이 병든 눈만 닦아내네.
천한 고장에 어디로부터 이 꽃이 오게 되었을까?
호사가가 서촉땅으로부터 옮겨온 게 아닐까?
한 치의 뿌리라도 천 리 길 가져오기 쉽지 않으리니
씨를 물고 날아온 건 틀림없이 따오기일 게다.
하늘가에 흘러 떨어졌으니 다 같이 외로운 처지라
한잔의 술을 마시며 이 노래를 부르네.
내일 아침 술 깨어 다시 홀로 와보면
눈 내리듯 펄펄 떨어질 꽃잎을 어찌 차마 대하리!

　　　　강 성 지 장 번 초 목　　　　지 유 명 화 고 유 독
　　　　江城地瘴蕃草木이나　只有名花苦幽獨이라.

　　　　언 연 일 소 죽 리 간　　　　도 리 만 산 총 추 속
　　　　嫣然一笑竹籬間하니　桃李滿山總麤俗이라.

　　　　야 지 조 물 유 심 의　　　　고 견 가 인 재 공 곡
　　　　也知造物有深意니　故遣佳人在空谷이라.

　　　　자 연 부 귀 출 천 자　　　　부 대 금 반 천 화 옥
　　　　自然富貴出天姿니　不待金盤薦華屋이라.

주 순 득 주 운 생 검　　취 수 권 사 홍 영 육
朱脣得酒暈生臉하고　翠袖卷紗紅映肉이라.

임 심 무 암 효 광 지　　일 난 풍 경 춘 수 족
林深霧暗曉光遲하니　日暖風輕春睡足이라.

우 중 유 루 역 처 창　　월 하 무 인 갱 청 숙
雨中有淚亦悽愴하고　月下無人更淸淑이라.

선 생 식 포 무 일 사　　산 보 소 요 자 문 복
先生食飽無一事하여　散步逍遙自捫腹이라.

불 문 인 가 여 승 사　　주 장 고 문 간 수 죽
不問人家與僧舍하고　拄杖敲門看修竹이라.

홀 봉 절 염 조 쇠 후　　탄 식 무 언 개 병 목
忽逢絕艷照衰朽하니　歎息無言揩病目이라.

누 방 하 처 득 차 화　　무 내 호 사 이 서 촉
陋邦何處得此花오?　無乃好事移西蜀가?

촌 근 천 리 불 이 치　　함 자 비 래 정 홍 혹
寸根千里不易致니　衘子飛來定鴻鵠이리라.

천 애 유 락 구 가 념　　위 음 일 준 가 차 곡
天涯流落俱可念하니　爲飲一樽歌此曲이라.

명 조 주 성 환 독 래　　설 락 분 분 나 인 촉
明朝酒醒還獨來면　雪落紛紛那忍觸고?

송대 시인들은 옛사람들은 시어가 되지 못한다고 생각했던 말들까지도 시에 사용하였고, 산문으로나 써야 할 내용들을 산문처럼 서술적으로 시로 써서 노래하였다. 당시에 비하여 이 점에서는 시의 내용이나 형식이 더욱 확대되었다고 할 것이다. 당시처럼 감정이 압축되어 있는 빼어난 구절은 찾아보기 어렵게 되었지만, 더욱 성실하고 섬세한 인간에 대한 추구가 이루어지고 있는 것이다.

　이러한 작가의 생활을 바탕으로 한 시의 서술적이고 산문적인 표현은 그 내용으로 많은 사회적 · 정치적인 문제를 담게 만든다. 곧 자기 생활을 통하여 느끼는 사회의 모순이나 민중의 생활상도 그들의 시의 중요한 대상이 되기 때문이다. 그것은 중국시의 전통적인 공용성(功用性)과도 통하는 것이다. 물론 당대의 사회시인들은 풍유(諷諭)를 통한 사회교화라는 의식적인 노력이 사회시를 쓰게 하였고, 송대의 시인들은 일반적인 생활을 토대로 한 인간에의 추구가 자연히 사회적인 문제까지도 다루게 하였던 것 같다.

어떻든 송대에는 두보나 백거이처럼 사회시인이라 부를 만한 전문적인 작가는 없지만, 거의 모든 시인들이 사회적·정치적인 문제를 시로 노래하고 있다. 곧 시의 공용성은 송대에 이르러 더욱 일반화되었다. 서술적이고 산문적인 문장형식이나 논리적인 생활과 밀착된 시의 내용은 이른바 사회시를 짓기에 알맞는 조건들이기 때문에 공용적인 시작이 일반화되었는지도 모른다.

송의 일대는 금(金)나라를 비롯한 외족에게 끊임없는 압박을 받은 시대라 지식인들로서는 한민족의 자각을 위하여 시대적인 문제들을 시로 노래하지 않을 수가 없었을 것이다. 남송 초기는 더욱이 금나라에게 조국 땅을 반 이상 빼앗기고 남쪽으로 쫓겨 내려갔던 때라 많은 시인들이 우국적인 울분을 시로 읊었다. 육유의 〈봄밤에 책을 읽다 느낀 감회(春夜讀書感懷)〉란 시는 그러한 보기의 하나이다.

거친 숲에서 올빼미 외로이 울고
들물에선 거위 떼가 우는데.
나는 봉창에 앉아
책 읽는 소리로 이들에 화답하네.
슬프다, 흰머리 늙은이여!
세상일 이미 실컷 겪고도,
한 몸 스스로 걱정할 줄 모르고
나라 걱정에 눈물 줄줄 흘리네.

옛날 당나라 천보(天寶) 말년을 생각해 봐도
이광필(李光弼)과 곽자의(郭子儀)가 나서서 군사를 다스리자,
하북(河北) 땅까진 비록 빼앗지 못했어도
그래도 동경(東京) 서경(西京)은 되찾았네!
3천의 뜻과 행동을 같이하는 선비들이 있고
백만의 금군(禁軍)이 있는데,
세월이 60년이나 흐르도록
오랑캐 먼지 맑아짐을 보지 못하다니!
적의 두목은 실로 유약한 임금이요
적의 장수는 사람이 영명치 못한데,
어찌하여 이때를 놓치고
앉아서 간웅(奸雄)이 나오기를 기다리려는가?
나 죽으면 뼈조차 썩어 버리고
청사(靑史)엔 이름조차 남지 않으리니,
이 시도 만약 짓지 않는다면
붉은 마음 또한 누가 밝혀 주랴!

荒林梟獨嘯하고 野水鵝羣鳴이라.
황 림 효 독 소   야 수 아 군 명

我坐蓬窗下하여 答以讀書聲이라.
아 좌 봉 창 하   답 이 독 서 성

悲哉白髮翁은 世事已飽更이어늘,
비 재 백 발 옹   세 사 이 포 갱

一身不自恤하고 憂國涕縱橫이라.
일 신 부 자 휼   우 국 체 종 횡

永懷天寶末하노니 李郭出治兵하여
영 회 천 보 말   이 곽 출 치 병

河北雖未下나 要是復兩京이라.
하 북 수 미 하   요 시 복 량 경

三千同德士에 百萬羽林營이어늘
삼 천 동 덕 사   백 만 우 림 영

세 주 일 갑 자 　　 불 견 호 진 청
歲周一甲子로되 不見胡塵淸이라.

적 추 실 잔 주 　　 적 장 비 인 영
賊酋實孱主요 賊將非人英이어늘

여 하 실 차 시 　　 좌 대 간 웅 생
如何失此時하고 坐待姦雄生고?

아 사 골 즉 후 　　 청 사 역 무 명
我死骨卽朽하여 靑史亦無名이리니

차 시 당 부 작 　　 단 심 상 수 명
此詩倘不作이면 丹心尙誰明고?

　밤중에 일어나 앉아 나라를 걱정하는 늙은 시인의 마음이 뜨겁다.
송시의 사회에 대한 관심이 당시와 다른 점은 육유의 경우에도 볼 수
있듯이 자기의 일상생활 속에서 포착된 사회에의 관심이라는 것이다.
두보의 전쟁을 배경으로 한 사회시나 백거이의 평민생활을 노래한 신
악부(新樂府)들은 작가의 일상생활과 직접적인 관련이 짙은 것은 아
니지만, 송대의 시인들의 것은 훨씬 작가들의 생활에 밀착되어 있다.
왕안석의 〈억지로 일어나려다(强起)〉란 시를 읽어보면 더욱 그러한 경
향을 느낄 수 있을 것이다.

　　싸늘한 방은 말똥말똥 잠 못 이루게 하는데
　　덜컹덜컹 수레 지나는 소리 들리네.
　　어느 집 사람인지 알 수 없지만
　　나보다 먼저 서리 위를 가는구나.
　　탄식해도 밤은 다 새지 않아
　　등불을 가져와 앞 기둥에 걸게 하고,
　　베개 밀치고 억지로 일어나려고
　　물어보니 별이 방금도 밝게 빛나고 있다네.
　　새벽은 성인이 힘쓰던 시각이니

《시경》제풍(齊風)엔 계명(鷄鳴) 시가 있었지.
아아, 나는 남의 것 훔쳐먹고 사는 거나 같으니
더욱 평생을 그르쳤다고 느껴지네.

한 당 경 불 매 　　 녹 록 문 거 성
寒堂耿不寐어늘 轆轆聞車聲이라.

부 지 수 가 아 　　 선 아 행 상 상
不知誰家兒나 先我行霜上이라.

탄 식 야 미 앙 　　 호 등 치 전 영
歎息夜未央하고 呼燈置前楹이라.

추 침 욕 강 기 　　 문 지 성 정 명
推枕欲强起라가 問知星正明이라.

매 단 성 소 면 　　 제 시 유 계 명
昧旦聖所勉이니 齊詩有鷄鳴이라.

차 여 이 절 식 　　 갱 각 부 평 생
嗟予以竊食이니 更覺負平生이라.

5) 시의 평담화(平淡化)

송시의 개척자 중의 한 사람인 매요신(梅堯臣)은 자신의 시 가운데
에서 다음과 같은 선언을 하고 있다.

읊는 게 성정에 들어맞도록
되도록 평담하려 하고 있다.

인 음 적 성 정 　　 초 욕 도 평 담
因吟適性情하여 稍欲到平淡이라.(〈和晏相公〉)

작시에는 고금없이
오직 평담하게 짓기가 어렵다.

作詩無古今으로 惟造平淡難이라.(〈讀邵學士詩卷〉)

매요신은 이처럼 시작에 있어서의 평담을 중시하였다. 시에 있어서
의 평담이란 작시자의 마음가짐이나 시의 내용은 물론 시의 문장에까
지도 적용되는 말이다. 따라서 그의 시는 미문이나 묘구는 물론 격한
감정의 기복이나 변화 같은 격정이 없는 평담한 작품을 이루고 있다.
〈노산 산길을 가며(魯山山行)〉란 그의 시를 다음에 예로 든다.

　　마침 들의 정취 상쾌한데
　　여러 산들은 높았다 낮았다 하네.
　　좋은 봉우리 곳곳이 모양 바뀌고
　　그윽한 오솔길 홀로 가다 잃겠네.
　　서리 내렸는데 곰이 나무에 오르고
　　숲은 공적(空寂)한데 사슴이 시냇물 마시네.
　　인가는 어디에 있는고?
　　구름 저 멀리서 외마디 닭 울음소리 들려오네.

　　適與野情愜이어늘 千山高復低라.

　　好峯隨處改요 幽徑獨行迷라.

　　霜落熊升樹하고 林空鹿飲溪라.

　　人家在何許오? 雲外一鷄聲이라.

그는 노산의 산길을 가면서 보고 느낀 일들을 평정한 자세로 담담히
서술하고 있다. 시인의 감정이 당시처럼 겉으로 드러나지 않고 바닷

물처럼 그 기복을 표면 밑에 감추고 있다. 이렇게 매요신이 강조한 평담은 결국 송시의 전체적인 특징으로 발전하고 만다. 미문이나 묘문을 피하면서 서술적·산문적인 문장으로 철학적이고 논리적인 시를 쓰다 보면 그 시는 자연히 문장이나 내용이 평담하게 될 것 같다. 생활과 밀착된 작품이나 섬세한 표현도 평담한 자세나 방법 없이는 이루어지지 않을 것이다. 이렇게 보면 송시의 특징을 여러 조목으로 나누어 설명하고는 있지만 이것들은 모두 상호 연관관계 아래 있는 것이다.

평담이라는 송시의 특징은 한편 당시 이전의 시들에 흔히 보이던 '세월의 흐름'과 '늙어 죽게 되는 인간의 숙명'에서 오는 비애를 극복하였음을 뜻하기도 한다. 옛 시인들은 무궁한 대자연 앞에서는 언제나 순간적이고 초라한 인간의 모습을 절감하며 슬퍼하였다. 한(漢)대의 악부고사(樂府古辭)에서는 '인생은 백 년도 채우지 못하는데, 늘천 년의 걱정 품고 지내네.(人生不滿百, 常懷千歲憂)〈〈西門行〉〉'라 통감하였고, 조식(曹植, 192~232)은 '천지는 끝이 없고, 음양은 서로 뒤바뀌는데, 사람의 일평생은 빠르기 바람에 불리는 먼지 같네(天地無窮極, 陰陽轉相因. 人居一世間, 忽若風吹塵.)〈〈薤露行〉〉'라며 인생을 슬퍼하였다. 당대에 와서도 이백의 '지금 사람은 옛날의 달 못 보았으되, 지금 달은 옛사람들 비추었겠지(今人不見古時月, 今月曾經照古人.)〈〈把酒問月〉〉', '천고의 시름 씻어내려, 연이어 백 병의 술 마시네(滌蕩千古愁, 留連百壺飮.)〈〈友人會宿〉〉', '세상살이 거대한 꿈 같네(處世若大夢)〈〈春日醉起言志〉〉'라고 연이어 인생의 숙명을 슬퍼하였다.

그러나 송대 시인들에 이르러는 세부적으로 인간생활을 파고들어 사람과 사람의 주변을 관찰하면서 인간의 무한한 가능성을 개발하기 시작하였다. 그들은 일순도 쉬지 않고 흐르는 시간 앞에 굴복하기보다는, 인간을 뜻있는 생활을 창조해 나갈 수 있는 영속적인 존재로서 파악하기 시작한 것이다. 소식이 우주의 만물이란 '그 변화하는 입장에서 보면 천지가 일순도 그대로 존재하지 않지만, 그 불변하지 않는 입장에서 보면 만물이나 우리가 모두 무궁한 것이다(〈赤壁賦〉)'고 말한 것처럼 거시적인 인생철학의 터전을 터득했던 것이다.

그러기에 그들은 아무런 슬픔 없이 밝은 달과 물이 흐르는 대자연을 즐길 수가 있었던 것이다. 소식의 〈권태로운 밤(倦夜)〉이란 오언율시를 읽어보자.

베개가 권태로우니 긴 밤이 싫은데
조그만 창은 끝내 밝을 줄을 모르네.
외로운 마을에 개 한 마리 짖는데
그믐달 아래 누가 가고 있는 걸까?
쇠한 머리 이미 흰 지 오래인데
나그네 정은 부질없이 스스로 맑기만 하네.
거친 정원엔 베짱이가 있어
공연히 베 짜는 소리내지만 결국 무엇이 이루어지는가?

권 침 염 장 야　　소 창 종 미 명
倦枕厭長夜로되 小牕終未明이라.

고 촌 일 견 폐　　잔 월 기 인 행
孤村一犬吠하니 殘月幾人行고?

쇠 빈 구 이 백　　여 회 공 자 청
衰鬢久已白이어늘 旅懷空自淸이라.

황 원 유 락 위　　허 직 경 하 성
荒園有絡緯나 虛織竟何成고?

적막한, 멀리서 개 짖는 소리가 들려오고 문 앞에선 베짱이가 시끄럽게 울 때 늙은 자신을 생각했다면 당연히 슬픔이 우러나왔을 터이지만, 소식은 '나그네 정은 부질없이 스스로 맑다' 고 하였다. 그리고 공연히 울고 있는 베짱이를 오히려 탓한다. 소식이 간직한 인간은 밤의 적막이나 벌레소리에 눌려 버리거나, 늙은 자신을 서러워하는 미소한 인간이 아니다. 적막 속에 '맑은 마음' 을 지닐 줄 아는 자신을 갖고 생활하는 가능성이 무한한 인간인 것이다.

　왕안석의 〈젊은이가 한 봄을 보면(少年見靑春)〉이란 시는 송대 시인들의 시간의 흐름을 대하는 태도를 잘 나타내고 있다.

　　젊은이가 한 봄을 보면
　　만물이 모두 아름답네.
　　자신이 비록 술 마시지 않는다 하더라도
　　즐겨 손님들과 취하네.
　　한 번 머리가 희어지기만 하면
　　아무것을 보아도 기뻐할 것이 없어지네.
　　마음이 옛날 같지 아니하고
　　더욱 세월의 흐름이 느껴지네.
　　기쁜 일을 들어도 이미 가기 싫어지고
　　배부르고 나면 또 잠잘 생각만 하게 되네.
　　봄이 간대도 다만 꿈만 같아
　　다시는 슬픔에 초췌하지 않네.
　　젊은이들에게 말 전하노니
　　힘써 봄 일을 하라.
　　그리고 노쇠한 노인을 이상히 여기지 말 것이니
　　쇠약함과 강건함은 자연 다른 법이니라.

　　　소 년 견 청 춘　　　　만 물 개 무 미
　　　少年見靑春이면　萬物皆嫵媚니라.

^{신수불음주}　　^{낙여빈객취}
身雖不飮酒라도 樂與賓客醉라.

^{일종빈상백}　　^{백불견가희}
一從鬢上白이면 百不見可喜라.

^{심장비고시}　　^{갱각일월사}
心腸非故時오 更覺日月駛라.

^{문환이권왕}　　^{득포환사수}
聞歡已倦往이오 得飽還思睡라.

^{춘귀지여몽}　　^{불부비초췌}
春歸只如夢이니 不復悲憔悴라.

^{기언소년자}　　^{노력작춘사}
寄言少年子하노니 努力作春事하라.

^{역물괴쇠옹}　　^{쇠강자연이}
亦勿怪衰翁이니 衰强自然異니라.

　젊었을 때는 세월 흐르는 게 안타깝지만, 오히려 늙고 보면 봄이 가버리는 것도 꿈만 같다고 한다. 이것은 늙어 죽어야만 하는 사람의 숙명을 슬퍼하기보다는 뜻있는 일을 하려는 생활인으로서의 정열이 그렇게 만든다고 보여진다. 경학·정치·문학 등 모든 방면에서 눈부신 업적을 남긴 왕안석이라면 당연한 일이지만, 그밖의 송나라 사람들 모두가 이런 생각을 가졌던 것 같다. 여기에서 젊은이들에게 '봄 일'에 노력하라고 하는 것은 '뜻있고 보람있는 일'을 많이 하라는 말로 받아들여진다. 선한 것으로 이해되는 사람의 본성을 찾고, 우주의 기본원리인 이(理)를 추구하려는 성리학은 그 출발부터가 인생을 바라볼 때, 그것은 순간적인 것이 아니라 영속적인 무한한 가능성을 지닌 존재가 되는 것이다. 그리고 그러한 가능성을 성실히 추구한 시들이란 결과적으로 평담한 특성을 지닌 작품이 될 수밖에 없었을 것이다.

6) 당시와 송시

이상 논한 것 같은 송시의 특성 때문에 송시는 당시와 대비가 되는 풍격과 형식을 이루고 있다. 그 때문에 이후의 문학사에 있어서는 시의 방법이나 풍격을 두고 흔히 송시와 당시로 구분하여 논하게 된다. 여기에 유월(繆鉞)이 〈송시를 논함(論宋詩)〉이란 글(《詩詞散論》所載)에서 쓴 당시와 송시의 대비를 소개한다.

당시는 운(韻)에 있어 뛰어나다. 그러므로 혼아(渾雅)하며 온자(醞藉)와 공령(空靈)을 숭상한다. 송시는 뜻에 있어 뛰어나다. 그러므로 정능(精能)하며 심절(深折)과 투벽(透闢)을 숭상한다. 당시의 아름다움은 정사(情辭)에 있으니 그래서 풍유(豐腴)하다. 송시의 아름다움은 기골(氣骨)에 있으니 그래서 수경(瘦勁)하다.

당시는 작약(芍藥)이나 해당(海棠)처럼 농화(穠華)와 번채(繁采)가 있다. 송시는 한매(寒梅)나 추국(秋菊)처럼 유운(幽韻)과 냉향(冷香)이 있다. 당시는 여지(荔枝)를 씹는 것처럼 한 알을 입안에 넣으면 단맛과 향기가 양 볼에 가득 찬다. 송시는 감람(橄欖)을 먹는 것처럼 처음엔 떠름한 맛을 느끼지만 뒷맛이 빼어나고 오래간다.

이것을 정원을 꾸미는 데 비유하면, 당시는 곧 돌을 쌓고 연못을 파고서 정자를 짓고 별관(別館)을 만드는 것과 같다. 송시는 곧 정자와 별관 안을 기소(綺梳)와 조함(雕檻)으로 장식을 하고 수석(水石) 곁에 기화요초(琪花瑤草)를 심은 것과 같다.

이것을 산수에 노는 것에 비유를 하면, 당시는 곧 높은 봉우리에서 멀리 바라볼 적에 의기(意氣)가 호연(浩然)한 것과 같고, 송시는 곧 그윽한 골짜기 냇물을 찾았을 적에 정경(情境)이 냉초(冷峭)함과 같다.

당시의 폐(弊)는 부곽(膚廓)하고 평활(平滑)하다는 것이고, 송시의 폐는 생삽(生澁)하고 고담(枯淡)하다는 것이다.

대체로 당시는 정감이 풍부하고 미려하고 멋진 데 비하여, 송시는 보다 이지적이고 떫은 맛이 있지만 심원한 데가 있다는 것이다. 이후로 중국시는 별로 특별한 발전을 이룩하지는 못했지만 이러한 당시와 송시는 후세 시인들에게 대조적인 풍격과 수법으로 받아들여졌다. 다만 이러한 당시와 송시의 대비를 절대적인 것으로 생각하는 것은 잘못이다. 송시는 당시의 계승이라는 것을 망각하고 이들의 대비만을 주장하다 보면 많은 경우 시의 성격 판단이나 이해를 그르치게 될 것이기 때문이다.

보통 중국시는 당시가 대표한다고 말한다. 그러나 중국시는 송대에 이르러 또 다른 여러 가지 면에서의 발전을 이룩하고 있는 것이다. 흔히 중국시는 당대, 그것도 성당시대가 발전의 정점에 도달했던 시기라 여기고 있으나, 중당시대부터 일기 시작한 문학혁신운동은 모든 면에서 송대로 계승되어, 북송시대에는 그 발전이 정점에 이르고 있음에 주의해야 한다.

I

북송 北宋 초기 시

송시 宋詩의 형성기

유개 柳開, 946~999

자는 중도(仲涂), 동교야부(東郊野夫) 또는 보망선생(補亡先生)이라 스스로 호를 썼다. 대명(大名 : 지금의 河北省) 사람. 진사가 된 뒤, 대주(代州)와 흔주(忻州)의 자사(刺史)를 지냈다. 일찍부터 한유(韓愈)와 유종원(柳宗元)을 존경하여 이름을 견유(肩愈), 자를 소원(紹元)이라 했었고, 그들의 문학운동을 계승 발전시키려고 하였다. 따라서 송대문학 건설의 선구자라고 할 수 있다. 《하동선생집(河東先生集)》16권이 전한다.

변새에서(塞上)

화살촉이 소리내어 울면서 곧장 천 자 높이로 올라가니,
하늘 고요하고 바람도 없어 소리 더욱 날카롭네.
파란 눈의 오랑캐들 3백의 기병이
모두 말고삐 잡아당기며 구름 쪽을 바라보네.

명 교　직 상 일 천 척　　　천 정 무 풍 성 갱 건
鳴骹[1]直上一千尺하니, 天靜無風聲更乾[2]이라.

벽 안 호 아 삼 백 기　　　진 제　금 륵 향 운 간
碧眼胡兒三百騎가, 盡提[3]金勒向雲看이라.

註解 1) 鳴骹(명교) – 화살촉이 우는 소리를 내는 것. '교'는 '효(嚆)'와 통하여, 곧 효시(嚆矢)를 뜻한다. 2) 乾(건) – 소리가 날카로운 것, 소리가 큰 것. 3) 盡提(진제) – 모두가 잡아당기다. 금륵(金勒)은 말의 금재갈. '금재갈을 잡아당긴다'는 것은 곧 말고삐를 잡아당김을 뜻한다.

解說 전쟁이 완전히 멈추지 않은 국경지역의 풍정(風情)을 읊은 시이다. 간단하면서도 그 시대상과 국경의 모습을 잘 표현한 명시라 알려져 있다.

왕우칭 王禹偁, 954~1001

자는 원지(元之). 북송 제주(濟州) 거야(鉅野 : 지금의 山東省) 사람. 진사가 된 뒤 태종(太宗) 때 우습유(右拾遺)·직사관(直史館)을 비롯하여 좌사간(左司諫)·지제고(知制誥) 등을 거쳐 한림학사(翰林學士) 등을 지낸 뒤 황주자사(黃州刺史)로 나갔다가 기주(蘄州)로 옮긴 뒤 죽었다. 그는 문학에 있어 형식적인 수사(修辭)를 존중했던 송초의 서곤체(西崑體)를 반대하고 시는 두보(杜甫)·백거이(白居易), 문은 한유(韓愈)·유종원(柳宗元)을 존중했다. 작풍이 평이하고도 소박했으며 당시의 정치 사회를 풍자하는 내용도 적지 않다. 《소축집(小畜集)》 30권과 《외집(外集)》 7권이 있다.

긴 하루, 중함에게 보냄(日長簡仲咸¹⁾)

해는 긴데 무슨 수로 저녁때까지 견딜까?
고을은 궁벽하고 관아는 한가하여 낮에도 문을 닫고 있네.
두보의 시집은 시세계를 열어주고,
위백양의 참동계(參同契)는 도의 근원을 보여주네.
바람이 소란하자 북쪽 뜰에는 꽃잎 잔뜩 휘날리고,
동쪽 누각에 달이 뜨면 술 한 통을 즐길 거네.
같은 해 진사가 된 친구가 이 고을 다스리게 되지 않았다면
이 마음 허전한 것을 뉘와 더불어 이야기할 건가?

일 장 하 계 도 황 혼　　군 벽 관 한 주 엄 문
日長何計到黃昏고? 郡僻官閑晝掩門이라.

자 미 집 개 시 세 계　　백 양 서 현 도 근 원
子美集²⁾開詩世界요, 伯陽³⁾書見道根源이라.

풍 소 북 원 화 천 편　　월 상 동 루 주 일 준
風騷北院花千片이오, 月上東樓酒一樽이라.

불 시 동 년 래 주 군　　차 심 뢰 락　공 수 론
不是同年⁴⁾來主郡이면, 此心牢落⁵⁾共誰論고?

註解 1) 簡仲咸(간중함)－중함에게 보내주다. '중함'은 성이 풍(馮), 왕우
칭과 같은 해 과거에 진사로 급제하였다. 작자가 상주(商州 : 지금의
陝西省)의 단련부사(團練副使)로 쫓겨나 있을 때 지은 시이다. 이때
그는 해주(解州)로 옮겨가도록 명이 내렸는데, 마침 친구인 풍중함
이 상주의 태수가 되어 부임하였던 것이다.　2) 子美集(자미집)－두
보(杜甫)의 시집. 두보의 자가 자미임.　3) 伯陽(백양)－위백양(魏伯
陽). 한(漢)대의 사람으로, 산속에 숨어 연단술(鍊丹術)을 닦아《참동
계(參同契)》를 지었다.《주역(周易)》과 황로(黃老)와 노화(爐火) 삼가
(三家)의 이론을 참동(參同)하여 하나로 귀착시킴으로써 대도(大道)

를 묘계(妙契)한 저서라 한다. 주희(朱熹)도 《참동계고이(參同契考異)》 1권을 지었다. 따라서 여기의 '백양서'는 《참동계》를 말한다. 《사기(史記)》 노자열전(老子列傳)에 노자(老子)의 자가 '백양'이라 했으니, 백양서를 노자의 《도덕경(道德經)》이라 보아도 된다. 그러나 송대의 학자라면 《참동계》라 봄이 옳을 것이다. 4) 同年(동년) ─ 함께 과거에 급제하여 진사가 된 사람. 풍중함을 가리킨다. 5) 牢落(뢰락) ─ 마음이 허전한 것, 마음을 붙일 곳이 없는 것.

解說 상산(商山)에서의 생활은 귀양살이여서 별로 편치 않았던 듯하다. 그래서 봄날이 길고 지루한데, 다행히 친구가 이 고을 태수(太守)로 부임해 와서 위로를 받는다. 생활이 편치 않았다 해도 두보의 시집과 《참동계》를 읽으면서 아름다운 자연을 대하고 술잔을 기울이는 그의 생활은 깨끗하기만 하다.

눈을 대하고(對雪)

서울의 한 해도 저물고 있는데,
가난한 우리집 문은 낮에도 늘 닫혀 있네.
닷새에 한 번 나가는 조회 참석도 면제받았고,
근무하는 사관(史館)엔 공사(公事)가 없네.
책을 읽노라 밤늦게 자고 보니,
해가 높이 뜨도록 자는 일 많아졌네.
잠에서 깨어나자 모골이 오싹하여
창문을 바라보니 흰 눈이 내리네.
옷을 걸치고 문밖으로 나가보니,
온 천지가 펄펄 내리는 눈일세.
어찌 감히 내 가난한 살림 걱정하랴,

잠시 풍년들 것을 경하하네.
월급은 비록 남는 게 없다고 하나
밥 끼니 계속 이어지고 있고,
땔나무와 짐승먹이도 떨어진 일 없었으며
술과 안주도 마련할 수가 있다네.
부모님껜 몇 잔 술 따라 올리고
형제들도 고루 한 잔씩 들고 있으며,
처자들 굶고 헐벗지 않으니
함께 모여 시절의 상서로움 노래해야지.

이런 계제에 황하 북쪽 백성들 생각해 보니,
수레 끌며 변방의 군수품 날라주고 있겠네.
수레에는 수십 섬 무게가 실렸는데
갈 길은 수백 리 먼 길이고,
파리한 말의 발굽은 얼어서 가지를 못하며
꼼짝 않는 수레바퀴는 얼어서 끌기도 어렵네.
밤이 되면 어디에 묵을 건가?
적막하고 황량한 산비탈이겠지.
또 변방의 병사들 생각해 보니,
창을 메고 오랑캐 기병을 막고 있을 것인데,
성 위에 깃발 우뚝 세우고
망루(望樓)에서 봉화를 바라보고 있다가,
얼어 뻣뻣한 활은 힘을 다해 당겨야 하고,
갑옷의 찬 기운이 골수에 스미리라.
오늘은 어디를 가고 있을 건가?

쓸쓸한 먼 사막 끝일 걸세.

스스로를 생각해보니 또 나는 어떤 사람인가?
하는 일 없이 편안히 이처럼 지내고 있다네.
깊이 백성들에게 좀벌레 된 것 뉘우치니,
아무 하는 일 없이 간관(諫官) 자리만 맡고 있다네.
눈치 안보고 올곧은 말 한마디도 못했는데,
어찌 곧은 관리라 할 수가 있겠는가?
잘잘못 가리는 말 한마디도 못했는데,
어찌 좋은 사관(史官)이라 할 수 있겠는가?
한 마지기 밭도 가는 것 없고
화살 한 대도 잡아본 일 없는 데다가,
몹시 부끄럽게도 백성들 부하게 해주는 술책 모르고
국경 편안히 할 방책도 모르니,
부질없이 눈이나 보고 시 읊조리어
삼가 친지들에게 사죄할 따름이네.

帝鄕$^{1)}$歲云暮요, 衡門$^{2)}$晝長閉라.
（제 향 세 운 모　　형 문 주 장 폐）

五日免常參$^{3)}$하니, 三館$^{4)}$無公事라.
（오 일 면 상 참　　삼 관 무 공 사）

讀書夜臥遲하고, 多成$^{5)}$日高睡라.
（독 서 야 와 지　　다 성 일 고 수）

睡起毛骨寒하고, 窓牖瓊花$^{6)}$墜라.
（수 기 모 골 한　　창 유 경 화 추）

披衣出戶看하니, 飄飄$^{7)}$滿天地라.
（피 의 출 호 간　　표 표 만 천 지）

기 감 환 빈 거　　　요 장 하 풍 세
豈敢患貧居리오? 聊將賀豐歲라.

월 봉 수 무 여　　　신 취 차 상 계
月俸雖無餘나, 晨炊且相繼라.

신 추　미 결 공　　　주 효 역 능 비
薪芻[8]未缺供하고, 酒肴亦能備라.

수 배 봉 친 로　　　일 작 균 형 제
數杯奉親老하고, 一酌均兄弟라.

처 자 불 기 한　　　상 취 가 시 서
妻子不飢寒하니, 相聚歌時瑞라.

인 사 하 삭 민　　　수 만　공 변 비
因思河朔民[9]하니, 輸輓[10]供邊鄙라.

거 중 수 십 곡　　　노 요 수 백 리
車重數十斛[11]하고, 路遙數百里로되,

이 제　동 불 행　　　사 철　빙 난 예
羸蹄[12]凍不行이오, 死轍[13]冰難曳라.

야 래 하 처 숙　　　격 적　황 파 리
夜來何處宿고? 闃寂[14]荒陂裏라.

우 사 변 새 병　　　하 과 어 호 기
又思邊塞兵하니, 荷戈御胡騎하며,

성 상 탁　정 기　　　누 중 망 봉 수
城上卓[15]旌旗하고, 樓中望烽燧러니,

궁 경　첨 기 력　　　갑 한 침 골 수
弓勁[16]添氣力하고, 甲寒侵骨髓라.

금 일 하 처 행　　　뇌 락　궁 사 제
今日何處行고? 牢落[17]窮沙際라.

자 념 역 하 인　　　투 안　득 여 시
自念亦何人으로, 偸安[18]得如是아?

심 위 창 생 두　　　잉 시　간 관 위
深爲蒼生蠹[19]요, 仍尸[20]諫官位라.

건 악   무 일 언   기 득 위 직 사
謇諤²¹⁾無一言이어늘, 豈得爲直士오?

포 폄   무 일 사   기 득 위 량 사
褒貶²²⁾無一事어늘, 豈得爲良史오?

불 경 일 묘 전   부 지 일 척 시
不耕一畝田하고, 不持一隻矢며,

다 참   부 인 술   차 핍 안 변 의
多慚²³⁾富人術하고, 且乏安邊議니,

공 작 대 설 음   근 근   사 지 기
空作對雪吟하여, 勤勤²⁴⁾謝知己라.

註解 1) 帝鄕(제향) ─ 황제가 있는 고장, 서울. 북송의 수도 변경(汴京)을 가리킴. 2) 衡門(형문) ─ 나무때기를 가로 받쳐놓고 대문을 삼고 있는 집. 가난한 집을 뜻함. 3) 免常參(면상참) ─ 조회(朝會)에 일정하게 나가는 일을 면제받다. 옛날 중국에선 황제가 닷새에 한 번씩 조회를 열고 신하들은 반드시 그 조회에 참석하게 되어 있었다. 4) 三館(삼관) ─ 송대에는 소문관(昭文館)·집현관(集賢館)·국사관(國史館)을 가리킴. 작자는 이때(988년) 직사관(直史館)에 벼슬하고 있었다. 5) 多成(다성) ─ 많이 하게 되다. 일고수(日高睡)는 해가 높이 뜨도록 자는 것. 6) 瓊花(경화) ─ 설화(雪花). 눈은 옥처럼 희고 깨끗하여 그렇게 부른다. 7) 飄飄(표표) ─ 눈이 날리며 내리는 모양. 8) 薪芻(신추) ─ 땔나무와 꼴(마른 풀). 9) 河朔民(하삭민) ─ 황하 북쪽의 백성들. 이때 송나라는 북쪽의 요(遼)나라와 전쟁이 끊이지 않고 있어서, 황하 북쪽의 백성들은 전쟁 뒷바라지에 혼이 나고 있었다. 10) 輸輓(수만) ─ 수레를 끌다. 11) 斛(곡) ─ 양의 단위, 10말〔斗〕이 1곡. 12) 羸蹄(이제) ─ 파리한 말의 발굽. 13) 死轍(사철) ─ 죽은 수레바퀴, 얼어붙어 움직이지 않는 수레바퀴. 14) 闃寂(격적) ─ 쓸쓸하고 적막한 것. 15) 卓(탁) ─ 높이 세우다. 16) 弓勁(궁경) ─ 활이 얼어서 뻣뻣한 것. 첨기력(添氣力)은 기력을 더 보태야만 하다, 힘을 더 들여야만 하다. 17) 牢落(뇌락) ─ 허전한 모양, 멀고 쓸쓸한 모양. 궁사제(窮沙際)는 먼 사막 끝. 18) 偸安(투안) ─ 하는 일 없이 편히 지내는 것. 19) 蒼生蠹(창생두) ─ 백성들의 좀벌레. 백성들의 해가 되는 자. 20) 仍尸(잉시) ─ 그대로 아무 하는 일도 없는 것. 하는 일도 없

이 벼슬자리에 있는 것을 '시위(尸位)'라 한다.   21) 謇諤(건악)－아무런 눈치를 보지도 않고 바른 말을 하는 것.   22) 褒貶(포폄)－잘한 일은 드러내주고, 잘못한 일은 비판하는 것.   23) 多慚(다참)－많이 부끄러워하다. 부인술(富人術)은 백성들을 부하게 하는 술책.   24) 勤勤(근근)－근근(勤勤). 간절한 모양.

解説 왕우칭이 태종(太宗)의 단공(端拱) 원년(988) 우습유(右拾遺)로 직사관(直史館)에 있을 적에 지은 시이다. 그는 함박눈이 내리는 것을 보고 촉발된 느낌을 시로 읊고 있는데, 그의 생각이 전쟁 뒷바라지로 죽을 고생을 하고 있는 황하 북쪽의 백성들과 국경지대에서 외적의 침입을 막고 있는 병사들의 고난으로 달려가면서 스스로를 반성하고 있다. 감정이 절실하고 표현이 진실하여 새로운 송시의 발전을 예고해 주는 듯하다. 어떻든 왕우칭의 대표적인 풍유시(諷諭詩)라 할 수 있는 작품이다.

나귀의 부스럼을 쪼는 까마귀(烏啄瘡驢[1]詩)

상산의 늙은 까마귀는 얼마나 냉혹한가!
부리는 쇠못보다도 길고 화살촉보다도 날카롭다네.
벌레 주워먹고 그 알 쪼는 짓은 네 마음대로이겠지만
어찌하여 내 부스럼 난 짐승 해칠 수가 있단 말인가?
나는 작년부터 상주로 귀양와 지내는데,
짐은 오직 한 마리 절름발이 나귀에 의존하여 옮겼네.
여기 오느라 그 험준한 진령도 넘었고
나를 위해 등에 백 권의 책을 싣고 오다 보니,
가죽 뚫리어 등뼈 드러나고 상처는 배에까지 났으나
반 년을 치료하여 거의 회복되어가고 있었다네.
그런데 어제 늙은 까마귀가 갑자기 내려와

오래된 상처를 쪼아 터뜨리고 새 살을 물어갔네.

나귀는 울부짖고 하인은 소리쳤으되 까마귀는 이미 날아가

부리를 문지르고 깃털을 털며 우리집 지붕에 앉아있네.

내 나귀나 내 하인이야 너를 어찌할 수가 있는가?

탄궁(彈弓) 가지고 잘 대비 못한 것이 후회될 뿐이지.

다행히 상산엔 사나운 새들 많다니

바로 이웃집에 부탁하여 매를 빌려야지.

네 발은 무쇠 같고 네 발톱은 쇠갈고리 같으니

까마귀 목을 꺾고 까마귀 골수를 먹어다오!

어찌 너의 굶주린 창자를 배불리자는 것이겠느냐,

그저 부스럼 난 나귀의 복수를 해달라는 거지!

商山²⁾老烏何慘酷고? 喙³⁾長于釘利于鏃이라.

拾蟲啄卵從爾爲나, 安得殘我負瘡⁴⁾畜고?

我從去歲謫商于⁵⁾하여, 行李惟存一蹇驢라.

來登秦嶺⁶⁾又巉岩한데, 爲我馱背⁷⁾百卷書라.

穿皮露脊⁸⁾痕連腹하니, 半年治療將平復이라.

老烏昨日忽下來하여, 啄破舊瘡取新肉하니,

驢號僕叫烏已飛하여, 劂嘴振毛⁹⁾坐吾屋이라.

我驢我僕奈爾何오? 悔不挾彈¹⁰⁾更張羅라.

뇌 시 상 산 다 지 조　　　변 문 인 가 차 추 요
賴是商山多鷙鳥¹¹⁾하고, 便問鄰家借秋鷂¹²⁾라.

철 이 권　혜 구 이 조　　절 오 경 혜 식 오 뇌
鐵爾拳¹³⁾兮鉤爾爪니, 折烏頸兮食烏腦하라!

기 유 취 이 기 장 포　　　역 여 창 로 복 구 료
豈惟取爾飢腸飽리오? 亦與瘡驢復仇了하라!

註解 1) 烏啄瘡驢(오탁창로) — 까마귀가 부스럼 난 나귀를 쪼다. 이 시는 작자가 태종(太宗)의 미움을 사 순화(淳化) 2년(991) 상주(商州)로 귀양온 다음 해에 지은 것이다. 2) 商山(상산) — 섬서성(陝西省) 상현(商縣) 동남쪽에 있는 산 이름. 3) 啄(훼) — 부리, 주둥이. 촉(鏃)은 화살촉. 4) 負瘡(부창) — 부스럼이 나있는 것. 5) 商于(상우) — 상주(商州), 지금의 섬서성 상현(商縣). 6) 秦嶺(진령) — 동쪽으로는 하남성(河南省) 섬현(陝縣)에서 섬서성을 가로질러 서쪽으로는 감숙성(甘肅省) 천수(天水)까지 뻗은 산맥. 작자가 귀양오면서 넘었음. 7) 駄背(타배) — 등에 짐을 지는 것. 8) 穿皮露脊(천피로척) — 가죽을 뚫고 등뼈가 드러남. 9) 劘嘴振毛(마취진모) — 부리를 문지르고 털 깃을 떨다. 10) 挾彈(협탄) — 새를 쏠 탄궁(彈弓)을 지니는 것. 장라(張羅)는 대비하다, 준비하다. 11) 鷙鳥(지조) — 사나운 새, 매나 독수리 같은 새. 12) 鷂(요) — 매, 새매. 13) 鐵爾拳(철이권) — 너의 주먹은 무쇠다. 구이조(鉤爾爪)는 네 발톱은 쇠갈고리다.

解說 상당히 해학적인 시이다. 이것은 실제 경험도 반영되고 있는 듯하다. 그러나 자기 나귀의 부스럼이 난 곳을 쪼아먹는 늙은 까마귀는 백성들에 대하여 못살게 구는 관리들에게 빗대고 있는 듯도 하다.

한식날(寒食¹⁾)

올해는 한식을 상산에서 보내고 있는데,
산속의 풍경 또한 아름답기만 하네.

어린애들은 꽃으로 달려가 나비를 잡으려 하고,
여염집에선 큰 나무에 그네를 매고 있네.
교외 들판의 새벽 초목은 막 내린 비로 푸르르고,
마을 골목엔 갑자기 밥짓는 연기 끊이고 봄그늘이 드리웠네.
부사의 벼슬 한가롭다 슬퍼하지 말게나!
술값으로 아직도 비문 지어주고 받은 돈이 있다네.

今年寒食在商山²⁾하니, 山裏風光亦可憐³⁾이라.

稚子就花拈蛺蝶⁴⁾ 人家依樹繫鞦韆⁵⁾이라.

郊原⁶⁾曉綠初經雨요, 巷陌⁷⁾春陰乍禁煙이라.

副使⁸⁾官閑莫惆悵하라! 酒錢猶有撰碑錢⁹⁾이라.

註解 1) 寒食(한식)−동지(冬至) 뒤 105일째 되는 날. 이날부터 사흘 동안
불로 익힌 음식을 먹지 않는 풍습이 있었다(《荊楚歲時記》). 2) 商山
(상산)−섬서성(陝西省) 상현(商縣) 동남쪽에 있는 산 이름. 이때 왕
우칭은 그 산이 있는 상주(商州)의 단련부사(團練副使)로 밀려나와
있었다. 3) 可憐(가련)−가애(可愛), 아름다운 것. 4) 蛺蝶(협접)−
나비. 5) 鞦韆(추천)−그네. 6) 郊原(교원)−교외의 들판. 효록(曉
綠)은 새벽에 초목이 파란 것. 7) 巷陌(항맥)−마을의 골목길, 동리
의 골목길. 사(乍)는 잠시, 갑자기. 8) 副使(부사)−상주의 단련부사
(團練副使)로 있던 작자 자신을 가리킴. 9) 撰碑錢(찬비전)−비문을
지어주고 사례로 받은 돈.

解說 이 시는 순화(淳化) 2년(991), 작가가 송 태종(太宗)의 노여움을 사 변경
땅 상주로 쫓겨나 있으면서 지은 시이다. 한식이라는 밥을 지어먹지 않
는 절기를 만나니 더욱 고향과 변경(汴京)이 그리워지는 것이다. 그런 중
에도 아름다운 봄산의 풍경과 술로 자신의 마음을 달래고 있는 것이다.

시골길을 가며(村行)

말 타고 산길을 뚫고 가니 들국화 노랗게 피기 시작하고,
말 가는대로 유유히 맡겨두니 들판의 흥취 더해지네.
골짜기마다 울리는 소리는 저녁바람 이는 때문일 게고,
산봉우리들은 말없이 지는 해 받고 서있네.
돌배나무 잎은 연지색으로 물든 채 떨어지고,
메밀꽃은 흰 눈처럼 피어 향기를 뿜고 있네.
무엇 때문에 시를 읊다가 갑자기 슬퍼하는가?
시골의 다리와 들판의 나무가 내 고향과 흡사해서이네.

마 천 산 경 국 초 황　　　신 　마 유 유 야 흥 장
馬穿[1]山徑菊初黃하니, 信[2]馬悠悠野興長이라.

만 학 유 성 함 만 뢰　　　수 봉 무 어 립 사 양
萬壑有聲含晩籟[3]요, 數峰無語立斜陽이라.

당 리 엽 락 연 지 색　　　교 맥 　화 개 백 설 향
棠梨[4]葉落胭脂色이오, 蕎麥[5]花開白雪香이라.

하 사 음 여 홀 추 창　　　촌 교 원 수 사 오 향
何事吟余忽惆悵고? 村橋原樹似吾鄉이라.

註解 1) 馬穿(마천) - 말이 뚫고 가다. 2) 信(신) - 맡기다, 하는 대로 따르
다. 3) 晩籟(만뢰) - 저녁에 이는 바람으로 나는 소리. 4) 棠梨(당
리) - 돌배나무. 5) 蕎麥(교맥) - 메밀.

解說 이 시도 순화(淳化) 3년(992), 상주(商州)에서 지은 것이다. 들국화 피
어있고 단풍으로 초목이 물들고 눈처럼 만발한 메밀꽃에서는 향기가
진동하는 아름다운 산경치를 노래하다가, 끝머리에서는 다시 고향생
각에 처연해지고 있다.

위야魏野, 960~1019

자는 중선(仲先), 호는 초당거사(草堂居士). 북송의 은일시인(隱逸詩人). 본
시는 촉(蜀 : 지금의 四川省) 사람이나, 벼슬을 멀리하고 섬주(陝州, 지금의
河南省) 동쪽 교외에 낙천동(樂天洞)을 마련하고, 금(琴)을 벗하여 평생을
보냈다. 죽은 뒤 비서성(秘書省) 저작랑(著作郞)이 추증(追贈)되었다. 정력
을 써서 시를 지었고 시에는 속기가 없으며, 경발(警拔)한 구절이 많았고,
당인의 시풍이 있어 임포(林逋, 호 和靖)와 병칭(並稱)되었다. 그의 시집
《초당집(草堂集)》은 뒤에 《거록동관집(鉅鹿東觀集)》10권으로 전하여지게
되었다.

은자를 찾아갔다 만나지 못하고서(尋隱者不遇)

신선 찾아 봉래도로 잘못 들어가 보니,
향기만 바람없이 싱그러운데 소나무 꽃가루 지네.
지초(芝草) 캐러 어느 곳에 갔길래 아직 돌아오지 않는가?
흰 구름 땅에 가득한데 아무도 쓸지 않누나.

심 진 오 입 봉 래 도 　 향 풍 부 동 송 화 로
尋眞¹⁾悞入蓬萊島²⁾하니, 香風不動³⁾松花老라.

채 지 하 처 미 귀 래 　 백 운 만 지 무 인 소
探芝⁴⁾何處未歸來오? 白雲滿地無人掃라.

註解 1) 眞(진)－진인(眞人). 곧 선인(仙人). 悞(오)는 그릇된 것. 誤(오)와
같은 뜻. 2) 蓬萊島(봉래도)－방장(方丈)·영주(瀛洲)와 함께 발해
(渤海) 가운데 있다는 삼신산(三神山) 중의 하나. 3) 香風不動(향풍
부동)－바람없이 향내만 은은히 피어오르는 것. 松花老(송화로)는
소나무꽃이 늙어 가루가 떨어지고 있는 것. 4) 芝(지)－지초. 서초
(瑞草)의 일종으로 영지(靈芝)라고도 부른다. 도가(道家)에서는 불로
장생의 영초(靈草)라 하여 진중히 여긴다.

解說 은자를 찾아갔던 작자의 마음가짐이 은자 못지않게 청정하다. 소나무
꽃가루가 지고 있는 향기로운 산속의 경치를 눈앞에 보는 것 같고, 흰
구름이 땅 가득히 깔려 있는 선경에선 속기라고는 조금도 느껴지지
않는다.

숨어사는 유대중의 집 벽에 씀(書逸人¹⁾俞大中屋壁)

세상을 달관(達觀)한 사람은 녹과 벼슬 가벼이 여기고
사는 곳을 숲 속 샘물 곁에 정하고 있네.

벼루를 씻으면 물고기가 먹물을 삼키고,
차를 끓이면 학이 연기를 피하여 날아가네.
한가할 적이면 성스러운 시대를 노래하고,
늙어도 흘러가는 세월을 한하지 않네.
고요히 한가하게 찾아오는 사람들에 대하여 생각해 보니,
그래도 내가 그 중 가장 모나는 자일 게다.

달 인 경 록 위　　거 처 방 림 천
達人輕祿位하여, 居處傍林泉이라.

세 연 어 탄 묵　　팽 차 학 피 연
洗硯魚呑墨이오, 烹茶鶴避煙이라.

한 유 가 성 대　　노 불 한 류 년
閒惟歌聖代하고, 老不恨流年2)이라.

정 상 한 래 자　　환 응 아 최 편
靜想閒來者하니, 還應我最偏3)이라.

註解 1) 逸人(일인) ─ 세상으로부터 숨어사는 사람. 유대중(俞大中)은 어떤
사람인지 알 수 없다. 2) 流年(류년) ─ 흘러가는 세월, 흘러가는 해.
3) 偏(편) ─ 치우치다, 편벽되다, 보통이 아닌 것.

解説 세상일에 달관하고 숨어사는 사람의 생활을 노래하고 있지만, 실은
그것이 바로 자기의 사상이기도 한 것이다. 깨끗하고 가벼우면서도
음미할 만한 시이다.

삼문 우화원의 임사의 방에 씀(書三門1)羽化院琳師房)

사변에 치는 물결로 산이 움직이는 듯하고,
절은 산꼭대기 공중에 매달려 있는 듯하네.

난간을 따라 삥 둘러난 문과 창은 낮에도 닫혀있기 일쑤이니,
앉으나 누우나 가라앉는 배 보기가 싫은 때문이리라.

四邊浪打山疑動이오, 寺在半空山頂頭라.
<small>사 변 랑 타 산 의 동　　사 재 반 공 산 정 두</small>

遶檻²⁾門窗多晝掩하니, 應嫌³⁾坐臥見沉舟리라.
<small>요 함 문 창 다 주 엄　　응 혐 좌 와 견 침 주</small>

註解 1) 三門(삼문) - 삼문산(三門山). 옛날엔 지주(砥柱)라고 불렀으며, 하남성(河南省) 섬현(陜縣)의 동북쪽 황하 가에 있었다. 지금은 여기에 유명한 '삼문 댐'이 건설되어 있다. 우화원(羽化院)은 임사(琳師)의 암자 이름. 임사가 어떤 사람인지는 알 수 없다. 2) 遶檻(요함) - 난간을 따라 빙 둘러 있는 것. 3) 嫌(혐) - 싫어하다.

解說 황하 가운데 삼문산 꼭대기에 있다는 우화원이 마치 신선이 사는 고장의 요대(瑤臺)인 듯하다. 그 밑에는 격류가 흐르고 있어 지나가던 배들이 난파당하기 일쑤이다. 아무리 댐 때문이라고는 하지만 이런 멋진 경관이 사라졌다는 것은 아쉬운 일이다. 앞으로 '삼협 댐'이 완성된다면 이보다도 더한 아쉬움을 느끼게 되지 않을까 걱정이다.

장영 張詠, 946~1015

자는 복지(復之), 호는 괴애(乖崖). 북송 복주(濮州) 견성(鄄城, 山東省) 사람. 태종(太宗) 때 진사가 된 뒤 익주지사(益州知事) · 이부상서(吏部尙書) · 진주지사(陳州知事)를 지냈고, 죽은 뒤 좌복야(左僕射)가 추증(追贈)되었으며, 충정(忠定)이라 시(諡)하였다. 성격이 강직하고 엄격하였으며 《괴애집(乖崖集)》 12권을 남기고 있다.

신시역에서 곽동년과 작별하며(新市驛¹⁾別郭同年)

역정의 문 밖에서 이별을 하는데,

술이 다하여 채찍 들어올리니 눈물이 옷을 적시네.

길을 갈라서서 떠난다는 것을 의심하며 다시 머리 돌리지
　　마라!

앞으로 갈 강산은 겹겹이고 친구는 드물다네.

역정문외서분휴　　주진양편루습의
驛亭門外叙分携²⁾에, 酒盡揚鞭淚濕衣라.

막아임기재회수　　강산중첩고인희
莫訝³⁾臨歧再回首하라, 江山重疊故人稀라.

註解 1) 新市驛(신시역)−신시(新市 : 지금의 浙江省 壽昌縣 동쪽)에 있던
역. '동년(同年)'은 같은 해 진사(進士)가 된 사람, 동기(同期)란 뜻.
곽동년(郭同年)이 어떤 사람인지는 알 길이 없다.　2) 叙分携(서분
휴)−이별을 하다, 잡은 손을 놓고 헤어지다.　3) 莫訝(막아)−놀라지
마라, 의심하지 마라. 임기(臨歧)는 길이 갈라지는 곳에 임하여, 길
을 갈라서서 가게 됨에 있어, 곧 이별할 때에.

解說 표현은 단순하지만 이별을 아쉬워하는 정이 듬뿍 담겨있는 시이다.

술을 권하며 이별을 아쉬워함(勸酒惜別¹⁾)

봄 해 더디게 하늘의 푸르름 속을 굴러가고,

파란 버들가지와 빨간 살구꽃은 봄빛 그려내네.

인간의 젊은 나이 다시 오지 않는 법이니,

한 봄 헛되이 내버리지 말아라.

그런 것 생각하고 사람들을 놀라게 하여도 안될 것이니,

마음속에는 만의 한과 천의 시름이 함께 있기 때문이네.

오늘 꽃 찾아가 비로소 마음껏 술 마시는데,

좌중에 떠나갈 손님 있어 이별의 정으로 마음 시큰해지네.

내 그대 위해 긴 칼 춤추고자 하나,

칼노래 매우 슬퍼 사람들 몹시 거북할 듯하네.

내 그대 위해 옥거문고를 타고자 하나,

순박한 가락 죽어 버려 돌이킬 마음 없네.

차라리 바다를 돌려 술 삼아 마시며 꽃을 장막 삼고,

한 봄을 손에 잡고 잠깐 동안이라도 즐김이 좋으리라.

내일 아침 말 타고 봄바람 속에 울부짖으며 달려가면,

낙양에 꽃 피어 연짓빛으로 붉으리라.

수레 달리고 말 뛰고 하며 소란스럽기 물끓듯 하고,

집집마다 장막이 맑은 하늘 향해 쳐져 있으리라.

천자께선 성인답고 명철하신데 그대는 마침 젊으니,

공명(功名) 빨리 이루지 못함을 조바심하며 한하지 마라.

부귀는 찾아오는 때가 있는 것이니,

한가한 때 찾아 억지로라도 즐기고 웃고 하고,

이별의 시름 때문에 거저 늙는 짓 하지 말게나.

춘 일 지 지 전 공 벽　　　녹 양 홍 행 묘 춘 색
春日遲遲²⁾輾空碧하고, 綠楊紅杏描春色이라.

인 생 년 소 부 재 래　　　막 파 청 춘 왕 포 척
人生年少不再來니, 莫把青春枉拋擲³⁾하라.

사 지 불 가 령 인 경　　　중 유 만 한 천 수 병
思之不可令人驚이니, 中有萬恨千愁并⁴⁾이라.

^{금 일 취 화 시 창 음}   ^{좌 중 행 객 산 리 정}
今日就花始暢飮⁵⁾하니, 坐中行客酸離情⁶⁾이라.

^{아 욕 위 군 무 장 검}   ^{검 가 고 비 인 고 염}
我欲爲君舞長劍이나, 劍歌苦⁷⁾悲人苦厭이라.

^{아 욕 위 군 탄 요 금}   ^{순 풍 사 거 무 회 심}
我欲爲君彈瑤琴⁸⁾하나, 淳風⁹⁾死去無回心이라.

^{불 여 전 해 위 음 화 위 악}   ^{영 취 청 춘 편 시 락}
不如轉海爲飮花爲幄¹⁰⁾이니, 贏取¹¹⁾靑春片時樂이라.

^{명 조 필 마 시 춘 풍}   ^{낙 양 화 발 연 지 홍}
明朝疋馬¹²⁾嘶春風하면, 洛陽花發臙脂¹³⁾紅이라.

^{거 치 마 주 광 사 비}   ^{가 가 장 막 임 청 공}
車馳馬走狂似沸¹⁴⁾하고, 家家帳幕臨晴空이라.

^{천 자 성 명 군 정 소}   ^{물 한 공 명 고 부 조}
天子聖明君正少하니, 勿恨功名苦不早하라.

^{부 귀 유 시 래}   ^{투 한 강 환 소}   ^{막 여 리 우 매 생 로}
富貴有時來니, 偸閑¹⁵⁾强歡笑하고, 莫與離憂買生老¹⁶⁾하라.

註解 1) 惜別(석별)-이별을 애석히 여김. 그러나 내용은 세상의 근심이나
출세하려는 데 너무 마음쓰지 말고 즐기면서 올바로 살라는 것이다.
2) 遲遲(지지)-더디게 움직이는 모양. 전공벽(輾空碧)은 하늘의 푸
르름 속을 굴러가다. 3) 枉抛擲(왕포척)-헛되이 내던지다. 공연히
내버리다. 4) 幷(병)-어울려 있다, 함께 있다. 5) 暢飮(창음)-통쾌
하게 술을 마시다, 마음껏 마시다. 6) 酸離情(산리정)-이별의 정으
로 마음이 시큰해지다, 이별의 정 때문에 슬퍼지다. 7) 苦(고)-매
우. 8) 瑤琴(요금)-옥으로 장식한 금. 9) 淳風(순풍)-순박한 가락.
풍(風)은 가락 또는 노래의 뜻. 당인(唐人) 이순풍(李淳風)으로 보는
이도 있으나, 그는 거문고와 관계없는 인물이니 잘못일 것임. 10)
幄(악)-장막, 텐트. 11) 贏取(영취)-손에 넣다. 12) 疋馬(필마)-한
필의 말. 떠나갈 사람이 타고 갈 말을 가리킴. 시(嘶)는 말이 울다.
13) 臙脂(연지)-여자들이 얼굴에 바르던 붉은색 화장품. 14) 狂似
沸(광사비)-광란이 물끓듯 하다, 혼란이 물 끓는 것 같다. 15) 偸閑
(투한)-바쁜 중에도 한가한 시간을 내는 것. 16) 買生老(매생로)-
사서 생짜로 늙게 하다, 거저 늙는 짓을 하다.

解說 세상의 걱정 근심이나 입신출세 같은 것에 너무 얽매이지 말고 되도록 술 마시며 즐겨야 한다는 게 이 시의 주제이다. 제목에는 '석별(惜別)'이란 말이 붙어 있지만 이별 자체를 아쉬워하는 뜻은 별로 두드러지지 않는다.

양억 楊億, 964~1020

자는 대년(大年), 건주(建州) 포성(蒲城 : 지금의 福建省) 사람. 어려서부터
문명(文名)이 있었고, 진사가 된 뒤 광록시승(光祿寺丞)에서 시작 공부시
랑(工部侍郎)·한림학사(翰林學士)·사관(史館) 수찬(修撰) 등의 벼슬을
하였다. 진종(眞宗)의 경덕(景德) 연간(1004~1007)에 유균(劉筠)·전유연
(錢惟演) 등과 지어 주고받은 오칠언율시(五七言律詩) 247장을 모아 《서
곤수창집(西崑酬唱集)》이라 하였다. 이로부터 그를 중심으로 하는 궁정시
인들의 시풍을 '서곤체(西崑體)'라 부르게 되었고, 그 시풍은 일세를 휩쓸
었다. 이들 서곤체 시인들은 당(唐)대의 이상은(李商隱) 등을 존중하며, 화
려한 수사(修辭)와 음률의 해화(諧和)에 힘쓰며 전고(典故)를 많이 썼다.
이들의 진실성이 결여된 시풍은 곧 매요신(梅堯臣)·소순흠(蘇舜欽)·구
양수(歐陽修) 등에 의한 새로운 송시의 건설로 자취를 감추게 된다. 어떻
든 한때 세상에 이름을 날린 시파라서 대표로 양억의 시를 한 편 뽑아 소
개하기로 한다.

한무제(漢武 1))

봉래의 은궁궐은 아득히 물결치는 저편에 있고,

약수에 회오리바람까지 불고 있어 가기 무척 어렵네.

신광(神光)이 죽궁 위에 비친다 하여 수고로이 밤에 절을 하

였고,

금손바닥에 고인 이슬 공연히 아침에 마셨네.

위력은 청해에까지도 통하여 한혈마(汗血馬)를 구하였고,

이소군이란 방사를 죽이고는 말간을 먹고 죽었다 속였네.

동방삭은 용모가 출중한데

어찌 장안으로 쌀 구하러 다니게 두었겠는가?

봉 래 은 궐 랑 만 만　　약 수 회 풍 욕 도 난
蓬萊 2)銀闕浪漫漫하고, 弱水 3)回風欲到難이라.

광 조 죽 궁 노 야 배　　노 단 금 장 비 조 찬
光照竹宮 4)勞夜拜하고, 露溥金掌 5)費朝餐이라.

역 통 청 해 구 룡 종　　사 휘 문 성 식 마 간
力通靑海 6)求龍種하고, 死諱文成 7)食馬肝이라.

대 조 선 생 치 편 패　　인 령 색 미 향 장 안
待詔先生 8)齒編貝어늘, 忍令索米 9)向長安고?

註解 1) 漢武(한무)-한나라의 무제(武帝). 2) 蓬萊(봉래)-동쪽 바다 가운
데 있다는 삼신산(三神山) 중의 하나. 은궐(銀闕)은 은으로 지은 궁
궐, 신선들이 사는 곳. 만만(漫漫)은 아득한 모양. 3) 弱水(약수)-중
국과 봉래 사이에 있는 바다 이름. 《열선전(列仙傳)》에 '봉래는 약수
의 30만리 저쪽에 있어 비선(飛仙)이 아니면 갈 수가 없는 곳이다' 고
하였다. 회풍(回風)은 회오리바람. 4) 竹宮(죽궁)-무제가 정월 상신
(上辛)날 감천(甘泉) 환구(圜丘)에 제사지내자 밤새 신광(神光)이 사
단(祀壇)에 유성(流星)처럼 모이어, 무제는 죽궁(竹宮)에서 이를 바

라보며 절을 하였다 한다(《漢書》 禮樂志). 5) 露溥金掌(노단금장)—
금손바닥에 이슬이 고이다. 무제는 황금기둥을 세우고 위에 선인(仙
人)의 손바닥을 올려놓아 구름 위의 이슬을 받도록 하였는데, 거기
에 옥설(玉屑)을 타 마시면 신선이 된다고 믿었다(《漢武故事》).비조
찬(費朝餐)은 아침에 공연히 먹었다. 아침에 먹음으로써 낭비를 하
였다. 6) 靑海(청해)—그때에는 그곳에 대완(大宛) 나라가 있었다.
무제는 태초(太初) 원년(기원전 104)에 이광리(李廣利)장군을 보내어
대완을 정벌케 했는데, 이장군은 대완의 임금 목을 베고 유명한 한
혈마(汗血馬)를 구해와, 무제는 〈서극천마지가(西極天馬之歌)〉를 짓
기도 하였다. 용종(龍種)은 천리마(千里馬)인 한혈마(汗血馬)를 가리
킨다. 7) 文成(문성)—무제 밑에서 활약한 방사(方士) 이소군(李少
君). 무제는 처음엔 그의 말을 믿고 문성장군(文成將軍)이란 벼슬을
내렸다. 그러나 뒤엔 그가 하는 말의 허망함을 알고 그를 죽였다. 그
후 난대(欒大)라는 방사가 무제에게 이소군이 죽은 까닭을 묻자, 무
제는 그가 '말의 간을 먹고 죽었다'고 속였다. 8) 待詔先生(대조선
생)—문인 동방삭(東方朔). 편패(編貝)는 조개를 가지런히 엮어놓은
것처럼 이가 가지런히 잘생긴 것. 이뿐만이 아니라 키도 크고 몸이
잘생긴 것을 가리킴. 9) 索米(색미)—쌀을 찾다, 양식을 구하다. 동
방삭은 처음 궁전으로 들어와 대조공거(待詔公車)란 자리에서 매우
적은 월급을 받고 지냈다. 오랜만에 무제를 만나게 되자 자기의 월
봉이 적은 것을 기지로 알리며 차라리 자기를 파면시키든지 하시지
'저로 하여금 장안에 쌀이나 구하러 다니게 하지 마십시오'라 하고
아뢰었다. 이에 무제는 그의 지위를 높여 대조금마문(待詔金馬門)의
명을 내리고 보다 가까이하기 시작했다 한다(《漢書》 東方朔傳).

解說 이 시는 무제의 일을 읊음으로써 그 당시의 임금을 일깨우려 한 것이
라 한다. 그러나 공연히 많은 전고(典故)를 쓰면서 거창한 표현을 하
려고 하던 서곤파(西崑派)의 특색을 잘 드러낸 시이다. 멋진지는 몰라
도 시로서는 문제가 있다고 느껴질 것이다.

임포 林逋, 967~1028

자는 군복(君復)이며, 전당(錢塘 : 지금의 浙江省 杭州) 사람이다. 어려서 부모를 잃고도 공부를 열심히 했으나 벼슬의 뜻을 버리고 서호(西湖)의 고산(孤山)에 움막을 짓고 살았다. 진종(眞宗)은 그의 얘기를 듣고는 양식과 옷가지를 하사하며 철따라 관원을 보내어 위로하였다 한다. 장가도 들지 않고, 매화를 가꾸고 학을 기르며 살아 매처학자(梅妻鶴子)란 말까지 있었다. 죽은 뒤 화정선생(和靖先生)이라 사시(賜諡)되었다. 《임화정시집(林和靖詩集)》은 4권이며, 다시 부(附) 1권, 습유(拾遺) 1권이 있다.

산원의 작은 매화(山園小梅)

모든 꽃 다 지고 없는 때 홀로 곱게 피어
멋진 자태 다 차지하고 작은 동산에 피어있네.
성근 그림자 비껴있는 물은 맑기만 하고,
그윽한 향기 떠도는 속에 저녁 달 비치네.
흰 새들도 내려오려다 먼저 눈길을 보내니,
나비도 만약 알았다면 응당 넋이 날아가리라.
다행히도 나직이 시 읊으며 친히 지낼 수 있으니,
악기나 금술잔은 소용이 없네.

衆芳¹⁾搖落獨暄姸하여, 占盡²⁾風情向小園이라.

疏影橫斜水淸淺하고, 暗香浮動月黃昏이라.

霜禽³⁾欲下先偸眼하니, 粉蝶如知合⁴⁾斷魂이라.

幸有微吟可相狎⁵⁾하니, 不須檀板⁶⁾共金尊이라.

註解 1) 衆芳(중방)─여러 가지 다른 꽃들. 훤연(暄姸)은 화사하고 곱다.
2) 占盡(점진)─다 점령하다, 모두 차지하다. 풍정(風情)은 멋, 멋있
는 자태. 3) 霜禽(상금)─서리처럼 흰 새. '아직도 서리가 내리는 철
의 새'로 볼 수도 있다. 투안(偸眼)은 훔쳐보다, 눈길을 보내다. 4)
合(합)─마땅히, 응당. 5) 相狎(상압)─친하게 지내다, 친하게 어울
리다. 6) 檀板(단판)─박판(拍板). 여기서는 악기를 가리킨다. 금준
(金尊)은 금술통, 금술잔.

解說 '매처학자(梅妻鶴子)'란 말이 생길 만큼 임포는 매화를 사랑하여, 매
화의 고아한 자태를 읊은 시로는 임포의 작품을 첫째로 꼽는다. 특히

이 시의 '소영횡사수청천(疏影橫斜水淸淺)하고, 암향부동월황혼(暗香浮動月黃昏)이라' 읊은 구절은 달빛 비치는 저녁 맑은 물가에서 향기를 뿜으며 고아한 자태를 드러내고 있는 매화를 읊은 명구로 칭송되어 온다. 특히 '소영(疏影)'과 '암향(暗香)'이란 말은 바로 매화를 뜻하는 말로 알려지게도 되었다.

작은 숨어사는 집에 스스로 적다(小隱自題)

대와 나무들이 나의 움막 둘러싸고 있으니,
둘레가 맑고 유심(幽深)하여 정취가 남음이 있네.
학도 한가로워 물을 오랫동안 대하고 있고,
벌도 게을러서 드문드문 꽃을 옮겨다니네.
술병은 늘 책 읽는 것을 방해하니,
봄이 되면 호미 메고 김매러 그늘 속으로 들어가네.
일찍부터 옛 그림들을 좋아했는데,
태반이 나무꾼이나 고기잡이 그렸기 때문일세.

죽 수 요 오 려　　　청 심 취 유 여
竹樹遶吾廬하니, 淸深趣有餘라.

학 한 임 수 구　　　봉 나 득 화 소
鶴閒臨水久하고, 蜂懶得花疎¹⁾라.

주 병 방 개 권　　　춘 음 입 하 서
酒病妨開卷이니, 春陰入荷鋤²⁾라.

상 련 고 도 화　　　다 반 사 초 어
嘗憐古圖畫이, 多半寫樵漁라.

註解 1) 得花疎(득화소)-꽃에서 꿀을 따는 일이 성글다, 드문드문 꽃 위를 날아다니다. 2) 荷鋤(하서)-호미를 둘러메다.

解説 아름다운 서호(西湖) 속에 숨어사는 유연하고도 맑은 정취를 마치 남에게 자랑이라도 하려는 듯 담담히 노래하고 있다. 시인이 사는 세상은 딴 세상인 것만 같다. 속세의 명리(名利) 같은 것은 끼어들 여유가 전혀 없다.

스스로 죽어 묻힐 곳을 마련하고 시를 한 수 짓다
(自作壽堂¹⁾因書一絶以志之)

호수 가의 푸른 산이 내 움막집을 마주 대하고 있고,
봉분 앞엔 긴 대나무들이 엉성하고 쓸쓸하다.
천자께서 훗날 내 유고를 구한다 하더라도
전혀 봉선서 같은 글 없는 게 기쁘기만 하네.

　　호 상 청 산 대 결 려　　　분 전 수 죽 역 소 소
　　湖上靑山對結廬하고, 墳前修竹亦蕭疏²⁾라.

　　무 릉 타 일 구 유 고　　　유 희 증 무 봉 선 서
　　茂陵³⁾他日求遺稿라도, 猶喜曾無封禪書라.

註解 1) 壽堂(수당)－수총(壽冢). 생전에 만든 자신이 묻힐 곳.　2) 蕭疏(소소)－쓸쓸한 것. 쓸쓸하고 엉성한 것.　3) 茂陵(무릉)－옛 지명. 지금의 섬서성(陝西省) 흥평현(興平縣) 동북쪽. 한무제도 여기에 묻혔고, 한 무제 때의 부(賦) 작가 사마상여(司馬相如)도 병이 들자 벼슬을 그만두고 여기서 살았다. 사마상여의 병이 위중해지자, 무제는 그가 죽기 전에 그의 작품들을 모아두려고 사신을 무릉으로 보냈는데, 사신이 도착하기 전에 그는 이미 죽어 있었고, 유고(遺稿)로《봉선서(封禪書)》1권이 있었다. '봉선(封禪)'이란 천자가 하늘의 아들로서 태산(泰山)에 가서 하늘을 제사지내는 것을 뜻한다. 사마상여는 죽으면서도 그러한 천자의 행위를 칭송하는 글을 남겼던 것이다.

解説 죽음을 앞두고도 시인의 마음은 담담하고 깨끗하다. 문학사에서는 사마상여를 한부(漢賦)의 대가라 칭송하고 있지만, 실상 그는 전제군주에게 아부하여 자신의 영화를 추구하려던 아부꾼이라 할 수 있다. 임포는 말할 것도 없고 송대에 와서는 나라는 약해졌지만 그런 아부꾼들은 자취를 감추게 된다.

매요신梅堯臣, 1002~1060

자는 성유(聖兪). 북송의 선주(宣州) 선성(宣城 : 지금의 安徽省) 사람. 선성은 옛날에 완릉(宛陵)이라고도 불러 그를 매완릉(梅宛陵)이라고도 하였다. 하남(河南)의 주부(主簿)에서 시작하여 국자감직강(國子監直講) · 상서둔전도관원외랑(尙書屯田都官員外郞) 등의 벼슬을 하였다. 소순흠(蘇舜欽)과 함께 시로 유명하여 '소매(蘇梅)'란 칭호가 있었고, 구양수(歐陽修)와도 시로 사귀는 친구였다. 그의 시는 평담하고 소박하며 당시의 사회상도 반영하려고 노력하여 구양수와 함께 송시의 혁신과 발전에 크게 공헌하였다. 《완릉집(宛陵集)》 60권이 있다.

여수 가의 가난한 집 딸(汝墳[1]貧女) 자신의 주를 붙임(并自注)

마침 다시 궁수(弓手)들을 징집하게 되니 늙은이와 젊은이들이 다 모였는데, 큰 비가 내리고 매우 추워 길에서 죽은 이들이 100여 명이나 되어 양하(壤河)로부터 곤양(昆陽)의 노우파(老牛陂)에 이르기까지 죽어 나자빠진 시체가 연이어 있었다 한다.

〔自注〕 時再點[2]弓手하니, 老幼俱集이오, 大雨甚寒하여, 道死者百餘人이니, 自壤河[3]至昆陽老牛陂로, 僵尸[4]相繼라.

여수 가의 가난한 집 딸이
길 가면서 우는 소리 처참하네.
스스로 말하기를 "제겐 늙은 아버지가 계셨고,
외로이 집에는 장정이 없었지요.
군의 관리가 왔었는데 얼마나 포악하던지요?
그러나 관청에 감히 대항할 수는 없는 거지요.
우물쭈물할 새도 없이 독촉하여 보내려 하니
뒤뚱뒤뚱 지팡이 짚고 떠나셨어요.
간절히 이웃분들에게 부탁하면서
서로 잘 돌보아주었으면 좋겠다고 하였지요.
뒤에 때마침 마을로 돌아오는 사람이 있다기에 가서

소식을 물어보며 아직도 잘 계신가 의심했었는데,

과연 찬비가 내리는 중에

양하 가에 죽어 나자빠져 있더랍니다!

이 약질은 의탁할 곳도 없고,

버려진 시체는 장사지내 줄 수도 없었어요.

딸을 낳는 건 아들만 못한 것이니

살아있다 한들 어디에 쓰겠어요?

가슴을 치며 하늘에 호소하나니,

산 자고 죽은 자고 어찌하면 되는 건가요?"

汝墳貧家女이, 行哭音悽愴[5]이라.

自言有老父하고, 孤獨無丁壯이라.

郡吏來何暴고? 官家不敢抗이라.

督遣[6]勿稽留하니, 龍鍾[7]去攜杖이라.

勤勤[8]囑四鄰하여, 幸願相依傍[9]이라.

適聞閭里歸[10]하여, 問訊疑猶强이라.

果然寒雨中에, 僵死壤河上이라.

弱質無以托이오, 橫屍無以葬이라.

生女不如男이니, 雖存何所當고?

拊膺[11]呼蒼天하니, 生死將奈向[12]고?

註解 1) 汝墳(여분) – 하남성(河南省) 중간을 뚫고 흐르는 여수(汝水) 가. 여수는 작자가 현령(縣令)으로 있던 양성현(襄城縣)을 거쳐 사하(沙河)와 합쳐진 뒤 안휘성(安徽省)의 회하(淮河)로 흘러든다. '여분' 은 본시 《시경(詩經)》 주남(周南)의 편명임. 이 시는 인종(仁宗)의 강정(康定) 원년(1040) 양성현(襄城縣)의 현령(縣令)으로 있을 적에 지은 것이다. 2) 點(점) – 징병 명부에 도장을 찍으면서 백성들을 병사로 소집하는 것. 인종의 강정 원년 6월에 서하(西夏)가 침입하여 징병령(徵兵令)이 내려졌고, 8월에도 다시 징병하여 변경을 수비하게 하였다. 3) 壤河(양하) – 곧 양하(瀁河), 노산현(魯山縣)에서 사하(沙河)와 합쳐진다. 곤양(昆陽)은 지금의 섭현(葉縣)으로 노산현 동쪽에 있다. 노우파(老牛陂)는 곤양에 있는 큰 고개 이름. 4) 僵尸(강시) – 넘어져 있는 시체. 5) 悽愴(처창) – 처참한 것, 가슴 아프고 슬픈 모양. 6) 督遣(독견) – 독촉하여 보내다, 독촉하여 끌고 가는 것. 계류(稽留)는 남겨두다. 머물러 있게 하다. 7) 龍鍾(용종) – 늙은이가 움직이는 모양, 뒤뚱뒤뚱. 8) 勤勤(근근) – 간절한 모양. 열심히 하는 모양. 9) 依傍(의방) – 의지하다, 도와주다. 10) 閭里歸(려리귀) – 동리로 돌아오다, 동리로 돌아오는 사람이 있는 것. 11) 拊膺(부응) – 가슴을 두드리다. 12) 奈向(내향) – 내하(奈何), 어찌할 것인가?

解說 여수 가의 가난한 집 딸뿐만 아니라 당시의 백성들 모두가 이처럼 처참한 처지에 놓여 있었다. 정말 사회 모순의 고발장 같은 시이다.

질그릇쟁이(陶者)

집 문앞의 흙을 질그릇으로 다 구워 내었건만
그의 집 지붕 위엔 기와 한 조각 없네.
열 손가락에 진흙 묻히지 않는데도
고래등 같은 기와집에 사는 이 있건만!

도 진 문 전 토　　옥 상 무 편 와
陶盡門前土로되, 屋上無片瓦라.

십 지 부 점 니　　인 린 거 대 하
十指不霑泥¹⁾나, 鱗鱗²⁾居大廈라.

註解 1) 霑泥(점니)－진흙에 적시다, 진흙을 묻히다.　2) 鱗鱗(인린)－고기
비늘이 가지런히 있는 모양. 지붕의 기와 모양을 형용한 것이다. 대
하(大廈)는 큰 집.

解說 역시 모순된 세상을 꼬집은 시이다. 송대로 오면 거의 모든 시인들이
세상일에 관심을 가지고 현실주의적인 시를 한두 편은 쓰게 된다. 이
점에 있어서도 매요신은 송시의 개척자 중의 한 사람이다.

농가(田家)

남산에 일찍이 콩을 심었는데,
비바람에 콩꼬투리 부서지며 떨어져 버렸네.
공연히 한다발 콩대만 거둬들이고 보니
불 때는 가마솥에 채울 것이라곤 없구나.

남 산 상 종 두　　쇄 협　락 풍 우
南山嘗種豆러니, 碎莢¹⁾落風雨라.

공 수 일 속 기　　무 물 충 전 부
空收一束其²⁾하니, 無物充煎釜³⁾라.

註解 1) 碎莢(쇄협)－콩꼬투리가 부서지다.　2) 其(기)－콩대, 콩줄기.　3)
煎釜(전부)－불을 때는 가마솥.

解說 이번엔 농부들의 어려움을 노래하고 있다. 봉건시대의 서민들은 공인

(工人)이건 농민이건 모두 압박과 어려움 속에 목숨을 이어갔던 것이다.

바닷가의 가난한 사람들(岸貧)

밭 갈고 곡식 거두는 일은 할 수가 없고
닭과 돼지도 기르지 못하네.
조개라도 구워 먹으려고 떠밀려온 젖은 나무때기 주워 말리고
도롱이 짜려고 나무뿌리 거두고 있네.
들판의 갈대 엮어서 집을 만들고
덩굴 풀 엮어서 문을 만들었네.
어린 아이는 연잎을 가지고 잠방이 대신 가렸네.

無能事耕穫[1]하고, 亦不有鷄豚이라.

燒蚌[2]曬[3]槎沫[4]하고, 織蓑[5]依樹根이라.

野蘆[6]編作室하고, 靑蔓[7]與爲門이라.

稚子將[8]荷葉하여, 還充[9]犢鼻褌[10]이라.

註解 1) 耕穫(경확)–밭 갈고 곡식 거두는 것, 농사를 짓는 것. 2) 蚌(방)–조개. 3) 曬(쇄)–햇볕에 말리는 것. 4) 槎沫(사말)–젖어 있는 나무때기. 5) 蓑(사)–도롱이. 6) 蘆(로)–갈대. 7) 靑蔓(청만)–푸른 덩굴 풀. 8) 將(장)–가지고. 9) 充(충)–충당하다, 대신하다. 10) 犢鼻褌(독비곤)–무릎 위까지 내려오는 짧은 잠방이.

바닷가에 사는 가난한 집안의 살아가는 모습을 노래한 시이다. 당나라 이전시대에는 이러한 것들은 시로 읊을 대상이 못되었다. 이처럼 가난한 사람들도 놓치 않고 읊고 있는 것이 송시의 특징 중의 하나이기도 하다.

마을의 토호(村豪[1])

날마다 추수할 인부 모으는 북 두드리는데,
마침 큰 풍년 들었다는 소문이네.
새로 빚은 술 잔뜩 기울이고는
곡식을 담아 강 내려갈 배에 싣네.
여자들 머리 쪽엔 은비녀 가득 꽂혔고,
아이들 겉옷은 깨끗한 고운 털가죽과 모직 옷이네.
이장은 물어보지도 말게나,
관권이 있는 사람임을 믿지 않는가?

일 격 수 전 고 　　시 칭 대 유 년
日擊收田鼓[2]하니, 時稱大有年[3]이라.

난 경 　신 양 주 　　포 재 　하 강 선
爛傾[4]新釀酒하고, 包載[5]下江船이라.

여 계 은 차 만 　　동 포 　취 첩 선
女髻[6]銀釵滿이오 童袍[7]毳氎鮮이라.

이 서 　휴 차 문 　　불 신 유 관 권
里胥[8]休借問하라, 不信有官權가?

註解 1) 豪(호)-호족(豪族), 토호(土豪). 2) 收田鼓(수전고)-밭의 추수를 하는 북. 북은 인부들을 불러모으는 데 쓰이기도 하고, 일하는 것을 지휘하는 데 쓰이기도 한다. 3) 大有年(대유년)-크게 풍년이 들다.

4) 爛傾(난경)-잔뜩 기울이다, 실컷 술을 마시는 것. 5) 包載(포재)-싸서 싣다, 포장하여 싣다. 6) 女髻(여계)-배에 타고 있는 여자의 머리쪽. 차(釵)는 비녀. 7) 袍(포)-겉옷, 두루마기. 취(毳)는 곱고 부드러운 털가죽, 털실로 짠 부드러운 천. 첩(氎)은 모직물. 8) 里胥(이서)-동리의 관리, 이장(里長). 휴(休)는 하지 마라, 금지하는 말.

解説 여기의 마을 토호란 지주이며 관계에도 손이 닿아 있는 특권층의 인물이다. 더구나 시골에서는 아무도 그에게 손을 대지 못한다. 모든 백성들은 전쟁에 시달리고 있으나 이들 토호만은 소작인들을 거느리며 호화로운 생활을 해가고 있다.

잡시(雜詩[1])

강물을 건너 나는 고추잠자리가
사람을 따라서 팔랑팔랑 날고 있네.
오직 배를 따르는 것이 가볍다는 것만 알았지
배는 멀리 간다는 것을 모르고 있네.

도 수 홍 청 정　　　　방 인　비 관 관
度水紅蜻蜓[2]이, 傍人[3]飛款款이라.

단 지 수 선 경　　　　부 지 선 거 원
但知隨船輕하고, 不知船去遠이라.

註解 1) 雜詩(잡시)-여러 가지 감상을 읊은 시. 그의 〈잡시절구 17수(雜詩絶句十七首)〉 중에서 한 수를 고른 것이다. 2) 蜻蜓(청정)-잠자리. 3) 傍人(방인)-사람을 따라, 사람에 의지하여. 관관(款款)은 홀로 즐기는 모양, 천천히 움직이는 모양, 팔랑팔랑.

解説 그는 시를 짓는 데 있어서 평담(平淡)한 시취(詩趣)를 추구하여 송시

(宋詩)의 또 한 가지 특징을 이룩하였다. '평담' 이란 격정(激情)과는 반대되는 정감이다. 이 시는 그 평담한 취향을 잘 나타내고 있다고 할 수 있다.

노산에 가서(魯山¹⁾山行)

알맞게 들의 정취와 어울리도록,
많은 산들 높았다 낮았다 하고,
아름다운 봉우리 곳곳에 새로운데,
그윽한 오솔길은 홀로 가다 잃겠네.
서리 내린 나무 위로 곰이 기어오르고,
숲은 고요한데 사슴이 시냇물 마시고 있네.
인가는 어디쯤 있는 걸까?
구름 저편에서 닭 울음소리 들리네.

적 여 야 정 협　　　　천 산 고 부 저
適與野情愜²⁾하고, 千山高復低라.

호 봉 수 처 개　　　유 경 독 행 미
好峰隨處改요, 幽徑獨行迷라.

상 락 웅 승 수　　　임 공 록 음 계
霜落熊升樹하고, 林空³⁾鹿飮溪라.

인 가 재 하 허　　　운 외 일 성 계
人家在何許오? 雲外一聲雞라.

註解 1) 魯山(노산) - 하남성(河南省) 섭현(葉縣)에서 여수(汝水)를 거슬러 올라간 곳에 있는 산 이름. 노산(露山)이라고도 한다. 2) 愜(협) - 마음에 흡족한 것, 마음에 잘 들어맞는 것. 3) 林空(임공) - 숲이 텅 빈 것, 숲이 고요한 것.

산속에서의 정취가 맑고 깨끗하게 잘 표현된 시이다. 감정이 평온하면서도 따스하고 아름답게 느껴진다.

가을 날 집에서(秋日家居)

걸상 옮기면서 맑은 햇빛 즐기노라니
어느덧 세상 근심 스러진다.
벌레는 줄에 매달리어 내려왔다 다시 올라가고
참새들은 싸우면서 떨어졌다 날아간다.
참새들은 어울리어 찬 대숲으로 들어가고
벌레는 줄 거두고 해 기운 대문 아래 매달렸다.
아무도 고요한 이 경치 알아주는 이 없는데
이끼 빛만이 내 옷에 되비치고 있다.

移榻¹⁾愛淸暉²⁾하니, 脩然³⁾世慮微라.
懸蟲低復上하고, 鬪雀墮還飛라.
相超入寒竹하고, 自收當晚闈⁴⁾라.
無人知靜景이어늘, 苔色照人衣라.

1) 榻(탑)- 걸상, 긴 걸상. 2) 暉(휘)- 햇빛. 3) 脩然(소연)- 어느덧, 어언간. 4) 闈(위)- 대궐의 중문, 대문.

섬세한 자기 생활 주변에 대한 관찰과 서술이 산뜻한 시정을 안겨 준다. 당대의 시인들이 크고 깊은 정서를 중점적으로 표현하여 독자들의 큰 감흥을 일으키려 애썼던 데 비하여, 이 시는 분석적이고 이지적인 감각을 꾸밈없이 섬세하게 서술하고 있다. 줄에 매달린 거미나 멋대로 날아다니는 참새들에 주의를 기울이고 있는 시인의 감각이 차분하면서도 섬세하다. 그는 담담한 중에 고요한 정경 속에 함께 녹아있는 것이다.

채석산의 달, 곽공보에게 드림(采石月贈郭功甫[1])

채석산 달빛 아래 귀양온 신선을 찾아가니,
밤에 비단 장포(長袍) 입고 고깃배에 앉아 있네.
취중에 강물 밑바닥에 걸려 있는 달을 사랑하여,
손으로 달을 만지려다 몸이 풍덩 빠졌다네.
함부로 떨어져 굶주린 이무기의 침흘리게 하지 않았을 것이
   니,
곧 고래를 타고 푸른 하늘로 올라갔을 것이네.
청산에 무덤이 있어 사람들은 함부로 이백의 무덤이라 전하
   지만,
인간 세상에 와 있은 지 몇 년인지 아는가?
옛날 곽자의(郭子儀)를 누가 대열 속에서 알아냈던가?
그도 벼슬을 바치며 이백의 죽음을 사려 했으니 의리를 잊
   기 어려워서였네.
지금 곽씨의 후손으로 뛰어난 그대를 보니,
이목구비가 정말로 글 잘 지을 것 같네.
죽고 삶이 왔다갔다함이 사통팔달(四通八達)의 한길 같은
   것이니,

옛날의 양호(羊祜)처럼 그대는 이백이 다시 태어난 것일 걸세.

채 석 월 하 방 적 선
采石月下訪謫仙[2]하니,　야 피 금 포 좌 조 선
夜披錦袍坐釣船[3]이라.

취 중 애 월 강 저 현
醉中愛月江底懸[4]하여,　이 수 농 월 신 번 연
以手弄月身翻然[5]이라.

불 응 폭 락 기 교 연
不應暴落[6]飢蛟涎이오,　변 당 기 경 상 청 천
便當騎鯨上靑天[7]이라.

청 산 유 총 인 만 전
靑山[8]有冢人謾傳하니,　각 래 인 간 지 기 년
却來人間[9]知幾年고?

재 석 숙 식 분 양 왕
在昔孰[10]識汾陽王고?　납 관 세 사 의 난 망
納官貰死[11]義難忘이라.

금 관 곽 예 기 준 랑
今觀郭裔[12]奇俊郎하니,　미 목 진 사 공 문 장
眉目[13]眞似攻文章이라.

사 생 왕 복 유 강 장
死生往復猶康莊[14]하니,　수 혈 탐 환 지 성 양
樹穴探環知姓羊[15]이라.

註解　1) 采石月贈郭功甫(채석월증곽공보) - 채석산(采石山)의 달을 노래하여 곽공보(郭功甫)에게 드림. 채석산은 안휘성(安徽省) 당도현(當塗縣)에 있다. 채석산 아래 채석기(采石磯)에서 이백(李白)이 술에 취하여 뱃놀이하다 물에 비친 달을 건지려고 물에 빠져 죽었다는 전설이 있다. 그러나 유전백(劉全白)의 〈당한림이군갈기(唐翰林李君碣記)〉에 의하면 이백은 병으로 죽었다 하였으니, 그것은 이백이 술과 달을 무척 사랑했다 하여 생겨난 전설일 것이다. 곽공보는 이름이 상정(祥正), 자가 공보(攻父), 당도(當塗) 사람. 그의 어머니가 꿈에 이백을 보고 그를 낳았다 한다. 그는 어려서부터 시를 잘 지어 매요신은 그가 타고난 재능이 이와 같으니 정말로 이백의 후신일 것이라고 하였다 한다. 왕안석(王安石)도 그의 시를 매우 칭찬했다고 한다 (《東都事略》 文藝傳). 2) 訪謫仙(방적선) - 세상에 귀양온 신선이라 한 이백의 유적을 찾는다. 3) 夜披錦袍坐釣船(야피금포좌조선) - 이백은 채석기(采石磯)에서 '밤에 비단 장포(長袍)를 걸치고 낚싯배에 앉아' 뱃놀이를 하다 물에 빠졌다고 전한다. 4) 懸(현)-매달린 것.
5) 翻然(번연)-풍덩 물에 빠지는 모양. 6) 不應暴落(불응폭락)-이
백은 적선인(謫仙人)이니 '응당 함부로 떨어지지는 않았을 것이라'
는 뜻. 기(飢)는 굶다. 교(蛟)는 이무기, 용의 일종, 연(涎)은 침, 침을
흘리는 것, 침흘리게 하는 것. 7) 騎鯨上靑天(기경상청천)-이백은
물에 빠진 뒤 '고래를 타고 푸른 하늘로 올라갔다' 고 전해진다. 8)
靑山(청산)-안휘성(安徽省) 당도현(當塗縣)에 있는 제(齊)나라 사조
(謝朓)가 사랑하던 산 이름. 이백은 사조를 좋아하였고, 그 산에 이
백의 무덤이 있다 한다. 총(冢)은 무덤, 묘. 인만전(人謾傳)은 사람들
은 거짓말로 이백의 무덤이라 전하고 있다는 뜻. 9) 却來人間(각래
인간)-인간 세상으로 이백의 혼이 되돌아오는 것. 지기년(知幾年)
은 몇 년이나 되었는지 아는가? 이백은 지금 곽상정(郭祥正)으로 화
신(化身)하여 세상에 되돌아와 있는 신선인데 무슨 무덤이 있을 수
있겠느냐는 것. 10) 孰(숙)-누구. 분양왕(汾陽王)은 곽자의(郭
子儀). 옛날 그가 장군이 되기 전에 졸병으로 대열 속에 있었는데 이
백이 그의 재능을 알아보고 등용토록 하였다. '옛날 곽자의를 누가
알아봤느냐?' 는 것은 이백이 곽자의를 알아보고 출세토록 추천하여
주었다는 뜻. 11) 納官貰死(납관세사)-이백이 영왕(永王) 인
(璘)의 반란에 연루되자 곽자의는 공신의 자리에 있었으나 벼슬을
반납함으로써 이백의 죄를 대속(代贖)하려 하였다. 그 결과 이백은
사형을 면하였다. 의난망(義難忘)은 의리를 잊기 어려웠기에 곽자의
가 그렇게 하였다는 뜻. 12) 郭裔(곽예)-곽자의의 후손. 기준
랑(奇俊郞)은 기특히 뛰어난 사람. 곽상정을 가리킨다. 13) 眉目(미
목)-눈썹과 눈. 여기서는 이목구비를 뜻한다. 공문장(攻文章)은 글
을 잘 짓는 것. 14) 康莊(강장)-《이아(爾雅)》 석궁(釋宮)에 '오달(五
達)되는 것을 강(康)이라 하고, 육달(六達)되는 것을 장(莊)이라 한
다' 하였다. 곧 오통육달(五通六達) 또는 사통팔달(四通八達)되는 대
로(大路)를 뜻한다. 15) 樹穴探環知姓羊(수혈탐환지성양)-《수신기
(搜神記)》에 의하면 '양호(羊祜)가 나이 다섯 살 때 유모가 보니 금환
(金環)을 들고 놀고 있었다. 유모는 너는 전에 이런 것이 없었는데
어디서 났느냐 물었다. 양호는 이웃 이씨(李氏) 집 동쪽 담옆의 뽕나
무 굴 속에서 이것을 얻었다 했다. 이씨 집에서는 놀라서 이것은 우
리 죽은 아이가 잃었던 것인데 어떻게 네가 가져갔느냐고 하였다.

유모가 이 얘기를 하자 이씨는 슬퍼하였고 세상 사람들은 이를 이상하게 여겼다'고 하였다. 《진서(晉書)》열전(列傳)에 의하면 '양호는 자가 숙자(叔子), 태산(泰山) 남성인(南城人)이다. 세세로 2천 석의 벼슬을 하면서도 양호에 이르기까지 9대를 깨끗하게 산 것으로 유명했다. 무제(武帝) 때 상서좌복야(尚書左僕射)를 지내고 형주(荊州) 군사도독(軍事都督)으로서 양양(襄陽)에 주둔했다. 뒤에 오(吳)나라를 칠 계략을 아뢰고 두예(杜預)를 자기 대신 천거하였다'고 하였다. 이런 양호가 다섯 살 때 이웃 이씨네 뽕나무 구멍을 뒤져 금환을 얻었던 것으로 보아 이씨의 아들은 양호의 전신임을 알았다는 것이다. 그처럼 이백도 지금 곽상정으로 송대에 환생하여 있다는 뜻이다.

解説 이 시는 채석산(采石山)에서 작자 매요신이 밝은 달을 바라보며 시선(詩仙)이라 부르는 이백의 죽음에 관한 전설을 생각하고, 풍골(風骨)이 이백을 닮은 곽상정(郭祥正)은 이백이 환생한 것 같다고 생각한 것을 시로 읊은 것이다. 이백과 곽자의(郭子儀)의 관계를 곽공보에까지 연장시킨 것은 기발한 착상이 아닐 수 없다.

처의 죽음을 애도함(悼亡 1)) 3수

기일(其一)

머리 얹어 부부가 된 지
이제는 17년.
서로 보고 있어도 부족할 것이어늘,
하물며 영영 떠나버린 것을!
내 머리 이미 희끗희끗하니
이 몸 어찌 오래도록 온전하겠는가?
종당에는 같은 무덤에 묻히게 될 것이나,

죽지 못해 눈물만 줄줄 흐르네!

결발 위부부　　우금십칠년
結髮²⁾爲夫婦하여, 于今十七年이라.

상간유부족　　하황시장연
相看猶不足이어늘, 何況是長捐³⁾을!

아빈이다백　　차신녕구전
我鬢已多白하니, 此身寧久全고?

종당여동혈　　미사루련련
終當與同穴이나, 未死淚漣漣⁴⁾이라.

註解 1) 悼亡(도망) - 죽은 이를 애도함. 경력(慶曆) 4년(1044) 죽은 작자의
처 사씨(謝氏)를 애도하는 시임.　2) 結髮(결발) - 결혼할 때 남자는
상투를 올리고 여자는 쪽을 찌는 것.　3) 捐(연) - 버리다, 떠나다.　4)
漣漣(련련) - 눈물이 줄줄 흐르는 모양.

기이(其二)

집을 나설 때마다 몸은 꿈속인 듯하여
사람들 만나면 억지로 응대하기 일쑤이네.
돌아오면 여전히 쓸쓸하기만 하니
말을 하고 싶다 해도 누구에게 한단 말인가?
싸늘한 창으로 외로운 반딧불이 날아들고
밤은 길기만 한데 외기러기 지나가고 있네.
세상에 이보다 더한 괴로움은 없을 것이니
정신이 그대로 녹고 닳아 없어지고 있네.

매출신여몽　　봉인강의 다
每出身如夢하여, 逢人强意⁵⁾多라.

귀 래 잉 적 막　　욕 어 향 수 하
歸來仍[6]寂寞하니 欲語向誰何오?

창 랭 고 형 입　　소 장 일 안 과
窓冷孤螢[7]入하고 宵長一鴈過라.

세 간 무 최 고　　정 상 차 소 마
世間無最苦[8]하니 精爽[9]此銷磨[10]라.

註解 5) 强意(강의)—억지로 뜻을 추스리어 응대하는 것.　6) 仍(잉)—여전히, 그대로.　7) 孤螢(고형)—외로운 반딧불이.　8) 最苦(최고)—더한 괴로움, 더 심한 고통.　9) 精爽(정상)—정신(精神).　10) 銷磨(소마)—녹아 없어지다, 닳아 없어지다.

기삼(其三)

옛부터 목숨엔 길고 짧은 게 있었지만
어찌 감히 푸른 하늘에 그것을 추궁하겠는가?
세상의 부인들 많이 보아왔지만
그처럼 아름답고도 현숙(賢淑)한 사람은 없었네.
가령 어리석은 사람이 오래 살게 되어있다면,
어찌하여 그의 목숨을 빌려주지 않는가?
차마 이 여러 성(城)과도 맞바꿀 만한 사람을
황천(黃泉)에 묻히도록 버려둘 수 있는가!

종 래 유 수 단　　기 감 문 창 천
從來有脩短[11]이나 豈敢問[12]蒼天고?

견 진 인 간 부　　무 여 미 차 현
見盡人間婦나 無如美且賢이라.

비 령 우 자 수　　하 불 가 기 년
譬令[13]愚者壽면 何不假[14]其年고?

인　차 련 성 보　　　침 매 하 구 천
忍¹⁵⁾此連城寶¹⁶⁾를 沉埋何九泉¹⁷⁾가!

註解 11) 脩短(수단)－목숨이 길고 짧은 것.　12) 問(문)－묻다, 추궁하다.
13)譬令(비령)－가령, 만약.　14) 假(가)－빌리다.　15) 忍(인)－'차마
어찌 ……하는가!' 의 뜻.　16) 連城寶(련성보)－전국(戰國)시대 조(趙)
나라에 '화씨지벽(和氏之璧)'이 있었는데, 진(秦)나라 소왕(昭王)은
그 옥을 15성(城)과 바꾸려 하였다. 이에서 굉장한 보물을 '연성지보
(連城之寶)'라 부르게 되었다.　17) 九泉(구천)－황천(黃泉), 저승.

解說 작자 매요신은 중국의 문인 중에서는 드물게 발견되는 애처가이다. 3
수의 시를 통해서 처에 대한 사랑과 애도의 정이 잘 표현되어 있다.
매요신 이전에도 진(晉)나라 반악(潘岳, 247~300)이 죽은 처를 애도하
는 〈도망시(悼亡詩)〉 3수를 지어, 그것이 소명(昭明) 《문선(文選)》에
실려 있으며, 당나라 원진(元稹, 779~831)도 같은 연작(連作) 3수를 남
기고 있다.

수숙 머리의 이(秀叔¹⁾頭蝨²⁾)

우리 집 아이 어미 잃은 지 오래 되니
머리는 잡아 묶었어도 빗질은 거의 하지 않았네.
누가 목욕인들 제대로 시켜 주었겠는가?
그러니 이가 많을 수 밖에.
이는 검게 변하여 머리 뿌리에 붙어 있는데
헤진 천에 붙어 지내기 좋지 않기 때문일세.
우글우글 개미떼 기어 나오는 것 같고
버글버글 누에 새끼 몰려나오는 것도 같네.
머리 긁으면 쑥대 포기보다도 더하게 엉클어지니

배나 밤 같은 것은 보챌 겨를조차도 없네.

머리 밀어버리는 것은 어려운 일이 못되지만

타고난 몸을 손상시키는 것이 달갑지 않네.

오 아 구 실 시　　　발 괄 잉 소 즐
吾兒久失恃³⁾하니, 髮括⁴⁾仍⁵⁾少櫛⁶⁾이라.

증 수 구 탕 목　　　정 이 다 기 슬
曾誰具湯沐⁷⁾고? 正爾⁸⁾多蟣蝨⁹⁾이라.

변 흑 거 기 원　　　괴 서 　택 비 길
變黑居其元¹⁰⁾이니, 壞絮¹¹⁾宅非吉이라.

증 여 　의 란 연　　　취 약 　잠 초 출
蒸如¹²⁾蟻亂緣이오, 聚若¹³⁾蠶初出이라.

빈 　소 극 봉 보　　　하 가 기 리 률
鬢¹⁴⁾搔劇蓬葆¹⁵⁾하니, 何暇嗜梨栗¹⁶⁾고?

전 제 　성 미 난　　　소 오 누 형 질
翦除¹⁷⁾誠未難이로되, 所惡累形質¹⁸⁾이라.

註解 1) 秀叔(수숙)-작자의 장남 매증(梅增)의 어릴 적 이름. 2) 蝨(슬)-이. 3) 失恃(실시)-의지할 곳을 잃다, 어머니를 잃은 것을 가리킴. 장남은 부인 사씨(謝氏)가 낳은 아들인데, 부인이 죽은 지 2년 되는 해 경력(慶曆) 6년(1046)에 지은 시이다. 4) 髮括(발괄)- 머리를 묶는 것. 5) 仍(잉)-여전히, 그대로. 6) 櫛(즐)-빗질하다. 7) 湯沐(탕목)-목욕하는 것. 8) 정이(正爾)-바로 그 때문에, 그래서. 9) 蟣蝨(기슬)- 서캐와 이, 이. 10) 其元(기원)-머리의 뿌리. 11) 壞絮(괴서)-헤진 옷 천. '괴'는 여러 판본에 '懷(회)'로 되어 있으나 주동윤(朱東潤)의 《매요신집편년교주(梅堯臣集編年校注)》의 의견을 따라 '괴'로 바꾸었다. 12) 蒸如(증여)-많은 모양, 우글우글한 것. 13) 聚若(취약)-많이 모여 있는 모양, 버글버글한 것. 14) 鬢(빈)-귀밑 머리, 머리. 15) 蓬葆(봉보)-가을에 말라있는 쑥대 포기. 16) 嗜梨栗(기리률)-배와 밤을 좋아하다. 도연명(陶淵明)이 〈자식들을 책함(責子)〉이란 시에서 "통자는 아홉 살이나 되었는데, 배와 밤 같은 것만 찾고 있다."(通子垂九齡, 但覓梨與栗.)고 한 말에서 따온 표현. 17) 翦除

(전제)-머리를 잘라 없애는 것. 18) 累形質(누형질)- '형질'은 육체, 육체에 누가 된다는 것은 부모님으로부터 타고난 몸을 손상시키는 불효한 짓을 하게 되는 것을 말한다.

解説 작자가 자기 큰 아들 머리에 우글거리고 있는 이를 보고 읊은 시이다. 작자의 어려운 생활을 보여주고 있다. 그리고 이런 지저분한 것들은 송나라 이전 시인들에게는 시의 주제가 될 수 없는 것이었다. 이런 성격의 시를 짓게 되었다는 것도 송시의 특징 중의 하나이다. 송대에 와서는 사람들의 생활 주변의 모든 일과 사람들의 모든 생각이나 감정이 시의 주제가 되었다.

배 속에서 밤에 집사람과 술을 마시며(舟中夜與 家人¹⁾飮)

달이 물가 절벽 어귀에서 나와
그림자가 떠나가는 배 등을 비치고 있네.
홀로 마누라와 술을 마시니
저속한 손 대하고 있는 것보단 훨씬 좋네.
달이 점점 내 자리에까지 올라오니,
저녁 햇빛도 거의 다 물러갔네.
어찌 반드시 촛불을 밝혀야만 하겠는가?
이 경치만 해도 무척 사랑스러운 것을!

月出斷岸²⁾口하여, 影照別舸³⁾背라.
(월출단안구) (영조별가배)

且獨與婦飮하니, 頗勝俗客對라.
(차독여부음) (파승속객대)

月漸上我席하니,
 暝色⁴⁾亦稍退라.

月漸上我席하니, 暝色⁴⁾亦稍退라.

豈必在秉燭⁵⁾고? 此景已可愛라.

註解 1) 家人(가인) – 집사람, 처를 이르는 말. 매요신은 37세 때 부인 사씨(謝氏)를 잃고, 2년 뒤에 재취하였다. 여기의 부인은 재취한 처 조씨(刁氏)이다.   2) 斷岸(단안) – 물가의 절벽.   3) 別舸(별가) – 떠나는 배. '가(舸)'는 큰 배를 뜻하며, '별가'는 다른 배를 가리킨다고 보는 이도 있다.   4) 暝色(명색) – 저녁 햇빛.   5) 秉燭(병촉) – 촛불을 들다, 촛불을 밝히다.

解說 여행하는 배 안에서 달밤에 자기 처와 술을 마시는 즐거움을 노래한 시이다. 매요신은 가난한 선비였지만 중국에서는 찾아보기 힘들 정도의 애처가였다. 그의 시집을 펼쳐보면 자기 처에게 지어준 시들이 여러 편 있다. 북송 채조(蔡絛)의 《서청시화(西淸詩話)》에 의하면, 매요신이 변경(汴京)으로부터 임지(任地)인 허주(許州)로 돌아가는 길에 영주(潁州, 지금의 安徽省 阜陽)를 지나다가 그곳에 귀양와 있던 재상 안수(晏殊)를 만났는데, 안수가 송별 술자리에서 '옛사람 시 중에 평성(平聲) 자만을 써서 잘 지은 시는 있으나 측성(仄聲) 자만을 써서 잘 지은 시는 보지 못하였다'고 하였는데, 그때 매요신이 측성 자만을 써서 지은 시가 이 시라 하였다.

밭가는 소(耕牛)

목이 찢어졌는데도 쉬지 못하고 밭을 가니,
여윈 송아지 돌볼 겨를 어디에 있겠는가?
밤에 돌아올 적에는 밝은 달 아래에서 숨을 헐떡이고,
아침에 나가면 깊은 골짜기 뚫고 다니네.

힘은 비록 밭에서 다 쓰고 있으되,

창자는 마른 풀과 콩으로 배불리 먹어보지 못하네.

곡식 거둬들이고 바람 불고 눈 올 때엔

다시 추운 언덕으로 풀 뜯어 먹으러 가야 하네.

파 령 경 불 휴　　하 가 고 리 독
破領耕不休하니, 何暇顧羸犢[1]고?

야 귀 천　명 월　　조 출 천　심 곡
夜歸喘[2]明月하고, 朝出穿[3]深谷이라.

역 수 궁 전 주　　장 미 포 추 숙
力雖窮田疇[4]나, 腸未飽芻菽[5]이라.

가 수 풍 설 시　　우 향 한 파 목
稼收風雪時에, 又向寒坡牧[6]이라.

註解 1) 羸犢(리독)－여윈 송아지, 야윈 송아지. 2) 喘(천)－숨을 헐떡이다. 3) 穿(천)－뚫고 가다. 4) 田疇(전주)－밭, 밭이랑. 5) 芻菽(추숙)－꼴과 콩, 마른 풀과 콩. 6) 牧(목)－풀을 뜯어먹는 것.

解說 사람들을 위하여 죽도록 일하면서도 대우 한번 받지 못하는 소의 처경을 읊은 시이다. 아마도 시인은 쉴 새도 없이 고생만 하는 백성들을 생각하며 이 시를 썼을 것이다. 소는 그 시대의 농민이라고 볼 수도 있다.

작은 마을(小村)

회수는 넓고 섬이 많은 중에 갑자기 마을이 나타나는데,

가시 울타리는 엉성히 무너졌고 아무렇게나 문을 달아 놓았
네.

여윈 닭은 먹을 것을 보면 스스로 짝들을 부르고,

늙은 영감은 옷도 없는 모양인데 그래도 손자는 안고 있네.

들판 강물의 작은 배에서는 새들이 날아오르는데 닻줄도 끊

  이어 있고,

말라 죽은 뽕나무는 물에 씻기어 뿌리조차도 위태로운 지경

  이네.

아아! 사는 형편 모두가 이와 같은데

왕의 백성이라 잘못 쳐져 호적에 올라 세금만 내는구나!

회 활 주 다 홀 유 촌　　극 리　소 패 만 위 문
淮¹⁾闊洲多忽有村하니, 棘籬²⁾疎敗漫爲門이라.

한 계 득 식 자 호 반　　노 수 무 의 유 포 손
寒鷄得食自呼伴하고, 老叟無衣猶抱孫이라.

야 정　조 요 유 단 람　　고 상　수 설 지 위 근
野艇³⁾鳥翹唯斷纜이오, 枯桑⁴⁾水齧只危根이라.

차 재 생 계 일 여 차　　유　입 왕 민 판 적 론
嗟哉生計一如此나, 謬⁵⁾入王民版籍論이라.

註解 1) 淮(회)－회수(淮水). 황하와 장강 중간, 안휘성(安徽省)과 강소성(江蘇省)을 가로질러 흐르는 큰 강물 이름. 2) 棘籬(극리)－가시나무로 만든 울타리. 소(疎)는 성글고 무너지다. 만(漫)은 아무렇게나, 되는 대로. 3) 野艇(야정)－들판에 흐르는 강물에 떠다니는 작은 배. 조요(鳥翹)는 새가 날아오르는 것. 람(纜)은 배의 닻줄. 4) 枯桑(고상)－말라 죽은 뽕나무. 수설(水齧)은 물이 갉아먹다, 물에 씻기는 것. 5) 謬(유)－잘못된 것, 그릇된 것. 판적(版籍)은 호적, 세금을 매기는 근거가 되는 장부.

解說 회수 가의 작은 마을 풍경을 노래한 것이다. 가시나무 울타리도 다 허물어져가고 손자를 안고 있는 노인은 입을 만한 옷도 없는 듯하다. 마을 근처 닻줄이 끊어진 배는 부서져 쓰지 못하는 배이고, 뽕나무는 말

라 죽었을 뿐만이 아니라 뿌리조차도 물에 다 씻기어 떠나가 버릴 형편이다. 지극히 가난한 마을 풍경이다.

그런데도 이들은 임금의 백성들이라는 구실 아래 호적에 올라 세금은 모두 내고 있다는 것이다. 닭도 모이를 주어 먹는 것이 아니라 스스로 땅바닥에서 먹이를 찾아 먹고 살아간다. 가난이 손에 잡히는 듯하다.

소순흠蘇舜欽, 1008~1048

자가 자미(子美)이고 재주(梓州) 동산(銅山 : 四川省 中江縣) 사람, 할아버지 때부터 개봉(開封 : 河南省)으로 옮겨와 살아 개봉 사람이라고도 한다. 일찍이 목수(穆修)와 뜻이 맞아 '고문운동'과 시가개혁에 노력하여, 송대 시문 발전에 크게 공헌하였다. 그의 호방하고 빼어난 시는 구양수의 인정을 받았고, 매요신(梅堯臣)과 함께 구양수(歐陽修)와 어울리며 시를 지어 송시의 개척자로 인정받고 있다. 《소학사문집(蘇學士文集)》 16권을 남기고 있다.

경주에서의 패전(慶州¹⁾敗)

싸우지 않는 것이 왕자의 군대라 했고,
대비가 있어야 한다고 병서에 있네.
천하가 평화를 누려온 지 수십 년 되니,
이 말은 존재하고 있지만 사람들은 버렸네.
금년에 서쪽 오랑캐가 대대로 지켜오던 맹약을 어기고
곧장 가을바람따라 변방을 침입하여,
변경 백성들을 도살하고 요새를 불사르며
10만의 군대가 들이닥치니 산악이 기우는 듯.
나라의 변경을 지키는 이 지금 누가 있는가?
승제(承制) 벼슬 하고 있는 젖비린내 나는 아이일세.
진탕 술 마시고 실컷 먹는 짓이 바로 하는 일이었는데,
언제 병법은 알아보기나 했겠는가?
공문을 내어 화급하게 졸병과 병거(兵車) 모아들이고
속으론 적을 무찌르는 것 시체를 묶는 거나 같은 일이라 여
    겼네.
한 부대를 조직하기도 전에 이미 출전하게 되어,
병사들 몰아붙이며 급히 험한 산 기어오르게 하였네.
말은 살지고 갑옷은 무거운데 졸병들 배불리 먹고 숨을 할
    딱이니,
비록 활과 칼이 있다 한들 무엇에 쓸 것인가?
연달아 넘어지며 스스로 깊은 계곡으로 떨어지는 판이니,
적의 기병이 손가락질하며 웃는 소리가 시끄럽네.
한 번 신호하자 매복했던 군사들 줄지어 뛰쳐나와

산 아래쪽 퇴로 갑자기 막고 겹겹이 포위하니,
우리 군사들 투구 벗어던지며 살려 달라 애걸하고
장수는 손을 뒤로 결박당하여 눈물 콧물 줄줄 흘리네.
포로들 어쩔 줄 모르고 있을 때 재주 있는 자는 살려 주라는
　　명령 떨어지니,
다투어 작은 기예 보여주려고 노래하고 피리도 부네.
나머지 자들은 코 베고 귀 자른 뒤 놓아보내니,
동쪽으로 도망치며 똥오줌 싸 줄줄 흘리네.
머리에 귀와 코 없으니 괴상한 짐승 같건만
스스로는 부끄러운 줄도 모르고 그대로 살아 돌아가네.
수비하던 군사들 사기가 죽고 함락당한 곳의 군사들 고통받
　　게 되는 것은
모두가 주장의 소행으로 말미암은 것일세.
유리한 지형과 기회도 모르면서 요행히 승리나 거두려 하며
중국을 욕되고 부끄럽게 하니 정말 가슴아프고 슬프네.

無戰王者師[2]요, 有備軍之志[3]라.
無戰王者師 有備軍之志

天下承平數十年하니, 此語雖存人所棄라.
天下承平數十年 此語雖存人所棄

今歲西戎[4]背世盟하고, 直隨秋風寇邊城[5]하여,
今歲西戎 背世盟 直隨秋風寇邊城

屠殺熟戶[6]燒障堡하고, 十萬馳騁山嶽傾이라.
屠殺熟戶 燒障堡 十萬馳騁山嶽傾

國家防塞今有誰오? 官爲承制[7]乳臭兒라.
國家防塞今有誰 官爲承制乳臭兒

酣觴大嚼[8]乃事業이니, 何嘗識會[9]兵之機리오?
酣觴大嚼 乃事業 何嘗識會兵之機

부이　화급수졸승　　　의위　취륙여박시
符移¹⁰⁾火急蒐卒乘하고, 意謂¹¹⁾就戮如縛尸라.

미성일군이출전　　　구축급사연험희
未成一軍已出戰하여, 驅逐急使緣嶮巇¹²⁾라.

마비갑중사포천　　　수유궁검하소시
馬肥甲重士飽喘하니, 雖有弓劍何所施오?

연전　자욕타심곡　　　노기소지성희희
連顚¹³⁾自欲墮深谷하니, 虜騎笑指聲嘻嘻라.

일휘　발복안행출　　　산하엄절　성중위
一麾¹⁴⁾發伏雁行出하여, 山下奄截¹⁵⁾成重圍하니,

아군면주걸사소　　　승제면박　교체이
我軍免胄乞死所하고, 承制面縛¹⁶⁾交涕洟라.

준순　하령예자전　　　쟁헌소기가차취
逡巡¹⁷⁾下令藝者全하니, 爭獻小技歌且吹라.

기여의괵　방지거　　　동주　시액개림리
其餘劓馘¹⁸⁾放之去하니, 東走¹⁹⁾矢液皆淋漓라.

수무이준　약괴수　　　부자괴치유생귀
首無耳準²⁰⁾若怪獸나, 不自媿恥猶生歸라.

수자　저기함자고　　　진유주장지소위
守者²¹⁾沮氣陷者苦하니, 盡由主將之所爲라.

지기　불견욕요승　　　수욕중국감상비
地機²²⁾不見欲僥勝하여, 羞辱中國堪傷悲라.

註解 1) 慶州(경주) - 지금의 감숙성(甘肅省) 경양(慶陽). 송나라 인종(仁宗)의 경우(景祐) 원년(1034) 7월에 서하(西夏)의 군대가 경주를 침공하였다. 송나라에서는 제종구(齊宗矩)가 군대를 이끌고 나가 이들과 싸웠으나, 제종구는 복병을 만나 전패하고 포로가 되었다. 뒤에 제종구는 놓여나 돌아왔는데, 이 시는 그가 살아 돌아온 후에 쓴 것이다. 송나라가 국경의 방비를 소홀히 한 것과 송나라 장수 및 군사들의 무능함과 비겁함이 잘 그려져 있다. 문장이 거친 감이 있으나 반대로 진정을 드러내고 있는 듯하다.　2) 無戰王者師(무전왕자사) - 《순자(荀子)》 의병(議兵)편에 '왕자는 잘못을 응징하기 위하여 정벌

을 하는 일은 있어도 전쟁을 하는 일은 없다(王者有誅而無戰)'고 한 말에 근거를 둔 것이다. 진정한 왕자의 군대는 포학한 자들을 처벌하기 위하여 출동하는 일은 있어도 다른 군대와의 전쟁은 있을 수 없다는 것이다. 온 천하 사람들이 왕자를 진정으로 따르기 때문에 그에게 맞서 싸우려 드는 사람이 없고, 설혹 싸움을 걸어와도 온 천하가 왕자의 편이기 때문에 싸움이 되지 않기 때문이다. 3) 軍之志(군지지) – 군지(軍志), 곧 병서(兵書)를 뜻한다. 4) 西戎(서융) – 서하(西夏)를 가리킴. 세맹(世盟)은 여러 세대에 걸친 맹약. 이때의 서하 왕은 조원호(趙元昊)였는데, 그 조상은 탁발씨(拓跋氏)였으며, 당(唐)나라 때에는 이씨(李氏) 성을 하사받고 대대로 하주(夏州) 절도사(節度使)로 있었다가, 송나라에 와서는 조씨(趙氏) 성을 하사받고 대하국왕(大夏國王)에 봉해졌으며, 조원호 본인도 송나라로부터 서평왕(西平王)에 봉함을 받았다. 그런데도 서하가 중국을 침략했으니 '세맹을 배반하였다'고 한 것이다. 5) 寇邊城(구변성) – 변경의 성을 공격해오다, 변방의 성을 노략질하다, 변경을 침입하다. 6) 熟戶(숙호) – 중국의 풍속습관에 동화된 한족(漢族)이 아닌 백성들. 장보(障堡)는 적을 막기 위한 보루(堡壘). 7) 承制(승제) – 송대 무신(武臣)의 관직명. 이때 송나라의 장수 제종구(齊宗矩)는 서하의 침략군을 막는 환경로도감(環慶路都監)에 임명되었으나 내전승제(內殿承制)라는 경관(京官) 직함을 그대로 지니고 있어서 그렇게 부른 것이다. 8) 酣觴大嚼(감상대작) – 술을 진탕 마시고 음식을 실컷 먹는 것. 9) 識會(식회) – 알다, 알아서 할 줄 알다. 병지기(兵之機)는 군대의 일, 병법. 10) 符移(부이) – 군대를 징발하는 공문. 수졸승(蒐卒乘)은 졸병과 병거(兵車)를 모으다. 11) 意謂(의위) – 속으로 생각하다. 박시(縛尸)는 시체를 묶다. 적병을 매우 가벼이 봄을 형용한 말임. 12) 緣嶮巇(연험희) – 험준한 산을 기어오르게 하다. 13) 連顛(연전) – 연달아 넘어지는 것, 잘 가지 못함을 형용한 말. 14) 一麾(일휘) – 한 번 휘두르다, 한 번 신호를 보내다. 발복(發伏)은 매복했던 자들이 쏟아져 나오는 것. 안행출(雁行出)은 기러기가 줄지어 날아가듯, 줄지어 질서정연히 출현하는 것. 15) 奄截(엄절) – 갑자기 퇴로를 막는 것. 16) 面縛(면박) – 손을 뒤로하여 묶어 그의 얼굴만이 보이게 하는 것. 교체이(交涕洟)는 눈물 콧물이 뒤범벅이 되어 흐르는 것. '이'는 콧물. 17) 逡巡(준순) – 어찌할 바를 모르고 있는 모양, 우물쭈물하고 있는 모양. 18) 劓馘(의괵) - '의(劓)'는 코를 베는 것, '괵(馘)'은 귀를 자르는 것. 19) 東走(동주) - 동쪽으로 도망치다. 동쪽이 중원 땅이기 때문이다. 시액(矢液)은 똥과 오줌. '시(矢)'는 시(屎)와 같음. 임리(淋漓)는 물이 줄줄 흐르는 모양. 20) 耳準(이준) - 귀와 코. 21) 守者(수자) - 나라를 수비하는 병사들. 저기(沮氣)는 사기가 죽다, 사기를 잃다. 22)地機(지기) - 전쟁에 유리한 지형과 기회. 요(僥)는 요행(僥倖).

解説 중국 땅 서북쪽 변경에 있는 경주(慶州)라는 고을이 오랑캐 서하(西夏)의 침입으로 함락되던 정경을 노래하면서, 당시의 자기 조국인 송나라 군대의 형편없는 모습을 폭로하고 있다. 이 시를 통해서 찬란한 전통문화를 계승한 송나라가 어찌하여 주변 소수민족들의 침략에 밀리다가 결국은 멸망하게 되는가 알게 될듯하다. 시인은 송나라 군대의 치부를 있는 그대로 들추어냄으로써 당국자들을 각성시키려 했던 듯하다.

여름 생각(夏意)

별채는 깊숙한데 여름 대자리 시원하고,
석류꽃이 두루 피어 발을 통해 밝게 보이네.
나무그늘 온 땅을 덮고 있으되 해는 마침 한낮이라,
꿈을 깨자마자 날아다니는 꾀꼬리 때맞추어 우네.

별 원 심 심 하 점 청　　석 류 개 편 투 렴 명
別院深深夏簟¹⁾淸하고, 石榴開遍²⁾透簾明이라.

수 음 만 지 일 당 오　　몽 각 류 앵 시 일 성
樹陰滿地日當午하니, 夢覺流鶯³⁾時一聲이라.

註解 1) 簟(점) - 대자리. 2) 開遍(개편) - 두루 피다, 만발하다. 3) 流鶯(류앵) - 날아다니면서 우는 꾀꼬리.

解說 한여름 대낮, 깨끗이 사는 시인의 정취가 잘 표현된 시이다. 아름답고 조용한 별채가 눈앞에 선하며, 마당에 핀 석류꽃과 날아다니면서 우는 꾀꼬리가 더없이 아름답다.

여름에(夏中)

외진 집안에 발 두텁게 드리우니 낮 풍경 조용한데,
가벼운 바람 따라 때때로 장대 위 까마귀 움직이는 게 보이네.
연못 속 가득 찬 물풀 사이엔 고기 새끼들 놀고,
뜰 아래 두터운 그늘 속엔 제비가 새끼 데리고 노네.
비 갠 뒤엔 아이들이 떨어진 과일 다투며 줍는 것 보다가,
하늘 맑아지자 손님 힘까지 빌려 나머지 책 햇볕에 너네.
조용히 산다 해도 티끌 같은 세상일에 끌리지 않을 수 없으니,
몸과 세상 모두 잊고 술병 기울이네.

원 벽 렴 심 주 경 허　　　경 풍 시 견 동 간 오
院僻¹⁾簾深晝景虛어늘, 輕風時見動竿烏²⁾로다.

지 중 록 만 어 류 자　　　정 하 음 다 연 인 추
池中綠滿魚留子요, 庭下陰多燕引雛³⁾라.

우 후 간 아 쟁 축 과　　　천 청 인 객 포 잔 서
雨後看兒爭墜果라가 天晴因客⁴⁾曝⁵⁾殘書라.

유 서 미 면 견 진 사　　　신 세 량 망 재 호 주
幽棲⁶⁾未免牽塵事⁷⁾니, 身世相忘在壺⁸⁾酒라.

註解 1) 僻(벽)- 편벽된 것, 외진 것.　2) 竿烏(간오)- 장대 위에 앉아있는

까마귀, 장대 위에 까마귀 모양의 것을 얹어 놓은 옛날의 풍향계라고 주장하는 이도 있다. 3) 雛(추)- 병아리, 제비 새끼. 4) 因客(인객)- 손님의 손을 빌리는 것. 5) 曝(포)- 햇볕에 내 말리는 것. 6) 幽棲(유서)- 조용한 곳에 사는 것. 7) 塵事(진사)- 속세의 일, 세상일. 8) 壺(호)- 술병.

解説 여름의 자기 집 주변 풍경을 노래한 시이다. 사물을 관찰하는 그의 눈이 섬세하다. 당시에서처럼 격정을 노래하기 보다는 담담히 그의 주변 일과 자신의 처지를 노래하고 있다.

날이 갠 뒤 창랑정에 노닐며(初晴遊滄浪亭¹⁾)

밤에 비가 날이 밝도록 와 봄물이 불었고,
아름다운 구름은 짙고 따스한데 약간 개인 햇빛 희롱하는 듯.
발 쳐진 방안 조용하고 햇빛 얇은 속에 꽃과 대나무도 고요
  하고,
때때로 새끼비둘기들만이 우는 소리 주고받네.

夜雨連明²⁾春水生하고, 嬌雲³⁾濃暖弄微晴이라.

簾虛⁴⁾日薄花竹靜이오, 時有乳鳩⁵⁾相對鳴이라.

註解 1) 滄浪亭(창랑정)－지금의 강소성(江蘇省) 소주(蘇州) 시내에 있다. 본디는 오대(五代) 오월광릉왕(吳越廣陵王) 전원료(錢元僚)의 집이었는데, 소순흠이 4만 전(錢)을 주고 사서 거기에 정자를 짓고 창랑정이라 이름을 붙였다. 그곳 정원엔 기이한 돌과 크고 작은 연못이 있고 기한 꽃과 여러 가지 나무와 대나무가 무성하였고 물고기와 새도 많았다 한다. 그에게는 〈창랑정기(滄浪亭記)〉도 있다. 2) 連明(련

명)-날이 밝기까지 이어지다. 3) 嬌雲(교운)-아름다운 구름, 채색을 띤 구름. 4) 簾虛(염허)-발이 쳐진 방안에는 아무도 없고 조용한 것. 5) 乳鳩(유구)-어린 비둘기, 새끼비둘기.

解說 봄비가 막 갠 봄날 아침, 따스한 햇볕과 고요한 정자 주변의 꽃과 대나무들이 부드러운 정적 속에 싸여있다. 그런 속에서 주고받는 새끼비둘기 울음소리는 더욱 평화롭게 느껴진다.

홀로 거닐며 창랑정에 노닐다(獨步遊滄浪亭[1])

꽃나무 가지 낮게 처지고 풀빛 산뜻하니,
말 타고 들어가선 안되고 걸어가야 어울리네.
때때로 술병 들고 오직 홀로 찾아가,
취하여 쓰러지는 걸 오직 봄바람만이 알고 있다네.

花枝低欹[2]草色齊[3]하니, 不可騎入步是宜라.
時時携酒祇獨[4]往하여, 醉倒唯有春風知라.

註解 1) 滄浪亭(창랑정)-소주(蘇州)에 있던 시인의 정자(앞 시 참조). 2) 低欹(저의)-낮게 처지다, 낮게 휘청거리다. '의'는 의(攲)와 통함. 3) 齊(재)-깨끗하다, 산뜻하다. 4) 祇獨(지독)-다만 홀로. '지'는 지(只)의 뜻.

解說 창랑정에서 어지러운 세상을 멀리하고 아름다운 자연에 묻혀 술에 취하는 시인의 정이 애틋하다. 세상 돌아가는 꼴이 홀로 술에 취하여 쓰러질 수밖에 없었던 것이다.

거울을 보며(覽照[1])

무쇠 얼굴에 푸른 수염 나고 눈은 모가 났으니,

세상의 아이들이 보면 반드시 놀랄 거라.

마음속으론 일찍부터 언제건 오랑캐들 평정하리라고 나라
위해 작정했는데,

운명으로 때를 만나지 못하여 물러나 밭이나 갈고 있네.

어울리지 않게도 글을 좋아하여 글짓는 일 친히 하고 있으니,

스스로 한탄하는 것은 병폐 많아 풍류의 정 많은 것일세.

평생의 먹은 마음은 북극성과 같거늘,

아아, 그대 어리석은 동경(銅鏡)이 어찌 밝게 그걸 드러내
랴?

철 면 창 염 목 유 릉   세 간 아 녀 견 수 경
鐵面蒼髯目有稜[2]이니, 世間兒女見須驚이라.

심 증 허 국 종 평 로   명 미 봉 시 합 퇴 경
心曾許國[3]終平虜러니, 命未逢時合退耕이라.

불 칭 호 문 친 한 묵   자 차 다 병 족 풍 정
不稱[4]好文親翰墨하니, 自嗟多病足風情[5]이라.

일 생 간 담 여 성 두   차 이 완 동 기 현 명
一生肝膽[6]如星斗어늘, 嗟爾頑銅[7]豈見明고?

註解 1) 覽照(남조)―비추어 보다, 거울에 자기 얼굴을 비추어 보다. 2)
稜(릉)―모, 모가 나다. 3) 許國(허국)―나라에 약속하다. 노(虜)는
적, 오랑캐. 여기서는 요(遼)와 서하(西夏)를 가리킴. 4) 不稱(불
칭)―어울리지 않다, 맞지 않다. 5) 足風情(족풍정)―풍정이 풍족하
다, 풍류의 감정이 풍부하다. 6) 一生肝膽(일생간담)―자기 평생 먹
은 마음, 나라를 위해 적을 물리치려던 마음을 가리킴. 성두(星斗)는
북극성, 북두칠성. 7) 頑銅(완동)―어리석은 구리. 거울(銅鏡)을 가

리킴.

解説 거울을 들여다보면서 자신의 모습을 읊은 일종의 자화상이다. 거울은 무쇠 얼굴에 파란 수염이 달려있고 눈에 모가 난 무서운 자신의 모습 만을 비춰주고 있다. 지금 당장은 아무 행동도 못하고 있지만 나라를 위하여, 송나라를 위협하던 요(遼)와 서하(西夏) 같은 오랑캐를 평정 하고자 하는데, 그런 자기 마음은 조금도 반영시켜 주지 않는다. 마치 자기 뜻대로 되지 않는 시국을 한탄하는 듯도 하다.

이생을 전송하며(送李生¹⁾)

이생은 병으로 몸을 버리어
동쪽 조래산으로 들어간다네.
의기는 아직도 드높은데
육체는 이미 형편없이 되었네.
남아가 이 세상에 살아가는 것은
깎아지른 절벽 위의 소나무 같아서,
잘못되어 바람과 벼락에 손상되면
장석 같은 목수 만날 수 없게 된다네.
슬프도다, 천 척의 나무줄기가
가을 쑥대처럼 부서지고 썩게 되었구나!

이 생 이 병 폐   동 입 조 래 봉
李生以病廢²⁾하여, 東入徂徠峯³⁾이라.

지 기 상 돌 올   형 체 이 용 종
志氣尙突兀⁴⁾이나, 形體已龍鍾⁵⁾이라.

남 아 좌 세 간   유 여 절 학 송
男兒坐世間하여는, 有如絕壑⁶⁾松이라.

오 위 풍 뢰 상　　불 여 장 석 봉
誤爲風雷傷하면, 不與匠石⁷⁾逢이라.

애 재 천 척 간　　최 후 사 추 봉
哀哉千尺幹이, 摧朽⁸⁾似秋蓬이라.

註解 1) 李生(이생)－어떤 사람인지 알 수가 없다.　2) 病廢(병폐)－병으로 몸을 버리다, 병으로 일을 못하게 되다.　3) 徂徠峯(조래봉)－산동성 (山東省) 태안현(泰安縣) 동남쪽에 있는 조래산. 당(唐)대의 시인 이 백(李白)도 젊었을 적에 그 산골짜기인 죽계(竹溪)에 친구들과 들어 가 술과 시로 세월을 보낸 적이 있다.　4) 突兀(돌올)－높이 솟은 모 양, 우뚝한 것.　5) 龍鍾(용종)－노쇠한 모양.　6) 絕壑(절학)－절벽, 깎아지른 절벽.　7) 匠石(장석)－옛날의 유명한 목수 이름.《장자(莊 子)》서무귀(徐无鬼)편에 보임.　8) 摧朽(최후)－부서지고 썩고 하는 것. 추봉(秋蓬)은 가을의 쑥대.

解說 병으로 몸을 망치어 산속으로 살러 들어가는 사람을 전송하는 시. 건 강을 잃으면 모든 것을 잃게 된다는 것을 절감하며, 병들어 산속으로 들어가는 사람을 동정하고 있다.

저녁 무렵 날씨가 갠 봄날(春日晚晴)

사람들은 봄비가 좋다고들 하지만
저녁 무렵 되어 개니 더욱 좋네.
나무 빛깔은 발을 통해서도 파랗고
안개가 물건들을 감싸면서 밝아지네.
막 날아온 제비들은 진흙을 물고 기뻐하고,
주살을 피하듯이 기러기는 가벼이 날아가네.
누가 높다란 난간 밖을 바라보았는가?

저녁 햇빛이 온통 눈 가득히 펼쳐져 있네.

인 언 춘 우 호　　갱 호 만 래 청
人言春雨好나, 更好晚來晴이라.

수 색 통 렴 취　　　연 자 착 물 명
樹色通簾翠¹⁾하고, 煙姿²⁾著物明이라.

＊인용 위는 수정 불가 — 정정

수 색 통 렴 취　　　연 자 착 물 명
樹色通簾翠¹⁾하고, 煙姿²⁾著物明이라.

득 니 초 연 희　　　피 익 거 홍 경
得泥初燕³⁾喜하고, 避弋⁴⁾去鴻輕이라.

수 견 위 란 외　　　사 양 진 안 평
誰見危欄外오? 斜陽盡眼平⁵⁾이라.

註解 1) 通簾翠(통렴취) - 발을 통해서도 푸르다.　2) 煙姿(연자) - 안개의 모습.　3) 初燕(초연) - 강남으로부터 금방 날아온 제비.　4) 避弋(피익) - 주살을 피하다.　5) 盡眼平(진안평) - 그저 눈 가득히 평평하게 보이다, 온통 눈 가득히 펼쳐져 있다. '진(盡)'은 강조의 뜻을 나타냄.

解說 봄날 비가 오다가 저녁 무렵에 비가 갠 흥취를 읊은 시이다. 담담한 기분으로 가벼이 노래하고 있는데도 주변의 풍경이 아름답기 짝이 없다.

홀로 망천에 노닐며(獨遊輞川¹⁾)

푸른 안개구름 속을 뚫고 가다 보니
깊은 골짜기에 드문드문 종소리가 들리네.
몇 리를 어지러이 널린 돌 밟고 가니
한 줄기 냇물이 푸른 산봉우리 감돌며 흐르네.
어두운 숲 속에선 고라니가 뿔을 기르고 있고,
길 위엔 호랑이가 발자국 남겼네.

숨어사는 사람인들 어이 보겠는가?
외로이 늙은 소나무 대하고 시 읊네.

행 천 취 애 중　　절 간　낙 소 종
行穿²⁾翠靄中하니, 絶礀³⁾落疎鐘이라.

수 리 답 란 석　　일 천 환 벽 봉
數里踏亂石하니, 一川環碧峯이라.

암 림 미 양 각　　당 로 호 류 종
暗林麋養角이오, 當路虎留蹤이라.

은 일 하 증 견　　고 음 대 고 송
隱逸⁴⁾何曾見고? 孤吟對古松이라.

註解 1) 輞川(망천)－섬서성(陝西省) 남전현(藍田縣) 서남쪽에 있는 골짜기 냇물.　2) 行穿(행천)－뚫고 가다. 취애(翠靄)는 푸르게 피어오르는 구름, 비취색 안개구름.　3) 絶礀(절간)－절벽을 이룬 계곡, 깊은 계곡. 소종(疎鐘)은 드문드문 울리는 종소리.　4) 隱逸(은일)－숨어사는 사람.

解説 망천(輞川)은 당나라 시인 왕유(王維)가 별장을 지어놓고 그곳의 아름다운 자연을 노래하던 곳이다. 《남전현지(藍田縣志)》에는 망천에 대하여 이렇게 쓰고 있다.

'망천은 현의 정남 어귀, 곧 요산(嶢山) 어귀에 있는데, 두 산에 낀 골짜기를 따라 여기서부터 북쪽으로 흘러 파수(灞水)로 합쳐진다. 거기의 길은 산기슭을 따라 바위를 깨고 냈는데, 5리 정도는 매우 험하고 좁아 변로(匾路)라 부르는 것이 바로 그것이다. 이곳을 지나면 갑자기 널리 터져 사방의 많은 산봉우리들이 가려져 물에 비치고 있어서 길이 없을 것만 같다. 빙빙 돌면서 남쪽으로 나아가면 모두 13개 구역으로 나뉘어지는데 경치는 갈수록 더욱 기묘해진다. 대략 20리를 가면 녹원사(鹿苑寺)에 이르는데, 바로 왕유의 별장이 있던 곳이다.'

소순흠은 이런 험난한 명승지를 홀로 노닐며 시를 읊었던 것이다.

구양수 歐陽修, 1007~1072

자는 영숙(永叔), 호는 취옹(醉翁)·육일거사(六一居士). 길주(吉州) 여릉(廬陵 : 지금의 江西省 吉安) 사람. 북송 초기의 뛰어난 문학가이며 정치가. 진사가 된 뒤 추밀부사(樞密副使), 참지정사(參知政事) 등을 지내다 태자소사(太子少師)로 치사(致仕)하였고, 시(諡)를 문충공(文忠公)이라 하였다. 왕안석(王安石)·증공(曾鞏)·소순(蘇洵)·소식(蘇軾)·소철(蘇轍)이 모두 그의 추천으로 벼슬길에 올랐다. 왕안석의 신법(新法)엔 반대하면서도 정치개혁을 통한 올바른 정치풍토를 이룩하려 하였다. 문학에 있어서는 실용에 적응하며 형식적인 수식보다는 내용을 중시하였다. 시에 있어서는 평담(平淡)을 위주로 한 새로운 시풍을 개척하였고, 산문에 있어서는 한유(韓愈)와 유종원(柳宗元)의 고문운동(古文運動)을 계승 성공시키어 당송팔대가(唐宋八大家)의 한 사람이 되었다. 송대 사(詞)가 성행하게 된 데에도 그의 공이 크며, 경학(經學)에 있어서도 새로운 학풍을 여는 창조적인 업적을 남겼다. 송대 문학 및 학술의 개척자라 할 수 있다. 《구양문충공집(歐陽文忠公集)》 153권과 기타 많은 저술을 남겼다.

나와 같은 해 진사가 된 유중윤이 남강으로 돌아감에 여산고 시를 지어 줌(廬山高[1]贈同年劉中允歸南康)

여산의 높음이여, 몇천 길이나 되는가?

서린 산기슭은 몇백 리에 걸쳐 있는가?

우뚝 장강(長江) 옆에 깎아지른 듯 솟아 있어,

장강은 서쪽으로부터 흘러와 그 밑을 지나고 있고,

그래서 물결 이는 팽려호(彭蠡湖)도 이루고 있는데,

큰 파도와 거센 물결이

밤낮으로 서로 부딪치고 있네.

구름 걷히고 바람 자니 물이 거울처럼 맑아,

배를 대고 언덕에 올라 멀리 여산 바라보니,

위로는 푸른 하늘 까마득한 곳 만지고 있고,

아래로는 크고 두꺼운 대지를 짓누르고 있네.

시험삼아 가서 그곳에 이르러,

바위 비탈길 부여잡고 올라 텅 빈 골짜기 들여다보니,

수많은 바위와 계곡에는 소나무 전나무에 부는 바람소리 울
  리고,

높은 절벽과 큰 바위에는 날듯 흘러 떨어지는 물소리 울리네.

물소리 시끄럽게 사람의 귀 어지럽히는데,

한여름에 날려 흩어지는 눈 같은 물보라가 돌 징검다리 위
  에 뿌려지네.

늙은 도사와 중들도 가끔 만나게 되지만,

나는 일찍부터 그들의 학문이 환상적이고 말이 잡되어 싫어
  했네.

다만 보이는 건 붉은 노을과 푸른 절벽이 멀고 가까운 사원
(寺院) 누각에 비추이는 것이요,
아침 종소리 저녁 북소리와 희미한 안갯속에 깃발이 줄지
어 있네.
으슥한 곳에 핀 꽃과 들풀 그 이름은 알 수 없지만,
바람에 불리며 안개에 젖어 골짜기에 향기를 풍기고,
때때로 흰 학이 짝지어 날아오네.
그윽한 곳 찾아 멀리 가 보아도 끝 가는 데 없으니,
이젠 세상 관계 끊고 어지러운 일들 버리고 싶네.
부러운 건 그대가 밭 사고 집 짓고 여산 아래에서 늙음 보내
는 것이니,
심어 놓은 벼, 이랑에 가득하고 빚어 놓은 술 독에 가득하네.
그대는 떠다니는 산 기운과 엷은 푸른빛의 갖가지 모양들을,
앉으나 누우나 문과 창으로 언제나 대할 수 있게 하려는 뜻
이었지.
그대 생각 특출하여 지극한 보배 지니게 된 것이니,
속세에서는 돌과 옥을 분별치 못하는 거네.
관리에 임명된 지 20년이 넘었는데,
푸른 짧은 옷에 흰머리로 늙어 이 고장에서 곤궁히 지내고
있네.
총애와 영예와 명성과 이익도 그대를 구차히 굽힐 수 없었
으니,
스스로 푸른 구름 흰 돌에 깊은 취미가 없다면,
그의 뜻의 비범함이 어디에서 내려왔겠는가?
대장부의 큰 절조라 해도 그대 같은 이는 적을 것이니,

아아, 내 그대에 관해 쓰려 하나 어찌 긴 깃대 같은 큰 붓을
구할 수가 있겠는가?

여 산 고 재 기 천 인   혜   　근 반   기 백 리
廬山高哉幾千仞[2]兮여, 根盤[3]幾百里오?

절 연   흘 립 호 장 강   　장 강 서 래 주 기 하
巉然[4]屹立乎長江하여, 長江西來走其下하고,

시 위 양 란 좌 리   혜   　홍 도 거 랑   　일 석 상 용 당
是爲揚瀾左里[5]兮여, 洪濤巨浪이, 日夕相舂撞[6]이라.

운 소 풍 지 수 경 정   　박 주 등 안 이 원 망 혜
雲消風止水鏡淨하여, 泊舟登岸而遠望兮하니,

상 마 청 창   이 엄 애   　하 압 후 토   지 홍 방
上摩靑蒼[7]以晻靄요, 下壓后土[8]之鴻厖이라.

시 왕 조   호 기 간 혜   　반 연 석 등   규 공 항
試往造[9]乎其間兮여, 攀緣石磴[10]窺空谾하니,

천 암 만 학 향 송 회   　현 애   거 석 비 류 종
千巖萬壑響松檜[11]요, 懸崖[12]巨石飛流淙이라.

수 성 괄 괄   란 인 이   　유 월 비 설 쇄 석 강
水聲聒聒[13]亂人耳하니, 六月飛雪灑石矼[14]이라.

선 옹 석 자   역 왕 왕 이 봉 혜   　오 상 오 기 학 환 이 언 방
仙翁釋子[15]亦往往而逢兮여, 吾嘗惡其學幻而言哤[16]이라.

단 견 단 하 취 벽   　원 근 영 루 각   　신 종 모 고 묘 애   　라
但見丹霞翠壁[17]遠近映樓閣이오, 晨鍾暮鼓杳靄[18]羅

번 당
旛幢이라.

유 화 야 초 부 지 기 명 혜
幽花野草不知其名兮여,

풍 취 무 습 향 간 곡   　시 유 백 학 비 래 쌍
風吹霧濕香澗谷하고, 時有白鶴飛來雙이라.

유 심 원 거 불 가 극   　변 욕 절 세 유 분 방
幽尋遠去不可極하니, 便欲絶世遺紛厖[19]이라.

^{선 군 매 전 축 실 로 기 하}　　^{삽 앙 영 주}　^{혜 양 주 영 항}
羨君買田築室老其下하니, 揷秧盈疇²⁰⁾兮釀酒盈缸이라.

^{욕 령 부 람 애 취}　^{천 만 상}　　^{좌 와 상 대 호 헌 창}
欲令浮嵐暖翠²¹⁾千萬狀으로, 坐臥常對乎軒窓²²⁾이라.

^{군 회 뢰 가}　^{유 지 보}　　^{세 속 불 변 민 여 강}
君懷磊柯²³⁾有至寶하니, 世俗不辨珉與玒²⁴⁾이라.

^{책 명}　^{위 리 이 십 재}　　^{청 삼 백 수}　^{곤 일 방}
策名²⁵⁾爲吏二十載에, 靑衫白首²⁶⁾困一邦이라.

^{총 영 성 리 불 가 이 구 굴}　^혜
寵榮聲利不可以苟屈²⁷⁾兮여,

^{자 비 청 운 백 석}　^{유 심 취}　^{기 의 올 률}　^{하 유 강}
自非靑雲白石²⁸⁾有深趣면, 其意矹硉²⁹⁾何由降고?

^{장 부 장 절 사 군 소}　　^{차 아 욕 설 안 득 거 필 여 장 강}
丈夫壯節似君少하니, 嗟我欲說安得巨筆如長杠³⁰⁾고?

註解 1) 廬山高(여산고) - 여산은 높다. 여산은 강서성(江西省) 구강현(九江縣)에 있는 명산. 동년(同年)은 같은 해 과거를 보아 진사가 된 사람을 가리킴. 유중윤(劉中允)의 중윤은 벼슬 이름. 그는 이름이 환(渙), 자는 응지(凝之)이며, 그의 높은 절조를 여산에 비겨 노래한 것이다. 남강(南康)은 여산 아래 고을, 지금의 강서성(江西省) 성자현(星子縣). 그곳 낙성저(落星渚)에 유환(劉渙)이 숨어살았다 한다. 2) 仞(인) - 길이의 단위. 1인(仞)은 한 길로 옛날의 여덟 자. 3) 根盤(근반) - 산기슭. 4) 巀然(절연) - 산이 깎아지른 듯 높은 모양. 흘립(屹立)은 우뚝 서있는 것. 5) 揚瀾左里(양란좌리) - 물결 이는 좌리호. 좌리(左里)는 좌려(左蠡)라고도 하며, 강서성 도창현(都昌縣) 서북쪽의 팽려호(彭蠡湖, 곧 鄱陽湖). 특히 팽려호의 북부를, 좌려산(左蠡山)이 있어 좌려 또는 좌리(左里)라 부른다. 혹 양란(揚瀾)과 좌리(左里)가 여산 밑의 파양호(鄱陽湖) 북쪽에 있는 두 심연의 이름이며, 바람이 없어도 물결이 이는 곳이라고도 한다. 6) 舂撞(용당) - 찧고 부딪치다. 이리저리 부딪치다. 7) 摩靑蒼(마청창) - 푸르름을 만지다. 창(蒼)은 소(霄)로 된 판본도 있으니 '푸른 하늘을 만지다'로 해석함이 옳을 것이다. 엄애(晻靄)는 아득하고 가물가물한 모양. 8) 后土(후토) - 땅. 대지(大地). 홍방(鴻厖)은 크고 두꺼운 것. 9) 造(조) -

이르다. 도착하다. '기간(其間)'은 여산을 가리킴. 10) 石磴(석등) —
바위 비탈길. 산 비탈길. 공항(空谾)은 텅 빈 골짜기. 11) 響松檜(향
송회) — 소나무・전나무에 부는 바람소리가 울리다. 12) 懸崖(현
애) — 높은 절벽. 종(淙)은 물소리. 물소리를 내다. 13) 聒聒(괄괄) —
요란한 모양. 14) 灑石矼(쇄석강) — 돌 징검다리 위에 뿌려지다. 강
(矼)은 징검다리. 15) 仙翁釋子(선옹석자) — 늙은 도사와 중. 도사는
신선을 추구하기 때문에 선옹(仙翁)이라 하였다. 16) 學幻而言哤(학
환이언방) — 학문이 비현실적인 환상적인 것이고 말이 잡된 것. 방
(哤)은 말이 야비하고 잡된 것. 17) 丹霞翠壁(단하취벽) — 붉은 노을
과 푸른 절벽. 18) 杳靄(묘애) — 엷은 안개에 가려서 희미한 것. 나번
당(羅旛幢)은 깃대가 벌여져 있는 것, 깃발이 줄지어 있는 것. 19)
遺紛厖(유분방) — 어지럽고 잡된 것들을 버리다. 20) 挿秧盈疇(삽앙
영주) — 벼를 심어놓은 것이 이랑에 가득하다. 벼가 논에 가득히 자
라 있음을 형용한 말. 양주영항(釀酒盈缸)은 술 빚어 놓은 것이 항아
리에 가득하다. 21) 浮嵐曖翠(부람애취) — 떠다니는 산기운과 엷은
푸른빛. 안개 서린 깊은 산 경치를 형용한 말. 22) 軒窓(헌창) — 문과
창. 23) 磊柯(뢰가) — 본시는 돌 무더기의 모양. 여기서는 특출한 모
양. 24) 珉與玒(민여강) — 돌과 옥. 민(珉)은 돌 중에 아름다운 것. 강
(玒)은 옥의 이름. 25) 策名(책명) — 벼슬에 임명되는 것. 옛날에는
신하로 임명받은 사람의 이름이 대쪽[策]에 쓰여졌다. 26) 靑衫白
首(청삼백수) — 청삼(靑衫)은 옛날 천한 사람들이 입던 푸르고 짧은
저고리, 백수(白首)는 흰머리로 늙은 것. 곤일방(困一邦)은 한 고장
에서 곤궁히 지내다. 유환(劉渙)이 여산 아래 사는 것이 세상의 눈으
로 보면 곤궁하게 지내는 것으로 보인다. 27) 苟屈(구굴) — 구차하게
굽히다. 28) 靑雲白石(청운백석) — 푸른 구름과 흰 돌. 여산의 산수
경치를 뜻함. 29) 矹硉(올률) — 본시는 돌 절벽이 위태롭게 보이는
모양. 여기서는 비범한 것, 빼어난 것을 뜻함. 30) 巨筆如長杠(거필
여장강) — 긴 깃대 같은 큰 붓. 여기서는 특출한 문필력(文筆力)을 뜻
함.

解說 이 시는 옛부터 송대의 명시로 평판이 자자했던 작품이다. 여산(廬山)
은 광산(匡山)・광려(匡廬) 등으로도 불리며, 3면이 물이요 첩첩한 계
곡에는 명승이 많아 '여산의 진면목(眞面目)은 알 수 없다'고 옛부터

찬탄해온 산이다. 작자는 그러한 여산의 웅장함을 묘사하고 나서, 벼슬을 집어치우고 그곳에 숨어사는 친구 유환(劉渙)의 절조를 그 산에 비기며 칭송하고 있다. 문장도 여산만큼이나 특출함을 누구나 쉽게 느낄 수 있는 시이다. 구양수는 명실공히 송시의 건설자라고 할 만한 시인이다.

변경의 주민(邊戶[1])

집안은 대대로 변경에 살아온 주민이라
해마다 언제나 오랑캐 침입에 대비해 왔네.
아이들도 말타기에 익숙하고,
부녀자들도 활 쏠 줄을 안다네.
오랑캐들 먼지 일으키며 아침저녁으로 쳐들어와도
적의 기병을 안중에도 두지 않았고,
우연히 맞닥뜨리면 곧 서로 활을 쏴서
죽고 부상하는 자 양쪽 모두 늘 있는 일이었네.
그러나 전주에서 화약(和約)을 맺은 이래로
우리와 오랑캐가 우호관계를 유지하고 있다네.
비록 전투는 면하게 되었다 하나
양쪽 땅에 부세(賦稅)를 바치게 되었고,
장군과 관리들은 사건 일으킬까 경계나 하면서
조정의 원대한 계획을 위해서라 하네.
몸은 계하 가에 살고 있는데도
감히 계하에서는 고기잡이도 못하게 된 거라네.

가 세 위 변 호　　　연 년 상 비 호
家世爲邊戶하니, 年年常備胡라.

아 동 습 안 마　　　부 녀 능 만 호
兒僮習鞍馬²⁾하고, 婦女能彎弧³⁾라.

호 진 조 석 기　　　노 기 멸 여 무
胡塵朝夕起하니, 虜騎⁴⁾蔑如無라.

해 후 첩 상 사　　　살 상 양 상 구
邂逅⁵⁾輒相射하니, 殺傷兩常俱⁶⁾라.

자 종 전 주 맹　　　남 북 결 환 오
自從澶州盟⁷⁾으로, 南北結歡娛⁸⁾라.

수 운 면 전 투　　　양 지 공 부 조
雖云免戰鬪나, 兩地⁹⁾供賦租라.

장 리 계 생 사　　　묘 당 위 원 도
將吏戒生事하니, 廟堂¹⁰⁾爲遠圖라.

신 거 계 하 상　　　불 감 계 하 어
身居界河¹¹⁾上이나, 不敢界河漁라.

註解 1) 邊戶(변호) – 변경에 사는 가호(家戶), 국경의 주민들. 2) 鞍馬(안마) – 안장을 얹은 말, 말타기. 3) 彎弧(만호) – 활시위를 당기다, 활을 쏘다. 4) 虜騎(노기) – 적의 기병. 멸여무(蔑如無)는 없는 것처럼 무시하다, 아주 경시하여 안중에도 두지 않는 것. 5) 邂逅(해후) – 우연히 만나는 것, 우연히 맞닥뜨리는 것. 6) 兩常俱(양상구) – 양편이 늘 당하다, 양쪽이 언제나 다 같이 당하다. 7) 澶州盟(전주맹) – 송나라 진종(眞宗)의 경덕(景德) 원년(1004), 요(遼)나라 성종(聖宗)이 직접 군사를 이끌고 송나라를 침공하여 전주(澶州, 지금의 河南省 濮陽縣 남쪽)에 이르러 변경(汴京)을 위협하였다. 진종은 본시 남쪽으로 도망치려 하였으나, 재상 구준(寇準)이 나서서 요군과 싸워 전주에서 큰 승리를 거두었다. 이에 요나라도 화의(和議)에 응하게 되어, 매년 비단 20만 필과 은 10만 냥(兩)을 공물(貢物)로 요나라에 바치기로 하고, 이제껏 점령한 땅은 요나라가 그대로 갖는 조건 아래 화약(和約)을 맺었다. 이를 '전연지맹(澶淵之盟)'이라 부르며, 이로부터 송나라는 요나라에 타협하고 굴복하는 태도를 취하게 된 것이다. 8) 結歡娛(결환오) – 좋은 관계를 맺다, 화약을 맺다. 9) 兩地(양

지)-양쪽 땅, 송나라와 요나라.   10) 廟堂(묘당)-나라의 정사를 처
리하는 곳, 조정(朝廷).   11) 界河(계하)-지금의 하북성(河北省) 중
부를 흐르는 강물 이름. 상류는 거마하(巨馬河), 하류는 백구하(白溝
河)라고도 부르며, 그곳은 본시 중원(中原) 땅이었다.

解説 변경의 백성들은 오랫동안 오랑캐들의 침입에 대비하고 그들과 싸우
면서 살아왔다. 그러나 송나라 조정의 유약하고 비겁한 정책 때문에
백성들조차 오랑캐들 앞에 기가 죽어 있다. 백성들은 자기 나라뿐만
이 아니라 오랑캐 요나라에도 세금을 내게 되었고, 자기들 고장의 강
물에서도 마음대로 고기잡이조차 못하게 된 것이다. 구양수는 이러한
굴욕적인 외교에 분통을 터뜨리며 이 시를 지었을 것이다.

사신으로 가는 도중에(奉使¹⁾道中作)

객지의 꿈에 방금까지도 집에 있었는데,
호각 소리가 이미 새벽을 재촉하고 있네.
서둘러 행인들 일어나며
모두가 호각 소리 너무 이르다고 원망하네.
말발굽 종일토록 얼음과 서리 밟고 왔으니,
미처 생각이 제자리로 돌아오기도 전에 공연히 애간장 끊어
  지네.
꿈속에서 집에 돌아갔던 즐거움 약간 탐하고 나서
일찍 일어나니 앞산 저편으로 길은 아주 멀리 뻗어있네.

　　객 몽 방 재 가　　　　각 성 이 최 효
　　客夢方在家러니, 角聲²⁾已催曉라.

　　총 총 행 인 기　　　공 원 각 성 조
　　悤悤³⁾行人起하여, 共怨角聲早라.

마 제 종 일 천 빙 상　　　미 도 사 회 공 단 장
馬蹄終日踐氷霜[4]이나, **未到思回**[5]**空斷腸**이라.

소 탐 몽 리 환 가 락　　　조 기 전 산 로 정 장
少貪夢裏還家樂하고, **早起前山路正長**[6]이라.

註解 1) 奉使(봉사) — 천자의 명을 받들어 사신으로 가는 것. 인종(仁宗)의
지화(至和) 2년(1055) 겨울, 구양수가 거란(契丹)으로 새 임금의 즉위
를 축하하는 사신으로 가면서 지은 시이다. 2) 角聲(각성) — 호각(胡
角) 소리. 호각은 화각(畵角)이라고도 하며, 옛날부터 군중에서 시각
을 알리는 신호용으로 흔히 썼는데, 소리가 매우 애절하다고 한다.
3) 悤悤(총총) — 급히 서두르는 모양. 4) 踐氷霜(천빙상) — 얼음과 서
리를 밟고 가다. 5) 思回(사회) — 생각이 돌아오다, 고향 꿈에서 깨어
나 객지에 있는 자기의 현실로 생각이 돌아오는 것. 6) 路正長(로정
장) — 길이 아주 길다, 길이 매우 멀리까지 뻗어있는 것.

解說 나라의 사절로 오랑캐 나라를 향해 가던 도중 객지에서 집에 돌아간
꿈을 꾸고 나서 쓴 시이다. 이때 송나라는 외국의 무력적인 위협에 대
하여 비굴한 회유방법으로 평화를 유지해 오던 터이라, 사신으로 가
는 구양수의 발길이 별로 가볍지 않았던 듯하다.

명비곡, 왕안석 시에 화작함(明妃曲和王介甫[1]作)

오랑캐들은 안장 얹은 말을 집으로 삼고 활 쏘며 사냥하는
　　것이 풍습인데,
샘물 달고 풀 아름답게 자란 곳 찾아다니며 일정하게 사는
　　곳 없고,
새 놀라고 짐승 놀라서 뛰면 다투어 말 달리며 뒤쫓아 잡는
　　다네.
누가 한(漢)나라 여인을 오랑캐 남자에게 시집보냈던가?

바람에 날리는 모래 무정하게도 옥 같은 얼굴 치는데,

가도가도 중국 사람은 만날 수 없어,

말 위에서 스스로 돌아가고픈 생각 비파곡(琵琶曲)으로 지어,

이리저리 비파줄 뜯으니,

오랑캐들도 모두 듣고 역시 탄식하였다네.

옥 같은 얼굴의 왕소군(王昭君), 흉노(匈奴) 땅으로 흘러가

　저 하늘가에서 죽어 버렸으나,

그의 비파곡은 도리어 한나라로 전하여 와서,

한나라 궁전에선 다투어 새로운 곡보의 비파 연주하니,

그 곡조에 담긴 한 깊어 비파 소리 더욱 마음아프게 하네.

곱고 여린 손의 왕소군은 집안의 깊은 방안에서 자라,

비파는 배웠으되 문밖 출입해 본 일 없어,

누런 구름 이는 국경을 나가는 길은 알지조차 못했으니,

그 곡조가 사람들을 애끊게 할 줄이야 어이 알았으리?

　　　호 인 이 안 마 위 가 사 렵 위 속　　　　천 감 초 미 무 상 처
胡人以鞍馬爲家射獵爲俗하고, 泉甘草美無常處[2]하며,

　　　조 경 수 해 쟁 치 축
鳥驚獸駭爭馳逐[3]이라.

　　　수 장 한 녀 가 호 아　　　풍 사 무 정 면 여 옥
誰將漢女嫁胡兒오? 風沙無情面如玉이라.

　　　신 행 불 우 중 국 인　　　마 상 자 작 사 귀 곡
身行不遇中國人하여, 馬上自作思歸曲[4]이라.

　　　추 수 위 비 각 수 파　　　호 인 공 청 역 자 차
推手爲琵却手琶[5]하니, 胡人共聽亦咨嗟[6]라.

　　　옥 안 류 락 사 천 애　　　비 파 각 전 래 한 가
玉顔流落死天涯나, 琵琶却傳來漢家라.

　　　한 궁 쟁 안 신 성 보　　　유 한 이 심 성 갱 고
漢宮爭按[7]新聲譜[8]하니, 遺恨已深聲更苦라.

^{섬 섬}^{여 수 생 동 방}
纖纖⁹⁾女手生洞房¹⁰⁾하여, 學得琵琶不下堂¹¹⁾이라.

^{부 지 황 운 출 새 로}^{기 지 차 성 능 단 장}
不識黃雲出塞路하니, 豈知此聲能斷腸고?

註解 1) 明妃曲和王介甫(명비곡화왕개보) — 뒤에 보이는 왕안석(王安石)의 〈명비곡〉 2수 중 기이(其二)에 화작(和作)한 시임. 2) 無常處(무상처) — 일정한 거처가 없다. 3) 爭馳逐(쟁치축) — 다투어 말 달리어 쫓다, 다투어 말달리어 쫓아가 잡다. 4) 思歸曲(사귀곡) — 고향으로 돌아가고픈 생각을 담은 곡. 비파곡(琵琶曲)인 〈소군원(昭君怨)〉을 가리킴. 5) 推手爲琵却手琶(추수위비각수파) — 손을 앞쪽으로 밀어 비(琵)가 되고 손을 뒤편으로 끌어당겨 파(琶)가 된다. 비파를 연주할 때 이리저리 뜯는 것을 말한다. 비파란 어원에 대하여 《석명(釋名)》에서 '손을 앞쪽으로 미는 것을 비(琵)라 하고, 손을 뒤쪽으로 끄는 것을 파(琶)라 한다(推手前曰琵, 引手却曰琶)'고 한 데서 빌린 표현임. 6) 咨嗟(자차) — 탄식하다, 긴 한숨을 짓다. 7) 爭按(쟁안) — 다투어 연주하다. 8) 新聲譜(신성보) — 새로운 곡보. 〈소군원(昭君怨)〉의 곡보. 9) 纖纖(섬섬) — 여자 손이 곱고 여린 모양. 10) 洞房(동방) — 집의 깊숙한 곳에 있는 방. 11) 不下堂(불하당) — 대청을 내려오지 않았다. 곧 대청에서 내려와 문밖 출입을 한 일이 없다는 뜻.

解說 왕소군(王昭君)이 흉노로 시집가면서 연주하였다는 비파곡인 〈소군원〉을 중심으로 하여, 왕소군이란 미인의 비극을 노래하고 있다. 어쩧든 이 시는 구양수 자신이 '〈명비곡〉 후편은 이태백도 짓지 못할 정도이며, 두보나 지을 수 있을 것이다. 그러나 전편은 두보도 지을 수 없는 수준의 것이다. 나만이 지을 수 있는 것이다'라고 하였을 정도로 자부한 시라 한다(葉夢得《石林詩話》의거).

다시 명비곡에 화작함(再和明妃曲[1])

한(漢)나라 궁중에 미인이 있었으나,
천자는 처음엔 알지 못하였는데,
하루아침에 한나라 사자 따라서,
멀리 흉노 선우(單于)의 나라로 시집가게 되었다네.
절색의 미인이란 천하에 또 없는 것이니,
한번 잃으면 다시 얻기 어려운 것.
비록 화공을 죽일 수는 있다 해도,
그르친 일에 결국 무슨 이익 되겠는가?
천자의 이목이 미치는 일조차도 이렇게 처리되었다면,
만 리 저쪽의 오랑캐들을 어찌 제어할 수가 있겠는가?
한나라 계책 진실로 졸렬했으니,
여색을 가지고는 스스로 뽐내기 어려웠던 일이네.
왕소군은 떠날 적에 눈물을,
나뭇가지 위 꽃에 뿌렸는데,
사나운 바람 해 저물자 일어나니,
꽃잎처럼 날아다니다 어느 집에 떨어지게 될 것인가?
아름다운 붉은 얼굴 남보다 뛰어나면 박명(薄命)한 이 많은
　　법이니,
꽃잎 날리는 봄바람 원망말고 자기 운명이나 한탄할 것이네.

　　한 궁 유 가 인　　　　천 자 초 미 식
　　漢宮有佳人이나, 天子初未識이라.

　　일 조 수 한 사　　　　원 가 선 우 국
　　一朝隨漢使하여, 遠嫁單于國이라.

절색천하무　　일실난재득
絶色天下無하니, 一失難再得이라.

수능살화공　　어사경하익
雖能殺畵工이나, 於事竟何益고?

이목소급　상여차　　만리안능제이적
耳目所及[2]向如此어든, 萬里安能制夷狄고?

한계성이졸　　여색난자과
漢計誠已拙하니, 女色難自誇[3]라.

명비거시루　　새　향지상화
明妃去時淚를, 洒[4]向枝上花라.

광풍일모기　　표박　락수가
狂風日暮起하니, 飄泊[5]落誰家오?

홍안　승인다박명　　막원춘풍당자차
紅顏[6]勝人多薄命[7]하니, 莫怨春風當自嗟[8]하라.

註解 1) 明妃曲(명비곡) - 왕안석의 〈명비곡〉 기일(其一)에 화작(和作)한 시임. 2) 耳目所及(이목소급) - 이목이 미치는 일. 가까운 곳의 일. 3) 難自誇(난자과) - 스스로 뽐내기 어렵다. 곧 미인을 흉노(匈奴)에게 주었다고 흉노문제를 간단히 해결하였다고 뽐내고 있을 수는 없는 일이라는 뜻. 4) 洒(새) - 뿌리다. 5) 飄泊(표박) - 바람에 날려 다니는 것, 떠돌아다니는 것. 꽃잎과 왕소군(王昭君)의 운명을 함께 노래하고 있다. 6) 紅顏(홍안) - 붉은 얼굴, 혈색 좋은 아름다운 얼굴. 7) 薄命(박명) - 좋지 않은 운명, 운명이 나쁜 것. 8) 自嗟(자차) - 스스로 한탄하다, 자신의 운명을 탄식하다.

解說 구양수의 시는 왕안석의 경우보다 좀더 정치적인 면으로 기울어, 한족으로서의 오랑캐 방어에 경각심을 불러일으키고자 하고 있다. 그리고 왕소군이란 개인의 비극은 바람에 날리는 꽃잎 같은 운명으로 비교적 가볍게 처리하고 있다. 어떻든 시구에 변화도 많고, 왕소군에 대한 또 다른 감정을 노래한 좋은 시이다.

술지게미를 먹는 백성들(食糟[1]民)

농민이 찰벼를 심으면 관에서는 그것으로 술을 빚는데,
전매로 이익을 독점하면서 한 말이고 한 되고 조금도 양보
   않네.
술 팔아 돈을 받으면 지게미는 버리는 물건이 되는데,
큰 집에는 한 해가 지나도록 쌓아두어 썩어빠질 지경일세.
술이 익어 보글거리는 소리는 물이 끓는 것 같고,
봄바람 불어오면 술독에서는 향기를 뿜는데,
술독과 술병이 줄줄이 쌓여있으되
맛보지 못할까 걱정만 되네.
관(官)에서 파는 술은 맛이 짙고 시골마을의 술은 맛이 싱거워
매일 관의 술을 마시는 게 정말 즐거운 일인데,
밭에서 찰벼 키운 사람은 나타나지도 않고
그들 솥에는 겨울과 봄을 보낼 미음이나 죽도 없으니,
다시 관으로 돌아와 술지게미를 사다가 먹는데,
관리들은 술지게미 뿌려 주는 것을 은덕이라 생각하네.
아아, 저 관리들이여!
그들의 직책은 백성들의 우두머리라 일컫거늘,
누에도 안치고 농사도 짓지 않으면서 입고 먹으며
배우는 것은 의(義)와 인(仁)이라 하네.
인하다면 마땅히 남을 먹여 살려야 할 것이고 의롭다면 올바
   르게 행동해야 할 것이며,
말하여 실정을 상부에 알리고 능력을 발휘하여 올바르게 행
   하여야 할 것이언만,

위로는 나라의 이익을 늘여주지 못하고

아래로는 백성들의 굶주린 배를 채워 주지 못하네.

나는 술을 마시고

너희는 술지게미를 먹으니,

너희가 비록 나를 책하지 않는다 하더라도

내 책임 어이 면할 수 있겠는가?

田家種糯²⁾官釀酒하여, 榷利³⁾秋毫升與斗라.

酒沽得錢糟棄物이니, 大屋⁴⁾經年堆欲朽라.

酒醅⁵⁾瀺灂如沸湯이오, 東風吹來酒瓮香하고,

纍纍⁶⁾罌與餠이나, 惟恐不得嘗이라.

官沽⁷⁾味醲村酒薄하니, 日飮官酒誠可樂이나,

不見田中種糯人하고, 釜無糜粥⁸⁾度冬春하여,

還來就官買糟食하니, 官吏散糟以爲德이라.

嗟彼官吏者는, 其職稱長民⁹⁾이오,

衣食不蠶耕하고, 所學義與仁이라.

仁當養人義適宜¹⁰⁾니, 言可聞達¹¹⁾力可施나,

上不能寬¹²⁾國之利하고, 下不能飽民之飢라.

我飮酒하고, 爾食糟로되,

이 수 불 아 책　　아 책 하 유 도
爾雖不我責이나, 我責何由逃리오?

註解 1) 糟(조)－술지게미. 2) 糯(나)－찰벼. 3) 榷利(각리)－이익을 독점
하다, 전매(專賣)를 통하여 이익을 독점하는 것. 추호(秋毫)는 가을
의 짐승 터럭, 가는 짐승 터럭, 극히 작은 분량을 가리킴. 4) 大屋
(대옥)－큰 집, 관청에서 창고 삼아 쓰는 큰 건물. 5) 酒醅(주배)－
술이 익어 물이 괴는 것, 거르지 않은 익은 술. 참작(瀺灂)은 작은 물
소리, 여기서는 술이 익어 보글거리는 소리. 6) 纍纍(유류)－끊임없
이 서로 이어지는 모양, 줄지어 있는 모양. 앵(罌)은 양병, 큰 독. 병
(缾)은 병(瓶). 7) 官沽(관고)－관에서 파는 술. 8) 糜粥(미죽)－미음
과 죽. 9) 長民(장민)－백성들의 우두머리. 10) 義適宜(의적의)－의
로워서 합당하게 행동하는 것. 11) 聞達(문달)－실정을 윗사람들에
게 알리는 것, 상부에 보고하여 알리는 것. 시(施)는 시행하다, 실천
하다. 12) 寬(관)－넓히다, 늘여주다.

解說 찹쌀을 생산하고 농사를 지으면서도 술지게미로 연명해 가야 하는 농
민들의 참상을 고발한 시이다. 이 시에, 관에서 파는 맛이 좋은 술과
시골 마을의 묽은 술이 나오는데, 송대에는 농민이 바치는 곡식으로
관에서 술을 빚어 팔면서, 일부 궁벽한 고장에서는 농민 개인이 술을
담글 수 있도록 허락해주고 많은 세금을 받았다고 한다(《宋史》食貨
志). 많은 세금을 내고 술을 빚으면서도 그 술은 관에서 빚은 것보다
도 묽어서 맛이 없었던 것이다. 농민들은 자기들이 수확한 곡식으로
빚은 술을 맛보지도 못함은 물론, 먹고 살 곡식도 모자라 관에서 버리
는 술지게미를 다시 사다가 연명을 하였던 것이다. 이 때문에 작자 구
양수는 이 시의 끝머리에서 뼈저린 자책까지도 하고 있다.

당생을 전송함(送唐生[1])

경사는 영웅호걸들의 고장이어서

수레와 말이 매일 어지러이 달리네.

당생은 만 리 저쪽에서 온 나그네로

한 몸에 한 그림자만이 따라다닐 뿐이니,

외출을 할 적에도 수레나 말이 없고

오직 수레와 말의 먼지나 밟고 다니네.

매일 음식은 스스로도 배불리 먹지 못하고

공부만 주인을 의지하여 하고 있는데,

밤마다 객지의 베갯머리는 싸늘하고

북풍은 외로운 구름 같은 그에게 사정없이 부네.

갑자기 고향 돌아가고픈 생각이 나자

아침저녁으로 나를 찾아왔네.

1년 내내 아는 사람이란 없이

객지 생활에 나와만 친히 지냈네.

와서 공부를 하면서도 도에 어두운 것을 부끄러워하였고,

물건을 놓고 돌아갈 적엔 전대가 가난한 것을 창피하게 여
   겼네.

공부에 힘을 쓰되 멈추지 않을 것을 목표로 하고,

많은 수확은 힘써 일함으로써 얻게 된다 믿었네.

집이 있는 곳은 대령의 북쪽이고

중호가 끝없이 펼쳐진 저쪽이니,

나는 기러기도 가지 못할 곳이어늘

편지를 어찌 자주 보내올 수 있겠는가?

경 사 영 호 역　　　거 마 일 분 분
京師英豪域[2]이니, 車馬日紛紛이라.

당생만리객　　일영수일신
唐生萬里客으로, 一影隨一身하고,

출무거여마　　단답거마진
出無車與馬요, 但踏車馬塵이라.

일식부자포　　독서의주인
日食不自飽하고, 讀書依主人하며,

야야객침랭　　북풍취고운
夜夜客枕冷하고, 北風吹孤雲3)이라.

편연동귀사　　단석래고문
翩然4)動歸思하여, 旦夕來叩門5)이라.

종년소인식　　역려유아친
終年少人識하고, 逆旅6)惟我親이라.

내학괴도몽　　증귀참탁빈
來學媿道曚7)이오, 贈歸慚槖貧8)이라.

면지기부지　　다확유력운
勉之期不止9)하고, 多穫10)由力耘이라.

지가대령북　　중호호무은
指家大嶺11)北이오, 重湖12)浩無垠하니,

비안불가도　　서래안득빈
飛雁不可到어늘, 書來安得頻고?

註解 1) 唐生(당생) — 어떤 사람인지 알 수 없다. 일부 판본에는 제목이
〈당수재가 영주로 돌아가는 것을 전송함(送唐秀才歸永州)〉으로 되어
있다. 당수재는 당시의 송나라 서울인 변경(汴京 : 지금의 河南省 開
封)에서 구양수에게 글을 배우다가 고향인 영주(永州 : 지금의 湖南
省 零陵縣)로 돌아갔음에 틀림이 없다. 2) 英豪域(영호역) — 영웅호
걸들이 활동하는 고장. 3) 吹孤雲(취고운) — 외로운 구름을 날리다.
예부터 '고운'은 가난한 선비에 비유되었다. 4) 翩然(편연) — 새가
펄쩍 나는 모양, 갑자기. 5) 叩門(고문) — 문을 두드리다, 방문하는
것을 가리킴. 6) 逆旅(역려) — 여관, 객지생활. 7) 媿道曚(괴도몽) —
도에 대하여 어두운 것을 부끄러이 여기다. '괴(媿)'는 괴(愧), '몽
(曚)'은 몽(瞢)으로도 씀. 8) 慚槖貧(참탁빈) — 전대가 가난한 것을

부끄러워하다, 수업료를 제대로 내지 못하여 부끄러워하는 것. 9) 期不止(기부지) - 노력을 중지하지 않기로 목표를 정하다. 10) 多穫 (다확) - 많은 수확을 올리는 것, 공부의 성과를 올리는 일에 비유한 것임. 역운(力耘)은 힘써 김매다, 농사일에 힘쓰다. 11) 大嶺(대령) - 오령(五嶺). 복건(福建) 강서(江西) 호남(湖南)에서 광동(廣東)으로 들어가려면 넘어야 할 삼령(三嶺)과 광서(廣西)로 들어가려면 넘어야 할 이령(二嶺)을 가리킴. 12) 重湖(중호) - 장강(長江) 중류에 있는 청초호(靑草湖) · 동정호(洞庭湖) · 파구호(巴丘湖)의 세 호수를 일컫는 말.

解說 떠나가는 당생을 아쉬워하는 정이 잘 드러나 있는 시이다. 당생이 가난했기 때문에 그를 떠나보내는 마음이 더욱 언짢았던 듯하다. 스승인 구양수가 염려했던 대로 당생은 먼 고향으로 돌아간 다음 그의 학문을 더 발전시키지는 못했던 듯하다.

두 분에 대한 감회(感二子[1])

황하는 천 년에 한 번 맑아진다는데,
기산(岐山)에서 울던 봉황새는 다시 울지 않는구나.
소순흠 · 매요신 두 분이 죽은 뒤로는,
천지가 적막해지고 우레소리도 걷힌 듯하네.
모든 벌레 문을 부숴놓고도 동면에서 깨어나진 않았고,
온갖 초목 봄을 만났는데도 싹은 트지 않았네.
어찌 여러 새의 말소리 알아듣는 이 없단 말인가?
종일 지저귀어도 아무도 들어주지 않네.
두 분의 정세한 생각은 온갖 것 다 찾아내어,
천지나 귀신도 숨겨놓은 진실이란 더 없게 되었네.
그들이 붓 들어 빼어난 생각들 써내게 되면,

붓 아래 만물은 영광을 낳게 된다네.

옛사람들은 이를 두고 하늘의 기교를 엿본 것이라 하였는데,

목숨 짧아 일찍 죽으니 아마도 하느님께서 미워하신 때문인
    듯.

옛날 이백과 두보는 앞다투며 세상을 횡행했는데,

기린과 봉황 같은 그들 보고 세상이 놀랐었지.

기린과 봉황이 태평성세 만들 수 있는 게 아니라,

태평성세가 되어야만 그들이 나타난다네.

당 현종의 개원(開元)·천보(天寶) 연간에는 문물이 극도로
    발달하였으나,

이 뒤로부터는 중원이 전쟁에 피폐해졌네.

영웅들의 백골도 황토로 변하였거늘,

부귀야 어찌 뜬구름처럼 가벼운 정도에 그치겠는가?

오직 훌륭한 문장만은 해나 별처럼 빛나고,

기운은 산악 위로 늘 치솟고 있다네.

현명한 이와 어리석은 자 옛부터 모두 죽어 없어지는데,

우뚝 후세에까지도 이름만 공연히 남기고 있구나!

黃河一千年一淸²⁾이어늘, 岐山鳴鳳³⁾不再鳴이라.

自從蘇梅⁴⁾二子死로, 天地寂寞收雷聲⁵⁾이라.

百蟲壞戶不啓蟄⁶⁾이오, 萬木逢春不發萌이라.

豈無百鳥解言語오? 喧啾⁷⁾終日無人聽이라.

二子精思極搜抉⁸⁾하니, 天地鬼神無遁情⁹⁾이라.

급기방필빙호준 필하만물생광영
及其放筆騁豪俊¹⁰⁾하여는, 筆下萬物生光榮이라.

고인위차처천교 명단의위천공증
古人謂此覷天巧¹¹⁾니, 命短疑爲天公憎이라.

석시이두쟁횡행 기린봉황 세소경
昔時李杜爭橫行할새, 麒麟鳳凰¹²⁾世所驚이라.

이물비능치태평 수시태평연후생
二物非能致太平이오, 須時太平然後生이라.

개원천보 물성극 자차중원피전쟁
開元天寶¹³⁾物盛極이나, 自此中原疲戰爭¹⁴⁾이라.

영웅백골화황토 부귀하지부운경
英雄白骨化黃土하니, 富貴何止浮雲輕고?

유유문장란일성 기릉산악상쟁영
唯有文章爛日星하여, 氣凌山岳常崢嶸¹⁵⁾이라.

현우자고개공진 돌올 공류후세명
賢愚自古皆共盡이나, 突兀¹⁶⁾空留後世名이라.

註解 1) 感二子(감이자) - '이자(二子)'는 매요신(梅堯臣)과 소순흠(蘇舜欽). 구양수는 이들과 뜻이 맞아 송초의 서곤체(西崑體)를 반대하고 새로운 송시(宋詩)를 개척하였다. 이 시는 자신과 뜻이 맞았던 두 시인을 생각하며 지은 시이다. 2) 黃河一千年一淸(황하일천년일청) - 황하는 천 년에 한 번 맑아진다. 황하 물은 늘 진흙물인데 황하 물이 맑아지는 것은 상서로운 일이라 여겼다. 3) 岐山鳴鳳(기산명봉) - 기산은 섬서성(陝西省) 기산현(岐山縣) 동쪽에 있는 산. 옛날 주(周)나라 문왕(文王)의 아버지 태왕(太王)이 이 산기슭에서 덕치(德治)를 온 세상에 널리 펴기 시작했는데, 봉황새가 이 산에 날아와 울었다 한다. 4) 蘇梅(소매) - 소순흠(蘇舜欽)과 매요신(梅堯臣). 5) 雷聲(뢰성) - 우레소리. 세상을 놀라게 하던 소순흠과 매요신 두 사람의 시에 비유한 말. 6) 不啓蟄(불계칩) - 여러 벌레들이 동면을 끝내고 잠자던 곳으로부터 나오지 않았다. 뒤의 초목의 싹이 아직 트지 않았다는 말과 함께, 새로운 송시의 조건은 갖추어졌으나 아직 그들 두 사람이 추구하던 이상이 완성되지는 않은 상태라는 것을 뜻한다.

7) 喧啾(훤추)−새들이 시끄럽게 우는 모양. 8) 極搜抉(극수결)−모든 것을 찾아내고 들추어냈다, 다 찾아내고 도려내었다. 9) 遁情(둔정)−숨겨진 진실, 숨겨놓은 실정. 10) 騁豪俊(빙호준)−호방하고 빼어난 것을 마음껏 표현하다. 11) 覷天巧(처천교)−하늘의 기교를 엿보다. 12) 麒麟鳳凰(기린봉황)−이백(李白)과 두보(杜甫)를 가리키며, 동시에 매요신과 소순흠도 비유하고 있다. 13)開元天寶(개원천보)−이백·두보가 활약한 당나라 현종(玄宗) 때의 연호. 개원은 713~741년, 천보는 742~755년임. 14) 疲戰爭(피전쟁)−전쟁으로 피폐하다, 안록산(安祿山)의 난이 일어난 것을 가리킴. 15) 崢嶸(쟁영)−산이 높이 솟은 모양. 16) 突兀(돌올)−우뚝 솟은 모양.

解說 작자가 자신과 시를 짓는 동지였던 매요신과 소순흠 두 시인을 추모한 시이다. 구양수가 이들을 얼마나 소중히 여기며 존중하였는가를 알게 한다. 여하튼 이 두 사람과 구양수의 노력에 의하여 송시는 당시와는 성격이 다른 새로운 시로 한층 더 발전을 이룩하게 된다.

봄에 풍락정에 나가 놂(豐樂亭¹⁾春遊) 3수

기일(其一)

푸른 나무 사이에서 산새들이 울고,
살랑거리는 맑은 바람에 꽃잎 날아 떨어지네.
새들 노래하고 꽃잎 춤추는 속에 태수는 취하였으니,
내일 술이 깰 무렵이면 봄도 다 가버리리라.

녹 수 교 가 산 조 제　청 풍 탕 양　락 화 비
綠樹交加山鳥啼요, 清風蕩漾²⁾落花飛라.

조 가 화 무 태 수 취　명 일 주 성 춘 이 귀
鳥歌花舞太守³⁾醉하니, 明日酒醒春已歸리라.

기이(其二)

봄구름 엷으니 햇빛 밝게 비치고
풀은 길가는 사람 옷자락 잡아당기고 버들솜은 옷에 스치네.
정자 서쪽으로 와서 태수를 만나니
대나무 가마에 얼큰히 취해 앉아 꽃을 머리에 꽂고 돌아가네.

춘 운 담 담 일 휘 휘   초 야 행 금 서 불 의
春雲淡淡⁴⁾日輝輝요, 草惹⁵⁾行襟絮拂衣라.

행 도 정 서 봉 태 수   남 여 명 정 삽 화 귀
行到亭西逢太守하니, 籃輿⁶⁾酩酊揷花歸라.

기삼(其三)

붉은 꽃나무 섞인 푸른 산에 날 저물어 가는데,
넓은 들 풀빛은 한없이 푸르르네.
놀이꾼은 봄 다 가는 것도 상관치 않고,
정자 앞 왔다갔다하며 떨어진 꽃잎 밟고 있네.

홍 수 청 산 일 욕 사   장 교 초 색 록 무 애
紅樹靑山日欲斜요, 長郊⁷⁾草色綠無涯라.

유 인 불 관 춘 장 로   내 왕 정 전 답 락 화
游人不管春將老하고, 來往亭前踏落花라.

註解 1) 豐樂亭(풍락정)－구양수가 저주(滁州 : 지금의 安徽省 滁縣) 태수
(太守)로 있을 때(慶歷 6년, 1046) 저주의 서남쪽 낭야산(琅琊山) 유
곡천(幽谷泉) 위에 세운 정자 이름. 그에게는 정자 부근의 자연 경관
과 정자를 세운 경과를 쓴 〈풍락정기(豐樂亭記)〉가 있다. 2) 蕩漾(탕
양)－물결이 찰랑거리는 모양, 여기서는 봄바람을 형용하고 있음.
3) 太守(태수)－고을의 장관, 지주(知州), 구양수 자신을 가리킴. 4)

淡淡(담담)−구름이 엷은 모양. 휘휘(輝輝)는 햇빛이 밝게 비치는 모
양. 5) 惹(야)−잡아당기다, 여기서는 옷자락이 풀에 걸린 것임. 행
금(行襟)은 길가는 사람의 옷자락. 서(絮)는 버들솜. 6) 籃輿(남여)−
대나무로 짜서 만든 가마, 죽교(竹轎). 명정(酩酊)은 술에 취한 것.
7) 長郊(장교)−넓은 교외, 멀리 떨어져 있는 교외.

解說 시인 자신이 세운 경치가 아름다운 풍락정에서의 맑은 놀이의 즐거움
이 잘 표현된 시이다. 첫째 수에서는 새가 노래하고 꽃잎이 춤추는 봄
날 내내 술에 취하여 세월을 즐기는 즐거움이 노래되고 있다. 둘째 수
에서는 아름다운 자연 속에서 자연스럽게 함께 술취하고 어울리는 작
자의 모습이 노래되고 있다. 셋째 수에서는 세월의 흐름에 관계없이
자연을 사랑하고 즐기는 작자의 마음이 노래되고 있다. 자연 풍경의
묘사와 자신의 감정 묘사가 잘 어우러져 있는 시이다.

화미조(畫眉鳥[1])

새는 갖가지 소리내어 계속 울면서 멋대로 옮겨다니고
높고 낮은 나무 사이로 빨강 자줏빛 산꽃 피어있네.
이제야 새소리 금초롱 안에 가둬놓고 듣는 것은
숲 속에 멋대로 날아다니게 두고 듣는 것만 못함 알았네.

백 전 천 성 수 의 이   산 화 홍 자 수 고 저
百囀千聲[2]隨意移하고, 山花紅紫樹高低라.

시 지 쇄 향 금 롱 청   불 급 임 간 자 재 제
始知鎖[3]向金籠聽은, 不及林間自在啼라.

註解 1) 畫眉鳥(화미조)−눈썹 그리는 새, 어떤 새인지 알 수 없다. 2) 百
囀千聲(백전천성)−여러 가지 소리를 내며 계속 우는 것. 3) 鎖
(쇄)−닫아 걸다, 갇히다.

가을의 회포(秋懷)

계절의 풍물 어찌 좋지 않단 말인가?

가을의 회포가 어이하여 암담한가?

가을바람에 저자의 술집 깃발 나부끼고,

보슬비 속에 철 만난 국화만 피어 있네.

세상일에 대한 감회로 희어진 양편 귀밑머리 슬프고,

많은 녹(祿) 먹고 지내는 것이 마음에 부끄럽네.

어느 날에나 작은 수레 몰고

영수(潁水) 동쪽 밭 있는 곳으로 돌아가게 될까?

節物[1]豈不好오? 秋懷何黯然[2]고?

西風酒旗市[3]오, 細雨菊花天이라.

感事悲雙鬢[4]하니, 包羞[5]食萬錢이라.

鹿車[6]何日駕하여, 歸去潁東田[7]고?

註解 1) 節物(절물)－계절의 풍물, 계절에 따른 물건들. 2) 黯然(암연)－암담한 모양, 의기소침한 모양. 3) 酒旗市(주기시)－저자에 나부끼는 술집 표시로 내걸은 깃발. 4) 雙鬢(쌍빈)－양편 귀밑머리. 5) 包羞(포수)－부끄러움을 알다, 수치스런 마음을 품다. 식만전(食萬錢)

은 만전을 먹고 지내다, 많은 봉급을 받고 잘 먹고 지내는 것을 뜻함. 6) 鹿車(녹거) – 작은 수레, 사슴 한 마리 겨우 실을 수 있는 작은 수레라 한다. 7) 潁東田(영동전) – 영수(潁水) 동쪽의 밭, 영수 동쪽의 시골. '영수'는 하남성(河南省) 중간에 흘러 안휘성(安徽省)에서 회수(淮水)로 흘러드는 강물 이름.

解說 구양수는 인종(仁宗, 1022~1063) 때에는 참지정사(參知政事)라는 부재상 자리에서 나랏일을 보다가, 신종(神宗, 1067~1085) 때 왕안석(王安石)이 신법(新法)을 시행하자, 곧 벼슬을 그만두고 영주(潁州)로 물러나 서호(西湖) 근처에 살며 육일거사(六一居士)라 자호하였다. 구양수는 신종이 즉위하여 2, 3년이 지나자 나랏일이 뜻대로 되지 않음을 통감하고 늘 영수(潁水) 가로 물러날 생각을 하며 〈사영(思潁)〉이란 제명이 붙은 시를 짓고, 〈귀전록(歸田錄)〉같은 글을 썼다. 이 〈추회〉 시도 이 무렵의 시인의 회포를 드러낸 작품의 하나이다.

일본 칼 노래(日本刀¹⁾歌)

곤이로 가는 길은 멀어서 더 이상 통하지 않으니,
세상에 전한다는 옥돌도 자르는 칼 누가 구할 수 있겠는가?
보검이 근래에 일본이란 나라에서 나와
월땅의 장사꾼이 그것을 창해의 동쪽에서 구하였다네.
물고기 가죽을 싸서 붙인 향나무로 만든 칼집은
누런 놋쇠와 흰 구리를 엇섞어 장식했고,
백금 값에 호사가 손으로 전해 들어왔는데
그걸 차면 요상함과 흉악함 물리칠 수 있다네.
전하는 말에 그 나라는 큰 섬을 차지하고 있고
토지는 비옥하고 풍속은 좋다고 하는데,

그들의 선조 서복(徐福)이 진(秦)나라 백성임을 속이고
약을 캐러 가서는 동남동녀들과 함께 그곳에 머물러 늙었
　다네.
여러 공인들이 오곡을 기르며 그들과 함께 살아
지금도 만드는 물건들이 모두 정교하다네.
지난 왕조 때에는 조공을 바치러 여러 번 왕래하였는데
선비들 중에는 가끔 문장에 뛰어난 이가 있었다네.
서복이 떠날 적에는 아직 분서(焚書)를 하지 않아
없어진 백 편의 《서경》이 지금까지도 전한다는데,
엄한 명령으로, 중국으로 전하는 것을 허락치 않고 있고
온 세상에 고문(古文)을 아는 이는 없다네.
옛임금들의 위대한 경전이 동쪽 오랑캐에게 숨겨져 있지만
넓은 바다에 푸른 물결치고 있어 갈 길이 없다네.
사람만 감동케 하여 앉은 채 눈물만 흘리고 있으니,
녹슬고 무디어진 칼이야 말할 거리나 되는가?

昆夷[2]道遠不復通이니, 世傳切玉誰能窮고?

寶刀近出日本國하니, 越賈[3]得之滄海東이라.

魚皮裝貼[4]香木鞘요, 黃白閒雜鍮與銅[5]이라.

百金傳入好事手하니, 佩服[6]可以禳妖凶이라.

傳聞其國居大島하고, 土壤沃饒風俗好라.

其先徐福[7]詐秦民하고, 採藥淹留丱童[8]老라.

^{백 공 오 종} ^{여 지 거}　　　^{지 금 기 완 개 정 교}
百工五種⁹⁾與之居하여, 至今器玩皆精巧라.

^{전 조 공 헌 루 왕 래}　　　^{사 인 왕 왕 공 사 조}
前朝貢獻屢往來러니, 士人往往工詞藻라.

^{서 복 행 시 서 미 분}　　　^{일 서} ^{백 편 금 상 존}
徐福行時書未焚¹⁰⁾이니, 逸書¹¹⁾百篇今尙存이라.

^{영 엄 불 허 전 중 국}　　　^{거 세 무 인 식 고 문}
令嚴不許傳中國하고, 擧世無人識古文이라.

^{선 왕 대 전 장 이 맥}　　　^{창 파 호 탕} ^{무 통 진}
先王大典藏夷貊¹²⁾이나, 蒼波浩蕩¹³⁾無通津이라.

^{영 인 감 격 좌 류 체}　　^{수 삽} ^{단 도 하 족 운}
令人感激坐流涕니, 鏽澁¹⁴⁾短刀何足云고?

註解 1) 日本刀(일본도) - 일본 칼. 구양수가 인종(仁宗)의 가우(嘉祐) 연간 (1056~1063)에 소흥(紹興)의 한 상인이 구했다는 일본 칼을 보고 지은 시이다. 2) 昆夷(곤이) - 주(周)나라 초기에 있던 서융(西戎)의 종족 이름, 곧 견융(犬戎)이다. 그들은 옥돌도 잘라지는 보검을 갖고 있었다 한다. 3) 越賈(월고) - 월(越)땅의 장사꾼, 소흥(紹興)의 상인을 가리킴. 4) 裝貼(장첩) - 싸서 붙임, 장식하여 붙임. 초(鞘)는 칼 집. 5) 鍮與銅(유여동) - 놋쇠와 구리. 구양수는 '진짜 놋쇠는 금 같고, 진짜 구리는 은 같다(眞鍮似金, 眞銅似銀).'고 스스로 주를 달고 있다. 6) 佩服(패복) - 몸에 차는 것. 양(禳)은 불행을 물리치는 것. 7) 徐福(서복) - 서불(徐市). 진시황이 동해 가운데 있는 삼신산에는 불로초가 있다는 방사(方士)의 말을 믿고, 서불로 하여금 동남동녀 수천 명을 데리고 동해로 들어가 불로초를 구해오도록 보냈다. 그러나 서불은 돌아오지 않았는데, 일본에 정착하여 살았다는 전설이 있다. 8) 丱童(관동) - 총각머리를 한 아이. 동남동녀를 가리킴. 9) 百工五種(백공오종) - 여러 공인(工人)과 오곡(五穀). 10) 書未焚(서미분) - 아직 분서(焚書)를 하지 않다. 진시황은 승상 이사(李斯)의 건의를 받아들이어, 천하의 책들을 모두 모아 불태워 버렸다 한다(기원전 213). 그리고 다음해에는 말이 많은 선비들까지도 모아다가 산 채로 땅에 묻어 죽여 이를 갱유(坑儒)라 하며, 분서갱유(焚書坑儒)는 진시황의 폭정을 대변하는 말이 되었다. 그러나 서복으로 하여금 불로초를 구하러 떠나보낸 것은 이보다 이른 기원전 219년이었다(《史記》). 11) 逸書(일서) - 없어진 《서경》. 지금은 금문(今文) 28편(僞孔本은 58편)이 전하는데, 본시 공자가 편정한 《서경》은 백 편이었다 한다. 나머지는 없어진 것이다. 12) 藏夷貊(장이맥) - 동쪽 오랑캐에게 숨기어져 있다. '이맥(夷貊)'은 동쪽 오랑캐로 일본을 가리킴. 13) 浩蕩(호탕) - 바다가 끝없이 넓은 모양. 14) 鏽澁(수삽) - 녹슬고 무딘 것.

解說 제목은 '일본 칼의 노래' 이지만 실은 없어진 《서경》백 편이 전한다는 일본과 왕래가 끊긴 것을 안타까워하는 시인의 마음이 더 뜨겁다. 바로 앞의 당나라 때만 하더라도 일본은 늘 당나라에 조공을 바쳐 왔었고 내왕이 빈번했는데, 송나라로 들어와서는 조공은커녕 내왕도 없다는 것이다. 이 시의 끝머리에서 '녹슬고 무디어진 칼이야 말할 거리나 되는가?' 고 반문하고 있는 것도 그 때문이다. 그러나 옛날부터 일본 칼은 중국에서조차도 명검으로 인정해왔다는 점도 소홀히 할 수는 없는 점이다.

저주를 떠나며(別滁¹⁾)

꽃빛은 짙고 찬란하며 버들가지는 가볍고 밝은데,
꽃 앞에서 술잔 따르며 내가 떠나는 것을 전송하네.
나는 그저 일상처럼 취하고 있으니
악기로 이별곡 연주하도록 두지나 말게.

花光濃爛²⁾柳輕明이오, 酌酒花前送我行이라.

我亦祇³⁾如常日醉니, 莫敎絃管作離聲하라.

註解 1) 滁(저)-저주(滁州), 지금의 안휘성(安徽省) 전초현(全椒縣)과 내안현(來安縣)을 통할하던 고장. 구양수는 중앙에 있다 쫓겨나 저주 태수로 한동안 가 있었으며(다음 시 주1) 참조), 저주의 남쪽에 구양수가 지은 유명한 취옹정(醉翁亭)이 있다. 2) 濃爛(농란)-색깔이 짙고 빛이 밝은 것, 짙고 찬란한 것. 3) 祇(지)-다만, 지(只).

解說 태수로 있던 저주를 떠나 다른 고을로 가면서 읊은 시. 이별의 노래이면서도 감정이 담담하게 느껴진다. 이런 점이 당시와 송시의 차이점 중의 하나일 것이다.

다시 여음에 가서(再至汝陰¹⁾)

꾀꼬리 울음 울고 오디는 아름다우며
자앵도도 익고 보리밭 거쳐 불어오는 바람 시원하네.
옛날 이 고장에 벼슬하면서 백성들에게 사랑을 남기지 못한
　것 부끄러우나
흰머리 되어 다시 돌아와 보니 고향만 같네.

황 률 류 　명 상 심 미　　　　자 앵 도 숙 맥 풍 량
黃栗留²⁾鳴桑葚美하고, 紫櫻桃熟麥風涼이라.
주 륜 석 괴 무 유 애　　　백 수 중 래 사 고 향
朱輪昔愧無遺愛나, 白首重來似故鄕이라.

註解 1) 汝陰(여음)-지금의 안휘성(安徽省) 부양현(阜陽縣). 구양수는 경력(慶曆, 1041~1048) 초에 간원(諫院)으로 들어가 우정언(右正言)을 거쳐 지제고(知制誥)가 되었으나, 임금에게 올바른 말을 너무 많이 한 때문에 쫓겨나 저주(滁州)와 양주(揚州)·영주(潁州) 등지의 지방관을 지낸 일이 있다. 송대의 여음군(汝陰郡)은 영주에 속하는 고장이어서 전에 가본 일이 있는 곳이다. 2) 黃栗留(황률류)-꾀꼬리, 황

앵(黃鶯). 상심(桑葚)은 오디, 뽕나무 열매.

解說 옛날 벼슬했던 고장 여음에 만년에 다시 찾아간 감상을 노래한 시이
다. 그곳이 '고향인 것만 같다' 했으니, 옛날 그곳 태수(太守)로 있으
면서 그 고장 사람들에게 아무런 사랑도 끼치지 못했음이 부끄럽다며
스스로 뉘우치고 있지만, 실제로는 적지 않은 사랑을 남기어 그곳 사
람들이 무척 반겼음이 분명하다.

소옹 邵雍, 1011~1077

자는 요부(堯夫). 북송 범양(范陽 : 지금의 河北省 涿縣) 사람. 평생을 공성(共城, 지금의 河南省 輝縣) 소문산(蘇門山) 백천(百泉) 가에 숨어 살며 공부에만 전념하여 《역(易)》과 도서상수지학(圖書象數之學)에 일가를 이루어, 송대 성리학(性理學)의 선구자가 되었다. 그는 자기가 사는 곳을 안락와(安樂窩)라 부르고 안락선생(安樂先生)이라 자호하기도 하였다. 죽은 뒤 강절(康節)이라 시(謚)하였다. 그의 시는 철학사상이나 도덕관을 읊은 작품들로 독특한 경지에 이르러 문학사상 도학파(道學派) 시인의 개조(開祖)로 인정받고 있다. 많은 학술적인 저술 이외에도 시집으로 《이천격양집(伊川擊壤集)》 20권이 있다.

맑은 밤에(清夜吟¹⁾)

달은 하늘 가운데 떠있고,
수면엔 소슬바람이 잔물결 일으킨다.
이처럼 청신한 맛,
아는 사람 적을 거라.

월 도 천 심　처　　풍 래 수 면 시
月到天心²⁾處요, 風來水面時³⁾라.

일 반　청 의 미　요　득 소 인 지
一般⁴⁾清意味, 料⁵⁾得少人知라.

註解 1) 吟(음) – 읊다. 청야음(清夜吟)이란 '맑은 밤, 곧 공기 맑고 시원한 밤에 읊은 시'란 뜻이다. 2) 天心(천심) – 하늘 가운데. 심(心)은 중앙의 뜻임. 처(處)는 '～하고 있는 곳'의 뜻이나, 다음 구(句)의 '시(時)'자와 호응하여 작자가 읊고 있는 맑은 밤의 처경(處境)과 때를 형용한 것을 나타낸다. 3) 風來水面時(풍래수면시) – 직역하면 '바람이 수면에 불어올 때'라는 뜻. 그러나 앞 주에서 말한 것처럼 '시'는 앞의 '처'와 호응하는 것으로서 우리말로 옮길 때엔 표현치 않아도 된다. 4) 一般(일반) – '모든, 이러한'의 뜻. 5) 料(요) – 헤아리는 것. 요득(料得)은 마음속으로 헤아려 아는 것. '～할 것이다' '～이리라'는 뜻.

解說 이 시의 제목 아래에 "도(道)의 전체(全體)와 중화(中和)의 묘용(妙用), 자득(自得)의 즐거움, 이 맛을 아는 사람은 적다"고 주를 달고 있다. 소옹은 송대 도학(道學)의 개척자로 호가 강절(康節)이며 그는 시를 통하여 도학자적인 자연에의 체득을 노래하고 있는 것이다. 송대 도학자 120명의 이론을 모아서 정리한 《성리대전(性理大全)》 제70에도 이 시를 싣고 있는데, "성인의 본체가 맑고 밝으며 사람의 욕망이 모두 정화된 것을 형용하였다. 달이 하늘 가운데 와 있을 때란 곧 가리 웠던 구름이 다 가신 것이고, 바람이 수면에 불어올 때란 곧 파도가

일지 않는 것이다. 이것은 바로 사람의 욕망이 모두 깨끗해져서 천리(天理)가 유행하여지고 있는 때인 것이다"라는 설명을 붙이고 있다. 곧 하늘에 떠있는 둥근 달과 잔잔한 호수는 아름다운 맑은 밤의 정경을 읊는 한편 작자의 철학적인 생각도 아울러 표현하고 있다는 것이다. 이처럼 고요하고 아름다운 밤의 자연 속에 함양(涵養)되어 있는 청순한 진리를 깨닫는 사람들이 적을 것은 말할 것도 없으리라.

　　이와같이 송대의 성리학은 시에도 영향을 미치어 중국시에 철학을 도입하는 경향을 만들었다. 그러지 않아도 당시가 감성적이라면 송시는 설리적이라고 일반적인 특징을 흔히 말하는데, 이러한 철학시는 특히 그 설리적인 특징을 노골적으로 드러낸 것이라 하겠다.

안락와(安樂窩[1])

꿈에서 깨어나니 반은 기억나는 듯도 하고 나지 않는 듯도
　　하고,
감정이 권태로우니 시름이 있는 것도 같고 없는 것도 같네.
이불 끌어안고 비스듬히 누워 일어나지 않으려는데,
발 쳐진 문밖에는 떨어지는 꽃잎이 어지러이 날리고 있네.

　　　　반 기 불 기 몽 성 후　　　　사 수 무 수 정 권 시
　　　　半記不記夢醒後요, 似愁無愁情倦時라.

　　　　옹 금　측 와 미 욕 기　　　　염 외 락 화 요 란　비
　　　　擁衾[2]側臥未欲起러니, 簾外落花撩亂[3]飛라.

註解 1) 安樂窩(안락와)─소옹이 살던 집 이름. '와'는 움 또는 움막의 뜻.
2) 擁衾(옹금)─이불을 끌어안다.　3) 撩亂(요란)─요란(搖亂), 어지러운 모양.

解說 조용히 움막집에서 학문 연구에만 전념하고 있는 작자의 깨끗하고 평

화로운 생활이 잘 묘사된 시이다. 그는 세상일을 골똘히 생각할 것도
없고 근심 걱정을 마음에 담아둘 필요도 없는 생활을 하고 있다.

태평가(太平吟)

나날이 천하가 태평하여
사람들은 안락하게 살아가네.
더욱이 아름다운 꽃 만발한 시절 되니,
어찌 즐거운 얼굴 짓지 않을 수 있으랴?

천 하 태 평 일　　인 생 안 락 시
天下太平日에, 人生安樂時라.

갱 봉 화 란 만　　　쟁 인　불 개 미
更逢花爛漫¹⁾하니, 爭忍²⁾不開眉리오?

註解 1) 爛漫(란만) – 어지럽게 흩어져 있는 모양, 아름다운 것이 펼쳐져
있는 모양. 2) 爭忍(쟁인) – 어찌 차마. 어찌 ……안할 수 있으랴? 개
미(開眉)는 눈썹을 펴다, 즐거운 얼굴을 하다.

解說 소옹이란 철학자는 자신은 태평성대를 안락하게 살아가고 있다고 만
족하며 공부하고 시나 지으면서 즐겁게 늙도록 산 사람이다.

꽃을 머리에 꽂고(揷花¹⁾吟)

머리 위에 꽂은 꽃가지 술잔에 비치니
술잔 속에 아름다운 꽃가지가 있네.

자신은 60년의 태평세월 겪었고

눈으로 직접 네 임금의 전성시절을 보아 온 데다가,

더욱이 또 근력이며 몸이 대체로 건강하니

정말 향기로운 이 시절 어찌 그대로 보내랴?

술에 꽃 그림자 잠기어 붉은 빛이 흐르거늘

어이 꽃 앞에서 취하지 않고 돌아가랴?

頭上花枝照酒巵²⁾하니, 酒巵中有好花枝라.

身經兩世³⁾太平日하고, 眼見四朝⁴⁾全盛時하며,

況復筋骸⁵⁾粗康健하니, 那堪時節正芳菲⁶⁾오?

酒涵⁷⁾花影紅光溜어늘, 爭忍花前不醉歸오?

註解 1) 揷花(삽화)－꽃을 꽂다, 꽃을 머리에 꽂는 것. 2) 酒巵(주치)－술잔. 3) 兩世(량세)－1세는 30년, 따라서 60년 동안. 4) 四朝(사조)－북송의 전성기였던 진종(眞宗)에서 인종(仁宗)·영종(英宗)·신종(神宗)에 이르는(998~1085년) 네 임금의 시대. 5) 筋骸(근해)－근력과 신체. 6) 芳菲(방비)－향기로운 것, 꽃다운 것. 7) 涵(함)－물에 젖다, 잠기다. 유(溜)는 물방울져 떨어지다, 물이 흐르다.

解說 정말 태평송(太平頌)이라 할 만한 시이다. 그리고 진실로 명리에 초탈했다면 소옹처럼 북송의 그 시대는 태평성대라 여겨졌을지도 모를 일이다. 꽃이 비친 술잔에 취하고 있는 시인이 신선인 것만 같다.

II

북송 北宋 후기 시

송시 宋詩의 전성기

문동 文同, 1018~1079

자는 여가(與可), 소소선생(笑笑先生)이라 자호하였고, 석실선생(石室先生) 또는 금강도인(錦江道人)이라고도 일컬어졌다. 재주(梓州) 영태(永太, 지금의 四川省 鹽亭縣) 사람. 인종(仁宗) 때 진사가 된 뒤 태상박사(太常博士)·집현교리(集賢校理) 등과 여러 지방관을 역임하였다. 늘 그 시대의 정치를 거침없이 논하였고, 청렴하기로 이름이 났었다. 문동은 다방면의 예술재능을 지녔는데, 특히 회화에 뛰어났다. 시도 화가의 눈으로 자연을 노래한 작품이 많으며, 시문집으로 《단연집(丹淵集)》 40권을 남겼다.

베 짜는 여인의 한 (織婦怨)

두 손은 북을 던지고 받고 하느라 나른하고,
양발은 베틀 발판 밟느라 못이 박혔네.
사흘 쉬지 않고 짜서
한 필 비단을 겨우 잘라냈는데,
비단 짜는 데에서는 바람과 햇빛을 피해야만 했고
자를 적에는 칼과 자를 조심하여 썼네.
모두들 비단폭이 훌륭하다 말하고
스스로도 씨줄과 날줄이 빈틈없이 짜여졌다 생각했는데,
어제 아침 관청 창고로 갖고 들어가니
무엇 때문인지 감독관은 성을 내면서,
큰 글자 새겨진 퇴짜 도장을 찍어
짙게 기름 먹으로 더럽혀 놓았네.
그녀의 부모는 비단을 끌어안고 집으로 돌아와
중문 아래 그걸 내던지고,
서로 바라만 보며 모두 말없이
눈물만 물을 쏟듯이 펑펑 흘렸네.
옷을 벗어 잡히고 돈을 마련하여
다시 실을 사다 베틀 바디집에 올려놓은 다음,
감히 베틀에서 마음대로 내려오지도 못하고
여러 날 밤 불 밝히고 베를 짜네.
배정된 세금을 물어야만 할 것이니,
어찌 저고리와 바지 돌볼 겨를 있겠는가?
전부터 추위가 뼈에 사무칠 것 알고 있었지만

달가운 마음으로 어깨와 정강이 내놓는 거지.

이장은 문지방에 걸터앉아

비단 바치는 것 늦는다고 성이 나 소리치며 욕하네.

어찌하면 베 짜는 여인 마음처럼

감독관의 눈을 변하게 할 수 있을까?

척 사 양 수 권　　답 녑 쌍 족 견
擲梭[1]兩手倦이오, 踏籋[2]雙足趼이라.

삼 일 부 주 직　　일 필 재 가 전
三日不住織하여, 一疋[3]纔可剪이라.

직 처 외 풍 일　　전 시 근 도 척
織處畏風日[4]하니, 剪時謹刀尺[5]이오,

개 언 변 폭 호　　자 애 경 위 밀
皆言邊幅好[6]나, 自愛經緯密[7]이라.

작 조 지 입 고　　하 사 감 관 노
昨朝持入庫러니, 何事監官[8]怒오?

대 자 조 인 문　　농 화　유 묵 오
大字雕印文[9]하고, 濃和[10]油墨污라.

부 모 포 귀 사　　포 향 중 문 하
父母抱歸舍하여, 抛向中門下하고,

상 간 각 무 어　　누 병　약 경 사
相看各無語요, 淚迸[11]若傾瀉라.

질 전　해 의 복　　매 사 첨 상 축
質錢[12]解衣服하고, 買絲添上軸[13]하여,

불 감 첩 하 기　　연 소　정 화 촉
不敢輒下機하고, 連宵[14]停火燭이라.

당 수 료 조 부　　기 가 휼 유 고
當須了租賦어늘, 豈暇恤襦袴[15]오?

전 지 한 절 골　　감 심 견 한 로
前知寒切骨이나, 甘心肩骭露[16]라.

里胥¹⁷⁾踞門限하여, 叫罵¹⁸⁾嗔納晚이라.
이 서   거 문 한   규 매   진 납 만

安得織婦心으로, 變作監官眼고?
안 득 직 부 심   변 작 감 관 안

註解 1) 擲梭(척사)－북을 던지다, 베를 짜기 위하여 북을 좌우로 던지고 받고 하는 것. 2) 踏繭(답녑)－베틀의 발판을 밟다. 견(趼)은 못이 박이다, 굳은살이 생기다. 3) 一疋(일필)－본시는 4장(丈, 10尺)이 1필이나, 여기서는 천의 한 자락을 뜻함. 재(纔)는 겨우. 4) 畏風日(외풍일)－바람과 해를 두려워하다, 비단은 짤 적에 바람과 햇볕을 쬐면 변색이 되기 때문이다. 5) 謹刀尺(근도척)－칼과 자를 삼간다, 짠 비단을 베틀에서 잘라낼 적에 무척 조심함을 뜻한다. 6) 邊幅好(변폭호)－비단폭이 좋다고 한다, 남들이 잘 짰다고 칭찬함을 가리킴. 7) 經緯密(경위밀)－씨줄과 날줄이 빈틈없이 짜여진 것, 스스로도 잘 짰다고 만족하는 것임. 8) 監官(감관)－정부 창고의 비단을 접수하는 감독관. 9) 雕印文(조인문)－퇴짜를 놓는 도장을 찍다. 10) 濃和(농화)－도장의 기름 인주가 짙게 묻는 것. 11) 迸(병)－눈물이 솟아 나오는 것. 경사(傾瀉)는 물을 쏟아 붓는 것. 12) 質錢(질전)－물건을 저당잡히어 돈을 마련하는 것. 13) 軸(축)－베틀의 바디집, 날줄을 감아놓는 물건. 14) 連宵(연소)－여러 날 밤을 연이어. 정화촉(停火燭)은 촛불을 켜두고 베를 짜는 것. 15) 襦袴(유고)－저고리와 바지. 16) 肩骭露(견한로)－어깨와 정강이를 내놓다. 17) 里胥(이서)－이장, 마을 일을 보는 관리. 거(踞)는 걸터앉다. 문한(門限)은 문지방. 18) 叫罵(규매)－소리 지르고 욕하다. 진(嗔)은 성내다.

解說 자연을 노래하기 좋아하는 시인이라고 했지만 역시 송대 시인이라 사회의 모순을 고발하는 시가 있다. 이 점이 당시와는 다른 송시의 두드러진 특징 중의 하나이다. 시골의 가난한 여인은 열심히 베를 짜서 관에 갖다가 바치지만, 관리들은 이들을 도와주기는커녕 공연한 트집만 잡으며 백성들을 괴롭히고 있다. 추운 날씨에도 자신의 몸에는 제대로 옷도 걸치지 못하고 중노동에 종사하는 베 짜는 여인이 눈물겹도록 가엾다.

가난한 삶(貧居)

새끼줄로 얽은 침상에서 홑이불 끌어안고 있다가
막 일어나 머리도 빗지 않았네.
남쪽 창 아래 책을 펴놓고
따스한 자리로 가서 추운 날에도 책을 읽네.
문 앞엔 말 수레 오는 것 끊이었으니,
저녁때가 되자 자리 조각을 걸어놓네.
낮은 담엔 가는 덩굴이 걸려있고,
작은 새가 붉은 열매 쪼고 있으며,
많은 달팽이는 여러 날 온 비가 싫어서
빈 벽에 이리저리 움직인 자국 남겼네.
남아가 가난하고 천한 처지 되어
머리를 들고 보니 우주가 좁게 느껴지네.
펄펄 날면서 느릅나무로 돌진하는 비둘기는
어언듯 묵은 솜의 이〔蝨〕처럼 숨어 버리네.
처자들이 다투듯 모두가 비웃지만
어려운 속에도 문필을 지키고 있네.

繩牀[1]擁敝裯라가, 初起髮未櫛이라.

南窗展書卷하고, 就暖[2]讀寒日이라.

門前絶車馬하니, 薄暮垂片席[3]이라.

短牆挂纖蔓[4]하고, 幽鳥啄紅實이오,

군 와 오 적 우　　　요 요 전 공 벽
羣蝸惡積雨하여, **繚繞**⁵⁾**篆空壁**이라.

남 아 처 빈 천　　　거 수 우 주 착
男兒處貧賤하니, **擧首**⁶⁾**宇宙窄**이라.

편 편 창 유 구　　　완 전 닉 서 슬
翩翩⁷⁾**槍榆鳩**이, **宛轉**⁸⁾**匿絮蝨**이라.

처 노 경 상 소　　　초 췌 수 문 필
妻拏⁹⁾**競相笑**나, **憔悴**¹⁰⁾**守文筆**이라.

註解 1) 繩牀(승상)-새끼줄로 얽어 만든 침상, 새끼줄로 얽어놓은 침대. 주(裯)는 홑이불. 2) 就暖(취난)-따스함을 취하다, 따스한 곳으로 나아가다. 3) 垂片席(수편석)-문 대신 낡은 자리 조각을 매달아 놓은 것. 4) 纖蔓(섬만)-가는 덩굴. 5) 繚繞(요요)-이리저리 감다, 이리저리 휘젓다. 전(篆)은 전서(篆書)를 쓰듯 멋대로 자국을 남기는 것. 6) 擧首(거수)-머리를 들다. 7) 翩翩(편편)-펄펄 나는 모양. 창(槍)은 돌진하다. 유(榆)는 느릅나무. 8) 宛轉(완전)-부드럽게 움직이는 모양. 닉서슬(匿絮蝨)은 묵은 솜 속의 이처럼 숨다. 9) 妻拏(처노)-처자. 10) 憔悴(초췌)-어렵게 지내는 모양.

解說 문동은 예술 각 방면에 뛰어난 재주가 있는 재사였다는데, 생활은 말할 수도 없이 가난했던 듯하다. 그러나 그의 생활은 깨끗하고 고상하다. 가난하면서도 전혀 괴롭다거나 불편한 듯한 느낌이 없다. 오히려 '머리를 들고 보니 우주가 좁게 느껴진다'는 대목에서는 기개마저 느껴진다.

망운루(望雲樓¹⁾)

누각 동쪽엔 파산(巴山)이 있고
누각 북쪽엔 진령(秦嶺)이 있네.
누각 위의 발을 걷어올리니

누각 가득히 온통 구름일세.

파산 루지동   진령 루지북
巴山²⁾樓之東이오, 秦嶺³⁾樓之北이라.

누상권렴시   만루운일색
樓上卷簾時에, 滿樓雲一色이라.

註解 1) 望雲樓(망운루) - 이 시는 〈수거원지잡제(守居園池雜題)〉30수 중의 제12수이다. 작자가 희녕(熙寧) 8년(1075) 가을부터 다음 해 봄 사이 양주(洋州, 지금의 陝西省 洋縣) 지주(知州)로 있으면서 지은 것이다. 망운루는 작자 집안의 누각 이름이다. 2) 巴山(파산) - 대파산(大巴山), 섬서성(陝西省) 한중분지(漢中盆地)와 사천성(四川省) 경계에 있는 산. 3) 秦嶺(진령) - 섬서성 남쪽에 있는 고개 이름.

解說 작자 집의 망운루도 파산과 진령이 바라보이는 높은 곳에 있다. 구름에 싸여 있는 누각을 통하여 주변의 빼어난 경치도 상상이 된다.

비 갠 뒤 산에 걸린 달(新晴山月)

높은 소나무 성근 가지 사이로 달빛이 새어
떨어진 그림자가 땅에 그림을 그린 듯하네.
그 아래 왔다갔다하기를 좋아하여
오래도록 잠을 자지 못하네.
바람이 불면 연잎 말아올릴까 겁이 나고,
비 내리면 산 과일 떨어질까 걱정되네.
누가 나를 따라 괴롭게 시를 읊고 있나?
숲 가득히 울고 있는 베짱이지.

高松漏疏月¹⁾하니, 落影如畫地라.

徘徊愛其下하여, 及久不能寐라.

怯²⁾風池荷卷하고, 病雨山果墜이라.

誰伴予苦吟고? 滿林啼絡緯³⁾라.

解說 문동을 대표하는 본격적인 자연시이다. 늦은 가을비 온 뒤의 달밤 풍
경을 노래한 그림 같은 시이다. 더욱이 자연을 사랑하는 시인의 고운
마음이 두드러진다.

증공 曾鞏, 1019~1083

자는 자고(子固), 남풍선생(南豐先生)이라 호하였다. 북송 남풍(南豐 : 지금의 江西省) 사람. 일찍이 구양수(歐陽修)에게 문재(文才)를 인정받았고, 진사가 된 뒤 중서사인(中書舍人) 벼슬을 지냈다. 그의 고문은 중후(重厚)하고 곧아서 주희(朱熹) 등 많은 사람들이 존중하였고 당송팔대가(唐宋八大家) 중의 한 사람이다. 시는 산문만은 못하나 작풍이 역시 성실하다. 《원풍류고(元豐類稿)》 50권, 부록 1권이 있다.

서쪽 누각(西樓)

구름 같은 바다 물결은 갔다간 다시 돌아오고,
북풍이 불기 시작하자 천둥소리 여러 번 울리네.
붉은 누각 사면의 발 올려 고리에 걸어두고,
누워서 온 산에 소낙비 몰려오는 것 바라보네.

해 랑 여 운 거 각 회   북 풍 취 기 수 성 뢰
海浪如雲去却回[1]하고, 北風吹起數聲雷라.
주 루 사 면 구 소 박   와 간 천 산 급 우 래
朱樓四面鉤疏箔[2]하고, 臥看千山急雨來라.

註解 1) 去却回(거각회) – 갔다간 다시 돌아오다, 물결치는 모양을 형용한
말. 2) 鉤疏箔(구소박) – 성근 발을 고리에 걸다, 곧 발을 걷어올린
것을 뜻한다.

解説 시제는 〈서쪽 누각〉이지만 실제로는 거친 비바람이 불어닥치는 자연
풍광을 아름다운 누각 위에 누워서 감상하는 정경을 노래한 것이다.
속세를 초월한 느낌이다.

우미인초(虞美人草[1])

홍문에서 범증(范增)이 옥 구기를 눈 흩어지듯 부셨고,
진나라의 10만 명 항복한 군사들을 죽여 밤에 피를 흘렸네.
함양의 궁전이 석 달이나 붉게 타오르니,
패업은 이미 이 연기를 따라 타버린 셈이었네.
인정 없이 강한 자는 반드시 죽고 어질고 의로운 이가 임금
　　되니,

음릉(陰陵)에서 길 잃은 건 하늘이 망친 것 아니네.

영웅은 본시 만인을 적대하는 법을 배워야 하는 것이어늘,

어찌하여 구질구질하게 여인을 두고 슬퍼하는가?

삼군은 다 흩어지고 군기는 넘어지니,

구슬 장막 속의 미인은 앉은 채로 수심에 늙은 듯하였네.

향기로운 혼이 밤중에 칼 빛을 좇아 날아가니,

푸른 피가 변하여 들의 풀이 되었다네.

향그런 마음 쓸쓸히 싸늘한 가지에 붙이니,

옛 가락이 들려오면 흡사 눈썹을 찌푸리는 듯하네.

슬픔과 원망 속에 왔다갔다하며 말없이 근심하는 듯,

마치 옛날 초나라 노래를 듣던 때 모습 같네.

도도히 흘러가는 물은 예나 지금이나 똑같이 흘러가니,

한나라는 흥하고 초나라는 망했지만 지금은 모두 흙둔덕뿐.

지난 옛일들은 공허하게 된 지 오래이니,

맥없이 술통 앞에 선 모습으로 누굴 위해 춤추는가?

鴻門²⁾玉斗紛如雪하니, 十萬降兵夜流血³⁾이라.
홍문 옥두분여설　십만항병야유혈

咸陽⁴⁾宮殿三月紅하니, 覇業⁵⁾已隨憚燼滅이라.
함양 궁전삼월홍　패업 이수탄진멸

剛強⁶⁾必死仁義王이니, 陰陵失道⁷⁾非天亡이라.
강강 필사인의왕　음릉실도 비천망

英雄本學萬人敵이어늘, 何用屑屑⁸⁾悲紅粧고?
영웅본학만인적　하용설설 비홍장

三軍散盡旌旗倒하니, 玉帳⁹⁾佳人坐中老라.
삼군산진정기도　옥장 가인좌중로

香魂¹⁰⁾夜逐劍光飛하니, 靑血化爲原上草¹¹⁾라.
향혼 야축검광비　청혈화위원상초

방 심 적 막 기 한 지
芳心寂寞寄寒枝하니,

구 곡　　　　문 래 사 렴 미
舊曲¹²⁾聞來似斂眉라.

애 원 배 회 수 불 어
哀怨徘徊愁不語하니,

흡 여 초　　　청 초 가 시
恰如初¹³⁾聽楚歌時라.

도 도　　서 수 류 금 고
滔滔¹⁴⁾逝水流今古하니,

한 초 흥 망 량 구 토
漢楚興亡兩丘土¹⁵⁾라.

당 년 유 사 구 성 공
當年遺事久成空하니,

강 개　　준 전 위 수 무
慷慨¹⁶⁾樽前爲誰舞오?

註解 1) 虞美人草(우미인초) – 앵속과에 속하는 식물 이름. 1년 또는 2년생의 풀로 높이 한두 자. 줄기와 잎엔 털이 있고 잎은 두 줄로 달려 있다. 초여름에 꽃이 피는데 자색·붉은색·흰색의 예쁜 꽃이 핀다. 여춘화(麗春花)라 부르기도 한다. 우미인(虞美人)은 본시 초왕(楚王) 항우(項羽)의 사랑하는 부인의 이름이다. 한나라 고조(高祖) 유방(劉邦)에게 패하여 항우가 오강(烏江)에서 죽을 때 우미인은 전날 밤 자결하였다. 그의 무덤 위에 피어났다 하여 이 꽃을 우미인초라 부르게 되었다 한다. 증공의 《원풍류고(元豊類稿)》에는 이 시가 실려있지 않아 증공의 아우 포(布)의 부인 위씨(魏氏)가 지은 거라는 설도 있다. 2) 鴻門(홍문) – 섬서성(陝西省) 동현(潼縣) 동쪽의 지명. 옥두(玉斗)는 구슬로 만든 술을 뜨는 구기. 한나라 유방(劉邦)과 초(楚)나라 항우(項羽)가 진(秦)나라를 쳐부수고 천하를 다투기 시작할 때 홍문에서 만났다. 항우는 찾아온 유방을 술대접했는데, 이때 항우의 참모 범증(范增)은 유방을 죽여 버리라고 여러 번 암시를 하였으나 듣지 않았다. 범증은 다시 항장(項莊)에게 칼춤을 추다 그를 찌르게 하였으나 항백(項伯)이 방해하여 뜻을 이루지 못하였다. 이를 알고 한나라 장수 번쾌(樊噲)가 들어가 법석을 떠는 사이에 유방은 변소가는 체 빠져나와 도망쳤다. 그리고 장량(張良)을 시켜 항우에겐 백벽(白璧) 한 쌍, 범증에겐 옥두(玉斗) 한 쌍을 보냈다. 범증은 유방을 놓친 것을 알고 화가 나서 옥두를 칼로 쳐부셔 버렸다. 이 구절은 유방을 죽이지 못하여 화를 내며 범증이 옥두를 부셨던 일을 읊은 것이다. 그리고 이것이 초나라가 천하를 통일 못한 첫째 원인의 하나로 본 것이다. 3) 十萬降兵夜流血(십만항병야류혈) – 《사기(史記)》 항우본기(項羽本紀)에 '초나라 군사는 밤중에 공격하여 진나라의 항

복한 군사 20여만을 신안성(新安城) 남쪽에서 땅속에 묻어 버렸다'
라 하였다. 이런 잔인한 행동 때문에 초나라는 마침내 망하게 되었
음을 암시한다. 4) 咸陽(함양)-진나라 수도. 섬서성(陝西省) 장안현
(長安縣). 삼월홍(三月紅)은 《사기(史記)》에 의하면 항우가 군사를 이
끌고 함양으로 들어가 진나라의 항복한 임금 자영(子嬰)을 죽이고
궁전을 불살라 버렸는데 석 달을 두고 탔다 한다. 5) 覇業(패업)-제
후의 우두머리가 되는 일. 천하통일 사업. 진(燼)은 불타다 남은 끄
트머리. 6) 剛强(강강)-인정 없이 억세기만 한 것. 7) 陰陵失道(음
릉실도)-《사기》 항우본기에 '(항우가 8백 명을 거느리고 垓下의 포
위를 뚫었다) 새벽에 한군(漢軍)은 그것을 알고 기장(騎將) 관영(灌
嬰)으로 하여금 5천 기로 이를 추격케 하였다. 항왕(項王)은 회수(淮
水)를 건너……음릉(陰陵) 땅(지금의 安徽省 鳳陽府 定遠縣 서북)에
서 길을 잃었다. 한 농부에게 물으니, 농부는 거짓으로 왼편으로 가
라 하였다. 왼편으로 가자 곧 큰 못 가운데 이르렀다. 그리하여 한군
이 따라오게 되었다'고 했다. 이 결과 항우는 최후를 맞게 된다. 8)
屑屑(설설)-불안한 모양, 행동이 구질구질한 모양. 홍장(紅粧)은 붉
은 화장을 한 미인. 9) 玉帳(옥장)-구슬장막, 장군의 장막. 10) 香
魂(향혼)-우미인의 혼. 야축검광비(夜逐劍光飛)는 밤에 칼빛을 좇
아 날아갔다. 곧 칼로 자결하여 그의 혼이 날아가 버렸다는 뜻. 11)
原上草(원상초)-들판의 풀. 우미인초를 가리킨다. 12) 舊曲(구
곡)-옛날의 곡(曲). 항우가 사면초가(四面楚歌)를 듣고 불렀던 〈해
하가(垓下歌)〉를 가리킨다. 사렴미(似斂眉)는 눈쌀을 찌푸리는 것 같
다. 곧 슬퍼하는 모습을 형용한 것이다. 13) 初(초)-옛날. 초가(楚
歌)는 해하에서 한군에 포위되어 사면에서 들려오던 초가(楚歌)를
말한다. 14) 滔滔(도도)-물이 성대히 흐르는 형용. 15) 兩丘土(량
구토)-이겼던 한나라 유방이나 졌던 초나라 항우가 지금은 둘 다
모두 무덤 속의 흙이 되어 버렸다는 뜻. 16) 慷慨(강개)-시름으로
맥이 없는 모양. 준전위수무(樽前爲誰舞)는 술그릇 앞에서 옛날 우
미인이 춤추던 것 같은 모습으로 우미인초가 바람에 나부끼고는 있
지만 그것은 누구를 위하여 추는 춤이냐의 뜻.

解說 이 편은 우미인이 죽어서 되었다는, 우미인초를 두고 항우가 강하면
서도 도망가지 않으면 안되게 되었던 일과 우미인의 최후를 노래하

고, 지금은 옛날의 두 영웅이 천하를 두고 싸우던 흔적도 없어진 허무함을 노래한 것이다. 바람 앞에 춤추듯 하늘거리는 우미인초의 모습에서 자연의 섭리 앞에 연약한 사람들의 모습을 보는 것 같다. 알고 보면 사람이란 이처럼 연약한 것인데도 짧은 일생을 아귀다툼 속에 흔히 보내는 것이다.

　작자인 증공은 당송팔대가(唐宋八大家) 중의 한 사람이며, 특히 역사에 조예가 깊어 이러한 역사적인 사실을 시의 제목으로 잘 소화시킨 것이다.

왕안석 王安石, 1021~1086

자는 개보(介甫), 호는 반산(半山). 무주(撫州) 임천(臨川, 江西省) 사람이어서 왕임천(王臨川)이라고도 부르고 뒤에 형국공(荊國公)에 봉해져 왕형공(王荊公)이라고도 부른다. 북송 때의 뛰어난 정치가이며 문학가요 사상가이다. 어려서부터 독서를 좋아하여 일찍이 문명을 날렸다. 인종(仁宗) 때 진사가 되었고, 여러 가지 중앙과 지방의 벼슬을 역임하였다. 신종(神宗) 희녕(熙寧) 2년(1069)에 참지정사(參知政事)가 되자, 곧 청묘(靑苗)·균수(均輸)·시역(市易)·면역(免役)·농전수리(農田水利) 등을 골자로 하는 이른바 신법(新法)을 적극 추진하였다. 사마광(司馬光)·소식(蘇軾) 등 보수파의 반대로 격렬한 정쟁을 벌였으나 결국 신법은 성공을 거두지 못하였다. 재상을 그만둔 뒤 강녕(江寧 : 지금의 江蘇省 南京)에 물러나 지내다가 죽었는데, 시(諡)를 문공(文公)이라 하였다. 시에 있어서는 당시의 사회현실을 반영하는 작품을 비롯한 좋은 작품들을 많이 남겼고, 산문에 있어서도 이른바 당송팔대가(唐宋八大家)의 한 사람으로 친다. 그밖에 《주관신의(周官新義)》등 학술적인 저술도 많으며, 《임천집(臨川集)》백 권과 《임천집습유(臨川集拾遺)》가 전하고 《당백가시선(唐百家詩選)》을 편찬하기도 하였다.

대숲 속(竹裏)

대숲 속 바위 뿌리에 기대어 초가 얽어 놓으니,
성근 대 줄기 사이로 앞 마을 보이네.
하루 종일 낮잠 자도 찾아오는 이 없고,
저절로 봄 바람 일어 문 앞을 쓸어주네.

죽 리 편 모   의 석 근   죽 경 소 처   견 전 촌
竹裏編茅¹⁾倚石根하니, 竹莖疎處²⁾見前村이라.

한 면 진 일 무 인 도   자 유 청 풍 위 소 문
閑眠盡日無人到하고, 自有春風爲掃門이라.

註解 1) 編茅(편모)- 띠 풀을 엮다, 띠 풀은 초가집 지붕을 잇는 재료이다.
따라서 '띠 풀을 엮는다' 는 것은 초가집을 짓는 것을 뜻한다. 2) 疎
處(소처)- 성근 곳.

解說 짧은 시이지만 맑고 깨끗한 그의 전원생활이 잘 묘사되어 있다.

살구 꽃(杏花)

돌다리 넓은 공중에 걸쳐 있고
초가집 맑고 빛나는 강물 가에 있네.
몸 굽히어 아리땁고 풍성한 살구꽃 보니
진짜 꽃이 물에 비친 그림자만 못한 듯하네.
아름답기 진나라의 경양비(景陽妃)가
웃음 머금고 궁중 우물에 빠져 있는 듯하네.
가슴 아프게도 잔물결 일어

흐려진 화장 무너뜨리어 어지럽게 만드네.

석 량 도 공 광　　　모 옥 임 청 형
石梁¹⁾度空曠하고, 茅屋臨淸炯²⁾이라.

부 규 교 요 행　　　미 각 신 승 영
俯窺嬌³⁾饒⁴⁾杏하니, 未覺身勝影이라.

언 여 경 양 비　　　함 소 타 궁 정
嫣如⁵⁾景陽妃⁶⁾이, 含笑墮宮井이라.

초 창 유 미 파　　　잔 장 괴 난 정
怊悵⁷⁾有微波하여, 殘妝壞難整이라.

註解 1) 石梁(석량)-돌다리. 2) 淸炯(청형)-맑고 빛나는 것, 강물을 형용한 말. 3) 嬌(교)-아리따운 것. 4) 饒(요)-풍성한 것. 5) 嫣如(언여)-아름다운 모양. 6) 景陽妃(경양비)-남조(南朝) 진(陳)나라 후주(後主)의 비인 장려화(張麗華)와 공귀빈(孔貴嬪). '경양'은 진나라 궁전 이름이며, 서기 589년 수(隋)나라 군대가 쳐들어왔을 적에 이들은 경양궁의 우물 속에 들어가 숨어 있다가 잡혔다 한다. 7) 怊悵(초창)-가슴 아픈 모양, 서러운 모양.

解說 작자 왕안석은 강물에 비친 아름다운 살구꽃을 노래하고 있다. 그러나 살구꽃의 아름다움에 압도당하지 않고 살구꽃을 남조 진나라 후주의 아름다운 두 여인이 우물 속에 들어가 숨어 있던 모습에 비유하고 있는 태도가 이성적이다.

홀로 돌아오면서(獨歸)

종산으로부터 홀로 돌아오는데 비는 자욱히 내리고,
산등성이 사이에 끼어있는 벼논은 반은 누렇고 반은 퍼렇네.
지친 농부는 물이 부족함을 마음속에 새기며,

구름 바라보고 막대기에 의지하여 쉬지 않고 무자위를 돌리네.
슬프다! 노동을 해온 지 오래되고 보니
저녁에 노래부르는 소리가 곡하는 것 같아서 듣기가 거북하네.

그러나 나는 벼슬 한가하고 다행히 아무런 일도 없어서
북창 아래 대자리 깔고 베개 베고 누웠으니 바람 맑고 시원하네.
때마침 연꽃은 푸른 잎새에 끌어안겨 있고
잔물결은 눈 같은 물방울 희롱하니 모두가 곱기만 하네.
누가 함께 기대어 자면서 이 즐거움 누릴 건가?
가을 물길이 얕다지만 작은 배 띄울 만하다네.

종 산 독 귀 우 미 명 　 도 휴 협 강 반 황 청
鍾山[1]獨歸雨微冥하고, 稻畦[2]夾岡半黃靑이라.

피 농 심 지 수 미 족 　 간 운 의 목 거 부 정
疲農心知水未足하고, 看雲倚木車[3]不停이라.

비 재 작 로 역 이 구 　 모 가 여 곡 난 위 청
悲哉作勞亦已久하니, 暮歌如哭難爲聽이라.

이 아 관 한 행 무 사 　 북 창 침 점 풍 영 령
而我官閑幸無事하니, 北窓枕簟[4]風泠泠이라.

어 시 하 화 옹 취 개 　 세 랑 뇨 설 천 빙 정
於時荷花擁翠蓋[5]하고, 細浪[6]嬲雪千娉婷이라.

수 능 의 면 공 차 락 　 추 항 수 천 가 양 령
誰能欹眠[7]共此樂고? 秋港[8]雖淺可揚舲이라.

註解 1) 鍾山(종산) – 당시의 강녕부(江寧府, 지금의 南京) 동북쪽에 있던

산. 장산(蔣山) · 북산(北山) · 자금산(紫金山) 등으로도 불리었다. 왕
안석은 만년에 정계에서 은퇴한(1076년) 뒤 지금의 남경인 이곳으로
와 살았는데, 집이 시내로부터 종산으로 가는 중간쯤에 있었다. 미
명(微冥)은 비가 부슬부슬 자욱히 오는 모양, 어둠침침한 모양. 2)
稻畦(도휴)－벼를 심은 논 두둑. 3) 車(거)－용골거(龍骨車). 세워놓
은 두 막대기에 의지하여 발로 수레바퀴를 돌리어 물을 퍼올리도록
되어있는 농구, 무자위. 4) 枕簟(침점)－베개와 대자리. 영령(泠泠)
은 맑고 시원한 것. 5) 擁翠蓋(옹취개)－푸른 수레지붕 같은 연잎을
안고 있다. 6) 細浪(세랑)－잔물결. 요설(嬲雪)은 눈을 희롱하다.
'눈'은 물결 위에 이는 잔 물방울을 가리킴. 빙정(娉婷)은 예쁜 것,
아름다운 것. 7) 欹眠(의면)－무엇엔가 기대어 자는 것, 기대어 졸
다. 8) 秋港(추항)－가을의 물길. '항(港)'은 배가 다니는 물길. 양령
(揚舲)은 작은 배를 띄우다. '령(舲)'은 창이 달린 작은 배.

解説 앞뒤 전혀 다른 시정이 담긴 두 단으로 나뉘어지는 독특한 시이다. 앞
단에서는 종산으로부터 홀로 돌아오는 길에 본 농부의 노고를 노래하
고, 뒷단에서는 집으로 돌아와 유유히 자적하는 자신의 생활을 노래
하고 있다. 앞단과 뒷단의 연결이 애매하여 차라리 두 편의 시로 독립
시키는 편이 좋을 듯도 하다. 어떻든 두 단의 시는 모두 서경이나 서
정의 수법이 뛰어나다.

명비곡(明妃曲[1]) 2수

기일(其一)

왕소군(王昭君)이 처음 흉노(匈奴)에 가려고 한나라 궁전 나
 설 때,
눈물은 봄바람에 젖고 머리끝은 늘어졌었네.
발을 떼어놓지 못하며 그림자 돌아보는 얼굴빛 어두웠으나,
그래도 임금을 어찌할 줄 모르게 할 정도로 아름다웠네.

원제(元帝)는 돌아와 드디어 화공의 솜씨 이상하게 여기고
　추궁하였으니,
눈에 드는 여인 평생 동안 그림에선 보지 못하였기 때문이네.
사람의 모습은 본디 그대로 그려낼 수 없는 것이니,
그때 모연수(毛延壽)는 공연히 죽여 버린 셈이네.
한번 가면 다시는 돌아오지 못할 것을 마음속에 알고 있었
　으니,
가련하게도 한나라 궁전 옷은 더 입을 수 없게 된 걸세.
소식 전하여 국경 남쪽 한나라 일 물어보고자 해도,
오직 해마다 기러기만 날아가고 있었네.
아름다운 그대에게 만 리 길 소식 전하나니,
흉노 성안에 잘 지내며 고향 땅 생각 말게나.
그대는 보지 못했는가, 지척에 있는 장문궁(長門宮)에 아교
　(阿嬌)를 가두어 놓았던 일을?
사람이 세상에 나서 뜻을 잃게 되면 남쪽 땅 북쪽 땅 구별도
　없는 법이지.

　　명비초출한궁시　　　누습춘풍빈각　수
明妃初出漢宮時에, 淚濕春風鬢脚²⁾垂라.

　　저회　고영무안색　　　상득군왕부자지
低回³⁾顧影無顏色⁴⁾이나 尙得君王不自持⁵⁾라.

　　귀래각괴단청수　　　입안　평생미증유
歸來却怪丹靑手⁶⁾니, 入眼⁷⁾平生未曾有라.

　　의태유래화불성　　　당년왕살모연수
意態由來畵不成하니, 當年枉殺毛延壽⁸⁾라.

　　일거심지갱불귀　　　가련착진　한궁의
一去心知更不歸하니, 可憐著盡⁹⁾漢宮衣라.

寄聲欲問塞南事_{로되} 只有年年鴻鴈飛_라.

기 성 욕 문 새 남 사　지 유 연 년 홍 안 비

佳人萬里傳消息_{하니}, 好在氈城¹⁰⁾莫相憶_{하라}.

가 인 만 리 전 소 식　호 재 전 성　막 상 억

君不見咫尺¹¹⁾長門¹²⁾閉阿嬌¹³⁾아? 人生失意無南北_{이라}.

군 불 견 지 척　장 문　폐 아 교　인 생 실 의 무 남 북

기 성 욕 문 새 남 사　　지 유 연 년 홍 안 비
寄聲欲問塞南事로되 只有年年鴻鴈飛라.

가 인 만 리 전 소 식　　호 재 전 성　막 상 억
佳人萬里傳消息하니, 好在氈城[10]莫相憶하라.

군 불 견 지 척　장 문　폐 아 교　　인 생 실 의 무 남 북
君不見咫尺[11]長門[12]閉阿嬌[13]아? 人生失意無南北이라.

註解 1) 明妃曲(명비곡)－명비(明妃)는 한나라 원제(元帝) 때의 후궁(後宮) 왕소군(王昭君). 원제는 후궁이 너무 많아 화공(畫工)에게 후궁들의 초상화를 그려 올리게 하고는 그 그림을 보고 마음에 드는 여자를 골랐다. 때마침 흉노의 선우(單于)가 미녀를 요구하여, 원제는 그림을 보고 왕소군을 주기로 하였다(《後漢書》南匈奴傳을 보면 왕소군 자신이 흉노에 갈 것을 지원했음). 그러나 뒤에 우연히 보니 왕소군은 한궁 제일의 미인이었다. 원제는 왕소군을 사랑하면서도 강한 흉노의 세력 때문에 어찌 못하고 그대로 왕소군을 흉노로 보냈다 한다(《西京雜記》卷二). 2) 鬢脚(빈각)－머리털 끝, 쪽. 3) 低回(저회)－차마 떠나지 못하는 모양, 서성이는 것. 4) 無顏色(무안색)－얼굴빛이 없다, 얼굴빛이 어둡다, 얼굴이 사색이다. 5) 不自持(부자지)－스스로를 지탱 못하다, 어쩔 줄을 모른다. 6) 丹靑手(단청수)－화공, 화공의 솜씨. 7) 入眼(입안)－눈에 드는 것, 눈에 드는 미인. 8) 毛延壽(모연수)－원제(元帝)의 명으로 미인들의 초상화를 그렸던 화공 이름(《西京雜記》). 원제는 왕소군을 본 뒤 화공이 그림을 잘못 그렸다 하여 그를 잡아 죽였다 한다. 9) 著盡(착진)－다하도록 입다. 곧 한나라 궁전의 옷을 입을 수 있는 대로 다 없어질 때까지 계속 입었다는 뜻일 것이다. 10) 氈城(전성)－담요를 쳐서 만든 장막의 성. 곧 몽고 사람들이 사는 곳을 가리킴. 11) 咫尺(지척)－아주 가까운 거리. 12) 長門(장문)－장안에 있던 한나라 궁전 이름. 13) 阿嬌(아교)－한나라 무제(武帝)의 진황후(陳皇后). 처음에는 무제의 총애를 받았으나 자식을 낳지 못하여 만년에는 장문궁(長門宮)에 갇혀 지내는 신세가 되었었다.

解說 왕소군의 얘기를 비극화하여 노래한 왕안석의 이 〈명비곡〉은 많은 사람들의 공감을 불러일으켜, 송나라 이후로 수많은 시인들이 이에 화

작(和作)하였다. 그리고 후세에는 원대 마치원(馬致遠)의 《한궁추(漢宮秋)》를 비롯하여 이를 주제로 한 여러 가지 희곡·소설까지도 나왔다.

기이(其二)

왕소군이 오랑캐 선우(單于)에게 시집갈 때,

오랑캐 마차 백 량에는 모두 오랑캐 여인들뿐이어서,

품은 감정 말하고자 해도 홀로 상대할 곳 없어,

비파(琵琶)에 마음 전해 타면서 마음속으로 자기만 알고 있
었네.

황금 줄 채 쥐고 봄바람 일게 하는 손으로,

비파(琵琶) 타면서 날아가는 기러기 보며 선우에게 오랑캐
술 권하는데,

한나라 궁전의 시녀들은 속으로 눈물 흘리고,

모래밭 가는 행인들도 머리를 돌렸네.

한나라 은혜는 얕은데 오랑캐에서 받은 은혜 자연히 깊을
것이니,

인생의 즐거움 실로 마음 알아주는 데 있음 어이하랴.

가련하게도 청총(靑冢)은 이미 우거진 풀 속에 묻혀 버렸
으나,

아직도 비파의 슬픈 가락은 지금까지도 남아 있다네.

明妃出嫁與胡兒[14]할세, 氈車[15]百兩皆胡姬라.
명 비 출 가 여 호 아　　　전 거　백 량 개 호 희

合情欲語獨無處하여, 傳與琵琶[16]心自知라.
함 정 욕 어 독 무 처　　　전 여 비 파　심 자 지

<ruby>黃<rt>황</rt></ruby><ruby>金<rt>금</rt></ruby><ruby>桿<rt>한</rt></ruby><ruby>撥<rt>발</rt></ruby>¹⁷⁾<ruby>春<rt>춘</rt></ruby><ruby>風<rt>풍</rt></ruby><ruby>手<rt>수</rt></ruby>¹⁸⁾로, <ruby>彈<rt>탄</rt></ruby><ruby>看<rt>간</rt></ruby><ruby>飛<rt>비</rt></ruby><ruby>鴻<rt>홍</rt></ruby><ruby>勸<rt>권</rt></ruby><ruby>胡<rt>호</rt></ruby><ruby>酒<rt>주</rt></ruby>라.

황금한발 춘풍수로, 탄간비홍권호주라.

黃金桿撥¹⁷⁾春風手¹⁸⁾로, 彈看飛鴻勸胡酒라.

한궁시녀암수루하고, 사상행인각회수라.

漢宮侍女暗垂淚하고, 沙上行人却回首라.

한은자천호자심하니, 인생락재상지심이라.

漢恩自淺胡自深하니, 人生樂在相知心이라.

가련련청총 이무몰이나, 상유애현유지금이라.

可憐隣靑冢¹⁹⁾已蕪沒²⁰⁾이나, 尙有哀絃留至今이라.

註解 14) 胡兒(호아)−오랑캐 아이, 선우(單于)를 가리킴. 15) 氈車(전거)−담요로 수레 포장을 친 흉노의 수레. 16) 傳與琵琶(전여비파)−비파의 곡에 자기 정과 마음을 전하여 연주하는 것. 이때 왕소군이 탔다는 곡으로 소군원(昭君怨)이 전한다. 17) 桿撥(한발)−비파줄을 뜯을 때 쓰는 줄 채. 18) 春風手(춘풍수)−봄바람을 일으키듯 움직이는 손. 봄바람처럼 부드럽게 움직이는 손. 19) 靑冢(청총)−푸른 무덤. 왕소군이 흉노 땅에서 살다 죽은 뒤 장사를 지냈는데, 왕소군의 무덤만은 언제나 푸르러 청총이라 불렀다 한다. 총(冢)은 총(塚)과 같음. 20) 蕪沒(무몰)−풀이 우거져 묻혀 버리다.

解說 이 시는 왕소군이 한나라를 떠날 때의 슬픈 모습을 노래하다가, 결론은 '사람은 자기 마음을 알아주는 이가 제일이다' 라는 것과 '그의 비파 가락은 아직도 남아 전한다' 는 말로 끝맺고 있다. 운(韻)을 세 가지나 바꿔 쓰고 있는 게 특히 눈에 들어온다.

하북의 백성들(河北民¹⁾)

황하 북쪽의 백성들은
두 오랑캐 나라와의 접경 가까이에 살아, 언제나 고생이었네.
집집마다 자식 낳으면 밭 갈고 길쌈하는 일 가르쳤는데,
관가로 끌려가서는 오랑캐 섬기는 일이나 하네.

올해에는 큰 가뭄이 들어 천 리 사방 땅이 빨간데,

고을 관리들은 여전히 황하에 일하러 나오라고 재촉이네.

늙은이 젊은이 서로 부여잡고 남쪽으로 오지만,

남쪽 사람들은 풍년인데도 자기들 먹을 것도 없네.

슬픔과 걱정으로 한낮인데도 천지가 어둑어둑하고,

길가를 지나는 이들도 핏기가 없네.

그대들은 불행히도 정관 연간 같은 태평시대에 태어나지 못
    했구나!

한 말 곡식을 몇 전이면 샀고 전쟁도 없었는데.

河北民은, 生近二邊²⁾長苦辛이라.

家家養子學耕織이나, 輸³⁾與官家事夷狄이라.

今年大旱千里赤이나, 州縣仍催給河役⁴⁾이라.

老少相携來就南이나, 南人豊年自無食이라.

悲愁白日天地昏이오, 路傍過者無顔色이라.

汝生不及貞觀⁵⁾中이니, 斗粟數錢⁶⁾無兵戎이라.

註解 1) 河北民(하북민) – 황하 북쪽의 백성들. 이때는 몽고족의 나라 요
(遼)와 탁발씨(拓跋氏)의 나라 서하(西夏)가 송나라와 대립을 하고
있었다. 대략 경력(慶曆) 8년(1048) 왕안석이 20대의 젊은 나이로 은
현(鄞縣, 浙江省) 현령(縣令)으로 부임하여, 가뭄으로 기근이 들어
남쪽으로 떠나오는 하북 농민들의 비참한 정경을 눈으로 보고 지은
것인 듯하다. 2) 二邊(이변) – 요와 서하 두 나라와의 국경. 3) 輸
(수) – 보내다. 하북 사람들이 끌려가는 것. 4) 給河役(급하역) – 황하

의 일에 충당하다. '하역(河役)'이란 황하에서 군수물자를 나르기도 하고, 국방에 필요한 일을 하는 것. 5) 貞觀(정관) – 당나라 태종(太宗)의 연호(627~649년). 중국 역사상 가장 태평스럽고 정치가 잘된 시기라고 역사가들이 평가하고 있다. 6) 斗粟數錢(두속수전) – 한 말의 곡식이 몇 전밖에 하지 않았다.

解説 송나라의 전성시대인데도 변경의 백성들은 외국의 침입에 대비하느라 고역을 치르고 있다. 더욱이 큰 가뭄이 들자 그들의 처경은 말할 수도 없이 비참하다. 송대의 시인들은 이처럼 그 시대를 반영하는 시들을 거의 모두가 쓰고 있다.

교외를 가다가(郊行)

부드러운 뽕잎 다 따내니 녹음이 얇아졌고,
갈대 누에 채반엔 누에 자라 빽빽이 살진 누에고치 들어찼네.
잠시 시골집에 풍속을 물어보기를,
어째서 부지런히 고생하는데도 흉년처럼 굶주리오?

유 상 채 진 록 음 희　　　　노 박 　잠 성 밀 견 비
柔桑採盡綠陰稀[1]하고, 蘆箔[2]蠶成密繭肥라.

요 향 촌 가 문 풍 속　　　　여 하 근 고 상 흉 기
聊向村家問風俗하노니, 如何勤苦尙凶飢[3]오?

註解 1) 稀(희) – 드물다, 얇어지다.　2) 蘆箔(노박) – 갈대로 만든 누에 채반. 견(繭)은 누에고치.　3) 凶飢(흉기) – 흉년처럼 굶주리다.

解説 이 시도 왕안석이 고관이 되기 이전 젊어서 지은 것인 듯하다. 시골길을 가다가 부지런히 일하고 고생하면서도 굶주려야 하는 농민들 생활에 동정하고 있다. 이 때문에 뒤에 그는 신법(新法)을 추진하게 되는 것이다.

조서를 읽다(讀詔書) 경력(慶曆) 7년

지난 가을 변하 다리를 지나 동쪽으로 나아가
이미 중원 땅에 가뭄 형세가 심한 것을 보았네.
햇빛은 땅을 뚫듯이 비치어 천 리 사방 땅이 빨갛고,
바람에 불리어 모래가 날려와 온 성이 노랗네.
근래에 급한 조서가 내려 여러 사람들의 방책을 수합하려
　　하는데,
흔히들 새해에도 가뭄이 이어질 거라 하네.
천한 자의 술책은 비록 잘된 것이라 하더라도 스스로 바치
　　기는 어려우니,
마음으로 천하를 걱정하는 것은 임금님뿐인 듯하네.

去秋¹⁾東出汴河梁하여, 已見中州旱勢强이라.

日射地穿²⁾千里赤이오, 風吹沙度滿城黃이라.

近聞急詔³⁾收群策이러니, 頗說⁴⁾新年又亢陽이라.

賤術縱工難自獻이니, 心憂天下獨君王이라.

註解 1) 去秋(거추)－지난 가을. 시 제목 밑에 '경력 7년(1047)'이라 주를
달고 있으니, 경력 6년 가을이다. 변하량(汴河梁)은 송나라 수도인
변경(汴京, 지금의 河南省 開封) 부근에서 황하로부터 갈라져 동남
쪽으로 흘러 회하(淮河)로 합쳐지던 운하. '양(梁)'은 다리. 2) 地穿
(지천)－땅을 뚫다. 3) 急詔(급조)－급히 내린 조서. 경력 7년 3월에
'봄이 되었는데도 가뭄이 계속되어 오곡은 줄고 농민들은 일을 못하
고 있다.……여러 신하들은 절실한 정책을 내어 적은 글을 꼭 봉하

여 올리시오'라는 내용의 조서가 내려졌다 한다(李壁 注). 4) 頗說 (파설)—흔히 말한다, 자주 말한다. 항양(亢陽)은 양기가 오르다, 양 기가 지나치다. 양기가 과도하면 가뭄이 든다.

解說 경력 7년(1047)에 내린 인종(仁宗)의 조서를 대하는 작자의 심정을 읊 은 것이다. 왕안석은 가뭄에 시달리는 농민들에게 깊은 동정을 표시 하고 있다. 이러한 관심이 쌓여 결국은 신법이 이루어지게 되는 것이 다.

강가에서(江上)

시골 동리엔 집집마다 막걸리가 있으나
술집 푸른 깃발이 손님을 부르니 적삼 벗어 술값으로 잡히네.
봄바람은 마치 숲과 연못의 무너진 곳을 보수하려는 듯하고,
들판에 흐르는 물은 멀리 풀과 나무로 높이 이어져 있네.
배와 수레에서 기식하다 보니 어디에서나 곤경에 처하고,
하늘과 땅 사이를 노래하며 다니다 보니 이 몸은 수고롭네.
우물쭈물하다가 평생의 뜻 스스로 어겼으니,
어찌 밝은 시대라면 한 개의 터럭인들 아낄까?

촌 락 가 가 유 탁 료   청 기 초 객 해 저 주
村落家家有濁醪[1]나, 靑旗[2]招客解柢裯라.

춘 풍 사 보 임 당 파   야 수 요 련 초 수 고
春風似補林塘破[3]요, 野水遙連草樹高라.

기 식 주 거 수 처 폐   행 가 천 지 차 신 로
寄食舟車隨處弊[4]요, 行歌天地此身勞라.

지 회 자 부 평 생 의   기 시 명 시 석 일 모
遲回[5]自負平生意하니, 豈是明時惜一毛리오?

註解 1) 濁醪(탁료)－탁주, 막걸리. 2) 靑旗(청기)－푸른 깃발, 술집을 표
시하는 깃발. 저주(袛裯)는 짧은 옷, 적삼. 3) 林塘破(임당파)－나무
숲과 연못의 깨어진 곳, 숲과 연못의 무너진 곳. 4) 隨處弊(수처
폐)－어느 곳에서나 곤경에 빠지다, 어디에서나 어려움을 겪다. 5)
遲回(지회)－우물쭈물 결정을 못하고 있는 것.

解說 강가를 여행하면서 느낀 감상을 읊은 시이다. 확실치는 않으나 대략
왕안석이 지방관으로 있던 가우(嘉祐) 원년(1056), 그가 36세 무렵에
지은 것인 듯하다. 어려운 여행을 하면서도 주위의 풍경을 즐기며, 한
편 세상을 위해 일할 뜻도 버리지 않고 있다.

증공에게 부침(寄曾子固¹⁾)

적은 봉급 받고 있다지만 그래도 임금에게 보답 못하는 게
　　부끄러우니,
감히 나의 도(道) 홀로 실현하기 어려움을 탄식하겠는가?
부모님 봉양을 버리고 나온 것은 뜻을 추구하기 위해서이니,
직무에 힘을 다하는 것이 어찌 명성을 위한 것이겠는가?
고상한 이론은 거의 세상에서 버림받고 있고,
큰 포부는 친구를 만나 털어놓기도 어렵구나!
황량한 성에서 머리 돌려보니 산과 냇물이 우리 사이를 막
　　고 있어
더욱 가을바람에 흰머리만 느는 듯하구나!

　두 속　유 참 보 례 경　　감 차 오 도 독 난 행
　斗粟²⁾猶慙報禮輕이오, 敢嗟吾道獨難行고?

　탈 신　부 미 장 구 지　　육 력　승 전 기 위 명
　脫身³⁾負米將求志리니, 戮力⁴⁾乘田豈爲名고?

고　론　기　위　쇠　속　폐
高論⁵⁾幾爲衰俗廢요, 장　회　난　치　고　인　경
壯懷⁶⁾難値故人傾이라.

고 론 기 위 쇠 속 폐　　　　장 회 난 치 고 인 경
高論⁵⁾幾爲衰俗廢요, 壯懷⁶⁾難値故人傾이라.

황 성 회 수 산 천 격　　　　갱 각 추 풍 백 발 생
荒城回首山川隔하니, 更覺秋風白髮生이라.

註解 1) 寄曾子固(기증자고) — 증자고는 증공(曾鞏, 1019~1083), 자가 자고임. 증공은 당송팔대가(唐宋八大家) 중의 한 사람이며, 왕안석의 외가 집안이고, 젊어서부터 친교가 있어 많은 시문(詩文)을 서로 주고받았다. 이 시는 대략 왕안석이 상주(常州, 江蘇省) 지사(知事)로 나가 있던 37, 8세 때의 작품이다. 2) 斗粟(두속) — 한 말의 곡식, 적은 봉급을 가리킨다. 보례(報禮)는 신하로서 임금의 큰 은혜에 보답하는 것. 3) 脫身(탈신) — 자기 몸을 탈출시키다, 자신이 어떤 일로부터 떠나다. 부미(負米)는 부모를 부양하는 것.《공자가어(孔子家語)》치사(致思)편에서 '옛날 자로(子路)는 부모를 섬길 적에……부모를 위하여 쌀을 백 리 저편으로부터 져 날랐다'고 한 말에서 나온 것임. 4) 戮力(육력) — 힘을 다하다, 노력하다. 승전(乘田)은 춘추시대에 노(魯)나라에서 가축 기르는 일을 관리하던 관리 이름. 공자는 한때 승전 노릇을 하였는데(《孟子》萬章 下), 여기서는 공자가 자기 직무에 충실히 노력했다는 뜻을 살려 쓴 것이다. 5) 高論(고론) — 고상한 이론, 고급의 담론. 6) 壯懷(장회) — 큰 뜻, 웅대한 포부.

解說 낮은 벼슬이지만 자기 직책에 충실하려는 작자의 뜻이 잘 드러나 있다. 그러면서도 자신의 고상한 이론을 이해 못하는 세상이 원망스럽고, 자기를 이해해 줄 친구는 멀리 있어 자신의 원대한 포부를 다 털어놓지도 못하는 것이 무척 아쉽다.

스스로를 달램(自遣¹⁾)

문을 닫고서 시름을 밀어내려 하지만
시름은 끝내 떠나려 들지 않네.

어찌된 일인지 봄바람만 불어오면

시름을 머물게 하려도 시름이 머물지 않는다네.

閉戶欲推愁나, 愁終不肯去라.

底事²⁾春風來면, 留愁愁不住라.

註解 1) 自遣(자견) — 스스로 시름을 없애는 것, 스스로를 달래는 것. '견(遣)'은 소견(消遣)의 뜻. 2) 底事(저사) — 하사(何事), 어찌된 일인지, 무슨 까닭인지.

解說 시름이 있다지만 그다지 심각하지는 않다. 봄바람만 불어오면 날아가 버리는 시름이다. 아무래도 세상일에 달관을 한 만년의 작품인 듯하다.

과주에 배를 대고(泊船瓜洲¹⁾)

경구에서 과주 사이는 강물 하나 사이,

종산(鍾山)도 오직 몇겹 산 저쪽일세.

봄바람은 또 강 남쪽 언덕 푸르르게 하는데,

밝은 달은 어느 때 다시 내가 돌아가는 모습 비추려나?

京口²⁾瓜洲一水間이오 鍾山³⁾只隔數重山이라.

春風又綠江南岸하니 明月何時照我還고?

註解 1) 泊船瓜洲(박선과주) — 과주에 배를 정박시키다. 희녕(熙寧) 8년

(1075) 2월, 작자가 두 번째로 재상이 되어 변경(汴京)으로 가면서 지은 시. '과주'는 지금의 강소성(江蘇省) 강도현(江都縣) 남쪽 장강(長江)의 북쪽 기슭, 운하의 어귀임. 2) 京口(경구) - 지금의 강소성 진강(鎭江), 경구에서 장강을 건너 단숨에 과주로 간 것이다. 3) 鍾山(종산) - 지금의 남경(南京) 자금산(紫金山). 왕안석은 젊어서 아버지를 따라 강녕(江寧, 지금의 南京)에 머물러 산 인연으로, 첫 번째 재상직에서 물러나 그곳 종산에 와 살았다.

解說 서울로 큰 포부를 안고 달려가는 작자의 마음이 아름다운 자연 속에, 봄바람 밝은 달과 어울리어 잘 표현된 시이다. 당시처럼 독자에게 격정을 느끼게 하기보다는 많은 생각을 해보게 하는 특징이 있다.

종산 풍경(鍾山[1]卽事)

계곡물은 소리없이 대나무를 감돌며 흐르고,
대나무 곁에서는 꽃과 풀들이 봄의 부드러운 기운 희롱하고
  있네.
초가지붕 처마 밑에서 산을 대하고 종일 앉아있어도,
새 한 마리 울지 않고 산만 더욱 그윽하네.

간 수 무 성 요 죽 류   죽 서   화 초 농 춘 유
澗水無聲遶竹流하고, 竹西[2]花草弄春柔라.

모 첨   상 대 좌 종 일   일 조 부 제 산 갱 유
茅簷[3]相對坐終日이나, 一鳥不啼山更幽라.

註解 1) 鍾山(종산) - 지금의 강소성(江蘇省) 남경(南京) 동북 교외에 있는 산, 장산(蔣山)이라고도 한다. 작자는 만년에 그 산과 시가지 중간에 은퇴하여 살면서 반산(半山)이라 스스로 호하였다. 즉사(卽事)는 눈에 보이는 풍경, 일종의 풍경과 심정 스케치. 2) 竹西(죽서) - 대나무

서쪽, 대나무 곁. 3) 茅簷(모첨) — 초가지붕 처마.

解說 종산을 바라보는 풍경이 손에 잡힐 듯하다. 왕안석 시집에 주(注)를 단 남송의 이벽(李壁, 1159~1222)은 이 시를 각 구절에서 두 글자씩 빼고 다음과 같은 오언시를 만들어 보이고 있다. 매우 재미있기에 아래에 인용한다.

> 계곡물은 소리없이 대나무를 감돌며 흐르고,
> 대나무 곁에서는 꽃과 풀들이 봄의 부드러운 기운 희롱하고 있네.
> 초가지붕 처마 밑에서 산을 대하고 종일 앉아있어도,
> 새 한 마리 울지 않고 산만 더욱 그윽하네.

간 수 요 죽 류　　화 초 농 춘 유
澗水遶竹流하고, 花草弄春柔라.

상 대 좌 종 일　　조 제 산 갱 유
相對坐終日이나, 鳥啼山更幽라.

　두 시가 모두 눈에 비치고 있는 종산 풍경과 그것을 대하는 작자의 심정을 잘 표현하고 있다.

새 꽃(新花)

노인에게는 기쁨이 적거늘
하물며 병이 나 침상에 누워있을 적이랴?
물을 길어다가 새 꽃을 꽂아놓고
그 풍기는 향기로 위로를 삼아보네.
풍기는 향기는 다만 잠시 동안이니,
난들 어찌 오래 갈 수 있으리요?
새 꽃과 헌 나는

아아! 양편 모두 잊어야지.

老年少忻豫¹⁾어늘, 況復病在牀고?
노 년 소 흔 예　　　황 부 병 재 상

汲水置新花하여, 取慰此流芳²⁾이라.
급 수 치 신 화　　　취 위 차 류 방

流芳祇³⁾須臾니, 我亦豈久長이리오?
유 방 지 수 유　　　아 역 기 구 장

新花與故吾이, 已矣兩可忘이라.
신 화 여 고 오　　　이 의 량 가 망

註解 1) 忻豫(흔예)─기쁨. '흔(忻)'은 흔(欣)과 같은 글자.　2) 流芳(류방)─흐르는 향기, 곧 풍기는 향기.　3) 祇(지)─다만, 지(只). 수유(須臾)는 잠깐 동안.

解說 새 꽃을 자기 방안에 꺾어다 꽃병에 꽂아 살려놓고 느끼는 감상을 적은 것이다. 왕안석이 죽기 바로 전에 지은 절필시(絕筆詩)라 한다. '새 꽃'과 '헌 나'의 대비가 재미있고, 둘이 서로 다르면서도 양편 모두가 잊겠다는 초연한 태도가 멋이 있다. 시제 밑에 '절필(絕筆)'이란 두 자가 쓰여있는 판본도 있다.

억지로 일어나(强起)

싸늘한 방은 말똥말똥 잠 못 이루게 하는데
덜컹덜컹 수레 지나는 소리 들린다.
어느 집 사람인지 알 수 없지만
나보다 먼저 서리 위를 가는구나.
탄식해도 밤은 다 새지 않아
등불을 가져와 앞 기둥에 걸게 하고,

베개 밀치고 억지로 일어나려고
물어보니 지금도 별이 밝게 빛나고 있단다.
새벽은 성인이 힘쓰던 시각이니
《시경》 제풍(齊風)엔 계명(鷄鳴)시가 있었지.
아아, 나는 훔쳐 먹고 사는 거나 같으니
더욱 평생을 그르치고 있다 여겨진다.

한 당 경 불 매　　　　녹 록 문 거 성
寒堂耿¹⁾不寐하고, 轆轆²⁾聞車聲이라.

부 지 수 가 아　　　선 아 행 상 상
不知誰家兒이, 先我行霜上이라.

탄 식 야 미 앙　　　호 등 치 전 영
歎息夜未央³⁾하니, 呼燈置前楹이라.

추 침 욕 강 기　　　문 지 성 정 명
推枕欲强起러니, 問知星正明이라.

매 단 성 소 면　　　제 시 유 계 명
昧旦⁴⁾聖所勉이니, 齊詩⁵⁾有鷄鳴⁶⁾이라.

차 여 이 절 식　　　갱 각 부 평 생
嗟予以竊食이니, 更覺負平生이라.

註解 1) 耿(경)- 마음이 불안한 것, 걱정이 되는 것. 2) 轆轆(녹록)- 수레 바퀴가 굴러가는 소리, 덜컹덜컹. 3) 未央(미앙)- 다하지 않은 것, 여기서는 밤이 다 가지 않은 이른 새벽임을 뜻한다. 4) 昧旦(매단)- 이른 새벽, 날이 아직 밝지 않은 때임. 5) 齊詩(제시)-《시경》 제풍(齊風)을 뜻함. 6) 鷄鳴(계명)- 제풍 첫머리 시의 제명, 시의 내용은 어진 부인이 관리인 남편을 일찍 일어나 출근하도록 독려하는 것이다.

解說 작자 왕안석은 시인이오 학자이면서도 송나라 신종 때(1068~1085 재위) 재상 자리에 있으면서 신법을 바탕으로 정치개혁을 추진하였던 정치가이다. 그는 높은 자리에 있으면서도 나랏일을 보기 위하여 날

도 밝지 않은 새벽에 일어나 자기 마음을 가다듬고 있는 것이다. 이미 자기보다도 앞서서 출근하는 사람의 마차 소리가 들려오는 데에서 그는 힘을 얻고 있다. 그러나 끝머리에서 자신은 "훔쳐 먹으며 살아가고 있는 거나 같다."고 자괴하고 있는 것은 많은 신법 반대파들 때문에 나라의 개혁이 뜻대로 되지 않고 있기 때문이었을 것이다.

젊은이가 한 봄을 보면(少年見靑春)

젊은이가 한 봄을 보면
만물이 모두 아름답다.
자신이 비록 술 마시지 않는다 하더라도
즐겨 손님들과 취한다.
한 번 머리가 희어지기만 하면
아무것을 보아도 기뻐할 것이 없어진다.
마음이 옛날과 같지 아니하고
더욱 세월의 흐름이 느껴진다.
기쁜 일을 들어도 이미 가기 싫어지고
배부르고 나면 또 잠잘 생각만 한다.
봄이 간대도 다만 꿈만 같아
다시는 슬픔에 초췌해지지 않는다.
젊은이들에게 말 전하노니
힘써 봄 일을 하라.
그리고 노쇠한 노인을 이상히 여기지 말 것이니
쇠약함과 강건함은 자연 다른 법이니라.

^{소 년 견 청 춘} ^{만 물 개 무 미}
少年見靑春이면, 萬物皆嫵媚¹⁾라.

^{신 수 불 음 주} ^{낙 여 빈 객 취}
身雖不飮酒로되, 樂與賓客醉라.

^{일 종 빈 상 백} ^{백 불 견 가 희}
一從鬢上白하면, 百不見可喜라.

^{심 장 비 고 시} ^{갱 각 일 월 사}
心腸²⁾非故時요, 更覺日月駛³⁾라.

^{문 환 이 권 왕} ^{득 포 환 사 수}
聞歡已倦往이오, 得飽還思睡라.

^{춘 귀 지 여 몽} ^{부 득 비 초 췌}
春歸只如夢이니, 不得悲憔悴라.

^{기 언 소 년 자} ^{노 력 작 춘 사}
寄言少年子하노니, 努力作春事⁴⁾하라.

^{역 물 괴 쇠 옹} ^{쇠 강 자 연 이}
亦勿怪衰翁이니, 衰强自然異니라.

註解 1) 嫵媚(무미)– 아름다운 것, 고운 것. 2) 心腸(심장)– 마음과 창자, 마음속. 3) 駛(사)– 말이 달려가는 것, 빠르게 달려가는 것. 4) 春事(춘사)– 봄 일, 장래를 위한 뜻있는 일.

解說 젊었을 때는 무슨 일을 대하거나 즐겁다. 늙고 보면 만사가 시들해지고 세월이 흐르는 것만이 안타깝다. 그러나 봄이 가버리는 것도 꿈만 같을 뿐이다. 그러나 한편 작자의 늙어 죽어야만 하는 사람의 숙명을 슬퍼하기 보다는 뜻있는 일을 하려는 생활인으로서의 정열이 느껴지기도 한다. 경학·정치·문학 등 모든 면에서 눈부신 업적을 남긴 왕안석이라면 당연한 일이지만, 송나라 때에 와서는 많은 사람들이 이런 생각을 가졌던 것 같다. 여기에서 젊은이들에게 "봄 일"에 노력하라고 하는 것은 "뜻있고 보람 있는 일"을 많이 하라는 뜻이다. 그에게 인생은 순간적인 것이 아니라 영속적인 무한한 가능성을 지닌 존재였다.

호랑이 그림(虎圖)

웅장하도다, 곰도 아니요 또 이리도 아닌데,
눈빛을 두 개의 거울같이 빛내면서 한 모퉁이에 앉아 있네.
꼬리 늘어뜨리고 멋대로 다니며 사람이 쫓아도 두려워하지
    않고,
돌아보며 떠나려 하다가도 여전히 우물거리고 있네.
갑자기 한번 보았을 적에는 심장이 뛰었는네,
자세히 들여다보니 조금씩 그 수염을 만지게 되네.
진실로 화공이 기교 다해 이걸 그렸음 알겠으니,
그렇지 않다면 이놈이 어찌 마당 섬돌에까지 오려들겠는가?
막 두 다리 뻗고 앉아 그림 그리려 할 적 생각해 볼 때,
다른 여러 화공들 흘겨보며 하인처럼 여겼으리라.
정신 가라앉고 마음 안정되자 비로소 한번 붓 휘두르니,
그 결과는 조물주의 솜씨와 큰 차이가 없네.
처절한 바람 산들산들 누런 갈대에 불고,
위편에는 추워 뵈는 참새들 놀라 짹짹 우네.
앙상한 죽은 나무에는 늙은 까마귀 울고 있는데,
나무 향해 몸 굽혀 부리로 쪼기를 새끼에게 벌레 먹이듯 하
    고 있네.
산속 집 담이나 들판 집 벽에 해진 뒤 걸어놓으면,
풍부(馮婦)도 멀리서 보고 호랑이 잡으러 수레 몰고 내려오
    리라.

壯哉非熊亦非貙[1]니, 目光夾鏡[2]當坐隅라.

<ruby>横行<rt>횡 행</rt></ruby> <ruby>妥尾<rt>타 미</rt></ruby>³⁾<ruby>不畏逐<rt>불 외 축</rt></ruby>하고, <ruby>顧盼<rt>고 반</rt></ruby>⁴⁾<ruby>欲去仍躊躇<rt>욕 거 잉 주 저</rt></ruby>라.

<ruby>卒然<rt>졸 연</rt></ruby>⁵⁾<ruby>一見心爲動<rt>일 견 심 위 동</rt></ruby>이러니, <ruby>熟視稍稍<rt>숙 시 초 초</rt></ruby>⁶⁾<ruby>摩其鬚<rt>마 기 수</rt></ruby>라.

<ruby>固<rt>고</rt></ruby>⁷⁾<ruby>知畵者巧爲此<rt>지 화 자 교 위 차</rt></ruby>니, <ruby>此物安肯來庭除<rt>차 물 안 긍 래 정 제</rt></ruby>⁸⁾오?

<ruby>想當盤礴<rt>상 당 반 박</rt></ruby>⁹⁾<ruby>欲畵時<rt>욕 화 시</rt></ruby>에, <ruby>睥睨衆史<rt>비 예 중 사</rt></ruby>¹⁰⁾<ruby>如庸奴<rt>여 용 노</rt></ruby>¹¹⁾라.

<ruby>神閑意定始一掃<rt>신 한 의 정 시 일 소</rt></ruby>하니, <ruby>功與造化論錙銖<rt>공 여 조 화 론 치 수</rt></ruby>¹²⁾라.

<ruby>悲風颯颯<rt>비 풍 삽 삽</rt></ruby>¹³⁾<ruby>吹黃蘆<rt>취 황 로</rt></ruby>하고, <ruby>上有寒雀驚相呼<rt>상 유 한 작 경 상 호</rt></ruby>라.

<ruby>槎牙<rt>사 아</rt></ruby>¹⁴⁾<ruby>死樹鳴老烏<rt>사 수 명 로 오</rt></ruby>한대, <ruby>向之俛嗛<rt>향 지 면 주</rt></ruby>¹⁵⁾<ruby>如哺雛<rt>여 포 추</rt></ruby>¹⁶⁾라.

<ruby>山墻野壁黃昏後<rt>산 장 야 벽 황 혼 후</rt></ruby>에, <ruby>馮婦<rt>풍 부</rt></ruby>¹⁷⁾<ruby>遙看亦下車<rt>요 간 역 하 거</rt></ruby>라.

註解 1) 貙(추)-이리 종류의 짐승. 2) 夾鏡(협경)-두 개의 거울. 양눈을 비유한 것. 3) 妥尾(타미)-꼬리를 늘어뜨림. 4) 顧盼(고반)-돌아다 보다. 반(盼)은 돌아보다, 바라보다. 5) 卒然(졸연)-갑자기, 졸지에. 6) 稍稍(초초)-조금씩, 점점. 7) 固(고)-진실로. 8) 庭除(정제)-뜰의 섬돌, 마당과 섬돌. 제(除)는 섬돌의 뜻. 9) 盤礴(반박)-두 다리를 쭉 펴고 털석 앉아있는 것《莊子》外篇 田子方 司馬彪 注). 반(盤)은 반(般)·반(槃) 등으로도 쓴다. 마서륜(馬敍倫)은 곧 방박(膀膊)으로 방(膀)은 겨드랑이, 박(膊)은 어깻죽지를 뜻한다고 《장자》의 글을 달리 풀이하였다. 10) 睥睨衆史(비예중사)-여러 화공들을 흘겨보다, 곁눈질해 보다. 비예(睥睨)는 무시하는 태도로 보는 모양. 중사(衆史)는 여러 화사(畵史 : 화공). 11) 庸奴(용노)-하인. 용(庸)은 용(傭)과 통함. 12) 論錙銖(론치수)-치수를 따지다. 치수(錙銖)는 극히 작은 것을 뜻함. 치(錙)는 육수(六銖)이고, 수(銖)는 한 돈쯤 정도. 따라서 '치수의 차이를 따진다'는 것은 별 차이가 없는 것을 따지는 것임. 13) 悲風颯颯(비풍삽삽)-슬픈 바람(처절한 바람)이 살랑살랑 불다. 호랑이가 울부짖음은 바람을 일으킨다 하며《역

경(易經)》 건괘(乾卦)에 '풍종호(風從虎)'라 하였다.   14) 槎牙(사아)-잎새가 다 떨어지고 나뭇가지만 앙상한 모양.   15) 俛噣(면주)-몸을 굽혀 부리로 쪼다.   16) 哺雛(포추)-새끼에게 벌레나 먹이를 물어다 먹이는 것.   17) 馮婦(풍부)-춘추시대 진(晋)나라 사람으로 호랑이를 잘 잡던 사람. 《맹자(孟子)》 진심(盡心) 하(下)에 그는 호랑이가 있다는 말을 듣자 '팔뚝을 걷어올리며 수레에서 내렸다'는 말이 있다.

解說 시인옥설(詩人玉屑)》의 권상(上) 7에서는 《만수시화(漫叟詩話)》를 인용하여 '형공(荊公 : 王安石)이 일찍이 구양공(歐陽公 : 歐陽修)이 좌상으로 앉아있는 자리에서 호도(虎圖)를 시로 읊은 일이 있다. 다른 여러 사람들은 아직 붓도 대지 못하고 있는 참인데, 형공은 벌써 다 지었다 했다. 구양공이 즉시 그걸 읽어보고는 무릎을 치며 찬탄하였다. 그 자리에 있던 사람들은 그 글을 보고는 붓을 놓고 감히 글을 짓지 못하였다'고 하였다. 《초계어은총화(苕溪漁隱叢話)》·《서청시화(西淸詩話)》 등에도 이 얘기가 실려 있다. 왕안석은 정치에 있어서뿐만 아니라 학문이나 문학에 있어서도 소식(蘇軾)의 적수라 할 만한 인물이었다.

두 번째 원풍의 노래(後元豐歌[1])

원풍을 노래하세!
열흘이나 닷새마다 한번씩 바람 불며 비 내리니,
보리밭 천 리까지도 흙은 보이지 않고,
저 멀리 구름 서린 연이은 산까지도 모두 기장이 심겼네.
모심은 논은 끊임없이 펼쳐지는데 또 찰벼가 많고,
무자위는 오랫동안 마른 채 처마 밑에 걸려 있네.
그물에 잡혀 나오는 준치가 물가를 덮을 지경이고,

죽순은 살지고 맛있어서 우유보다도 낫네.

백 전이면 술을 한 말 넘게 살 수가 있고,

사당 제삿날이 아니라도 언제나 북소리 들리네.

사내아이 발장단 치며 노래하면 계집애는 일어나 춤추고,

오직 즐거움만 얘기하며 괴로운 건 없다네.

늙은이는 도랑을 파서 물을 서남쪽으로 흐르게 하고 있고,

버드나무 사이에는 작은 배가 매여 있네.

흥취따라 비스듬히 누워 졸면서 백하성을 지나는데,

만나는 사람마다 웃고 기뻐하며 근심이란 없다네.

가 원 풍 　 십 일 오 일 일 우 풍
歌元豐하라! 十日五日一雨風하니,

맥 행 천 리 불 견 토 　 연 산 몰 운 　 개 종 서
麥行²⁾千里不見土요, 連山沒雲³⁾皆種黍라.

수 앙 면 면 부 다 도 　 용 골 　 장 건 괘 량 려
水秧⁴⁾綿綿復多稌요, 龍骨⁵⁾長乾挂梁梠라.

시 어 출 망 폐 주 저 　 적 순 　 비 감 승 우 유
鰣魚⁶⁾出網蔽洲渚요, 荻笋⁷⁾肥甘勝牛乳라.

백 전 가 득 주 두 허 　 수 비 사 일 　 장 문 고
百錢可得酒斗許하고, 雖非社日⁸⁾長聞鼓라.

오 아 　 답 가 여 기 무 　 단 도 쾌 락 무 소 고
吳兒⁹⁾踏歌女起舞하고, 但道快樂無所苦라.

노 옹 참 수 　 서 남 류 　 양 류 중 간 익 　 소 주
老翁塹水¹⁰⁾西南流하고, 楊柳中間杙¹¹⁾小舟라.

승 흥 의 면 　 과 백 하 　 봉 인 환 소 득 무 수
乘興欹眠¹²⁾過白下하니, 逢人歡笑得無愁라.

註解 1) 後元豐歌(후원풍가) - '원풍'은 신종(神宗)의 연호, '매우 풍성하다'는 뜻을 지니고 있음에 주의해야 한다. 왕안석은 원풍 연간에 그

의 신법을 시행하기 시작하였다. 이 시는 스스로 신법의 효과를 송축한 것이다. 앞에 '후(後)' 자가 붙은 것은 이전에 이미 〈원풍의 노래, 덕봉에게 보임(元豐行示德逢)〉이란 시가 있기 때문에 '두 번째'란 뜻에서 붙인 것이다. 2) 麥行(맥행)－보리밭 둔덕. 3) 連山沒雲(연산몰운)－산이 이어지고 구름이 다하는 곳, 저 멀리 구름이 걸려 있는 산이 이어져 있는 데까지. 4) 水秧(수앙)－물 논에 모를 심은 것. 면면(綿綿)은 끊임없이 이어지는 것. 도(稌)는 찰벼. 5) 龍骨(용골)－용골거(龍骨車), 무자위. 물을 높은 곳으로 퍼올리는 기구. 양려(梁梠)는 들보와 서까래를 바치는 지붕 추녀 근처의 가로나무. 6) 鰣魚(시어)－준치. 7) 荻笋(적순)－물가에 나는 죽순의 일종. 8) 社日(사일)－지방의 동리 사당(祠堂)에서 토지신(土地神)과 오곡신(五穀神)을 제사지내는 날. 9) 吳兒(오아)－오(吳 : 지금의 江蘇省 일대) 지방의 남자들. 답가(踏歌)는 발로 박자를 맞추면서 춤을 추는 것. 10) 塹水(참수)－물이 흐르도록 땅을 파는 것. 11) 杙(익)－말뚝, 말뚝에 배를 매어놓는 것. 12) 欹眠(의면)－비스듬히 기대어 자는 것.

解説 왕안석이 자신의 이상정치, 곧 신법이 시행되고 있는 세상을 칭송한 시이다. 이처럼 초기에는 자신의 이상 실천으로 왕안석은 들떠 있었던 것 같다. 그러나 결국 이 신법은 다수의 보수파들의 반대에 부딪쳐 실패하고 만다. 신법만 잘 시행되었어도 송나라가 그렇게 쉽사리 망하지는 않았을는지도 모른다는 생각이 든다.

왕봉원을 생각하며(思王逢原¹⁾)

쑥대가 지금은 솜털을 날리고 있을
그대의 무덤 위에는 가을바람이 또 불어오고 있으리라.
빼어난 그대와 같은 재질은 보통 세상에 나기 힘든 것이고,
그대의 미묘한 뜻이 담긴 말은 오직 이 친구만이 이해하였지.
여산 남쪽이 허물어져 책상 앞으로 내려와 있는 듯한 곳에

서 함께 책 읽고,

분수가 동쪽으로 흘러와 술잔 안으로 흘러들 것 같은 곳에
　서 함께 놀았지.

옛 자취는 가련하게도 손을 떼는 데 따라 없어져 버리어

즐기려 해도 다시는 옛날처럼 되지는 않네그려!

봉호 금일상분피　총 상추풍우일취
蓬蒿²⁾今日想紛披니, 冢³⁾上秋風又一吹라.

묘질 불위평세득　미언 유유고인지
妙質⁴⁾不爲平世得이오, 微言⁵⁾唯有故人知라.

여산 남타당서안　분수 동래입주치
廬山⁶⁾南墮當書案하고, 溢水⁷⁾東來入酒巵라.

진적 가련수수진　욕환무부사당시
陳跡⁸⁾可憐隨手盡이니, 欲歡無復似當時라.

註解 1) 王逢原(왕봉원)－왕령(王令), 그의 자가 봉원임. 문재와 인덕(人德)이 뛰어나고 정치개혁 의지도 투철하여, 왕안석보다도 10년이나 아래였지만 마음의 벗으로 사귀면서 큰 기대를 걸고 있었다. 그러나 그는 이 시가 지어지기 전전해(1059) 28세의 젊은 나이로 세상을 떴다. 왕안석은 그를 그리는 시를 여러 편 짓고 있다. 2) 蓬蒿(봉호)－쑥대, 왕령의 무덤 가에 자란 것이다. 분피(紛披)는 쑥대에 꽃이 피어 어지러이 솜처럼 나는 것. 3) 冢(총)－왕령의 무덤을 가리킨다. 4) 妙質(묘질)－빼어난 재질. 평세(平世)는 보통 세상. 5) 微言(미언)－미묘한 뜻이 담긴 이론. 《춘추(春秋)》에는 공자의 '미언대의(微言大義)'가 실려있다고 흔히 말한다. 6) 廬山(여산)－강서성(江西省) 구강현(九江縣) 남쪽에 있는 명산. 그 속에 백록동(白鹿洞)·묵지(墨池)·옥연(玉淵) 등의 명승지가 무척 많다. 서안(書案)은 책상. 7) 溢水(분수)－강서성 구강현에서 장강(長江)으로 흘러들고 있는 강물 이름. 용개하(龍開河)라고도 부른다. 8) 陳跡(진적)－옛날의 발자취, 추억의 물건이나 고장.

아끼던 친구에 대한 그리움이 절실히 드러나는 시이다. 작자 왕안석이 그토록 믿고 기대했던 친구이건만 한창 젊은 나이에 애석하게도 먼저 죽어버린 것이다.

상국사에서 동천절 도량(道場)에 글을 올리고 행향원에서 놀이를 구경함(相國寺¹⁾啓²⁾同天節³⁾道場⁴⁾行香院⁵⁾觀戱者)

배우들의 공연 중에는
한 번은 신분이 높았다가 다시 한 번은 천하게 되네.
마음으로 본시 같은 사람임을 알기 때문에
기뻐하거나 원망하는 법이 없다네.

주 우   희 장 중   일 귀 부 일 천
侏優⁶⁾戱場中엔.   一貴復一賤이라.

심 지 본 자 동   소 이 무 흔 원
心知本自同이니, 所以無欣怨⁷⁾이라.

1) 相國寺(상국사)- 북송의 수도인 변경(汴京)에서 가장 유명했던 절 이름.   2) 啓(계)- 계백(啓白), 임금에게 글을 올리는 것. 임금 생일에 장수를 비는 도량에 올린 글이니 생일을 축하하고 장수를 비는 글이었을 것이다. 3) 同天節(동천절)- 북송 신종(神宗, 1067-1085)의 생일을 이르는 말.   4) 道場(도량)- 불교의 법회(法會)를 하는 장소. 5) 行香院(행향원)- 상국사 안에 있는 장소. 사람들이 찾아와 향을 피우면서 소원을 비는 곳.   6) 侏優(주우)- 배우. 광대.   7) 欣怨(흔원)- 기뻐함과 원망함.

이 시에서는 연극을 읊으면서 인생철학을 논하고 있다. 배우는 자기가 맡은 역할에 따라 높은 신분으로 무대 위에 서기도 하지만 천한 신

분 역할을 맡기도 한다. 무대 위에 높은 사람과 천한 사람은 완전히 같은 사람이다. 따라서 연극을 구경하는 사람들은 연기를 하는 배우들 자체를 두고 각별한 존경도 하지 않지만 천하게 보지도 않는다. 연기하는 사람도 자기가 맡은 역할이 높은 인물이라고 기뻐하지도 않고 천한 인물 역이라 해서 원망하지도 않는다. 언제나 같은 사람이기 때문이다.

실제 세상에서의 사람들도 알고 보면 배우나 다를 게 없다. 크게 출세한 사람이나 뜻을 이루지 못하여 천한 지위에 있는 사람이나 알고 보면 모두가 같은 사람들이다. 사람들을 평가하는 기준은 그러한 사회적 신분이 높고 낮은 데 있는 것이 아니라 그와는 다른 곳에 있다는 것이다.

나의 마음(吾心)

내 마음으로는 어릴 적에
공부하되 한 가지도 좋은 것을 보지 못하면서,
뜻이나 말에 묘한 이치가 있을 때에는
앎이 늦은 것만을 홀로 한하였네.
처음 바른 길을 지키다가 죽은 사람 얘기를 듣고는
매우 죽은 그들의 몸을 애석하게 여겼는데,
중년이 되어 어려움과 위험을 좀 겪고 나서야
몸은 무턱대고 보전만 하면 되는 것이 아님을 깨닫고,
그런 것들은 속된 학문이라 하면서
올바른 뜻이 있으니 그것을 연구해 보아야 한다고 믿었네.
늙어서야 어릴 적 마음은
늙음을 잊기에 충분한 것임을 알았네.

오 심 동 치 시　　불 견 일 물 호
吾心童稚¹⁾時엔, 不見一物好하고,

의 언　유 묘 리　　독 한 지 불 조
意言²⁾有妙理면, 獨恨知不早라.

초 문 수 선 사　　　파 부　린 간 뇌
初聞守善死³⁾하고, 頗復⁴⁾吝肝腦⁵⁾러니,

중 초　력 간 위　　오 신 비 소 보
中稍⁶⁾歷艱危⁷⁾하고, 悟身非所保⁸⁾라.

유 연　위 속 학　　　유 지　당 궁 토
猶然⁹⁾謂俗學이라나, 有指¹⁰⁾當窮討¹¹⁾라.

만 지 동 치 심　　자 족　가 망 로
晚知童稚心은, 自足¹²⁾可忘老라.

註解 1) 童稚(동치)- 어린아이.　2) 意言(의언)- 책의 내용과 글, 스승의 사상과 말.　3) 守善死(수선사)- 선을 지키다가 죽다, 죽음으로 올바른 길을 지키다. 주(周)나라 무왕(武王)이 은(殷)나라를 칠 적에 무력 사용을 반대하던 백이(伯夷)와 숙제(叔齊)는 은나라가 망한 뒤 두 임금을 섬길 수 없다면서 산속으로 들어가 굶어 죽었는데, 그 얘기를 말할 것이다. 《논어》 태백(泰伯)편에 "죽음으로 바른 도를 지킨다(守死善道)"라는 표현을 빌린 것이다.　4) 頗復(파부)- 매우 또. '부' 는 조사로 보아도 된다.　5) 肝腦(간뇌)- 간장과 두뇌, 사람의 몸을 대표하고 있다.　6) 稍(초)- 약간, 조금씩.　7) 艱危(간위)- 어려움과 위험.　8) 所保(소보)- 보전하는 것, 무턱대고 보전하는 것.　9) 猶然(유연)- 흔히들, 전과 같이.　10) 有指(유지)- 도리가 있다, 일리가 있다. '지' 는 지(旨)와 같은 뜻.　11) 窮討(궁토)- 추궁하고 검토하다, 연구 검토하다.　12) 自足(자족)- 스스로 족하다, 충분하다.

解說 작자가 만년에 자기의 학문에 대한 자세를 돌보면서 지은 시이다. 자신은 어릴 적에는 무조건 새로운 지식 새로운 세계의 추구에 힘썼다. 백이와 숙제처럼 자신의 신념을 위하여 자기 목숨을 바쳤다는 얘기를 듣고도 그렇게 죽은 그들의 목숨을 애석히 여겼다. 공부하는 사람은 자기 몸을 소중히 하면서 새로운 세계를 추구해야 한다고 생각했던 것이다. 중년에 가서는 어릴 적의 그러한 자세는 속된 것이라 생각하

고 진리를 추구하려고 애썼다. 그러나 늙어서야 다시 어릴 적의 그러한 여러 가지 새로운 앎을 추구하려고 하는 학문태도도 나쁜 것만이 아님을 깨달았다는 것이다. 늙어서도 새로운 것을 추구하려고 했던 작자의 학문태도를 거듭 음미하게 된다.

도원 그림을 보고(桃源行[1])

진(秦)나라 망이궁(望夷宮) 안에선 사슴을 말이라 우기는 정
　치를 하니,
진나라 사람들은 반이나 만리장성 아래에서 죽어갔다.
그때 세상을 피하여 숨은 이들은 상산사호(商山四皓)뿐만이
　아니었고,
또 도원(桃源)이란 곳에서 복숭아나무 길렀던 이들도 있었다.
한번 와서 복숭아나무 기르다 보니 가는 봄도 기억 못하였고,
꽃 따고 열매 먹고 나뭇가지로는 땔나무 삼았다.
자손들이 자라나자 세상과 멀어지게 되어,
부자가 있는 것은 알되 임금과 신하는 없는 걸로 알았다.
고기잡이 배 가는 대로 가다 멀고 가까운 것도 모르게 되었
　는데,
꽃가지 사이에 갑자기 그를 보고 놀라서 물어보았다.
세상에선 부질없이 옛날에 진(秦)나라 있은 줄은 알고 있었
　으나
산속에서야 지금 이 나라가 진(晉)나라인 줄 어찌 생각했으
　리?
장안 땅에 전쟁의 먼지 날려 한나라도 망했다는 말 듣고,

봄바람에 머리 돌리며 눈물로 수건 적신다.

순(舜) 같은 어진 임금 한번 가버리면 어찌 다시 나올까?

천하는 어지러운데 그 새 몇 개의 진나라 있었던고?

望夷宮²⁾中鹿爲馬³⁾하니, 秦人半死長城下라.

避世不獨商山翁⁴⁾이오, 亦有桃源種桃者라.

一來種桃不記春⁵⁾하고, 采花食實枝爲薪이라.

兒孫生長與世隔하여, 知有父子無君臣이라.

漁郎放舟迷遠近⁶⁾하여, 花間忽見驚相問이라.

世上空知古有秦이나 山中豈料今爲晉⁷⁾고?

聞道長安吹戰塵⁸⁾하고, 東風⁹⁾回首亦沾巾이라.

重華¹⁰⁾一去寧復得¹¹⁾고? 天下紛紛¹²⁾經幾秦¹³⁾가?

註解 1) 桃源行(도원행)-도원(桃源)의 노래. 실제로는 도원의 그림을 보고 지은 시이다. 2) 望夷宮(망이궁)-진(秦)나라의 궁전 이름. 뒤에 진이세(秦二世)는 여기에서 조고(趙高)에게 죽음을 당하였다. 3) 鹿爲馬(록위마)-사슴을 말이라 하다. 진나라 이세(二世) 때 조고가 권세를 잡고자 할 때, 조고는 이세에게 사슴을 바치며 '말'이라 하였다. 이세는 조고가 사슴을 말이라 한다 하며 여러 신하들에게 사실을 확인하였다. 일부는 침묵을 지키고, 일부는 말이라 하고, 일부는 사슴이라 하였는데, 조고는 사슴을 사슴이라 한 자들을 하나하나 모두 처치하고 전권을 잡았다 한다(《史記》秦本紀). 4) 商山翁(상산옹)-진말(秦末)에 폭정을 피해 상산에 숨은 네 노인. 상산사호(商山四皓)라 흔히 부른다. 상산은 섬서성(陝西省)에 있다. 5) 不記春(불

기춘) – 봄을 기억 못하다. 세월의 흐름 또는 계절의 변화를 모르다.
6) 迷遠近(미원근) – 멀고 가까운 것을 모르게 되다. 곧 길을 잃는 것.
7) 晉(진) – 도연명(陶淵明)의 〈도화원기(桃花源記)〉에는 어부가 도원
(桃源)을 찾아간 게 진(晉) 태원(太元) 연간(376~396년)이라 하였다.
8) 長安吹戰塵(장안취전진) – 장안에 전쟁의 먼지가 바람에 불리었
다. 곧 진(秦)나라 뒤의 한(漢) · 위(魏)가 흥망하였고 여러 번의 전쟁
이 있었음을 뜻한다.   9) 東風(동풍) – 봄바람.   10) 重華(중화) – 순
(舜)임금의 이름(《書經》舜典).   11) 寧復得(녕부득) – 어찌 다시 얻겠
나? 어찌 다시 나오겠나?   12) 紛紛(분분) – 어지러운 모양.   13) 經幾
秦(경기진) – 몇 개의 진(秦)나라가 있었던가? 진나라처럼 폭정으로
망해간 나라가 몇 개나 있었던가?

解説 왕안석은 일반 사람들의 생각과는 달리 진나라의 포악한 정치를 피하
였던 사람들이 도원에 와서 살게 되었다고 말하고 있다. 왕안석이 인
간의 문제를 바탕으로 하여 도원을 읊은 뜻은 높이 평가해야 할 것이
다. 일반 사람들은 도원의 사람들은 진(晉)대에 이르도록 죽지 않고
있는 신선들이라 생각하였다.

왕령 王令, 1032-1059

자는 봉원(逢原). 강도(江都, 지금의 江蘇省) 사람. 사람됨에 기개가 있고 정치개혁의 이상을 품고 있었다. 시를 잘 지었고 왕안석이 그를 만나본 뒤무척 좋아하였다. 시는 한유(韓愈)의 풍격을 따랐고 격조가 매우 높았다. 왕안석은 칭송하는 사람들이 많지 않았으나 왕령만은 매우 훌륭하게 여기었다. 그리고 그의 재주를 높이 사고 사람됨을 중시하여 그의 처제를 그에게 시집보내었다. 그러나 뜻을 펴지 못하고 28세로 죽고 말았다. 그의 문집으로 《광릉집(廣陵集)》이 있다.

꿈에 본 메뚜기 떼 (夢蝗)

인종(仁宗)의 지화(至和) 원년에
메뚜기 떼가 어디에서 날아왔는지 모르지만,
아침에 해가 보이지 않을 정도로 하늘을 가리고 날아오는데,
마치 엄청 많은 베천으로 먼지와 재를 체질한 듯이 떼 지어,
저녁까지 날아다니며 땅 위의 것들을 먹어치워 온 땅이 붉어
　졌고,
몇 자 두께로 서로 엉키며 쌓여 모든 것을 묻어버렸네.
나무 껍질 대나무 줄기 모두 벗겨져 마른 짚처럼 되었으니
하물며 풀이나 곡식은 뿌리까지도 먹어치웠네.
한 마리 메뚜기가 새끼를 백 마리씩 한 달에 두 번이나 낳는
　다니
점점 높고 두텁게 쌓이어 하늘과 땅을 막아버릴까 겁나네.
귀한 곡식이나 아름다운 풀은 감히 아까운 생각도 못하겠으니
땅을 짓눌러 바다로 가라앉게 될까 하여 겁이 나기 때문일세.
수많은 인간들 굶주리면서도 죽지 않고 있어보아야
그의 몸은 결국 바닷속 교룡의 먹잇감이나 되고 말 것이 아
　닌가!

여러 농부들 모여 하늘 우러르며 통곡하는데
피눈물이 떨어져 땅 껍질이 짓물렀는데,
푸르고 아득하게 멀리 또 멀리 계시는
하늘은 아시는지 모르시는지 알 수가 없네.
나는 지금 그런 것들이 슬퍼서

눈물을 두 눈에서 물을 쏟듯 떨어뜨리며,
분발하여 메뚜기 미워하는 시 짓느라
격분하여 쓰다 보니 백 자루 붓이 모지라졌네.
한 번 읊으니 푸른 하늘의 밝은 해도 어두워지고
다시 외니 땅속의 모든 귀신까지 곡하네.
나는 마음속으로 곧장 하늘의 귀에 들리게 되기를 바라며
밤중에 일어나서 삼천 번이나 읽는다네.

하늘에서 들으시기 전에
문득 메뚜기 꿈을 꾸게 되었네.
꿈에 메뚜기 천만 마리가 내 앞에 나타났는데
입은 머뭇거리고 모습은 원망하는 것 같다가,
처음에는 입 모퉁이로 가는 소리를 내더니
마침내는 사람들처럼 큰 소리로 말하게 되었네.
내게 묻기를 "당신은 어찌 그리 어리석소?
우리를 미워하는 시를 짓다니요!
우리와 당신은 각각 살아오며 서로 간여하지 않았거늘
당신은 왜 우리에 관한 시를 지었는지 어찌하여 까닭은 말
　하지 않았소?"
나는 그때 격분 중에도 놀라워서
말을 하려도 목이 메어 가시가 돋은 것 같았고,
이런 썩어 빠진 더러운 찌꺼기 같은 것들이
감히 와서 나를 꾸짖는가 하고 생각하였네.
"너희들 비록 떼거리가 많다고 하나
나의 계책은 이미 이루어 놓은 지 오래야!

이제 하나님께 호소하여
내게 큰 신령한 손을 빌려주시도록 하여,
동남쪽의 대나무 잣나무 소나무를 모두 뽑아
쇠줄로 묶어 큰 빗자루를 만들어 가지고
너희들을 쓸어 바다에 처넣고 산으로 눌러서
너희들이 씹은 것들과 함께 모두 썩도록 할 것이야!
그래도 감히 사람의 말을 빌리어
내 시를 두고 이러쿵저러쿵 떠들겠느냐?"

메뚜기들이 나를 돌아보면서 탄식 하였네.
"책망을 많이 들을 줄은 생각도 못한 일이오!
저희들이 당신에게 말하겠으니
당신은 가벼이 시끄럽게 하지 않았으면 좋겠소.
저희들은 몸은 비록 메뚜기이지만
마음은 당신네 사람들과 잘 통하오.
당신네 사람들은 서로 사귀면서
마시고 먹고 하며 주인이 되기도 하고 손님이 되기도 하지요.
손님이 백 그릇의 고기를 먹고 백 잔의 술을 마셔도
주인은 꾸짖지 아니하고 오히려 반기며 기뻐하지요.
이게 정말입니까 아닙니까?
당신은 어찌하여 사실대로 말하지 못하오?"
나는 대답하였네.
"그렇다! 그건 본시 사람들의 예여서
손님을 모셔다가 대접하면서
마시고 먹고 하는 것은 정말 즐거운 일이지."

"당신도 그렇다고 말하였소.

우리가 먹는 일이 어찌 부끄러운 일이겠소?

우리가 어찌 스스로 살아갈 수가 있겠소?

사람들이 자진하여 불러준 것이지요.

마시고 먹는 것을 설사 우리가 지나치게 했다 하더라도

그걸 가지고 꾸짖는 당신도 잘못이지요.

듣건대 당신들 인간 중에는

귀하고 천한 신분의 차별이 있다지요?

안락하게 재주 있고 능력 있는 사람은 벼슬을 하게 되고

우아하게 어질고 의로운 사람은 선비가 되어,

호랑이나 표범 같은 모습은 벗어 던지고

요임금 순임금 같은 모습을 빌리어 행동하고,

이빨에서는 바늘과 송곳 같은 모양 감추고

배와 창자 속에는 벌레와 구더기 같은 것 싸놓고서,

입을 열기만 하면 복을 주기도 하고 위해를 가하기도 하며

턱으로 사람들을 부리면서 상도 주고 벌도 주어,

온 세상이 숨 쉬는 대로 따르고

온 세계를 손으로 주무르듯 하지요.

어린 아기 같은 이들의 몸을 째기도 하고 깎기도 하고

살찐 이의 몸에서는 피를 빨아 마시며,

착한 사람들을 물어뜯고

입으로 문 것은 뱉을 줄을 모르지요.

상을 벌여 놓고 악기 든 자들을 줄 세우고

별채에는 시중하는 아름다운 여인들이 있으며,

한 몸이 만 칸의 집을 차지하고

한 입이 여러 창고의 곡식 먹으며,
자식들은 작위를 대대로 이어받고
노비들도 비녀 꼽고 긴 자락의 옷을 입으며,
개도 남아날 정도의 기름진 음식으로 먹여 기르고
마구간도 넘쳐나도록 아름다운 장식을 하지요.

그 다음으로 당신들 세상에는
군인과 배우와 중과 도사의 무리가 있는데,
자식으로서는 그의 아비를 아비라 받들지 않고
처가 되어서는 그의 남편을 남편으로 여기지 않으며,
신하로서는 그들이 섬겨야만 할 이가 임금이라 생각하지 않
　　고
백성으로서는 그들이 사는 곳을 집이라 할 수 없는 곳이오!
눈으로는 소와 뽕나무도 알아보지 못하고
손은 쟁기나 호미를 잡은 일이 없으며,
평상시에는 무기도 지니지 아니하고
창칼을 모두 가죽으로 싸놓고 있지요.
입을 벌리고 앉아서 먹을 것을 기다리는데
모든 창고의 곡식이 바라는 대로 주어지고,
집안에는 대대로 베틀 같은 것 없는데도
아름다운 수놓은 비단옷을 입으며,
큰 집안에서 맛있는 술잔 기울이며
맛있는 짐승 고기와 여러 가지 생선회를 즐기지요.
아름다운 나무의 좋은 목재를 다듬어
하늘 위로 높은 집도 세워놓지요.

가난한 사람들은 살 움막도 없어
아비와 자식들이 한 자리 위에 잠자고,
천한 자들은 배가 고파도 먹을 것이 없어
처와 자식들이 마주보며 한숨만 쉬지요.
귀한 사람 천한 사람이 비록 다르다고 하지만
그 무리는 처음부터 같은 거지요.
이는 진실로 사람이 사람을 잡아먹는 것인데도
당신들 책임은 오히려 버려두고 있지 않소?
우리 무리는 스스로 메뚜기라 부르고 있고
먹고 있는 것 또한 여유가 있는 것이오.
오 지방이 굶주리면 월 지방에 가서 먹으면 되고
제 지방이 굶주리면 노와 주 지방에 가서 먹는 것이오.
우리의 해는 그래도 피할 곳이 있으나
당신들의 해는 죽어도 면할 수가 없소!
당신은 우리를 미워하는 시를 지었는데
당신의 말이 그릇된 것이 아니겠소?"

至和[1]改元[2]之一年에, 有蝗不知自何來로되,

朝飛蔽天不見日하고, 若以萬布篩[3]塵灰하며,

暮飛噛[4]地赤千里요, 積疊[5]數尺交相埋로다.

樹皮竹顚[6]盡剝稭[7]어늘, 況又草穀之根荄[8]아?

一蝗百兒月兩孕하니, 漸恐高厚塞九垓[9]로다.

가 화 미 초 불 감 석 욕 공 압 지 함 입 해
嘉禾美草不敢惜이오, 欲恐壓地陷入海로다.

만 생 미 사 기 아 간 지 해 수 전 교 룡 해
萬生¹⁰⁾未死饑餓間이로되, 肢骸逐轉¹¹⁾蛟龍醢¹²⁾리라.

군 농 취 곡 천 혈 적 지 란 피
羣農聚哭天하여, 血滴地爛皮¹³⁾로되,

창 창 명 명 원 부 원 천 문 불 문 불 가 지
蒼蒼¹⁴⁾冥冥遠復遠하니, 天聞不聞不可知로다.

아 시 위 지 비 타 루 주 량 목
我時爲之悲하여, 墮淚注兩目¹⁵⁾하니,

발 위 질 황 시 분 소 백 필 독
發爲疾蝗詩할새, 憤掃百筆禿¹⁶⁾이라.

일 음 청 천 백 일 혼 양 송 구 원 만 귀 곡
一吟靑天白日昏하고, 兩誦九原¹⁷⁾萬鬼哭하니,

사 심 직 기 천 이 문 반 야 기 립 삼 천 독
私心直冀¹⁸⁾天耳聞하여, 半夜起立三千讀이라.

상 천 미 문 간 홀 작 우 황 몽
上天未聞間에, 忽作遇蝗夢이라.

몽 황 천 만 래 아 전 구 사 유 섭 색 사 원
夢蝗千萬來我前하여, 口似嚅囁¹⁹⁾色似寃하고,

초 시 문 각 유 즉 주 종 수 대 론 여 인 연
初時吻角²⁰⁾猶唧哝²¹⁾러니, 終遂大論如人然²²⁾이라.

문 아 자 하 우 내 유 질 아 시
問我子何愚하여, 乃有疾我詩오?

아 이 각 생 불 상 예 자 하 시 아 합 진 지
我爾各生不相預²³⁾어늘, 子何詩我²⁴⁾盍陳之²⁵⁾아?

아 시 분 차 경 조 설 생 조 지
我時憤且驚하여, 噪舌²⁶⁾生條枝²⁷⁾러니,

위 차 부 예 여 감 래 위 인 기
謂此腐穢餘²⁸⁾이, 敢來爲人譏²⁹⁾아?

爾雖族黨多나, 我謀久已就[30]니,

方將訴天公하여, 借我巨靈手라.

盡拔東南竹柏松하여, 屈鐵[31]纏縛[32]都爲帚하여,

掃爾納海壓以山하여, 使爾萬噍[33]同一朽니라.

尙敢託人言하여, 議我詩可否아?

羣蝗顧我嗟하고, 不謂[34]相望[35]多로다!

我欲爲子言이리니, 幸子未易呶[36]로다.

我雖身爲蝗이로되, 心頗通爾人이라.

爾人相召呼[37]하여, 飮啜[38]爲主賓이라.

賓飮啜嚼[39]百豆爵[40]이로되, 主不加詬[41]翻歡欣[42]이라.

此竟果有否아? 子盍[43]來我陳[44]고?

余應之曰然이라, 此固人間禮너,

儐介迎召[45]來하여, 飮食固可喜니라.

蝗曰子言然이니, 余食何愧哉아?

我豈能自生고? 人自召我來로다.

철 식 차 사 아 과 심　　종 이 가 후 이 역 괴
啜食借使我過甚이로되, 從而加詬爾亦乖[46]로다.

상 문 이 인 중　　귀 천 등 제 수
嘗聞爾人中엔, 貴賤等第殊라.

옹 옹 재 능 관　　아 아 인 의 유
雍雍[47]材能官하고, 雅雅[48]仁義儒하여,

탈 박 호 표 피　　가 차 요 순 추
脫剝虎豹皮[49]하고, 假借堯舜趨[50]하며,

치 아 은 침 추　　복 장 포 충 저
齒牙隱針錐[51]하고, 腹腸包蟲蛆[52]하며,

개 구 유 복 위　　이 지 전 상 주
開口有福威하고, 頤指[53]轉賞誅[54]로다.

사 해 응 호 흡　　천 리 수 권 서
四海應呼吸하고, 千里隨卷舒[55]하니,

할 박 적 자 신　　음 혈 비 피 부
割剝[56]赤子身하고, 飮血肥皮膚하며,

서 담 선 인 당　　작 구 불 긍 토
噬啖[57]善人黨하고, 嚼口不肯吐로다.

연 상 열 우 생　　별 옥 한 빈 주
連牀[58]列竽笙하고, 別屋閑[59]嬪姝[60]하며,

일 신 만 연 가　　일 구 천 창 저
一身萬椽[61]家요, 一口千倉儲며,

아 동 습 공 경　　노 비 연 잠 거
兒童襲[62]公卿하고, 奴婢連簪裾[63]하며,

견 환 선 고 량　　마 구 여 수 도
犬豢[64]羨膏粱[65]이오, 馬廏餘綉塗[66]로다.

기 차 이 인 간　　병 창 석 로 도
其次爾人間의, 兵倡釋老[67]徒는,

자 불 부 이 부　　처 불 부 이 부
子不父而父하고, 妻不夫而夫하며,

신 불 군 이 사　　민 불 가 이 거
臣不君爾事[68]하고, 民不家爾居라.

목 불 식 우 상　　　수 불 친 리 서
目不識牛桑하고, 手不親犁鋤하며,

평 시 불 파 병　　　피 혁 포 모 수
平時不把兵하고, 皮革包矛殳⁶⁹⁾라.

개 구 좌 대 식　　　만 름 경 소 수
開口坐待食이로되, 萬廩傾所須⁷⁰⁾하고,

가 세 불 장 기　　　회 수　금 의 유
家世不藏機⁷¹⁾로되, 繪綉⁷²⁾錦衣襦⁷³⁾로다.

고 당 경 미 주　　　연 육 회 백 어
高堂傾美酒하고, 臠⁷⁴⁾肉鱠⁷⁵⁾百魚하며,

양 재 탁 재 남　　　중 옥 경　공 허
良材琢梓楠⁷⁶⁾하여, 重屋擎⁷⁷⁾空虛라.

빈 자 무 실 려　　　부 자 일 석 거
貧者無室廬하여, 父子一席居라.

천 자 아 무 식　　　처 자 상 대 우
賤者餓無食하여, 妻子相對吁⁷⁸⁾라.

귀 천 수 운 이　　　기 류 동 일 초
貴賤雖云異나, 其類同一初라.

차 고 인 식 인　　　이 책 반 사 저
此固人食人이어늘, 爾責反捨且⁷⁹⁾아?

아 류 황 자 명　　　소 식 황 유 여
我類蝗自名이로되, 所食況有餘니라.

오　기 가 식 월　　　제　기 식 로 주
吳⁸⁰⁾饑可食越이오, 齊⁸¹⁾饑食魯邾니라.

오 해 상 가 도　　　이 해 사 불 제
吾害尙可逃로되, 爾害死不除라.

이 작 질 아 시　　　자 언 득 무 우
爾作疾我詩하니, 子言得無迂⁸²⁾아?

註解 1) 至和(지화)-송나라 인종(仁宗, 1023-1067)의 연호. 지화 원년은 서
기 1054년. 이 해에 메뚜기 떼가 날아와 재해를 일으켰고, 이 시도

이때 지었다. 2) 改元(개원)-연호를 원년으로 바꾸다. 인종은 황우(皇祐) 6년(1054) 4월에 연호를 지화 원년으로 바꾸었다. 3) 篩(사)-체질을 하는 것. 4) 嚙(교)-씹다, 물다. 5) 積疊(적첩)-포개어 쌓이는 것. 6) 竹顚(죽전)-대나무 줄기. 7) 剝稭(박개)-껍질이 벗겨져 볏짚처럼 된 것. '개'는 이삭과 잎을 떨어내고 남은 볏짚. 8) 荄(해)-풀뿌리. 9) 九垓(구해)-구계(九界), 온 세상. '해'는 땅 끝, '구해'는 천지 사방의 땅 끝까지. 10) 萬生(만생)- 수많은 생령들, 수많은 사람들. 11) 遂轉(수전)-종당에는 ---이 되다. 12) 醯(해)-간장에 저린 고기, 장육(醬肉). 13) 爛皮(란피)-땅 껍질이 문드러지는 것. 14) 蒼蒼(창창)-푸르고 푸른, 명명(冥冥, 아득한 것), 원부원(遠復遠, 멀고 또 먼 것)과 함께 하늘을 형용한 말. 15) 注兩目 (주량목)-두 눈에서 흘러내리다. 16) 禿(독)-붓털이 모두 닳는 것, 털이 다 뽑히는 것. 17) 九原(구원)-구천(九泉), 깊은 땅속을 가리킴. 18) 冀(기)-바라다. 19) 嚅囁(유섭)-말을 하려고 하면서도 우물쭈물 말하지 못하는 것. 20) 吻角(문각)-입 모서리. 21) 喞啾(즉주)-작은 소리로 우물우물 거리는 것. 22) 如人然(여인연)-사람들처럼, 사람 같이. 23) 相預(상예)-서로 간섭하다, 서로 관계를 갖다. 24) 詩我(시아)-나에 관한 시를 쓰다. 25) 盍陳之(합진지)-어찌하여 거기에 대하여 말하지 않는가? '합'은 '어찌하여 ---하지 않는가?' 곧 하불(何不)의 뜻. '진지'는 거기에 대하여 진술하다, 그것을 말하다. 26) 噪舌(조설)-혀를 움직이어 떠드는 것, 떠드는 혀. 27) 生條枝(생조지)-나뭇가지가 생겨나다, 혀에 나뭇가지가 돋아난 것처럼 목에 걸리어 말이 잘 나오지 않는 것. 28) 腐穢餘(부예여)-썩어 문드러진 나머지, 메뚜기를 욕하는 말. 29) 譏(기)-나무라다, 욕하다. 30) 已就(이취)-이미 이루어져 있다. 31) 屈鐵(굴철)-쇠를 굽히다, 굽혀지는 쇠, 철사. 32) 纏縛(전박)-묶다, 감다. 33) 萬噍(만초)-수많은 벌레들. '초'는 본시 '씹는다'는 뜻, 곡식과 풀을 뜯어먹는 벌레를 뜻한다. 34) 不謂(불위)-생각하지 않았다, ---일줄 몰랐다. 35) 相望(상망)-책망을 받게 되다, 원망을 하다. 36) 易呶(이노)-가벼이 떠들다, 아무렇게나 시끄럽게 하다. 37) 김呼(소호)- 부르다, 초청하다. 38) 飮啜(음철)-마시고 먹고 하는 것. 39) 啜嚼(철작)- 먹고 마시는 것. 40) 百豆爵(백두작)- '두'는 고기같은 음식을 담는 그릇, '작'은 술 그릇. 백 그릇의 음식과 백 통의 술을 가리킨다. 41) 詬

(후)-꾸짖다, 욕하다. 42) 翻歡欣(번환흔)-도리혀 반기며 기뻐하다, 반대로 좋아하고 기뻐하다. 43) 盍(합)-어찌하여 ---하지 않는가? 하불(何不). 44) 陳(진)-말하다, 진술하다. 45) 儐介迎召(빈개영소)-주인 노릇 손님 노릇하며 마중하고 불러오고 하는 것. 46) 乖(괴)-어긋나다, 그릇되다. 47) 雍雍(옹옹)-편안하고 즐겁게 지내는 모양. 48) 雅雅(아아)-바르고 우아한 모양. 49) 虎豹皮(호표피)-호랑이와 표범 가죽. 그들 본래의 흉악하고 포학한 모습을 가리킴. 50) 堯舜趨(요순추)-요임금, 순임금처럼 나아가다, 성인과 같은 행동. 51) 針錐(침추)-바늘과 송곳, 속에 품고 있는 남을 해치려는 악의를 가리킴. 52) 蟲蛆(충저)-벌레와 구더기, 속에 품고 있는 악한 마음을 가리킴. 53) 頤指(이지)-턱으로 가리키다, 턱을 움직이어 남을 부려먹는 것. 54) 轉賞誅(전상주)-상을 주기도 하고 처벌을 하기도 하는 것, 멋대로 상도 주고 처벌도 하는 것. 55) 隨卷舒(수권서)-몸을 움추렸다 폈다 하는데 따르다. 앞의 응호흡(應呼吸)이나 마찬가지로 그의 움직임에 온 세상 사람들이 따라감을 뜻한다. 56) 割剝(할박)-칼로 베고 깎다. 아무것도 모르는 갓난아기까지도 해를 입히는 것. 57) 噬啗(서담)-씹어먹다. 착한 사람들에게도 박해를 가하는 것. 58) 牀(상)-생황 같은 악기를 올려놓는 상. 59) 閑(한)-한가히 지내고 있다, 갇혀있다. 60) 嬪姝(빈주)-희첩(姬妾)들, 미녀들. 61) 萬椽(만연)-만 개의 서까래. 만 개의 서까래가 있는 넓고 큰 집. 62) 襲(습)-계승하다, 대대로 물려받다. 63) 簪裾(잠거)-비녀와 옷자락, 부유한 여인의 장식과 옷을 뜻함. 64) 豢(환)-먹여 기르는 것. 65) 羨膏粱(선고량)-기름지고 맛있는 음식이 남아나는 것. 66) 綉塗(수도)-비단으로 장식하다, 아름답게 바르고 장식하다. 67) 兵倡釋老(병창석로)- 병사ㆍ배우ㆍ스님ㆍ도사. 68) 爾事(이사)-그대가 섬겨야 할 상대. 69) 包矛殳(포모수)-무기를 싸 놓다. '모'와 '수'는 모두 창의 일종임. 70) 傾所須(경소수)-필요한 대로 대주다, 필요한 대로 공급하다. 71) 藏機(장기)-베틀을 지니다, 베틀을 갖고 있다. 72) 繪綉(회수)- 무늬를 수놓다. 73) 衣襦(의유)-옷, 의복. 74) 臠(연)- 고기를 저민 것, 산적. 75) 鱠(회)- 생선회. 76) 琢梓楠(탁재남)- 좋은 재목을 다듬다. '재'는 가래나무, '남'은 남나무, 모두 좋은 재목을 가리킨다. 77) 擎(경)- 들어 올리다, 높이 솟다. 78) 吁(우)- 탄식하다. 79) 且(저)-조사. 80) 吳(오)-월(越)과 함께 춘추시

대 남쪽의 나라 이름. '오'는 지금의 강소(江蘇)성, '월'은 절강(浙江)성 지방. 81) 제(齊)-노(魯)·주(邾)와 함께 춘추시대 지금의 산동(山東)성에 있던 나라 이름. 82) 得無迀(득무우)-잘못됨이 없다고 할 수 있겠는가? 그릇된 일이 아니겠는가?

解説 이 시를 지은 송나라 인종(仁宗)의 지화(至和) 원년(1054)에 작자가 살던 남쪽 지방에 메뚜기 떼가 몰려와 큰 해를 끼쳤다. 그때 피해가 너무나도 심하여 4월에 황제는 연호를 '지화'라고 바꾸기까지 하였다. 작자는 그 메뚜기 떼의 해를 빌미로 꿈에 나타난 메뚜기의 말을 빌리어 평소 자기가 품고 있던 생각을 시로 읊고 있는 것이다.

메뚜기 떼의 피해가 무척 크기는 하다. 메뚜기 떼는 땅 위에 살아있는 식물 잎새를 모조리 먹어치워 그것들이 지나가는 고장은 폐허처럼 변한다. 메뚜기의 해를 입은 농민들은 하늘을 쳐다보면서 피눈물을 흘리며 통곡이나 할 따름이다. 이에 작자는 '메뚜기 떼를 꾸짖는 시'를 지어 딱한 백성들의 사정을 하늘에 호소하였다.

그런데 그날 밤 꿈에 메뚜기들이 작자 앞에 나타나 항의를 한 것이다. 이 시의 주제는 이 메뚜기들의 항의이다. 메뚜기들은 풀이나 나무 잎 밖에는 먹을 것이 없어 살아가기 위하여 그것들을 뜯어먹고 있다. 자기들이 사람들에게 피해를 끼치고 있다지만 그것은 당신들 사람들 자신이 하고 있는 일들에 비하면 아무것도 아니라는 것이다.

사람들 세상에는 귀하고 천한 신분의 차이와 가난하고 부유한 생활상의 차이가 있다. 천하고 가난한 사람들은 열심히 일을 해도 모든 것을 권력자들에게 다 빼앗기고 굶주린다. 그러나 위의 다스리는 사람들은 집에서 기르는 개나 말까지도 기름진 음식을 실컷 먹고 산다. 가난한 자들은 몸담고 살 곳도 없는데 위의 지배자들은 대대로 벼슬을 누리며 크고 호사스런 집에 살고, 마구간조차도 호사스럽게 꾸며 놓고 있다. 사람들이 사람들에게 끼치고 있는 해에 비하면 자기들 메뚜기 떼의 해는 아무것도 아니라는 것이다. 이런 논리를 바탕으로 당신이 '우리를 꾸짖는 시'를 쓴 것은 잘못이 아니냐고 추궁한다.

메뚜기의 입을 빌린 작자의 풍자가 신랄하기 짝이 없다. 우리 세상에는 메뚜기보다도 훨씬 고약한 인간들이 많다는 것은 변함없는 사실이다.

가뭄에 괴로운 더위(暑旱苦熱)

맑은 바람도 더위를 죽여 줄 힘이 없는데
졌던 해는 나래를 달고 산 위로 날아오르네.
사람들은 이미 강과 바닷물이 말라붙는 것을 두려워하고 있
　는데
하늘은 어찌하여 은하수가 마르는 것도 아깝지 않으신가?
곤륜산 높은 곳에는 쌓인 눈이 있고
봉래산 먼 곳에는 늘 써늘한 기운 남아있다지만,
손으로 온 세상 끌고 그곳으로 갈 수 없는데
어찌 차마 내 몸 하나 그런 고장으로 가서 노닐겠는가?

　　청 풍 무 력 도 　득 열　　　　　낙 일 착 시　비 상 산
淸風無力屠¹⁾得熱이어늘, 落日着翅²⁾飛上山이라.

　　인 고 이 구 강 해 갈　　　　　천 기 불 석 하 한 　건
人固已懼江海渴이어늘, 天豈不惜河漢³⁾乾고?

　　곤 륜 　지 고 유 적 설　　　　봉 래 　지 원 상 유 한
崑崙⁴⁾之高有積雪하고, 蓬萊⁵⁾之遠常遺寒이로되,

　　불 능 수 제 　천 하 왕　　　　하 인 신 거 　유 기 간
不能手提⁶⁾天下往하니, 何忍身去⁷⁾游其間고?

註解 1) 屠(도)-죽이다, 몰아내다.　2) 着翅(착시)-나래를 달다.　3) 河漢
(하한)-은하수.　4) 崑崙(곤륜)-곤륜산, 중국 서쪽 곤륜산맥의 최고
봉. 언제나 그 위에는 눈이 쌓여 있다.　5) 蓬萊(봉래)-봉래산. 동해
바다 가운데 있고 거기에는 신선들이 살고 있다고 생각한 전설적인
산 이름. 그곳은 언제나 시원한, 가장 살기에 알맞은 고장이다.　6)
手提(수제)-손에 들다, 손으로 잡아끌다.　7) 身去(신거)-자기 한 몸
이 가는 것, 자기 자신만이 가는 것.

解說 세상에 가뭄이 들어 뜨거운 햇볕 아래 허덕이고 있는 일반 백성들을

동정하는 시이다. 다만 끝머리에서 자신은 온 세상을 이러한 가뭄으
로부터 면하도록 할 수가 없는 인간이기 때문에 홀로 자기만이 이 가
뭄의 어려움을 피하여 잘 지낼 수 있는 곳을 찾아가지는 않겠다는 것
이다. 봉건시대였음에도 불구하고 백성들과 운명을 함께 하려는 작자
의 자세가 매우 존경스럽다.

가을 밤(秋夜)

가을 밤은 쉽게 밝지 않는데
온갖 벌레가 한꺼번에 울고 있네.
시절이 마침 그렇게 만들고 있는 것이니
옆구리를 두드려도 소리가 난다네.
쥐는 도둑질 하느라고 시끄럽게 다투고 있고
귀뚜라미와 뱀은 숨어 다니고 있네.
오로지 동쪽 집의 닭만이
어둠을 밝히려고 마음 고생 하고 있네.

추 석 불 자 효　　　백 충 제 일 명
秋夕不自曉¹⁾어늘, 百蟲齊一鳴이라.

시 절 적 사 연　　　고 협　 역 유 성
時節適使然이니, 鼓脅²⁾亦有聲이라.

쟁 훤 서 공 도　　　실 솔 사 음 행
爭喧³⁾鼠公盜요, 悉窣⁴⁾蛇陰行⁵⁾이라.

독 유 동 가 계　　　고 심 위 혼 명
獨有東家鷄이, 苦心爲昏明이라.

註解 1) 自曉(자효)-스스로 새벽이 되다, 쉽사리 날이 밝다.　2) 鼓脅(고
협)-겨드랑이 밑(또는 갈비)을 두드리다.　3) 爭喧(쟁훤)-다투면서

시끄럽게 하다.　4) 悉窣(실솔)-실솔(蟋蟀), 귀뚜라미.　5) 陰行(음행)-남모르게 다니다, 숨어서 돌아다니다.

解說 가을밤의 감상을 노래한 시이지만 시원하고 아름다운 가을 풍경에 실리어 세상 사람들의 행태를 떠올리고 있다. 시절은 모든 벌레가 소리를 내고 울만한 좋은 계절인데, 세상에는 쥐새끼처럼 도둑질을 일삼는 인간들과 귀뚜라미나 뱀처럼 숨어서 못된 짓을 일삼는 인간들이 무척 많다. 어둠을 밝히려고 애쓰는 동쪽 집의 닭 같은 사람은 극소수에 불과하다. 아름다운 계절을 대하고도 사회의 모순을 떠올려야 하는 그의 처지가 서글프다.

■ 작가 약전(略傳) ■

마존 馬存, ?~1096

자는 자재(子才). 북송 낙평(樂平 : 지금의 江西省 鄱陽縣 부근) 사람. 서적
(徐積)의 문인으로 진사가 된 뒤 관찰추관(觀察推官)을 지냈다. 그의 시는
웅혼호방(雄渾豪放)한 맛이 있고 선련체(蟬聯體)의 시를 잘 지었다.

호호가(浩浩歌[1])

넓고 큰 기분으로 노래하자!

천지 만물이 나를 어찌할 수가 있는가?

나를 써주면 허리띠 풀고 천한 옷 갈아입고 나라 곡식 먹을
게고,

써주지 않으면 베개 밀쳐 버리고 일어나 산속으로 돌아가
살지.

그대는 보지 못했는가, 위수(渭水)의 어부 여상(呂尙)이 낚
싯대 하나 들고 때를 기다리던 일과,

유신(有莘)의 들에서 밭 갈던 노인 이윤(伊尹)이 몇 마지기
벼 기르며 때 기다리던 일을?

이윤은 기뻐하며 와서 떨치고 일어나 상(商)나라의 단비가
되었고,

여상은 상나라 폭정에 성이 나자 곧 주(周) 무왕(武王)의 창
을 잡고 싸웠네.

또 엄광(嚴光)이 광무제(光武帝)와 함께 자다 다리를 뻗어
황제 배 위에 올려 놓았던 일을 보지 못했는가?

황제는 감히 움직이지도 않았으니 어찌 또 꾸짖었겠는가?

하느님은 이 때문에 당황하여,

별과 별자리가 서로 부딪치며 스쳐가게 하였다네.

가련한 재상 후패(侯覇)는 멍청해서,

엄광을 몰라보고 먼저 찾아와 달라고 요청했지.

넓고 큰 기분으로 노래하자!

천지 만물이 나를 어찌할 수가 있겠는가?

굴원은 헛되이 멱라수에 몸 던져 죽었고,

백이와 숙제는 공연히 서산(西山) 언덕에서 굶어 죽었네.

대장부 뜻 뛰어나되 매인 데가 있어서는 안되니,

몸을 건사하는 데 어찌 스스로를 망치게 하겠는가?

내 성현들의 마음 보건대,

스스로 즐기는 것 말고 어찌 또 딴 것이 있는가?

많은 사람 가운데 나서 운명이 궁지에 놓이게 되면,

내 올바른 길도 어긋나게 되는 것.

바로 모름지기 천하 사람들을 동정해야 할 것이니,

어찌 그것을 원망하며 공자와 맹자를 욕할 필요 있겠는가?

넓고 큰 기분으로 노래하자!

천지 만물이 나를 어찌할 수가 있겠는가?

옥당(玉堂)이나 금마문(金馬門)이 어디에 있다더냐?

구름 낀 산의 바위 동굴은 또 너무나 높다랗게 있구나!

머리 숙여 밭 갈려 하니 땅은 비록 적기는 하나,

얼굴 들어 긴 휘파람 불면 하늘은 얼마나 넓고 끝없는가?

그대는 나를 한 말 술로 취하게 하여 주게나,

붉은 술기운 얼굴에 오르면 봄바람과 조화되리라.

호 호 가　천 지 만 물 여 오 하
浩浩歌여, 天地萬物如吾何오?

용　지 해 대　식 태 창　　불 용 불 침　귀 산 아
用[2]之解帶[3]食太倉[4]이오, 不用拂枕[5]歸山阿[6]라.

군 불 견　위 천 어 부　일 간 죽　　신 야 경 수　수 묘 화
君不見 渭川漁父[7]一竿竹[8]과, 莘野耕叟[9]數畝禾아?

희 래 기 작 상 가 림　　노 후 편 파 주 왕 과
喜來起作商家霖[10]이오, 怒後偏把周王戈[11]라.

又不見 子陵¹²⁾橫足加帝腹가? 帝不敢動豈敢訶¹³⁾오?

우불견 자릉 횡족가제복 제불감동기감가

皇天爲忙逼¹⁴⁾하여, 星宿相擊摩¹⁵⁾라.

可憐相府癡¹⁶⁾니, 邀請先經過¹⁷⁾라.

浩浩歌여, 天地萬物如吾何오?

屈原枉死汨羅水¹⁸⁾요, 夷齊¹⁹⁾空餓西山²⁰⁾坡라.

丈夫犖犖²¹⁾不可羈²²⁾니, 有身何用自滅磨²³⁾오?

吾觀聖賢心하니, 自樂豈有他오?

蒼生²⁴⁾如命窮이면, 吾道成蹉跎²⁵⁾라.

直須²⁶⁾爲吊²⁷⁾天下人이니, 何必嫌恨²⁸⁾傷丘軻²⁹⁾오?

浩浩歌여, 天地萬物如吾何오?

玉堂金馬³⁰⁾在何處오? 雲山石室³¹⁾高嵯峨³²⁾라.

低頭欲耕地雖少나, 仰面長嘯³³⁾天何多³⁴⁾오?

請君醉我一斗酒하라. 紅光入面春風和라.

註解 1) 浩浩歌(호호가) — 넓고 큰 기분으로 노래하자. '호호'는 《맹자》의 호연지기(浩然之氣)에서 나온 말로, 세상일에 거리낌없는 깨끗하고 넓고도 큰 기분으로 노래한다는 뜻. 2) 用(용) — 써주다, 등용하다, 임용하다. 3) 解帶(해대) — 띠를 풀다. 옷 띠를 풀어 평민의 옷을 벗고 관복으로 갈아입음을 뜻한다. 4) 太倉(태창) — 나라의 창고, 나라

창고의 곡식. 봉록을 뜻한다. 5) 拂枕(불침)-베개를 밀쳐 버리다. 베개를 밀쳐 버리고 일어남을 뜻한다. 6) 歸山阿(귀산아)-산언덕으로 돌아가다. 산속으로 들어가 숨어사는 것을 뜻함. 7) 渭川漁父(위천어부)-태공망(太公望) 여상(呂尙 : 성이 姜씨라 姜太公이라고도 부름)이 위수(渭水)에서 낚시질을 하고 있었는데, 주(周) 문왕(文王)이 사냥을 가다 그를 만나 얘기를 해보고는 크게 기뻐하며 당장 스승으로 모셨다 한다. 여상의 보좌로 주나라는 천하를 통일한다(《史記》齊太公世家). 8) 一竿竹(일간죽)-한 개의 대나무 막대. 낚싯대를 뜻함. 9) 莘野耕叟(신야경수)-유신(有莘 : 河南省에 있던 나라 이름)의 들에서 밭 갈던 영감. 본시 이윤(伊尹)은 유신(有莘)의 들판에서 농사를 지으며 요순(堯舜)의 도를 즐기고 있었는데, 상(商)나라 탕(湯)임금이 그를 등용하여 재상으로 삼아 천하를 얻는 데 큰 힘이 되었다(《孟子》萬章). 10) 商家霖(상가림)-상나라 왕조에 단비 같은 존재가 되다. 이윤의 재상으로서의 역할을 뜻함. 본시 《서경(書經)》 열명(說命)편에서 은(殷)나라 고종(高宗)이 부열(傅說)을 발견하여 재상으로 삼은 뒤 '만약 나라에 큰 가뭄이 들면 그대로서 임우(霖雨)를 삼으리라'고 한 데서 나온 말. 본시 임우(霖雨)는 오래 내리는 비, 큰 비임. 11) 把周王戈(파주왕과)-주왕(周王)의 창을 잡다. 여상(呂尙)이 주(周)나라 재상으로 무왕(武王)을 도와 은(殷)나라 주왕(紂王)을 친 일을 가리킴. 12) 子陵(자릉)-후한(後漢) 엄광(嚴光)의 자. 어려서 광무제(光武帝)와 함께 놀고 공부하였으며, 광무제가 제위에 오른 뒤 숨어사는 그를 찾아 궁중으로 불러들여 함께 지냈다. 이때 함께 자다 엄광이 자기 발을 황제의 배 위에 올려놓았었다 한다. 그에게 간의대부(諫議大夫) 벼슬을 내렸으나 끝내 사양하고 부춘산(富春山)으로 들어가 숨어 살았다(《後漢書》本傳). 13) 訶(가)-꾸짖다. 14) 爲忙逼(위망핍)-그 때문에 바삐 허둥대다. 엄광이 광무제의 배 위에 발을 올려놓자 이것이 하늘의 성좌(星座)에도 영향을 미치어 객성(客星)이 제좌(帝座)를 심히 범했었다 한다(《後漢書》本傳). 이 갑작스런 별자리의 변화 때문에 하느님이 허둥댔다는 것이다. 15) 相擊摩(상격마)-서로 부딪치며 스쳐가다. 객성(客星)이 제좌(帝座)를 범했던 일을 형용한 말. 16) 相府癡(상부치)-그때 재상이었던 후패(侯覇)는 바보였다. 17) 先經過(선경과)-먼저 찾아오도록 하다. 이때 사도(司徒)였던 후패(侯覇)는 엄광(嚴光)과 전부터 잘 아는 사이였는데, 만나고자 하여 자기는 바쁘니 찾아와 달라고 불렀으나, 엄광은 인의를 바탕으로 정치나 잘하라는 교훈만 전하고 오지 않았다 한다. 18) 汨羅水(멱라수)―초(楚)나라 굴원(屈原)은 충신이었는데도 회왕(懷王)과 양왕(襄王)에게 참언으로 거듭 쫓겨나 산천을 유랑하며《초사(楚辭)》를 읊조리다가 분만(憤懣)을 이길 길이 없어 멱라수에 몸을 던져 죽었다 한다(《史記》列傳). 19) 夷齊(이제)―백이(伯夷)와 숙제(叔齊). 이들은 고죽군(孤竹君)의 아들로, 주(周) 무왕(武王)이 은(殷)나라를 쳐부수자 두 임금을 섬길 수 없다 하고 수양산(首陽山)으로 들어가 고비를 뜯어 먹고 살다 굶어 죽었다 한다(《史記》列傳). 20) 西山(서산)―수양산(首陽山). 산서성(山西省) 영제현(永濟縣), 하북성(河北省) 노룡현(盧龍縣), 하남성(河南省) 언사현(偃師縣), 감숙성(甘肅省) 농서현(隴西縣) 등 이 산의 위치는 책에 따라 설이 구구하다. 21) 犖犖(낙락)―우뚝히 뛰어난 모양(《說文》), 분명한 모양(《史記》注). 22) 羈(기)―말머리에 매는 가죽끈. 매다. 매이다. 23) 自滅磨(자멸마)―스스로를 망치게 하는 것, 스스로 마멸되게 하는 것. 24) 蒼生(창생)―많은 사람들. 창(蒼)은 초목이 많이 우거진 것. 따라서 많은 초목 같은 사람들. 25) 蹉跎(차타)―발을 헛딛는 것, 넘어지는 것, 실패하는 것. 26) 直須(직수)―오직 ……해야만 한다. 직(直)은 지(只)와 통함. 27) 吊(조)―조문하다, 위로하다. 28) 嫌恨(혐한)―싫어하고 한하다, 미워하고 원망하다. 29) 傷丘軻(상구가)―상(傷)은 해치는 것, 욕하는 것. 구(丘)는 공구(孔丘), 공자의 이름. 가(軻)는 맹가(孟軻), 맹자의 이름. 30) 玉堂金馬(옥당금마)―옥당(玉堂)은 한림원(翰林院)의 별칭. 한대(漢代)에 시중(侍中)으로 옥당서(玉堂署)가 있어 생긴 말. 금마(金馬)는 금마문(金馬門). 한대 관서의 문으로 옆에 동마(銅馬)가 있어 그렇게 불렀다. 모두 황제를 가까이서 받드는 요직을 뜻함. 31) 雲山石室(운산석실)―구름낀 산의 바위 동굴. 은사(隱士)가 사는 곳을 가리킴. 32) 嵯峨(차아)―산이 높은 모양. 33) 長嘯(장소)―길게 휘파람 불다. 34) 天何多(천하다)―하늘은 얼마나 많은가. 여기서는 하늘이 끝없이 넓은 것을 뜻함.

解說 세상일에 대하여 아무런 거리낌도 없이 깨끗하고 넓은 마음으로 살아가려는 작자의 뜻을 노래한 시이다. 당국에서 써주면 일하고 써주지

않으면 산속에 묻혀 살면서 천지의 조화와 일체가 되겠다는 것이다. 끝머리에서 노래한 술마시는 뜻에서는 도연명(陶淵明)이나 이백(李白)의 기상을 느끼게 한다.

사정에서 잔치하며(燕思亭[1])

이백이 고래 타고 하늘로 날아 올라가니,
강남의 풍월은 한산한 지 여러 해 지났네.
비록 높은 정자와 좋은 술이 있다 하더라도,
누가 술 한 말에 시 백 편씩 지어내랴?
주인은 필시 금거북을 술로 바꾼 하지장 같은 노인일 것이니,
정자에 이르기도 전에 명성이 이미 훌륭함을 알았네.
자줏빛 게가 살지고 늦은 벼가 싱그럽게 익어가며,
누런 닭은 모이를 쪼는데 가을바람 벌써 이네.
옛날 금란전 위에서 이백은,
취하여 비단 장포(長袍)에 검은 두건 썼었지.
위대한 신령이 산을 쪼개고 큰 강물을 말리며,
큰 고래가 바닷물을 들이켜 온 계곡물까지 말리는 듯하였지.
원기(元氣)를 기울이어 그의 가슴과 배에 부어넣었듯이,
잠깐 사이에 아름다운 글이 따뜻한 봄처럼 흘러나왔네.
책은 꼭 두보처럼 만 권을 넘겨 읽을 건 없으니,
붓을 들면 자연히 귀신들린 듯 글을 썼네.
나 같은 무리는 본시가 멋대로 시나 읊으며 지내는 사람이
나,
시냇물과 산에게 말하노니 그대들을 생각 않겠는가?

언젠가는 양양의 젊은이들로 하여금,

다시 술취한 나를 두고 온 거리에서 동제가(銅鞮歌)를 노래
하게 하리다.

이 백 기 경 비 상 천　　　강 남 풍 월 한 다 년
李白騎鯨飛上天[2]하니, 江南風月閑多年[3]이라.

종 유 고 정 여 미 주　　　하 인 일 두 시 백 편
縱有高亭與美酒나, 何人一斗詩百篇고?

주 인 정 시 금 귀 로　　　미 도 정 중 명 이 호
主人定是金龜老[4]니, 未到亭中名已好라.

자 해 비 시 만 도 향　　　황 계 탁 처 추 풍 조
紫蟹肥時晚稻香이오, 黃雞啄處秋風早라.

아 억 금 란 전 상 인　　　취 착 궁 금 오 각 건
我憶金鑾殿[5]上人이, 醉著宮錦[6]烏角巾이라.

거 령 벽 산 홍 하 갈　　　장 경 흡 해 만 학 빈
巨靈[7]劈山洪河竭이오, 長鯨吸海萬壑貧[8]이라.

여 경 원 기 입 흉 복　　　수 유 백 미 생 양 춘
如傾元氣[9]入胸腹하니, 須臾百媚[10]生陽春이라.

독 서 불 필 파 만 권　　　필 하 자 유 귀 여 신
讀書不必破萬卷[11]이니, 筆下自有鬼與神이라.

아 조 본 시 광 음 객　　　기 어 계 산 막 상 억
我曹[12]本是狂吟客이나, 寄語溪山莫相憶[13]가?

타 년 수 사 양 양 아　　　재 창 동 제 만 가 맥
他年須使襄陽兒[14]로, 再唱銅鞮[15]滿街陌이라.

註解 1) 燕思亭(연사정)—사정(思亭)이 어디 있는지는 알 수 없다. 진사도
(陳師道)에게 〈사정기(思亭記)〉란 글이 있으나 그것은 서천(徐川)의
견씨(甄氏) 자손이 부모를 기념하여 세운 것이니 이곳의 사정은 아
닌 듯하다. '연사정' 전체가 정자 이름이라고 보는 이도 있다. 2) 李
白騎鯨飛上天(이백기경비상천)—이백은 채석기(采石磯)에서 뱃놀이
하다 물에 비친 달을 건지려고 취중에 물로 뛰어들어 익사했다는데,
뒤에 고래를 타고 하늘로 올라갔다는 전설이 있다(앞의 매요신의

〈채석산의 달, 곽공보에게 드림〉시 참조). 3) 江南風月閑多年(강남
풍월한다년)-강남의 풍월(風月)을 읊는 이가 없어져 오랫동안 바람
과 달이 한산(閑散)했다는 뜻. 4) 金龜老(금귀로)-이백(李白)이 하
지장(賀知章)을 처음 만났을 때 하지장은 이백을 적선인(謫仙人)이
라 부르고 금귀(金龜)로써 술을 바꾸어 마시며 즐거움을 다하였다
한다. 5) 金鑾殿(금란전)-당나라 궁전 이름. 일찍이 당(唐) 현종(玄
宗)은 이백을 금란전으로 불러 만나보고 양귀비(楊貴妃)와 함께 백
련지(白蓮池)에서 뱃놀이를 하였다. 이때 현종은 이백에게 시를 지
으라 하였다. 그러나 그는 취하여 있으므로 고역사(高力士)로 하여
금 이백을 부축하여 배에 오르도록 하고, 다시 이백이 지은 시를 보
자 궁포(宮袍)을 벗어 하사하였다 한다. 따라서 '금란전상인(金鑾殿
上人)'은 현종의 사랑을 받던 이백을 가리킨다. 6) 宮錦(궁금)-궁
중 양식의 비단으로 만든 장포(長袍). 오각건(烏角巾)은 은거하는 야
인(野人)이 쓰는 검은 두건. 이 구절은 득의(得意)한 이백의 방약무
인(傍若無人)한 태도를 읊은 것이다. 7) 巨靈(거령)-큰 신령. 벽산
(劈山)은 산을 쪼개는 것. 홍하(洪河)는 큰 강물. 이 구절은 이백의
기세를 읊은 것이다. 8) 萬壑貧(만학빈)-온 골짜기 냇물이 빈약해
진다. 이것은 이백의 위대한 역량을 비유한 것이다. 9) 元氣(원기)-
만물 생성의 근원이 되는 기운. 10) 百媚(백미)-온갖 아름다움, 갖
가지 아름다운 글. 11) 讀書不必破萬卷(독서불필파만권)-두보(杜
甫)의 〈증위좌승(贈韋左丞)〉시의 '독서파만권(讀書破萬卷), 하필여
유신(下筆如有神)'이란 말을 뒤집어 쓴 것이다. 12) 曹(조)-무리,
여러 사람들. 13) 莫相憶(막상억)-'생각하지 않겠는가?', 반어(反
語)로 보아야 전후 문맥이 잘 통한다. 14) 襄陽兒(양양아)-양양(襄
陽)의 아이들. 양양은 호북성(湖北省)에 있는 고을 이름. 이백은 〈양
양가(襄陽歌)〉에서 '저녁해는 현산(峴山) 서쪽으로 지려 하는데, 거
꾸로 두건을 쓰고 꽃그늘 아래 비틀거린다. 양양의 아이들이 다 함
께 손뼉을 치며 거리를 막고 다투어 백동제(白銅鞮)를 노래한다. 곁
사람이 무얼 보고 웃느냐 물으니, 산옹(山翁)이 취하여 진흙 같아 우
스워 죽겠단다'라 하였다. 이곳의 산옹(山翁)은 진(晉)나라 산간(山
簡 : 字 季倫)을 말한다. 15) 銅鞮(동제)-앞에 나온 〈백동제가(白銅
鞮歌)〉. 백동제(白銅蹄)로도 쓰며 양양지방의 민요. 《옥대신영(玉臺
新詠)》엔 〈양양백동제가(襄陽白銅鞮歌)〉가 실려 있다.

解說 사정(思亭)이란 정자에서 술을 마시며 이백의 빼어난 시의 재주를 부러워하며 읊은 노래이다. 강남의 풍경은 이백이 죽은 뒤로는 오랫동안 아무도 노래부르는 이 없이 한산하다. 지금 자기는 사정에서 옛날의 하지장(賀知章) 같은 주인의 술을 대접받고 있지만 그 친구인 자기는 이백 같은 시의 재능이 없다. 이백의 기세와 천재는 이 세상에 비길 데 없이 위대한 것이다. 다만 자기도 이백의 근처에 갈 수 있는 게 있다면 술 취하여 아이들의 웃음 속에 아무런 거리낌없이 거리를 누비는 것이라는 것이다. 이백을 흠모하는 정이 광객(狂客)다운 필치로 잘 표현된 시라 하겠다.

요월정(邀月亭[1])

정자 위엔 철철 넘치는 좋은 술 있고,
쟁반 속엔 한 덩이 황금닭 안주 있구나.
푸른 바다 동쪽 모퉁이에서 달을 맞으니,
얼음 바퀴가 돌며 파란 유리 위로 오르는 듯.
하늘에 부는 바람이 물 뿌리고 쓸어가 뜬구름도 사라지니,
많은 바위와 여러 골짜기가 옥동굴 속 같기만 하네.
달 속 계수나무 꽃은 빛을 날려 잔 속으로 들어와,
잔 기울여 가슴속으로 부으면 맑은 뼈까지 비치는 듯하네.
옥토끼는 약을 빻아 누구에게 먹이려는 것일까?
그걸 우리 호걸스런 사람들에게 주면 젊은 얼굴 오래 간직
    하련만,
젊은 얼굴 간직될 수만 있다면,
그 중한 은혜 산언덕 같겠지.
그대 위해 월식(月蝕) 생기게 한다는 두꺼비 요정 죽여 버릴까,

허리에 찬 오래된 칼빛 싸늘하네.
술잔 들어 밝은 달에게 권하노니,
내 노랫소리 일거든 잘 들어다오.
옛사람들의 온갖 시름 비추어 보고도,
다시 지금 사람들의 이별하는 자리 비추고 있네.
우리들은 스스로 호쾌한 술꾼이라 자처하거늘,
아이들처럼 달이 찼다 기우는 것을 탄식하려 들겠는가?

亭上十分²⁾綠醑酒요, 盤中一筋³⁾黃金鷄라.

滄溟⁴⁾東角邀姮娥하니, 氷輪⁵⁾碾上靑琉璃라.

天風洒掃浮雲沒하니, 千巖萬壑瓊瑤窟⁶⁾이라.

桂花⁷⁾飛影入盞來하여, 傾下胸中照淸骨이라.

玉兎擣藥⁸⁾與誰餐고? 且與豪客留朱顔⁹⁾이라.

朱顔如可留면, 恩重如丘山이라.

爲君殺却蝦蟆精¹⁰⁾이니, 腰間老劍光芒寒¹¹⁾이라.

擧酒勸明月하니, 聽我歌聲發하라.

照見古人多少愁러니, 更與今人照離別이라.

我曹¹²⁾自是高陽徒니, 肯學¹³⁾群兒嘆圓缺가?

註解 1) 邀月亭(요월정) – '달맞이 정자'의 뜻. 그 정자가 어디에 있었는지

는 알 길이 없다. 2) 十分(십분)－많은 것, 가득한 것. 녹서주(綠醑
酒)는 녹색 빛이 나는 좋은 술 이름. 3) 一筯(일저)－저(筯)는 저(箸)
로도 쓰며, 한 젓가락. 여기서는 한 덩어리를 가리킴. 4) 滄溟(창
명)－푸르고 넓은 바다. 항아(姮娥)는 달에 산다는 선녀 이름. 여기
서는 달을 대표함. 5) 氷輪(빙륜)－얼음 수레바퀴. 맑은 달을 가리
킴. 연상(碾上)은 수레바퀴가 땅에 마찰하면서 굴러 올라오는 것. 청
유리(靑琉璃)는 파란 유리. 하늘을 가리킴. 6) 瓊瑤窟(경요굴)－경
(瓊)과 요(瑤)는 옥돌 이름. 옥돌로 만든 땅굴. 7) 桂花(계화)－계수
나무 꽃. 달 속에는 계수나무가 있다는 전설이 있다(《酉陽雜俎》). 8)
玉兎擣藥(옥토도약)－옥토끼가 약을 빻다. 9) 留朱顔(류주안)－붉은
혈기 좋은 얼굴이 머물러 있게 한다, 늙지 않게 하는 것. 10) 蝦蟆精
(하마정)－하마(蝦蟆)는 두꺼비. 두꺼비의 정(精)이 달을 갉아먹어
월식(月蝕)이 생긴다는 전설이 있다(《事文類聚》前集 月部). 11) 光
芒寒(광망한)－칼날 빛이 싸늘하다. 칼날이 예리하게 빛남을 형용한
말. 12) 我曹(아조)－우리들. 고양도(高陽徒)의 고양(高陽)은 하남성
(河南省)의 옛 고을 이름. 그곳엔 호방한 술꾼들이 많아 굉장한 술꾼
을 가리키는 말로 쓰임(《史記》酈食其傳). 13) 肯學(긍학)－배우려
들겠는가? 흉내내려 하겠는가?

解説 달 아래 술 마시는 맑고 빼어난 흥취를 노래한 시. 이백(李白)의 〈파주
문월(把酒問月)〉 시를 생각케 하는데 작가인 마자재는 스스로 이백을
매우 흠모하던 사람이었다.

긴 회수의 노래(長淮謠[1])

긴 회수의 물은 푸르기 이끼빛이니,
나그네는 다만 마음과 눈이 열려짐을 느끼네.
상강에도 어찌 물이야 없었겠는가?
물고기 배 속에 굴원(屈原)의 충성스런 혼 묻혔으니,
오직 시름 엉킨 구름에 빗물 서리고 원숭이 소리 슬픈 것만

이 느껴졌던 게지.

절강에도 어찌 물이야 없었겠나?

말가죽 포대 속에 오자서(伍子胥)의 시체 담겨 떠다녔으니,

오직 파도치는 물결 위에 그의 노기가 산더미처럼 실려 오
　는 것만이 보였던 게지.

외로이 밀려난 신하나 시인들은 이 강가에 와서,

무엇으로 그들의 심회를 풀어야 할까?

긴 회수의 물은 초나라를 감돌아 흐르고,

우리집은 바로 회수 가에 있는데,

황금빛으로 넘치는 물이 밝은 달 목욕시키니,

푸른 옥 같은 한 조각 하늘엔 맑은 가을 품고 있네.

술기운 꽃 피듯 얼굴에 물들자 노래 한 곡조 뽑으니,

회수 가의 모든 물건들이 공연한 시름 없애 주네.

　　　　장 회 지 수 청 여 태　　　　행 인 단 각 심 안 개
　　　　長淮之水靑如苔²⁾하니, 行人但覺心眼開라.

　　　　상 강 기 무 수　　어 복 충 혼 매　　단 견 수 운 결 우 원 성 애
　　　　湘江³⁾豈無水오? 魚腹忠魂埋⁴⁾니, 但見愁雲結雨猿聲哀라.

　　　　절 강 기 무 수　　치 혁 표 서 해　　단 견 조 두 노 기 여 산 래
　　　　浙江⁵⁾豈無水오? 鴟革⁶⁾漂胥骸니, 但見潮頭怒氣如山來라.

　　　　호 신 사 객 도 강 상　　　　하 이 관 심 회
　　　　狐臣詞客到江上하여, 何以寬心懷⁷⁾리오?

　　　　장 회 지 수 요　초 류　　선 생 가 주 회 상 두
　　　　長淮之水遶⁸⁾楚流하고, 先生家住淮上頭라.

　　　　황 금 만 곡 욕 명 월　　벽 옥　일 편 함 청 추
　　　　黃金萬斛⁹⁾浴明月하니, 碧玉¹⁰⁾一片含淸秋라.

　　　　주 화　입 면 가 일 성　　회 상 백 물 무 한 수
　　　　酒花¹¹⁾入面歌一聲하니, 淮上百物無閑愁라.

註解 1) 長准謠(장회요) - 긴 회수(淮水)의 노래. 회수는 하남성(河南省) 동
백산(桐柏山)에서 시작되어 안휘(安徽)·강소(江蘇) 두 성(省)의 북
부를 거쳐 동쪽으로 바다에 흘러들던 강물 이름. 몇 번 흐름이 바뀐
끝에 지금은 강소성(江蘇省) 회음현(淮陰縣)에서 동쪽 바다로 흘러
들고 있다. 2) 苔(태) - 이끼. 3) 湘江(상강) - 호남성(湖南省)에 흐르
는 강물 이름. 소수(瀟水)와 합쳐 동정호(洞庭湖)로 흘러든다. 4) 忠
魂埋(충혼매) - 옛날 굴원(屈原)이 충신이면서도 쫓겨나 강남을 돌아
다니다 상강(湘江)의 하류인 멱라수(汨羅水)에 투신 자살했던 것을
뜻함. 5) 浙江(절강) - 곡강(曲江)·지강(之江) 등으로도 불렸으며,
북쪽의 신안강(新安江)과 남쪽의 난계(蘭溪)가 건덕현(建德縣) 근방
에서 합쳐 북쪽으로 흐르는 것을 절강(浙江)이라 한다. 동려현(桐廬
縣)을 거쳐 동계(桐溪)와 합쳐 동강(桐江)이라고도 부르고, 부양현
(富陽縣)을 거치면서는 부춘강(富春江)이라고도 부르며, 소산현(蕭
山縣)에선 전청강(錢淸江)이 합류되어 동북으로 흘러 바다에 들어가
는데, 그곳의 해조(海潮)가 장관을 이룬다 한다. 절강성(浙江省)이란
성 이름은 이 강물에 연유한다. 6) 鴟革(치혁) - 치이혁(鴟夷革)이라
고도 하며, 말가죽을 뜻한다. 표서해(漂胥骸)는 오자서(伍子胥)의 시
체가 떠다니다. 오(吳)나라에 큰 공을 세운 오자서는 결국 참언(讒
言)으로 말미암아 오왕(吳王)에게 죽음을 당하고, 말가죽에 시체를
담아 절강에 버려지는 신세가 된다《史記》伍子胥傳. 7) 寬心懷(관
심회) - 심회를 넓히다, 심회를 풀다. 8) 遶(요) - 감돌다, 둘리다. 9)
黃金萬斛(황금만곡) - 1곡(斛)은 10두(斗). 달빛으로 황금빛이 된 큰
물을 가리킴. 10) 碧玉(벽옥) - 푸른 옥. 하늘을 가리킴. 11) 酒花(주
화) - 술꽃. 술기운이 오르는 것을 가리킴.

解說 회수(淮水) 가에서 달 아래 술과 노래로 즐기는 뜻을 노래한 시. 상강
(湘江)이나 절강(浙江)처럼 애절한 느낌 없이 자연 속에 묻힐 수 있는
곳임을 강조하기 위하여 굴원(屈原)과 오자서(伍子胥)의 고사를 인용
하고 있다.

소식 蘇軾, 1036~1101

자는 자첨(子瞻), 호는 동파(東坡). 북송 미산(眉山 : 지금의 四川省) 사람. 아버지 소순(蘇洵)·아우 소철(蘇轍)과 함께 '삼소(三蘇)'라 불려진 문호임. 가우(嘉祐) 2년(1057) 진사가 되어 대리평사(大理評事)·봉상부첨판(鳳翔府簽判) 등을 지냈다. 왕안석(王安石)의 신법(新法)에 반대하여 신종(神宗)에게 그 불편을 상소한 끝에, 항주(杭州) 통판(通判)으로 내쫓겼다가 호주(湖州)·황주(黃州)·혜주(惠州) 등으로 옮겼다. 철종(哲宗)이 즉위하자 조봉랑(朝奉郎)으로 불러들인 뒤 예부시랑(禮部侍郎)·중서사인(中書舍人)·한림학사(翰林學士) 겸 시독(侍讀) 등을 지냈다. 그러나 뒤에는 다시 죄명으로 지방관으로 쫓겨나 여러 곳을 돌아다녔다. 소성(紹聖) 초(1094)에는 다시 신법을 행하는 바람에 혜주(惠州)·창화(昌化) 등지로 쫓겨났다. 휘종(徽宗) 때 대사(大赦)로 조봉랑(朝奉郎)이 되고 다시 성도옥국관(成都玉局觀) 제거(提擧)가 되었다. 죽은 뒤 시호를 문충(文忠)이라 하였다. 그는 산문에 있어서나 시(詩)·사(詞)에 있어 호방하고 빼어난 기풍으로 송대 문단뿐만 아니라 중국문학을 대표할 만한 문호이다. 그는 그림과 붓글씨에도 뛰어났다. '소문사학사(蘇門四學士)'를 비롯한 수많은 후진들을 이끌어 주었고, 《동파전집(東坡全集)》 115권과 《동파사(東坡詞)》 1권을 남기고 있다.

산촌(山邨) 5절

기일(其一)

대 울타리 둘린 초가집 시내 따라 비스듬히 서있고
봄이 되자 산촌은 곳곳에 꽃 피었네.
태평은 아무런 징상(徵象)이 없다지만 그래도 징상이 있으니,
외로운 연기 피어오르는 곳에 인가가 있네.

竹籬¹⁾茆屋²⁾趁溪³⁾斜하고, 春入山村處處花라.

無象⁴⁾太平還有象하니, 孤煙起處是人家라.

註解 1) 籬(리) — 울타리. 2) 茆屋(모옥) — 초가집. '모'는 모(茅)와 같은 자. 3) 趁溪(진계) — 개울을 따라. 4) 象(상) — 징상(徵象), 징조.

解說 산촌 마을 풍경이 가볍고 아름답게 묘사되어 있다. 소폭의 그림을 한 장 보는 듯하다.

기이(其二)

안개비 자욱한데 닭소리 개소리 들리누나,
삶이 있는 한 어느 곳에서인들 불안하게 살아서야 되겠는가?
다만 송아지 살 칼을 아무도 차고 다니지 않는다면
뻐꾹새가 어찌 수고로이 농사지을 것을 권하겠는가?

烟雨濛濛⁵⁾雞犬聲이어늘, 有生何處不安生고?

단 령 황 독 무 인 패　　포 곡　하 로 야 권 경
但令黃犢⁶⁾無人佩면, 布穀⁷⁾何勞也勸耕이리오?

註解 5) 濛濛(몽몽)−안개가 자욱한 모양.　6) 黃犢(황독)−송아지. 한(漢)
나라 때 공수(龔遂)는 발해태수(渤海太守)가 되자 농민들이 허리에
차고 있는 칼을 팔아 송아지를 사도록 하였다(《漢書》本傳). 따라서
'송아지를 살 칼을 아무도 허리에 차고 다니지 않다'는 것은 농민들
이 농사를 열심히 짓는 것을 뜻한다. 7) 布穀(포곡)−뻐꾹새. '포곡'
은 뻐꾹새 울음소리를 그대로 딴 것이지만, 글 뜻은 '곡식 씨를 뿌려
라'는 말이 된다. 따라서 중국사람들은 옛날부터 봄이 되면 뻐꾹새
가 농민들에게 농사를 지으라고 운다고 하였다.

解說 짧은 시이지만 그의 시대의 정치에 대한 풍자가 모두 신랄하다. 이 시
에서 '허리에 차고 다니는 송아지 살 칼'이라 한 것은 이 시대에 있어
서는 농민들이 허리에 차고 다니던 칼이 아니라 농민과 백성들을 억
압하던 관원들이 허리에 차고 다니던 칼과 몽둥이 같은 것을 뜻할 것
이다. 특히 다음 '기삼(其三)'시에도 보이는 것처럼 가혹한 조정의
염법(鹽法)을 풍자하고 있다 한다.

기삼(其三)

70 영감이 스스로 허리에 낫을 꽂고 나서니,
부끄럽게도 봄산의 죽순과 고사리가 달기만 하네.
어찌 순임금의 음악 듣고 음식맛 잊게 된 것이겠는가?
근래 석 달 동안 먹을 소금이 없기 때문이지.

노 옹 칠 십 자 요 겸　　참 괴　춘 산 순 궐 첨
老翁七十自腰鎌⁸⁾하니, 慚愧⁹⁾春山筍蕨甛이라.

기 시 문 소　해 망 미　　이 래　삼 월 식 무 염
豈是聞韶¹⁰⁾解忘味오? 邇來¹¹⁾三月食無鹽이라.

8) 腰鎌(요겸)-낫을 허리에 차는 것. 9) 慚愧(참괴)-부끄러운 것.
여기서는 고맙게 생각함을 뜻한다. 순궐(筍蕨)은 죽순과 고사리.
10) 聞韶(문소)-소를 듣다. '소'는 순(舜)임금의 음악. 공자가 제
(齊)나라에 가서 소(韶)를 듣고는 석 달 동안 고기맛을 몰랐다(三月
不知肉味) 한다(《論語》 述而). 해(解)는 이해하다, ……하게 된다.
11) 邇來(이래)-근래.

解說 농촌을 노래하면서도 시사에 대한 풍자가 신랄하다. 곡식이 모자라
노인들이 산나물을 뜯어먹고 사는데, 그러고도 조정의 가혹한 염법
(鹽法) 때문에 백성들은 먹을 소금도 구하지 못하여 음식맛도 모르고
있다는 것이다.

기사(其四)

명아주 지팡이 짚고 밥 싸 가지고 서둘러 달려가
눈앞에서 빌린 청전은 손에 들어오기 무섭게 없어지네.
얻은 것은 아이들 좋아진 말솜씨니,
1년이면 대부분을 성안에 가서 지내기 때문일세.

杖藜[12]裹飯去忽忽하여, 過眼靑錢[13]轉手空이라.

贏得[14]兒童語音好니, 一年强半在城中이라.

註解 12) 杖藜(장려)-명아주 대로 만든 지팡이를 짚다. 과반(裹飯)은 밥
을 싸다. 거총총(去忽忽)은 서둘러 가다, 급히 성 안으로 가다. 13)
靑錢(청전)-청동(靑銅)으로 만든 돈. 왕안석의 신법 중의 청묘법(靑
苗法)은, 벼가 파란 철에 백성들에게 돈을 빌려주었다가 가을에 수
확을 한 다음 그 돈의 본전과 이자를 합쳐 받던 제도였다. 이 '청전'
은 그때 백성들이 정부로부터 빌린 돈을 가리킨다. 14) 贏得(영
득)-벌다, 얻다, 소득.

解說 이 시는 희녕(熙寧) 6년(1073) 항주통판(杭州通判)으로 있으면서 그 부근의 농촌을 둘러보다가 지은 시라 한다. 왕안석의 신법에 대한 풍자가 신랄하다. 이런 시들 때문에 '소식은 시를 가지고 조정을 비난한다'고 비판하는 자가 있어 소식은 어사대(御史臺) 감옥에 갇힌다. 이를 오대시안(烏臺詩案)이라 한다. 이때 소식은 사형을 당할 뻔하였으나 신종(神宗)이 그의 재능을 아껴 겨우 풀려나 귀양을 갔다.

기오(其五)

녹을 훔쳐먹으며 고향으로 돌아가는 것 잊은 것이 내 스스로 부끄러우니,
세월은 풍년이라는데 너는 걱정 속에 있구나.
다시 날아가던 솔개가 떨어지는 것을 기다릴 게 없으니,
이제야 평생동안 편히 사는 게 옳음을 깨닫게 되네.

절 록　 망 귀 아 자 수　　 풍 년 저 사　 여 우 수
竊祿¹⁵⁾忘歸我自羞니, 豊年底事¹⁶⁾汝憂愁라.

불 수 갱 대 비 연 타　　 방 념 평 생 마 소 유
不須更待飛鳶墮¹⁷⁾니, 方念平生馬少遊¹⁸⁾라.

註解 15) 竊祿(절록) - 나라의 녹을 훔쳐먹다, 직책을 제대로 수행치 못하면서 녹만 받는 것을 뜻한다. 16) 豊年底事(풍년저사) - 풍년이 든 해의 일. 17) 飛鳶墮(비연타) - 날아가던 솔개가 떨어지다. 18) 馬少遊(마소유) - 후한(後漢) 마원(馬援)의 사촌 동생. 늘 마소유는 마원에게 출세하려고 노력하지 말고 편히 살 것을 권하였다. 그러나 마원은 늘 나랏일에 헌신하였는데, 마원이 서남쪽 오랑캐를 치러 나가 보니, 남쪽 지방엔 습기가 많고 장기(瘴氣)가 있어, 날아가던 솔개도 그 때문에 물에 떨어져 죽는 것을 보고 자기 생활이 후회되기도 하였다. 그러나 그는 전쟁에 이기어 신식후(新息侯)에 봉해지고, 3천호(戶)의 식읍(食邑)을 하사받았다.

결국 소식은 마지막 시에서 벼슬을 그만두고 산촌으로 돌아가 편히 살 것을 생각하고 있다. 아름다운 산촌에서 평화로운 삶을 누리고 싶은 것이다.

서림사 벽에 씀(題西林¹⁾壁)

옆에서 보면 고개이지만 곁에 가 보면 봉우리가 되니,
멀고 가까운 거며 높고 낮은 것이 하나도 같게 보이지 않네.
여산의 참된 모습을 알지 못하는 것은
오직 내 몸이 이 산속에 있기 때문일세.

횡 간 성 령 측 성 봉　　원 근 고 저 총 부 동
橫看成嶺側成峯하니, 遠近高低總不同이라.
부 지 여 산 진 면 목　　지 연　신 재 차 산 중
不知廬山²⁾眞面目은, 只緣³⁾身在此山中이라.

1) 西林(서림)－서림사(西林寺), 여산 기슭에 있는 절. 뒤에 이름이 건명사(乾明寺)로 바뀌어졌다. 2) 廬山(여산)－강서(江西)성 구강현(九江縣) 남쪽에 있는 유명한 산 이름. 명승지로 알려진 곳이 산속에 많으며, 많은 사람들이 이 산으로 들어와 움막(廬)을 짓고 세상으로부터 숨어 살았기 때문에 여산이란 이름이 붙여졌다 한다. 광산(匡山) · 여부(廬阜) · 광려(匡廬) 등으로도 불리었다. 3) 緣(연)－ 때문, 까닭.

작자 소식의 인식론이 드러나는 시이다. 이 시에서 '여산진면목(廬山眞面目)' 이란 고사성어가 나왔다. 일반적인 관점에서는 여러 가지 일이나 물건의 참된 성격이나 모습을 알기가 어렵다는 뜻이다. 보기를 들면 우리가 다른 사람들을 보는 눈도 그렇다. 사람이란 누구나 약점을 갖고 있기 때문에 보는 각도에 따라서는 훌륭한 사람도 시원찮게 보일 수가 있다. 반대로 나쁜 사람일지라도 남다른 장점도 갖고 있다. 그러니 남들의 단점보다는 장점을 찾기에 힘써야 한다. 모든 일 또는 무엇이나 "옆에서 보면 고개이지만 곁에서 보면 봉우리"가 되는 것이다.

또 하나 이 시가 우리에게 주는 큰 교훈은 "여산의 참된 모습을 알지 못하는 것은, 오직 내 몸이 이 산속에 있기 때문"이라는 것이다. 우리는 자신이 몸담고 있는 세상의 실상을 오히려 제대로 알지 못한다. 자기에게 주어진 훌륭한 여건은 생각지도 않고 자기에게 주어진 좋지 못한 일들만을 되새기며 스스로를 불행하게 만드는 경우가 많다. 우리가 이 세상에 사람으로 태어난 것, 또 한국에 태어난 것, 우리 집안에 태어난 것이 축복임을 깨달아야 한다. 우리 주변은 아름답고 사람이 살기에 편리하고 매우 좋은 곳이다. 재미있고 살기 좋고 행복하고 아름다운 자기 주변의 실상을 제대로 파악하여야 한다.

내가 살고 있는 정혜원 동쪽 온 산에 여러 가지 꽃이 핀 중에 해당화 한 그루가 있었는데 그 고장 사람들은 그것의 귀중함을 모름을 읊음(寓居定惠院[1]之東, 雜花滿山, 有海棠一株, 土人不知貴也)

강을 낀 황주 땅은 무더운 기운 있어 초목 무성한데
오직 명화 한 그루 있어 적적하고 외로움을 괴로워한다.
생긋 한번 웃는 것 같은 모습이 대울타리 사이로 보이는데
복숭아 오야 꽃은 산에 질펀해도 모두 거칠고 속되기만 하다.
역시 조물주께선 깊은 뜻 있으심 알겠으니
일부러 미인을 텅 빈 골짜기로 보내신 거로다.
자연스럽게 부하고 귀한 모습은 타고난 바탕에서 나오는 것
이니
금 쟁반에 담아 화려한 집에 모셔 놓을 것도 없다.

붉은 입술로 술 마시어 발그레 양볼 상기되고
파란 소매의 짧은 비단 말아 올리니 붉은 살이 비친다.
숲은 깊고 안개 자욱하여 새벽빛 더디게 비치는데
날 따스하고 바람 가벼워 봄 잠 실컷 잔다.
비오는 속엔 눈물 있어 또한 슬픔 느끼게 하고
달빛 아래 아무도 없으면 더욱 맑고 깨끗하다.
선생은 배부르게 먹고 할 일 하나도 없어
왔다갔다 거닐면서 자기 배를 문지른다.
남의 집이건 절간이건 물어 보지도 않고
지팡이 짚고 가 문 두드리고 길게 자란 대를 구경한다.
갑자기 다시없는 아름다움 만나 쇠하고 시든 몸 비추니
탄식하며 말없이 병든 눈만 닦는다.
천한 고장에 어디로부터 이 꽃을 얻어 왔을까?
호사가가 서촉 땅으로부터 옮겨온 게 아닐까?
한 치의 뿌리라도 천 리 길 가져오기 쉽지 않으리니
씨를 물고 날아온 건 틀림없이 고니일 게다.
하늘가에 흘러 떨어졌으니 다 같이 외로운 처지라
한 잔의 술을 마시며 이 노래를 부른다.
내일 아침 술 깨어 다시 홀로 와 보면
눈 내리듯 펄펄 떨어질 꽃잎을 어찌 차마 대하리?

강 성 지 장 번 초 목   지 유 명 화 고 유 독
江城地瘴²⁾蕃³⁾草木하니, 只有名花苦幽獨이라.

언 연 일 소 죽 리 간   도 리 만 산 총 추 속
嫣然⁴⁾一笑竹籬間하니, 桃李漫山總麤俗⁵⁾이라.

야 지 조 물 유 심 의   고 견 가 인 재 공 곡
也知造物有深意니, 故遣佳人在空谷이라.

자연부귀출천자　　　불대금반　천화옥
自然富貴出天姿하니, 不待金盤⁶⁾薦華屋이라.

주순득주운　생검　　　취수권사　홍영육
朱脣得酒暈⁷⁾生臉이오, 翠袖卷紗⁸⁾紅映肉이라.

임심무암효광지　　　일난풍경춘수족
林深霧暗曉光遲하고, 日暖風輕春睡足이라.

우중유루역처창　　　월하무인갱청숙
雨中有淚亦悽愴⁹⁾하고, 月下無人更淸淑이라.

선생식포무일사　　　산보소요자문복
先生食飽無一事하여, 散步逍遙自捫腹¹⁰⁾이라.

불문인가여승사　　　주장고문간수죽
不問人家與僧舍하고, 拄杖敲門看修竹¹¹⁾이라.

홀봉절염　조쇠후　　　탄식무언개병목
忽逢絶艶¹²⁾照衰朽하니, 歎息無言揩病目이라.

누방하처득차화　　　무내호사이서촉
陋邦何處得此花오? 無乃好事移西蜀¹³⁾가?

촌근천리불이치　　　함자비래정홍혹
寸根千里不易致니, 銜子飛來定鴻鵠¹⁴⁾이로라.

천애유락구가념　　　위음일준가차곡
天涯流落俱可念하니, 爲飮一樽歌此曲이라.

명조주성환독래　　　설락분분나인촉
明朝酒醒還獨來면, 雪落紛紛那忍觸이리오?

註解 1) 定惠院(정혜원)-소식이 황주로 귀양 가서 살고 있던 집 이름. 2)
瘴(장)-장기(瘴氣), 남쪽 지방에 습기가 많아 토질병을 나게 하는 기
운. 여기서는 습기가 많음을 뜻함. 3) 蕃(번)-번성한 것, 무성한 것.
4) 嫣然(언연)-아리따운 모양, 이쁜 모양. 5) 麤俗(추속)-거칠고 속
된 것. 6) 金盤(금반)-금 쟁반. 7) 暈(운)-해 무리 또는 달무리. 여
기서는 볼에 술기운이 벌겋게 물드는 것. 8) 翠袖卷紗(취수권사)-얇
은 비단의 푸른 옷소매를 걷어 올리는 것. 9) 悽愴(처창)-슬픈 것.
10) 捫腹(문복)-배를 문지르는 것. 11) 修竹(수죽)-길게 자란 대나
무. 12) 絶艶(절염)-다시없는 아름다움, 해당화를 가리킴. 13) 西蜀

(서촉)-서쪽 촉 땅, 지금의 쓰촨(四川)성 지방.   14) 鴻鵠(홍혹)-고니, 큰 기러기 과의 철새.

解說 송대의 시인들은 이전 사람들이라면 산문으로나 써야 할 내용들을 시로 서술적으로 노래하기도 하였다. 따라서 묘한 표현 같은 것은 찾아보기 어렵게 되었지만, 더욱 성실하고 섬세한 인간에 대한 관심과 여러 가지 문제에 대한 추구가 이루어지고 있는 것이다. 귀양살이 하는 고장에서 발견한 한 그루 해당화에 대한 감상을 노래한 것이다. 소식은 쓰촨 출신이고 자기 고향인 쓰촨에 아름다운 해당화가 많았던 것 같다. 때문에 귀양살이 하는 고장에서 보는 아름다운 꽃은 더욱 감동적이었을 것이다.

자유의 〈면지회구〉 시에 화함(和子由[1]澠池懷舊)

인생은 어디를 가나 무엇과 같은지 아는가?
말할 것도 없이 날아간 기러기가 진눈을 밟아놓은 것 같으니,
진눈 위에 어쩌다가 발자국은 남겼지만
기러기는 동쪽으로 날아갔는지 서쪽으로 날아갔는지 어찌
  뒤에 따질 수 있겠나?
늙은 중은 이미 죽어 새 부도(浮屠)가 이룩되었고,
무너진 벽에서는 옛날 적어놓은 시를 찾아볼 길이 없네.
옛날에 어려웠던 일을 아직도 기억하는가?
갈 길은 멀고 사람은 지쳤는데 절름발이 나귀는 울어대기만
  하였지.

인 생 도 처 지 하 사   응 사 비 홍 답 설 니
人生到處知何似오? 應似飛鴻[2]踏雪泥니,

이 상 우 연 류 지 조　　홍 비 나 부 계 동 서
泥上偶然留指爪나, 鴻飛那復計東西오?

노 승 이 사 성 신 탑　　괴 벽 무 유 견 구 제
老僧[3]已死成新塔하고, 壞壁無由見舊題[4]라.

왕 일 기 구　 환 기 부　　노 장 인 곤 건 로　시
往日崎嶇[5]還記否아? 路長人困蹇驢[6]嘶라.

註解 1) 子由(자유) — 소식의 아우 소철(蘇轍)의 자. 면지(澠池)는 지금의
하남성(河南省) 낙양(洛陽) 서쪽에 있던 현(縣) 이름. 이 시는 가우
(嘉祐) 6년(1061)에 소식이 봉상부첨판(鳳翔府簽判)으로 부임하는 길
에 면지를 지나면서 아우 소철이 지어 보낸 〈회면지기자첨형(懷澠池
寄子瞻兄)〉 시에 화작(和作)한 것이다. 2) 鴻(홍) — 보통 기러기보다
는 큰 기러기. 3) 老僧(노승) — 늙은 중. 소철의 시의 자주(自注)에 의
하면 이름이 봉한(奉閑)인데, 그때는 이미 죽어서 그의 사리를 봉안
한 부도(浮屠)가 세워져 있었다. 여기의 '신탑(新塔)'은 그 부도를
말한다. 4) 舊題(구제) — 옛날에 제한 시. 제시(題詩)란 시를 지어 벽
같은 데 써놓는 것을 뜻한다. 5) 崎嶇(기구) — 험난한 것, 어려운 것.
6) 蹇驢(건로) — 절름발이 나귀.

解說 아우와의 옛날 일을 노래하고 있지만 내용이 매우 철학적이다. 당대
의 시인들로서는 짓기 어려운 성질의 시이다. 발자국만 남기고 날아
가 버린 기러기는 새로운 부도(浮屠)만 남기고 죽어 버린 옛날의 늙은
스님과 짝을 이루고 있다. 사람에게 있어서의 과거와 현재 및 미래도
기러기의 경우와 다를 바가 없다. 시의 끝머리에 '그때에 말이 이릉에
서 죽어 나귀를 타고 면지에 갔다(往歲馬死於二陵, 騎驢至澠池.)' 라
고 스스로 주를 달고 있다. '그때' 란 가우(嘉祐) 원년(1055), '이릉' 이
란 면지의 서쪽 효산(殽山)에 있는 이릉이다. 하후고(夏后皋)의 남릉
(南陵)과 주나라 문왕(文王)이 비바람을 피했다는 북릉(北陵)을 말한
다. 그리고 인생사란 그처럼 허망한 것이 되기 쉬운데, 너는 건강히
착실하게 잘 지내고 있느냐는 아우에 대한 걱정도 그 속에는 실리어
있다.

여지탄(荔枝歎[1])

10리마다 역을 두어 먼지 날리며 달리게 하고,

5리마다 폿말 세우고 횃불로써 달리기를 재촉했네.

구덩이에 떨어지고 골짜기에 넘어져 서로 포개진 시체는,

바로 여지와 용안육을 가져오기 위해서였네.

나는 듯한 수레로 산을 넘고 매같이 빠른 배로 바다를 건너니,

가지에 부는 바람이며 잎새의 이슬이 새로 따온 듯하여,

궁중의 미인은 이를 보고 한번 웃었지만,

놀란 먼지와 뿌린 피는 천 년을 두고 흐르고 있네.

후한 화제(和帝) 때의 여지는 교주로부터 왔고,

당나라 현종 때엔 해마다 공물로써 부주(涪州)로부터 바쳐
　왔네.

지금도 사람들은 여지를 나르게 한 재상 이임보(李林甫)의 고
　기를 먹겠다지만,

아무도 여지를 바치는 폐해를 막은 당백유(唐伯游)의 혼에 술
　잔을 올리는 이 없네.

바라건대 하느님은 백성들 가엾게 여기시어,

특수한 물건을 내시어 백성들 괴롭히지 마시기를!

비 순조롭고 바람 알맞아 모든 곡식 잘 여물고,

백성들이 굶주리고 헐벗지 않는 것이 가장 좋은 상서인 것을!

그대는 보지 못했는가, 무이산 시냇가의 좁쌀 같은 차의 싹
　을!

앞에선 정위(丁謂) 뒤에선 채양(蔡襄)이 연이어 뜯어다 끓였
　다네.

새로운 것을 다투고 좋은 것을 사는 데에 각자 마음을 써서,
올해도 품질을 겨루어 조정에 바치는 차가 되었다네.
우리 임금께서 부족한 것이야 어찌 이런 물건이겠는가?
입과 몸만을 기르게 함은 얼마나 비루한 짓인가?
낙양의 재상 전유연(錢惟演)의 충효로 이름난 집안에서도,
가련하게도 요황(姚黃)이란 모란꽃을 바친다네.

십 리 일 치 비 진 회　　오 리 일 후 병 화 최
十里一置²⁾飛塵灰하고, 五里一堠³⁾兵火催라.

전 갱 부 곡 상 침 자　　지 시 여 지 용 안 래
顚坑⁴⁾仆谷相枕藉하니, 知是荔枝龍眼⁵⁾來라.

비 거 과 산 골 횡 해　　풍 지 로 엽 여 신 채
飛車跨⁶⁾山鶻橫海하니 風枝露葉如新採라.

궁 중 미 인 일 파 안　　경 진 천 혈 류 천 재
宮中美人⁷⁾一破顔하니, 驚塵濺⁸⁾血流千載라.

영 원 려 지 래 교 주　　천 보 세 공 취 지 부
永元⁹⁾荔枝來交州하니, 天寶¹⁰⁾歲貢取之涪라.

지 금 욕 식 임 보 육　　무 인 거 상 뢰 백 유
至今欲食林甫¹¹⁾肉이나, 無人舉觴¹²⁾酹伯游라.

아 원 천 공 련 적 자　　막 생 우 물 위 창 유
我願天公憐赤子¹³⁾하여, 莫生尤物¹⁴⁾爲瘡痏하라.

우 순 풍 조 백 곡 등　　민 불 기 한 위 상 서
雨順風調百穀登¹⁵⁾하여, 民不飢寒爲上瑞¹⁶⁾라.

군 불 견 무 이 계 변 속 립 아　　전 정 후 채 상 롱 가
君不見武夷¹⁷⁾溪邊粟粒芽아? 前丁後蔡¹⁸⁾相籠加라.

쟁 신 매 총 각 출 의　　금 년 투 품 충 관 차
爭新¹⁹⁾買寵各出意하니, 今年鬪品²⁰⁾充官茶라.

오 군 소 핍 기 차 물　　치 양 구 체 하 루 야
吾君所乏豈此物가? 致養口體何陋邪²¹⁾오?

낙 양 상 군 충 효 가　　가 련 역 진 요 황 화
洛陽相君²²⁾忠孝家나, 可憐亦進姚黃²³⁾花라.

1) 荔枝歎(여지탄) - 여지에 관한 탄식. 여지는 남쪽에서 나는 과일 이름. 용안(龍眼)과 비슷하나 훨씬 더 달고 향기가 있다. 그 나무는 남쪽에서 자라는 상록수로 푸른 꽃에 붉은 열매가 달린다. 과일 씨는 황흑색(黃黑色)이고, 살은 흰 기름 같으며 달고도 물이 많다. 한나라 때부터 제왕들은 먼 남쪽에서 역마(驛馬)를 달리게 하여 장안(長安)으로 신선한 여지를 가져오게 하였다. 2) 十里一置(십리일치) -《후한서(後漢書)》화제기(和帝紀)에 '옛부터 남해의 용안(龍眼)과 여지(荔枝)를 바쳐왔다. 10리마다 역(驛)을 하나 두고, 5리마다 후(堠)가 하나씩 있었는데 험한 길을 달리어 죽는 자가 길에 널렸다'고 하였다. 역에는 말을 준비하여 두었다가 지친 말과 교대하여 달리도록 하였다. 3) 五里一堠(오리일후) - 후(堠)는 이정표(里程標)와 같은 것. 그곳에 또 횃불을 올리어 달리는 말을 재촉토록 하였다. 병화(兵火)는 후(堠)의 횃불. 4) 顚坑(전갱) - 말타고 달리다 흙구덩이에 넘어져 죽는 것. 부곡(仆谷)은 골짜기 속으로 넘어져 떨어지는 것. 상침자(相枕藉)는 죽은 시체가 서로 베고 깔리고 하며 포개져 있는 것. 5) 龍眼(용안) - 여지와 비슷한 과일 이름. 역시 남쪽에서 나는 상록교목(常綠喬木)에 달리는 맛있는 과일. 포도송이처럼 한 송이에 살구만한 과일들이 잔뜩 달린다. 6) 跨(과) - 넘다, 올라타다. 골(鶻)은 매. 7) 宮中美人(궁중미인) - 양귀비(楊貴妃)를 가리킨다. 파안(破顔)은 웃는 것. 8) 濺(천) - 물이 튀는 것. 유천재(流千載)는 천 년 뒤까지도 그 피해가 전하여 흐르고 있다는 뜻. 9) 永元(영원) - 후한(後漢) 화제(和帝)의 연호(89~104년). 교주(交州)는 교지(交趾) 지방, 지금의 월남(越南) 지방. 10) 天寶(천보) - 당(唐) 현종(玄宗)의 연호(742~755년). 세공(歲貢)은 해마다 바치는 공물(貢物). 부(涪)는 부주(涪州). 지금의 사천성(四川省) 중경(重慶) 부릉진(涪陵鎭). 11) 林甫(임보) - 이임보(李林甫). 현종(玄宗) 때의 재상(宰相). 여지(荔枝)를 남쪽에서 가져오는 것을 막지 못했다고 해서 그의 고기를 먹겠다는 것이다. 12) 擧觴(거상) - 술잔을 드는 것. 뇌(酹)는 술을 부으며 제사지내는 것. 백유(伯游)는 후한 화제 때의 당강(唐羌)의 자(字). 임무(臨武)의 장(長)을 지내며 남쪽에서 여지(荔枝)를 가져오는 폐해를 상소하여 그를 그만두게 하였다 한다. 13) 赤子(적자) - 갓난아기. 하느님과 대(對)가 되어 백성들을 가리킨다. 14) 尤物(우물) - 특출한 물건, 여지처럼 귀하면서도 특히 맛있는 것. 창유(瘡痏)는 부스럼

과 흠집, 백성들을 피폐케 하는 것. 15) 登(등)-풍등(豊登), 곡식이 잘 여무는 것. 16) 上瑞(상서)-가장 좋은 서징(瑞徵). 17) 武夷(무이)-산 이름. 복건성(福建省) 숭안현(崇安縣) 남쪽에 있으며, 골짜기가 많아 청계구곡(淸溪九曲)이라 불리기도 하고 '무이차(武夷茶)'란 좋은 차가 난다. 속립아(粟粒芽)는 좁쌀 알 같은 눈. 곧 차엽(茶葉)의 새싹을 형용한 말. 18) 前丁後蔡(전정후채)-《사문류취(事文類聚)》 속집(續集) 권11에 '건주(建州)의 대소용단(大小龍團 : 茶名)은 정진공(丁晉公)에게 시작하여 채군모(蔡君謨)에 의하여 완성되었다'고 했다. 전정(前丁)은 곧 송대 정진공(丁晉公)으로 처음으로 '용봉단(龍鳳團)'을 만들었고, 후채(後蔡)는 조금 뒤의 채군모(蔡君謨)로서 '소룡단차(小龍團茶)'를 만들었다. 이것들은 임금들이 매우 좋아하여 조정에 바쳐졌었으므로, 여지를 바치던 민폐에 비유한 것이다. 농가(籠加)는 차를 만드는 배롱(焙籠)을 가하였다. 곧 차를 만들어 내었다는 뜻. 19) 爭新(쟁신)-새로움을 다투는 것. 매총(買寵)은 총애를 사려들다. 곧 좋은 차를 바치며 아부하려 드는 것. 출의(出意)는 마음을 쓰는 것, 성의를 다하는 것. 20) 鬪品(투품)-품질의 우열을 다투는 것. 관다(官茶)는 관청에서 조정에 바치는 차. 21) 何陋邪(하루야)-얼마나 비루한 짓이냐! 22) 洛陽相君(낙양상군)-주(註)에 '전유연(錢惟演)을 말한다'고 하였다. 전유연은 자가 사성(師聖), 문재가 있었고 양억(楊億)·유균(劉筠) 등과 글 솜씨로 이름을 날렸다. 송나라 함평(咸平) 연간(995~1003)에 지제고한림학사(知制誥翰林學士)가 되었고 뒤에 추밀(樞密)이 되었다. 《동파시집(東坡詩集)》에는 '낙양에서 꽃을 바치는 것은 전유연에 비롯되었다' 했다. 23) 姚黃(요황)-모란(牧丹)의 일종. 구양수(歐陽修)의 《낙양모란기(洛陽牧丹記)》에 요황은 천엽(千葉)의 황화(黃花)로서 요씨(姚氏)라는 백성 집안에서 나왔다 했고, 낙양에서도 몇 송이가 필 뿐이었는데 그 꽃을 대바구니에 담아 말을 번갈아 달려 조정에 바쳤다고 한다.

解說 이 시는 제왕들이 여지(荔枝)나 용안(龍眼) 같은 희귀한 물건을 먹기 위하여 얼마나 백성들을 괴롭혔는가를 노래한 것이다. 후한의 화제(和帝)는 말할 것도 없고, 당나라 현종은 특히 양귀비를 위하여 여지를 가져오게 하였다. 《양태진외전(楊太眞外傳)》 같은 책에는 여지와

관계된 양귀비의 얘기가 적지않은 편폭을 차지하고 있다. 이 여지를 나르기 위하여 얼마나 많은 사람들의 피땀이 희생되었는지 모른다. 이런 쓸데없는 물건을 좋아하는 임금도 나쁘지만 이를 갖다 바치도록 버려두는 재상이나 신하들도 나쁘다. 옛날만 이런 일이 있었던 게 아니다. 물건은 다르지만 지금도 명차와 명화를 조정에 바치어 임금의 환심을 사려는 자들이 있다. 여지만큼 백성들을 희생시키지는 않는지 모르지만 결국 비슷한 짓들이다. 정치는 백성들을 위하는 것이라야 한다.

위소주 시에 화작하여 등도사에게 붙임(和韋蘇州 [1]詩寄鄧道士)

한 잔의 명주인 나부춘을,
멀리 산속의 도사에게 보내노라.
아마 그는 홀로 술을 다 마시고,
소나무 아래 돌 위에 취하여 누워 있으리라.
숨어사는 사람은 볼 수 없지만,
맑은 휘파람 소리가 달밤이면 들려온다.
암자에 있는 그대에게 장난삼아 말하노니,
하늘을 날아다니면 본시 흔적도 없을 것 아닌가?

일 배 나 부 춘　　　원 향 채 미 객
一盃羅浮春[2]을 遠餉[3]採薇客이라.

요 지 독 작 파　　　취 와 송 하 석
遙知獨酌罷하고, 醉臥松下石이라.

유 인 불 가 견　　　청 소 문 월 석
幽人不可見이로되, 淸嘯[4]聞月夕이라.

요 희 암 중 인　　공 비 본 무 적
聊⁵⁾戲庵中人하니, 空飛⁶⁾本無迹이라.

註解 1) 韋蘇州(위소주)－당대(唐代)의 시인 위응물(韋應物). 그는 소주자사(蘇州刺史)의 벼슬을 지냈기 때문에 위소주(韋蘇州)라 부른 것이다. 등도사(鄧道士)는 소동파의 친구. 위응물의 시 〈전초산 속의 도사에게 붙임(寄全椒山中道士)〉의 운(韻)인 '객(客)·석(石)·석(夕)·적(迹)'을 사용하여 시를 지어 등도사에게 붙인다는 제목이다. 판본에 따라서는 제목에 '화위소주시(和韋蘇州詩)'의 다섯 자가 없는 경우도 있다. 그리고 원시에는 다음과 같은 작자의 주(注)가 붙어 있다. '나부산(羅浮山)에 야인(野人)이 있는데 갈홍(葛洪, 자는 稚川)의 무리[隸]라 전한다. 등도사 수안(守安)은 그 산중에서 도를 닦는 사람이다. 일찍이 그의 암자(庵子) 앞에서 야인의 두 자가 넘는 발자국을 보았다 한다. 소성(紹聖) 2년(1095) 정월 10일, 나는 우연히 위소주(韋蘇州)의 〈기전초산중도사(寄全椒山中道士)〉 시를 읽었다. …… 이에 술 한 병과 위소주 시의 운을 따라 시를 한 수 지어 그에게 부쳤다.' 2) 羅浮春(나부춘)－소식(蘇軾)이 만든 술 이름. 이때 동파(東坡)는 혜주(惠州)의 유배지에 있었는데, 나부산(羅浮山)이 보이므로 그 이름을 딴 것이다. 나부산은 혜주(惠州 : 廣東)의 박라현(博羅縣) 서북쪽 30리 되는 곳에 있으며, 도서(道書)에 10대동천(十大洞天)의 하나로 치고 있다. 동천(洞天)이란 신선이 살고 있는 명산(名山)을 말한다. 이 선산(仙山) 이름에 '춘(春)'자를 붙인 것은 기분좋게 봄날처럼 취한다는 뜻에서 취한 것이다. 3) 餉(향)－음식을 보내주는 것. 채미객(採薇客)은 산중에 은거하는 도인을 말한다. 은(殷)나라 말엽에 백이(伯夷)와 숙제(叔齊)가 수양산(首陽山)으로 들어가 고비[薇]를 뜯어먹고 살다 죽었다는 얘기에서 취한 말. 4) 淸嘯(청소)－맑은 휘파람. 도사들 수양의 한 방법으로 장소토납(長嘯吐納)의 술법이 있다. 심호흡을 겸하여 휘파람을 불며 심신을 정양(靜養)하였던 것 같다. 월석(月夕)은 달 밝은 밤. 5) 聊(요)－요차(聊且)의 뜻. 잠시, 한 번. 암중인(庵中人)은 등도사(鄧道士)를 가리킨다. 6)空飛(공비)－신선은 하늘을 날듯이 다닌다. 신선은 우화등천(羽化登天)한다는데, 암자 앞에 선인의 커다란 발자국이 있었다니 우습지 않느냐는 것이다. 적(迹)은 발자국. 적(跡)과 같은 글자.

명주 한 병과 시를 한 수 지어 보내면서도 '네가 신선의 커다란 발자국을 봤다는데, 가볍게 날아다니는 신선이 발자국을 남겼다는 것은 우습지 않으냐?'고 묻는 말로 끝을 맺은 것은 대문호 소동파의 날카로운 해학(諧謔)을 느끼게 한다. 등도사가 술과 함께 이 시를 받고 얼마나 유쾌하게 느꼈을까 짐작이 간다. 그리고 '숨어사는 사람은 볼 수 없지만, 맑은 휘파람 소리가 달밤이면 들려온다'는 구절도 속세와 격절된 도인의 청정한 생활을 잘 나타낸 것이다.

유공권의 연구에 채워 씀(足柳公權¹⁾聯句)

사람들은 모두 더위가 괴롭다지만,
나는 긴 여름날을 사랑하네.
훈풍이 남쪽에서 불어오니,
전각엔 시원한 기운 이네.
한번 이런 곳으로 거소를 옮기면,
백성들의 고락은 영영 잊고 마네.
바라건대 이러한 쾌락을 고루 베풀어,
맑은 그늘을 온 세상에 나누어 즐기기를.

인 개 고 염 열　　아 애 하 일 장
人皆苦炎熱하되, 我愛夏日長이라.

훈 풍 자 남 래　　전 각 생 미 량
薰風²⁾自南來하니, 殿閣³⁾生微涼이라.

일 위 거 소 이　　고 락 영 상 망
一爲居所移⁴⁾하여, 苦樂⁵⁾永相忘이라.

원 언 균 차 시　　청 음 분 사 방
願⁶⁾言均此施하여, 淸陰⁷⁾分四方이라.

註解 1) 柳公權(유공권)―화원(華原) 사람. 공작(公綽)의 아우(777~865)로 원화(元和) 초년에 진사에 급제하여, 시학서사(侍學書士)를 거쳐 태자태보(太子太保)를 지냈다. 《당시기사(唐詩紀事)》에 의하면 당나라 제10대의 황제 문종(文宗, 827~840 재위)이 여름날 여러 학사들과 연구(聯句)를 지었다. 문종이 '인개고염열(人皆苦炎熱)하되, 아애하일장(我愛夏日長)이라'고 읊자, 유공권이 이어 '훈풍자남래(薰風自南來)하니, 전각생미량(殿閣生微凉)이라'고 읊고, 다섯 학사들이 이를 이어받았다. 그러나 문제는 오직 유공권의 두 구만을 읊조렸다. 그리고 문제는 그 연구를 그에게 벽 위에 써놓도록 하였는데, 그 글자를 보고 옛날의 종요(鍾繇)나 왕희지(王羲之) 같은 명필에 못지않다고 찬탄하였다 한다. 그러나 소동파는 유명한 이 연구에 만족치 못하고 자신이 네 구를 더 지어 붙이어 시로 완성시킨 것이다. 〈희족유공권연구(戱足柳公權聯句)〉라 제목이 되어 있는 판본도 있으며 다음과 같은 자신의 주가 붙어 있다. "송옥(宋玉, 楚나라의 시인은 초나라 임금)에게 '이것(시원한 바람)은 다만 대왕의 웅대한 바람일 따름입니다. 보통사람들이야 어찌 이를 함께할 수가 있겠습니까?'라고 말하였다. 이것은 초왕이 자기만 알고 남은 모르는 것을 풍자한 것이다. 유공권은 소자(小子)이니 문종과 지은 연구는 아름답기는 하지만 교훈이 되지 않는다. 그래서 여기에 시구를 채워 시를 완성시킨 것이다". 2) 薰風(훈풍)―남쪽에서 부는 따스하면서도 향기로운 바람. 《여씨춘추(呂氏春秋)》 유시(有始)편에는 "무엇을 팔풍(八風)이라 하는가?……동남쪽의 것을 훈풍이라 한다"고 하였다. 3) 殿閣(전각)―임금의 궁전과 누각. 미량(微凉)은 시원한 기. 4) 居所移(거소이)―거처를 옮기는 것. 《맹자(孟子)》 진심(盡心) 상편에 "생활은 기운을 변화시키고, 영양은 몸을 변화시킨다"고 하였다. 거처를 옮기어 화려한 전각(殿閣) 속에 살면 보통사람들이 무더위를 싫어하는 것과 처지가 달라진다. 5) 苦樂(고락)―백성들의 괴로움이나 즐거움. 6) 願(원)―바라다. 언(言)은 조사. 균차시(均此施)는 이 전각(殿閣)의 시원함을 고루 백성들에게도 베풀어 즐기게 하는 것. 7) 淸陰(청음)―맑고 시원한 그늘. 사방(四方)은 사방의 백성들, 온 세상의 보통사람들.

解說 유공권(柳公權)은 여러 임금에게 벼슬하여 명망이 높았고, 목종(穆宗)

이 글씨 쓰는 법에 대하여 묻자 "마음이 바르면 곧 글씨 쓰는 것도 바르게 된다"고 대답한 강직한 사람이었다. 그런데도 이 연구만 보고 소동파가 그를 '소자(小子)'라 한 것이 지나친 명인의 자부심에서 나온 행동인지도 모른다. 그러나 한편 중국시는 《시경》에서부터 시교(詩敎)라 하여 사회와의 관계 속에서 시를 인정하여 왔고 또 창작되었다. 사회와 동떨어진 시나 일반 사람들의 마음가짐에 아무런 교화(敎化)도 못 미칠 시는 중국문학의 전통으로 보아 소외 당한다 해도 할 수 없다. 소동파가 유공권의 연구를 보고 그를 '소자'라 잘라 말한 것도 그러한 시에 대한 인식을 바탕으로 하고 있기 때문일 것이다. 임금이 "사람들은 모두 더위가 괴롭다지만, 나는 긴 여름날이 좋다"고 읊은 것은 백성들의 입장은 전혀 도외시한 것이다. 여기에 신하로서 "훈풍이 남쪽으로부터 불어오니, 전각엔 시원한 기운 인다"고 덧붙인 것은 임금에 대한 아부라면 지나칠지 몰라도 적어도 대신의 임무는 잊어버린 장난에 불과하다고 소동파는 본 것이다. 그러기에 "화려한 전각에 살게 되면 백성들의 고락은 영영 잊어버리기 일쑤이다. 그러나 지배자들은 전각의 시원함을 백성들에게 고루 베풀어 다 같이 이를 즐기도록 하지 않으면 안된다"는 뜻의 구절을 덧붙인 것이다. 전각의 시원함이나 맑은 그늘은 실제로 백성들에게 나누어 주거나 함께 이를 즐길 수는 없는 것이다. 다만 위정자는 그런 마음가짐으로 백성을 위하여 정치를 하면 된다는 것이다.

삼유동에 노닐며(遊三遊洞[1])

진눈깨비가 펄펄, 반은 눈이 되어 버려,
노니는 사람 신도 차고, 푸른 바위 벼랑도 미끄럽네.
이불을 갖고 가 바위 밑에서 자는 것도 좋기는 한데,
동굴 어귀는 구름이 짙어 밤에는 달도 없네.

凍雨[2]霏霏半成雪하니, 遊人履[3]冷蒼崖滑이라.

불.사 휴 피   암 저 면   동 구 운 심 야 무 월
不辭携被⁴⁾嚴底眠하니, **洞口雲深夜無月**이라.

註解 1) 遊三遊洞(유삼유동)−《대명일통지(大明一統志)》에 의하면 '형주부(荊州府 : 지금의 湖北省)의 삼유동(三遊洞)은 이릉주(夷陵州)의 서북쪽 25리 되는 곳에 있다. 당나라 백거이(白居易)와 그의 아우 백행간(白行簡) 및 원진(元稹) 등 세 사람이 이곳에 와서 놀고〈삼유동기(三遊洞記)〉를 지어 바위 절벽에 새겨놓았다. 후세 사람들이 그래서 그곳을 삼유동이라 부르게 되었다. 송나라 소식과 아우 철(轍) 및 황정견(黃庭堅) 세 사람도 이곳에 와서 논 일이 있다'고 한다. 그러나 이 시의 제목에 붙인 주에 의하면 그의 아버지 소순(蘇洵)과 두 아들 식(軾)·철(轍)의 삼부자가 이곳에 와서 놀았다. 삼유동은 호북성(湖北省) 의창현(宜昌縣) 서북쪽에 있는 종유동(鍾乳洞)의 이름이다. 2) 凍雨(동우)−얼음 비, 곧 진눈깨비. 비비(霏霏)는 눈이 펄펄 내리는 모양. 3) 屨(구)−신, 신발. 창애(蒼崖)는 푸른 바위 벼랑, 이끼 낀 바위 언덕. 4) 携被(휴피)−이불을 가져오는 것, 덮개를 휴대하는 것.

解說 자연을 사랑하는 속된 세상을 벗어난 맑은 정취를 노래한 것이다. 진눈깨비 내리는 궂은 날씨에 이불을 갖고 가 바위 밑에서 자는, 곧 자연으로 돌아가려는 뜻을 드러내고 있다.

사마온공의 독락원(司馬溫公¹⁾獨樂園)

푸른 산이 지붕 위에 있고,
흐르는 물이 지붕 아래 있네.
그러한 가운데 수백 평 넓이의 정원이 있는데,
꽃나무 대나무가 우거져 들판처럼 느껴지네.
꽃향기가 지팡이와 신발에 엄습해 오고,

대나무 잎빛이 옥돌 잔에 들어 있네.
통술로 나머지 봄 즐기며,
바둑으로 긴 여름 보내네.
낙양엔 옛부터 많은 선비 있어,
풍속은 아직도 고아(古雅)함을 지녔네.
선생은 들어앉아 세상에 나서지 않았으나,
관 쓰고 수레 탄 낙양의 명사들이 모두 몰려드네.
비록 여러 사람들과 함께 즐긴다고 하나,
그 속에 홀로 즐기는 것이 있네.
재능이 완전한데도 덕은 나타나지 않으니,
귀히 여기는 것은 나를 알아주는 이 적은 거네.
선생께선 홀로 무슨 일을 하시는가?
온 세상이 나와 일해 주시기 바라는데.
아이들도 선생의 자인 군실(君實)을 외우고,
낮은 하인들도 선생의 성인 사마(司馬)를 아네.
이런 명성을 가지고 어디로 돌아가시려 하는가?
만물을 지으신 하나님은 우리를 버리지 않으시네.
명성이란 우리를 쫓아다니는 것이어서,
이 병은 하늘이 붉은 옷을 입힌 거나 같은 거네.
손뼉을 치며 선생께서 근래에,
벙어리 흉내내심을 웃네.

청산재옥상   유수재옥하
靑山在屋上하고, 流水在屋下2)라.

중유오묘원   화죽수이야
中有五畝園하니, 花竹秀而野3)라.

花香襲杖屨⁴⁾하고, 竹色⁵⁾侵盞斝라.

樽酒樂餘春하고, 棊局⁶⁾消長夏라.

洛陽⁷⁾古多士하니, 風俗猶爾雅⁸⁾라.

先生臥⁹⁾不出하니, 冠蓋¹⁰⁾傾洛社라.

雖云與衆樂¹¹⁾이나, 中有獨樂者¹²⁾라.

才全德不形¹³⁾하니, 所貴知我寡¹⁴⁾라.

先生獨何事오? 四海望陶冶¹⁵⁾라.

兒童誦君實¹⁶⁾하고, 走卒¹⁷⁾知司馬라.

持此¹⁸⁾欲安歸오? 造物¹⁹⁾不我捨라.

名聲逐我輩하니, 此病²⁰⁾天所赭라.

撫掌²¹⁾笑先生하니, 年來效喑啞²²⁾라.

註解 1) 司馬溫公(사마온공)—사마광(司馬光, 1019~1086). 자는 군실(君實). 문사(文詞)에 뛰어난 정치가로 왕안석(王安石)의 신법(新法)을 반대하는 구당(舊黨)이었다. 뒤에 태사온국공(太師溫國公)에 봉하여지고 문정(文正)이라 시(諡)하였으므로 온공(溫公)이라 불렀다. 《자치통감(資治通鑑)》290권의 저자이기도 하다. 독락원(獨樂園)은 그가 만년에 짓고 한가히 지낸 정원 이름. 소동파는 사마광과 정치상의 동지였으며, 그의 독락원을 빌어 사마광의 사람됨과 백성들의 경앙(敬仰)을 기린 것이 이 시이다. 〈사마군실독락원(司馬君實獨樂園)〉이라고 된 판본도 있다. 2) 靑山在屋上(청산재옥상), 流水在屋下(유

수재옥하)-푸른 산이 지붕 위에 솟아 있고, 흐르는 냇물이 지붕 아래 있다. 곧 집 주위에는 아름다운 산수가 있음을 노래한 것이다. 3) 秀而野(수이야)-꽃과 대가 '빼어나게 자라 무성하면서도 들판과 같은 자연스런 풍경을 이루고 있다'는 뜻. 4) 襲杖屨(습장구)-향기가 '지팡이와 신에 엄습한다.' 곧 향기가 강렬하게 꽃으로부터 엄습해 오는 모양을 형용한 것이다. 5) 竹色(죽색)-대나무 같은 초록색. 가(斝)는 옥으로 만든 술잔. 침잔가(侵盞斝)는 옥잔 속으로 옮겨 들어와 있다. 중국의 노주(老酒)인 소흥주(紹興酒)에는 3년 묵은 죽엽청(竹葉靑)이란 술이 있다. 이 구절은 옥 술잔에 당긴 죽엽청이란 파란 술은 흡사 밖의 대잎 빛이 옮겨와 푸르게 뵈는 것 같다는 뜻이다. 6) 棊局(기국)-바둑판. 국(局)은 '판국'. 7) 洛陽(낙양)-주(周)나라 이래의 동도(東都)로서 하남성(河南省) 언사현(偃師縣) 서쪽 낙수(洛水)의 북쪽 기슭에 있는 고대 문화의 중심지. 사마광의 독락원(獨樂園)은 이 낙양에 있었다. 8) 爾雅(이아)-'우아함에 가깝다'. 이(爾)는 이(邇 : 가까울 이)와 통하는 글자. 9) 臥(와)-눕다. 와불출(臥不出)은 틀어박혀 있으면서 세상에 나가 벼슬하거나 활동하지 않는 것. 10) 冠盖(관개)-관(冠)을 쓰고 수레에 포장을 달고 다니는 귀인(貴人)들. 경(傾)은 모두 모여드는 것. 낙사(洛社)는 낙양(洛陽)의 문인·사대부들의 결사(結社). 그때 문언박(文彦博)은 은퇴한 뒤 낙양에서 부필(富弼)·사마광(司馬光) 등과 '낙양기영회(洛陽耆英會)'를 결성하였다. 그 회원은 공경대부로서 퇴관한 나이 71세 이상의 제로(諸老) 12명이었다. 사마광은 그때 아직 50세였으나, 제로들이 모두 흠모하여 모여들었다. 낙사(洛社)란 이 〈기영회(耆英會)〉와 같은 모임들을 말한다. 11) 與衆樂(여중락)-여러 사람들과 더불어 즐긴다. 《맹자(孟子)》 양혜왕(梁惠王) 하에도 왕도(王道)를 권하여 '대중들과 음악을 즐긴다'고 하였다. 12) 獨樂者(독락자)-자기 홀로 도(道)를 즐기는 것. 《논어》 술이(述而)편에서 공자가 "거친 음식을 먹고 물 마시고 팔을 베고 누웠어도 즐거움은 또한 그 속에 있다."고 한 것 같은 것이 독락자이다. 13) 才全德不形(재전덕불형)-재능이 완전한데도 덕이 나타나지 않는 것. 《장자(莊子)》 덕충부(德充符)편에 나오는 말로서, 무슨 일이나 할 수 있는 재능을 가졌으면서도 그 효용, 곧 덕을 외면에 나타내지 않는 훌륭한 사람을 말한다. 14) 所貴知我寡(소귀지아과)-'귀히 여기는 바는 나를 알아주는 이가 적은 것'. 《노자(老子)》 70장에 '나를 알아주는 이 드문 것은 곧 내가 귀한 것이다' 라고 하였다.　15) 陶冶(도야) - 도(陶)는 질그릇을 구워 만드는 것, 야(冶)는 쇠를 부어 그릇을 만드는 것. 이 말은 천하를 다스리는 정치를 비유한 것이다. 곧 사마광이 재상이 되어 나라를 다스리기를 바란다는 것이다.　16) 君實(군실) - 사마광의 자.　17) 走卒(주졸) - 하복(下僕), 하인.　18) 持此(지차) - '이것을 가지고'. '이것'은 이러한 명성(名聲)을 뜻한다. 안(安)은 어찌, 어디로. 안귀(安歸)는 '어디로 돌아가는가?' 곧 이러한 명성을 두고 어디로 피해 홀로 갈 수 있겠는가?　19) 造物(조물) - 조물주, 만물을 만드신 하늘, 또는 하느님, 불아사(不我捨)는 우리를 버리지 않으신다. 당신 홀로 물러나 있게 두지 않을 것이라는 뜻.　20) 此病(차병) - 명성(名聲)이 우리들에게 붙어다니는 병. 자(赭)는 붉은 옷. 죄인의 옷임. 천소자(天所赭)는 하늘이 천형(天刑)의 표시로 붉은 옷을 입혀놓은 거나 같다는 뜻. 21) 撫掌(무장) - 손뼉을 치는 것.　22) 效喑啞(효음아) - 벙어리 흉내를 내는 것. 음(喑)과 아(啞)는 모두 말 못하는 벙어리. 이것은 어지러운 나라 정치에 관심이 없는 듯 입을 다물고 있는 것을 뜻한다.

解說 이 시는 독락원을 빌어 사마광의 사람됨과 그의 덕망을 칭송한 것이다. 소동파에게는 〈사마온공신도비(司馬溫公神道碑)〉가 있다. 이 신도비(神道碑)에도 백성들이 사마광을 얼마나 흠모했고 또 얼마나 그가 나와서 정치를 해주기 바랐던가 누누이 기술하고 있다.

　이 시의 첫 여덟 구는 덕 있는 군자가 숨어 살기에 알맞을 아름다운 독락원의 풍경과 그 속에서 유유히 생활하고 있는 사마광을 읊고 있다. 다음 여덟 구는 낙양의 사대부들 가운데서 사마광이 얻고 있는 명망과 그의 재덕을 읊은 것이다. 다시 끝 여덟 구는 온 세상 사람들이 사마광이 나와서 정치에 참여하기를 바라고 있음을 읊은 것이다. 사마광이라면 아이건 하인이건 모르는 사람이 없다. 이러한 명성을 지녔다는 것은 하늘의 운명으로 자기 홀로 은거하지는 못할 것이라는 것이다.

양강공에게는 돌이 있는데 모양이 술취한 도사 같아 이 시를 읊음(楊康功有石狀如醉道士爲賦此詩[1])

초땅의 산엔 본시부터 원숭이가 많은데,
파란 놈은 약고도 오래 산다네.
그놈이 미친 도사로 화해 가지고,
산골짜기를 멋대로 뛰어다녔다네.
그러다 화양동(華陽洞)으로 잘못 들어가,
주인 모군(茅君)의 술을 훔쳐 마셨다네.
모군은 그놈을 바위 사이에 가두어두니,
암석이 바로 형틀이 되고 말았네.
솔뿌리가 그의 발에 감기고,
등나무 덩굴이 그의 팔을 얽었네.
푸른 이끼는 그의 눈을 가리고,
가시덤불은 그의 입을 막았네.
3년 만에 돌로 변하니,
단단하고 강파르기 옥돌과 같이 되었네.
다시는 높이 소리치지 못하게 되었는데도,
잔 들고 춤추는 손만이 남았네.
나무꾼이 그것을 보고 웃으면서,
가져다가 곡식 몇 되를 받고 팔았다네.
양공은 바닷속의 신선이니,
속된 세상에서 어찌 벗을 얻을 수 있으랴?
바닷가에서 신선을 만나니,
웃으며 고개를 약간 굽혔네.

어찌 그것을 싣고 돌아오지 않고,

완고하고 추하게 행동하리?

시로써 그 기이함을 써달라기에,

본말을 자세히 파헤쳤네.

내 말이 어찌 망령되리?

이 세상에 없는 노인에게서 들은 것인데.

楚山²⁾固多猿하니, 靑者³⁾黠而壽라.

化爲狂道士하여, 山谷恣⁴⁾騰蹂라.

誤入華陽洞⁵⁾하여, 竊飮茅君⁶⁾酒라.

君命囚巖間하니, 巖石爲械⁷⁾杻라.

松根絡⁸⁾其足하고, 藤蔓縛⁹⁾其肘라.

蒼苔眯¹⁰⁾其目이오, 叢¹¹⁾棘哽其口라.

三年化爲石하니, 堅瘦¹²⁾敵瓊玖라.

無復號雲聲¹³⁾이오, 空餘舞杯手¹⁴⁾라.

樵夫見之笑하고, 抱賣¹⁵⁾易升斗라.

楊公海中仙이니, 世俗焉得友오?

海邊逢姑射¹⁶⁾하니, 一笑微俛¹⁷⁾首라.

胡不載之歸하고, 用此¹⁸⁾頑且醜오?

구 시 기 기 이　　　본 말 득 세 부
求詩紀其異하니, 本末得細剖라.

오 언 기 망 운　　　득 지 무 시 수
吾言豈妄云고? 得之亡是叟¹⁹⁾라.

註解 1) 楊康功有石狀如醉道士爲賦此詩(양강공유석상여취도사위부차
시) - 양강공(楊康功)이 누구인지는 분명치 않다.　2) 楚山(초산) - 초
(楚) 땅의 산, 곧 중국 남부의 산.　3) 靑者(청자) - 양강공이 갖고 있
던 돌 빛깔이 파랗기 때문이다. 할(黠)은 약은 것, 똑똑한 것.　4) 恣
(자) - 방자하게, 멋대로. 등(騰)은 뛰는 것. 유(蹂)는 밟다, 유린하다.
5) 華陽洞(화양동) - 도가(道家) 36동천(洞天)의 제8동으로, 모군(茅
君)이 다스리는 신선들이 산다는 고장.　6) 茅君(모군) - 화양동을 다
스리는 신선 이름.《신선전(神仙傳)》에 의하면 '대모군(大茅君)은 이
름이 영(盈), 다음 아우는 이름이 고(固), 막내 아우는 이름이 충(衷)
이어서 삼모군(三茅君)이라 불렀다' 한다.　7) 械(계) - 수갑, 형틀.
추(杻)는 수갑. 계추(械杻)는 형구(刑具)의 뜻.　8) 絡(락) - 얽히는 것.
9) 縛(박) - 얽어매다. 주(肘)는 팔꿈치.　10) 眯(미) - 눈을 가리다, 눈
을 어지럽히다.　11) 叢(총) - 떨기나무. 극(棘)은 가시나무. 경(哽)은
목이 막히는 것.　12) 瘦(수) - 여위다, 파리하다. 경(瓊)은 붉은 옥돌.
구(玖)는 검은 옥돌.　13) 號雲聲(호운성) - 구름 위로 높이 부르짖는
소리. 원숭이의 부르짖음을 말한다.　14) 舞杯手(무배수) - 잔을 들고
춤추는 손. 취도사(醉道士) 모양의 돌로 변하여 있는 것을 형용한
말.　15) 抱賣(포매) - 가져다 파는 것.　16) 姑射(고야) -《장자(莊子)》
소요유(逍遙遊)편에 "먼 고야산(姑射山)에 신인(神人)이 살고 있었는
데 살갗은 빙설(冰雪)과 같고 아름답기 처녀 같았다"라고 했다. 여기
서는 고야산에 살던 신인 같은 '신선'을 뜻한다.　17) 俛(면) - 몸을
굽히는 것.　18) 用此(용차) - 이차(以此), 이런 일을 가지고, 이런 일
에. 완차추(頑且醜)는 완고하고도 추하게 행동하는 것.　19) 亡是叟
(무시수) - 이 세상에 있지 않은 노인. 사마상여(司馬相如)의〈자허부
(子虛賦)〉의 자허(子虛)·오유선생(烏有先生),〈상림부(上林賦)〉의
무시공(亡是公)과 같은 가설적인 인물을 뜻한다.

解說 이 시에서 초산(楚山)에 살던 푸른 원숭이가 까불다가 신선에게 붙들

리어 취도사(醉道士) 모양의 돌이 되었다는 것은 소식이 꾸며낸 얘기이다. 이것은 어지러운 세상 때문에 유능한 인재가 초야에 묻혀 살게 되는 모양에 비유한 것일 게다. 이처럼 묻혀있는 인재들은 나무꾼이나 속세의 사람들은 알아보지를 못한다. 양강공 같은 훌륭한 사람이어야만 개인적으로라도 그것을 알아보고 소중히 여겨주는 것이다. 더군다나 맨 끝 구에서 사마상여(司馬相如)의 무시공(亡是公)과 같은 무시수(亡是叟)를 인용한 것은 이 시가 단순히 묘하게 생긴 돌을 노래한 것이 아니라 시세를 풍자했음을 말해 준다.

달밤에 손과 살구꽃 아래에서 술마시며(月夜與客飲酒杏花下)

살구꽃은 발에 날아들어 남은 봄마저 흩어 버리는 듯한데,
밝은 달은 문 안으로 조용히 사는 사람을 찾아주네.
옷을 걷고 달빛 아래 거닐며 꽃 그림자를 밟으니,
밝기가 흐르는 물이 푸른 마름풀을 적시고 있는 듯하네.
꽃 사이에 술자리 벌이니 맑은 향기가 발하여,
다투어 긴 가지 휘어잡으니 향기로운 꽃잎이 눈처럼 떨어
　지네.
이 산성의 묽은 술은 마실 만한 것이 못되니,
술잔 속의 달이나 마시라고 그대에게 권하네.
퉁소 소리도 끊이고 달빛만 밝은 속에,
달도 져서 술잔이 빌까 걱정이 되네.
내일 아침 땅을 말아올릴 듯한 봄바람이 고약하게 불면,
푸른 나뭇잎 속에 지다 남은 꽃잎들만 보이리라.

행 화 비 렴 산 여 춘　　　　　명 월 입 호 심 유 인
杏花飛簾散餘春[1]하고, 明月入戶尋幽人[2]이라.

건 의 보 월 답 화 영　　　　　형　여 류 수 함 청 빈
褰[3]衣步月踏花影하니, 烱[4]如流水涵靑蘋이라.

화 간 치 주 청 향 발　　　　　쟁 만　장 조 낙 향 설
花間置酒淸香發하니, 爭挽[5]長條落香雪이라.

산 성　박 주 불 감 음　　　　　권 군 차 흡 배 중 월
山城[6]薄酒不堪飮하니, 勸君且吸杯中月이라.

통 소 성 단 월 명 중　　　　　유 우 월 락 주 배 공
洞簫聲斷月明中에, 惟憂月落酒盃空이라.

명 조 권 지　춘 풍 악　　　　　단 견 록 엽 서 잔 홍
明朝卷地[7]春風惡이면, 但見綠葉棲殘紅[8]이리라.

註解 1) 散餘春(산여춘) - 흩어지는 살구꽃잎과 함께 나머지 봄도 흩어져 버리는 듯하다. 2) 幽人(유인) - 조용히 숨어사는 사람. 3) 褰(건) - 옷자락을 걷어올리는 것. 4) 烱(형) - 빛나다, 밝게 비치다. 함(涵)은 젖다, 잠기다. 빈(蘋)은 수초(水草)의 일종으로 물 위에 잎새가 떠다니는 개구리밥, 마름풀. 5) 挽(만) - 끌다, 휘어잡아 당기다. 6) 山城(산성) - 서주(徐州)의 성(城). 이 시는 소동파가 서주에 있을 때 손님들과 술 마시며 지은 시이다. 박주(薄酒)는 독하지 않은 묽은 술. 7) 卷地(권지) - 땅을 말아올린다. 바람이 세차게 부는 모양을 형용한 것이다. 8) 棲殘紅(서잔홍) - 지다 남은 붉은 꽃을 깃들어두고 있는 것. 서(棲)는 서(栖)로도 씀.

解說 살구꽃이 만발한 봄날, 달빛 아래 술을 마시는 소동파의 분위기는 이미 이 세상 아닌 신선세계인 듯한 느낌을 갖게 한다. 술에 취하는 것 자체보다도 술잔에 비친 달을 마신다는 풍류가 잡된 현대인의 머리를 씻어줄 듯하다. 소동파는 자기에게 '삼불여인(三不如人 : 남만 못한 것 세 가지)이 있는데 그것은 술 마시는 것, 노래하는 것, 바둑두는 것 이다' 라고 하였다.

그러나 그의 시나 사(詞) 또는 글을 보면 술 마시고 노래하는 장면이 다른 시인 못지않게 잘 나온다. 술은 마셨으되 도연명이나 이백처럼 술에 취하여 천진스런 참된 자신으로 돌아가기 위한 것이 아니라

그 멋만을 즐겼던 듯하다. 그러기에 술은 남았으되 달이 지는 것이 걱정되는 것이다.

오잠 스님의 녹균헌(於潛僧綠筠軒[1])

식사에 고기가 없는 것은 괜찮지만,
거처에 대나무가 없을 수는 없네.
고기가 없으면 사람을 마르게 하지만,
대나무가 없으면 사람을 속되게 하네.
사람이 마른 것은 살찌게 할 수가 있지만,
선비 속된 것은 고칠 수 없는 것이네.
사람들은 이 말을 비웃어,
고상한 것 같으면서도 바보 같은 짓이라 하네.
만약 이 대나무를 대하고서 고기를 마음껏 먹는다면,
어찌 온갖 영화 누리며 신선 못됨을 한하는 이 있으랴?

가 사 식 무 육
可使食無肉이언정, 不可居無竹[2]이라.
불 가 거 무 죽

무 육 령 인 수
無肉令人瘦[3]나, 無竹令人俗이라.
무 죽 령 인 속

인 수 상 가 비
人瘦尙可肥나, 士俗不可醫라.
사 속 불 가 의

방 인 소 차 언
傍人[4]笑此言하되, 似高還似癡[5]라.
사 고 환 사 치

약 대 차 군 잉 대 작
若對此君[6]仍大嚼이면, 世間那有揚州鶴[7]고?
세 간 나 유 양 주 학

1) 於潛僧綠筠軒(오잠승녹균헌)－오잠(於潛)은 절강성(浙江省) 항주부(杭州府)에 있던 현(縣) 이름. 그 고장의 스님 거처 이름이 '녹균헌(綠筠軒)'이다. '녹균헌'이란 '푸른 대나무가 있는 집'이란 뜻. 균(筠)은 대나무 껍질. 대나무는 옛부터 그 절개를 숭상하여 고상한 취미를 지닌 선비들이 좋아하였다. 그런데 고상한 취미로 대나무를 심는 사람들은 고기를 먹으며 참된 삶을 살기 힘들다. 이 두 가지 일이 병행되기 어렵다면 차라리 대를 심고 즐기는 편을 취하겠다는 것이 이 시의 본뜻이다. 2) 不可居無竹(불가거무죽)－《진서(晉書)》 왕휘지전(王徽之傳)에 '자는 자유(子猷)이고 희지(羲之)의 아들이다. 일찍이 빈집에 살면서 대나무를 심었다. 어떤 사람이 그 이유를 물었다. 그는 다만 휘파람을 불기만 하더니 대나무를 가리키면서 어찌 하루인들 차군(此君, 대나무)이 없을 수 있겠는가'고 말하였다는 기록이 있다. 3) 瘦(수)－여윈 것. 4) 傍人(방인)－이 말을 듣는 곁의 일반 사람들. 5) 似高還似癡(사고환사치)－'고상한 것 같으면서도 또한 바보 같다'는 뜻. 6) 此君(차군)－앞에 인용한 왕휘지(王徽之)의 말에서 따온 것으로 대나무를 가리킨다. 대작(大嚼)은 고기를 실컷 먹는 것. 7) 揚州鶴(양주학)－《사문류취(事文類聚)》후집(後集) 권42 학조(鶴條)에 '옛날 손들이 모여 각기 생각하는 바를 말하였다. 한 사람은 양주(揚州)의 자사(刺史)가 되고 싶다고 하고, 다른 한 사람은 재물이 많았으면 좋겠다 하고, 다른 한 사람은 학(鶴)을 타고 하늘로 올라가고 싶다(곧 신선이 되고 싶다)고 하였다. 이때 나머지 한 사람은 말하기를, 허리에 10만 꾸러미의 돈을 차고 학을 타고서 양주로부터 하늘로 올라가고 싶다고 하였다. 앞의 세 사람의 욕망을 다 겸한 것이다'라고 하였다. 양주학(揚州鶴)이란 맨 끝의 사람의 소망을 가리킨다. 그러나 세상에선 그러한 부귀영화를 다 누리면서도 또 신선이 될 수는 없다는 것이다. 대나무를 앞에 두고 고기를 실컷 먹는다는 일은 '양주학'을 바라는 거나 마찬가지이다. 속세의 일과 고상한 취향은 어울릴 수가 없는 것이기 때문에 자기라면 대나무를 즐기는 편을 취하겠다는 뜻을 나타낸 것이다.

이 시는 왕휘지가 대나무를 즐긴 얘기와 양주학(揚州鶴)의 고사를 인용하여 해학적으로 읊은 것이다. 녹균헌의 스님도 대나무를 대하고 조용히 수업하고 있지만 이러한 생활은 세상 사람들이 생각하는 것처럼 어리석기만 한 것은 아니다. 잘먹고 잘사는 것도 중요하지만 고매한 정신세계에서 소요하는 이러한 생활은 그 못지않게 의의가 있다는 것이다. 속세에서 배불리 잘먹고 살면서도 청아한 정신세계를 유지하기는 어렵다. 옛부터 배불리 잘먹고 살기 위한 부귀와 죽지 않고 오래 살기를 추구하는 청정한 마음가짐은 둘 다 사람들의 욕망 속에 존재하여 왔다. 그러나 이들은 공존할 수가 없는 것이다. 그렇다면 차라리 대나무를 즐기는 청정한 생활이 자기는 좋다는 것이다.

도연명 의고시에 화함(和陶淵明擬古[1]) 1수

어떤 손이 우리집 문을 두드리고,
문 앞 버드나무에 말을 매니.
빈 뜰에는 참새들만 지저귀고 있고,
문은 닫혀 있어 손은 오랫동안 서서 있네.
주인은 책을 베고 누워,
자기 평생의 벗을 꿈꾸다가,
갑자기 문 두드리는 소리 듣고,
한 잔에 취한 술도 놀라 깨어 버리네.
바지를 거꾸로 입고 일어나 손에게 인사하니,
꿈에서나 깨어서나 우정을 멀리했음 부끄러워하네.
앉아 하는 얘기엔 고금 일이 뒤섞이니,
대답을 못하여 얼굴은 더욱 뜨거워지네.
내가 어느 곳에서 왔는가고 물으니,
나는 어딘지도 모를 곳에서 왔노라 대답하네.

有客扣[2]我門하여, 繫[3]馬門前柳라.

庭空鳥雀[4]噪요, 門閉客立久라.
<small>정 공 조 작 조　문 폐 객 립 구</small>

主人枕書臥하여, 夢我平生友라.
<small>주 인 침 서 와　몽 아 평 생 우</small>

忽聞剝啄[5]聲하고, 驚散[6]一盃酒라.
<small>홀 문 박 탁 성　경 산 일 배 주</small>

倒裳[7]起謝客하니, 夢覺[8]兩愧負라.
<small>도 상 기 사 객　몽 각 량 괴 부</small>

坐談雜今古[9]하니, 不答顏愈厚[10]라.
<small>좌 담 잡 금 고　부 답 안 유 후</small>

問我何處來오? 我來無何有[11]라.
<small>문 아 하 처 래　아 래 무 하 유</small>

註解 1) 和陶淵明擬古(화도연명의고)-《도정절집(陶靖節集)》권4엔 의고
(擬古) 시가 9수(首) 있어, 소동파도 아홉 수의 화의고(和擬古) 시를
짓고 있는데, 이것은 그 중의 제1수이다.　2) 扣(구)-두드리다.　3)
繫(계)-잡아매다.　4) 雀(작)-참새. 조(噪)는 많은 새들이 지저귀는
것.　5) 剝啄(박탁)-《한문(韓文)》권4 〈박탁행(剝啄行)〉에 '박박탁탁
(剝剝啄啄), 어떤 손이 문앞에 왔다'고 했는데, 제목에 붙인 주에
'박탁(剝啄)은 문을 두드리는 소리'라 하였다. 곧 '톡톡' 또는 '탁
탁' 문을 두드리는 소리이다.　6) 驚散(경산)-놀라서 술기가 달아나
는 것. 일배주(一盃酒)는 한 잔의 술을 마신 취기(醉氣)를 가리킨다.
7) 倒裳(도상)-치마나 바지를 거꾸로 입는 것. 곧 당황한 모양을 나
타낸 것. 사객(謝客)은 손님에게 인사하는 것.　8) 夢覺(몽각)-꿈꿀
때와 깨었을 때. 양괴부(兩愧負)의 양(兩)은 꿈꿀 때와 깨었을 때의
양편을 말하며 '꿈에서나 깨어서나 모두 우정을 저버렸던 것을 부끄
러이 여긴다'는 뜻.　9) 坐談雜今古(좌담잡금고)-찾아오는 손님이
고금에 통달한 박학(博學)함을 나타내는 말임.　10) 顏愈厚(안유
후)-얼굴이 더욱 두터워진다, 곧 얼굴이 더욱 뜨거워진다는 뜻.
11) 無何有(무하유)-《장자(莊子)》소요유(逍遙遊)편에 '지금 그대는
큰 나무가 있는데 그 쓸 곳 없음을 걱정하고 있다. 어찌 그것을 무하
유(無何有)의 고을 광막한 들에 심고 그 옆에 하는 일 없이 왔다갔다
소요하다 그 밑에 누워 자지 않는가?'라고 하였다. 따라서 '무하유'

란 무하유지향(無何有之鄕), 아무것도 거리낌이나 할 일이 없는 허무·무위·자연의 고장을 말한다. 여기서 소동파가 '자기는 무하유에서 왔노라' 고 말한 것은 의지나 욕망을 떠난 고장에서 왔다는 뜻임.

解説 소동파가 화작(和作)한 도연명의 의고(擬古) 시 9수(首) 중의 제1수는 다음과 같다.

> 싱싱하게 창 밑엔 난초가 자라 있고,
> 휘영청 집 앞엔 버드나무 늘어져 있는데,
> 옛날 그대와 이별할 적엔,
> 떠나가 오래 있지는 않으리라 하였네.
> 집 나선 만 리 타향의 나그네가,
> 도중에 좋은 벗을 만나,
> 말도 건네기 전에 마음이 먼저 취하여,
> 술잔은 주고받을 필요도 없을 정도 되었네.
> 난초 마르고 버드나무도 시들었는데,
> 마침내 떠날 적의 말은 어기고 말았네.
> 여러 젊은이들에게 고하나니,
> 교우를 충후히 하지 않아서야 되겠는가?
> 의기 때문에 사람들은 목숨도 바치는데,
> 멀리 떨어져 있은들 또 무슨 상관 있겠는가?

> 榮榮窓下蘭이오, 密密堂前柳라.
>
> 初與君別時엔, 不謂行當久라.
>
> 出門萬里客이, 中道逢嘉友라.
>
> 未言心先醉하여, 不在接杯酒라.
>
> 蘭枯柳亦衰니, 遂令此言負라.
>
> 多謝諸少年하나니, 相知不忠厚아?

意氣傾人命이니, 離隔復何有리오?

이 시는 친구와 이별하여 오랫동안 떨어져 있음을 생각하며 바로 돌아가겠다던 약속을 어긴 것을 변명한 것이다. 멀리 떨어져 있기는 해도 우정에는 변함이 없다는 것이다. 소동파도 이 시에 화하여 넘치는 고아한 우정을 노래하였다. 오랫동안 헤어진 뜻맞는 친구를 낮잠 속에서 만나고 있었는데 정말로 그 친구가 찾아온 기쁨을 읊은 것이다. 우정 이외에도 작자의 초탈한 생활관과 친구의 고매한 사람됨이 잘 나타나 있다.

여산(驪山[1])

임금의 궁문은 하늘처럼 몇 겹의 깊이인가?
임금은 하느님처럼 정전(正殿)에 앉아 계시네.
사람이 나서 지내기 어려운 것은 안온한 생활이거늘,
무엇 때문에 이 여산 가운데로 왔던가?
복도는 구름 위로 올라가 금장식한 궐문에 닿아 있고,
누각은 노을에 가려져 푸른 하늘 위에 비껴 있네.
숲은 깊고 안개 자욱하여 수레 끄는 여덟 마리 준마를 미혹
　케 하는데
아침엔 동쪽 저녁엔 서쪽으로 여섯 마리 용마(龍馬)를 괴롭
　혔네.
여섯 마리 용마가 끄는 어가가 서쪽 아미산 사다리 길로 납
　시니,
슬픈 바람이 곧 여산의 화청원으로 불어들었네.

예상우의곡(霓裳羽衣曲)도 쓸쓸히 흩어져 공허하게 되니,

고라니와 사슴이 놀러오고 원숭이와 학이 슬피 우네.

조원각(朝元閣)에 올라 보니 봄도 반쯤 가 버렸는데,

땅 가득히 떨어진 꽃은 쓰는 이도 없구나.

갈고루(羯鼓樓)는 높이 솟아 저녁해가 걸려 있고,

장생전(長生殿)은 낡아빠져 푸른 풀이 자랐구나.

가련한 오나라와 초나라 임금은 모두가 하루살이같이,

누대를 다 이루지도 못하고 이미 슬픔만 자아내네.

장양궁과 오작궁을 지은 한(漢)나라 무제(武帝)는 다행히 멸
　　망을 면했으나,

강도(江都)에 미루(迷樓)를 지어 수나라는 자신이 미혹당
　　했네.

옛부터 끝없이 즐긴 사람은 모두 나라를 잃었으니,

잔치에 편히 삶은 독을 먹는 거나 같아 사치에 현혹되기 때
　　문일세.

세 가지 바람과 열 가지 허물은 옛부터 훈계한 것이니,

반드시 여산만이 나라를 망치게 하는 것은 아니네.

　　군 문　　여 천 심 기 중　　　　군 왕 여 제　좌 법 궁
　　君門[2]如天深幾重고? 君王如帝[3]坐法宮이라.

　　인 생 난 처 시 안 온　　　　하 위 래 차 려 산 중
　　人生難處是安穩[4]이니, 何爲來此驪山中[5]고?

　　복 도　릉 운 접 금 궐　　　　누 관　은 연 횡 취 공
　　複道[6]凌雲接金闕하고, 樓觀[7]隱煙橫翠空이라.

　　임 심 무 암 미 팔 준　　　　조 동 모 서 로 륙 룡
　　林深霧暗迷八駿[8]한데, 朝東暮西勞六龍[9]이라.

　　육 룡 서 행 아 미　잔　　　　비 풍 변 입 화 청 원
　　六龍西幸峨眉[10]棧하니, 悲風便入華淸院[11]이라.

예상 소산우의공
霓裳[12]蕭散羽衣空하니,

미 록래유원학원
麋[13]鹿來遊猿鶴怨이라.

아상조원 춘반로
我上朝元[14]春半老하니,

만지락화무인소
滿地落花無人掃라.

갈고루 고괘석양
羯鼓樓[15]高掛夕陽하고,

장생전 고생청초
長生殿[16]古生靑草라.

가련오초량혜계
可憐吳楚兩醯鷄[17]는,

축대미취 이감비
築臺未就[18]已堪悲라.

장양 오작한행면
長楊[19]五柞漢幸免이오,

강도루성 수자미
江都樓成[20]隋自迷라.

유래 류련다상덕
由來[21]流連多喪德이니,

연안짐독 인사혹
宴安鴆毒[22]因奢惑이라.

삼풍십건 고소계
三風十愆[23]古所戒니,

불필려산가망국
不必驪山可亡國이라.

註解 1) 驪山(여산)-섬서성(陝西省) 임동현(臨潼縣) 동남쪽, 남전현(藍田縣)의 남전산(藍田山)과 연해 있는 산 이름. 산 밑에 온천이 있는데 일찍이 진시황(秦始皇)이 이 산에 이르는 각도(閣道)를 만들었으며, 당 현종(玄宗)이 자주 다녔고, 특히 화청궁(華淸宮)에서 양귀비(楊貴妃)에게 사욕(賜浴)함으로써 유명하다. 2) 君門(군문)-임금의 궁성의 문. 3) 帝(제)-천제(天帝), 하나님. 법궁(法宮)은 법령(法令)을 내리는 궁전의 정전(正殿). 4) 安穩(안온)-편안히 아무것도 않고 놀며 살아가는 것. 5) 何爲來此驪山中(하위래차려산중)-어째서 이 여산 가운데로 와서 안온함을 추구하느라 임금들은 나라를 망쳤느냐는 뜻. 6) 複道(복도)-누각에는 왕래하는 두 길이 위아래로 있어 이를 '복도(複道)' 또는 '복도(復道)'라 한다. 진나라 시황제는 여산에 이르는 각도(閣道)를 만들었다. 금궐(金闕)은 금으로 장식한 궐문. '궐'은 문전 좌우에 있는 누관(樓觀)을 뜻한다. 7) 樓觀(누관)-높은 누각과 멀리 바라볼 수 있는 고관(高館). 은연(隱煙)은 누관 아랫부분이 연기 같은 노을 속에 숨겨져 있는 것. 8) 八駿(팔준)-여덟 마리의 준마. 옛날 주(周)나라의 목왕(穆王)이 서쪽을 유람할 때 수레를 여덟 마리 준마가 끌었다 한다(《穆天子傳》). 9) 六龍(륙룡)-천자

의 수레를 끄는 여섯 마리의 준마.《주례(周禮)》하관(夏官) 수인(庾人)에 '마팔척(馬八尺) 이상을 용(龍)이라 한다'고 했다. 10) 峨眉(아미) - '아미(峨嵋)'로도 쓰며 사천성(四川省) 아미현(峨嵋縣)에 있는 산 이름. 잔(棧)은 사다리, 험한 곳을 오르기 위해 놓은 사다리길, 잔도(棧道). 여기서는 안록산(安祿山)의 난 때 현종(玄宗)이 사천성으로 피난갔던 일을 뜻한다. 11) 華淸院(화청원) - 화청궁(華淸宮).《당서(唐書)》지리지(地理志)에 '태종(太宗) 정관(貞觀) 18년 어탕(御湯)을 영건(營建)하고 탕천관(湯泉官)이라 하였는데, 고종(高宗)의 함형(咸亨) 2년엔 온천궁, 현종의 천보(天寶) 6년엔 화청궁이라 이름을 고쳤다'고 했다. 현종은 이곳에서 양귀비에게 목욕을 하게 하고 해마다 함께 그곳을 찾아가 놀았다. 12) 霓裳(예상) - 예상우의곡(霓裳羽衣曲). 현종이 꿈에 달나라에 가서 선녀들이 음악 소리에 맞추어 춤추는 곡을 듣고 작곡하였다는 곡명(曲名). 그 춤은 예상우의무(霓裳羽衣舞)라 한다. 소산(蕭散)은 쓸쓸히 흩어지는 것. 13) 麋(미) - 고라니. 14) 朝元(조원) - 여산의 화청궁(華淸宮) 안에 있던 각명(閣名).《당서(唐書)》지리지(地理志)에 의하면 화청궁 안에 요광전(瑤光殿)·비상전(飛霜殿)·구룡전(九龍殿)·의춘정(宜春亭)·조원각(朝元閣)·장생전(長生殿)·갈고루(羯鼓樓)·중명각(重明閣)·방풍각(芳風閣) 등이 있었다. 15) 羯鼓樓(갈고루) - 여산에 있던 누명(樓名). 16) 長生殿(장생전) - 여산에 있던 전명(殿名). 17) 吳楚兩醯鷄(오초량혜계) - 오나라와 초나라 임금은 양편 다 혜계(醯鷄)와 같다. '혜계'는 초나 술항아리에 생기는 하루살이 같은 날짐승. 혜계와 같다는 것은 무지하고 견식도 없음을 뜻한다. 초나라 영왕(靈王)은 장화대(章華臺)를 짓고, 오왕(吳王) 부차(夫差)는 고소대(姑蘇臺)를 짓다가 나라를 망친 것을 가리킨다. 18) 築臺未就(축대미취) - 오초(吳楚) 두 나라의 왕은 대(臺)를 다 짓기도 전에 망했음을 뜻한다. 19) 長楊(장양) - 한(漢)무제(武帝)가 지은 궁명(宮名). 섬서성(陝西省) 서안부(西安府) 동남쪽에 있었다. 오작(五柞)은 한무제가 지은 궁명. 섬서성 부풍현(扶風縣)에 있던 이궁(離宮). 20) 江都樓成(강도루성) - 수(隋)나라 양제(煬帝)는 큰 운하를 파고 강도(江都)의 놀이를 일삼았으며, 그 옆에 사람들이 한번 들어가면 찾아 나오기 힘든 미루(迷樓)를 지었다. 미루는 지금의 강소성(江蘇省) 강도현(江都縣) 서쪽에 있었다 한다. 21) 由來(유래) - 옛부터. 유련(流連)은 놀이에 한없이 빠져 있는 것. 22) 宴安鴆毒(연안짐독) — 잔치하며 편히 놀기만 하는 것은 짐새의 독과 같다는 뜻. 짐새는 독조(毒鳥)의 일종. 《좌전(左傳)》 민공(閔公) 원년(元年)에 '연안(宴安)함은 짐독(鴆毒)과 같다. 좋아해선 안된다'고 하였다. 23) 三風十愆(삼풍십건) — 세 가지 풍조와 열 가지 허물. 《서경(書經)》 이훈(伊訓)편에 '감히 언제나 궁에서 춤추고 집에서 술취해 노래하는 것을 무당 바람[巫風]이라 하고, 감히 재물이나 여색을 좋고 놀이와 사냥을 일삼는 것을 지나친 바람[淫風]이라 하고, 감히 성인의 말을 업신여기고 충직(忠直)에 거슬리며 늙고 덕있는 사람을 멀리하고 악동들과 친하게 지내는 것을 어지러운 바람[亂風]이라 한다'고 하였다. 이 무풍·음풍·난풍이 삼풍(三風)이다. 십건(十愆)도 이곳에 보이는데 무풍의 노래와 춤, 음풍의 재물·여색·놀이·사냥, 난풍의 성인의 말을 업신여김, 충직함을 거스림, 늙고 덕있는 이를 멀리함, 악동과 친히 지냄의 이상 열 가지를 말한다.

解説 이 시는 여산의 화려했던 옛날을 생각하고, 옛부터 임금들은 놀이와 토건(土建)으로 나라를 망친 사람이 많았음을 읊고 있다. 그 속에 현종과 양귀비의 화려했던 생활과 '안록산의 난'으로 말미암아 단번에 무너진 영화가 점철되어 있어 더욱 감동이 깊다.

괵국부인이 밤놀이 하는 그림(虢國夫人夜遊圖[1])

미인이 스스로 옥화마(玉花馬)의 고삐를 잡으니,
날렵하기 놀란 제비같고 용마가 날듯 달리네.
금채찍으로 길을 다투다 옥비녀 떨어뜨리니,
어느 사람이 먼저 명광궁에 들어갈꼬?
궁중에선 갈고(羯鼓)가 꽃과 버들을 재촉하니,
옥노(玉奴)가 비파 타고 화노(花奴)가 갈고 치는 소리네.
좌중에선 여덟째 분이 정말로 귀인이니,

말을 달려와서 뵙는데 티끌조차 날리지 않네.

밝은 눈 흰 이를 누가 다시 보리?

오직 단청 그림 속에만 눈물 자국이 남아 있네.

세상은 잠깐 사이에 지금이 옛날 되는 것이니,

오공대(吳公臺) 아래도 뇌당로(雷塘路)가 되었네.

옛날 진후주(陳後主)가 장려화에게 빠져,

문밖에 한금호(韓擒虎) 장군이 와 있는 줄 알지도 못한 걸 비
웃었다네.

가 인 자 공   옥 화 총　　편 여 경 연 답 비 룡
佳人自鞚²⁾玉花驄하니 翩³⁾如驚燕踏飛龍이라.

금 편 쟁 도 보 차 락　　하 인 선 입 명 광 궁
金鞭爭道寶釵⁴⁾落하니, 何人先入明光宮⁵⁾고?

궁 중 갈 고 최 화 류　　옥 노 현 삭 화 노 수
宮中羯鼓⁶⁾催花柳하니, 玉奴⁷⁾絃索花奴手라.

좌 중 팔 이 진 귀 인　　주 마 래 간 부 동 진
坐中八姨⁸⁾眞貴人이니, 走馬來看不動塵이라.

명 모 호 치 수 부 견　　지 유 단 청 여 루 흔
明眸皓齒⁹⁾誰復見고? 只有丹靑¹⁰⁾餘淚痕이라.

인 간 부 앙 성 금 고　　오 공 대 하 뢰 당 로
人間俯仰¹¹⁾成今古하니, 吳公臺下雷塘路¹²⁾라.

당 시 역 소 장 려 화　　부 지 문 외 한 금 호
當時亦笑張麗華¹³⁾가, 不知門外韓擒虎¹⁴⁾라.

註解 1) 虢國夫人夜遊圖(괵국부인야유도)—괵국부인(虢國夫人)은 양귀비
(楊貴妃)의 언니 중의 하나로 현종(玄宗)의 총행(寵幸)을 가장 많이 받
았다 한다. 이 그림의 작자는 누구인지 알 수 없다.　2) 鞚(공)—말굴
레. 자공(自鞚)은 스스로 말굴레에 매인 고삐를 잡고 말을 모는 것. 옥
화총(玉花驄)은 흰 바탕에 얼룩이 진 말. 현종이 타던 명마 이름.　3)
翩(편)—펄펄 나는 것. 답비룡(踏飛龍)은 나는 용을 타고 달리는 듯하

다.　4) 寶釵(보차)ー보석으로 장식된 비녀.　5) 明光宮(명광궁)ー한
(漢)나라의 궁전 이름. 미앙궁(未央宮) 서쪽에 있었고, 금・옥으로 발
을 장식하여 밤낮으로 환했다 한다《三秦記》. 여기서는 현종이 계신
궁을 가리킨다.　6) 羯鼓(갈고)ー갈(羯)나라에서 들어온 북으로, 통 모
양에 양편을 다 치므로 '양장고(兩杖鼓)'라고도 불렀다. 현종이 좋아
했던 악기의 하나이다.　7) 玉奴(옥노)ー양귀비의 이름이 옥환(玉環)이
어서 그를 옥노(玉奴)라 애칭(愛稱)했다. 양귀비는 비파를 잘하여 '현
삭(絃索)'은 그가 비파줄을 뜯는 소리임을 뜻한다. 화노(花奴)는 여양
왕(汝陽王) 진(璡)의 어릴 적 이름. 그는 특히 갈고(羯鼓)를 잘 쳐서 현
종이 좋아하였다.　8) 八姨(팔이)ー여자들 형제 중의 여덟째. 괵국부인
(虢國夫人)을 가리킨다.　9) 明眸皓齒(명모호치)ー밝은 눈과 흰 이. 미
인인 괵국부인을 가리킨다.　10) 丹青(단청)ー단청으로 그린 그림.
11) 俯仰(부앙)ー고개를 숙였다 드는 짧은 사이.　12) 吳公臺下雷塘路
(오공대하뢰당로)ー오공대(吳公臺)는 강소(江蘇) 강도현(江都縣) 동북
10리 되는 곳에 있었으며, 그 밑에 수(隋)나라 양제가 묻히었다. 당나
라는 강남을 평정하자 곧 뇌당(雷塘)에 개장(改葬)하였다. 오공대하
(吳公臺下)에 묻혔던 수나라 양제가 뇌당(雷塘)에 개장(改葬)되었음을
뜻하며, 세상이 역사의 흐름에 따라 바뀌고 있음을 읊은 것이다.　13)
張麗華(장려화)ー남조(南朝) 진후주(陳後主)의 비(妃). 모습이 아름답
고 머리가 7척이나 길었으며 영리해서 후주(後主)는 늘 그를 무릎 위
에 올려 앉혀놓고 정사를 보았다 한다. 그러다가 수나라 군대에게 공
격을 받아 후주와 함께 죽음을 당하였다. 이 구절은 옛날 진후주가 장
려화(張麗華)에게 빠졌었음을 비웃었다는 것이다.　14) 韓擒虎(한금
호)ー자(字)는 자통(子通), 문무(文武)의 재능을 겸한 수나라 장군. 특
히 진(陳)나라를 쳐부수어 큰 공을 세웠다.

解説 현종(玄宗)이 가장 총애하였다는 괵국부인(虢國夫人)이 밤에 나가 노
는 그림을 보고 그 감상을 노래한 것이다. 그 그림은 길 위에 비녀를
떨어뜨리며 옥화마(玉花馬)를 달리는 날렵하고도 아름다운 괵국부인
이 궁중으로 가서 밤에 노는 것을 그린 것이다. 현종은 이처럼 미인들
에게 둘러싸여 놀이로 세월을 보냈지만 결국 잠깐 사이에 '안록산의
난'에 망하고 말았다. 그때엔 진후주가 장려화에게 빠져 밖에 수나라
한금호(韓擒虎) 장군이 쳐들어온 것도 몰랐던 일을 비웃었지만 그보

다 무엇이 나을 게 있느냐는 것이다.

유월이십칠일, 망호루에서 취하여 씀(六月二十七日¹⁾望湖樓²⁾醉書)

먹물 뒤엎은 것 같은 검은 구름 산허리에 걸쳤는데,
흰 구슬 같은 빗발 어지러이 배 안으로 들이치더니,
땅을 휩쓰는 바람 문득 비구름 불어 흩뜨리자,
망호루 아래 물이 하늘처럼 펼쳐 있네.

흑 운 번 묵 미 차 산　　　백 우 도 주 　난 입 선
黑雲翻墨未遮山³⁾하고, 白雨跳珠⁴⁾亂入船이라.

권 지 풍 래 홀 취 산　　　망 호 루 하 수 여 천
捲地風來忽吹散하니, 望湖樓下水如天이라.

註解 1) 유월이십칠일(六月二十七日)-희녕(熙寧) 5년(1072) 작자가 항주
통판(杭州通判)으로 있었을 때임.　2) 망호루(望湖樓)-항주성 안의
봉황산(鳳凰山) 기슭에 있었다고도 하고, 서호(西湖) 가의 소경사(昭
慶寺)에 있었다고도 한다. 지금은 없으니 확실히 아는 수가 없다. 3)
미차산(未遮山)-산을 다 덮어 싸지는 못하고 있다, 곧 구름이 산허
리에 걸쳐있음을 말한다.　4) 도주(跳珠)-구슬이 튀다, 곧 구슬 같은
빗방울이 튀어 오르는 것을 뜻함.

解説 사나운 빗바람이 몰아치다가 갑자기 맑게 개는 호숫가 풍취를 짧은
시로 잘 읊고 있다. 망호루 아래 호수의 "물이 하늘과 같다"는 것은
맑고 아름다운 호수 풍경뿐만이 아니라 상쾌해진 작자의 가슴을 단적
으로 드러내 보여준다.

빗속에 천축의 영감관음원에 노닐며(雨中游天竺[1] 靈感觀音院)

누에는 늙어가고, 보리는 누레지고 있는데,
산 앞 산 뒤로 물만 출렁거리네.
농부들은 쟁기 내던지고 여인들 뽕 광주리 버리게 하고는
흰옷 걸친 선인은 높은 집에 앉아있네.

蠶欲老[2]하고 麥半黃이어늘, 山前山後水浪浪[3]이라.
農夫輟耒[4]女廢筐이어늘, 白衣仙人[5]在高堂이라.

註解 1) 天竺(천축) – 절강성(浙江省) 항주(杭州) 서쪽에 있는 산 이름. 영감관음원(靈感觀音院)은 영험이 많은 관음(觀音)을 모셔놓은 절 이름. 2) 欲老(욕로) – 늙어가다, 곧 누에가 고치를 만들 때가 거의 되고 있다는 뜻. 3) 浪浪(랑랑) – 물이 흐르는 모양, 물이 흐르는 소리. 4) 輟耒(철뢰) – 쟁기를 치우다, 쟁기를 내던지고 농사를 짓지 못하는 것. 폐광(廢筐)은 광주리를 버리다. 누에를 칠 뽕을 따오는 광주리를 버리다, 곧 누에치는 일을 하지 못하는 것. 5) 白衣仙人(백의선인) – 흰옷을 입은 신선 같은 사람, 여기서는 영험이 많다는 관음을 가리킨다.

解說 한창 농사일이 바쁜 철에 장마가 져서 농민들은 모두 손을 놓고 허탈에 빠져있다. 그런데도 영험하다는 영감관음은 모르는 척 혼자 호화로운 집에 한가히 앉아만 있다. 누구보다도 농민들의 어려움을 돌보아야 할 관음의 자세로서 될 법이나 한 일인가! 아무래도 이 시의 '흰옷을 입은 신선 같은 사람' 은 신법을 추진하는 왕안석(王安石)을 가리키는 듯도 하다. 소식은 이런 시사를 은근히 풍자하는 시도 적지않이 썼기 때문에 뒤에 사람들의 무고(誣告)로 오대시안(烏臺詩案)에 걸리어 옥에 갇혀 죽을 뻔한 일도 생기게 된다.

왕정국이 소장한 왕진경의 그림 연강첩장도에 씀(書王定國¹⁾所藏煙江疊嶂圖王晉卿畵)

강가엔 수심을 자아내는 천 겹의 산이,

하늘로 푸르게 솟은 것이 구름이나 연기 같네.

산인지 구름인지 멀어서 알 수 없고,

안개 걷히고 구름 흩어져도 산은 그대로이네.

다만 양편의 절벽은 짙푸르러 어둡게 보이고,

깎아내린 듯한 골짜기엔 무수한 갈래로 날아 내리는 샘물이
   있네.

숲을 감돌고 바위를 감싸며 숨었다간 다시 보이고 하다가,

아래 골짜기 어귀로 가선 여울물을 이루네.

그리고 냇물은 평평하고 산은 열리어 숲도 끊긴 곳에,

조그만 다리와 시골 주막이 산가에 붙어 있네.

행인이 몇 사람 다리 저쪽으로 건너가고,

나뭇잎 같은 고깃배 떠있는 강물엔 하늘빛이 잠겨 있네.

사군(使君)은 어디서 이 그림을 얻었을까?

자세히 붓끝으로 맑고 아름다운 경치 그려냈네.

세상 어느 곳에 이런 경치가 있는지?

이런 곳이라면 바로 가서 2경(頃)의 밭을 마련하고 살리라.

그대는 무창(武昌) 번구(樊口)의 깊숙하고 조용한 곳을 못 보
   았는가?

이 동파선생은 5년이나 거기에 머문 일이 있지.

봄에는 바람이 강물결 일으키어 하늘도 자욱하고,

여름에는 저녁 구름이 비를 거두면 산빛 매우 고우며,

가을엔 단풍 속에 날던 까마귀가 물가 숙소로 와 함께 머
  물고,

겨울에는 높은 소나무에서 눈 떨어지는 소리가 취하여 자는
  잠을 놀라 깨게 하네.

복숭아꽃 피고 물흐르는 선경(仙境)이 세상에 있으니,

무릉(武陵)에만 어찌 반드시 신선이 살까?

강물과 산은 맑고 조용한데 나는 먼지와 티끌에 더럽혀져
  있으니,

비록 가고자 하는 길 있다 해도 찾을 수가 없구나!

그대에게 이 그림 돌려보내며 여러 번 탄식했으니,

산속의 친구들은 나를 전원으로 돌아오라고 부르는 시 짓고
  있겠지.

강 상 수 심 천 첩 산　　　　부 공 적 취　여 운 연
江上愁心千疊[2)]山이, 浮空積翠[3)]如雲煙이라.

산 야 운 야 원 막 지　　　　연 공 운 산 산 의 연
山耶雲耶遠莫知러니, 煙空雲散山依然이라.

단 견 량 애 창 창 암　　　　절 곡 중 유 백 도　비 래 천
但見兩崖蒼蒼[4)]暗하니, 絕谷中有百道[5)]飛來泉이라.

영　림 락 석 은 부 현　　　　하 부 곡 구 위 분 천
縈[6)]林絡石隱復見하니, 下赴谷口爲奔川이라.

천 평 산 개 임 록　단　　　　소 교 야 점 의 산 전
川平山開林麓[7)]斷하니, 小橋野店依山前이라.

행 인 초　도 교 목 외　　　　어 주 일 엽 강 탄 천
行人稍[8)]度橋木外하고, 漁舟一葉江吞天[9)]이라.

사 군　하 종 득 차 본　　　점 검　호 말 분 청 연
使君[10)]何從得此本고? 點檢[11)]毫末分淸姸이라.

부 지 인 간 하 처 유　　　차 경 경 욕 주 치 이 경 전
不知人間何處有오? 此境徑欲住置二頃田[12)]이라.

군 불 견 무 창　번 구 유 절 처　동 파 선 생 유 오 년
君不見 武昌¹³⁾樊口幽絕處아? 東坡先生留五年¹⁴⁾이라.

춘 풍 요 강 천 막 막　모 운 권 우　산 연 연
春風搖江天漠漠¹⁵⁾하고, 暮雲捲雨¹⁶⁾山娟娟이라.

단 풍 번 아　반 수 숙　장 송 낙 설　경 취 면
丹楓翻鴉¹⁷⁾伴水宿하니, 長松落雪¹⁸⁾驚醉眠이라.

도 화 류 수　재 인 세　무 릉　기 필 개 신 선
桃花流水¹⁹⁾在人世하니, 武陵²⁰⁾豈必皆神仙가?

강 산 청 공　아 진 토　수 유 거 로 심 무 연
江山淸空²¹⁾我塵土하니, 雖有去路尋無緣²²⁾이라.

환 군 차 화 삼 탄 식　산 중 고 인 응 유 초 아 귀 래 편
還君此畵三嘆息하니, 山中故人應有招我歸來篇²³⁾이라.

註解 1) 王定國(왕정국)－이름이 공(鞏), 정국(定國)은 자이며, 소식을 따라 놀았다. 소식이 죄에 얽히자 그도 빈주(賓州)로 몇 년 귀양갔던 일이 있다(《宋史》). 연강첩장도(煙江疊嶂圖)는 안개 낀 강과 여러 겹의 산봉우리 그림. 왕진경(王晉卿)은 왕선(王詵). 역시 소동파를 따라 놀았으며 그림을 잘 그리어 소동파에게는 그의 그림에 제서(題書)한 시가 많다. 2) 千疊(천첩)－여러 겹. 3) 積翠(적취)－푸른빛을 쌓아올린 듯한 산을 말함. 4) 蒼蒼(창창)－초목이 무성하여 검푸른 모양. 5) 百道(백도)－여러 갈래, 여러 가닥. 6) 縈(영)－얽히다. 락(絡)은 감기다, 얽히다. 7) 林麓(임록)－산기슭의 숲. 8) 稍(초)－적은 것. 9) 江呑天(강탄천)－강물이 하늘을 삼킨 듯, 물속에 하늘빛이 잠겨 있는 것. 10) 使君(사군)－자사(刺史)나 태수(太守)에 대한 경칭. 왕정국(王定國)을 가리킨다. 11) 點檢(점검)－하나하나 자세히 따지는 것. 호말(毫末)은 붓 끝. 분청연(分淸姸)은 맑고 곱게 가리어 그려놓는 것. 12) 二頃田(이경전)－2 경의 밭. 경은 넓이의 단위로 백 묘(畝)가 1경이다. 13) 武昌(무창)－소식이 귀양가 있던 황주(黃州)에 가까운 지명. 지금의 호북성(湖北省) 무창부(武昌府). 번구(樊口)는 지금의 호남성(湖南省) 악성현(鄂城縣) 서북쪽으로서 번수(樊水)가 장강(長江)으르 흘러들어가는 어귀의 지명. 소식에게 〈번산기(樊山記)〉라는 글도 있다. 유절처(幽絕處)는 조용하고 깊숙한 곳. 14) 東坡先生留五年(동파선생유오년)－원풍(元豐) 4년(1081)에 소식

은 황주(黃州)로 귀양가 동파(東坡)의 팔시(八詩)를 짓고 동파거사(東坡居士)라 자호하였는데, 그곳에 5년 머물렀다. 무창과 번구는 황주 근처에 있다. 15) 天漠漠(천막막)-하늘이 엷은 안개로 흐려서 자욱한 것. 16) 暮雲捲雨(모운권우)-저녁 구름이 비를 걷는다. 여름의 하늘 경치를 말함. 연연(娟娟)은 아름다운 모양. 17) 丹楓飜鴉(단풍번아)-단풍나무 사이에 날아다니는 까마귀. 가을 경치를 말함. 18) 長松落雪(장송낙설)-긴 소나무에 눈이 내린 것. 19) 桃花流水(도화류수)-도연명(陶淵明)의 〈도화원기(桃花源記)〉에 나오는 '도원(桃源)'의 경치. 이백(李白)의 〈산중답속인(山中答俗人)〉 시에서도 '도화유수요연거(桃花流水窅然去), 별유천지비인간(別有天地非人間)'이라 하였다. 20) 武陵(무릉)-호남성(湖南省) 상덕현(常德縣)의 지명. 도원(桃源)의 전설이 있는 고장. 흔히 '무릉도원(武陵桃源)'이라 한다. 21) 淸空(청공)-맑고 깨끗한 것. 22) 無緣(무연)-방법이 없는 것. 23) 招我歸來篇(초아귀래편)-나에게 돌아와 은거(隱居)하라 부르는 시편. 도연명의 〈귀거래사(歸去來辭)〉, 좌사(左思)의 〈초은시(招隱詩)〉에서 표현을 빌린 것임.

解說 이 시는 왕진경의 아름다운 산수화를 보면서 선경 같은 그 경치를 눈앞에 보는 듯 잘 묘사한 것이다. 그리고 그 아름다운 경치를 현실적인 자기 처지에 연결시키어 맑고 깨끗한 숨어사는 삶에의 동경을 드러낸 데서 더욱 우아한 정취를 느끼게 된다. 황주에서의 괴로운 귀양살이는 자연히 속세를 초월한 깨끗한 생활을 그리게 하였을 것이다.

초상화를 그려준 하수재에게(贈寫眞何秀才1))

그대는 보지 못했는가, 당나라 노주(潞州) 별가(別駕) 벼슬했던 현종(玄宗)이 눈을 번개처럼 뜨고,
왼손에 활 잡고 화살 옆으로 메우고 있는 초상화를?
또 보지 못했는가, 눈 속에 나귀 탄 맹호연(孟浩然)이,

눈썹 찌푸린 채 시 읊을 적에 마른 양 어깨 산처럼 솟아 있
  는 초상화를?

굶주리고 헐벗은 사람이나 부귀를 누린 사람이나 모두 어디
  에 있는가?

공연히 초상화 그리어 세상에 남겼을 따름이지.

이 몸은 늘 밖의 만물과 동화(同化)하여,

뜬구름 변화하듯 종적 없고자 하네.

그대에게 어찌하여 내 초상을 그리려 하는가 물었을 제,

그대는 그 짓이 좋아서 잠시 스스로 즐기는 것이라 말하였네.

누런 관에 야인(野人)의 옷 입은 산골 사람 모습으로 그렸
  으니,

나를 산 바위 속에 두어 숨어 살게 하려는 뜻인 듯.

공훈과 명성 세운 장수나 재상이야 지금 무엇을 한하겠나?

가서 포공(褒公) 단지현(段志玄)이나 악공(鄂公) 울지경덕
  (尉遲敬德) 같은 이들 초상이나 그리게!

군 불 견 노 주 별 가 안 여 전　　좌 수 괘 궁 횡 연 전
君不見 潞州別駕²⁾眼如電가? 左手挂弓橫撚箭³⁾이라.

우 불 견 설 중 기 려 맹 호 연　　추 미 음 시 견 용 산
又不見雪中騎驢孟浩然⁴⁾가? 皺⁵⁾眉吟詩肩聳山이라.

기 한 부 귀 량 안 재　　공 유 유 상 류 인 간
饑寒富貴兩安在오? 空有遺像留人間이라.

차 신 상 의 동 외 물　　부 운 변 화 무 종 적
此身常擬⁶⁾同外物하여, 浮雲變化無蹤跡⁷⁾이라.

문 군 하 고 사 아 진　　군 언 호 지 료 자 적
問君何苦寫我眞고 하니, 君言好之聊自適⁸⁾이라.

황 관 야 복 산 가 용　　의 욕 치 아 산 암 중
黃冠⁹⁾野服山家容이니, 意欲置我山巖中이라.

훈 명 장 상　금 하 한　　왕 사 포 공　여 악 공
勳名將相¹⁰⁾今何恨고? 往寫褒公¹¹⁾與鄂公하라.

註解 1) 寫眞何秀才(사진하수재) - 초상화 그리는 하수재(何秀才). 하수재는 이름이 충(充)이며 고소(姑蘇) 사람으로, 초상화의 명인이었다(元夏文彦《圖繪寶鑑》). 2) 潞州別駕(노주별가) - 노주(潞州)는 지금의 산서성(山西省) 장치현(長治縣), 별가(別駕)는 주(州) 자사(刺史)의 부관(副官). 당나라 현종(玄宗, 李隆基, 713~755 재위)은 왕위에 오르기 전에 이 벼슬에 있었다. 3) 橫撚箭(횡연전) - 옆으로 비껴 화살을 메우다. 여기에선 현종의 수렵도(狩獵圖)를 가리킴. 4) 孟浩然(맹호연) - 689~740년, 성당(盛唐)시대의 대표적인 자연시인, 왕유(王維)와 쌍벽을 이루었다. 여기의 초상은 그의 〈부명도중봉설(赴命途中逢雪)〉 시를 주제로 한 것인 듯하다. 5) 皺(추) - 주름지다. 추미(皺眉)는 눈썹을 찌푸리는 것. 견용산(肩聳山)은 여위어 양 어깨가 산처럼 솟아 뵈는 것. 6) 擬(의) - ~에 비기다, ~하고자 하다. 동외물(同外物)은 자기 밖의 모든 물건과 동화(同化)하다. 7) 蹤跡(종적) - 발자취. 8) 聊自適(료자적) - 잠시 스스로 즐기다. 9) 黃冠(황관) - 누런 관.《예기(禮記)》교특생(郊特牲)에 '야부(野夫)는 황관(黃冠)을 쓴다'고 하였다. 산가용(山家容)은 산 사람 모습, 시골 사람 모양. 10) 勳名將相(훈명장상) - 나라에 큰 공훈을 세워 명성이 자자한 장수와 재상. 11) 褒公(포공) - 당(唐) 태종(太宗) 때의 장수로 용명(勇名)을 떨친 단지현(段志玄). 뒤에 포국공(褒國公)에 봉해졌다. 악공(鄂公)은 당 태종 때의 명장 울지경덕(尉遲敬德). 뒤에 악국공(鄂國公)에 봉해졌다. 당 태종은 이 두 사람을 비롯한 공신 24명의 초상화를 그려 능연각(凌烟閣)에 모시었다.

解說 초상화에 대한 노래이면서도 거시적인 작자 소식의 인생관이 잘 나타나 있다. 그리고 자기 초상화를 그려준 화가를 은근히 능연각 초상을 그렸던 염입본(閻立本)에게 비겨 고마운 뜻을 나타내고도 있다.

묽고 묽은 술(薄薄¹⁾酒)

묽고 묽은 술도 끓인 차보단 낫고,

거칠고 거친 마포(麻布)라도 치마 없는 것보단 나으며,

추한 처와 악한 첩이라도 빈방에 홀로 사는 것보단 낫다.

새벽에 조정에 나가 조회(朝會) 시각 기다리노라면 신발에
　　서리 가득 차는 벼슬살이는,

한여름 해가 높이 치솟도록 충분히 자고 북창의 시원함 즐
　　기는 야인(野人) 생활만 못하지.

옥으로 만든 옷 입혀 관 속에 넣어져 많은 사람 장송(葬送)
　　받으며 북망산으로 돌아가게 되는 것은,

너덜너덜하고 누덕누덕 기운 옷 입고 홀로 앉아 아침햇빛
　　등에 받으며 사는 것만 못하지.

생전에 부귀 누리려 하고 사후엔 문장 남기려 하나,

백 년도 눈 깜박하고 한 번 숨쉴 동안이고, 만세도 바삐 지
　　나가 버리는 거네.

어질다는 백이(伯夷) 숙제(叔齊)나 강도인 도척이 다 같이
　　없어졌으니,

눈앞에 당장 한번 취하여 옳고 그름과 시름 즐거움을 모두
　　다 잊는 것만 못하지.

박 박 주　 승 차 탕　　　　조 조 포　　 승 무 상
薄薄酒, 勝茶湯²⁾이오, **粗粗布³⁾, 勝無裳**하며,

추 처 악 첩 승 공 방
醜妻惡妾勝空房이라.

오 경 대 루　화 만 상　　 불 여 삼 복 일 고 수 족 북 창 량
五更待漏⁴⁾靴滿霜이, **不如三伏日高睡足北窗凉**이오,

주 유 옥 갑　만 인 조 송 귀 북 망　　불 여 현 순　백 결 독 좌 부
珠襦玉匣⁵⁾萬人祖送歸北邙이, 不如懸鶉⁶⁾百結獨坐負

조 양
朝陽이라.

생 전 부 귀 사 후 문 장　　백 년 순 식　만 세 망
生前富貴死後文章이나, 百年瞬息⁷⁾萬世忙이라.

이 제　도 척 구 망 양　　불 여 안 전 일 취 시 비 우 락 도 량 망
夷齊⁸⁾盜跖俱亡羊하니,不如眼前一醉是非憂樂都兩忘

이라.

註解 1) 薄薄(박박)－묽고 묽은 것. 작자의 이 시 서문에 따르면 조명숙(趙明叔)이란 사람이 가난하면서도 술을 좋아해 취하면 '묽고 묽은 술도 차보단 낫고, 추하고 추한 마누라도 빈방에서 지내는 것보단 낫네(薄薄酒勝茶湯, 醜醜婦勝空房)'란 말을 입버릇처럼 했는데, 그럴싸하게 느껴져 악부체(樂府體)로 그 뜻을 살려 지었다 했다. 2) 勝茶湯(승차탕)－차 끓인 물보다 낫다. 3) 粗粗布(조조포)－거칠고 거친 마포(麻布). 4) 五更待漏(오경대루)－오경은 새벽 시간, 대루(待漏)는 옛날 대신들이 조회에 참석하기 위하여 조정에 나와 조회 시간을 기다리던 것을 뜻함. 당나라 때엔 대루원(待漏院)을 두어 새벽에 조신(朝臣)들이 모이도록 하기도 했었다. 누(漏)는 누각(漏刻)으로 물시계가 가리키는 시각을 뜻한다. 5) 珠襦玉匣(주유옥갑)－주유(珠襦)는 구슬을 황금(黃金)실로 엮어 만든 저고리, 옥갑(玉匣)은 옥조각을 황금실로 엮어 만든 아래 옷으로 모두 시의(屍衣)이며, 갑옷같은 형상이었다(《漢書》董賢傳 顔師古 註). 최근 호남성(湖南省) 마왕퇴(馬王堆)에서 출토된 금루옥의(金縷玉衣) 같은 것인 듯하다. 조송(祖送)의 조(祖)는 길의 신(神 : 道祖神)에게 지내는 제사. 여기서는 장례 때 제사를 지내고 상여를 장지(葬地)로 보냄을 뜻한다. 북망(北邙)은 하남성(河南省) 낙양현(洛陽縣) 동북쪽에 있는 산 이름. 동한(東漢) 이래로 당(唐)·송(宋)에 걸쳐 명신들의 묘가 많았다. 때문에 후세에는 사람이 죽어 가는 곳을 대표하게 되었다. 6) 懸鶉(현순)－매달아 놓은 메추라기. 옷이 해져 너절너절한 것에 비유한 말. 《순자(荀子)》 대략(大略)편에 '자하(子夏)는 가난해서 옷이 현순(懸鶉) 같

았다'는 말이 보인다. 백결(百結)은 옷을 누덕누덕 기운 것. 7) 瞬息
(순식)—한 번 눈 깜짝하고, 한 번 숨 쉬는 동안. 8) 夷齊(이제)—백
이(伯夷)와 숙제(叔齊). 은말(殷末) 고죽군(孤竹君)의 아들 형제. 임
금자리를 형제가 서로 사양했고, 다시 은(殷)이 망한 뒤에는 주(周)
나라 곡식을 안 먹겠다고 수양산(首陽山)에 숨어 살다 굶어 죽었다
한다. 청렴고결(淸廉高潔)한 인물의 대표로 들고 있다. 도척(盜跖)은
춘추시대(春秋時代) 진(秦)나라의 유명한 도적놈 이름. 구망양(俱亡
羊)은 모두가 양을 잃다. 《장자(莊子)》변무(騈拇)편에 "장(臧)과 곡
(穀) 두 사람이 양을 치다가 장은 책 읽는 데 정신이 팔렸고, 곡은 노
름에 정신이 팔려 모두 양을 잃었다."는 얘기를 하며, 이것은 백이
(伯夷)와 도척(盜跖)이 서로 한 일은 다르지만 모두 사람의 본성을
해쳐 삶을 망친 점에서는 같다는 결론에 비유하고 있다.

解說 어려운 세상에선 묽은 술이라도 마시고 지저분한 일은 잊고 사는 게
상책이라는 것이다. 이는 도연명(陶淵明)의 시의 정취를 계승한 것이
다. 표현에 있어서도 도연명의 〈화유시상(和劉柴桑)〉시의 '약한 여자
는 남자는 아니라 해도, 정을 위로해 주는 데에는 정말 없는 것보단
낫다(弱女雖非男, 慰情良勝無)', 〈영빈사(詠貧士)〉시의 '처량하게 한
해 저무는데, 칡베 옷 걸치고 앞 추녀 밑에서 햇볕 쬐네(淒厲歲云暮,
擁褐曝前軒)', 〈의고(擬古)〉의 '모두가 북망으로 돌아가네(相與還北
邙)', 〈오류선생전(五柳先生傳)〉의 '짧은 허름한 옷 해어지고 꿰매고
하였네(短褐穿結)' 등 비슷한 표현이 많으니, 소식이 도연명을 얼마
나 좋아했는가 알 수 있다.

나와 같은 해 진사가 된 오잠령 조숙의 야옹정
(於潛令丁同年野翁亭[1])

산옹(山翁)은 산을 나가지 않고,

계옹(溪翁)은 늘 골짜기에 있으나,

야옹(野翁)이 골짜기와 산 사이를 내왕하면서,

위로는 고라니 사슴 벗하고 아래로는 오리 갈매기 벗함만은
　　못하지.
야옹에게 묻노니 즐기는 게 무엇이길래,
3년 넘어도 떠나지 않아 번거로이 밀쳐내도록 만드는가?
야옹 말하기를 이곳에도 즐거움이 있는데,
현악기도 아니요 관악기도 아니며 아름다운 여자도 아니
　　라네.
산사람은 취한 뒤엔 철관(鐵冠)을 떨어뜨리기도 하고,
골짜기 여인은 웃을 때면 머리의 은빗이 흘러내릴 정도라네.
내 여기 와 정적(政績)을 살피고 민요에 대하여 물으니,
모두 말하기를 짖는 개도 뛰어다닐 일 없어 발 밑에 긴 털
　　자랐단다.
오직 걱정은 이 야옹이 어느 날이건 이곳 버리고 떠나면,
오래도록 산사람 쓸쓸해하고 골짜기 여인 울게 할 것일세.

　　산 옹 불출산　　　계 옹 장 재 계
　　山翁[2]不出山하고, 溪翁長在溪라.

　　불 여 야 옹 래 왕 계 산 간　　　상 우 미 록 하 부 예
　　不如野翁來往溪山間하여, 上友麋[3]鹿下鳧鷖라.

　　문 옹 하 소 락　　　삼 년 불 거 번 추 제
　　問翁何所樂하여, 三年不去煩推擠[4]오?

　　옹 언 차 간 역 유 락　　　비 사 비 죽 비 아 미
　　翁言此間亦有樂하니, 非絲[5]非竹非蛾眉라.

　　산 인 취 후 철 관 락　　　계 녀 소 시 은 즐 저
　　山人醉後鐵冠[6]落하고, 溪女笑時銀櫛[7]低라.

　　아 래 관 정 문 풍 요　　　개 운 폐 견 족 생 리
　　我來觀政問風謠하니, 皆云吠[8]犬足生氂라.

　　단 공 차 옹 일 단 사 차 거　　　장 사 산 인 삭 막 계 녀 제
　　但恐此翁一旦捨此去하여, 長使山人索寞[9]溪女啼라.

註解 1) 於潛令刁同年野翁亭(오잠령조동년야옹정) - 오잠(於潛)은 절강성 (浙江省) 항주부(杭州府)에 있던 현(縣) 이름, 영(令)은 현령(縣令). 조(刁)는 친구의 성, 그곳 현령(縣令)이었던 조숙(刁璹). 동년(同年) 은 나이가 같은 사람 또는 같은 해에 과거에 급제한 사람을 가리킴. 야옹정(野翁亭)은 현령이 세운 정자 이름. 실제로는 정자보다도 그 것을 세운 현령의 사람됨을 칭송하고 있다. 2) 山翁(산옹) - 산에 사 는 영감. 따라서 계옹(溪翁)은 산골짜기에 사는 영감. 3) 麋(미) - 고라니. 록(鹿)은 사슴. 부(鳧)는 오리. 예(鷖)는 갈매기. 4) 煩推擠 (번추제) - 번거로이 밀어 옮기다, 애써 딴 고을로 전임시켜야만 하 다. 5) 絲(사) - 현(絃), 현악기. 금(琴) 같은 것. 죽(竹)은 관악기. 적 (笛) 같은 것. 아미(蛾眉)는 나방 눈썹, 나방의 수염같이 가늘고 예쁜 눈썹. 미녀를 대표함. 6) 鐵冠(철관) - 법관(法冠). 철로 관주(冠柱)를 만들었기 때문에 그렇게 부르며, 도사들이 흔히 썼다. 7) 銀櫛(은 즐) - 은으로 만든 머리빗. 오잠 지방 여자들은 흔히 은으로 만든 한 자 길이의 큰 빗을 머리에 꽂았다 한다(本文 注). 8) 吠(폐) - 짖다. 족 생리(足生氂)의 '이(氂)'는 긴 잡털. 옛날 잠희(岑熙)가 위군(魏郡) 태수가 되어 정치를 잘하여 무사태평했으므로 개도 놀라 뛰어다닐 일이 없어 발아래 긴 잡털이 났었다 한다(《後漢書》 列傳). 9) 索寞 (삭막) - 외롭고 쓸쓸한 것, 적막한 것.

解說 이 시는 야옹정(野翁亭)을 세운 현령 조씨의 소탈한 성품과 깨끗한 다 스림을 칭송한 것이다. 소식은 39세 때 항주(杭州) 도판(道判)으로 있 다가 밀주(密州) 지사(知事)로 옮겨 앉으며, 오잠현(於潛縣)에 들러 이 시를 지었는데, 이와 함께 〈녹균헌(綠筠軒)〉(앞에 보임), 〈오잠녀(於 潛女)〉 등 두 시도 지었다.

정호조를 보내며(送鄭戶曹¹⁾)

강물이 팽조루(彭祖樓) 감돌고,
산이 희마대(戲馬臺) 둘러싸고 있는,

옛날부터 호걸들 활약하던 이 고장,

천 년 지나서도 남은 슬픔이 있네.

이 고장 출신 한고조 하늘로 날아가 버렸고,

이곳에 도읍을 정했던 항우도 재 되어 없어졌으며,

이곳 백문(白門)에선 조조(曹操)에게 여포(呂布)가 항복했
　　었고

당나라 이광필(李光弼)도 이곳에서 죽었다네.

또 생각컨대 남조 송(宋) 무제 유유(劉裕)는,

희마대에 술자리 벌이고 놀았었다지.

근래 와선 괴롭게도 인재들 활동 잠잠해져서,

황폐한 채전에는 푸른 이끼만 성하네.

황하는 백보홍(百步洪)부터 여울지고,

산줄기는 구리산(九里山)에서 맴돌고 있어,

산과 물 서로 부딪치니,

밤이면 소리가 바람 불고 우레 치듯 변하네.

넓은 청하 언덕 위의

황루(黃樓)는 내가 세운 것인데,

가을 달 성 모퉁이로 지는 것 보았고,

봄바람은 술잔의 술을 찰랑이게 했었지.

그대가 자리에 손으로 낄 때면,

옥 같은 새 시가 나왔었지.

황루 낙성되자 그대는 가게 되니,

사람 일 정말 잘도 어긋나네.

뒷날 그대 여행에 지치거든,

흰머리 되어 고향 찾아오게나.

황루에 올라 휘파람 불 때

나는 어디에 가 있을까?

水繞彭祖樓²⁾하고, 山圍戲馬臺³⁾라.

古來豪傑地에, 千歲有餘哀라.

隆準⁴⁾飛上天하고, 重瞳⁵⁾亦成灰라.

白門⁶⁾下呂布하고, 大星隕臨淮⁷⁾라.

尙想劉德輿⁸⁾이, 置酒此徘徊라.

邇來苦寂寞하고, 廢圃多蒼苔라.

河從百步⁹⁾響하고, 山到九里¹⁰⁾回라.

山水自相激하니, 夜聲轉風雷라.

蕩蕩¹¹⁾淸河¹²⁾壖¹³⁾이오, 黃樓¹⁴⁾我所開라.

秋月墮城角하고, 春風搖酒杯라.

遲君爲座客이러니, 新詩出瓊瑰¹⁵⁾라.

樓成君已去하니, 人事固多乖라.

他年君倦遊어든, 白首賦歸¹⁶⁾來하라.

登樓一長嘯¹⁷⁾, 使君安在哉오?

은 이때 그곳 지주(知州)로 있었다. 2) 彭祖樓(팽조루)-은(殷)나라의
현명한 신하 팽조(彭祖)의 묘(廟)인데 속칭 팽조루라고도 부르며 서
주의 동북쪽에 있다. 3) 戲馬臺(희마대)-항우(項羽)가 지었다고 하
며 서주 남쪽에 있다. 4) 隆準(융준)-코가 높은 것. 《사기(史記)》고
조기(高祖紀)에 "고조의 모습은 코가 높고 용의 얼굴이었다(高祖之
爲人, 隆準而龍顔.)"이라 하여, 여기서는 한고조 유방(劉邦)을 가리
킴. 고조의 고향 패풍읍(沛豐邑)도 서주에 속하는 고을임. 5) 重瞳
(중동)-눈 안에 눈동자가 두 개 겹쳐 있는 것. 《사기》 항우전찬(項羽
傳贊)에 "내가 듣건대 주생이 말하기를, 순 임금은 눈동자가 둘 겹쳐
있었다고 하였는데, 또 듣건대 항우도 눈동자가 겹쳐 있었다 한다
(吾聞之周生曰; 舜目蓋重瞳子. 又聞項羽亦重瞳子.)"하였다. 따라서
여기서는 항우를 가리키는 말이다. 항우는 팽성(彭城)에 도읍하였었
는데 역시 서주에 속하는 땅이다. 6) 白門(백문)-백문루(白門樓),
위(魏)나라 조조(曹操)가 여포(呂布)를 정벌하여 백문루에서 항복을
받았다. 7) 大星隕臨淮(대성운림회)-큰 별이 임회에 떨어지다. 당나
라 이광필(李光弼)이 임회군왕(臨淮郡王)이 되어 서주로 복귀하다가
도중에 병으로 죽었다. 그런데 대종(代宗)의 광덕(廣德) 2년(764) 큰
별이 서주에 떨어졌는데 그때 이광필도 그곳에서 죽었다 한다(《唐
書》李光弼傳). 8) 劉德輿(유덕여)-남북조 시대의 송(宋) 무제(武帝)
유유(劉裕), 자가 덕여. 그도 서주 사람인데, 북쪽으로 정벌을 하러
가다가 서주에 이르러 희마대에서 신하들과 잔치를 벌이고 술을 마
시며 시를 읊은 일이 있다. 9) 百步(백보)-백보홍(百步洪), 서주와
사수(泗水) 남쪽에 있는 지명. 10) 九里(구리)-구리산(九里山), 서주
북쪽에 있는 산. 11) 蕩蕩(탕탕)-광대한 모양, 넓은 모양. 12) 淸河
(청하)-서주에 흐르는 사수(泗水)를 청하라고도 부른다 한다. 13)
壖(연)-언덕 근처의 땅. 14) 黃樓(황루)-소식이 서주 지주로 있으면
서 세운 누각, 서주의 동문 밖에 있다고 한다. 15) 瓊瑰(경괴)-아름
다운 옥, 옥처럼 아름다운 시를 말함. 16) 賦歸(부귀)-틈을 내어 돌
아오다, 벼슬을 그만두고 돌아오다. 17) 嘯(소)-휘파람, 휘파람을
불다.

解說 시인이 다스리고 있는 고을 서주의 명인이며 친구가 멀리 떠나가는

것을 전송하는 마음이 잘 표현되어 있다. 특히 서주에서 활약한 역사적인 명인들을 열거하며 은근히 친구의 사람됨을 높여주고 있는 소식의 수법이 그럴싸하다. 그는 역시 고시를 통하여 그의 시의 특징을 잘 발휘하여 우리에게 보여주고 있다.

권태로운 밤(倦夜)

베개가 권태로우니 긴 밤이 지겨운데,
조그만 창은 끝내 밝을 줄 모르네.
외로운 마을에선 개 한 마리가 짖어대니
그믐달 아래 어떤 이가 길을 가고 있는가?
쇠한 머리 이미 희어진 지 오래인데,
나그네 회포는 부질없이 스스로 맑기만 하네.
거친 정원엔 베짱이가 있어
헛되이 베 짜는 소리내지만 결국 무엇을 이루는가?

권 침 염 야 장　　　　소 창 종 미 명
倦枕厭¹⁾夜長이어늘, 小窓終未明이라.

고 촌 일 견 폐　　　　잔 월 기 인 행
孤村一犬吠하니, 殘月²⁾幾人行고?

쇠 빈 구 이 백　　　　여 회 공 자 청
衰鬢久已白하니, 旅懷空自淸이라.

황 원 유 락 위　　　　허 직 경 하 성
荒園有絡緯³⁾나, 虛織竟何成고?

註解 1) 厭(염) - 싫어하다, 싫증나다.　2) 殘月(잔월) - 이지러진 달, 그믐 가까이의 달.　3) 絡緯(락위) - 베짱이. 사계(沙鷄) 또는 낙위낭(絡緯娘)이라고도 부른다.

解說 소식이 여행중 객사에서 잠 안 오는 밤의 감회를 읊은 것이다. 소식 답지 않다고 할 수 있을 정도로 감정이 여리고 아름답게 느껴진다. 시끄럽게 우는 베짱이는 그가 반대하던 왕안석의 신법당(新法黨)을 겨냥하고 있는 것만 같다. 신법당은 시끄럽게 개혁을 내걸고 떠들고 있지만 실제로는 아무것도 제대로 이루어놓지 못하고 있다는 것이다.

오 지방 농촌 아낙의 탄식(吳中¹⁾田婦歎)

올해는 메벼가 각별히 늦게 익어가고 있어서,
오래지 않아 서리바람이 불어올까 걱정하였네.
곧 서리바람 불어오자 비는 쏟아붓듯 퍼붓고,
고무래 머리엔 곰팡이 나고 낫은 녹으로 덮이니,
눈이 마르도록 눈물은 다해도 비는 그치지 않고,
잔인하게도 누런 벼이삭이 푸른 진흙 속에 넘어진 것 보게
    되었네.
밭두둑 위의 띠풀 엮어 지붕 덮은 움막에서 한 달이나 묵으
    면서
날이 개자 벼를 수확하여 수레에 싣고 돌아와,
땀흘리며 어깨가 붓도록 져다가 저자로 가져가니
값이 싸 겨나 싸라기처럼 구걸하다시피 하여 내주고 오네.
소 팔아 세금 내고 집 부수어 밥 지으니
생각 얕아 내년에 주리게 될 것은 염두에 없네.
관에서는 지금 돈만 요구하고 쌀은 필요하지 않다고 하니,
서북 만 리 저편의 오랑캐들 달래기 위해서라네.

공수와 황패 같은 신하들이 조정에 가득하다는데 사람들은

　더욱 괴로움 당하고 있으니,

차라리 황하에 뛰어들어 물귀신 마누라 되는 편이 좋겠네.

　　금 년 갱 도 숙 고 지　　　　서 견 상 풍 래 기 시
　今年粳稻²⁾熟苦遲하여, 庶見³⁾霜風來幾時라.

　　상 풍 래 시 우 여 사　　　　파 두 출 균 렴 생 의
　霜風來時雨如瀉⁴⁾하고, 杷⁵⁾頭出菌鎌生衣하니,

　　안 고 루 진 우 부 진　　　　인 견 황 수 와 청 니
　眼枯淚盡雨不盡하고, 忍見黃穗臥靑泥라.

　　모 점 일 월 롱 상 숙　　　　천 청 확 도 수 거 귀
　茅苫⁶⁾一月隴上宿하고, 天晴穫稻隨車歸하여,

　　한 류 견 정 재 입 시　　　　가 천 걸 여 여 강 서
　汗流肩䫊⁷⁾載入市하니, 價賤乞與如糠粞⁸⁾라.

　　매 우 납 세 탁 옥 취　　　　여 천 불 급 명 년 기
　賣牛納稅拆⁹⁾屋炊하니, 慮淺不及明年飢라.

　　관 금 요 전　불 요 미　　　서 북 만 리 초 강 아
　官今要錢¹⁰⁾不要米하고, 西北萬里招羌兒¹¹⁾라.

　　공 황　만 조 인 갱 고　　　불 여 각 작 하 백 부
　龔黃¹²⁾滿朝人更苦하니, 不如却作河伯婦¹³⁾라.

註解 1) 吳中(오중)-지금의 절강성(浙江省) 오현(吳縣) 일대의 강남지방.
소식은 희녕(熙寧) 5년(1072) 12월 호주(湖州 : 지금의 浙江省 吳興
縣)로 밀려나 송강(松江)의 제방 쌓는 일을 감독하였는데, 이 시는
호주에서 본 것을 읊은 듯하다.　2) 粳稻(갱도)-메벼.　3) 庶見(서
견)-곧 보게 될 것이다. 기시(幾時)는 얼마 되지 않아, 조만간.　4)
瀉(사)-그릇의 물을 쏟다, 그릇에 담긴 물을 쏟아붓다.　5) 杷(파)-
고무래. 곡식을 긁어 모으거나 밭 흙을 고르는 데 쓰는 농기구. 균
(菌)은 버섯, 곰팡이. 렴(鎌)은 낫. 의(衣)는 녹, 녹이 스는 것.　6) 茅
苫(모점)-띠풀을 엮어 지붕을 덮은 움막. 농(隴)은 밭두둑.　7) 肩䫊
(견정)-어깨가 빨개지는 것, 어깨가 붓는 것.　8) 糠粞(강서)-겨와

싸라기. 9) 拆(탁) – 쪼개다, 부수다. 10) 官今要錢(관금요전) – 관에서는 지금 돈만을 요구하다. 그 당시 왕안석의 신법(新法)을 시행하며, 세금으로 돈만 받았으므로 농민들은 쌀을 헐값으로라도 팔아 세금을 내야만 하였다. 그리고 그 세금은 대부분이 오랑캐들의 침입을 막기 위하여 그들을 달래는 물건을 사는 값으로 쓰여졌다. 11) 招羌兒(초강아) – 오랑캐들을 불러들이다. 오랑캐는 탕구트족인 서하(西夏). 그들은 1032년 나라를 세우고 위구르족을 정복한 다음 과주(瓜州)·사주(沙州)·숙주(肅州)를 점령하고 섬서(陝西)지방에 침입하였다. 1044년 강화조약을 맺었으나, 송나라가 청백염(靑白鹽)의 수입을 금하여 경제적으로 어려워져 송나라에 대한 반감이 세어져가고 있었다. 12) 龔黃(공황) – 한(漢)나라 발해(渤海) 태수 공수(龔遂)와 영천(潁川) 태수 황패(黃覇). 모두 백성을 위한 선정을 베풀어 유명하다. 13) 河伯婦(하백부) – '하백'은 황하의 신. 황하신의 마누라.

解説 강남지방 농민들의 어려움을 고발한 시. 도탄에 빠진 농민들의 노고가 눈물겨운 지경이다. 그러나 이 시는 한편 왕안석이 시행한 신법의 폐해를 드러내려는 의도도 깔려있다.

법혜사의 횡취각(法惠寺¹⁾橫翠閣)

아침에는 오산이 가로로 펼쳐져 있었는데,
저녁에는 오산이 세로로 솟아 있네.
오산은 본시 여러 가지 자태로
이리저리 그대 위해 모양을 다듬네.
숨어살던 사람이 여기에 화려한 누각 세웠는데,
안은 텅 비고 아무런 물건도 없고,
오직 넓게 산등성이들만이
좌우로 발 드리운 것처럼 펼쳐져 있네.

봄은 왔건만 고향은 돌아갈 기약도 없으니,

사람들은 가을이 슬프다지만 봄이 더 슬픈 듯하네.

서호에 배를 띄우고는 고향의 탁금강을 생각하였는데,

다시 옆으로 푸르게 펼쳐진 오산을 보고는 아미산을 그리워
　　하네.

조각한 이곳의 난간이야 언제까지나 아름다울 수 있겠는가?

난간에 기대야만 사람이 쉬 늙는 것은 아닐세.

백 년 동안의 흥망성쇠는 더욱 슬픔을 느끼게 하니,

연못이나 누각도 쑥대밭이 된다는 먼 일도 미리 알고 있네.

노니는 사람이 내가 옛날에 노닐었던 곳 찾아오게 되거들랑

오직 오산이 가로 펼쳐져 있는 곳만 찾도록 하게나.

朝見吳山²⁾橫이러니, 暮見吳山縱³⁾이라.

吳山故多態하여, 轉折⁴⁾爲君容이라.

幽人起朱閣하니, 空洞⁵⁾更無物이오,

惟有千步岡⁶⁾이, 東西作簾額⁷⁾이라.

春來故國歸無期하니, 人言秋悲春更悲라.

已泛平湖⁸⁾思濯錦이러니, 更看橫翠憶蛾眉⁹⁾라.

雕欄¹⁰⁾能得幾時好오? 不獨憑欄人易老¹¹⁾라.

百年興廢更堪哀니, 懸知¹²⁾草莽化池臺라.

유 인 심 아 구 유 처　　　　단 멱 오 산 횡 처 래
遊人尋我舊遊處어든, 但覓吳山橫處來[13]하라.

註解 1) 法惠寺(법혜사)－항주(杭州) 성 안에 있는 절. 횡취각(橫翠閣)은 법혜사 안에 있는 누각 이름. '횡취'는 옆으로 뻗어있는 푸른 오산(吳山)을 형용한 데서 나온 말이다. 희녕(熙寧) 6년(1073)에 지은 시라 한다. 2) 吳山(오산)－항주의 서남쪽에 있는 산. 서산(胥山)이라고도 불렀으며, 여러 산봉우리들이 이어지는 큰 산의 총칭이다. 3) 縱(종)－세로. 저녁이면 어둑어둑해져서 옆으로 펼쳐진 오산의 여러 봉우리들은 잘 보이지 않고 앞쪽의 높은 봉우리만 보이게 되기 때문에 '세로로만 보인다'고 한 것이다. 4) 轉折(전절)－돌고 꺾이고 하다, 이리저리 바뀌다. 용(容)은 모습을 다듬다, 화장하다. 5) 空洞(공동)－속이 텅 빈 것. 6) 千步岡(천보강)－천 보의 넓이로 산 등성이들이 펼쳐져 있는 것. '보'는 길이의 단위, 6척이 1보(《史記》). 7) 簾額(렴액)－드리운 발. 8) 平湖(평호)－평평한 호수, 항주의 서호(西湖)를 가리킨다. 탁금(濯錦)은 소식의 고향인 사천성(四川省) 성도(成都) 부근을 흐르는 강물 이름. 금수(錦水) 또는 민강(岷江)이라고도 부른다. 9) 蛾眉(아미)－성도 근처에 있는 산 이름. 10) 雕欄(조란)－조각한 난간, 화려한 누각을 말함. 11) 憑欄人易老(빙란인이로)－난간에 기대면 사람이 쉬 늙는다. 이는 남당(南唐) 후주(後主) 이욱(李煜)이 '홀로 난간에 기대지 마라, 무한한 강산을 앞에 두고'하며 옛날을 생각하며 비참한 현재를 슬퍼한 사(浪淘沙令)의 표현을 인용한 것이다. 12) 懸知(현지)－먼 일을 미리 아는 것. 13) 來(래)－'귀거래(歸去來)'나 마찬가지로 옛말에서 권유나 명령을 나타내는 조사.

解說 항주(杭州)에 있는 법혜사의 횡취각에서 오산(吳山)을 바라본 감흥을 노래한 것이다. 특히 망향의 정이 간절하다. 그리고 시의 표현도 대문호답게 빼어나다.

쌀을 사들이며(糴¹⁾米)

쌀을 사들이고 나무다발도 사니
모든 물자를 저자에 의지하네.
밭 갈고 땔나무하는 것과는 연고도 없이
배불리 먹어보아도 밥맛은 더욱 적네.
나라 임금에게 재배하며 요청하여
1전의 땅을 받고자 하였네.
안될 것을 알고 어제의 그런 꿈을 비웃었지만,
노동을 하여 먹고살면 마음의 부끄러움 면할까 해서였네.
봄에 심은 모는 언제면 꽃을 피울까?
어느덧 여름 되어 피에 갑자기 이삭이 패었네.
한이 되어 쟁기만 어루만지니
누가 또 이런 뜻을 알아주겠는가?

적 미 매 속 신　　백 물 자 지 시
糴米買束薪하니, 百物資²⁾之市라.

불 연 경 초 득　　포 식 수 소 미
不緣³⁾耕樵得하니, 飽食殊少味라.

재 배 청 방 군　　원 수 일 전 지
再拜請邦君하나니, 願受一廛⁴⁾地라.

지 비 소 작 몽　　식 력 면 내 괴
知非笑昨夢이나, 食力免內愧라.

춘 앙 기 시 화　　하 패 홀 이 수
春秧幾時花오? 夏稗⁵⁾忽已穟로다.

창 언 무 뢰 사　　수 부 식 차 의
悵焉撫耒耜⁶⁾하니, 誰復識此意리오?

註解 1) 糴(적)-쌀을 사들이좌 것. 2) 資(자)-의지하다, 근거로 삼다.
3) 不緣(불연)-연고가 없다, 관계가 없다. 4) 廛(전)-옛날 한 농부
가 차지하고 농사짓던 밭(《周禮》地官 遂人). 백 묘(畝)의 넓이였다.
1묘는 대략 한 마지기 정도다. 5) 稗(패)-피. 수(穟)는 이삭, 이삭이
패다. 6) 耒耜(뢰사)-쟁기와 보습, 쟁기.

解説 스스로 곡식을 생산하여 먹고살지 못하는 자신을 부끄러워 하는 노래
이다. 아무리 자신은 관리 노릇을 한다 해도 땀 흘려 농사짓는 농민들
을 대할 적에는 양심상 이런 자괴를 해보게 될 것이다.

어린아이(小兒)

어린아이는 걱정을 모르고
서나 앉으나 내 옷을 잡아끄네.
내가 아이에게 성을 내려 하자
늙은 마누라가 아이를 바보라고 말린다.
"아이는 바보지만 당신은 더 심하시니,
즐기지 않고 걱정이나 해서 무엇하려는 게요?"
돌아앉아 그 말에 부끄러워하고 있는데,
술잔을 씻어다가 내 앞에 내어놓네.
옛날 유령의 부인보다 훨씬 훌륭하니
좀스럽게 술값 타령이나 했었네.

소 아 부 식 수　　　　기 좌 견 아 의
小兒不識愁하고, 起坐牽我衣라.

아 욕 진 소 아　　　　　노 처 권 아 치
我欲嗔[1]小兒러니, 老妻勸兒癡[2]라.

^{아 치 군 갱 심}　^{불 락 수 하 위}
兒癡君更甚이니, 不樂愁何爲오?

^{환 좌 괴 차 언}　^{세 잔 당 아 전}
還坐愧此言이러니, 洗盞當我前이라.

^{대 승 유 령 부}　^{구 구 위 주 전}
大勝劉伶³⁾婦니, 區區⁴⁾爲酒錢이라.

註解 1) 嗔(진)－성내다.　2) 癡(치)－바보, 어리석은 것.　3) 劉伶(유령)－
서진(西晉)의 죽림칠현(竹林七賢) 중의 한 사람. 술을 좋아하기로 유
명하며, 〈주덕송(酒德頌)〉이란 명문의 작가이다. 그의 처가 술을 쏟
고 술그릇을 깨면서 술을 끊기를 권하자, 그는 귀신에게 맹세하겠다
면서 다시 술과 안주를 차리게 하고는 그것을 자기가 다 마시고 취
해버렸다 한다(《晉書》劉伶傳).　4) 區區(구구)－잔다란 것, 좀스러운
모양.

解說 여기의 어린아이는 셋째아들 과(過)라 한다. 그는 희녕(熙寧) 5년
(1072)에 태어났는데, 이 시는 소식이 밀주지주(密州知州)로 있던 희
녕 8년에 지은 것이라고 한다. 자기 생활 주변의 잔다란 일을 가볍게
노래한 것이다.

임고정으로 이사하고(遷居臨皐亭¹⁾)

내가 천지 사이에 살고 있다는 것은
한 마리 개미가 큰 맷돌에 붙어 있는 것이나 같은 것,
애써 오른 편으로 가려 해도
풍륜이 왼편으로 돌아감을 어찌하랴!
비록 인의의 길 간다 해도
헐벗음 굶주림 당할 것은 면할 수 없는 일일세.
칼로 쌀 마련하면 위태로이 먹고 살게 되고

바늘방석 위에는 편히 앉아 있지 못하네.
어찌 아름다운 산수 없으랴만
눈으로 대하기를 비바람 지나가듯 하네.
전원으로 돌아감에 늙기를 기다리지 않는
용단을 내리는 이 몇이나 있는가?
다행히도 버려진 찌꺼기 같은 나는
지친 말의 안장과 짐을 풀어준 것 같이,
온 집안이 강가의 역사를 차지하니
절경을 하늘이 날 위해 깨어내 준 듯하네.
굶주림과 가난함에 이걸 합쳐 생각하니
슬퍼해야 할지 기뻐해야 할지 알 수가 없네.
담담히 근심도 즐거움도 없고 보니
괴롭다는 말은 전혀 나오게 되지 않네.

我生天地間하니, 一蟻寄大磨[2]로다.

區區欲右行이로되, 不救風輪[3]左라.

雖云走仁義로되, 未免逢寒饑[4]라.

劍米[5]有危炊[6]요, 鍼氈[7]無穩坐라.

豈無佳山水리오? 借眼風雨過로다.

歸田不待老어늘, 勇決凡幾個오?

幸玆廢棄餘[8]이, 疲馬解鞍馱[9]로다.

전 가 점 강 역
全家占江驛¹⁰⁾하니, 절 경 천 위 파 絶境天爲破로다.

全家占江驛¹⁰⁾하니, 絶境天爲破로다.

飢貧相乘除¹¹⁾하니, 未見可弔賀¹²⁾로다.

澹然¹³⁾無憂樂하니, 苦語不成些¹⁴⁾라.

註解 1) 臨皐亭(임고정)-소식이 황주(黃州)로 귀양가서 자리잡은 주기, 장강(長江)가에 있는 역사(驛舍)였다. 정혜원(定惠院)에 머물다가 이곳으로 옮겨왔다. 2) 大磨(대마)-큰 맷돌. 3) 風輪(풍륜)-불교 용어로 이 세상을 떠받치고 있는 밑층, 한 없이 넓고 두텁다. 지구나 비슷한 뜻으로 이해하면 된다. 4) 寒饑(한기)-헐벗고 굶주리는 것. 5) 劒米(검미)-칼을 써서 먹고 살 쌀을 마련하는 것. 6) 危炊(위취)-밥 먹고 살아가기가 위태로운 것. 7) 鍼氈(침전)-바늘방석. 8) 廢棄餘(폐기여)-버려진 찌꺼기, 버려지고 남은 것. 9) 鞍馱(안타)-안장과 짐. 10) 江驛(강역)-강가의 역사. 11) 乘除(승제)-곱하고 나누는 것, 절경 속에 사는 것과 굶주리고 가난한 처지를 합쳐놓고 생각함을 뜻한다. 12) 弔賀(조하)-조상하는 것과 축하하는 것, 슬퍼하는 것과 기뻐하는 것. 13) 澹然(담연)-담담한 모양. 14) 些(사)-조금.

解說 소식이 45세에 황주(黃州)로 귀양 가 있으면서 지은 시이다. 이 시에 보이는 "풍륜(風輪)"은 《능엄경(楞嚴經)》에 보이는 세계의 운동을 뜻하는 불교의 용어이다. 작자 소식의 인생에 대한 자각에는 불가의 초탈도 적지 않은 영향을 준 것 같다. 어떻든 보수파의 지도자로서 황주에 귀양 온 자신의 처지를 인식하는 그의 태도가 거시적이다. 이처럼 자기의 인생철학을 설명하려니 그 시는 산문처럼 논리를 전개하지 않을 수 없게 되고, 또 편폭은 길어지기 일쑤이다. 이러한 특징이 당시와는 다른 송시의 일면을 발전시켰다.

유월 이십일 밤에 바다를 건너며(六月二十日夜渡海)

삼수(參宿)는 옆에 뜨고 북두칠성은 비스듬히 돌았으니 한
　　밤중이 되어 가는데
지긋지긋하던 비와 종일 불던 바람도 멎고 날씨 맑아졌네.
구름 흩어져 달 밝으니 가려진 것 전혀 없고
하늘의 모양이며 바다의 색깔 맑은 제 모습이네.
'올바른 도가 행하여지지 않아 뗏목을 타고 바다로 떠나가
　　겠다' 고 했던 공자와 같은 뜻은 남아 있으나
황제(黃帝)가 동정(洞庭)의 들판에서 연주한 음악의 뜻은 좀
　　알았으니 도를 약간 깨우친 셈이네.
남쪽 먼 고장에서 아홉 번이나 죽을 고생 한 것 나는 한이
　　되지 않으니
이번 여행의 매우 기특함은 평생 처음 맛보는 것일세.

　　삼　횡　두　전　욕　삼　경　　　　　고　우　종　풍　야　해　청
　　參¹⁾橫斗轉²⁾欲³⁾三更이러니, 苦雨終風⁴⁾也解淸⁵⁾이라.

　　운　산　월　명　수　점　철　　　　천　용　해　색　본　징　청
　　雲散月明誰點綴⁶⁾고? 天容海色本澄淸이라.

　　공　여　노　수　승　부　의　　　　조　식　헌　원　주　악　성
　　空餘魯叟⁷⁾乘桴意로되, 粗識⁸⁾軒轅⁹⁾奏樂聲이라.

　　구　사　남　황　오　불　한　　　　자　유　기　절　관　평　생
　　九死南荒¹⁰⁾吾不恨하니, 玆遊奇絕¹¹⁾冠平生이라.

註解 1) 參(삼)-별자리 이름. 이십팔수(二十八宿) 중의 하나. 세 개의 별로
이루어져 있다. '삼수' 는 밤 12시인 삼경(三更) 무렵에 남쪽에서는
동쪽 하늘에 뜬다고 한다. '삼수' 가 옆에 떠있는 것으로 밤 시각을
짐작하고 있는 것이다.　2) 斗轉(두전)- '두' 는 북두칠성. '전' 은 북

두칠성이 돌아서 비스듬히 기울어져 있는 것, 역시 밤 12시 삼경 무렵의 현상이다.   3) 欲(욕)――――이 되려 하다, ―――을 하려 하다. 4) 終風(종풍)-《시경》패풍(邶風) 종풍(終風) 시의 《모전(毛傳)》에서 '종풍'을 '하루 종일 부는 바람'이라고 한 풀이를 따라 쓴 것이다. 5) 解清(해청)- 풀리고 맑아졌다, 바람은 멎고 날씨가 맑아지다. 6) 點綴(점철)- 얇은 구름이 약간 가리는 것, 여기저기 흩어 놓는 것. 7) 魯叟(노수)- 노나라 영감님, 공자를 가리킴. 이 구절은 《논어》공야장(公冶長)편에 공자가 "도가 행하여지지 않아 뗏목을 타고 바다로 떠나가게 되면, 나를 따를 사람은 바로 자로(子路)일 것이다(道不行, 乘桴浮於海, 從我者, 其由與.)"라고 한 말의 표현을 인용한 것이다.   8) 粗識(조식)- 대강 알게 되었다, 어느 정도 이해하게 되었다. 9) 軒轅(헌원)- 전설적인 제왕 황제(黃帝).《장자(莊子)》천운(天運)편을 보면 황제가 동정(洞庭)의 들판에서 함지(咸池)라는 음악을 연주하였는데, 북문성(北門成)이 듣고 처음에는 두려워하고 중간에는 싫증을 느끼고 끝에 가서는 무엇이 무엇인지도 모르게 되었었다 한다. 황제는 그렇게 되는 이유를 설명하여 도를 깨닫는 경지에 들어가는 차례를 북문성에게 알려주었다는 기록이 있다. 작자 소식은 이 얘기를 인용하여 자기가 해남(海南)에서 귀양살이 하는 동안 어느 정도 도에 대하여 깨달았음을 말하고 있는 것이다.   10) 南荒(남황)- 남쪽 거친 땅. 귀양살이 한 해남을 가리킴.   11) 奇絶(기절)- 기특함이 뛰어난 것, 매우 기특한 것.

解說 이 시는 작자 소식이 바로 죽기 전 해인 원부(元符) 3년(1100) 6월 20일 해남도(海南島)에서 귀양살이를 하다가 새로 옮기게 된 귀양지인 본토의 염주(廉州, 廣西省)로 가기 위하여 바다를 건너면서 지은 시이다. 65세의 늙은 몸으로 옛날에는 거의 버려진 땅이었던 해남에서 귀양살이를 하다가 내륙으로 가면서도 작자는 그 길을 자기 생애 최고의 즐거운 여행인 "이번 놀이(玆遊)"라고 읊고 있다. "구름 흩어져 달 밝으니 가려진 것 전혀 없다"는 것은 자기가 귀양을 오기는 하였지만 아무런 죄도 없는 깨끗한 몸이니 조정에서도 더 이상 자기를 모함하는 자들은 있을 수 없을 것임을 말하는 것도 같다. 따라서 "하늘의 모양이며 바다의 색깔 맑은 제 모습"이라고 한 것은 본시부터 자기 자신은 깨끗한 몸임을 강조하고 있는 것일게다. 그래서 소식은 자기를 모

함하여 귀양살이를 하게 한 정치적인 상대방들을 원망하지도 않는다. 오히려 귀양살이를 통하여 더 올바른 도를 깨닫게 되었음을 즐거워하고 있다. 대 문호다운 몸가짐이다.

소식은 소성(紹聖) 원년(1094) 모함을 받아 혜주(惠州)로 귀양을 가게 되었고 소성 4년에는 해남으로 다시 옮겨갔다. 이 시를 짓는 해까지 해남도에서 귀양살이를 하다가 본토로 돌아와 바로 다음 해(1101) 병이 들어 죽었다.

소과 蘇過, 1072~1123

자는 숙당(叔黨). 미산(眉山, 四川省) 사람. 소식(蘇軾)의 아들로 글뿐 아니
라 서화(書畵)에도 뛰어나 사람들이 소파(小坡)라 불렀다. 병부우승무랑
(兵部右承務郎) · 영창부(潁昌府) 낭성현(郎城縣) 지사(知事) · 중산부(中山
府) 통판(通判) 등을 지냈다. 소식이 영주(英州) · 혜주(惠州)에서 시작 담
이(儋耳) · 염주(廉州) · 영주(永州) 등지로 귀양살이 다닐 적에는 홀로 따
라다니며 시중들었다. 소식이 죽은 뒤에는 영창(潁昌)에 자리잡고 살며 그
곳을 소사천(所斜川)이라 이름짓고 사천거사(斜川居士)라 자호(自號)하였
다. 《사천집(斜川集)》 5권을 남겼다.

쥐 수염으로 만든 붓을 읊음(賦鼠鬚筆[1])

정부의 창고에선 붉게 썩은 쌀을 축내고,
교활한 쥐굴에선 나머지 썩은 고기가 나와,
옛날 이사(李斯)로 하여금 탄식을 발하게 하였고,
장탕(張湯)으로 하여금 노발대발케 했다네.
그러나 쥐를 잡아 고기는 찢어 주린 고양이 먹이고,
수염만을 잘라 흰 토끼털 섞어 붓을 만들었네.
필통에 꽂아두면 칼이나 창처럼 억세게 보이고,
종이에 대면 용이나 뱀이 꿈틀거리듯 글씨가 쓰여진다네.
사물의 도리는 따지기 어려운 것이니,
만물은 때를 만나야 제 구실을 하게 되는 것이네.
담을 뚫을 적엔 얼마나 비천한 것이었던가?
그러나 어떤 이는 이를 빌어 훌륭한 명성을 얻기도 했다네.

太倉[2]失陳紅하고, 狡[3]穴得餘腐라.

旣興丞相歎[4]이오, 又發廷尉怒[5]라.

磔[6]肉餧餓猫하고, 分髩[7]雜霜兎라.

揷[8]架刀槊健이오, 落紙龍蛇騖[9]라.

物理未易詰[10]이니, 時來卽所遇[11]라.

穿墉[12]何卑微오? 託此[13]得佳譽라.

1) 鼠鬚筆(서수필)－쥐 수염으로 만든 붓. 예부터 서예가들이 진중히 여겨온 것으로, 중국의 대서예가 왕희지(王羲之)가 절강성(浙江省) 산음현(山陰縣)에 있는 난정(蘭亭)에서 곡수유상(曲水流觴)의 잔치를 벌였을 때 지은 〈난정집서(蘭亭集序)〉도 이 붓으로 썼다 한다. 《법서요록(法書要錄)》에 '우군(右軍 : 王羲之)이 난정서(蘭亭序)를 쓸 때 서수필(鼠鬚筆)을 썼다. 우군은 필법(筆法)을 백운선생(白雲先生)에게서 얻었는데 그가 서수필을 주었다 한다' 하였다. 2) 太倉(태창)－제도(帝都)에 있던 나라의 곡창(穀倉). 《한서(漢書)》 고제기(高帝紀)에 '7년 2월 소하(蕭何)는 미앙궁(未央宮)을 다스리고 태창(太倉)을 세웠다' 하였다. 진(陳)은 오래된 것, 진부(陳腐), 곧 썩는다는 뜻. 실진홍(失陳紅)은 '붉게 썩은 곡식을 쥐에게 잃었다'는 뜻. 3) 狡(교)－교활한 것. 쥐를 가리킴. 여부(餘腐)는 썩은 먹다 남은 고기. 4) 旣興丞相歎(기흥승상탄)－《사기(史記)》 이사열전(李斯列傳)에 의하면 '이사는 초(楚)나라 상채인(上蔡人). 연소할 때 군(郡)의 소리(小吏)가 되었다. 이사(吏舍)의 변소 가운데의 쥐는 더러운 것을 먹으며 사람과 개에 가까이하다 자주 놀라는 것을 보았다. 뒤에 이사가 창고에 들어가 창고 안의 쥐는 쌓여 있는 곡식을 먹으며 큰집 아래 살고 있으되 사람과 개의 걱정 없이 지내는 것을 보았다. 이에 이사는 탄식을 하며 사람이 현명하고 못나고 한 것도 이 쥐나 같다. 자기가 처하여 있는 곳에 따라 결정되는 것이다. 그리고는 그는 순경(荀卿)을 따라 제왕(帝王)의 술(術)을 배웠다' 하였다. 이사는 뒤에 진시황(秦始皇)의 승상(丞相)이 되어 법술(法術)을 행하였다. '승상의 탄식을 일으켰다' 한 것은 이사가 쥐를 보고 탄식했던 것을 가리킨다. 그리고 첫째 '태창실진홍(太倉失陳紅)'구는 이 구와 대응하는 것이다. 5) 又發廷尉怒(우발정위노)－《한서》 열전(列傳)에 '장탕(張湯)은 두릉인(杜陵人)이다. 어렸을 때 집을 보고 있었는데 쥐가 고기를 훔쳐갔다. 그의 아버지는 화가 나서 장탕을 때렸다. 장탕은 쥐 굴을 파헤치고 불로 그을린 끝에 쥐와 남은 고기를 얻었다. 그리고 쥐를 처형하였다'고 했다. 장탕은 뒤에 태중대부(大中大夫)를 거쳐 정위(廷尉)가 되었다. '정위의 노여움을 발(發)케 하였다'는 것은 이 사실을 뜻하며, 제2구 '교혈득여부(狡穴得餘腐)'는 이 구와 호응하는 것이다. 이처럼 제1과 제3ㆍ제2와 제4구가 대응(對應)하는 것을 '선대(扇對)'라 부른다. 6) 磔(책)－찢는 것. 위(餧)는 먹이다. 아묘

(餓猫)는 굶주린 고양이. 7) 髥(염)－수염. 분염(分髥)은 쥐의 수염을
따로 가려내는 것. 상토(霜兎)는 흰 토끼털. 쥐 수염과 흰 토끼털을
섞어 붓을 만든 것이다. 8) 揷(삽)－꽂다. 가(架)는 필가(筆架), 붓을
꽂아두는 곳. 삭(槊)은 창. 도삭건(刀槊健)은 붓이 '칼이나 창처럼 날
카롭고 억세어 보인다'는 뜻. 9) 龍蛇騖(용사무)－붓으로 쓰는 글씨
의 세(勢)가 '용이나 뱀이 꿈틀거리며 달리는 것 같다'는 뜻. 10) 詰
(힐)－의문나는 이치를 따져 알아내는 것. 11) 時來卽所遇(시래즉소
우)－때가 오면 곧 만나는 바에 따라 그 상황에 알맞게 제구실을 하
게 된다는 뜻. 12) 穿墉(천용)－담을 뚫는 것. 비미(卑微)는 비천하
고 작은 것. 13) 託此(탁차)－이 서수필(鼠鬚筆)에 의지하여. 득가예
(得佳譽)는 왕희지처럼 명필로서의 훌륭한 명성을 얻는 것.

解說 이 시는 서수필을 빌어 인생을 노래한 것이라 보아도 좋다. 쥐란 일반
적으로 사람들이 싫어하는 짐승이다. 그것은 사람들이 쌓아놓은 곡식
이나 음식을 훔쳐먹고 사는 습성 때문일 것이다. 그렇지만 어떤 쥐는
그 수염만이 추리어져 서수필이 만들어진다. 사람들이 싫어하는 비천
한 쥐에게서 일대의 명필을 이룩케 하는 서수필이 나올 수가 있는 것
이다. 사람도 마찬가지일 것이다. 사람이란 누구나 어느 정도의 재능
을 지니고 있기는 하지만 그 재능이 활용되고 못되는 것은 대부분 그
가 때를 바로 만나느냐 못 만나느냐에 달려 있다.

승청순 僧淸順, ?~1090?

자는 이연(怡然). 서호(西湖)의 북산(北山)에 승도잠(僧道潛)과 함께 살았
던 시승(詩僧)으로, 소식(蘇軾)의 만년의 시로 사귀는 친구였다. 그의 시에
는 좋은 구절이 많으며, 왕안석도 그를 매우 좋아했다 한다.

열 그루의 대나무(十竹[1])

성안의 한 치 땅은 한 치 금이나 같은 것이니,
그윽한 집 추녀 끝에 대나무를 열 그루만 심었네.
봄바람은 죽순 많이 자라나게 하지 않도록 조심하여,
내 섬돌 앞 푸른 이끼 뚫어 망가뜨리는 일이 없기를!

성 중 촌 토 여 촌 금　　유 헌　종 죽 지 십 개
城中寸土如寸金하니, 幽軒[2]種竹只十箇라.

춘 풍 신 물 장 아 손　　천　아 계 전 녹 태 파
春風愼勿長兒孫[3]하여, 穿[4]我階前綠苔破라.

註解 1) 十竹(십죽) - 열 그루의 대나무. 송나라 석혜홍(釋惠洪)이 지은 《냉재야화(冷齋夜話)》에도 실려 있다.　2) 幽軒(유헌) - 그윽히 깊숙한 곳에 숨어사는 은사(隱士)의 집을 가리킨다.　3) 兒孫(아손) - 자손. 죽순(竹筍)을 자손으로 비유한 것이다.　4) 穿(천) - 뚫다.

解說 승청순(僧淸順)은 송대 서호(西湖)에 살던 중으로, 왕안석(王安石)이 먼저 그의 시를 인정하였고 소식도 만년엔 그와 놀았다. 뜰에 대나무를 심는 것은 절조를 사랑하는 옛사람들의 풍류였다. 그러나 도시에선 넓은 땅을 구하기 어려워 작자는 꼭 열 개의 대를 심었다. 그리고는 봄철 따뜻한 기운에 죽순이 마구 돋아나 깨끗하게 덮인 푸른 이끼를 뚫고 나와 풍정을 깨뜨릴까 걱정한다. 모순되는 소심한 풍류가 읽는 이의 미소를 자아낸다.

소상蘇庠, 1100 전후

자는 양직(養直), 호는 생옹(眚翁). 북송에서 남송에 걸쳐 산 문인이다. 일생을 벼슬하지 않고 살았으나 그의 시는 소식(蘇軾)이 당나라 이백(李白)에 비겼을 정도의 수준이었다. 여산(廬山)에서 80여 세에 수를 마쳤다. 《후호집(後湖集)》 10권과 《후호사(後湖詞)》 1권을 남겼다.

맑은 강 노래(清江曲[1])

촉옥새 쌍쌍이 날고 물은 연못에 가득 차니,
창포 우거진 곳에서 원앙새가 목욕하네.
흰 마름풀 노에 잔뜩 걸려 돌아옴이 늦은데,
가을은 갈꽃을 피워 양편 언덕은 서리가 내린 듯하네.
조각배를 언덕에 매고 숲 그늘에 의지하니,
살랑살랑 양 귀밑머리에 흰머리가 날리네.
만사를 상관치 않고 취했다 깨었다 하며,
언제까지나 안개와 물결을 점유하고 밝은 달을 즐기네.

屬玉[2]雙飛水滿塘하니, 菰蒲[3]深處浴鴛鴦이라.

白蘋[4]滿棹歸來晚하니, 秋著蘆[5]花兩岸霜이라.

扁舟[6]繫岸依林樾하니, 蕭蕭[7]兩鬢吹華髮이라.

萬事不理醉復醒하니, 長占煙波[8]弄明月이라.

註解 1) 清江曲(청강곡)−맑은 강의 노래. 2) 屬玉(촉옥)−물새의 일종.
《사기》사마상여전(司馬相如傳) '촉옥(屬玉)'의 주에 '촉옥은 오리
비슷하면서도 크고 긴 목에 붉은 눈을 하고 자감색(紫紺色)이다'고
하였다. 《사문유취(事文類聚)》후집(後集) 46에선 백로(白鷺)를 일명
촉옥이라 한다고 하였다. 당(塘)은 연못. 3) 菰蒲(고포)−수초의 일
종, 창포 종류. 4) 蘋(빈)−마름풀, 물에 뜨는 개구리밥의 일종. 그
흰 것이 백빈(白蘋). 도(棹)는 배의 노. 5) 蘆(노)−갈대. 양안상(兩
岸霜)은 양편 언덕에 서리가 내린 듯하다는 뜻. 6) 扁舟(편주)−조각
배. 7) 蕭蕭(소소)−바람이 살랑살랑 부는 모양. 8) 長占煙波(장점
연파)−안개 끼고 물결치는 이 청강(清江)의 풍경을 오래오래 점령

하겠다. 농명월(弄明月)은 밝은 달을 회롱한다, 밝은 달을 즐긴다.

解說 송나라 나대경(羅大經)의 《학림옥로(鶴林玉露)》 천집(天集) 5에 "소양직(蘇養直)의 아버지 백고(伯固)는 소동파를 좇아 놀았다. 백고(伯固)에겐 '아모편주정운택(我暮扁舟淨雲澤)'이란 구가 있다. 양직(養直)의 '촉옥쌍비수만당(屬玉雙飛水滿塘)' 구(句)도 소식이 좋아하여 우리 집안의 양직이라 하였다. 이 시를 지을 때엔 나이가 매우 어렸는데 격률(格律)의 쓰임이 벌써 이처럼 노련하였다"고 하였다.

형거실 邢居實, 1100년 전후

자는 돈부(惇夫). 송초에 어사중승(御史中丞)을 지냈고 정호(程顥)의 제자
였던 형서(邢恕)의 아들. 여덟 살에 〈명비인(明妃引)〉이란 시를 지어 세상
에 알려졌고, 사마광(司馬光)에게 배웠으며, 소식·황정견 등과도 내왕이
있었던 사람이다.

이백시의 그림(李伯時畵圖[1])

장안 성 마루에 까마귀가 깃들려 하니,
장안길 위에는 행인이 뜸해졌다.
뜬구름 다 걷히어 저녁 하늘은 푸르른데,
다만 밝은 달이 맑은 빛을 발하고 있다.
그대는 홀로 나귀 타고 어디로 가는가?
머리 위에 거꾸로 흰 두건(頭巾)을 쓰고 있다.
길게 읊조리고 머리 긁으며 밝은 달을 바라보니,
은자(隱者)를 배우지 않아도 녹초되게 취했다.
성 안에 이르자 등불이 요란하니,
아이들은 손뼉치며 거리를 막고 웃는다.
길가에서 보는 사람들이야 어찌 알겠는가?
만나면 옛날 상산(商山)에 숨어살던 이가 아닌가 한다.
용면거사는 그림 솜씨 견줄 데 없이 훌륭하니,
붓을 들고 움직이어 바람을 일으키듯 그려간다.
술 취하여 눈감고 궁한 길을 바라보는 모습과
종이 앞에 두고 의기 높은 모양이 비슷하지 아니한가?
그대는 장안에 노니는 뽐내는 젊은이들을 배우지 않는가?
팔에는 매 없고 탄궁(彈弓)을 끼고 큰 거리를 다닌다.
그대는 긴 칼을 차고 무공을 세우지 못하는가?
사나운 군사들을 지휘하고 날랜 군사들을 부린다.
어찌하여 발 아래 양송(梁宋) 땅의 먼지만 밟고 다니며,
하루종일 이리저리 정처없이 떠다니는가?
무릉도원(武陵桃源) 같은 이 고장에 봄도 저물어 가니,

맑은 물 푸른 산엔 안개만 서린다.

대지팡이에 짚신 신고 전원으로 돌아가니,

두건을 세 꽃나무에 걸기가 좋다.

장안성두오욕서　　장안도상행인희
長安城頭烏欲棲하니, 長安道上行人稀라.

부운권진모천벽　　단유명월류청휘
浮雲卷盡暮天碧하니, 但有明月流淸輝라.

군독기려향하처　　두상도착백접리
君[2]獨騎驢向何處오? 頭上倒著白接䍦[3]라.

장음소수망명월　　불학산옹취사니
長吟搔首望明月하니, 不學山翁[4]醉似泥라.

도득성중등화뇨　　소아박수란　가소
到得城中燈火鬧[5]하니, 小兒拍手攔[6]街笑라.

도방관자나득지　　상봉의시상산호
道傍觀者那得知오? 相逢疑是商山皓[7]라.

용면거사　화무비　　요호농필장풍기
龍眠居士[8]畵無比하니, 搖毫弄筆長風起라.

주감폐목망궁도　　지상헌앙　무내사
酒酣閉目望窮途하니, 紙上軒昂[9]無乃似오?

군불학장안유협과년소　　비　응협탄장대도
君不學長安遊俠誇年少아? 臂[10]鷹挾彈章臺道라.

군불능제　휴장검취령무　　지휘맹사구비　호
君不能提[11]携長劍取靈武아? 指揮猛士驅貔[12]虎라.

호위각답량송　진　　종일표표　무정소
胡爲脚踏梁宋[13]塵하고, 終日飄飄[14]無定所오?

무릉도원　춘욕모　　백수청산기연무
武陵桃源[15]春欲暮하니, 白水靑山起烟霧라.

죽장망혜　귀거래　　두건호괘삼화수
竹杖芒鞋[16]歸去來하니, 頭巾好掛三花樹라.

1) 李伯時畵圖(이백시화도)-제주(題注)에 '황산곡(黃山谷：庭堅)의 아우 황지명(黃知命：叔達)은 백삼(白衫)을 입고 나귀 타고 길가에서 머리를 흔들면서 노래를 하였는데, 진리상(陳履常)이 지팡이 짚고 자루를 끼고 그 뒤를 따랐다. 온 장안이 크게 놀랐는데 이백시(李伯時)는 그 그림을, 그리고 형돈부(邢敦夫)는 또 장가(長歌)를 지었다'라 설명하고 있다. 이백시는 이름이 공린(公麟, 자가 伯時), 서주(舒州) 사람으로 박학하고 시문도 잘 지었지만 특히 그림으로 이름을 떨쳤다. 만년엔 용면산장(龍眠山莊)에 살면서 용면산인(龍眠山人)이라 스스로 호하고 용면산장도(龍眠山莊圖)를 그렸다.　2) 君(군)-황지명(黃知命)을 가리킴.　3) 白接䍥(백접리)-이(䍥)는 두건(頭巾)의 일종.《진서(晉書)》산간전(山簡傳)에 '간(簡)은 언제나 나가 놀 때엔 대개 연못 가로 갔고 술을 마시고 취하였다. 아이들이 보고, "산공(山公)은 어디로 가나? 고양지(高陽池)로 가는 거지. 밤낮으로 수레를 거꾸로 타는데, 술 취하여 알지 못하지. 때때로 말도 타는데, 백접리(白接䍥)를 거꾸로 쓰고 있네." 하고 노래하였다'는 기록이 있다. 그 건(巾)은 백로(白鷺)의 깃으로 장식한 것이라 한다.　4) 山翁(산옹)-산간(山簡)을 가리킨다. 취사니(醉似泥)는 몸도 못 가눌 정도로 취한 것.　5) 鬧(뇨)-시끄러운 것.　6) 攔(란)-막다.　7) 商山皓(상산호)-상산사호(商山四皓). 진말(秦末) 난(亂)을 피하여 상산(商山)에 숨었던 동원공(東園公)·녹리선생(甪里先生)·기리계(綺里季)·하황공(夏黃公)의 네 사람. 모두 80여 세로 머리와 수염이 희어 '사호(四皓)'라 하였다.　8) 龍眠居士(용면거사)-이백시(李伯時)의 호(號).　9) 軒昂(헌앙)-의기가 높은 모양.　10) 臂(비)-팔. 응(鷹)은 매. 협(挾)은 끼다, 양편에 끼는 것. 탄(彈)은 새를 잡는 데 쓰던 탄궁(彈弓)과 탄환(彈丸). 장대(章臺)는 전국시대 진(秦)나라 궁전 안의 대(臺) 이름. 지금의 섬서성 장안현 옛 성의 서남쪽 모퉁이에 있었다. 이 대 앞길이 장대도(章臺道)인데 가장 화려했던 곳이다.　11) 提(제)-들다, 올리다. 휴(携)는 들어주다. 영무(靈武)는 무공의 뜻.　12) 貔(비)-사나운 짐승의 이름으로, 비휴(貔貅)라 하여 용맹스런 군사에 흔히 비유되었다.　13) 梁宋(양송)-양(梁)은 섬서성(陝西省), 송(宋)은 하남성(河南省)에 있던 나라 이름. 따라서 섬서·하남 지방을 가리킨다.　14) 飄飄(표표)-바람에 날리는 모양.　15) 武陵桃源(무릉도원)-신선이 사는 고장처럼 아름다운 고장을 말한다.　16) 芒

鞋(망혜) - 짚신.

解説 이백시(李伯時)가 그린 황지명(黃知命)의 매인데 없이 속된 세상을 떠나 있는 모양의 그림을 보고 읊은 것이 이 시이다. 세상에 아무런 거리낌도 없이 행동하며 살아가는 주인공의 모습이 은연중 신선 같은 풍모를 느끼게 한다. 무지한 아이들이나 길가는 사람들은 기이한 행색을 보고 웃지만, 그에게는 남 못지않은 재능과 용모가 갖추어져 있는 것이다. 남들처럼 뽐내며 놀거나 출세를 하려 하지 않고 세상을 호탕하게 노니는 뜻을 속인들이야 알 까닭이 없다.

황정견 黃庭堅, 1045~1105

자는 노직(魯直), 호는 산곡도인(山谷道人)·부옹(涪翁)이라 하였고, 분녕 (分寧, 지금의 江西省 修水縣) 사람. 치평(治平) 4년(1067)에 진사가 된 뒤 교서랑(校書郎)·신종실록검토관(神宗實錄檢討官)·저작랑(著作郎) 등을 지냈다. 소성(紹聖) 4년(1094)에는 《신종실록(神宗實錄)》이 사실과 어긋난 다는 죄명으로 검주(黔州)·융주(戎州 : 모두 四川省)에 유배당하였다. 휘 종(徽宗) 때 다시 태평주지사(太平州知事) 등을 지냈으나 다시 의주(宜 州 : 湖北)로 귀양 가 그곳에서 죽었다. 그의 시는 형식상 두보(杜甫)를 배 우면서도 '무일자무래처(無一字無來處)·점철성금(點鐵成金)' 등을 내세 우며 독특하고 딱딱한 풍격을 추구하였다. 그는 용속(庸俗)함을 물리치고 시구(詩句)를 단련하는 데 많은 성과를 올렸으나 사상이나 내용을 경시하 고 형식에 너무 편중한 느낌을 받게 한다. 어떻든 이러한 그의 시풍(詩風) 은 강서시파(江西詩派)를 이룩하여 송(宋)대 시단(詩壇)에 큰 영향을 끼쳤 다. 그는 소식 문하에서 나와 '소황(蘇黃)'이라 불리기도 하고, 진관(秦 觀)·조보지(晁補之)·장뢰(張耒)와 함께 '소문사학사(蘇門四學士)'라 불 리기도 하지만 스승 소식과는 풍격이 다른 시풍을 개척했던 것이다. 《황예 장집(黃豫章集)》 30권과 《별집(別集)》 14권이 있다. 서법(書法)에도 뛰어나 많은 비각(碑刻)과 묵적(墨跡)도 남기고 있다.

목동의 노래(牧童詩)

소를 타고 저 멀리 앞마을 지나가며
피리를 옆으로 물고 부는 소리 밭 둔덕 저편에서 들리네.
많은 장안의 명리를 좇는 나그네들이
마음속으로 책략을 다 쓴대도 너만은 못하리라.

기 우 원 원 과 전 촌　　　단 적 횡 취 격 롱　문
騎牛遠遠過前村하며, 短笛橫吹隔隴¹⁾聞이라.

다 소 장 안 명 리 객　　　기 관　용 진 부 여 군
多少長安名利客이, 機關²⁾用盡不如君이라.

註解 1) 隔隴(격롱)－밭 둔덕 저쪽, 밭 둔덕을 사이에 두고.　2) 機關(기관)－마음속의 계략, 책략을 하는 마음.

解說 장안에서 아웅다웅 명리를 좇는 사람들보다는 소를 타고 피리 불며 지내는 목동의 생활이 훨씬 깨끗하다는 것이다. 황정견도 정치판에서의 경험이 달갑지만은 않을 것이다.

왕충도가 수선화 50가지를 보내주어 마음속으로 기뻐서 읊다(王充道¹⁾送水仙花五十支欣然會心爲之作詠)

물결 위를 걷는 선녀가 물보라 일으키는 버선 신고
물위를 사뿐사뿐 초생달 아래 걷는 듯,
그 누가 이 애간장 끊이는 혼을 불러다가
싸늘한 꽃으로 심어 길러 한없는 시름 붙이게 하였는고?

향기 머금은 흰 몸은 성을 기울게 할만큼 아름다우니,
산반은 아우이고 매화는 형이라 할 만하네.
앉아서 이를 대하고 있으려니 정말로 꽃 때문에 괴로워져서,
대문을 나가 큰 강물 비껴 흐르는 모습 보고 한바탕 웃어
보네.

凌波²⁾仙子生塵襪로, 水上輕盈³⁾步微月이라.

是誰招此斷腸魂하여, 種作寒花寄愁絶⁴⁾고?

含香體素⁵⁾欲傾城이니, 山礬⁶⁾是弟梅是兄이라.

坐對眞成被花惱⁷⁾하여, 出門一笑大江橫이라.

註解 1) 王充道(왕충도)—술을 좋아하고 불교를 믿던 형주(荊州, 지금의 湖北省 江陵) 사람. 회심(會心)은 마음에 꼭 드는 것.   2) 凌波(능파)—위(魏)나라 조식(曹植)의 〈낙신부(洛神賦)〉에 낙신이 물 위를 걷는 모습을 읊어 '물결 위를 가벼이 걷는데, 비단 버선에선 물보라가 이네(凌波微步, 羅襪生塵)'라 하였다.   3) 輕盈(경영)—아리따운 모양, 사뿐사뿐. 미월(微月)은 초승달, 버선 모양을 형용하기도 한다.   4) 愁絶(수절)—시름이 대단한 것.   5) 體素(체소)—몸이 흰 것. 경성(傾城)은 한(漢) 이연년(李延年)의 〈가인가(佳人歌)〉에서 '한 번 돌아보면 온 성을 기울게 하고, 다시 돌아보면 온 나라를 기울게 한다(一顧傾人城, 再顧傾人國).'고 한 말에서 나온 것으로, 굉장한 미인을 가리킨다.   6) 山礬(산반)—들꽃의 일종. 염료(染料)도 만들고 약재로도 쓰인다.   7) 被花惱(피화뇌)—꽃에게 괴로움을 당하다. '뇌'는 괴로운 것, 고뇌.

解說 친구가 보내준 수선화 한 다발을 받고 그 꽃의 아름다움에 빠져 자잘한 감상을 주체하지 못한다. 그러다가 끝 구절에 가서는 갑자기 큰 장

강(長江)의 흐름을 보면서 감상이 크게 반전한다. 이 시의 묘미는 이 갑작스러운 반전에 있다 할 것이다.

쾌각에 올라(登快閣[1])

바보 같은 이 녀석은 공무를 다 끝내고,
쾌각에 올라 이쪽 저쪽으로 난간에 기대어 맑은 저녁 즐기네.
여러 산의 나무는 낙엽지고 하늘은 멀리 펼쳐져 있는데,
한 줄기 징강에는 달이 밝게 비치고 있네.
지기(知己) 없어 금줄도 이미 끊었으니,
좋은 술이나 있어야 반가운 눈 뜨게 되네.
만 리 저쪽 돌아가는 배에선 피리소리 끊이지 않으니,
마음속으로 나도 산수에 숨어 살겠노라 갈매기에게 약속
하네.

치 아　료 각 공 가 사
癡兒[2]了卻公家事하고,

쾌 각 동 서 의 만 청
快閣東西倚晚晴[3]이라.

낙 목 천 산 천 원 대
落木千山天遠大요,

징 강　일 도 월 분 명
澄江[4]一道月分明이라.

주 현　이 위 가 인 절
朱弦[5]已爲佳人絶하니,

청 안　료 인 미 주 횡
靑眼[6]聊因美酒橫이라.

만 리 귀 선 농 장 적
萬里歸船弄長笛하니,

차 심 오 여 백 구 맹
此心吾與白鷗盟[7]이라.

註解 1) 快閣(쾌각) － 길주(吉州) 태화현(泰和縣 : 지금의 江西省 泰和) 징
강(澄江) 가의 자은사(慈恩寺) 경내에 있는 누각 이름. 작자가 38세
때인 원풍(元豐) 5년 태화현의 현령(縣令)으로 있을 때 지은 것이다.
2) 癡兒(치아) － 바보 같은 아이, 자신을 가리키는 말. 요각(了卻)은

끝내다, 완료하다. 공가(公家)는 관청, 조정. 3) 倚晚晴(의만청) – 저녁의 맑은 날씨에 난간에 기대다. 4) 澄江(징강) – 그곳에 흐르는 강물 이름이나 '맑은 강'의 뜻도 함께 나타내고 있다. 5) 朱弦(주현) – 붉은 금(琴)의 줄. 옛날에 백아(伯牙)가 금을 타면 친구 종자기(鍾子期)는 백아의 속마음을 다 알아맞혔다. 종자기가 죽자 백아는 금의 줄을 끊어 버리고 다시는 금을 타지 않았다 한다(《呂氏春秋》). 따라서 이 구절은 지기(知己)가 없어졌음을 뜻한다. 6) 靑眼(청안) – 진(晉)나라 때 완적(阮籍)은 마음에 맞는 친구가 찾아오면 파란 눈을 뜨고 그를 반기고, 속된 사람들이 찾아오면 흰 눈, 곧 백안(白眼)을 뜨고 그를 보았다 한다(《晉書》阮籍傳). 7) 白鷗盟(백구맹) – 흰 갈매기와 맹세하다. 아름다운 산수에 숨어사는 것을 예부터 '갈매기와 약속한 듯하다'고 하였다.

解説 '지기 없어 금줄도 이미 끊었다'고 번역한 '주현이위가인절(朱弦已爲佳人絕)'은 지기가 없게 된 것이 아니라 죽은 두 부인을 생각하고 읊은 구절일 가능성도 많다. 이때 황정견은 두 번째 부인도 죽은 지 3년이 되고 있었다 한다. 다시 부인을 맞아들이는 것을 속현(續絃)이라 하니, 이 구절의 절현(絕絃)이란 표현과 대조를 이루는 듯하다. 여하튼 자연은 아름다운데 이 시를 읊는 시인의 마음은 무척이나 허전하다.

지구에 비바람 부는 중에 사흘 머물며(池口¹⁾風雨留三日)

외로운 성에 사흘간 비바람 날리니
작은 고을 사람들은 오직 채소밖에 먹을 게 없게 됐다.
물 멀고 산 깊으니 한 쌍의 들오리 날아가는 게 부럽고
몸 한가롭지만 마음은 괴로워 한 마리 황새가 내 모습만
　같다.

영감이 옆 집에서 나와 고기 그물 걷는데
나는 물 곁에 있기는 하지만 물고기 탐나지는 않는다.
서성대는 동안 어느덧 모두 지난 얼 되어 버리고
저녁 창 앞으로 돌아와 앉아 읽다 둔 책을 읽는다.

　　고 성 삼 일 풍 취 우　　　소 시 인 가 지 채 소
孤城²⁾三日風吹雨하니, 小市人家只菜蔬로다.

　　수 원 산 장 쌍 촉 옥　　　신 한 심 고 일 용 서
水遠山長雙屬玉³⁾이오, 身開心苦一春鉏⁴⁾라.

　　옹 종 방 사 래 수 망　　　아 적 임 연 불 이　어
翁從傍舍來收網이러니, 我適臨淵不羨⁵⁾魚라.

　　부 앙 지 간 이 진 적　　　모 창 귀 료 독 잔 서
俯仰之間已陳迹하고, 暮窓歸了讀殘書라.

註解 1) 池口(지구)-지금의 안휘(安徽) 귀지(貴池). 변경(汴京)으로부터 길주(吉州) 태화현(太和縣;지금의 江西 泰和) 임지로 가던 도중 지구에서 지은 것이다. 2) 孤城(고성)-지구를 가리킨다. 3) 屬玉(촉옥)-들오리. 4) 春鉏(용서)-황새. 5) 羨(이)-부러워하다, 탐내다.

解說 송시는 당시에 비하여 옛날부터 "딱딱하고" "떫다"는 평을 받아왔는데 황정견의 시에는 그런 맛이 더욱 두드러진다. 그리고 시의 표현도 독특하다. 동사가 한 자도 들어 있지 않은 구절이 세 구절이나 있어서 해석에 당황하지 않을 수 없다. "소시인가지채경(小市人家只菜鏡)"·"수원산장쌍촉옥(水遠山長雙屬玉)"·"신한심고일용서(身開心苦一春鉏)"가 그것이다. 앞의 번역은 문맥을 살피어 글을 엮었지만, 올바른 뜻을 옮겼다고 자신을 가질 수가 없다. 이 구절들은 문법의 상식으로 본다면 문장을 이루지 못하고 있는 것이다.

　　거기에다가 화려한 수식은 전혀 눈에 띄지 않으면서도 적지 않은 전고(典故)가 쓰이고 있어 문장의 떫은맛을 더해 주고 있다. 송인의 전고사용은 이전의 문인들처럼 멋있고 함축 있는 뜻의 표현을 위해서가 아니라 확실한 시의의 표현을 위한 노력에서 온 것이다. 첫째, 둘째 구절은 두보(杜甫)시의 표현을 빌린 것이고, 다섯째, 여섯째 구절은 한 대 동중서(董仲舒)의 글에서, 일곱째 구절은 왕희지(王羲之)의 글에서 그 표현을 따온 것이다. 이 밖의 구절들도 모두 출전이 있을는지도 모른다. 이러한 전고의 사용은 개성적인 새로운 조어의 노력으로 말미암은 것이다.

동파선생께 올림(贈東坡[1]) 2수

기일(其一)

강가 매화나무에 좋은 열매 여는데,
뿌리는 복숭아나무와 오얏나무 밭에 뻗고 있네.
복숭아와 오얏은 끝내 말도 안하나,
아침 이슬은 은총의 빛을 빌려주네.
외로이 향기로운 매화는 희고 깨끗함을 시기 당하나,
얼음과 눈속에서 공연히 스스로 향기를 뿜네.
옛부터 솥 안의 음식맛을 내는 데 쓰여,
이 물건은 묘당에 올라갔었네.
세월은 어느덧 저물어가니,
안개와 빗속에 파랗던 매실이 누레져,
복숭아와 오얏 쟁반에 담기게 되어,
먼 데서 왔다고 처음으로 맛보게 되었는데,
마침내는 먹을 수가 없다고,
관청 길가에 버려지게 되었네.
다만 뿌리만 그대로 있다면,
버려진다 하더라도 결국 무얼 슬퍼할 것인가?

^{강매}^{유가실} ^{탁근도리장}
江梅²⁾有佳實하니, 託根桃李場³⁾이라.

^{도리종불언} ^{조로} ^{차은광}
桃李終不言⁴⁾이나, 朝露⁵⁾借恩光이라.

^{고방기교결} ^{빙설공자향}
孤芳⁶⁾忌皎潔이나, 冰雪⁷⁾空自香이라.

^{고래화정실} ^{차물승묘랑}
古來和鼎實⁸⁾하니, 此物升廟廊⁹⁾이라.

^{세월좌 성만} ^{연우 청이황}
歲月坐¹⁰⁾成晚하니, 煙雨¹¹⁾靑已黃이라.

^{득승도리반} ^{이원 초견상}
得升桃李盤하여, 以遠¹²⁾初見嘗이라.

^{종연불가구} ^{척 치관도방}
終然不可口¹³⁾하니, 擲¹⁴⁾置官道傍이라.

^{단사본근재} ^{기연과 하상}
但使本根在¹⁵⁾면, 棄捐果¹⁶⁾何傷고?

註解 1) 贈東坡(증동파) - 작자 황정견이 그의 스승 소식(蘇軾)에게 보낸
시. 2) 江梅(강매) - 강가에서 자란 야생의 매화나무. 스승 동파를 이
강가의 매화나무에 비겨 읊었다. 3) 桃李場(도리장) - 복숭아와 오얏
이 심어진 밭. 장(場)은 장포(場圃)의 뜻. 도리(桃李)는 일반 대신(大
臣)들, 도리장(桃李場)은 그들이 활약하는 정계에 비긴 것이다. 4)
桃李終不言(도리종불언) - '복숭아와 오얏이 끝내 말하지 않는다' 는
것은 다른 대신들이 그를 질투함을 말한다. 5) 朝露(조로) - 아침 이
슬. 임금의 은총에 비긴 것이다. 차은광(借恩光)은 은혜의 빛을 빌려
준다. 6) 孤芳(고방) - 외로이 향기를 내뿜는 매화를 가리킴. 기(忌)
는 시기를 받는다는 뜻. 교결(皎潔)은 희고 깨끗한 것, 밝고 깨끗한
것. 7) 冰雪(빙설) - 얼음과 눈이 있는 늦은 겨울철을 가리킴. 공(空)
은 공연히, 보는 이도 없는데. 8) 和鼎實(화정실) - 매실의 신맛은 소
금과 함께 예부터 '솥 안의 음식맛을 조화시키는 데' 썼다. 그리고
이 매실과 소금은 왕정을 조화시키는 재상의 역할에 흔히 비겨졌다.
9) 升廟廊(승묘랑) - '묘당(廟堂)의 낭(廊)에 오른다'. 묘(廟)는 왕궁
(王宮)의 전전(前殿)으로 묘랑(廟廊)은 조정을 가리킴. 승묘랑(升廟

廊)은 따라서 조정의 일에 참석함을 뜻한다.   10) 坐(좌) — 어느덧.
11) 煙雨(연우) — 안개와 비. 12) 以遠(이원) — 멀리서 가져왔다 해서.
상(嘗)은 맛보다.   13) 不可口(불가구) — 입에 맞지 않는다, 먹을 수
없다, 맛이 없다. 14) 擲(척) — 버리다, 내던지다. 이 구절은 동파가
관도(官途)에서 버림받았음을 뜻한다.   15) 但使本根在(단사본근
재) — '단 동파의 덕성과 지조만을 지니고 있다면'의 뜻을 나타낸다.
16) 果(과) — 과연, 결과적으로. 하상(何傷)은 무엇을 슬퍼하겠는가?

解説 이 시는 소동파를 매화나무에 비유하여 읊은 것이다. 강가에 좋은 열
매가 달린 매화나무가 복숭아와 오얏이 자라는 밭에 뿌리를 뻗고 있
다는 것은, 훌륭한 인격에 학식을 지닌 소동파가 속인들이 모이는 정
계에 참여하였음을 말하는 것이다. 복숭아와 오얏은 끝내 말을 하지
않으나 아침 이슬은 은총의 빛(恩光)을 빌려주었다는 것은, 정계의 왕
안석 같은 인물들은 그를 시기하여 말도 않지만 임금은 소동파에게도
똑같이 높은 벼슬을 주었음을 뜻한다.

그런데 매화는 그의 의젓하고 깨끗함을 시기 받으면서도 의연히 추
운 겨울에 꽃피어 향기를 뿜고 있다는 것은, 소동파의 고매한 인격과
결백한 성품은 남들의 질투를 받으면서도 여전히 속된 세상을 벗어난
몸가짐으로 덕성을 발휘하고 있다는 것이다. 예부터 매실은 소금과
함께 음식 맛을 조화시키는 데 써서 나라의 정치를 조화시키는 재상
의 역할에 비유되어 왔는데, 그처럼 소동파도 한때는 재상의 자리에
까지 올랐었다.

그런데 세월이 흘러 푸른 매실이 누렇게 익자 복숭아와 오얏 같은
속된 과일들과 함께 주인에게 바쳐졌다는 것은, 소동파가 만년에는
왕안석의 신파(新派) 인물들과 함께 국정을 다투게 되었음을 뜻한다.
마침내는 주인이 먹어보고 매실은 맛이 없다고 관청 길 옆에 버려졌
다는 것은, 소동파가 신파에게 밀려나 귀양갔음을 뜻한다.

그러나 뿌리만 그대로 있다면 매실은 버림을 받았대도 슬퍼할 건
없다는 것은, 인격과 덕성만 그대로 지니고 있다면 관계에서 일시 밀
려났다고 해도 슬퍼할 건 없다는 뜻이다. 소동파의 높고 바른 인격과
덕성을 따르는 제자와 후배들은 결국에는 소동파의 뜻을 이루어 줄
것이기 때문이다.

기이(其二)

푸른 소나무가 시냇물 흐르는 골짜기에 자라나니,
10리에서도 소나무에 부는 바람소리가 들리네.
소나무 위에는 백 자 길이의 새삼이 감겨 있고,
소나무 아래엔 천 년 묵은 풍냉이[荂]가 자라 있네.
풍냉이는 본성이 오래 견딜 수 있고,
사람들의 늙음을 막는 약으로 쓰인다네.
작은 풀에도 원지(遠志)란 풀이 있으니,
몸을 의탁하고 평생을 살아가려네.
의화 같은 명의(名醫)가 이 세상에 없다면
뿌리를 깊이 박고 또 꼭지를 단단히 하고 때를 기다려야지.
사람들이 말하기를 나라의 병도 고칠 수 있다 하였거늘,
어찌 크게 서두를 필요가 있으랴?
작고 크고 재능에 있어서는 다르다 하지만,
성질은 본시부터 모두 비슷하네.

青松[17]出澗壑하니, 十里聞風聲이라.

上有百尺絲[18]요, 下有千歲苓[19]이라.

自性[20]得久要하고, 爲人制頹齡[21]이라.

小草有遠志[22]하니, 相依在平生[23]이라.

醫和[24]不並世하니, 深根且固蔕[25]라.

人言可醫國[26]이니, 何用大早計[27]오?

소 대 재 즉 수　　기 미　　고 상 사
小大材則殊나, 氣味²⁸⁾固相似라.

註解 17) 靑松(청송)-소동파에 비긴 것이다. 간(澗)은 산간수, 계곡의 물. 학(壑)은 골짜기. 간학(澗壑)은 시냇물이 흐르는 산골짜기. 18) 絲 (사)-토사(兎絲) 또는 수사(菟絲)라고도 하며, 나무에 감기어 기생하는 '새삼'. 이는 황정견이 자신에 견준 것이다. 19) 苓(령)-복령 (茯苓), 풍냉이. 소나무 뿌리에 생기는 일종의 균(菌). 《회남자(淮南子)》 설산훈(說山訓)에 '천 년 묵은 소나무 아래에는 복령이 있고 위에는 수사(菟絲)가 있다' 하였다. 소나무 진이 천 년 묵어 이루어지는 것이라 한다. 소동파의 문하에는 소위 '소문사학사(蘇門四學士)'가 있었는데, 황정견·진관(秦觀)·장뢰(張耒)·조보지(晁補之)의 네 사람을 말한다. 복령은 작자 황정견을 제외한 나머지 삼학사에 비긴 것이다. 20) 自性(자성)-자기 본연의 성(性). 불교에선 제법 (諸法)에 각각 불변불멸(不變不滅)의 성(性)이 있는데 이것을 '자성 (自性)'이라 한다. 구요(久要)는 《논어》 헌문(憲問)편에 '구요(久要) 엔 평생지언(平生之言)을 잊지 않는다'고 한 데서 따온 말. 여기서 '요(要)'는 '약(約)' 곧 약속의 뜻이나, 이 시에서는 본성이 변치 않고 '오래 감'을 단순히 뜻한다. 21) 制頹齡(제퇴령)-늙어 퇴폐하여 가는 나이를 억제한다. 곧 노쇠를 방지하는 데 복령이 약으로 쓰인다는 뜻. 도연명(陶淵明)의 〈구일한거(九日閑居)〉 시에 '국(菊)은 퇴령(頹齡)을 억제한다' 하였다. 22) 小草有遠志(소초유원지)-《세설신어보(世說新語補)》 권18 배조하(排調下)에 환온(桓溫)이 사안(謝安)에게 '원지(遠志)'는 또 '소초(小草)'라고도 부르는데 어째서 한 물건이 두 가지의 이름이 있느냐고 물었다. 학륭(郝隆)이 옆에 있다가, 들어앉아 있을 때는 원지(遠志)라 부르고 나오면 소초(小草)라 부른다 대답하였다 한다. 《박물지(博物志)》 권4에 '원지의 싹을 소초라 하고 뿌리를 원지라 한다' 했다. 원지는 《본초(本草)》에 의하면 지혜를 늘이고 의지를 강하게 하는 약초라 한다. 《세설신어(世說新語)》에선 학륭은 사안이 벼슬하기 전엔 큰뜻을 품은 듯하더니 벼슬한 뒤로는 형편없이 행동함을 초명(草名)을 빌어 조소한 것이라 했다. 23) 相依在平生(상의재평생)-의지함을 평생 두고 한다. 곧 원지(遠志)를 품고 토사(菟絲)가 소나무에 의지하듯 자기는 동파를 평

생 의지하겠다는 뜻. 24) 醫和(의화)-옛 진나라의 명의.《국어(國語)》진어(晉語)에 평공(平公)이 병이 나서 의화(醫和)로 하여금 진료케 하였다. 문자(文子)가 의술로 나라에 영향을 미칠 수가 있는가 물으니 의화가 대답하기를, "상의(上醫)는 나라의 병을 고치고, 그 다음은 사람의 병을 고치는데 본시부터 의(醫)는 관(官)과 같은 것이라 하였다."는 얘기가 있다. 불병세(不並世)는 세상에 나란히 하지 않았다. 의화와 같은 때에 태어나지 못하여 자기 '원지(遠志)'를 약으로 써주는 명의[爲政者]가 없다는 말임. 25) 深根且固蔕(심근차고체)-뿌리를 깊이 박고 또 꼭지나 굳건히 하겠다. 곧 덕을 길이 닦고 수신하여 몸이나 잘 보전하겠다는 뜻. 26) 人言可醫國(인언가의국)-사람들 말이 나라의 병도 고칠 수 있다고 하였다는 것은 앞 주해 8)의 의화(醫和)의 말을 인용한 것임. 27) 大早計(대조계)-《장자(莊子)》제물론(齊物論)에 '그대는 너무나 조계(早計)이다. 달걀을 보고는 새벽에 울기를 구하고, 탄궁(彈弓)을 보고는 솔개의 군 고기를 구한다'고 하였다. 너무나 미리 결과를 바라는 것을 뜻한다. 28) 氣味(기미)-냄새와 맛, 곧 생각이나 취향.

解說 여기서는 소동파를 늙은 소나무에, 자기를 새삼에, 다른 문하생들을 풍냉이에 비유하고 있다. 진관(秦觀)·장뢰(張耒)·조보지(晁補之) 같은 소문(蘇門)의 학사(學士)들은 복령이 사람이 늙는 것을 제지할 수 있듯이 사회에 그들의 재능을 발휘하여 유익한 일을 할 수 있다. 자기는 그런 재능은 없지만 풀에 '원지(遠志)'라는 약초가 있듯이 큰 뜻을 품고 평생을 소동파에게 의탁하려 하였다는 것이다.

그러나 자기의 뜻을 알아줄 명의 같은 위정자가 없어 자기는 버림 받고 있으니 덕이나 닦으며 명철보신하여야겠다. 옛날에 의화는 훌륭한 의사는 나라의 병을 고친다 했으니 미리 서두르고 날뛸 필요가 없다. 언제건 기회는 올 것이다. 동파와 자기는 재능에 있어서 대소의 큰 차이가 있기는 하지만 생각이나 취향에 있어서는 서로 비슷하다는 것이다.

황정견은 소위 강서시파(江西詩派)의 종주(宗主)라 할 만한 인물이다. 그들의 시는 소동파의 풍격을 배운 것이지만 더욱 전고(典故)와 수식(修飾)을 많이 써서 이 시들처럼 읽기 어렵게 뵈는 것이 강서시파(江西詩派)의 특징이라 할 것이다.

장난삼아 새의 말에 화답함(戲和答禽語)

남쪽 마을이고 북쪽 마을이고 비가 오니 모두 밭을 갈게
　되어,
새 며느리 시어머니께 밥 날라다 주고 할아버지는 아이 밥
　을 먹여 주네.
밭의 우는 새는 스스로 사철을 알아
사람들에게 해진 바지 벗고 새옷 입으라 재촉하네.
낡은 것 버리고 새것 입는 것도 나쁘지는 않지만
지난해 세가 무거워 입을 바지도 없다네.

남 촌 북 촌 우 일 리　　　　　신 부 향 고　옹 포 아
南村北村雨一犁¹⁾하여, 新婦餉姑²⁾翁哺兒라.

전 중 제 조 자 사 시　　　　　최 인 탈 고 착 신 의
田中啼鳥自四時³⁾하여, 催人脫袴著新衣⁴⁾라.

착 신 체 구 역 불 악　　　　　거 년 조 중 무 고 착
著新替舊亦不惡이나, 去年租重無袴著이라.

註解 1) 一犁(일리)－한결같이 쟁기질을 하다, 모두가 밭을 갈다. 2) 餉姑
(향고)－시어머니에게 밥을 날라다 주는 것. 포아(哺兒)는 아이에게
밥을 먹여 주는 것. 3) 自四時(자사시)－스스로 사철을 알아서 우는
것. 4) 脫袴著新衣(탈고착신의)－바지를 벗고 새옷을 입다. 중국에
서는 뻐꾹새가 '해진 바지는 벗어 버리라(脫脚破袴)'고 운다고 한다
(蘇軾 〈五禽言〉시 自注).

解說 장난삼아 지었다고 하지만 뻐꾹새 울음소리를 빌어 무거운 세금으로
허덕이는 농민들의 어려운 생활에 대한 풍자가 매섭다. 농촌은 평화
롭기만 한데 정치가들이 이 세상을 망쳐놓고 있다는 뜻일 게다.

자첨의 화도시 뒤에 붙임(跋子瞻和陶詩)

자첨이 해남으로 귀양을 가니,
이때의 재상은 그분을 죽이려는 거네.
혜주 땅의 밥을 배부르게 자시고,
연명의 시를 가늘게 읊조리신다.
도연명이 천 년에 한 번 날 인물이라면,
소동파는 백 세(世)에 한 번 날 선비일세.
산 방법은 같지 않다지만,
기풍은 서로 비슷하네.

子瞻[1]謫海南[2]하니, 時宰[3]欲殺之라.

飽[4]喫惠州飯하고, 細和[5]淵明詩라.

彭澤[6]千載人이오, 東坡百世士[7]라.

出處[8]雖不同이나, 氣味[9]乃相似라.

註解 1) 子瞻(자첨)—소식(蘇軾)의 자. 謫(적)은 귀양가는 것. 소동파는 소
성(紹聖) 원년(1094) 광동성(廣東省)의 혜주(惠州)로 귀양갔고, 3년
뒤엔 다시 해남도(海南島)로 옮겨졌다. 소식은 귀양가서도 도연명
(陶淵明)의 시, 거의 전부에 화작(和作)하는 시를 지었다. 이 시는 강
서시파(江西詩派)의 창건자인 황정견이 그의 스승 소식의 고고(孤
高)한 귀양살이 모습을 읊은 것이다. 〈발자첨화도시(跋子瞻和陶詩)〉
는 소식이 도연명(陶淵明)의 시운(詩韻)에 화(和)하여 지은 시 뒤에
붙여 읊은 시라는 뜻이다. 2) 海南(해남)—'영남(嶺南)'으로 된 판본
도 있다. 소동파는 처음엔 혜주(惠州)로 귀양갔다가 뒤에 해남도(海
南島, 당시엔 瓊州라 불렀음)로 옮겨졌다. '영남'은 오령(五嶺)의 남

쪽이란 뜻으로 지금의 광동(廣東)·광서(廣西)·안남(安南) 지방의 일부를 가리킨다. 3) 時宰(시재)—그때의 재상. 왕안석의 신파에 속하는 왕규(王珪)·채확(蔡確) 등. 4) 飽(포)—배부른 것. 끽(喫)은 먹다. 5) 細和(세화)—가늘게 읊으며 화(和)하는 것. 동파는 연명(淵明)을 무척 좋아하였으며 그의 시에 화(和)한 작품이 109편이나 된다. 6) 彭澤(팽택)—도연명(陶淵明). 그는 팽택령(彭澤令)을 지낸 일이 있어 팽택이라고도 부른다. 천재인(千載人)은 천 년에 한 번 나올 만한 훌륭한 사람. 7) 百世士(백세사)—백 세에 한 번 나올 만한 뛰어난 사람. 사(士)는 '사(師)' 곧 스승의 뜻으로 된 판본도 있다. 1세(世)는 30년. 8) 出處(출처)—나가서 벼슬하는 것과 거처하는 것. 곧 세상을 살아가는 방법. 9) 氣味(기미)—기풍(氣風). 인물의 풍취.

解說 소동파는 멀리 해남에 귀양가서도 아무런 거리낌없이 식사 잘하고, 자기가 좋아하는 도연명(陶淵明)의 시에 화작하는 시를 지었다. 그 인격의 고결함과 깨끗한 풍류는 생활방식은 달랐지만 두 사람이 비슷한 점이 있다. 소동파는 도연명에 심취하여 그의 시부(詩賦)엔 도연명의 영향이 많이 보인다. 소동파의 시집을 보면 이밖에도 직접 도연명 자신이나 시를 두고 지은 〈귀거래집자십수(歸去來集字十首)〉니〈문연명(問淵明)〉 같은 시들이 눈에 띈다. 황정견은 이러한 스승인 소동파의 초탈한 인격과 도연명에 대한 심취를 산문 같은 서술 형식으로 솔직히 읊고 있다. 도연명과 소동파는 정말로 천재인(千載人)이요 백세사(百世士)라 할 만하다.

야족헌을 읊음(題也足軒) 서문을 붙임(幷序)

간주 경덕사의 각범도인은 그가 살고 있는 동헌에 대나무를 심었는데 고을 태수 양몽황이 그 동헌에 야족이라는 이름을 붙였거니와, 옛사람의 이른바 '오직 계절의 추위를 견디는 마음만 있다면 두세 대라도 족하다(但有歲寒心이면,

兩三竿也足이라)'고 한 데서 취한 것이다. 그리고 그것을 위하여 시를 읊으니, 나도 곧 그 운을 따라 시를 지었다.

〔序〕簡州¹⁾景德寺의, 覺範道人²⁾은, 種竹於所居之東軒이러니, 使君³⁾楊夢羆이, 題其軒曰也足이라 하니, 取古人⁴⁾所謂但有歲寒心이면, 兩三竿也足者也라. 仍爲之賦詩하니, 余輒次韻이라.

註解 1) 簡州(간주)-지금의 사천성(四川省) 간양현(簡陽縣). 2) 覺範道人(각범도인)-스님일 것이다. 범상인(範上人)이라고도 부르고 있다(〈送周元翁書〉). 3) 使君(사군)-고을의 장관, 태수. 4) 古人(고인)-사마광(司馬光). 그의 〈種竹詩(종죽시)〉에 보이는 구절임. 세한(歲寒)은 계절이 추워지는 것(《論語》子罕), 계절의 추위를 견디어 내는 것.

도인이 손수 두세 대의 대나무 심으니
태수께서 갑자기 와서 주옥 같은 시를 지었네.
나그네들이 천 수의 시 지을 것 없으니
만약 음악을 제대로 이해하는 이라면 이 한 수면 족하네.
세상 사람들이 사랑하는 것은 같은 종류의 것들이니,
아무것도 좋아하는 것을 마음에 두지 않았다면 너무나 저속한 일이네.
손이 와서 만약 무슨 좋은 것이 있느냐고 묻거든
우담 같은 사람과 먼 산의 푸르름이 있다고 말하게나.

도 인 수 종 양 삼 죽　　　사 군 홀 래 타 주 옥
道人手種兩三竹하니, 使君忽來唾珠玉[5]이라.

불 수 객 부 천 수 시　　　약 시 상 음 일 기　족
不須客賦千首詩니, 若是賞音一夔[6]足이라.

세 인 애 처 속 동 류　　　일 사 불 괘　사 태 속
世人愛處屬同流니, 一絲不掛[7]似太俗이라.

객 래 약 문 유 하 호　　　도　인 우 담 원 산 록
客來若問有何好어든, 道[8]人優曇遠山綠이라 하라.

註解 5) 唾珠玉(타주옥) — 주옥을 뱉다, 주옥 같은 시를 지은 것을 가리킴.
6) 夔(기) — 순(舜)임금의 신하로 음악을 관장하는 전악(典樂)이란 벼
슬을 하였다(《書經》舜典). 대단한 음악의 전문가였다. 7) 一絲不掛
(일사불괘) — 작은 일도 전혀 마음에 두지 않음을 뜻함. 8) 道(도) —
말하다. 우담(優曇)은 우담화(優曇華), 또는 우담발(優曇鉢)이라고도
부르며(《法華經》方便品), 세상에 극히 드물고 귀한 식물. 그 꽃도
보기 힘들고 과일은 무척 맛이 있다 한다.

解說 경덕사에 있는 각범도인이 대나무 두세 대를 심은 것을 읊는다고 했
지만 실은 그 절 주인이 도를 잘 닦고 있는 것을 칭송하는 것이 주제라
할 수 있다. 시의 내용이 신선 세상의 일인 것만 같다.

일찍이 길을 나서며(早行)

베개 밀치고 놀라 먼저 일어나니,
사람이고 집이고 반은 꿈속인 듯.
닭 울음소리 듣고 시각 짐작하고,
북두칠성 보고서 방향 분별하네.
말고삐 축축하니 길에 이슬 내리는 걸 알겠고,
옷이 홑이라 새벽 바람 느껴지네.

가을 햇빛과 그림자 희롱하면서,

갑자기 솟아오르자 숲이 반쯤 붉어지네.

失枕¹⁾驚先起하니, 人家半夢中이라.

聞雞憑早晏²⁾하고, 占斗³⁾辨西東이라.

轡⁴⁾濕知行露하고, 衣單覺曉風이라.

秋陽弄光影하며, 忽吐⁵⁾半林紅이라.

註解 1) 失枕(실침) – 베개를 잃다. 자다가 베개를 밀쳐 버리는 것. 2) 憑早晏(빙조안) – 이르고 늦은 것을 의지하여 알다, 시각을 짐작하다. 3) 占斗(점두) – 북두칠성(北斗七星)을 점치다, 북두칠성을 보고 헤아리다. 4) 轡(비) – 말고삐. 5) 忽吐(홀토) – 갑자기 토하다, 갑자기 솟아오르는 것.

解說 이른 새벽 길을 떠나는 정경을 가볍게 노래한 시이다. '닭 울음소리로 시각을 짐작하고, 북두칠성으로 방향을 분별한다'는 표현이 특히 재미있다. '행로(行露)'는 《시경(詩經)》 소남(召南)에서 인용한 말이라 '항로(行露)'라 읽는 것이 옳을지 모르나, 되도록 한자를 여러 가지 음으로 읽지 않도록 하려는 뜻에서 그대로 읽었다.

변경의 노래(塞上曲¹⁾)

10월 북풍 불어오니 연(燕)땅의 풀 노랗게 시들고,

연(燕)땅 사람들의 말 살지고 활의 힘 세어지니,

호랑이 가죽 말려 안장 만들고 독수리 깃으로 화살 깃 만들어,

산 북쪽 기슭에서 두 마리 흰 이리 잡았네.
푸른 담요로 만든 장막 높이 쳐서 눈에도 젖지 않는 속에서,
북을 치며 술잔을 돌려 주령(酒令) 다급하게 행해지고 있네.
오랑캐 임금 거나하게 취하여 담비 갖옷 끌어안듯 입고 앉
　았고,
왕소군(王昭君)이 곁에 비파(琵琶)를 안은 채 울고 있네.

시 월 북 풍 연 초 황 　　　연 인 마 비 궁 력 강
十月北風燕²⁾草黃하고, 燕人馬肥弓力强이라.

호 피 재 안 조 우 전 　　　사 살 산 음 쌍 백 랑
虎皮裁鞍³⁾鵰⁴⁾羽箭으로, 射殺山陰⁵⁾雙白狼이라.

청 전 장 고 설 불 습 　　　격 고 전 상 령 행 급
靑氈帳高雪不濕하고, 擊鼓傳觴⁶⁾令⁷⁾行急이라.

융 왕 반 취 옹 초 구 　　　소 군 유 포 비 파 읍
戎王半醉擁貂裘⁸⁾하고, 昭君⁹⁾猶抱琵琶泣이라.

註解 1) 塞上曲(새상곡)—당나라 이후 많이 지어진 악부(樂府)의 일종으로 이른바 변새시(邊塞詩)를 대표하는 것이다.　2) 燕(연)—주(周) 초에 소공(召公) 석(奭)을 봉했던 나라로 지금의 하북성(河北省) 대흥현(大興縣) 일대. 북경(北京) 부근이며 오랑캐 땅과 맞닿아 있던 곳임. 3) 裁鞍(재안)—말라서 말안장을 만들다.　4) 鵰(조)—독수리, 보라매. 5) 山陰(산음)—산의 북쪽 기슭. 6) 傳觴(전상)—술잔을 전하다. 7) 令(령)—주령(酒令), 술자리에서 술잔을 돌리는 법칙. 8) 貂裘(초구)—담비 갖옷. 9) 昭君(소군)—한나라 원제(元帝) 때 흉노 선우(單于)에게 시집갔던 왕소군(王昭君) (구양수와 왕안석의 〈명비곡〉 참조 바람). 오랑캐 임금에게 시집간 중국 여인을 가리킨다고 볼 수도 있다.

解說 변새시는 전쟁의 비정함을 고발하는 것들도 있지만 이처럼 애국심을 고취하려는 작품들도 많다. 앞에서는 국경지방 오랑캐 군사들의 사기를 크게 묘사해 놓고, 끝머리에 가서는 아직도 억지로 오랑캐에게 끌

려간 많은 중국 여인들이 있음을 일깨우고 있는 것이다.

승업사 열정에서(勝業寺¹⁾悅亭²⁾)

오랜 비에 혼났는데 이제는 날씨가 풀리어
여러 산봉우리가 제 모습을 드러내네.
흰 머리로 좌선(坐禪) 하시는 스님 뵙지 못하니
공연히 등나무 지팡이 짚고 예까지 온 것인가?

고 우 이 해 엄   제 봉 래 헌 장
苦雨³⁾已解嚴⁴⁾하니, 諸峯來獻狀⁵⁾이라.

불 견 백 두 선   공 의 자 등 장
不見白頭禪⁶⁾하니, 空倚紫藤⁷⁾杖이라.

註解 1) 勝業寺(승업사)-지금의 호남성(湖南省) 형산현(衡山縣)에 있는 절 이름. 2) 열정(悅亭)-승업사에 있는 정자 이름. 여기에는 유명한 문정선사(文政禪師)가 머물고 있었다. 3) 고우(苦雨)-괴로운 비, 오랜 동안 계속 내리는 비. 4) 해엄(解嚴)-계엄(戒嚴)을 풀다, 엄한 대비를 풀다. 여기서는 날씨가 오랜만에 개인 것을 형용한 말임. 5) 헌장(獻狀)-제 모습을 드러내 보이는 것. 6) 白頭禪(백두선)-흰 머리로 좌선(坐禪)하고 있는 스님. 문정선사가 스스로를 백두옹(白頭翁)이라 불러(그의 시에서) 황정견도 이런 표현을 썼다 한다. 7) 紫藤(자등)-자주색 꽃이 피는 등나무.

解說 형산(衡山)은 이른바 오악(五嶽) 중 남악(南嶽)이라 일컫는 명산이다. 황정견이 호남성의 동정호(洞庭湖)와 형산 부근을 여행하면서 지은 시이다. 만나고자 하였던 문정선사를 만나지 못하여 섭섭하기는 하였겠지만 승업사를 찾은 상쾌한 기분도 함께 담겨있다. 뒤에 실은 〈복엄사를 떠나며(離福嚴)〉와 같은 시기에 지은 시이다. 황정견의 시도 여행하면서 지은 시들은 경쾌한 맛을 느끼게 한다.

복엄사를 떠나며(離福嚴[1])

산 밑은 사흘 동안 날이 개어있는데도
산 위는 사흘 동안 비가 내리네.
축융봉은 보지도 못하고,
다시 소상을 거슬러 올라가네.

산 하 삼 일 청　　　산 상 삼 일 우
山下三日晴이로되, 山上三日雨라.

불 견 축 융 봉　　　환 소 소 상 거
不見祝融峯[2]하고, 還泝[3]瀟湘去라.

註解 1) 福嚴(복엄) – 복엄사(福嚴寺). 호남성(湖南省) 형산현(衡山縣) 북쪽에 있는 절 이름. 황정견이 만년에 의주(宜州, 지금의 廣西省 宜山縣)로 귀양가는 길에 그곳을 지나면서 지은 시이다. 2) 祝融峯(축융봉) – 남악(南嶽)인 형산(衡山) 72봉 중의 최고봉 이름. 옛날부터 이곳을 지나서 귀양가는 사람이 이 봉우리를 보면 곧 돌아가게 된다 하였다. 3) 泝(소) – 강물을 거슬러 올라가는 것. 소상(瀟湘)은 호남성(湖南省)에 흐르는 두 강물 이름. '상수'는 광서성(廣西省)에서 시작하여 호남성으로 흘러들어와 영릉현(零陵縣)에서 '소수'와 합친다음, 북쪽으로 흘러 장사(長沙)를 거쳐 동정호(洞庭湖)로 흘러든다. 특히 '상수'와 '소수'가 합쳐지는 근처를 '소상'이라 부른다.

解說 '축융봉'을 '보지도 못한다'는 것은 돌아갈 기약이 없음을 뜻한다. 간단하면서도 복엄사를 떠나 귀양길을 재촉하는 서글픈 마음이 담겨있는 시이다.

이백시가 그린 엄자릉이 여울물에서 낚시질하는 그림에 제함(題伯時[1]畫嚴子陵[2]釣灘)

평생 동안 우정을 못잊은 광무제(光武帝)가 있었지만,
그를 위해 재상 노릇도 하지 않으려 하였지.
능력은 한(漢)나라 왕실을 튼튼히 해줄 수 있었지만,
동강(桐江) 물결 위에 부는 한 줄기 바람처럼 여긴 거지.

평 생 구 요   류 문 숙   불 긍 위 거   작 삼 공
平生久要[3]劉文叔[4]이나, 不肯爲渠[5]作三公[6]이라.

능 령 한 가 중 구 정   동 강   파 상 일 사 풍
能令漢家重九鼎[7]이나, 桐江[8]波上一絲風이라.

註解 1) 伯時(백시) – 이공린(李公麟), 백시는 그의 자. 송대의 유명한 화가. 앞 형거실(邢居實)의 〈이백시의 그림(李伯時畫圖)〉 시 참조 바람. 2) 嚴子陵(엄자릉) – 후한(後漢)의 엄광(嚴光), 자가 자릉. 어려서부터 광무제(光武帝)와 함께 공부하며 친하게 지냈다. 광무제는 황제가 된 다음 사신을 보내어 그를 불렀으나 오지 않고 있다가 세 번만에야 왔다. 간의대부(諫議大夫) 벼슬을 내렸으나, 받지 않고 다시 부춘산(富春山)으로 들어가 낚시질하며 세월을 보냈다(《後漢書》逸民列傳). 지금도 절강성(浙江省) 동려현(桐廬縣) 서쪽의 부춘산에는 엄자릉의 조대(釣臺)가 있다고 한다. 3) 平生久要(평생구요) – 평생 동안 오랜 세월 우정을 지키는 것. 본시 이 말은 《논어》헌문(憲問)편에서 인용한 것인데, 《논어》에서는 '구요'라는 말을 '오래된 약속'의 뜻으로 약간 다르게 쓰고 있다. 4) 劉文叔(류문숙) – 후한 광무제(光武帝), 그의 자가 문숙이다. 5) 渠(거) – 그 사람, 광무제를 가리킴. 6) 三公(삼공) – 나라의 가장 중요한 세 벼슬자리. 재상 자리를 뜻함. 7) 重九鼎(중구정) – '구정'은 하(夏)나라 우(禹)임금이 주조(鑄造)했다는 큰 솥 이름, 그 솥은 은(殷)·주(周)에까지 전해져 나라의 군권(君權)을 상징하는 물건이 되었다. 따라서 '구정을 무겁게 한다'는 것은 '왕실을 안정시키는 것'을 뜻한다. 8) 桐江(동강) – 부춘

산(富春山) 아래 흐르는 강물 이름, 그곳에서 엄자릉이 낚시질을 하였다.

解說 맨 끝 구절을 '동강 물결 위에 부는 바람' 처럼 나라의 삼공(三公) 자리를 여긴 것으로 풀이하였다. 그러나 재상자리 같은 것은 염두에도 없이 '동강 물결 위에 부는 한 줄기 바람' 을 즐기며 낚시질로 세월을 보냈다고 풀이해도 좋을 것이다. 어떻든 재상자리도 우습게 본 엄자릉의 초속적(超俗的)인 몸가짐이 잘 그려진 시이다.

낙성사에서 씀(題落星寺¹⁾)

낙성사의 스님 깊숙한 곳에 절을 지었는데,
용각(龍閣)의 노옹도 와서 시를 읊었었네.
부슬비 속 자욱한 산 앞에 손은 오래도록 앉아있고,
긴 강물은 하늘에 닿은 듯 한데 돛배 움직임 더디네.
내실의 맑은 향기는 이 세상과 다르고,
그림 솜씨 절묘한데 아무도 아는 이 없다네.
벌집 같은 방들은 제각기 창문 열어 놓고,
곳곳에서 마른 등나무 가지 불로 차를 끓이고 있네.

落星開士²⁾深結屋하니, 龍閣老翁³⁾來賦詩라.

小雨⁴⁾藏山客坐久하고, 長江接天帆到遲라.

宴寢⁵⁾淸香與世隔이오, 畵圖妙絕⁶⁾無人知라.

蜂房⁷⁾各自開戶牖하고, 處處煮茶藤一枝⁸⁾라.

1) 낙성사(落星寺)-강서성(江西省) 팽려호(彭蠡湖)에 있는 절 이름.
작자에게는 같은 제목의 시가 4수 있는데 사용(史容)의 주에 의하면
같은 자리에서 쓴 시가 아니라 한다. 2) 개사(開士)-스님을 이르는
말. 3) 용각노옹(龍閣老翁)-작자의 외삼촌 이공택(李公擇), 그는 이
전에 낙성사에 와서 시를 지은 일이 있다. 이공택은 용도각직학사
(龍圖閣直學士)란 벼슬을 하였기 때문에 "용각의 노옹"이라 부른 것
이다. 4) 소우(小雨)-부슬비. 5) 연침(宴寢)-스님들이 거처하는 내
실. 6) 화도묘절(畵圖妙絶)-낙성사 안에는 주지스님 융(隆)의 그림
이 많았는데 그 중에서도 당대의 시승인 한산습득(寒山拾得)의 그림
이 가장 유명하였다 한다. 7) 봉방(蜂房)-벌집처럼 연이어 붙어있는
방들. 8) 등일지(藤一枝)-차를 끓이기 위하여 불을 지피고 있는 "한
가지의 마른 등나무"를 가리킨다.

解説 그윽하고 맑은 낙성사의 분위기와 정취가 잘 표현된 시이다. 이 시의
특징은 황정견의 시 답지 않게 전고를 별로 쓰지 않고 전적으로 자신
의 창작에 의하여 시를 이루고 있다는 것이다. 전고는 쓰지 않고 있지
만 끝의 두 구절 같은 것은 독특한 표현의 추구로 약간 떫은맛을 느끼
게 한다.

마애비 뒤에 적음(書磨崖碑¹⁾後)

봄바람이 배에 불어 오계에 도착하여,
명아주 지팡이 짚고 올라가 중흥비를 읽는다.
평생 반세기 동안 탁본을 보아오긴 하였으나,
돌에 새긴 글을 어루만지는 지금은 귀밑머리 희었구나.
현종은 백성들을 편히 살 계책을 세우지 않아,
안록산이란 녀석에게 온 세상이 뒤집히었네.
종묘를 지키지 못하고 수레 타고 서쪽으로 가니,
모든 관리들은 새가 깃 찾아들듯 다투어 도망갔네.

군사 거느리고 나라 지킴은 태자의 일이거늘
어찌하여 곧 큰 자리를 취하였을까?
일은 지극히 어려웠으나 하늘이 다행히 돌보셨으니,
상황이 된 현종은 종종걸음으로 경사로 돌아왔네.
안으로는 장후(張后)가 얼굴빛으로 가부를 결정하여 이간 당
　　하고,
밖으로는 이보국(李輔國)의 손짓따라 이간 당하였네.
상황이 계신 남내는 처량하여 거의 구차히 살아가듯 하고,
고장군이 떠나자 일은 더욱 위태로웠네.
신하 원결(元結)은 〈용릉행(舂陵行)〉 등 23편에서 백성들의
　　괴로움을 읊었고,
신하 두보(杜甫)는 〈두견행(杜鵑行)〉이란 임금에게 재배하는
　　시를 읊었네.
충신들의 아픔이 뼈에까지 이르렀음을 어찌 알리?
후세엔 다만 구슬 같은 글을 감상할 뿐이네.
나와 함께 온 중 6, 7명이 있고,
또 몇몇 문사들이 함께 따라왔네.
절벽 푸른 이끼 덮인 비문을 한참 대하고 섰노라니,
지난 조정의 슬픔을 씻어주듯 소낙비가 내리네.

　　　춘 풍 취 선 착 오 계　　　　　부 려　　상 독 중 흥 비
　　　春風吹船著浯溪²⁾하여, 扶藜³⁾上讀中興碑라.
　　　평 생 반 세 간 묵 본　　　　　마 사　　석 각 빈 여 사
　　　平生半世看墨本⁴⁾이나, 摩挲⁵⁾石刻鬢如絲라.
　　　명 황 부 작 포 상 계　　　　　전 도 사 해　　유 록 아
　　　明皇不作苞桑計⁶⁾하여, 顚倒四海⁷⁾由祿兒라.

^{구 묘} ^{불 수 승 여 서}　^{만 관 분 찬} ^{조 택 서}
九廟⁸⁾不守乘輿西하니, 萬官奔竄⁹⁾鳥擇栖라.

^{무 군 감 국}　^{태 자 사}　^{하 내 취 취 대 물}　^위
撫軍監國¹⁰⁾太子事니, 何乃趣取大物¹¹⁾爲오?

^{사 유 지 난 천 행} ^이　^{상 황 국 척}　^{환 경 사}
事有至難天幸¹²⁾耳니, 上皇跼蹐¹³⁾還京師라.

^{내 간}　^{장 후 색 가 부}　^{외 간 이 부}　^{이 지 휘}
內間¹⁴⁾張后色可否요, 外間李父¹⁵⁾頤指揮라.

^{남 내}　^{처 량 기 구 활}　^{고 장 군}　^{거 사 우 위}
南內¹⁶⁾凄凉幾苟活이오, 高將軍¹⁷⁾去事尤危라.

^{신 결}　^{용 릉 이 삼 책}　^{신 보 두 견}　^{재 배 시}
臣結¹⁸⁾舂陵二三策이오, 臣甫杜鵑¹⁹⁾再拜詩라.

^{안 지 충 신 통 지 골}　^{후 세 단 상 경 거 사}
安知忠臣痛至骨고? 後世但賞瓊琚詞²⁰⁾라.

^{동 래 야 승}　^{육 칠 배}　^{역 유 문 사 상 추 수}
同來野僧²¹⁾六七輩요, 亦有文士相追隨라.

^{단 애}　^{창 선 대 립 구}　^동　^{우 위 세 전 조 비}
斷崖²²⁾蒼蘚對立久하니, 凍²³⁾雨爲洗前朝悲라.

註解 1) 磨崖碑(마애비) – 마애비는 안록산(安祿山)의 난(亂) 뒤 촉(蜀) 땅으로 피난갔던 현종이 장안으로 돌아오자 원결(元結)이 오계(浯溪)의 절벽을 다듬고 그 위에 새겨놓은 〈대당중흥송(大唐中興頌)〉. 이시는 황정견이 60세 때 숭녕(崇寧) 3년(1104) 3월 오계를 찾아갔을 때지은 것이다.　2) 浯溪(오계) – 호남성(湖南省) 기양현(祁陽縣) 서남쪽에 있는 냇물 이름. 원결(元結)은 이곳의 경치를 사랑하여 이곳에 집을 짓고 살았고, 그의 마애비도 이곳에 있다.　3) 藜(려) – 명아주, 명아주 대로 만든 지팡이. 중흥비(中興碑)는 당(唐)나라의 중흥을 기린 비문.　4) 墨本(묵본) – 먹칠로 찍어낸 탁본(拓本).　5) 摩挲(마사) – 손으로 어루만지다, 어루만지며 읽고 감상하는 것.　6) 苞桑計(포상계) – 포상(苞桑)은 떨기로 난 뽕나무. 《역경(易經)》 비괘(否卦) 구오(九五)의 효사(爻辭)에 '망하리라, 망하리라. 포상(苞桑)에 이어라' 하였다. 공영달(孔穎達)의 《소(疏)》에 '포(苞)는 뿌리이다. 푸른 물건은 뽕나무 포본(苞本)에 이으면 곧 튼튼하다'고 하였다. 포상은 떨기로 자란 뽕나무. 뽕나무에 뿌리가 많다는 것은 백성들이 편히 삶에도 비유된다. 따라서 '포상계'는 백성들을 편히 살게 할 튼튼한 계책. 7) 顚倒四海(전도사해) - 세상이 홀렁 뒤집히는 것. 안록산의 난에 세상이 뒤집힌 것. 녹아(祿兒)는 안록산이란 녀석. 8) 九廟(구묘) - 《예기(禮記)》 왕제(王制)에 '천자(天子)의 묘(廟)는 칠(七)'이라 했으나 당(唐)나라 개원(開元) 연간엔 구묘(九廟)로 하였다. 따라서 천자의 종묘(宗廟), 곧 사직(社稷)과 같은 뜻. 승여서(乘輿西)는 현종이 서쪽 촉(蜀) 땅으로 피난한 것을 가리킨다. 9) 奔竄(분찬) - 뛰어 도망가는 것. 서(栖)는 깃들다. 10) 撫軍監國(무군감국) - 예부터 태자는 임금이 떠나면 조정을 지키고, 지킬 이가 있으면 따랐는데, 임금을 따라가며 군사를 거느리는 것을 무군(撫軍), 나라를 지키고 있는 것을 감국(監國)이라 한다. 11) 大物(대물) - 큰 물건, 천자 자리를 가리킨다. 이 구절은 태자였던 숙종(肅宗)이 현종의 명 없이 왕위에 올랐음을 꼬집은 것이다. 12) 天幸(천행) - 하늘이 다행히 돌보시어 난군이 평정되었다는 뜻. 이(耳)는 조사. '이(爾)'로 된 판본도 있다. 13) 跼蹐(국척) - 국(跼)은 몸을 굽히는 것, 척(蹐)은 조심조심 걷는 것. 14) 間(간) - 상황(上皇)이 된 현종(玄宗)을 숙종(肅宗)이나 신하들과 이간시키는 것. 장후(張后)는 숙종(肅宗)의 왕후(王后). 총애를 믿고 정사에도 간섭하고 이보국(李輔國)과 공모하여 권세를 멋대로 하였다. 뒤에 태자를 밀치고 월왕(越王) 계(係)를 세우려다 실패하여 서인으로 밀려났다. 색(色)은 안색(顔色). 15) 李父(이부) - 이보국(李輔國). 천한 자리로부터 임금의 총애에 의지하여 나라의 권세를 멋대로 하는 자리에까지 올랐던 사람. 대종(代宗)이 즉위하여 그를 사공(司空)으로 삼고 '상부(尙父)'라 존경하였으나 그의 세력이 임금을 능가한 데서 죽음을 당하였다. 이지휘(頤指揮)는 턱으로 지시하는 것. 16) 南內(남내) - 당나라 장안(長安)엔 서내(西內 : 皇城) · 동내(東內 : 大明宮) · 남내(南內 : 興慶宮)의 삼내(三內)가 있었는데, 상황(上皇)이 된 현종이 이곳에서 만년을 보냈다. 17) 高將軍(고장군) - 고역사(高力士)를 가리킴. 현종의 총신이었는데 이보국에게 밀려났다. 18) 臣結(신결) - 신하(臣下) 원결(元結). 용릉(舂陵)은 〈용릉행(舂陵行)〉. 이삼책(二三策)은 〈용릉행〉을 비롯한 시국(時局)을 읊은 2, 3편(篇)의 시. 19) 杜鵑(두견) - 《두견행(杜鵑行)》. 새나 짐승들도 촉제(蜀帝)의 혼이 화하여 된 것이라는 두견새에 대하여는 존경을 표시하는데, 사람으로서 천자를 존경하지 않는 것은 새만도 못하다고 세상의 인심을 한탄한 내용의 시. 재배시(再拜詩)는 천자에게 재배하며 존경하는 충성을 나타낸 시. 20) 瓊琚詞(경거사) - 구슬같이 아름다운 문사(文詞). 21) 野僧(야승) - 여행하며 돌아다니는 중. 22) 斷崖(단애) - 깎아 세운 듯한 절벽. 창선(蒼蘚)은 푸른 이끼에 덮힌 비문(碑文). 23) 涷(동) - 소나기.

解説 절벽에 새겨놓은 원결의 비문을 읽고 느낀 감상을 그 비문 뒤에 쓴 것이 이 시이다. '안록산의 난'을 통하여 무너졌던 현종의 영화와, 부왕(父王)의 명령 없이 즉위한 용렬한 숙종(肅宗) 밑에 돌아와 처량한 여생을 보낸 현종의 생애가 인상적으로 읊어져 있다. 이런 어지러운 시국에 올바른 우국지심을 가졌던 사람이란 바로 문인인 원결이나 두보(杜甫) 같은 사람들이었다는 것이다. 세상 사람들은 문인들의 위대한 사상은 젖혀놓고 그들의 아름다운 글만을 감상하기가 일쑤라는 것이다.

안도의 가난한 즐거움(顏徒[1]貧樂) 2수

기일(其一)

나무를 가로 댄 문은 고개를 숙여야 지나갈 수 있고,
벽으로 둘러싸인 방은 앉으면 두 무릎 받아들일 정도이네.
주위에는 시중드는 사람 없고,
너덜너덜 기운 옷을 자기 몸에 두르고 있네.
일을 논하면 곧기가 팽팽한 줄 같고,
책을 읽다가는 팔베개하고 눕네.
배고플 적에는 간혹 걸식도 하지만
올바른 도 지녔으니 못할 일이란 없네.

형 문 저 수 과　　　환 도 용 슬 좌
衡門²⁾低首過하고, 環堵³⁾容膝坐라.

사 방 무 급 시　　　백 납 자 전 과
四旁無給侍⁴⁾요, 百衲⁵⁾自纏裹라.

논 사 직 여 현　　　관 서 곡 굉 와
論事直如絃이오, 觀書曲肱臥⁶⁾라.

기 래 혹 걸 식　　　유 도 무 불 가
飢來或乞食이나, 有道無不可라.

註解 1) 顔徒(안도)―황우안(黃友顔)의 자. 황정견의 숙부인 황소(黃昭)의
셋째아들. 이름이나 자도 '가난하면서도 즐긴' 공자의 제자 안회(顔
回)를 좋아하는 뜻을 나타내고 있지만, 실지 그의 생활도 무척 가난
하면서도 깨끗하게 즐기면서 살았던 듯하다. 2) 衡門(형문)―나무때
기를 가로 대어 문으로 삼은 것, 그런 문이 달린 가난한 집. 3) 環堵
(환도)―《예기(禮記)》유행(儒行)편에 '선비에겐 1묘(畝)의 집과 환도
(環堵)의 방이 있다'고 한 데서 나온 말. '환'은 둘레 또는 사방을 뜻
하고, '도'는 한 면의 너비를 가리키는데, 1도(堵)의 크기에 대하여
는 학자들에 따라 설명이 여러 가지로 다르다. 여기서는 사방이 벽
으로 둘러싸인 방을 가리킨다. 용슬좌(容膝坐)는 앉으면 두 무릎이
나 받아들일 정도의 좁은 곳을 뜻함. 4) 給侍(급시)―시중드는 사람.
5) 百衲(백납)―너덜너덜 기운 것. 전과(纏裹)는 감고 싸다, 옷을 몸
에 두르다. 6) 曲肱臥(곡굉와)―팔베개를 하고 눕는 것(《論語》述而
편에 보이는 말).

　　기이(其二)

작은 산들을 친구 삼지만
의리는 자여(子輿)와 자상(子桑) 사이보다도 중히 여기네.
향기로운 풀을 처첩 삼으니
진주와 비취로 화장할 필요 없네.

새와 까마귀들이 와서 언 벼루 들여다보고
별빛 달빛이 그윽한 방안으로 들어오네.
아이는 밥 지을 쌀이 없음을 알리지만
큰 노랫소리는 집 들보에 서리는 듯하네.

소 산 작 우 붕　　　 의 중 자 여 상
小山作友朋이나, 義重子輿桑[7]이라.

향 초 당 희 첩　　　 불 수 주 취 장
香草當姬妾하니, 不須珠翠粧[8]이라.

조 오 규 동 연　　　 성 월 입 유 방
鳥烏窺凍硯하고, 星月入幽房이라.

아 보 무 취 미　　　 호 가 요 옥 량
兒報無炊米나, 浩歌繞屋梁[9]이라.

註解 7) 子輿桑(자여상)―《장자(莊子)》대종사(大宗師)편에 보이는 자여(子輿)와 자상(子桑). 소나기가 연이어 열흘이나 내리자, 자여는 자상을 걱정하여 밥을 싸들고 가서 줄 정도로 친한 친구였다 한다. 8) 珠翠粧(주취장)―진주와 비취로 치장하는 것. '장'은 장(妝)과 같은 자. 9) 繞屋梁(요옥량)―집 들보에 서리다.《열자(列子)》탕문(湯問)편에 거지인 한아(韓娥)가 노래를 불렀는데, 그의 노랫소리가 사흘 동안이나 집 들보에 서리어 사라지지 않았다 한다.

解說 황우안(黃友顔)은 황정견의 사촌이다. 사는 꼴은 거지나 다름없지만 살아가는 방법은 깨끗하고 아무런 근심도 없다. 두 번째 시에서는 가난한 살림의 아름다움까지도 드러내려 한듯하다. 그러나 읽는 이에게는 아름다움보다도 선비의 가난함이 눈물겹게 느껴진다.

대나무와 바위 옆에 소를 치고 있는 그림을 읊음(題竹石牧牛)

소식이 숲을 이룬 대나무와 특수한 모양의 바위 그림을 그렸는데, 이공린(李公麟)이 앞쪽 언덕에 목동이 소에 올라타고 있는 그림을 보태었다. 매우 뜻도 있고 구도도 좋아 장난삼아 읊었다.

〔序〕 子瞻[1]畫叢竹怪石이러니, 伯時[2]增前坡牧兒騎牛하여, 甚有意態하니, 戲詠하노라.

들판에 바위가 울퉁불퉁,
대나무는 떨기를 이루어 푸르고.
아이는 석 자 길이의 채찍 들고
늙은 소를 몰고 있네.
바위는 내가 매우 아끼는 것,
소가 뿔을 부비지 않게 해주기를!
소가 뿔을 부비는 것은 그래도 괜찮지,
소가 싸우기라도 하면 내 대나무가 상할걸.

野次[3]小崢嶸[4]하고, 幽篁[5]相依綠이라.
兒童三尺箠[6]로, 御此老觳觫[7]이라.
石吾甚愛之니, 勿遣牛礪角하라.

우 려 각 상 가　　우 투 잔 아 죽
牛礪⁸⁾角尙可니,　牛鬪殘⁹⁾我竹하리라.

註解 1) 子瞻(자첨)-소식(蘇軾)의 자.　2) 伯時(백시)-이공린(李公麟)의 자. 그림을 잘 그려 이름이 났다. 철종(哲宗)의 원우(元祐) 3년 (1088), 소식은 지공거(知貢擧)로 있었고, 이공린은 그 밑의 소속된 관리였다. 이 무렵 작품일 것이다. 3) 野次(야차)-들판. 여기서 "차" 는 장소를 가리키는 말임.　4) 崢嶸(쟁영)-산봉우리가 울퉁불퉁 솟은 모양. 여기서는 앞에 소(小)자가 붙었으니, 작게 바위가 울퉁불퉁한 것을 가리킨다.　5) 幽篁(유황)-무성한 대밭, 대나무가 무성하게 떨기를 이루고 있는 것.　6) 箠(추)-채찍.　7) 觳觫(곡속)-본시는 소가 두려워 떠는 모습, 여기에서는 소를 가리킨다.　8) 礪(려)-부비다, 칼을 숫돌에 갈다.　9) 殘 (잔)-상하게 하다.

解說 황정견의 시의 개성적인 특징을 쉽사리 알게 하는 작품이다. 우선 중국의 5언시는 위 두 글자와 아래 세 글자가 합쳐져 다섯 글자 한 구절을 이루는 것이 원칙이다. 그러나 이 시를 보면 다섯째 구절은 '석(石)' 한 글자 밑에 '오심애지(吾甚愛之)'의 다섯 글자가 붙은 형식이고, 일곱째 구절은 '우려각(牛礪角)' 세 글자 뒤에 '상가(尙可)' 두 글자가 붙어서 이루어진 것이다. 그리고 '우려각'은 바로 앞 구절의 뒤 세 글자를 다시 끌어다가 쓴 것이다. '소쟁영(小崢嶸)'으로 바위를 가리키고 '노곡속(老觳觫)'으로 소를 뜻하고 있는 것도 특수하다. 그 밖에 백화적인 표현도 강하게 느껴진다.

　　다만 송대 시의 특징의 하나라고 할 수 있는 그의 시대에는 눈을 돌리지 않고 시를 다시 사대부 지배계층의 전유물로 돌리고 있는 점은 황정견에게 가장 아쉬움이 느껴지는 점이다.

진관 秦觀, 1049~1100

자는 소유(少游), 또는 태허(太虛), 회해거사(淮海居士)라 호하였다. 양주(揚州) 고우(高郵, 지금의 江蘇省 高郵縣) 사람. 어려서 글을 잘 지어 이름을 날렸고, 진사가 된 뒤 정해주부(定海主簿)로 벼슬을 시작, 소식의 추천으로 태상박사(太常博士), 비서성정자(秘書省正字) 겸 국사원편수관(國史院編修官)을 지냈다. 신당(新黨)이 정권을 잡자 항주통판(杭州通判) 등 고을로 쫓겨다녔고, 휘종(徽宗) 때 다시 불려 돌아오다 도중 등주(藤州)에서 죽었다. 소문사학사(蘇門四學士) 중의 한 사람으로, 특히 사(詞)를 잘 지었다. 《회해집(淮海集)》 40권 및 《후집(後集)》 6권 등의 작품집이 전한다.

여도사 창사에게(贈女冠暢師[1])

눈동자는 가을물 같고 허리는 동여맨 듯한데,
한 폭의 검고 얇은 비단으로 차가운 옥 같은 얼굴 싸고 있네.
날씬하여 스스로 선녀 같은 자태 지녔으니,
많은 미녀들 둘러보아도 모두 속된 먼지 같네.
안개 서린 누각 구름 나는 창 안을 사람들은 들여다볼 수도
　없으나,
그 문앞의 수레와 말은 멋대로 왕래하네.
새벽 제단에 치성드리고 나니 봄날은 고요하고,
붉은 꽃잎 땅 가득히 떨어지는 속에 까마귀 새끼가 울고
　있네.

瞳人剪水[2]腰如束이오, 一幅烏紗[3]裹寒玉[4]이라.

飄然自有姑射[5]姿하니, 回看粉黛[6]皆塵俗이라.

霧閣雲窓人莫窺나, 門前車馬任東西라.

禮罷曉壇[7]春日靜하고, 落紅滿地乳鴉[8]啼라.

註解　1) 贈女冠暢師(증여관창사)─여도사 창사에게 줌. '여관'은 여도사
(女道士). '창'은 그의 성. '사'는 도사에 대한 존칭임.　2) 瞳人剪水
(동인전수)─당대의 이하(李賀)가 〈당아가(唐兒歌)〉에서 '한 쌍의 눈
동자가 가을물을 잘라놓은 것 같다(一雙瞳人剪秋水)'고 읊은 표현을
빌린 것임. '동인'은 눈동자. '전수'는 가을의 물을 칼로 자른 듯 맑
고 깨끗하다는 것이다.　3) 烏紗(오사)─검고 얇은 비단.　4) 寒玉(한
옥)─차가운 옥, 여도사의 얼굴 또는 몸에 비유한 말임.　5) 姑射(고

야)-막고야지산(藐姑射之山)에 산다는 처녀처럼 아름다운 신선(《莊子》逍遙遊). 6) 粉黛(분대)-분과 눈썹 화장품. 일반적인 미녀(美女)들을 가리킴. 7) 禮罷曉壇(예파효단)-새벽 제단에 신에게 드리는 치성(致誠)을 드리고 나서. 8) 乳鴉(유아)-어린 까마귀.

解説 옛날 중국의 봉건사회에서 남자들의 비교적 자유로운 연애 대상은 기녀와 여도사였다. 따라서 많은 문인들이 여도사를 애인으로 사귀고 있었다. 이 여도사도 작자의 애인인 듯하다. 눈동자며 허리의 묘사가 아름답고, 검고 얇은 비단으로 얼굴(또는 몸)을 감싸고 있다는 데에서는 신비감마저 느껴진다.

금산을 저녁에 멀리 바라보며(金山晚眺¹⁾)

서진 나루 강 어귀엔 초생달이 걸려있고,
물 기운은 자욱히 위로 하늘에 닿아있네.
맑은 물가의 백사장도 어둑어둑하여 분별이 잘 안되지만,
다만 등불만은 고기잡이 배일 것이네.

서 진 강 구 월 초 현   수 기 혼 혼 상 접 천
西津²⁾江口月初弦³⁾하고, 水氣昏昏⁴⁾上接天이라.

청 저 백 사 망 불 변   지 응 등 화 시 어 선
淸渚⁵⁾白沙茫⁶⁾不辨이나, 只應燈火是漁船이라.

註解 1) 金山晚眺(금산만조)-금산을 저녁에 멀리 바라보다. '금산'은 지금의 강소성(江蘇省) 진강(鎭江)의 서북쪽에 있는 명승이다. 본시 장강 가운데 있는 섬이었으나, 지금은 모래와 흙이 쌓이어 장강의 남쪽 언덕과 이어졌다 한다. 2) 西津(서진)-나루터 이름. 진강(鎭江)의 서북쪽 9리 되는 곳에 있다. 3) 初弦(초현)-초생달. 4) 昏昏(혼혼)-어둑어둑한 것, 자욱한 것. 5) 淸渚(청저)-맑은 물가. 6) 茫(망)-아득한 것, 어둑어둑한 것.

아마도 작자가 배를 타고 장강을 지나가다 진강(鎭江) 근처에 이르러 저녁에 배를 대면서, 금산을 바라보고 읊은 시일 것이다. 그 당시의 금산은 장강 가운데 있는 섬이었고, 바람이 불 적에는 풍랑이 심하여 부옥산(浮玉山)이라 부르기도 했다 한다. 그러나 이 시의 저녁 경치는 잠잠하기만 하다.

사주의 동성에서 저녁에 바라봄(泗州¹東城晚望)

질펀히 외로운 성 흰 강물이 둘리어 있고,
저녁 안갯속에 뱃사람들 말소리 들려온다.
숲 나무 끝에 그림처럼 파랗게 떠있는 것은
회수가 굽이져 흐르는 곳의 산이 틀림없으리라.

渺渺²孤城白水環하고 舳艫³人語夕霏⁴間이라.

林梢一抹⁵靑如畫는 應是淮流轉處山이라.

1) 泗州(사주) – 지금의 안휘성(安徽省) 사현(泗縣), 그 남쪽으로 회수 (淮水)가 흐르고 있음. 2) 渺渺(묘묘) – 물이 질펀한 모양. 3) 舳艫 (축로) – 배꼬리와 뱃머리, 배. 4) 夕霏(석비) – 저녁 안개. 5) 一抹 (일말) – 한번 붓으로 칠하다, 엷은 푸른 산 윤곽이 보이는 것을 형용 한 말.

작자인 진관은 시보다는 사(詞)의 작자로 유명하다. 그 때문인지 그의 시는 소사(小詞)처럼 서정이 가볍다.

침양으로 가는 도중 낡은 절 벽에 씀(題郴陽¹⁾道中 古寺壁)

문은 닫혀있고 황폐하고 싸늘한 절에 중은 아직 돌아오지
　　않았고,
쓸쓸한 뜰에는 국화 두세 가지 피어있네.
행인이 여기에 와서 애가 끊이지 않겠는가?
너 국화는 아는가 모르는가 물어보고 싶구나!

문 엄 황 한 승 미 귀　　소 소　정 국 량 삼 지
門掩荒寒僧未歸요 蕭蕭²⁾庭菊兩三枝라.

행 인 도 차 무 장 단　　문 이 황 화　지 부 지
行人到此無腸斷고? 問爾黃花³⁾知不知라.

註解 1) 郴陽(침양) — 지금의 호남성(湖南省) 침현(郴縣).　2) 蕭蕭(소소) —
쓸쓸한 모양.　3) 黃花(황화) — 국화.

解說 여행 도중 낡은 절을 들렀을 때의 감상이 가볍게 묘사되어 있다. 낡은
절과 두세 가지의 국화가 대조를 이루어 더욱 애절한 감상을 안겨준
다.

장뢰 張耒, 1052~1112

자는 문잠(文潛), 호는 가산(柯山)·완구선생(宛丘先生)이라고도 하였다.
북송 초주(楚州) 회음(淮陰 : 지금의 江蘇省 淸江) 사람. 소철(蘇轍)에게 배
웠고 소식(蘇軾)에게 문재를 인정받았다. 진사가 된 뒤 저작랑(著作郎)·기
거사인(起居舍人)·용도각학사(龍圖閣學士) 등을 거쳤으며, 소식과 함께
귀양을 다니다가 휘종(徽宗) 때엔 태상소경(太常少卿)을 지냈다. 다시 영주
(穎州)·여주(汝州) 등의 지방관을 거쳐 진주(陳州) 숭복사(崇福寺) 주관(主
管)으로 있다 죽었다. 시는 백거이(白居易)를 본받았고 장적(張籍)의 악부
(樂府)도 배워 당시의 사회상을 쉬운 표현으로 반영하기에 힘썼다. 소문사
학사(蘇門四學士) 중의 한 사람으로 《완구집(宛丘集)》 76권을 남겼다.

노동자의 노래(勞歌)

더운 날 석 달 동안 전혀 비가 오지 않으니,
구름 자락은 모이지 않고 흙먼지만 날리네.
사람 없는 깊숙한 대청에서 낮잠 자다 깨어나
몸을 움직이려 하니 땀부터 먼저 비오듯 흐르네.
문득 한길에서 노동하는 백성들 생각나니,
체력으로 언제나 큰 쇠뇌 잔뜩 잡아당기고 있듯 애쓰면서,
반쯤 이어 꿰맨 등거리를 평생 입고 지내며
노동력으로 돈벌어 아들딸 먹여 살리네.
남들은 소와 말을 큰 나무에 매어놓고,
소의 몸 더위라도 먹을까 그것만이 걱정일세.
하느님 솜씨로 백성들 만들었으되 오래도록 고난만 겪으니
소나 말의 복만도 못할 줄이야 뉘 알았으리?

暑天三月元¹⁾無雨하니, 雲頭²⁾不合惟飛土라.

深堂無人午睡餘에, 欲動身先汗如雨라.

忽憐長街³⁾負重民하니, 筋骸⁴⁾長轂十石弩하고,

半衲⁵⁾遮背是生涯요, 以力受金⁶⁾飽兒女라.

人家牛馬繫高木하고, 惟恐牛軀⁷⁾犯炎酷이라.

天工作民良久艱⁸⁾이니, 誰知不如牛馬福고?

1) 元(원)-전혀, 본시부터. 하늘[天]의 뜻으로 보아도 된다. 같은 글자를 중복하여 쓰지 않으려고 글자를 바꾼 것이라 보는 것이다. 2) 雲頭(운두)-구름 머리, 구름 자락. 3) 長街(장가)-한길 가, 길 가. 부중(負重)은 무거운 것을 지고 있는 것, 노동 일을 하는 것. 4) 筋骸(근해)-체력, 근력과 몸. 장구(長彀)는 언제나 활줄을 잔뜩 당기고 있는 것. 십석노(十石弩)는 대단히 강한 쇠뇌. '십석'은 활줄을 잡아 당기는 데 필요한 힘을 나타내는 단위. 5) 半衲(반납)-반쯤 이어 꿰맨 것. 차배(遮背)는 등만 덮도록 만든 옷, 등거리. 6) 以力受金(이력수금)-노동력으로 돈을 버는 것. 7) 牛軀(우구)-소의 몸. 범염혹(犯炎酷)은 더위를 먹다. 8) 良久艱(량구간)-아주 오랫동안 고난을 당하는 것.

解說 이 시는 날품 팔아 먹고사는 가난한 백성들을 동정하는 시이다. 시인은 별 일도 하지 않으면서도 더위를 괴로워하다가, 이런 속에서도 노동을 하고 있을 거리의 노동자들을 생각한 것이다.

북쪽 이웃의 떡 파는 아이가 언제고 이른 새벽에 거리를 돌며 소리쳐 파는데 비록 매우 춥고 사나운 바람이 불어도 그만두지 않고 시각에 조금도 어긋남이 없기에 시를 지어 경계로 삼도록 아들 거갈에게 주다(北隣賣餠兒¹⁾每五鼓未旦卽遶街呼賣雖大寒烈風不廢而時略不少差也因爲作詩且有所警示秬秸)

성 머리에 달은 지고 눈 같은 서리가 내리며

고루 위에서 오경(五更)을 알리는 북소리 막 끊기자,

떡 쟁반 받쳐들고 나와 소리치며 파는데,

고루 거리는 동쪽 서쪽으로 다니는 사람 아직 없네.

북풍이 옷자락 날리며 떡 위에 불어닥치니

자기 옷 홑겹임은 걱정 않고 떡이 차질까 걱정하네.

직업의 높고 낮음 없이 뜻이 굳어야 하는 것이니,

남아로서 추구하는 것이 있다면 어찌 한가히 지낼 수가 있겠는가?

성두월락상여설　　　누두　오경성욕절
城頭月落霜如雪하고, 樓頭²⁾五更聲欲絶하니,

봉반　출호가일성　　　시루동서인미행
捧盤³⁾出戶歌一聲하니, 市樓東西人未行이라.

북풍취의사　아병　　　불우의단우병랭
北風吹衣射⁴⁾我餠하니, 不憂衣單憂餠冷이라.

업무고비지당견　　　남아유구안득한
業無高卑志當堅이니, 男兒有求安得閒고?

註解 1) 賣餠兒(매병아) − 떡 파는 아이. 오고미단(五鼓未旦)은 오경(五更)을 알리는 북소리가 울리는 새벽, 이른 새벽. 불폐(不廢)는 그만두지

않다. 시략불소차(時略不少差)는 시각이 조금도 틀리지 않다. 유소경(有所警)은 경계로 삼을 만한 곳이 있다, 경계로 삼을 곳이 있다. 거갈(秬秸)은 작자 장뢰의 아들 이름.　2) 樓頭(누두) ─ 고루(鼓樓) 위. 성욕절(聲欲絕)은 소리가 그치려 하다, 시각을 알리는 오경의 북소리가 그치자마자.　3) 捧盤(봉반) ─ 떡 쟁반을 받쳐드는 것.　4) 射(사) ─ 쏘다, 활을 쏘듯이 바람이 그 위에 직접 부는 것.

解説 떡 파는 가난한 아이의 생활을 노래하면서, 그의 꾸준한 성실성을 높이 평가하고 있다. 그리고 다른 한편으로는 직위의 높고 낮음을 불문하고 남자라면 자기가 뜻한 일을 꾸준히 성의를 다하여 추구해야 한다는 것이다. 그리고 그러한 교훈을 아울러 자신의 아들에게 보여주고 있다. 이런 것이 송시의 두드러진 특징의 하나이다.

칠석의 노래(七夕歌)

인간 세상에 오동나무 한 잎새 날아 떨어지니,
가을의 신 욕수(蓐收)는 가을철 되도록 북두칠성의 자루 돌려놓았네.
신관(神官)들은 신령스런 까치를 모아 부리어,
은하수를 곧장 건너 가로지르는 다리를 만든다네.
은하수 동쪽에 미인인 하느님의 딸 있었는데,
베틀 위에서 북으로 해마다 옥 같은 손가락 수고롭혀,
구름 안개 같은 자줏빛 비단 옷감 짜내느라,
괴롭기만 하고 즐거움은 없어 얼굴도 치장하지 않았다네.
하느님은 홀로 지내며 함께 즐길 이 없음을 가엾이 여기시어,
은하수 서쪽의 남자 견우에게 시집을 보냈다네.
시집을 간 뒤로는 베 짜는 일 집어치우고,

검고 구름 같은 머리만 아침저녁으로 빗었다네.

즐김만 탐하고 돌아올 줄 모르자 하느님 노하시어,

죄를 물어 다시 오던 길 따라 은하수 동쪽으로 돌아가게 하고,

오직 1년에 한 번만 만나도록 하여,

칠월 칠석이면 은하수 다리를 건너게 되었다네.

이별의 날은 많은데 만나는 날은 적으니 어찌하면 좋은가?

도리어 종전에 사랑의 즐거움 많았던 것만 생각하네.

서둘러도 만 가지 일 다 얘기하지 못하는데,

옥룡(玉龍)은 이미 해 실은 수레 끌고 희화(羲和)가 모는 대로 나타났네.

은하수 가의 신령 관원은 새벽이 되었다고 출발을 재촉하는데,

명령 엄하다 해도 이들은 이별을 가벼이 하려들지 않네.

그때 눈물 흘리는 게 비처럼 쏟아지는데,

눈물 자국은 다할 날 있다 해도 이 시름 없어지지 않을 거라네.

내 직녀에게 말하노니 그대는 탄식 말게,

천지는 무궁하니 꼭 만나게 될 것이라.

달의 선녀 항아가 시집을 가지 않고,

밤마다 광한전에서 외롭게 자고 있는 것보단 낫지 않은가?

人間一葉梧桐飄[1]하니, 蕣收[2]行秋回斗杓[3]라.
(인간일엽오동표)   (욕수 행추회두표)

神官[4]召集役靈鵲[5]하여, 直渡銀河橫作橋라.
(신관 소집역령작)   (직도은하횡작교)

河[6]東美人天帝子[7]이, 機杼[8]年年勞玉指하여,
(하 동미인천제자)   (기저 년년로옥지)

^{직성운무자초의}
織成雲霧紫綃衣⁹⁾하니, ^{신고무환용불리}
辛苦無歡容不理¹⁰⁾라.

^{제련독거무여오}
帝憐獨居無與娛하여, ^{하서가여견우부}
河西嫁與牽牛夫¹¹⁾라.

^{자종가후폐직임}
自從嫁後廢織紝¹²⁾하고, ^{녹빈운환　조모소}
綠鬢雲鬟¹³⁾朝暮梳¹⁴⁾라.

^{탐환불귀　천제노}
貪歡不歸¹⁵⁾天帝怒하여, ^{책귀각답래시로}
責歸却踏來時路¹⁶⁾하고,

^{단령일세일상견}
但令一歲一相見하여, ^{칠월칠일교변도}
七月七日橋邊渡라.

^{별다회소지내하}
別多會少知奈何오? ^{각억종전환애다}
却憶從前歡愛多라.

^{총총　만사설부진}
匆匆¹⁷⁾萬事說不盡이나, ^{옥룡　이가수희화}
玉龍¹⁸⁾已駕隨羲和¹⁹⁾라.

^{하변령관　최효발}
河邊靈官²⁰⁾催曉發하니, ^{영엄불긍경리별}
令嚴不肯輕離別이라.

^{변장루작우방타}
便將淚作雨滂沱²¹⁾하니, ^{누흔유진수무헐}
淚痕有盡愁無歇이라.

^{아언직녀군막탄}
我言織女君莫歎하라, ^{천지무궁회　상견}
天地無窮會²²⁾相見이라.

^{유승상아　불가인}
猶勝嫦娥²³⁾不嫁人하고, ^{야야고면광한전}
夜夜孤眠廣寒殿²⁴⁾이라.

註解 1) 飄(표)-바람에 날리다, 날려 떨어지다.　2) 蓐收(욕수)-가을의 신 이름(《禮記》 月令).　3) 回斗杓(회두표)-북두칠성의 자루를 돌리다.　두표(斗杓)는 두병(斗柄)이라고도 하며 북두칠성의 자루같이 생긴, 꼬리처럼 늘어선 3개의 별. 두표는 정월(正月)엔 인(寅), 2월엔 묘(卯)를 가리키며 돌아가 7월에는 신(申)의 방향을 가리킨다 한다. 4) 神官(신관)-하늘의 신(神)의 관리.　5) 役靈鵲(역령작)-신령스런 까치를 부리다.　6) 河(하)-은하.　7) 天帝子(천제자)-하느님의 딸. 직녀성(織女星)을 가리킴.　8) 機杼(기저)-베틀과 북.　9) 紫綃衣(자초의)-자줏빛 비단 옷감.　10) 容不理(용불리)-얼굴을 다듬지 않다, 얼굴을 치장하지 않다. 11) 牽牛夫(견우부)―남자 견우. 견우성.
12) 織紝(직임)―베 짜는 일. 임(紝)도 직(織)과 같이 짜는 것. 13) 綠
鬢雲鬟(녹빈운환)―흑록색의 머리와 구름 같은 머리. 14) 梳(소)―
빗, 빗질하다. 15) 不歸(불귀)―돌아오지 않다. 여기서는 귀녕(歸寧)
하지 않다의 뜻. '귀녕'은 시집간 여자가 친정 부모를 찾아 뵙는 것.
16) 却踏來時路(각답래시로)―다시 오던 때의 길을 밟고 돌아가게
하다. 다시 옛날의 은하수 동쪽으로 돌려 보낸 것을 뜻함. 17) 匆匆
(총총)―총총(忽忽)으로도 쓰며, 마음이 바쁜 것, 서두르는 것. 18)
玉龍(옥룡)―옥 같은 용. 해는 여섯 마리의 용이 끄는 수레에 실려
운행되며, 그 수레를 희화(羲和)가 몬다 한다(《淮南子》注, 洪興祖
《楚辭補注》離騷 注 引). 19) 羲和(희화)―해를 운행케 하는 신(神),
일어(日御:王逸《楚辭章句》). 20) 靈官(령관)―신령한 관리. 앞의
신관(神官)과 비슷함. 21) 滂沱(방타)―비가 쏟아지는 것. 22) 會
(회)―꼭, 반드시. 23) 嫦娥(상아)―항아(姮娥)라고도 하며, 본시 예
(羿)의 처인데 남편이 구한 불사약(不死藥)을 훔쳐 가지고 달로 달아
나 살고 있다 한다(《淮南子》覽冥訓,《後漢書》天文志). 24) 廣寒殿
(광한전)―달 속에 있다는 전각(殿閣) 이름(《天寶遺事》).

解說 칠월칠석(七月七夕)의 견우와 직녀의 전설을 노래한 시. 칠석의 이 애
절한 사랑 얘기는《형초세시기(荊楚歲時記)》등에 기록되어 있는 것
인데, 우리나라나 일본에까지도 널리 전해졌다. 긴 이별이 아쉽고 슬
프기는 하지만 사랑할 사람조차 없는 달나라의 쓸쓸한 상아(嫦娥)보
다는 너 직녀가 훨씬 낫다는 이 시의 끝맺음은 작자의 다감을 느끼게
한다.

봄을 보내며(傷春[1])

뜬구름 둥실둥실 봄빛을 함께 보내고 있어,
가벼운 추위 속에 해 저무는 것 보기 겁나네.
밤새 빗소리 났으니 무엇을 어떻게 만들었을까?

새벽이 되자 온 성 안의 꽃이 모두 떨어졌네.

부 운 염 염　송 춘 화　　집　견 경 한 일 욕 사
浮雲冉冉²⁾送春華하고, 怯³⁾見輕寒日欲斜라.

일 야 우 성 능 기 허　　효 래 락 진 일 성 화
一夜雨聲能幾許오? 曉來落盡一城花라.

解說 가 버리는 봄을 아쉬워하며 부른 노래. 더구나 봄비는 모든 꽃잎을 떨어지게 하여 더욱 가슴이 아프다.

중흥송비를 읽고(讀中興頌碑¹⁾)

양귀비의 요사스런 피는 쓸어 깨끗이 하는 사람 없고,
안록산(安祿山) 반군의 말들은 장안의 풀을 실컷 먹었네.
동관(潼關) 지방엔 싸우다 죽은 사람 뼈가 산보다 높이 쌓였고,
만 리 피난길 떠난 임금은 촉(蜀) 땅에서 늙었네.
황금창 들고 쇠갑옷 입힌 말탄 군사 서쪽으로부터 왔으니,
곽자의(郭子儀) 장군의 늠름한 영웅 재질로 이끄는 군대였네.
깃발을 들면 바람 일고 깃발 누이면 비 내리어,
마침내 온 궁묘(宮廟)를 깨끗이 물 뿌리고 쓸어 티끌없이 안정시켰네.
그 으뜸가는 공로와 높은 명성 누가 기록해야 하는가?
《시경》을 지은 사람들도 없어졌고 《초사》를 지은 사람도 죽

어 버린 것을!

수부랑(水部郎) 원결(元結)의 가슴속에는 별자리와 북두칠
  성 무늬 같은 글재주 있고,

태자태수(太子太帥) 안진경(顔眞卿)의 붓 아래엔 용이나 뱀
  처럼 산 글씨 이루어졌네.

하느님이 이 두 분 보내어 일을 기록하여 전하도록 하셔서,

높은 산의 열 길 높이 푸른 절벽 갈아서 이를 새기게 되었네.

누가 이 비문 탁본(拓本) 갖고 내 방에 왔던고?

나는 한번 보자 어둡던 눈이 열려지는 듯하였네.

그 뒤 수백 년의 흥망을 보고는 거듭 한숨만 짓노니,

옛날의 그분들은 지금 어디에 있는가?

그대는 보지 못하는가, 황량한 오수(浯水)의 흐름은 거둬들
  여지지 않고 버려지고만 있는 것을?

가끔 놀러다니는 사람 중에 비문을 탁본하여 팔아먹는 자들
  만이 있다네.

　　옥환　요혈무인소　　　어양마　염장안초
　　玉環²⁾妖血無人掃하고, 漁陽馬³⁾厭長安草라.

　　동관 전골고어산　　　만 리군왕촉중로
　　潼關⁴⁾戰骨高於山하고, 萬里君王蜀中老⁵⁾라.

　　금과철마종서래　　　곽공 늠름영웅재
　　金戈鐵馬⁶⁾從西來하니, 郭公⁷⁾凜凜英雄才라.

　　거기위풍언 위우　　　쇄소구묘 무진애
　　擧旗爲風偃⁸⁾爲雨하니, 洒掃九廟⁹⁾無塵埃라.

　　원공고명수여기　　　풍아불계　소인사
　　元功高名誰與紀오? 風雅不繼¹⁰⁾騷人死라.

　　수부　흉중성두문　　　태사　필하용사자
　　水部¹¹⁾胸中星斗文이오, 太師¹²⁾筆下龍蛇字라.

천 견 이 자　　　 전 장 래　　　　　 고 산 십 장 마 창 애
天遣二子¹³⁾傳將來하니, 高山十丈磨蒼崖¹⁴⁾라.

수 지 차 비 입 아 실　　　　 사 아 일 견 혼 모 개
誰持此碑入我室고? 使我一見昏眸開¹⁵⁾라.

백 년 폐 흥　　 증 탄 개　　　　 당 시 수 자　　 금 안 재
百年廢興¹⁶⁾增歎慨하니, 當時數子¹⁷⁾今安在오?

군 불 견 황 량 오 수　　　 기 불 수　　　 시 유 유 인 타 비 매
君不見荒凉浯水¹⁸⁾棄不收아? 時有遊人打碑賣라.

註解 1) 中興頌碑(중흥송비)－호남성(湖南省) 기양현(祁陽縣) 서남쪽에 있는 오계(浯溪, 북으로 흘러 湘水로 합쳐짐) 가의 절벽 바위를 갈고, 당(唐)대의 시인 원결(元結)이 지어 새겨놓은 〈대당중흥송(大唐中興頌)〉을 가리킨다. 친구인 황정견(黃庭堅)에게는 〈서마애비후(書磨崖碑後)〉란 시(앞에 실림)가 있으니 참고 바람. 2) 玉環(옥환)－당나라 현종의 비(妃), 양귀비(楊貴妃)의 어렸을 적 이름. 본시 현종의 아들 수왕(壽王)의 비로 뽑아들였으나 현종이 미모에 혹하여 차지해 총애를 하였음. 안록산이 난(亂)을 일으키자 현종은 양귀비를 데리고 촉(蜀) 땅으로 피난을 떠났는데, 마외파(馬嵬坡)에 이르러 군인들이 나라를 망친 근본을 없애야 한다고 주장하여, 그의 오빠 양국충(楊國忠)과 함께 죽음을 당했음. 임금을 미혹시키어 나라의 정치를 어지럽혔다 하여 그의 피를 '요혈(妖血 : 요사스런 피)'이라 표현한 것임. 그가 죽은 뒤 시체는 그대로 버려져 '그의 피를 쓸어 깨끗이 하는 사람 없다'고 표현한 것임. 3) 漁陽馬(어양마)－안록산의 군대의 말. 어양(漁陽)은 하북성(河北省) 소현(蘇縣)·평곡현(平谷縣) 일대의 땅. 안록산은 평로(平盧)·범양(范陽)·하동(河東) 삼진(三鎭)의 절도사(節度使)였는데, 어양은 범양에 속하는 땅이며, 현종의 천보(天寶) 14년(755)에 그곳을 중심으로 10여만의 군사로써 반란을 일으켰다. 염(厭)은 실컷 먹다. 반군이 장안을 유린한 것을 뜻함. 4) 潼關(동관)－섬서성(陝西省) 화음현(華陰縣)에 있는 관문(關門). 안록산이 난을 일으켜 천하를 휩쓸 기세로 낙양(洛陽)까지 점령하자 고려(高麗) 출신 고선지(高仙芝)는 봉상청(封常淸)과 함께 동관(潼關)에서 반군을 막아 장안은 한때 무사했다. 그러나 환관 변령성(邊令誠)의 모함으로 이들이 죽음을 당하고, 대신 가서한(哥舒翰)이 20만의

대군을 모아 싸우다가 동관에서 크게 패했었다(756년).   5) 蜀中老
(촉중로)-촉 땅 가운데서 늙다. 촉은 지금의 사천성(四川省) 지방.
현종은 멀리 촉의 성도(成都)로 피난가서 임금자리도 내놓고 근심
때문에 늙는 세월을 보냈다.   6) 金戈鐵馬(금과철마)-금으로 장식한
창을 들고 쇠갑옷을 입힌 말. 무위(武威)를 갖춘 군대를 뜻함.   7) 郭
公(곽공)-당나라 곽자의(郭子儀) 장군. 현종에서 덕종(德宗)에 이르
는 4대의 임금을 섬겼고, 안록산의 난을 평정한 공으로 분양왕(汾陽
王)이 되었다. 늠름(凜凜)은 남에게 경외(敬畏)를 느끼게 하는 모양.
8) 偃(언)-누이다.   9) 洒掃九廟(쇄소구묘)-구묘(九廟)를 물 뿌리고
쓸어내듯 청정케 하다. 구묘는 천자의 궁전 안에 있는 아홉 개의 묘
당(廟堂)으로, 온 조정과 나라 안을 상징한다.   10) 風雅不繼(풍아불
계)-《시경》의 국풍(國風)·소아(小雅)·대아(大雅)를 지은 시인들이
계승되지 않다. 그런 시인들이 없어지다. 소인(騷人)은 《초사(楚辭)》
의 이소(離騷)를 지은 굴원(屈原) 같은 작가.   11) 水部(수부)-원결
(元結)이 지낸 벼슬 이름. 진량구혁(津梁溝洫)과 주즙조운(舟楫漕運)
의 일을 관장했다. 성두문(星斗文)은 하늘의 별자리와 북두칠성처럼
찬란한 문조(文藻). 〈대당중흥송(大唐中興頌)〉을 지은 글재주를 가리
킴.   12) 太師(태사)-당나라의 명필 안진경(顔眞卿)은 태자태사(太
子太師) 벼슬을 지냈으므로 그를 이른다. 〈대당중흥송〉은 절벽 바위
에 안진경이 글씨를 써서 새긴 것이다. 용사자(龍蛇字)는 용이나 뱀
처럼 살아 움직이는 듯한 글씨.   13) 二子(이자)-원결(元結)과 안진
경(顔眞卿).   14) 磨蒼崖(마창애)-푸른 절벽을 갈다. 절벽을 다듬고
〈대당중흥송〉을 새긴 것을 뜻함.   15) 昏眸開(혼모개)-어두운 눈동
자가 열리다, 눈이 환히 트이다.   16) 百年廢興(백년폐흥)-당 이후
수백 년 동안 나라가 망하고 흥한 역사. 증탄개(增歎慨)는 거듭 한숨
짓게 하다, 탄식을 더하게 하다.   17) 數子(수자)-곽자의(郭子儀)·
원결(元結)·안진경(顔眞卿) 같은 사람들. 18) 浯水(오수)- 오계(浯
溪)의 물. 〈대당중흥송〉은 오수(浯水)가 절벽에 새겨져 있다.

解說 원결은 〈대당중흥송〉을 다음과 같은 구절로 끝맺고 있다. "상강(湘
江)의 동서쪽, 오계(浯溪)의 한가운데에 바위 절벽 하늘로 솟아 있어,
갈 수도 있고 조각할 수도 있어서 이 송문(頌文)을 새겼으니, 몇천만
년 가리라" 그러나 이미 작자 장뢰의 시대에 와서도 "황량한 오수(浯

水)의 물은 거둬들여지지 않고 버려지기만 하고, 가끔 놀러다니는 자들 중에 비문을 탁본하여 팔아먹는 사람만이 있게 되었다"는 상황이 된 것이다. 당을 중흥시킨 곽자의 장군의 공훈도, 이를 노래한 원결의 명문도, 이를 쓴 천하의 명필 안진경의 글씨도, 높다란 바위 위에 크게 새겨놓아도 시간의 흐름 앞에는 영원할 수 없다는 것이다.

진사도 陳師道, 1053~1101

자는 이상(履常) 또는 무기(無己)라 하였고, 호를 후산거사(後山居士)라 하였다. 팽성(彭城 : 지금의 江蘇省 徐州) 사람. 증공(曾鞏)을 사사(師事)했으나 과거는 보지 않았다. 뒤에 소식(蘇軾)의 추천으로 서주교수(徐州敎授)를 거쳐 비서성정자(秘書省正字)가 되었다. 그는 강서시파(江西詩派)의 중요한 작가로 시는 황정견(黃庭堅)과 두보(杜甫)를 본받으며 간고(簡古)한 풍격을 추구하였고, 일상생활을 주제로 한 작품들이 많다. 서정에도 뛰어나며 고문(古文)에도 능하였다. 《후산집(後山集)》 30권이 전한다.

농가(田家)

닭이 울면 사람은 일하러 나가야 하고,
개가 짖으면 사람들 돌아와야 하거늘,
가을이 되면서 관청의 부역 심해지니,
시도때도없이 나가고 들어오고 하네.
어젯밤 비가 쏟아지자
아궁이 밑에는 이미 진흙물이 고였네.
사람들 농가의 즐거움 말하기 좋아하지만
이런 고통을 사람들은 아는지?

鷄鳴人當行[1]이오, 犬鳴人當歸어늘,

秋來公事[2]急하니, 出處[3]不待時라.

昨夜三尺雨[4]하니, 竈[5]下已生泥라.

人言田家樂이나, 爾苦[6]人得知아?

註解 1) 人當行(인당행) – 사람들은 마땅히 일하러 나가야 한다. 2) 公事
(공사) – 나라의 요역(徭役), 부역(賦役). 3) 出處(출처) – 나가는 것과
들어앉아 있는 것. 4) 三尺雨(삼척우) – 물이 석 자 정도 고일 만큼
비가 오는 것, 많은 비가 쏟아진 것을 형용한 말. 5) 竈(조) – 부엌의
아궁이. 6) 爾苦(이고) – 이러한 고통, 이러한 괴로움.

解說 아궁이 밑에 진흙물이 흘러나오고 있다는 것은 아궁이에 불을 때지
못한 것을 뜻한다. 추수하는 가을이 되었는데도 농촌의 백성들은 나
랏일에 끌려나가 일하느라 아무 겨를도 없다. 그러면서도 집에서는
밥도 제대로 지어먹지 못하고 있는 것이다.

여인의 기박한 운명(妾[1]薄命) 2수

기일(其一)

주인집 열두 누각에서,

이 몸은 3천 명의 총애를 한몸에 지녔었는데,

예부터 여자 팔자 기구타더니,

나도 주인을 섬김에 삶을 다 바치지 못하였네.

일어나 춤추며 주인의 수(壽)를 빌었건만,

남양 무덤길로 주인을 보냈네.

차마 주인이 주신 옷을 입고,

남을 위해 고운 자태 지을 수야 있겠는가!

내 울음소리는 하늘에 사무치고,

내 눈물은 황천에 사무치리라.

돌아가신 분은 아무것도 모를 것이니,

이 몸만 영영 불쌍하게 되었네.

主家[2]十二樓에, 一身當三千[3]이라.

古來妾薄命[4]하여, 事主不盡年[5]이라.

起舞爲主壽[6]하고, 相送南陽阡[7]이라.

忍[8]著主衣裳하고, 爲人作春妍[9]가!

有聲[10]當徹天이오, 有淚當徹泉[11]이라.

死者恐無知니, 妾身長自憐이라.

1) 妾(첩)−여인이 자기를 낮춰 부르는 말. 박명(薄命)은 운명이 기박
한 것. 첩박명(妾薄命)은 옛 악부의 곡명으로 조식(曹植)에게도 〈첩
박명〉이란 작품이 있다. 《악부시집(樂府詩集)》에선 《악부해제(樂府
解題)》를 인용하여 인생의 즐거움이 오래가지 못함을 한하는 노래라
하였다. 작자 진사도는 소동파 문하의 육학사(六學士) 중의 한 사람
이다.   2) 主家(주가)−남편의 집. 십이루(十二樓)는 많은 누각들.
《한서(漢書)》 교사지(郊祀志)에 '방사(方士)가 말하기를, "황제(黃帝)
때에 오성십이루(五城十二樓)를 짓고서 신인(神人)을 기다렸다"고
하였다'고 설명했다. 응소(應劭)는 "오성십이루란 선인이 늘 사는
곳"이라 하였다. 여기서는 선인과는 관계없이 화려한 많은 누각들을
가리킨다.   3) 一身當三千(일신당삼천)−백낙천(白樂天)의 〈장한가
(長恨歌)〉에 "후궁의 가인(佳人) 3천 명이 있었는데, 3천 명의 총애
를 한몸에 지녔다"고 하였다. 곧 '자기 한 사람이 3천 명의 총애를
홀로 누린 듯이 굉장한 사랑을 받았다'는 뜻.   4) 古來妾薄命(고래첩
박명)−예부터 '첩박명'을 노래하여 왔다는 뜻. 전(轉)하여 예부터
여인 중에 박명한 이가 많았다는 뜻으로 보아도 된다.   5) 不盡年(부
진년)−자기의 수명을 다하여 사랑하지 못하는 것, 곧 자기 삶이 다
할 때까지 남편을 섬기지 못한 것.   6) 壽(수)−여기선 동사로서 '수
를 비는 것'.   7) 南陽阡(남양천)−무덤으로 가는 길. 《한서(漢書)》
유협전(游俠傳)에 "원섭(原涉)은 자(字)가 거선(巨先)이다. 섭(涉)의
아버지는 애제(哀帝) 때 남양(南陽) 태수(太守)가 되었고 천하 갑부
였다. 대군의 2천 석[太守]이 죽으면 돈을 거두어 장사를 지냈는데
모두 천만(千萬) 이상을 모아 처자들이 이를 받아 생업을 이룩했다.
그때엔 그러나 3년상을 지키는 자가 적었다. 섭은 아버지가 돌아가
시자 남양(南陽)에서 보내오는 부의(賻儀)를 되돌려보내고 무덤 옆
움막에서 3년상을 치뤘다. 그리하여 이름이 경사(京師)에 알려졌다.
……섭은 스스로 생각하기를, 전에 남양의 부의를 되돌려보내어 자
기는 명성을 얻었다. 그러나 선인의 무덤을 검소케 하는 것은 효가
아니다 하고, 묘막(墓幕)을 크게 세우고 중문(重門)으로 합(閤)을 둘
렀다. 처음 무제(武帝) 때에 경조윤(京兆尹) 조씨(曹氏)를 무릉(茂陵)
에 장사지냈는데 백성들은 그 길을 경조천(京兆阡)이라 불렀다. 섭
은 이를 생각하고 곧 땅을 사서 길을 닦고 표(表)를 세워 남양천(南
陽阡)이라 하였다. 사람들은 그러나 이를 따르지 않고 원씨천(原氏

阡)이라 불렀다." 하였다. 천(阡)은 '밭둔덕 길' 또는 동서 또는 남북
으로 뻗은 길의 뜻. 8) 忍(인) — '차마 ……하고 ……할 수야 있겠는
가?' 의 뜻. 착(著)은 입다. 9) 作春妍(작춘연) — '봄의 아름다운 모습
을 한다', '애교를 부린다' 는 뜻. 10) 聲(성) — 자기의 슬픈 울음소
리. 철천(徹天)은 하늘에까지 사무치는 것. 11) 泉(천) — 지하의 샘,
황천(黃泉).

解說 진사도의 《후산시집(後山詩集)》에 있는 이 시의 주에 "후산은 자주
(自注)하여 말하기를, '증남풍(曾南豊)을 위하여 지었다' 하였다. 후
산은 남풍(南豊, 曾鞏의 호)의 아들 고(固)에게서 배웠다. 남풍은 원풍
(元豊) 6년(1083)에 졸하였다. 이 작품은 틀림없이 이때 지은 것이다"
라고 하였다. 또 남풍을 직접 스승으로 삼았다는 이도 있다. 여하튼
이 시는 진사도가 스승의 은덕을 생각하며, 자기 마음을 옛날 사랑하
던 남편을 그리는 여인의 심정에 비겨 노래한 것이다.

기이(其二)

낙엽이 지는데 바람은 잠잠하고,
산은 고요한데 꽃만이 붉구나.
늙기도 전에 세상을 버리셨으니,
내 사랑 끝을 맺지 못하였네.
한번 죽어 버리면 그래도 괜찮겠지만,
평생을 이렇게 어찌 견딜꼬?
하늘과 땅은 넓기만 한데도,
이 몸 하나 용납되지 않누나.
죽은 이 알아주시기만 한다면,
죽어서라도 임 따르리이다.
옛날 춤추고 노래하던 곳엔,
밤비에 싸늘한 귀뚜라미 소리만 남았구려.

낙 엽 풍 불 기 산 공 화 자 홍
落葉風不起[12]하고, 山空花自紅이라.

연 세 부 대 로 혜 첩 무 기 종
捐[13]世不待老하니, 惠[14]妾無其終이라.

일 사 상 가 인 백 세 하 당 궁
一死尙可忍[15]이나, 百歲[16]何當窮고?

천 지 기 불 관 첩 신 자 불 용
天地豈不寬[17]이리오? 妾身自不容[18]이라.

사 자 여 유 지 살 신 이 상 종
死者如有知면, 殺身以相從이라.

향 래 가 무 지 야 우 명 한 공
向來[19]歌舞地에 夜雨鳴寒蛩[20]이라.

註解 12) 落葉風不起(낙엽풍불기) – 아래 '산공화자홍(山空花自紅)'과 함께 적막한 풍경을 묘사한 것이다. 《문선(文選)》 반안인(潘安仁)의 〈도망시(悼亡詩)〉에 '낙엽은 무덤 곁에 흩어지고 마른 풀뿌리가 봉분 모퉁이에 둘려 있다'고 한 것처럼 무덤 곁의 처참한 현상을 나타낸 것이다. 13) 捐(연) – 버리다. 부대로(不待老)는 '늙기를 기다리지 않았다' 곧 '늙기 전에 죽었다'는 뜻. 14) 惠(혜) – 사랑. 무기종(無其終)은 끝까지 사랑해 주지 못하고 중도에 죽어 버렸다는 뜻. 15) 一死尙可忍(일사상가인) – '한번 죽어 버리는 일은 그래도 참을 수 있다' 곧 '차라리 죽어 버릴 수도 있다'는 뜻. 16) 百歲(백세) – 평생, 남은 여생을 가리킨다. 하당궁(何當窮)은 어떻게 버티어 가야 하는가? 임 없이 살기에는 너무나 한이 크다는 뜻. 17) 寬(관) – 넓은 것. 18) 妾身自不容(첩신자불용) – 자기는 남편만을 의지하고 살아 왔는데 남편이 먼저 죽어 버려 '내 몸은 그 자체를 용납할 곳도 없게 되었다'는 뜻. 19) 向來(향래) – 전에, 그 전에, 그 옛날. 20) 寒蛩(한공) – 쓸쓸한 귀뚜라미, 또는 가을이나 겨울철의 귀뚜라미.

解說 이것은 〈첩박명〉의 제2수이다. 역시 진사도가 죽은 스승 증공(曾鞏)을 사모하는 정을 남편을 여읜 여인의 심정에 비긴 것이다. 옛 스승을 추모하는 지극한 정이 잘 나타나 있다. 여인이 남편을 의지하듯 자기는 스승의 사랑을 받으며 자기의 인간수업을 하여 왔다. 스승이 가버

린 지금 자기는 마치 의지할 곳을 잃은 여인처럼 넓은 세상에 한몸을 둘 곳도 없어진 듯하다. 옛날엔 스승 밑에서 글을 배우며 즐거운 나날을 보냈는데 지금은 밤비에 쓸쓸한 귀뚜라미 소리가 자기의 마음을 더욱 슬프게 해줄 뿐이라는 것이다.

옛날부터 앞 제1수도 그렇지만 이 시를 현세에의 풍자로 많이 해석하였다. 예를 들면 '산공화자홍(山空花自紅)'을 '산중(山中)엔 소나무·잣나무·가래나무 같은 좋은 재목들이 나는 곳인데, 지금은 꽃만이 피어 있다는 것은 나라에 동량지재(棟梁之材)가 될 만한 훌륭한 인재가 없음을 비유한 것이다'(《古文眞寶》注)는 것 같은 것이다. 이렇게 시를 해석하는 태도는 지나친 억지 해석이라고 보는 것이 옳을 것이다.

쾌재정에 올라(登快哉亭[1])

성은 맑은 강 따라 굽이지고,
샘물은 어지러운 돌 사이를 흐른다.
저녁해 땅속으로 숨자마자,
저녁 노을 벌써 산에 번지는데,
날아가는 새 어디로 가려는 것일까?
떠가는 구름은 그저 한가하기만 하네.
정자에 오른 흥취 다하지 않았는데,
어린아이들은 돌아가려고만 하네.

성 여 청 강 곡　　천 류 란 석 간
城與淸江曲이오, 泉流亂石間이라.

석 양 초 은 지　　모 애 이 의 산
夕陽初隱地하니, 暮靄[2]已依山이라.

도 조 욕 하 향　　분 운 역 자 한
度鳥欲何向고? 奔雲亦自閒이라.

등림흥부진　치자고수　환
登臨興不盡이나, 稚子故須³⁾還이라.

註解 1) 快哉亭(쾌재정) - 서주(徐州, 지금의 江蘇省 銅山縣) 동남쪽에 있
다. 당(唐)대의 시인 설능(薛能)이 지었던 양춘정(陽春亭) 옛터에 이
방직(李邦直)이 새로 세운 것이고, 소식(蘇軾)이 '쾌재'라고 이름을
지었다 한다. 진사도가 서주에 있으면서(元符 원년, 1098) 지은 시이
다. 2) 暮靄(모애) - 저녁 노을. 3) 故須(고수) - 고집을 부리다, 떼를
쓰다.

解說 쾌재정 주변의 풍광이 아름답게 묘사되어 있다. 어디로 가는지도 모
를 날아가는 새와 한가로이 떠가는 구름은 정자에 미련이 남은 시인
자신과 돌아가자고 보채는 아이들과 비겨지며 미소를 자아내게 한다.

세 자식과의 이별(別三子¹⁾)

부부가 죽으면 한 구덩이에 들어가고,
부자는 가난하면 이별을 한다더니,
천하에 어떻게 이런 일이 있는가?
옛날 들었던 일을 지금 보고 있네.
어미는 앞에 서고 세 자식은 뒤따르는데,
빤히 바라보기만 했지 쫓아가지는 못하네.
아아! 어쩌면 이토록 잔인하시어
나를 이 지경에 이르게 하셨는가?
딸년은 이제 막 머리를 묶었는데,
이미 생이별의 슬픔을 알고,
내 팔 베고서 일어나려들지 않았으니,

이제부터 나와 이별하게 되는 것이 두려웠기 때문이었지.
큰아들놈은 말을 배우고 있는 참이라
절하고 읍할 때 옷을 이기지 못하는 지경이지만,
아비에게 소리치며 나 이제 가요 하니,
그 말 어찌 마음에 담아둘 수 있겠는가?
작은아들놈은 포대기에 싸인 채라
안았다 업었다 해주는 자애로운 어미가 있는데도,
네 울음소리가 아직도 귀에 남아 있으니
내 마음 어느 누가 알아 줄까?

부부사동혈　　부자빈천리
夫婦死同穴이오, 父子貧賤離라 터니,

천하녕유차　　석문금견지
天下寧有此오? 昔聞今見之라.

모전삼자후　　숙시　부득추
母前三子後로되, 熟視²⁾不得追라.

차호호불인　　사아지어사
嗟乎胡不仁하여, 使我至於斯오?

유녀초속발　　이지생리비
有女初束髮³⁾이나, 已知生離悲하고,

침아　불긍기　　외아종차사
枕我⁴⁾不肯起하며, 畏我從此辭라.

대아학어언　　배읍　미승의
大兒學語言이나, 拜揖⁵⁾未勝衣하고,

환야　아욕거　　차어나가사
喚爺⁶⁾我欲去라 하니, 此語那可思⁷⁾오?

소아강보　간　　포부유모자
小兒襁褓⁸⁾間이니, 抱負有母慈나,

여곡유재이　　아회인득지
汝哭猶在耳니, 我懷人得知아?

註解 1) 別三子(별삼자)－세 자식과 이별하다. 작자인 진사도는 한때 생활도 유지할 수가 없을 정도로 가난하였다. 그리하여 그의 장인이 촉(蜀) 땅으로 벼슬을 옮길 때, 아내와 세 자녀를 장인을 따라가게 하고, 자신은 팽성(彭城, 지금의 江蘇省 徐州)에 머물러 노모를 부양하였다. 때는 원풍(元豐) 7년(1084), 그가 32세였다. 2) 熟視(숙시)－잘 보기만 하는 것, 자세히 보는 것. 3) 束髮(속발)－머리를 묶다. 4) 枕我(침아)－나를 베다. 아버지 팔을 베었을 것이다. 5) 拜揖(배읍)－절하고 읍하다. 6) 喚爺(환야)－아비를 부르다, 아비에게 소리치다. 7) 思(사)－생각하다, 마음에 두다. 8) 襁褓(강보)－포대기.

解説 가난으로 말미암은 처자식들과의 생이별이 처절하도록 슬프다. 그런 속에서도 시를 써서 황정견과 함께 중국문학사상 중국 전통시 발전의 정점 끝머리를 장식하고 있으니 대단하다는 말밖에는 더 할 말이 없다.

세 자식에게(示三子[1])

멀리 떠나갔을 적엔 곧 잊어버렸는데,
가까이 돌아오니 어쩔 줄 모를 마음이네.
아들 딸들 이미 눈앞에 와있으나,
얼굴 모습 잘 알아볼 수 없도록 변했네.
너무 기뻐서 말도 하지 못하고,
눈물이 다하고 나서야 비로소 한 번 웃게 되네.
꿈이 아님을 잘 알고 있으나
정신나간 듯 마음이 안정될 줄 모르네.

　거　원　즉　상　망　　　　　귀　근　불　가　인
　去遠卽相忘이러니, 歸近不可忍[2]이라.

아 녀 이 재 안   미 목 약 불 성
兒女已在眼이나, 眉目³⁾略不省이라.

극 희 부 득 어   누 진 방 일 신
極喜不得語요, 淚盡方⁴⁾一哂이라.

요 지 불 시 몽   홀 홀 심 미 온
了知⁵⁾不是夢이나, 忽忽⁶⁾心未穩이라.

註解 1) 示三子(시삼자)-이 시는 앞의 〈세 자식과의 이별(別三子)〉시에
서 본 것처럼 시인이 먹고살 수가 없어서 처자들을 촉(蜀) 땅으로 벼
슬하러 가는 장인에게 딸려 보냈다가 원우(元祐) 2년(1087) 서주교수
(徐州敎授)가 되면서 가족들을 불러 다시 만난 기쁨을 노래한 것이
다. 앞의 시와 함께 읽으면 재미가 있을 것이다. 2) 不可忍(불가
인)-참고 있을 수가 없다, 곧 기쁨과 감격을 주체할 수가 없다는 뜻
이다. 3) 眉目(미목)-눈썹과 눈, 얼굴 모습. 4) 方(방)-비로소. 신
(哂)은 웃다. 5) 了知(요지)-잘 알다. 6) 忽忽(홀홀)-정신이 나간
모양, 마음이 어수선한 모양.

解說 처자와 몇 년 동안 서로 떨어져 지내다가 다시 만난 감격을 노래한 것
이다. 이 감격은 기쁨이란 단순한 말로는 표현할 수 없는 격정이다.

먼 곳에 계신 분을 그리며(懷遠¹⁾)

바다 저쪽으로 3년을 귀양가 계시니,
하늘 남쪽으로 만 리나 가신 것일세.
생전의 일들은 모두 누만 되고 있으나,
돌아가신 뒤에 다시 명성을 기다려야만 할 것인가?
아직도 편안히 계시단 소식 없으니
공연히 옛 정만 그리게 되네.
훌륭한 분이 이런 처지에 계시거늘

어찌 눈물 줄줄 흘리지 않겠는가?

해 외 삼 년 적　　　　천 남 만 리 행
海外三年謫²⁾하니, 天南萬里行이라.

생 전 지 위 루　　　　신 후 갱 수 명
生前只爲累나, 身後更須名고?

미 유 평 안 보　　　　공 회 고 구 정
未有平安報하니, 空懷故舊情이라.

사 인 유 여 차　　　　무 부 체 종 횡
斯人³⁾有如此어늘, 無復涕縱橫고?

註解 1) 懷遠(회원) – 멀리 해남도(海南島)에 있는 담주(儋州)로 귀양가 있
는 소식(蘇軾)을 생각하며 지은 시. 2) 三年謫(삼년적) – 소식이 담주
로 귀양간 것은 소성(紹聖) 4년(1097), 이 시를 지은 것은 원부(元符)
2년(1099)이어서, 귀양간 지 꼭 3년이 되고 있었다. 3) 斯人(사인) –
훌륭한 분, 소식을 가리킴.

解說 귀양가 있는 스승 소식을 그리는 시. 훌륭한 스승이 이런 곤경에 처하
게 된 세태가 안타깝기만 하다. 진사도는 눈물을 줄줄 흘리며 스승의
안위를 걱정하고 있다.

큰 소리로 노래함(放歌行¹⁾) 2수

기일(其一)

봄바람 부는 후궁에 미인이 유폐되어 있는데,

언제나 화려한 누각에서 잘 지내고 있다는 그릇된 명성만
　　얻고 있네.

아낌없이 발 걷어올리고 한 번 돌아다보도록 하려 하면서도,

임금 보는 눈 분명치 못할까 두려워만 하네.

춘 풍 영 항 폐 빙 정　　　　장 사 청 루 오 득 명
春風永巷²⁾閉娉婷하니, 長使靑樓³⁾誤得名이라.

불 석 권 렴 통 일 고　　　　파 군 착 안 미 분 명
不惜捲簾通一顧⁴⁾하고, 怕君着眼⁵⁾未分明이라.

註解 1) 放歌行(방가행)－옛날 악부의 제목. 본시는 사람의 목숨은 유한하니, 혹 어려운 세상을 만나더라도 공로를 이룩해야 한다는 내용이다. 그러나 진사도는 뜻을 잃은 궁녀가 곧게 스스로를 지켰는데도 자신은 형편없는 처지에 있다는 분만(憤懣)을 토로하는 내용으로 노래하고 있다. 2) 永巷(영항)－후궁(後宮). 빙정(娉婷)은 예쁜 것, 미인. 3) 靑樓(청루)－부잣집 누각, 미인이 거처하는 곳. 오득명(誤得名)은 잘못된 명성을 얻다. 4) 通一顧(통일고)－임금이 한 번 돌아다보아 주도록 만들다. 자신의 아름다움을 인식시키기 위해서이다. 5) 着眼(착안)－임금이 자기를 보는 것.

기이(其二)

옛날에는 시집도 가지 않고 미모를 아끼기만 하다가
이제는 분 바르고 연지 찍으며 젊게 치장하게 되었네.
곁의 분들에게 일찍이 시집가야 한다고 권하나니,
적절히 몸치장하며 아름다움 헛되이 하지 말게나!

당 년 불 가 석 빙 정　　　　말 백 시 주 작 후 생
當年不嫁惜娉婷하여, 抹白施朱⁶⁾作後生이라.

설 여 방 인 수 조 계　　　　수 의 소 세 막 경 성
說與旁人須早計⁷⁾니, 隨宜梳洗⁸⁾莫傾城하라.

註解 6) 抹白施朱(말백시주)－흰 분을 바르고 붉은 연지를 찍다, 화장을

하다. 후생(後生)은 젊은이. 7) 무계(조계) – 일찍 계책을 세우다, 일
찍이 시집가는 것을 뜻함. 8) 隨宜梳洗(수의소세) – 마땅한 방도를
따라 머리 빗고 몸을 씻다, 적절히 몸단장을 하다. 막경성(莫傾城)은
경성의 미모를 헛되이 하지 마라.

解説 궁녀의 실의를 빌어 지사불우(志士不遇)의 비분을 토로한 것이다. 궁
녀가 아무리 예뻐도 임금의 눈에 띄지 않으면 총애를 받을 수가 없듯
이, 뜻있는 선비도 자신의 재능을 인정받지 못하면 아무 일도 할 수
없다는 것이 첫째 수의 뜻이다. 둘째 시에서는 너무 자리를 따지지 말
고 일찍부터 나가서 일을 해야만 뒤에도 큰 일을 이룰 수가 있게 된다
는 뜻인 듯하다.

당경 唐庚, 1071~1121

자는 자서(子西)이며, 미산(眉山) 또는 노국선생(魯國先生)이라 호하였다.
북송 미주(眉州) 단릉(丹稜, 지금의 四川省) 사람. 글을 잘 지었고 진사가
된 뒤 종자박사(宗子博士)가 되었다. 장상영(張商英)의 추천으로 제거경기
상평(提擧京畿常平)이 되었으나, 장상영이 재상 자리를 물러나자 그도 혜
주(惠州)로 좌천되었다. 곧 상청태평궁제거(上淸太平宮提擧)가 되었다가
고향으로 돌아가는 도중에 죽었다. 빈틈이 없는 글로 이름났고, 현실을 반
영하는 시도 적지 않게 썼다. 《당미산집(唐眉山集)》 24권을 남겼다.

죄수 심문(訊囚[1])

참군(參軍)이 청사에 앉아
책상에 기대어 이를 악물고 있네.
죄수를 마당 아래로 끌고 오니,
죄수 입에서는 다투듯 시끄러운 소리나네.
참군은 기세를 더욱 떨치며
소리를 사납게 내고 말을 더욱 절박하게 하네.
"옛부터 관의 재물은 하나하나 모두가 백성들의 고혈이다.
관리로서 나라의 재물을 잘 관장해야 하거늘,
도리어 훔쳐서 자기 개인이 착복하다니!
사람들은 너를 심문할 것도 없으니
쉽사리 사실을 알 수가 있다고들 한다.
사건이 오래되었다지만 악은 스스로 드러나게 되는 법,
증거가 해와 달처럼 분명해!
따져서 일의 내막이 다 드러난 것인데
어찌 구설로 다툴 것이 있겠느냐?"
죄수는 분연히 나서서
참군에게 사실을 얘기하겠단다.
"참군님의 마음은 눈이나 마찬가지로
속눈썹은 있어도 스스로 보지는 못하는군요.
참군께서 벼슬하기 전에는
널리 명성이 있었는데,
이제야 참군이 되었으니
언제나 출세를 할거요?

아무 공로도 없이 국록(國祿)만 먹고 있다면
도적질하는 것과 얼마나 다르오?
상관이 용서하고 참아주며
견책하고 꾸짖지 않을 따름이지.
죄수는 지금 정말로 죄가 있다지만,
참군께서도 마땅히 분수를 헤아려야 할 것이오!
다 같이 가난 면하려는 계책인데,
어찌 하필 나만을 괴롭히려는 것이오?"
참군은 입을 다문 채 아무 말도 못하고,
아래 관원들 돌아보며 부끄러워하네.
"금과 책 싸 가지고
내일 나는 사직하고 돌아갈 거요!"

參軍²⁾坐廳事하여, 據案³⁾嚼齒牙라.
참 군 좌 청 사　거 안　작 치 아

引囚到庭下하니, 囚口爭喧譁⁴⁾라.
인 수 도 정 하　수 구 쟁 훤 화

參軍氣益振하여, 聲厲語更切이라.
참 군 기 익 진　성 려 어 갱 절

自古官中財는, 一一民膏血이라.
자 고 관 중 재　일 일 민 고 혈

爲吏掌管鑰⁵⁾이어늘, 反竊以自私하니,
위 리 장 관 약　반 절 이 자 사

人不汝誰何⁶⁾하고, 如摘頷下髭⁷⁾라.
인 불 여 수 하　여 적 함 하 자

事老⁸⁾惡自張이나, 證佐⁹⁾日月明하고,
사 로　악 자 장　증 좌　일 월 명

推窮見毛脈¹⁰⁾이어늘, 那可口舌爭고?
추 궁 현 모 맥　나 가 구 설 쟁

유 수 분 연 출　　　청 여 참 군 변
有囚奮然出하여, 請與參軍辨이라.

참 군 심 여 안　　　유 첩　부 자 견
參軍心如眼이나, 有睫[11]不自見이라.

참 군 재 장 옥　　　박 박　유 성 칭
參軍在場屋[12]하여, 薄薄[13]有聲稱이니,

지 금 작 참 군　　　기 시 득 건 등
只今作參軍하여, 幾時得騫騰[14]고?

무 공 식 국 록　　　거 절 능 기 하
無功食國祿이니, 去竊能幾何오?

상 관 내 용 은　　　증 불 가 견 가
上官乃容隱[15]하여, 曾不加譴訶[16]라.

수 금 신 유 죄　　　참 군 의 췌 분
囚今信有罪나, 參軍宜揣分[17]이니,

등 시　위 빈 계　　　하 고 독 상 곤
等是[18]爲貧計어늘, 何苦獨相困고?

참 군 금　무 어　　　반 고 리 졸 수
參軍噤[19]無語하고, 反顧吏卒羞라.

포 과 금 여 서　　　명 일 오 귀 휴
包裹琴與書하여, 明日吾歸休하리라.

註解　1) 訊囚(신수) – 죄수를 심문하는 것. 2) 參軍(참군) – 녹사참군(錄事參軍). 송대에는 지부(知府)의 속관(屬官)이었으며, 안건의 심사와 심문이 주요 직책이다. 청사(廳事)는 관청의 청사(廳舍). 3) 據案(거안) – 책상에 기대어 앉는 것. 작치아(嚼齒牙)는 이를 씹다, 이를 악물며 무서운 얼굴을 하는 것. 4) 喧譁(훤화) – 시끄럽게 떠들다. 5) 掌管鑰(장관약) – 열쇠를 관장하다, 창고 및 재물을 관리하는 것. 6) 人不汝誰何(인불여수하) – 사람들은 네가 누구인가 물어볼 필요도 없다. '수하'는 물어보다, 심문하다의 뜻. 7) 如摘頷下髭(여적함하자) – 턱 밑의 수염을 뽑는 것 같다, 아주 쉬운 일에 비유한 말. 한유(韓愈)의 〈기최립지(寄崔立之)〉에서 '약적함저자(若摘頷底髭)'라 쉬운 것을 표현하였다. 8) 事老(사로) – 사건이 오래되다, 오래 전의 일

이다. 악자장(惡自張)은 악함은 스스로 드러난다. 9) 證佐(증좌)—증거. 10) 毛脈(모맥)—일의 상세한 내막, 일의 맥락. 11) 睫(첩)—속눈썹. 이 구절은 《사기》 월세가(越世家)에 '나는 지혜를 사용하는 것이 눈과 같은 경우를 귀히 여기지 않는다. 잔 터럭은 보면서도 그의 속눈썹은 보지 못하기 때문이다(吾不貴其用智之如目하니, 見豪毛而不見其睫也.)'라고 한 말을 응용한 것이다. 12) 場屋(장옥)—과거시험을 보는 장소, 여기서는 벼슬을 하기 전을 가리킨다. 13) 薄薄(박박)—광대(廣大)한 모양, 널리(《荀子》 榮辱 注). 14) 騫騰(건등)—비등(飛騰), 높은 자리로 뛰어오르다. 15) 容隱(용은)—용서하고 참아주는 것. 16) 譴訶(견가)—견책하며 꾸짖다. 17) 宜揣分(의췌분)—마땅히 자기의 분수를 헤아려야 한다. 18) 等是(등시)—다 같이, 똑같이. 위빈계(爲貧計)는 가난을 위한 계책, 가난을 면하려는 계책. 19) 噤(금)—입을 다물다.

解說 매우 신랄한 풍자적인 시이다. 나라의 재물을 횡령한 죄수를 심문하는 모습을 통해서, 대부분의 관리들 모두가 도적놈들과 다를 바가 없음을 꼬집고 있다.

취하여 잠자다(醉眠)

산이 고요하니 태곳적만 같고,
해가 기니 하루가 작은 한 해만 같네.
남은 꽃이 있으니 아직도 취할 만하고,
아름다운 새들은 잠자는 것을 방해하지 않네.
세상일에 흥미를 잃어 문은 언제나 닫아놓고 있고,
계절의 풍광에는 대자리가 이미 잘 어울리네.
꿈속에서도 자주 좋은 시구가 생각나지만
붓을 들고 쓰려 하면 바로 시구를 잊게 되네.

산 정 사 태 고　　일 장 여 소 년
山靜似太古요, 日長如小年[1]이라.

여 화 유 가 취　　호 조 불 방 면
餘花猶可醉요, 好鳥不妨眠이라.

세 미 문 상 엄　　시 광 점 이 편
世味[2]門常掩하고, 時光[3]簟已便이라.

몽 중 빈 득 구　　염 필 우 망 전
夢中頻得句나, 拈筆[4]又忘筌이라.

註解 1) 小年(소년)-작은 한 해, 작은 1년. 2) 世味(세미)-세상의 맛, 속세에서 바라는 명리(名利) 같은 것. 3) 時光(시광)-시절에 따른 풍광(風光), 계절의 풍광. 점(簟)은 대자리. 4) 拈筆(염필)-붓을 잡다, 붓을 들다. 망전(忘筌)은 통발을 잊다. 《장자(莊子)》 외물론(外物論)에 '통발[筌]은 물고기를 잡는 기구인데, 물고기를 잡고 나면 통발은 잊게 된다(得魚忘筌)'고 하였다. 어떤 일이든 그 목적을 이루고 나면 그 목적을 이루기 위하여 쓰던 수단은 소용이 없어져 잊게 된다는 것이다.

解說 작자가 혜주(惠州, 廣東省)로 귀양가 있을 적에 지은 시라 한다. 역시 '소동파(小東坡)'라 불릴 정도로 시문만을 잘 썼을 뿐만 아니라 풍도에 있어서도 소식처럼 대범했던 듯하다. 유배지에 있으면서도 전혀 슬프거나 초조한 빛이 없다.

장구(張求[1])

장구라는 한 노병은
깨어진 뒷박 같은 모자를 쓰고서,
익창의 저자에서 점쟁이 노릇을 하며
목숨을 잔술에 기탁하고 있네.

말 타고 다니며 오랫동안 남의 일에 끼어들기 좋아하고,

돈을 가난한 집들에 던져넣고 다녔네.

한마디 말도 남의 눈치 보지 않고,

자기 뜻으로 옳고 그름 판단했으며,

닭갈비 같은 마른 몸이면서도 스스로를 지키는 교묘한 주먹
　지녔고,

성내고 치고받는 것 두려워할 줄 몰랐네.

이런 때문에 더욱 가난해져서

굶주려야 할 팔자가 되었다네.

죽지 않는 이상 뻣뻣한 목으로 남에게 머리 숙일 줄 모르니,

세도가들 거들떠볼 겨를이야 어디 있겠는가?

선비들의 절조는 시들어 없어진 지 오래여서

남의 부스럼 핥으면서도 달다고 뱉지 않는 판국일세.

어찌 올바른 도를 아는 사람만을 추구하겠는가?

하는 말에 구차함이 없기만 해도 되는 거지.

나는 이제 이 이를 따라 노닐면서,

잠시 노후한 내 의기나 격발시켜 볼까 하네.

張求一老兵은 著帽如破斗²⁾요,

賣卜³⁾益昌市하고 性命寄杯酒라.

騎馬好事久라가, 金錢投瓮牖⁴⁾라.

一語不假借⁵⁾하고, 意自有臧否⁶⁾라.

鷄肋⁷⁾巧安拳하고, 未省怕嗔毆⁸⁾라.

坐⁹⁾此益寒酸하여, 餓理¹⁰⁾將入口라.

未死且强項¹¹⁾이니, 那暇顧炙手¹²⁾리오?

士節久凋喪¹³⁾하여, 舐痔¹⁴⁾恬不嘔라.

求豈知道者리오? 議論無所苟라.

吾寧從之游하여, 聊以激衰朽¹⁵⁾하리라.

註解 1) 張求(장구) – 사람 이름, 실존 여부는 알 수 없다. 2) 破斗(파두) – 깨어진 말. '말'은 곡식을 되는 그릇이다. '깨어진 됫박'이라 번역하였다. 3) 賣卜(매복) – 점을 쳐주고 돈을 받아 먹고사는 것. 익창(益昌)은 지명, 지금의 사천성(四川省) 소화현(昭化縣). 4) 瓮牖(옹유) – 항아리(또는 독) 깨진 주둥이로서 창을 만든 것, 가난한 집을 형용한 말. 5) 假借(가차) – 빌리다, 남의 의견이나 말을 따르는 것. 6) 臧否(장부) – 선부(善否), 착한 것과 착하지 않은 것, 옳은 것과 옳지 않은 것. 7) 鷄肋(계륵) – 닭갈비, 가슴 모양이 빈약한 것. 교안권(巧安拳)은 교묘하게 자신을 잘 안정시키는 주먹, 교묘히 자기 방어를 잘하는 주먹. 8) 嗔毆(진구) – 성내며 때리는 것, 화를 내며 때리는 것. 9) 坐(좌) – 까닭에, 때문에. 10) 餓理(아리) – 굶주림의 이치. 이 말은 《사기(史記)》강후주발세가(絳侯周勃世家)에서 조후(條侯, 絳侯의 아들)가 굶어 죽을 것을 예언하면서 '어떤 원리가 입으로 들어가게 되면, 그것이 굶어죽게 되는 법이다(有從理入口면, 此餓死法也라)'라고 한 말을 응용한 표현임. 11) 强項(강항) – 목에 힘을 주고 사는 것, 쉽사리 남에게 머리를 숙이지 않는 것. 12) 炙手(자수) – 손을 대면 데게 될만큼 세도가 대단한 사람, 권세가. 13) 凋喪(조상) – 시들어 죽다, 상실되다. 14) 舐痔(지치) – 남의 치질을 빨다, 남의 부스럼을 빨아주다. 첨(恬)은 단 것. 15) 激衰朽(격쇠후) – 자신의 노쇠한 의기를 격발(激發)하다.

解說 호기와 협기를 부리며 살다가 몰락한 한 노병의 모습을 노래한 시이

다. 그는 남의 부스럼을 빨면서도 달다고 내뱉을 줄 모르는, 일반 선비들과는 격이 다른 인물이다. 올바른 도까지 안다고 할 수는 없을지 몰라도 적어도 구차하지는 않은 인물이다. 난세에는 보기 드문 인물임에 틀림없다. 이런 노병을 칭송하고 있는 시인의 개성이 무척 가상하다.

2월에 매화를 보고(二月見梅[1])

복숭아꽃은 붉고 오얏꽃은 희게 피는 것,
봄이 깊으면 어느 곳이고 아름다운 꽃이 없을소냐?
그러나 아직도 한 가지 매화꽃이 남아 있을 리 없으니,
어쩌면 봄의 신이 손을 붙들어두기 싫었단 말인가?
전에 피었을 적엔 엄동이어서,
흰 놈은 희지 못하고 붉은 놈도 붉지 못했었지.
지금은 이미 손윗자리가 되었으니,
젊은이들과 봄바람을 다투려 들겠는가?

도 화 능 홍 이 능 백　　춘 심 하 처 무 안 색
桃花能紅李能白하니, 春深何處無顔色[2]고?

불 응 상 유 일 지 매　　가 시 동 군 고 류 객
不應尙有一枝梅하니, 可是[3]東君苦留客가?

향 래 개 처 당 엄 동　　백 자 미 백 홍 미 홍
向來[4]開處當嚴冬하니, 白者[5]未白紅未紅이라.

지 금 이 시 장 인 항　　긍 여 연 소 쟁 춘 풍
只今已是丈人行[6]이니, 肯與年少[7]爭春風가?

註解 1) 二月見梅(이월견매)－당경이 장무진(張無盡)에게 지어보낸 시라 한다.　2) 無顔色(무안색)－아름다운 꽃이 없겠느냐?　3) 可是(가

시)−기시(豈是). '어찌'의 뜻. 옛글에선 가(可)가 기(豈)의 뜻으로
흔히 쓰였다. 동군(東君)은 봄의 신. 음양오행설(陰陽五行說)로 동쪽
은 봄에 해당한다. 고류객(苦留客)은 손님, 곧 매화를 머물러 있게
하기가 괴로웠다. 4) 向來(향래)−전에, 전부터. 5) 白者(백자)−오
얏꽃을 가리킴. 홍(紅)은 홍자(紅者). 복숭아꽃을 가리킴. 6) 丈人行
(장인항)−장인(丈人)은 연장자(年長者) 또는 장배(長輩)를 가리킴.
항(行)은 배항(排行). 서열에 따른 자리. 《한서(漢書)》흉노전(匈奴
傳)에 '한나라 천자는 나의 장인항이라'고 하였다. 따라서 장인항은
'손윗자리', '어른의 자리'의 뜻. 7) 年少(연소)−장인의 대(對)로
도리(桃李)를 가리킴.

解說《낭야대취편(瑯琊代醉編)》권34엔 이 시를 싣고《묵장만록(墨莊漫
錄)》을 인용하여 "당경(唐庚) 자서(子西)가 일찍이, 복숭아와 오얏꽃
이 만발했는데, 매화가 아직도 몇 가지 피어 있음을 보고 이 시를 지
었다. 이때 장무진(張無盡) 천각(天覺)이 왕명을 받아 떠나가게 되었
으므로 이 시를 지어보냈다"고 하였다. 복숭아와 오얏꽃은 소인배에,
매화는 군자에 비유하여 읊은 것이다. 복숭아와 오얏꽃이 만발한 2월
에 아직도 피어 있는 매화를 보고, 소인들이 들끓는 정계로 나가는 군
자의 위태로운 입장을 노래한 것이다.

■ 작가 약전(略傳) ■

사과謝薖, ?~1133

자는 유반(幼槃), 호는 죽우(竹友). 북송 임천(臨川 : 지금의 江西省) 사람
이다. 사일(謝逸)의 동생으로, 수행(修行)에 뛰어났으나 진사에는 급제치
못하였다. 여본중(呂本中)은 이들 형제를 강서시파(江西詩派)에 넣고 있으
나, 그들의 시는 황정견(黃庭堅)과는 달리 원취(遠趣)가 있다. 《죽우집(竹
友集)》 10권과 《죽우사(竹友詞)》 1권을 남겼다.

여름날 남호에 노닐며(夏日游南湖[1])

청황색 치마는 풀과 푸르름을 다투는데,
거칠고 긴 대통은 옥돌잔보다도 좋네.
다만 애석한 건 작은 배에 두 노가 양편에 붙어 있으나,
아무도 재촉하여 막수(莫愁)를 보내오지 않는 것일세.

麴塵裙[2]與草爭綠하고, 象鼻筩[3]勝琼作杯라.

可惜小舟橫兩槳[4]이나, 無人催送莫愁[5]來라.

註解 1) 南湖(남호)−지금의 강소성(江蘇省) 무주(撫州)시 근처에 있는 호수 이름. 2) 麴塵裙(국진군)−'국'은 누룩, '진'은 누룩의 곰팡이. '군'은 치마, 바지. '국진'은 청황색(靑黃色)을 띄고 있어 시에서는 흔히 청황색을 가리킨다. 따라서 청황색 치마. 3) 象鼻筩(상비통)− '통'은 대나무 통. 따라서 코끼리 코처럼 길고 투박한 통을 가리킨다. 경(琼)은 옥돌의 일종. 4) 兩槳(양장)−'장'은 옆에 달린 노. '양장'은 지금의 작은 보트와 같이 양편으로 달린 두 개의 노를 말한다. 5) 莫愁(막수)−육조(六朝)시대 악부에 나오는 석성여자(石城女子), 가무를 잘 하였다. 뒤의 두 구는 다음과 같은 악부시 〈막수악(莫愁樂)〉을 응용한 것이다.

막수는 어디에 있나? 막수는 석성 서쪽에 있지.
작은 배에 두 노를 달고, 재촉하여 막수를 보내오네.

莫愁在何處오? 莫愁石城西라.

艇子打雙槳하고, 催送莫愁來라.

도연명의 초상화(陶淵明寫眞圖[1])

도연명이 심양(潯陽)의 고향 마을로 돌아가니,
명아주 지팡이에 부들 신 신고 한 폭의 건을 썼네.
그늘 짙은 고목에선 꾀꼬리가 날아다니며 울고,
아름다운 동쪽 울엔 서리맞은 국화가 곱기만 하네.
세상은 끝없이 어지럽지만 눈앞을 지나가면 아무것도 남지
　　않고,
생업은 풍족하지 않으나 자기 뜻따라 만족하게 사네.
조정에서 큰 벼슬할 풍채로 초라한 초가에서 늙으니,
흙벽 둘린 집안은 썰렁한데 겨우 몸을 담을 정도네.
큰아들은 우둔해서 글읽기를 게을리하고,
작은아들은 멍청해서 배와 밤이나 좋아하네.
해지자 늙은 처가 호미 메고 돌아오니,
한바탕 기쁜 웃음으로 작은 방이 떠나가네.
시를 읊어도 뱃속의 시름 다 쫓아내지 못하여,
취한 속에 아이를 불러 종이와 붓을 가져오게 하네.
때때로 시구(詩句)를 얻으면 그때마다 그것을 베끼는데,
다섯 구의 평담(平淡)한 같은 조의 시일세.
농사짓는 자기 집에 술 익었다고 밤에 문 두드리고 들어오니,
머리 위엔 의젓이 술 거르는 건이 얹혀 있네.
늙은 농부는 이때 뽕나무와 삼이 잘 자라는가 물으며,
술병과 술통 들고 찾아와 친밀하게 얘기하네.
한 통 술에 곧장 취하여 북녘 창 아래 누워서,
시원스럽게 스스로 태곳적 사람이라 일컫네.

이분은 올바른 도(道)를 알아 궁해도 즐거워서,
용모는 파리하지 않고 붉은 물 들인 듯하네.
선비들은 어지러이 더러운 길을 쫓아가니,
산속의 높은 뜻은 오랫동안 듣지도 못하게 되었네.
만약 구원(九原)의 무덤으로부터 지금 재생시킬 수 있다면,
공의 수레를 메게 된다 하더라도 싫어하지 않겠네.

연명귀거심양곡　　　장려　포혜건일폭
淵明歸去潯陽²⁾曲하니, 杖藜³⁾蒲鞋巾一幅이라.

음음로수전황리　　　염염동리찬　상국
陰陰老樹囀⁴⁾黃鸝요, 艶艶東籬粲⁵⁾霜菊이라.

세분혈진과안공　　　생사　불풍수의족
世紛血盡過眼空⁶⁾하니, 生事⁷⁾不豊隨意足이라.

묘당지자　로봉필　　　환도　소조근용슬
廟堂之姿⁸⁾老蓬蓽하니, 環堵⁹⁾蕭條僅容膝이라.

대아　완둔나시서　　　소아교치　애리률
大兒¹⁰⁾頑鈍懶詩書하고, 小兒嬌癡¹¹⁾愛梨栗이라.

노처일모하서귀　　　흔연일소공와　실
老妻日暮荷鋤歸¹²⁾하니, 欣然一笑共蝸¹³⁾室이라.

아시미유수　간신　　　취리호아공지필
哦詩未遺愁¹⁴⁾肝腎하여, 醉裏呼兒供紙筆이라.

시시득구첩　사지　　　오언평담용일률
時時得句輒¹⁵⁾寫之하니, 五言平淡用一律¹⁶⁾이라.

전가주숙야타문　　　두상자유록　주건
田家酒熟夜打門하니, 頭上自有漉¹⁷⁾酒巾이라.

노농　시문상마장　　　제　호설합래상친
老農¹⁸⁾時問桑麻長하고, 提¹⁹⁾壺挈榼來相親이라.

일준경취　북창와　　　소연　자위희황인
一樽徑醉²⁰⁾北窗臥하여, 蕭然²¹⁾自謂羲皇人이라.

차공　문도궁역락　　　용모불고사단악
此公²²⁾聞道窮亦樂하여, 容貌不枯似丹渥²³⁾이라.

^{유 림 분 분 수 혼　탁}

儒林紛紛隨溷²⁴⁾濁하니, 山林高義久寂寞이라.
^{산 림 고 의 구 적 막}

^{가 령 구 원　금 가 작}

假令九原²⁵⁾今可作이면, 擧公籃輿²⁶⁾也不惡이라.
^{거 공 람 여　야 불 악}

註解 1) 陶淵明寫眞圖(도연명사진도) - 진(晉)나라 도연명(陶淵明)의 초상화를 읊은 시. 사진(寫眞)이란, 사람의 모습과 행동을 진실대로 그리어 그의 성격도 엿보이도록 그린 인물화를 말한다. 작자 사과는 송대 강서시파(江西詩派)에 속하는 사람이며, 도연명이 송대에 계속 문인들의 추앙을 받았음을 알 수 있다.　2) 潯陽(심양) - 지금의 강서성(江西省) 구강현(九江縣) 서남쪽에 있던 고을 이름. 심양(潯陽)의 시상(柴桑)이 도연명의 고향이다. 곡(曲)은 모퉁이, 외진 마을. 도연명은 팽택(彭澤)의 현령(縣令)이 되었다가(405년) 80여 일 만에 그만두고 고향으로 돌아왔다.　3) 藜(려) - 명아주. 흔히 명아주 대로 지팡이를 만들었다. 포(蒲)는 부들, 창포. 혜(鞵)는 짚신. '포혜(蒲鞵)'는 부들잎으로 만든 짚신.　4) 囀(전) - 새가 지저귀는 것. 황리(黃鸝)는 꾀꼬리.　5) 粲(찬) - 선명한 것, 찬란한 것. 도연명의 〈음주(飮酒)〉 시에도 '채국동리하(採菊東籬下), 유연견남산(悠然見南山)'이라 읊었다.　6) 過眼空(과안공) - 눈앞을 지나가면 아무것도 아닌 '공(空)'이 된다. 마음에 거리낌이 없는 모양을 말한다.　7) 生事(생사) - 살아나가는 일, 생업. 수의족(隨意足)은 자기 뜻대로 살아가며 만족하는 것.　8) 廟堂之姿(묘당지자) - 조정에서 국정을 요리할 풍채와 재능. 봉필(蓬蓽)은 '봉호필문(蓬戶蓽門)', 곧 가난하고 형편없는 초가를 말한다. '봉호(蓬戶)'는 쑥대로 짠 문. '필문(蓽門)'은 '필문(篳門)'으로도 쓰며 대로 짠 문 또는 사립문.　9) 環堵(환도) - 담이 빙 둘러쳐진 집안을 가리킴. 소조(蕭條)는 쓸쓸한 모양. 근용슬(僅容膝)은 겨우 무릎이 용납된다, 겨우 몸을 둘 만한 여유가 있음을 말한다. 10) 大兒(대아) - 도연명은 〈책자(責子)〉 시에서 '아서이이팔(阿舒已二八), 나타고무필(懶惰故無匹)'이라 읊었다.　11) 嬌癡(교치) - 투정이나 부리며 어리석은 것. 도연명의 〈책자(責子)〉에도 '통자(通子)는 아홉 살이 다 됐는데도 다만 배[梨]와 밤[栗]만을 찾는다' 하였다. 12) 荷鋤歸(하서귀) - 호미 메고 돌아오다. 도연명의 〈귀원전거(歸園田居)〉 시에도 '대월하서귀(帶月荷鋤歸)'라 읊었다.　13) 蝸(와) - 달

팽이. '와실(蝸室)'은 달팽이 껍질처럼 겨우 운신이나 할 조그만 방.
14) 愁(수)−근심, 걱정. 간신(肝腎)은 간장과 신장, 마음속을 말한
다. 15) 輒(첩)−문득, 곧. 16) 一律(일률)−똑같은 율조(律調). 17)
漉(록)−술을 거르다. 도연명의 〈음주(飮酒)〉 시에 '만약 또 통쾌히
마시지 않으면, 머리 위의 건(巾)을 공연히 배반하게 되리'고 읊었
다. 18) 老農(노농)−도연명의 〈귀원전거(歸園田居)〉에도 '상견(相
見)하면 잡언(雜言)없이 다만 상마(桑麻)가 자람을 얘기한다' 하였
다. 19) 提(제)−들다. 호(壺)는 술병. 설(挈)은 끌어당기다. 여기서
는 '제(提)'와 같은 뜻. 합(榼)은 술그릇의 일종. 20) 徑醉(경취)−
곧장, 바로 취하는 것. 21) 蕭然(소연)−깨끗한 모양. 희황(羲皇)은
복희(伏羲) 황제. 희황인(羲皇人)은 곧 태곳적 사람. 이백(李白)의
〈희증정율양(戲贈鄭溧陽)〉 시에도 '청풍이 불어오는 북창 아래서 스
스로 희황인이라 말한다' 하였다. 22) 此公(차공)−도연명. 문도(聞
道)는 올바른 도리를 들어 아는 것. 23) 渥(악)−젖다. 《시경》진풍
(秦風) 종남(終南) 시에 '안여단악(顏如丹渥)'이라 했다. 24) 溷
(혼)−더러운 것, 지저분한 것. 탁(濁)은 흐린 것, 탁한 것. 25) 九原
(구원)−지금의 산서성(山西省) 강현(絳縣) 북쪽에 있는 지명으로,
춘추시대 진(晉)나라 경대부(卿大夫)들의 무덤이 있던 곳. 후세엔 뜻
이 넓혀져 '구천(九泉 : 저승)'의 뜻으로도 쓰였다. 구원금가작(九原
今可作)은 '저승에서 도연명 같은 고사(高士)를 살아 일어나게 할 수
있다면'의 뜻. 26) 籃輿(람여)−대로 짜 만든 수레.

解說 이 시는 도연명의 시 가운데서 그의 성격을 대변할 만한 명구들을 따
라 인용함으로써 그의 사람됨을 잘 그려내고 있다. 더욱이 담담하면
서도 참되고 솔직한 도연명의 모습을 눈에 보듯 잘 묘사하고 있다. 그
리고 끝 구에서 보인 도연명을 존경하는 마음은 그가 중국 시단에 오
래도록 미친 위대한 영향을 짐작케 한다. 도연명의 생활을 묘사한 글
이라기보다는 그의 덕있는 기풍을 기린 찬(讚) 비슷한 성격을 띠고 있
는 것도 그 때문일 것이다.

한구 韓駒, ?~1135

자는 자창(子蒼). 북송 촉(蜀) 육정감(淯井監 : 지금의 四川省 仁壽縣) 사람. 소식(蘇軾)에게 배워 시법(詩法)을 논한 《능양정법안(陵陽正法眼)》을 짓기도 하였다. 정화(政和) 초(1111)에 아버지 친구 가상(賈祥)의 추천으로 휘종(徽宗)에게 그의 시문이 인정되어 진사가 된 뒤 비서성정자(秘書省正字)를 시작으로 휘유대제(徽猷待制)로 벼슬자리를 물러났다. 그의 시는 깎고 다듬고 한 끝에 이루어진 것이어서 여본중(呂本中)은 강서시파(江西詩派) 계보 속에 넣었으나 자신은 황정견(黃庭堅)과의 관계를 인정치 않았다. 《능양집(陵陽集)》 4권이 전한다.

적벽기에 올라(登赤壁磯[1])

천천히 푸른 대나무 찾으며 백사장에 노닐다가
다시 등나무 가지 부여잡고 꼭대기로 올라갔네.
어찌 높은 둥지에 아직도 매가 살고 있겠는가?
옛 자취는 간 데도 없이 갈매기만이 날고 있네.
전원이나 가꾸며 시골로 돌아가 노년을 보내고자 하니,
여러 산에 미련이 남아 잠시 더 머물게 되네.
백일 동안의 고을 태수야 말할 게 무엇 있나?
공연히 시구만을 강루에 남기네.

緩尋[2]翠竹白沙游라가, 更挽藤梢[3]上上頭라.

豈有危巢[4]尙栖鶻고? 亦無陳迹[5]但飛鷗라.

經營二頃[6]將歸老하여, 眷戀[7]群山爲少留라.

百日使君[8]何足道오? 空餘詩句在江樓라.

註解 1) 赤壁磯(적벽기) - 이곳의 '적벽'은 황주(黃州, 지금의 湖北省 黃岡縣) 장강 가에 있는 것으로, 소식(蘇軾)의 〈적벽부(赤壁賦)〉로 유명한 곳이다. '기'는 물가에 솟아있는 바위 절벽. 2) 緩尋(완심) - 천천히 찾아다니는 것, 서서히 놀면서 찾아다니는 것. 3) 挽藤梢(만등소) - 등나무 가지 끝을 부여잡다. 4) 危巢(위소) - 높은 곳에 있는 새 둥지. 골(鶻)은 송골매, 매. 이 구절은 소식이 〈후적벽부(後赤壁賦)〉에서 "나는 곧 옷을 걷고 올라가 높이 솟은 바위를 밟으며 무성한 풀숲을 헤치고, 호랑이나 표범 모양의 바위 위에 걸터앉기도 하고 이무기나 용같이 구부러진 나무에 올라, 매가 사는 높은 곳의 둥지도 잡아보고 수신(水神)의 깊숙한 궁전을 굽어보기도 하였다(予乃攝衣而

上하여, 履巉岩하고, 披蒙茸하며, 踞虎豹하고, 登虯龍하여, 攀栖鶻之危巢하고, 俯馮夷之幽宮이라.)"고 한 대목을 전제로 쓴 것임. 5) 陳迹(진적)－옛 흔적, 옛 자취. 6) 經營二頃(경영이경)－2경(頃)의 땅을 가꾸다. '경'은 넓이의 단위, 밭 백 묘(畝)가 1경임. 《사기(史記)》 소진열전(蘇秦列傳)에 있는 '만약 내게 낙양 교외에 2경의 밭이 있었더라면, 내가 어찌 여섯 나라 재상이 될 수가 있었겠느냐?(使吾有洛陽負郭田二頃이면, 吾豈能佩六國相印乎아?)' 라고 한 소진의 말에서 인용한 것이다. 7) 眷戀(권련)－미련을 갖는 것, 잊지 못하고 생각을 계속 하는 것. 8) 百日使君(백일사군)－'사군'은 지방 고을의 수령(守領). 한구는 황주(黃州)의 태수(太守) 노릇을 석 달 동안하고 난 뒤 적벽에 노닐며 이 시를 지었다고 한다. 그리고 이 구절은 〈적벽부〉를 지은 소식을 생각하며 읊은 것이다.

解說 소식이 유명한 〈적벽부〉를 읊은 바로 그 적벽의 절벽 위에 올라가 읊은 시이다. 자신 역시 백일도 안 되는 짧은 동안이지만 소식처럼 황주의 수령 노릇도 하였다. 아름다운 자연을 보면서 자신보다 앞선 문호소식을 본뜨려는 뜻을 강하게 내비치고 있는 시이다.

태을진인의 연엽도에 씀(題太乙眞人蓮葉圖[1])

태을진인이 연잎 배를 타고,
건 벗고 머리 내놓아 찬 바람에 날린다.
가벼운 바람을 돛 삼고 물결을 노 삼고,
누워서 구슬 같은 글자 읽으며 물결 위에 떠간다.
물결 속에 출렁이니 푸른 천이 춤추듯,
안온하기 진나라 용양장군의 큰배가 떠있는 듯,
연화봉의 10장 넓이의 꽃이 피는 연잎이 아니라면,
세상에서 이러한 잎을 어떻게 구했겠는가?

용면거사의 그림 솜씨는 늙을수록 신묘해져서,
한 자 폭의 비단 위에 진짜 천인(天人)을 옮겨 놨다.
황홀하게도 나를 물속 신선의 집에 앉은 듯이 만들어,
푸른 안갯속의 넓은 바다엔 물결만 찰랑인다.
옥당의 학사들은 지금의 유향 같은 사람들이어서,
하늘 위에 높이 솟은 궁전 속에 앉아 지키고 있다.
이 그림 대하고 마음과 정신을 융화시킬 건 없으니,
유향처럼 푸른 명아주 지팡이 짚고 밤이면 찾아가리라.

태 을 진 인 련 엽 주　　　탈 건 로 발 한 수 수
太乙眞人蓮葉舟로, 脫巾露髮寒颼颼²⁾라.

경 풍 위 범 랑 위 집　　　와 간 옥 자　부 중 류
輕風爲帆浪爲檝³⁾하니, 臥看玉字⁴⁾浮中流라.

중 류 탕 양　취 초 무　　　온　여 용 양 만 곡 거
中流蕩漾⁵⁾翠綃舞하니, 穩⁶⁾如龍驤萬斛擧라.

불 시 봉 두 십 장 화　　　세 간 나 득 엽 여 허
不是峯頭十丈花⁷⁾면, 世間那得葉如許오?

용 면　화 수 노 인 신　　　척 소　환 출 진 천 인
龍眠⁸⁾畵手老人神하니, 尺素⁹⁾幻出眞天人이라.

황 연　좌 아 수 선 부　　　창 연 만 경 파 린 린
恍然¹⁰⁾坐我水仙府하니, 蒼烟萬頃波粼粼¹¹⁾이라.

옥 당 학 사　금 유 향　　　금 직　초 요 구 천 상
玉堂學士¹²⁾今劉向이라, 禁直¹³⁾岧嶢九天上이라.

불 수 대 차 융 심 신　　　회　식 청 려 야 상 방
不須對此融心神¹⁴⁾이니, 會¹⁵⁾植靑藜夜相訪이라.

註解 1) 題太乙眞人蓮葉圖(제태을진인연엽도) – 태을진인(太乙眞人)은 하늘의 최고신이란 명성을 지닌 남자 선인(仙人). 태을(太乙)은 태일(太一)이라고도 하며 본시는 별 이름이었다. 《사기(史記)》 봉선서(封禪書)에 '옛날 천자는 3년에 한 번씩 태뢰(太牢)를 차려 삼일신(三一

神)을 제사지냈는데 천일(天一)·지일(地一)·태일(太一)이 그것이라' 하였다. 《색은(索隱)》에 '송균(宋均)은 천일·태일은 북극신(北極神)의 별명이라 하였고, 석씨(石氏)는 말하기를, "천일·태일은 각한 개의 별로 자궁문(紫宮門) 밖에 서서 천황대제(天皇大帝)를 받들어 모신다" 하였다' 했다. 송(宋) 호자(胡仔)의 《어은총화(漁隱叢話)》에 "이백시(李伯時)가 태을진인이 한 커다란 연잎 속에 누워 손에 책한 권을 들고 읽고 있는 그림을 그렸다. 소연(蕭然)히 물외(物外)의 생각을 갖게 하는 그림이었는데 자창(子蒼 : 韓駒)이 그 위에 시를 제(題)하였다. 시의 뜻이 절묘하여 정말로 이 그림을 다 잘 읊은 것이었다" 하였는데 이 시를 두고 한 말이다. 2) 颼颼(수수) — 바람이 쏴하고 부는 모양. 3) 檝(집) — 배의 노. 4) 玉字(옥자) — 옥같은 글씨로 쓰인 책. 5) 蕩漾(탕양) — 물결이 찰랑거리는 모양. 취초무(翠綃舞)는 부드러운 연잎이 '비취빛 엷은 비단이 춤추듯이 물에 떠있다'는 뜻. 6) 穩(온) — 안정. 또는 안온(安穩)의 뜻. 용양(龍驤)은 진(晉)나라의 용양장군(龍驤將軍) 왕준(王濬). 그는 날마다 큰 군함을 만들어 가지고 오(吳)나라를 쳤다. 곡(斛)은 도량(度量)의 단위. 10두(斗)가 1곡(斛)이었다. 만곡(萬斛)은 많은 용량이 있는 커다란 배를 뜻한다. 7) 峯頭十丈花(봉두십장화) — 한유(韓愈)의 〈고의(古意)〉 시에 '태화산(太華山) 봉우리 옥정(玉井)의 연(蓮)은 꽃이 피면 크기가 10장이나 되고 뿌리는 배와 같다' 하였다. 8) 龍眠(용면) — 이공린(李公麟 : 字 伯時)의 호. 앞에 실린 형거실(邢居實)의 〈이백 시의 그림(李伯時畵圖)〉, 황정견(黃庭堅)의 〈이백 시가 그린 엄자릉이 여울물에서 낚시질하는 그림에 제함(題伯時畵嚴子陵釣灘)〉 시 참조. 원부(元符) 연간(1098~1100)에 은퇴(隱退)하여 용면산장(龍眠山莊)의 그림을 그리고 스스로 용면거사(龍眠居士)라 호하였다 한다. 곧 〈태을진인연엽도(太乙眞人蓮葉圖)〉의 작자인 것이다. 9) 尺素(척소) — 한자 넓이의 흰 비단. 10) 恍然(황연) — 황홀하게. 수선부(水仙府)는 수중 선인들의 궁전. 11) 潾潾(린린) — 물속에서 깨끗한 돌이 반짝이는 모양. 잔물결이 반짝이는 모양. 12) 玉堂學士(옥당학사) — 한림학사(翰林學士). 한(漢)나라 때엔 옥당서(玉堂署)라고 불렸으나 후세에 한림원(翰林院)으로 고쳐 부르게 되었다. 유향(劉向)은 자는 자정(子政), 본명은 갱생(更生). 한나라 선제(宣帝)·원제(元帝)·성제(成帝)에게 벼슬하여 광록대부(光祿大夫)가 되었고, 조명(詔命)으로 조정의 비부(秘府)의 책들을 교정(校正) 정리하였다. 또《홍범오행전(洪範五行傳)》도 지었다(《漢書》列傳). 13) 禁直(금직)－금중(禁中), 곧 궁중에서 당직(當直)하는 것. 초요(岧嶤)는 산이 높은 모양. 14) 融心神(융심신)－마음과 정신을 융회(融會)시키는 것. 15) 會(회)－틀림없이, 꼭. 청려(靑藜)는 푸른 명아주. 식청려(植靑藜)는 푸른 명아주 지팡이를 세우는 것. 옛날 한나라 성제(成帝) 말에 유향(劉向)은 천록각(天祿閣)에서 책을 교정하고 있었다. 온 정성을 다하여 일하고 있으려니까 갑자기 한 노인이 밖에 누런 옷을 입고 푸른 명아주 지팡이를 세우고 찾아왔다. 노인은 지팡이 끝을 불어 연기를 내며 〈오행홍범(五行洪範)〉의 글을 유향에게 가르쳤다. 유향은 노인의 한마디도 잊을새라 바지와 띠를 찢어 거기에 그의 말을 기록하였다. 새벽이 되자 노인은 떠나갔는데 이름을 물으니 태을(太乙)의 정(精)이라 하였다. 유향은 그의 아들 유흠(劉歆)까지 이 태을선(太乙仙)의 술(術)을 받아 학문으로 일세에 이름을 떨쳤다. 많은 경우 '식'을 '치'로 읽으나 공연한 짓임.

解説 이백시(李伯時)가 그린, 연잎을 타고 누워 태을진인(太乙眞人)이 책을 읽는 모습의 그림을 읊은 것이다. 마치 눈앞에 그 그림을 보고 있듯이 선명한 인상을 독자들에게 안겨준다. 태을진인은 옛날 유향(劉向)에게 오행홍범(五行洪範)을 가르쳤다는 신선이다. 유향이 지은《홍범오행전(洪範五行傳)》이 너무나 훌륭하여 이런 전설이 생겼을 것이다. 여하튼 이백시의 이 그림을 보고 있노라면 지금도 태을진인이 학문하는 사람들에게 푸른 명아주 지팡이를 짚고 찾아와 학술을 전수해 줄 것만 같다는 것이다.

III

남송南宋의 시

시 발전의 정체 시작

진여의 陳與義, 1090~1138

자는 거비(去非), 호는 간재(簡齋). 낙양(洛陽, 河南省) 사람으로, 진사가
된 뒤 병부원외랑(兵部員外郞) 등을 지냈으나, 벼슬길이 별로 평탄하지 못
했다. 북송이 망한 후 강남 지방을 떠돌아다녔는데, 나랏일을 걱정하고 시
국을 가슴 아파하는 감상이 보태어져 이때 좋은 작품들을 많이 남겼다. 다
시 만년에 벼슬이 한림학사(翰林學士)를 거쳐 참지정사(參知政事)까지 지
내고 죽었다. 황정견(黃庭堅)처럼 빼어나고 특이한 표현만을 추구하지 않
고 자연스럽고도 솔직한 개성적인 시를 써서 강서시파의 새로운 면모를
발전시켰다. 특히 만년의 비장한 격정이 실린 작품들이 뛰어나다. 《간재집
(簡齋集)》 16권이 있다.

길을 가다 한식날에(道中寒食[1])

몇 말의 녹이 내 행동 구속하니
떠다니는 구름도 내 삶 비웃겠네.
시로 흐르는 세월 벗하면서
꿈에도 공명은 이루려 하지 않네.
객지에서 돌아가는 기러기 만나기도 하고
시름 속에 어지러이 우는 꾀꼬리 소리 듣기도 하네.
버들솜은 남의 속도 모른 채
바람 타고 더욱 가벼이 떠다니네.

斗粟[2]淹吾駕하니, 浮雲笑此生이라.

有詩酬歲月하고, 無夢到功名이라.

客裏逢歸雁이오, 愁邊[3]有亂鶯이라.

楊花不解事하고, 更作倚風[4]輕이라.

註解 1) 寒食(한식)－동지(冬至) 뒤 105일째 되는 날. 이 날은 집안에 불을
피지 않고 찬 음식을 먹었다. 2) 斗粟(두속)－한 말의 곡식, 벼슬살
이로 받는 봉급을 가리킴. 엄(淹)은 방해하다, 구속하다. 가(駕)는 움
직임, 행동을 가리킴. 3) 愁邊(수변)－시름하는 중에, 시름을 하고
있는 때. 4) 倚風(의풍)－바람에 의지하다, 바람을 타다.

解說 벼슬에 별 뜻이 없으면서도 벼슬에 얽매여 살아가고 있는 자신이 한
스럽다. 기러기는 자기가 가고 싶은 곳으로 날아가고, 꾀꼬리는 아무
런 시름도 없이 노래하고 있는데, 자기만 뜻대로 살아가지 못하고 있
는 것이다. 더욱이 바람에 실리어 마음대로 날고 있는 버들솜의 자유

로운 모습이 부럽기만 하다.

가을 밤(秋夜)

담담한 달은 한밤중의 정원을 비추고 있는데,
흰 이슬이 하늘을 씻은 듯 은하수가 밝네.
가을바람아, 나뭇잎 다 불어 떨어뜨리지 말아라,
가을소리 낼 곳 없게 될까 걱정되누나.

中庭淡月照三更¹⁾하고, 白露洗空河漢²⁾明이라.

莫遣西風吹葉盡하라, 却愁無處著秋聲이라.

註解 1) 三更(삼경)—한밤중. 밤을 5등분 한 세 번째의 시각. 2) 河漢(하한)—은하, 은하수.

解說 가을밤의 정취를 노래한 시이다. 달빛이나 밝은 은하수의 아름다움보다도 바람에 날려 떨어지는 나뭇잎을 아끼는 시인의 마음이 더욱 깨끗하다.

윤잠의 감회시 운자를 따라 지음(次韻¹⁾尹潛感懷)

전쟁은 여전히 봄이 온 회수지방에서 계속되고 있는데,
탄식하다가도 아직 나라에 일할 사람 있다고 여겨지네.
어찌 천자로 하여금 천하를 두루 다니고 있게 할 건가?

누가 흰 깃 부채 들고 세상의 혼란 안정시켜 줄까?

지난 5년 동안 금나라 군사 남하하여 천지간엔 굉장한 일 일
어났고,

나는 만 리 먼 곳에 유랑하는 신세 되어있네.

금릉에서 천자가 즉위할 적엔 왕기(王氣)를 모두가 기뻐했
는데,

쫓겨다니는 이 신하는 길 잃고 또 안개 끼어 나루터 있는 곳
도 모르고 있네.

간 과 우 간 요 회 춘   탄 식 유 위 국 유 인
干戈²⁾又看繞淮春하니, 歎息猶爲³⁾國有人이라.

가 사 취 화 주 우 현   수 지 백 우 정 풍 진
可使翠華⁴⁾周寓縣가? 誰持白羽⁵⁾靜風塵고?

오 년 천 지 무 궁 사   만 리 강 호 현 재 신
五年⁶⁾天地無窮事요, 萬里江湖見在身⁷⁾이라.

공 열 금 릉 용 호 기   방 신 미 로 혹 연 진
共說⁸⁾金陵龍虎氣러니, 放臣⁹⁾迷路惑煙津이라.

註解 1) 次韻(차운)-남의 시의 운자(韻字)를 그대로 따라 화작(和作)하는
것. 윤잠(尹潛)은 주신(周莘), 자가 윤잠이며 전당(錢塘) 사람. 할아
버지가 소식과 교유하였던 주빈(周邠). 주신은 진여의와 교분이 두
터웠다. 그의 〈감회〉 시는 시국을 걱정하는 내용이었던 듯하다. 2)
干戈(간과)-방패와 창, 계속되고 있는 전쟁을 가리킴. 요회춘(繞淮
春)의 '회'는 회수(淮水)지방, 지금의 강소성(江蘇省) 북부. 이때(建
炎 3년, 1129) 금(金)나라 군사들이 이 지역을 점령하고 있었다. '요
회춘'은 봄이 와서 회수지방에 맴돌고 있다. 3) 猶爲(유위)-그래도
……이라 여긴다. 4) 翠華(취화)-천자의 수레 장식. 천자를 가리킴.
우현(寓縣)의 '우'는 우(宇)와 같은 자로, 천하를 가리킴. 5) 白羽(백
우)-흰 새 깃. 삼국시대 제갈공명(諸葛孔明)은 흰 깃 부채를 들고
촉군(蜀軍)을 지휘하여 적을 무찔렀다. 6) 五年(오년)-휘종(徽宗)의

선화(宣和) 7년(1125), 금나라 군대가 남하하여 수도 변경(汴京)을 함락시킨 이래 그때에 이르기까지 5년이다. 7) 見在身(현재신) - 현재의 몸, 전쟁통에 유랑하는 신세. 8) 共說(공열) - 다 같이 기뻐하다. 금릉용호기(金陵龍虎氣)의 '금릉'은 지금의 남경(南京). 남송의 고종(高宗)이 금릉에서 천자가 된 것을 말함. 9) 放臣(방신) - 벼슬자리에서 쫓겨나 유랑하는 신하, 자신을 가리킨다. 연진(煙津)은 안개 낀 나루.

解說 어지러운 시국을 노래한 주신(周莘)의 〈감회〉 시에 화운(和韻)한 시이다. 남송 초 중국 지식인들의 고민이 피부에 와닿는다. 결국 그들은 '쫓겨다니는 신하'의 신세를 평생 면치 못하고 마는 것이다.

강남의 봄(江南春)

비가 온 뒤 강가가 푸르니,
나그네의 눈을 따라 새로워진 경치도 슬픔만 자아내네.
10리에 걸친 복사꽃 그림자가
봄 강물 가득히 출렁이고 있네.
아침 바람은 배가 가는 역방향으로 불어 고약한 파랑만 일
곳게 하였고,
저녁 바람은 배를 밀어 보내주지만 정박할 곳이 없네.
강남 비록 좋다지만 고향 돌아가는 것만은 못하니,
담을 따라 솟은 묵은 냉이로 사람만 살찌겠구나!

雨後江上綠하니, 客悲[1]隨眼新이라.

桃花十里影이, 搖蕩[2]一江春이라.

조 풍 역 선 파 랑 악　　　모 풍 송 선 무 처 박
朝風逆船波浪惡이오, 暮風送船無處泊이라.

강 남 수 호 불 여 귀　　　노 제 　요 장 인 득 비
江南雖好不如歸니, 老薺³⁾遶墻人得肥라.

註解 1) 客悲(객비)−나그네의 슬픔, 특히 외족에게 국토를 빼앗기고 남쪽
으로 쫓겨와 방랑생활을 하고 있는 자의 슬픔.　2) 搖蕩(요탕)−출렁
이다, 흔들리다.　3) 老薺(노제)−오래 묵은 냉이.

解說 이 시는 남송이 이룩된 뒤 소흥(紹興) 원년(1131)에 수도 임안(臨安,
지금의 杭州)으로 불려가 있으면서 지은 것인 듯하다. 진여의는 첫 구
에서처럼 '비 온 뒤'의 일을 자주 시로 읊고 있다. 아무래도 '비 온
뒤'란 전란이 끝나고 평화가 찾아오는 시대의 동경에서 나오는 것인
듯하다. 그리고 시에서 역방향으로 분 '아침 바람'과 배 가는 방향으
로 분 '저녁 바람'은 남송이 이룩된 뒤에도 '화전(和戰)' 양론으로 갈
피를 잡을 수 없었던 시국을 비유로 노래하고 있는 듯하다. 북쪽의 고
향을 그리는 강남의 노래가 애절하기만 하다.

시사에 대한 느낌(感事¹⁾)

어지러운 세상을 어찌 차마 얘기하랴!
전쟁은 아직도 끝나지 않은 것을.
장관들은 오랑캐 될까 위태롭다 여기나,
강수와 한수는 예대로 동쪽으로 흐르고 있네.
금나라로 잡혀가신 천자들은 소식조차 끊겼으나,
새 천자께서 건강(建康)으로 옮겨 가셨다네.
어찌하면 나라 형편 안정시키고,
무엇으로 임금님 걱정 덜어드릴까?

세상일은 미리 예측하기 어려운 게 아니니,
내 삶은 본시 스스로 떠다니게 되어 있네.
국화는 사방의 들에 어지러이 피는데,
누구를 위한 가을을 만들려는 뜻에서인가?

喪亂那堪說고? 干戈²⁾竟未休라.

公卿危左衽³⁾이나, 江漢⁴⁾故東流라.

風斷⁵⁾黃龍府나, 雲⁶⁾移白鷺洲라.

云何⁷⁾舒國步하고, 持底⁸⁾副君憂오?

世事非難料니, 吾生本自浮⁹⁾라.

菊花紛四野하니, 作意¹⁰⁾爲誰秋오?

註解 1) 感事(감사) − 시사(時事)에 대한 느낌. 건염(建炎) 원년(1127) 작자
가 등주(鄧州, 지금의 河南省 鄧縣)에 있으면서 지은 시라 한다. 2)
干戈(간과) − 방패와 창, 전쟁을 뜻함. 3) 危左衽(위좌임) −《논어》헌
문(憲問)편에서, 공자가 '관중이 아니었다면 나는 머리를 풀어헤치
고 옷깃을 왼편으로 여미게 되었을 것이다(微管仲이면, 吾其被髮左
衽矣라)'고 하였다. '옷깃을 왼편으로 여민다'는 것은 오랑캐 풍습
이다. 따라서 '위좌임'이란 '오랑캐가 될까 위태롭게 여긴다'는 뜻.
이때는 수많은 공경대부들이 금(金)나라에 잡혀가 있었다. 4) 江漢
(강한) − 강수와 한수. 이 구절은《서경》우공(禹貢)의 '강수와 한수
는 바다로 흘러갔다(江漢朝宗于海)'는 말을 이용한 것이다. '강한'
은 제후, '바다'는 천자를 가리키며, 제후들이 올바로 천자를 찾아
뵙듯 천하의 질서가 있음을 암시한다. 5) 風斷(풍단) − 바람이 끊기
다, 소식이 끊김을 뜻함. 황룡부(黃龍府)는 지명으로 지금의 길림성

(吉林省) 영안(寧安). 오대(五代) 때 거란(契丹)이 후진(後晉)을 핍박
하여 임금〔石敬瑭〕의 아들 석중귀(石重貴)를 잡아다 황룡부에 가두
어 놓았었다. 여기에서는 북송 황제 휘종(徽宗)과 흠종(欽宗)이 금나
라에 잡혀가 있는 것을 가리킨다. 6) 雲(운) - 자운(紫雲)으로 천자를
가리킨다. 백로주(白鷺洲)는 지금의 남경(南京) 장강 속에 있는 섬
이름. 남송의 고종(高宗)은 건강(建康, 지금의 南京)에서 천자 자리
에 올랐다. 7) 云何(운하) - 여하(如何), 어찌하여. 서국보(舒國步)는
나라 형편을 편케 하다, 나라를 안정시키다. 8) 持底(지저) - 무엇으
로, 무엇을 가지고. 부(副)는 돕다, 덜어주다. 9) 自浮(자부) - 스스로
떠다니다, 여러 곳을 표류(漂流)함을 뜻함. 10) 作意(작의) - 국화가
만발하는 뜻을 가리킴.

解説 중원 땅을 외족에게 빼앗기고 남쪽으로 피란온 지식인의 고민이 잘
드러나 있는 시이다. 아름다운 국화를 보고도 저 국화는 누구를 위해
피고 있느냐는 서글픈 회의가 가슴을 메게 한다.

가슴 아픈 봄(傷春)

조정에는 오랑캐 군대 평정할 방책이란 없어
그대로 앉아 금나라 군사들 쳐들어오게 하고 있네.
처음에는 적의 기병들이 서울 가까이 온 것 이상하였는데,
바다 저 멀리 황제가 도망가는 것 보게 될 줄이야 어이 알았
　으랴?
외로운 신하는 나라 걱정으로 흰머리만 길게 자랐고,
여러 해가 가도록 아름다운 강산은 되찾지 못하고 있네.
다소 기쁜 것은 장사의 상자인(向子諲)이
지친 군사들 이끌고 용감히 오랑캐 군사들과 싸우고 있다는
　소식일세.

묘 당 무 책 가 평 융　　좌 사 감 천 조 석 봉
廟堂[1]無策可平戎하여, 坐使[2]甘泉照夕烽이라.

초 괴 상 도 문 전 마　　기 지 궁 해 간 비 룡
初怪上都[3]聞戰馬러니, 豈知窮海[4]看飛龍고?

고 신 상 발 삼 천 장　　매 세 연 화 일 만 중
孤臣霜髮[5]三千丈이오, 每歲烟花[6]一萬重이라.

초 희 장 사 상 연 각　　피 병 감 범 견 양 봉
稍喜長沙向延閣[7]이, 疲兵[8]敢犯犬羊鋒이라.

註解 1) 廟堂(묘당)－국사를 논의하는 조정. 평융(平戎)은 오랑캐를 평정하다, 금(金)나라 군대를 물리침을 뜻한다.　2) 坐使(좌사)－아무런 대책도 없이 ……하도록 만들다, 공연히 ……하게 하다. 감천조석봉(甘泉照夕烽)은 감천궁에 저녁 봉화가 비치다. 한(漢)나라 문제(文帝) 때 흉노(匈奴)의 군대가 쳐들어오자 감천(甘泉)과 장안(長安)에 몇 달 동안 봉화가 비쳤다 한다(《史記》匈奴傳). '감천'은 지금의 섬서성(陝西省) 순화(淳化)이며, 황제의 행궁(行宮)인 감천궁(甘泉宮)이 있었다. 여기서는 금나라 군대가 쳐들어온 것을 비유로 표현한 것임.　3) 上都(상도)－나라의 수도, 서울.　4) 窮海(궁해)－먼 바다. 비룡(飛龍)은 황제를 상징함(《易經》 '飛龍在天'에서 나온 말).　5) 霜髮(상발)－서리처럼 흰 머리. 이 구절은 이백(李白)의 〈추포가(秋蒲歌)〉 '백발삼천장(白髮三千丈)'이 연수사개장(緣愁似個長)이라' 한 표현을 따온 것으로, 나랏일로 많은 시름이 있음을 뜻함.　6) 烟花(연화)－안갯속의 꽃, 아름다운 것을 비유한다. 이 구절은 두보(杜甫)의 〈상춘(傷春)〉 제1수 '관새삼천리(關塞三千里)에 연화일만중(烟花一萬重)이라' 고 한 표현을 그대로 인용한 것이다. 이는 적병에게 짓밟히고 아직도 수복 못한 고국을 생각하는 뜻을 담고 있는 것이다.　7) 長沙向延閣(장사상연각)－상자인(向子諲). 그는 담주(潭州, 지금의 湖南省 長沙) 태수를 지냈고, 본시 직비각학사(直秘閣學士)였기 때문에 한(漢)나라 방식으로 '연각'이라 한 것이다. 건염(建炎) 3년 (1129) 금나라 군대가 담주(潭州)를 공격해 왔을 적에 상자인은 군대와 백성들을 거느리고 굳게 지키다가 결국은 패하였으나, 포위를 뚫고 탈출한 뒤 패잔병들을 다시 수습하여 계속 항전을 하였다.　8) 疲兵(피병)－지친 병사들, 패잔병들을 가리킴. 견양봉(犬羊鋒)은 개와 양의 칼끝, 금나라 군대를 가리킴.

解説 금나라에 제대로 대항도 못하고 있는 송나라의 실정을 개탄한 시이다. 이 시는 고종(高宗)의 건염(建炎) 4년(1130) 소양(邵陽, 지금의 湖南省)에 있으면서 지은 것이다. 그 전해 11월 금나라 군대가 몰려와 건강(建康, 지금의 南京)을 함락하고, 12월에는 임안(臨安, 지금의 杭州)으로 쳐들어와, 고종은 명주(明州, 지금의 浙江省 寧波)로 도망갔다가 배를 타고 바다로 들어갔다. 건염 4년 정월에 금나라 군대는 명주도 격파하고 고종을 추격하였는데, 고종은 바다를 통하여 온주(溫州, 지금의 浙江省)로 도망하여 살았다. 진여의는 이런 소식들을 듣고 이 시를 지은 것이다.

비를 보며(觀雨)

산에 사는 나그네는 형편없어 밭 갈 줄도 몰라
창문 열고 꼿꼿이 앉아 흐렸다 개었다 하는 날씨만 보고
  있네.
앞 강에서 뒤 산등성이까지 구름 기운이 통해 있고,
온 골짜기와 모든 숲에서 비 쏟아지는 소리 들려오네.
바다 같은 빗물이 댓가지 눌렀다 들어올렸다 하고,
바람이 산모퉁이로 불어가는 데 따라 흐렸다 밝아졌다 하네.
지붕이 새어 마른 곳이란 없는 것 싫어하지도 않고,
제발 여러 용이 갑옷과 무기 씻어주어 금나라 군사 쳐부수
  기만 바라네.

山客¹⁾龍鍾不解耕하니, 開軒²⁾危坐看陰晴이라.

_{전 강 후 령 통 운 기}　　_{만 학 천 림 송 우 성}
前江後嶺通雲氣하고, 萬壑千林送雨聲이라.

_{해 압 죽 지 저 부 거}　　_{풍 취 산 각 회 환 명}
海³⁾壓竹枝低復擧요, 風吹山角⁴⁾晦還明이라.

_{불 혐 옥 루 무 건 처}　　_{정 요 군 룡 세 갑 병}
不嫌屋漏無乾處하고, 正要群龍洗甲兵⁵⁾이라.

註解 1) 山客(산객)－산에 사는 나그네, 작자 자신을 가리킴. 용종(龍鍾)은
형편없어진 모양, 서툰 모양. 2) 開軒(개헌)－문을 열다, 창을 열다.
위좌(危坐)는 꼿꼿이 앉아 있는 것. 3) 海(해)－많이 쏟아지는 비를
형용한 말, 바다 같은 비. 4) 山角(산각)－산모퉁이. 5) 洗甲兵(세갑
병)－갑옷과 무기를 씻어주다. 옛날 주(周) 무왕(武王)이 주(紂)를 치
려고 나서는 날 큰 비가 내렸다. 이때 태공(太公)이 "이는 갑옷과 무
기를 씻어주는 비입니다(是洗濯甲兵)."라고 아뢰었다 한다(《北堂書
鈔》引《六韜》). 두보(杜甫)의 〈세병마(洗兵馬)〉 시에서는 '갑옷과 무
기를 깨끗이 씻어 영원히 쓰지 않게 되기를(淨洗甲兵長不用)'하고
읊고 있으나, 진여의는 주무왕 때 강태공의 고사를 그대로 살려 쓴
것이다.

解說 앞의 〈가슴 아픈 봄(傷春)〉 시보다 두어 달 뒤진 시기에 지어진 시이
다. 비 오는 경치를 바라보면서도, 또 자기네 지붕이 빗물로 새고 있
는데도, 오직 위태로워진 조국만을 걱정하고 있다.

육유 陸游, 1125~1209

자는 무관(務觀), 호는 방옹(放翁). 월주(越州) 산음(山陰:浙江省 紹興縣)
사람이다. 어려서부터 시문을 잘하였고 벼슬은 여러 고장의 통판(通判)과
예부낭중(禮部郎中)을 거쳐 보모각대제(寶謨閣待制)로 치사(致仕)하였다.
그의 시는 처음엔 강서시파의 기풍을 따랐으나, 중년 남송(南宋)에 와서는
나라를 걱정하는 열정으로 어떠한 격식에도 얽매이지 않는 분방한 시를
지었고 만년에는 다시 담담하고도 여유가 있고 매끄러운 시들을 썼다. 그
의 시는 금(金)에게 빼앗긴 중원을 되찾으려는 정열로 모든 격식이나 습관
을 돌보지 않던 중년의 것들이 대표한다. 그의 시집으로 《검남시고(劍南詩
稿)》 85권이 있는데 작품이 1만 4천여 수에 달하여 수량에 있어서는 고금
을 통하여 제일이다.

밤에 병서를 읽다(夜讀兵書)

서리 내리는 저녁에 외로운 등불 밝히고,
깊은 산속에서 병서를 읽네.
평생의 만 리 저쪽 걱정하는 마음은
창 들고 임금 앞을 달리고 싶네.
싸우다 죽는 일은 전사(戰士)라면 있을 수 있는 일,
처자나 돌보며 사는 것이 더욱 부끄럽게 여겨지네.
공을 이루는 일도 때를 잘 만나야 하는 법,
미리 생각해보아도 정말 자신과는 소원한 일이네.
늪에서는 굶주린 기러기 울고 있고,
세월은 이 가난한 선비 농락하고 있네.
거울 속에 비친 얼굴 보고 탄식하나니,
어찌 언제까지나 젊은 살갗 지닐 수 있을까?

孤燈耿[1]霜夕에, 窮山讀兵書라.
平生萬里心은, 執戈王前驅라.
戰死士所有요, 恥復守妻孥[2]라.
成功亦邂逅[3]니, 逆料[4]政自疎라.
陂澤號飢鴻이오, 歲月欺貧儒라.
歎息鏡中面하니, 安得長膚腴[5]리오?

解說 이 시는 작자가 소흥(紹興) 23년(1153) 전시(殿試)에 낙제한 뒤 고향 산음(山陰)으로 돌아와 지내면서 소흥 26년 무렵에 지은 것이라 한다. 그때 그의 나이는 32세, 육유는 일찍부터 외족에게 유린당하고 있는 조국을 걱정하는 마음이 절실하였음을 알 수 있다. 그는 나라를 위해 힘을 다하지 못하고 세월만 허송하고 있는 자신의 처지가 무척 안타깝기만 했다.

봄날 밤 책을 읽다가 느낌(春夜讀書感懷)

거친 숲에선 올빼미 외로이 울고,
들녘 호수에선 들오리 떼가 우는데,
나는 봉창 아래 앉아,
책 읽는 소리로 이에 응답한다.
슬프다, 흰머리의 늙은이여!
세상일 이미 갖가지로 다 겪고서도,
자기 한몸 스스로 돌볼 줄 모르고,
나라 걱정으로 눈물 줄줄 흘린다.
옛 당나라 천보 말년 생각해 보아도,
이광필(李光弼)과 곽자의(郭子儀)가 군사를 다스리어,
하북(河北) 지방을 다 찾지는 못하였어도,
동경(東京)·서경(西京)은 되찾았는데.

수천의 뜻 같이하는 지사들 있고,

백만의 금군(禁軍)이 있는데도,

60년 세월 흐르도록,

오랑캐들 깨끗이 물리치지 못하고 있다니!

적의 두목이란 실로 좀스런 임금이고,

적의 장수란 빼어난 인물도 못되는데,

어찌하여 이런 때를 놓치고,

앉아서 간사한 영웅 나오기를 기다리는가?

나 죽으면 뼈까지 썩어 버리고,

역사엔 이름도 남지 않으리니,

이 시조차도 쓰지 않는다면,

붉은 내 마음 그 누가 밝혀주리?

荒林梟[1]獨嘯하고, 野水鵝羣鳴이라,

我坐蓬窗[2]下하여, 答以讀書聲이라.

悲哉白髮翁은, 世事已飽更[3]이어늘,

一身不自恤하고, 憂國涕縱橫이라.

永懷天寶末[4]하노니, 李郭[5]出治兵이라,

河北雖未下나, 要是復兩京이라.

三千同德士에, 百萬羽林營[6]이어늘,

歲周一甲子로되, 不見胡塵淸이라.

적 추 실 잔 주　　　적 장 비 인 영
賊酋實孱主⁷⁾요, **賊將非人英**이어늘,

여 하 실 차 시　　　좌 대 간 웅 생
如何失此時하고, **坐待姦雄生**고?

아 사 골 즉 후　　　청 사 역 무 명
我死骨卽朽요, **靑史亦無名**이리니,

차 시 당 부 작　　　단 심 상 수 명
此詩倘⁸⁾**不作**이면, **丹心尙誰明**고?

註解 1) 梟(효)-올빼미. 2) 蓬窓(봉창)-쑥대로 엮어 만든 창, 허름한 창을 형용하는 말. 3) 飽更(포경)-많이 경험하다, 실컷 겪다. 4) 天寶末(천보말)-당나라 현종의 천보(天寶) 14년(755), 안록산의 난이 일어났던 일을 가리킴. 5) 李郭(이곽)-이광필(李光弼)과 곽자의(郭子儀). 이광필은 하동절도부대사(河東節度副大使), 곽자의는 삭방군절도부대사(朔方軍節度副大使)가 되어 난군 토벌에 나서서, 숙종(肅宗) 지덕(至德) 2년(757) 9월에는 서경(西京)인 장안을, 10월에는 동경(東京)인 낙양을 되찾았다. 6) 羽林營(우림영)-천자를 호위하는 금군(禁軍). 7) 孱主(잔주)-시원찮은 임금, 못난 임금. 8) 倘(당)-만약, 혹시.

解說 봄날 밤 책을 읽다가 앉아서 나라의 장래를 걱정하는 시인의 감회가 뜨겁게 느껴진다. 만주족인 금(金)나라에 밀리고 다시 몽고족인 원(元)나라에 밀리고 있는 조국의 실정이 무척 한심했을 것이다.

임안의 봄비가 막 개다(臨安¹⁾春雨初霽)

세상 맛은 근래에 얇은 비단처럼 얇아졌는데,
누가 말을 타고 객지 서울로 오게 했는가?
작은 누각에서 밤새 봄비 소리 들었는데,
깊숙한 골목 밝은 아침에 살구꽃 파는 소리 들리네.

종이쪽지에 아무렇게나 한가히 초서를 쓰기도 하고,
밝은 창 앞에 차를 넣어 우려내며 심심풀이로 따라 마시네.
벼슬 없는 몸으로 여행의 어려움 탄식하지 말지니,
청명 때면 고향집에 돌아가게 되리라.

世味²⁾年來薄似紗어늘, 誰令騎馬客京華³⁾오?
〔세 미 년 래 박 사 사〕 〔수 령 기 마 객 경 화〕

小樓一夜聽春雨러니, 深巷明朝賣杏花라.
〔소 루 일 야 청 춘 우〕 〔심 항 명 조 매 행 화〕

矮紙⁴⁾斜行閑作草하고, 晴窓細乳⁵⁾戲分茶라.
〔왜 지 사 행 한 작 초〕 〔청 창 세 유 희 분 차〕

素衣⁶⁾莫起風塵嘆하라, 猶及淸明⁷⁾可到家로다.
〔소 의 막 기 풍 진 탄〕 〔유 급 청 명 가 도 가〕

註解 1) 臨安(임안)－남송의 수도, 지금의 항주(杭州). 육유는 순희(淳熙) 13년(1186) 친구 주필대(周必大)의 초청으로 임안에 왔다가, 엄주(嚴州, 지금의 浙江省 建德) 영(令)의 벼슬을 받고, 고향을 거쳐서 임지로 가게 되어 있었다. 바로 그때 지은 시이다. 2) 世味(세미)－세상 맛, 돈벌고 출세하는 것을 가리킴. 사(紗)는 얇은 비단. 3) 京華(경화)－서울, 임안. 4) 矮紙(왜지)－종이쪽지. 폭이 좁은 종이. 사행(斜行)은 줄을 맞추지 않고 되는대로 글씨를 쓰는 것. 5) 細乳(세유)－차나 약초를 잘게 부수는 것. 또는 차가 우러나려고 거품이 이는 것. 분차(分茶)는 차를 따라 마시다, 차를 맛보다. 6) 素衣(소의)－ 흰 옷, 벼슬하지 않은 사람이 입는 옷, 벼슬하지 않은 사람. 풍진(風塵)은 객고(客苦), 객지에서의 여러 가지 어려움. 7) 淸明(청명)－24절기 중의 하나. 춘분(春分) 뒤 15일째 되는 날.

解說 첫머리 두 구는 명구(名句)로 알려져 있다. 우국의 격정(激情)뿐만 아니라 따스한 정도 지닌 다정다감한 사람인 듯하다. 육유는 특히 이와 같은 칠언율시(七言律詩)를 잘 지은 것으로 알려져 있다.

분노를 적다(書憤[1])

젊어서야 어찌 세상일 어려운 줄 알았겠는가?

중원 북쪽을 바라볼 적에는 기세가 산처럼 드높았다.

군선을 타고 눈 내리는 밤에 과주 나루를 지키기도 하였고,

군마를 타고 가을바람 부는 속에 대산관으로 달리기도 했었
 건만!

스스로 국경 지키는 장성이 되겠다고 공연한 결심했었으니,

거울 속 보니 귀밑머리 벌써 희끗희끗하다.

제갈량의 출사표야말로 정말 세상의 명문인데,

천 년 뒤라도 그 누가 비슷한 글 쓸 수 있겠는가?

조 세 나 지 세 사 간　　중 원 북 망 기 여 산
早歲那知世事艱고?　中原北望氣如山이라.

누 선　야 설 과 주 도　　철 마　추 풍 대 산 관
樓船[2]夜雪瓜洲渡요,　鐵馬[3]秋風大散關이라.

새 상 장 성 공 자 허　　경 중 쇠 빈 이 선 반
塞上長城[4]空自許니,　鏡中衰鬢已先斑이라.

출 사 일 표 진 명 세　　천 재 수 감 백 중　간
出師一表[5]眞名世니,　千載誰堪伯仲[6]間고?

註解 1) 書憤(서분)－순희(淳熙) 13년(1186) 62세 때의 작품. 같은 제목으
로 경원(慶元) 3년(1197)에도 칠언율시 2수를 짓고 있다.　2) 樓船(누
선)－큰 배, 군선(軍船). 과주(瓜洲)는 지금의 강소성(江蘇省) 장강
가에 있는 작은 고을. 시인은 40세 때 항전파(抗戰派)인 장준(張浚)
밑에서 그곳의 방비를 한 일이 있다.　3) 鐵馬(철마)－군마(軍馬). 대
산관(大散關)은 지금의 섬서성(陝西省)에 있는 관문. 시인은 50세 때
종군하여 사천(四川)의 남정(南鄭)에 가 있었는데, 그 북쪽인 대산관
은 적진(敵陣)이었다.　4) 塞上長城(새상장성)－국경 옆에 있는 만리

장성. 남조(南朝) 송(宋)나라의 장군 단도제(檀道濟)는 자주 북조(北朝)의 군사들을 쳐부수며 스스로를 만리장성에 비겼다 한다. 5) 出師一表(출사일표) – 제갈량(諸葛亮)의 〈출사표(出師表)〉. 6) 伯仲(백중) – '백'은 큰형, '중'은 둘째 형. 나이가 비슷하다는 데서 서로 비슷한 것에 비기는 말로 흔히 쓰임.

解說 육유는 스스로 제갈량의 〈출사표〉 같은 글을 쓰고 조국을 위하여 활약하고 싶었다. 나라를 생각하는 시인의 마음이 뜨겁다. 이 정도면 애국시인이라 하여도 손색이 있을 수가 없을 것이다.

검문으로 가는 도중 부슬비를 만나(劍門¹⁾道中遇微雨)

옷에는 길 먼지에 술자국이 섞여 있고,
먼 곳 여행하노라니 어느 곳이건 넋이 나가지 않게 하는 곳
    이란 없네.
이 몸은 정말 시인이라 할 수 있는 건가?
부슬비 속에 나귀 타고 검문으로 들어가네.

衣上征塵²⁾雜酒痕이오, 遠游無處不消魂³⁾이라.

此身合是⁴⁾詩人未아? 細雨騎驢入劍門이라.

註解 1) 劍門(검문) – 사천성(四川省) 북쪽 성 안으로 들어오는 곳에 있으며, 거기엔 검문관(劍門關)이 있다. 이 시는 건도(乾道) 8년(1172) 사천(四川)의 남정(南鄭)에서 출장을 가다가 지은 시라 한다. 2) 征塵(정진) – 여행하면서 뒤집어쓴 먼지, 길 먼지. 3) 消魂(소혼) – 혼을 녹이다, 놀라고 두려워 넋을 나가게 하다. 4) 合是(합시) – 정말, 합

당한가?

解說 이때는 나라를 위하여 활동하고 있었다. 부슬비 속에 나귀를 타고 검문관으로 들어가고 있는 자신의 몸은 고달프기 짝이 없다. 그러나 시만을 쓰고 앉아있지 아니하고 나라를 위해 활동하는 데 대하여 자부심도 지니고 있었던 듯하다.

산 서쪽 마을에 놀러가서(遊山西村[1])

농가의 섣달 술이 탁하다고 비웃지 말게나,
풍년이라 손님 머물면 닭고기 돼지고기 넉넉히 대접한다네.
산 깊고 물 많아 길이 없는가 했더니,
버들 우거지고 꽃 밝게 핀 저쪽에 또 마을이 있네.
퉁소와 북소리 따라 울리니 봄 사화(社火)가 가까워 오는 듯
　하고,
의관이 간단하고 소박하니 옛 풍습 남아있는 듯.
지금부턴 만약 한가히 달빛 아래 찾아와도 괜찮기만 하다면
지팡이 짚고 무시로 밤에 찾아와 문을 두드리리라.

　　막 소 농 가 랍 주 혼　　　풍 년 류 객 족 계 돈
　　莫笑農家臘酒[2]渾하라, 豊年留客足雞豚이라.
　　산 중 수 복 의 무 로　　　유 암 화 명 우 일 촌
　　山重水複疑無路러니, 柳暗花明又一村이라.
　　소 고 　추 수 춘 사 근　　　의 관 간 박 고 풍 존
　　簫鼓[3]追隨春社近이오, 衣冠簡朴古風存이라.
　　종 금 약 허 한 승 월　　　주 장 　무 시 야 고 문
　　從今若許閑乘月[4]하면, 拄杖[5]無時夜叩門하리라.

금착도 노래(金錯刀¹⟩行)

황금을 입힌 칼 백옥으로 장식되어 있는데,
밤중에도 창문 뚫고 밝은 빛이 새어 나오네.
대장부 나이 50인데도 아직 공을 세우지 못하고,
칼 들고 홀로 서서 팔방을 둘러보네.
서울에서 사귄 이들 모두가 기특한 선비들이어서
의기투합되어 함께 살고 함께 죽자 기약했네.
천 년 역사 속에 이름 없는 것 수치스럽게 여기고,
일편단심으로 천자께 보답하려 하네.
그 뒤로 먼 변경지방에 종군했는데,
남산에 새벽 눈 내려 옥산처럼 보였었네.

아아! 초나라는 세 집만이 남는다 하더라도 진나라를 멸망
  시킬 것이라 했거늘,
어찌 당당한 중국이 텅 비어 사람이 없겠는가?

황 금 착 도 백 옥 장　　　야 천 창 비 출 광 망
黃金錯刀白玉裝하니, 夜穿窗扉出光芒이라.

장 부 오 십 공 미 립　　　제 도 독 립 고 팔 황
丈夫五十功未立하여, 提刀獨立顧八荒²⁾이라.

경 화　결 교 진 기 사　　　의 기 상 기 공 생 사
京華³⁾結交盡奇士요, 意氣相期共生死라.

천 년 사 책 치 무 명　　　일 편 단 심 보 천 자
千年史册恥無名하고, 一片丹心報天子라.

이 래 종 군 천 한 빈　　　남 산　효 설 옥 린 순
爾來從軍天漢濱⁴⁾하여, 南山⁵⁾曉雪玉嶙峋이라.

오 호　　초 수 삼 호　능 망 진　　　기 유 당 당 중 국　공 무
嗚呼라! 楚雖三戶⁶⁾能亡秦이어늘, 豈有堂堂中國 空無

인
人고?

註解 1) 金錯刀(금착도) – 황금으로 도금한 칼. 2) 八荒(팔황) – 팔방, 팔방
의 끝. 3) 京華(경화) – 서울. 효종(孝宗)은 즉위하자마자 융흥(隆興)
원년(1163)에 장준(張浚)을 기용하여 북벌을 꾀하였다. 육유도 이때
진사(進士) 출신으로 불리어 나가 북벌계획에 동참하며 많은 항금지
사(抗金志士)들과 교유를 하였다. 4) 天漢濱(천한빈) – 은하수의 가
장자리, 먼 변방지역을 가리킴. 5) 南山(남산) – 섬서성(陝西省) 남쪽
에 있는 종남산(終南山)을 뜻함. 인순(嶙峋)은 산이 울퉁불퉁 솟은
것, 산이 첩첩이 쌓인 모양. 6) 楚雖三戶(초수삼호) – 초나라 회왕(懷
王)이 진(秦)나라에 갔다가 억류되어 죽음을 당하였다. 초나라 사람
들은 분개하여 그때 민요에 '초나라가 비록 세 집뿐이라 해도 진나
라를 망치는 것은 반드시 초나라일 것이다(楚雖三戶, 亡秦必楚)'라
고 하였다 한다.

解說 이 시는 육유가 49세이던 건도(乾道) 9년(1173) 가주(嘉州, 지금의 四川省 樂山)에 종군하면서 지은 시이다. 황금을 입힌 칼을 빌어 잃어버린 조국 땅을 수복하려는 기개를 노래한 시이다. 우국의 정열이 넘치는 듯하다.

오랑캐 추장이 사막 북쪽으로 도망갔다는 말을 듣고(聞虜酋¹⁾遁歸漠北²⁾)

유주에 남아있던 백성들이 국경을 넘어 되돌아 왔는데
늙은이들 부축하고 어린 애들은 업고 왔다네.
모두 말하기를 오랑캐 임금이 멀리 도망을 가버려
하룻밤에 연경(燕京) 궁전에 가시 넝쿨이 자라났다네.
하늘의 위엄이 위에 임하자 적의 간담 무너져
머리 싸매고 쥐새끼들처럼 굴 찾아 갔으니 아아! 얼마나 가련한가!
외람되이 옛 굴로 돌아가 다시 새끼 낳아 기르려 하겠지만
하늘의 망이 널리 처져 있다는 것은 알지 못하는가?
오랑캐 임금 궁전이 어찌 멀지 않겠는가?
그래도 우리 군사들이 횃불로 재를 만들어 날려 버릴 것이네.
천자께서 나라를 다시 일으키는 것은 하늘이 명한 것이어서
임명한 장군들은 모두가 뛰어난 장수감일세.
우리 군세는 환하게 드높은 하늘에 해와 달이 떠있는 것 같고
드넓은 만 리 땅에 바람 불고 벼락 치는 것 같네.
괵(虢) 지방의 산에는 짐승이 많아 사냥하기에도 좋다는데
너는 어찌하여 군대에 지원하지 않고 무얼 하려는 것이냐?

幽州³⁾遺民⁴⁾款塞⁵⁾來러니, 來者扶老携其孩라.

共言單于⁶⁾遠逃遁하여, 一夕荊棘⁷⁾生燕臺⁸⁾라.

天威在上賊膽⁹⁾破하여, 捧頭¹⁰⁾鼠竄¹¹⁾吁¹²⁾可哀로다!

妄期舊穴得孳育¹³⁾이니, 不知天網方恢恢¹⁴⁾로다.

老上¹⁵⁾龍庭¹⁶⁾豈不遠고? 漢兵一炬¹⁷⁾成飛灰라.

陛下中興天所命이니, 築壇¹⁸⁾授鉞皆雄才라.

煌煌¹⁹⁾九霄²⁰⁾揭日月이오, 浩浩²¹⁾萬里行風雷로다.

虢²²⁾山多獸可遊獵이어늘, 汝不請命²³⁾何歸²⁴⁾哉아?

註解 1) 虜酋(노추)- 적의 추장(酋長), 오랑캐 임금. 금나라 임금을 가리킴. 2) 漠北(막북)- 사막의 북쪽, 금나라 여진족의 본고장을 가리킴. 3) 幽州(유주)- 지금의 북경을 중심으로 하는 하북(河北)성 일대의 지역. 4) 遺民(유민)- 북송이 망할 적에 남쪽으로 피란을 오지 못하고 있던 백성들. 5) 款塞(관새)- 국경을 넘어와 귀순하는 것, 국경을 넘어오는 것. 6) 單于(선우)- 흉노 임금을 이르는 말, 여기서는 금나라 임금. 7) 荊棘(형극)- 가시 넝쿨, 잡초와 잡목. 8) 燕臺(연대)- 본시는 전국시대 연나라 소왕(昭王)이 쌓은 누대, 여기서는 금나라 도성 연경(燕京)의 궁전을 가리킴. 9) 賊膽(적담)- 도적의 쓸개, 오랑캐들의 간담. 10) 捧頭(봉두)- 머리를 바쳐 들다, 머리를 싸매다. 11) 鼠竄(서찬)- 쥐처럼 굴을 찾아 도망가는 것. 12) 吁(우)- 감탄사, 아아. 13) 孳育(자육)- 새끼를 낳아 기르는 것, 다시 세력을 키우는 것. 14) 恢恢(회회)- 크고 넓은 모양. 15) 老上(노상)- 흉노 임금의 호(號). 16) 龍庭(용정)- 흉노 임금이 신을 제사지내는 장소, 흉노 임금의 궁정. 17) 炬(거)- 횃불. 18) 築壇(축단)- 한나라 고조가 한신(韓信)을 장군에 임명할 적에 권위를 보여주기 위하여 단을

쌓았다. 도끼를 내려주는 수월(授鉞)과 함께 장수를 임명하는 것을 뜻한다. 19) 煌煌(황황)- 밝게 빛나는 모양. 20) 九霄(구소)- 9층으로 된 하늘, 높은 하늘. 21) 浩浩(호호)- 넓고 아득한 모양. 22) 虢(괵)- 괵 땅, 여기서는 북괵(北虢)인 산서(山西)성 평륙현(平陸縣) 일대, 당시 여진족의 근거지역을 가리킨다. 23) 請命(청명)- 군대로 출정하라는 명령을 내려주기를 요청하다, 곧 군대 가기를 자원하는 것. 24) 何歸(하귀)- 무엇에 귀착하려는가? 무슨 짓을 하려는 것인가?

解説 금나라의 점령지역으로부터 남쪽으로 옮겨온 사람들로부터 금나라 임금이 북쪽 자기네 본거지로 도망갔다는 얘기를 듣고 지은 시이다. 육유는 이 소식을 듣자 여러 해 품어 온 뜻을 이룰 때가 되었다 하고 신이 나서 이 시를 지었다. 그러나 실은 이때 금나라 임금이 도망간 것이 아니라 더위를 피하려고 관습에 따라 연경을 벗어나 북쪽의 자기네 본거지로 옮겨갔던 것이었다. 엉터리 정보에나마 일시 신이 나서 자신의 용맹을 발휘해 보려고 했던 시인의 애국심이 눈물겹다.

고기잡이 영감(漁翁)

강가에 어부가 초가 움막을 지어놓았으니,
푸른 산이 문을 마주 대하고 있어 그림보다도 아름답네.
강의 안개 엷게 퍼지고 비는 부슬부슬 내리는데
영감은 물결을 헤치고 고기를 잡으러 가네.
그가 태어나서 공부하지 않은 것이 한스러우니,
강산이 이와 같은데도 한 구절의 시가 없네.
나도 노쇠하여 글재주 약해진 게 부끄러워
함께 강산을 앞에 놓고 여러 번 탄식만 하네.

_{강 두 어 가 결 모 려}　　_{청 산 당 문 화 불 여}
江頭漁家結茆廬¹⁾하니, 靑山當門畫不如라.

_{강 연 담 담 우 소 소}　　_{노 옹 파 랑 행 포 어}
江烟²⁾淡淡雨疎疎하고, 老翁破浪行捕魚라.

_{한 거 생 래 부 독 서}　　_{강 산 여 차 일 구 무}
恨渠³⁾生來不讀書니, 江山如此一句無라.

_{아 역 쇠 지 참 필 력}　　_{공 대 강 산 삼 탄 식}
我亦衰遲⁴⁾慚筆力하니, 共對江山三嘆息이라.

註解 1) 茆廬(모려)-초가 움막. '모(茆)'는 모(茅)와 같은 자. 2) 江烟(강연)-강의 안개. 담담(淡淡)은 엷게 안개가 낀 모양. 소소(疎疎)는 비가 부슬부슬 내리는 모양. 3) 渠(거)-그 사람, 저 사람. 4) 衰遲(쇠지)-쇠약, 쇠로.

解說 이 시는 '강두(江頭)'·'청산(靑山)'에서 시작하여 '강연(江烟)'·'강산(江山)'·'강산(江山)'으로 같은 글자들이 중첩되어 쓰이고 있는 것이 특징이다. 그리고 그것은 예외이면서도 표현상 특별한 묘미를 느끼게 한다. 그 때문에 '강산여차일구무(江山如此一句無)' 같은 구절은 많은 사람들의 입에 오르내리는 명구로도 알려졌다.

이른 매화(早梅)

동쪽 언덕에 매화 처음 피어,
풍겨오는 향기 내 속에 깊이 스며든다.
분명히 울 밖에서 나는 것인 줄은 알겠는데,
찾아나서 보니 정작 찾아내기 어렵네.

_{동 오 매 초 동}　　_{향 래 탁 의 심}
東塢¹⁾梅初動하니, 香來托意²⁾深이라.

명 지 재 리 외 　 행 도 각 난 심
明知在籬外나, 行到却難尋이라.

註解 1) 塢(오)-언덕, 둑. 2) 托意(탁의)-내 뜻으로 밀고 들어오다, 마음 속에 느끼게 하다.

解說 일찍 핀 매화를 즐기는 시인의 마음이 잔잔하면서도 아름답기만 하다.

방문을 닫고서(閉戶)

가난한 살림이라 근심 감당 못하겠다고 공연히 말하지만
문 닫고 홀로 오묘한 자연의 섭리 따라 노닌다.
안락은 본시 무사함으로써 얻어지는 것이요,
공명은 언제나 추구하는 마음 지니는 데서 탈이 난다.
원수에 대한 원한 씻고 자기만의 이익추구 잊고,
번쩍이는 칼 거두어 드리니 보검의 정기 잠잠해진다.
아이 아뢰기를 침상 머리의 봄 술독 익었다 하니
인간만사 끝없이 돌아가면서 바꾸어진다.

단 표 　 허 도 불 감 우 　 　 폐 호 방 종 조 물 유
簞瓢¹⁾虛道不堪憂로되, 閉戶方從造物²⁾遊로다.

안 락 본 인 무 사 득 　 　 공 명 상 기 　 유 심 구
安樂本因無事得이오, 功名常忌³⁾有心求⁴⁾라.

세 제 구 원 망 만 촉 　 　 수 렴 광 망 정 두 우
洗除仇怨忘蠻觸⁵⁾하고, 收斂光芒靜斗牛⁶⁾로다.

아 보 상 두 춘 옹 숙 　 　 인 간 만 사 전 유 유
兒報牀頭春甕熟하니, 人間萬事轉悠悠로다.

1) 簞瓢(단표)- '단'은 대나무로 만든 둥근 그릇, '표'는 표주박. 《논어》 옹야(雍也)편에 공자가 안회(顔回)의 어려운 생활을 말하면서 "한 그릇의 밥을 먹고 한 쪽박의 물을 마신다(一簞食, 一瓢飮.)"이라 표현하고 있다. 따라서 '단표'는 어려운 생활, 가난한 살림을 뜻한다. 2) 造物(조물)- 조물주, 자연의 섭리. 3) 常忌(상기)- 늘 꺼리다. 늘 탈이 나기 때문에 꺼리는 것이다. 4) 有心求(유심구)- 추구하는 마음이 있는 것. 5) 蠻觸(만촉)-《장자(莊子)》 칙양(則陽)편에 보이는 고사로, 달팽이 왼편 뿔 위에 있는 나라가 만씨(蠻氏)이고, 오른편 뿔 위에 있는 나라가 촉씨(觸氏)인데 이들은 서로 땅을 많이 자기가 차지하려고 늘 큰 희생을 무릅쓰면서 싸웠다 한다. 따라서 작은 자기 이익 추구에만 힘을 다하는 것을 뜻한다. 6) 斗牛(두우)- 북두성과 견우성. 옛날에 용천(龍泉)과 태아(太阿)라는 명검이 있었는데 그 칼 기운이 하늘로 뻗치어 북두와 견우 두 별 사이에 자기(紫氣)가 있었다고 한다. 따라서 앞의 "수렴광망"은 빛과 기운을 발하는 칼을 거두어들인다는 뜻이다.

작자 육유가 문을 닫고 방안에 홀로 앉아 한 명상을 시로 읊은 것이다. 그는 세상에 나가 출세를 하겠다는 공명심도 버리고 남을 미워하고 남과 싸우려는 마음도 거두어들이고 자연의 섭리를 따라 술이나 마시면서 유유히 살아가야겠다는 것이다. "인간만사는 끝없이 돌아가면서 바꾸어진다."고 하는 순환의 철학 원리를 조용히 받아들이고 있는 것이다.

11월 4일 비바람이 크게 치다(十一月四日¹⁾風雨大作)

외로운 마을에 뻣뻣이 누워서도 자신을 슬퍼할 줄은 모르고,
아직도 나라 위해 윤대 지킬 생각하고 있네.
밤늦도록 누워서 바람에 비 날리는 소리 듣다가,
군마 타고 언 강물 건너는 꿈이나 꾸네.

강 와　고 촌 부 자 애　　　상 사 위 국 수 륜 대
僵臥²⁾孤村不自哀하고, 尙思爲國戍輪臺³⁾라.

야 란　와 청 풍 취 우　　　철 마　빙 하 입 몽 래
夜闌⁴⁾臥聽風吹雨러니, 鐵馬⁵⁾氷河入夢來라.

註解 1) 十一月四日(십일월사일) – 작자가 68세이던 소희(紹熙) 4년(1193). 작자는 고향으로 돌아와 조용히 지내고 있었다. 두 수 중 한 수만을 번역하였다. 2) 僵臥(강와) – 뻣뻣이 눕다, 죽은 듯이 눕다. 3) 戍輪臺(수륜대) – '윤대'는 신강성(新疆省) 서북쪽 국경의 요지이다. 수(戍)는 국경을 수비하는 것. 4) 夜闌(야란) – 밤이 깊다, 밤이 늦도록. 5) 鐵馬(철마) – 군마(軍馬).

解說 나이 늙어서도 나라를 위하는 마음에는 변함이 없다. 비바람은 더욱 어지럽고 위태로운 시국을 절감케 하였을 것이다.

60세의 노래(六十吟)

인생은 오래 전부터 백 년 사는 이 없으니,
60이나 70이면 이미 장수한다고 할 것일세.
아아, 내가 어느덧 그런 경지가 되어
머리는 노쇠하여 쑥대 같고 얼굴은 야위었네.
외로운 소나무 가지 꺾인 채 깊은 골짜기에서 늙어가고,
병든 말 처량하게 마구간의 주어지는 사료로 사는 것 같네.
눈앞의 나라 살릴 계책 전혀 없거늘
어찌 죽은 뒤의 공명을 바라겠는가?
허술한 벽에서 바람 들어와 등불 불꽃 흔들고,
구들 아궁이 불 다하여 추위로 싸늘하네.

가슴속의 의기(意氣)는 드높이 솟고 있지만,
정원의 나뭇잎 다 떨어지도록 옷에는 솜도 두지 못하고 있네.

인 생 구 의 무 백 년　　육 십 칠 십 이 위 수
人生久矣無百年이니, 六十七十已爲壽라.

차 여 홀 홀　도 차 경　　쇠 발 여 봉 면 고 수
嗟予忽忽¹⁾蹈此境하여, 衰髮如蓬面枯瘦²⁾라.

고 송 최 절　로 간 학　　병 마 처 량 의 잔 두
孤松摧折³⁾老澗壑하고, 病馬淒凉依棧豆⁴⁾라.

상 무 주 책　활 목 전　　기 유 공 명 부 신 후
尙無籌策⁵⁾活目前이어늘, 豈有功名付身後리오?

벽 소 풍 입 등 염 요　　지 로　화 진 한 소 소
壁疎風入燈焰搖하고, 地爐⁶⁾火盡寒蕭蕭라.

흉 중 백 홍　토 천 장　　정 수 엽 공 의 미 광
胸中白虹⁷⁾吐千丈이나, 庭樹葉空衣未纊⁸⁾이라.

註解 1) 忽忽(홀홀)－빠른 모양, 어느덧. 2) 枯瘦(고수)－마르고 야위다, 야위고 병들다. 3) 摧折(최절)－가지나 줄기가 부러지는 것. 간학(澗壑)은 계곡, 깊은 골짜기. 4) 棧豆(잔두)－마방(馬房)의 콩 사료, 마구간의 주어지는 사료. 5) 籌策(주책)－좋은 계책. 6) 地爐(지로)－침대 밑으로 불을 넣어 방을 따스하게 하도록 만든 온돌 모양의 난방 방법. 소소(蕭蕭)는 기온이 쌀쌀한 모양. 7) 白虹(백홍)－흰 무지개, 용사의 기개에 비유함. 옛날 자객 형가(荊軻)가 연(燕) 태자(太子)의 부탁을 받고 진시황(秦始皇)을 찔러 죽이려고 가는데, '흰 무지개가 해를 관통했다(白虹貫日)'고 한 데서 나온 말(《史記》 鄒陽傳). 8) 纊(광)－솜, 솜을 두다.

解說 이 시는 육유가 만 60세가 되던 해 지은 것이라 한다. 나이를 먹고도 그의 생각은 나라 걱정으로 꽉 차있다. 그가 자신보다도 먼저 나라를 생각하며 살았기 때문에 남보다 장수했던 듯하다.

농가의 탄식(農家歎)

산이 있는 대로 모두 보리를 심고
물이 있는 데면 모두 메벼를 심는데,
소 목에는 상처로 뼈가 드러나지만
소리치며 밤에도 밭을 갈고 있네.
힘을 다해 농사일에 힘쓰면서
바라는 건 태평스런 세상일세.
문 앞에 누가 와서 문 두드리는가?
고을 관원이 세금 내라는 소리일세.
농부 한 몸 관청 뜰로 끌려들어가
밤낮없이 매질만 당하네.
사람이면 그 누가 죽음 꺼리지 않겠는가?
스스로 헤아려 보아도 살 길이 없네.
집으로 돌아와 모두 얘기하려다가도
부모님 마음 상할까 두려워 말 못하네.
노인들 음식만 구할 수가 있다면
처자들이야 어찌 되어도 좋다네.

有山皆種麥하고, 有水皆種秔[1]하니,

牛領[2]瘡見骨이나, 叱叱[3]猶夜耕이라.

竭力事本業하며, 所願樂太平이라.

門前誰剝啄[4]고? 縣吏征租聲이라.

일신입현정　　　　일야궁태방
一身入縣庭하여, 日夜窮笞搒[5]이라.

인숙불탄사　　　　자계무유생
人孰不憚死리오? 自計無由生이라.

환가욕구설　　　　공상부모정
還家欲具說이로되, 恐傷父母情이라.

노인당　득식　　　처자홍모　경
老人儻[6]得食이면, 妻子鴻毛[7]輕이라.

註解 1) 秔(갱)-메벼. 2) 領(령)-목. 창(瘡)은 부스럼, 상처. 3) 叱叱(질질)-소리치는 모양, 꾸짖는 소리. 4) 剝啄(박탁)-문을 두드리는 소리, 노크. 5) 笞搒(태방)-매질을 하는 것. 6) 儻(당)-만약. 7) 鴻毛(홍모)-큰기러기의 털, 무척 가벼운 것.

解說 농사짓는 백성들을 보고 나오는 탄식이다. 그들은 온 힘을 다해 밭을 갈고 농사짓지만 결국은 수확한 것을 모두 세금으로 빼앗겨 버리고 자신은 먹을 것도 없는 형편이 된다. 그뿐 아니라 수시로 관가에 끌려가 매를 맞기도 한다. 부모 봉양하기에도 힘이 부치니 처자들은 돌볼 여유도 없다. 이 시는 영종(寧宗) 경원(慶元) 원년(1195)에 지은 것이라 한다. 정치가 이 모양이니 나라도 제대로 지키지 못하고 백성들은 먹고 살아가기에도 힘이 겨운 것이다.

지난 일에 대한 감상(追感往事)

여러 관원들 한심스럽게도 자기 자신만은 잘 보전하니,
전에 나랏일 그릇친 게 어찌 진회(秦檜) 한 명 때문이겠나?
강남에 관중(管仲) 같은 영웅이 나오기는 바라지 않지만,
나라 걱정하여 함께 울어 줄 사람조차 없구나!

제 공 가 탄 선 모 신　　　　오 국 당 시 기 일 진
諸公可歎善謀身¹⁾이나, 誤國當時豈一秦²⁾이리오?

불 망 이 오 출 강 좌　　　신 정 대 읍 역 무 인
不望夷吾³⁾出江左나, 新亭⁴⁾對泣亦無人이라.

註解 1) 善謀身(선모신)－자기 몸의 안락을 꾀하는 일은 잘한다. 2) 秦(진)－진회(秦檜). 북송 말 남송 초 화의파(和議派)의 우두머리. 금나라와 싸우기를 주장한 악비(岳飛)를 모함하여 죽이고, 또 많은 충신과 장군들을 죽였다. 3) 夷吾(이오)－제(齊)나라 환공(桓公)의 재상 관중(管仲)의 호. 그는 환공을 보좌하여 패업(霸業)을 이루게 하였다. 강좌(江左)는 장강 하류 일대. 동진(東晉) 초에 왕도(王導)가 재상이 되자 온교(溫嶠)가 만나보고 '강좌에도 관이오(管夷吾)가 있으니, 내 또 무엇을 걱정하겠는가?(江左自有管夷吾어늘, 吾復何慮哉아?)' 라고 말했다는 고사(《晉書》 溫嶠傳)를 인용한 것이다. 4) 新亭(신정)－지금의 남경 남쪽에 있는 정자 이름. 진(晉)나라가 북쪽 오랑캐들에게 몰리어 남쪽으로 옮겨가 새 수도인 건강(建康, 지금의 南京) 신정에 모여 잔치를 벌였는데, 한 사람이 '풍경은 다를 것 없는데 눈앞의 산하(山河)는 다르다' 고 하자 모두가 서로 쳐다보며 울었다고 한다(《世說新語》 言語).

解說 이 시는 다섯 수이나 그 중 한 수만을 번역하였다. 나라 생각은 하지 않고 자기의 일신만을 생각하는 많은 사람들을 풍자한 시이다. 시인의 의기가 엿보인다.

저무는 봄(塞上)

몇 칸 초가집을 경호 가에 세웠는데,
만 권의 장서 있어도 가난을 면케 해주지 못하네.
제비가 갔다가 돌아오면서 날짜는 지나가고,
꽃이 피었다 지면서 바로 봄은 가 버리네.

책을 펴면 평생의 벗을 만나는 게 기쁘고,

물에 비친 모습 보고 옛날 사람 아니라고 놀라네.

오랑캐 멸망시키려는 마음은 아직도 지니고 있음을 스스로
　비웃다가도,

높은 데 오르면 비분으로 내 자신도 거의 잊게 되네.

수 간 모 옥 경 호 빈　　　만 권 장 서 불 구 빈
數間茅屋鏡湖¹⁾濱이니, **萬卷藏書不救貧**이라.

연 거 연 래 환 과 일　　　화 개 화 락 즉 경 춘
燕去燕來還過日하고, **花開花落卽經春**이라.

개 편 희 견 평 생 우　　　조 수 경 비 낭 세 인
開編²⁾喜見平生友요, **照水³⁾驚非曩歲人**이라.

자 소 멸 호 심 상 재　　　빙 고 강 개 욕 망 신
自笑滅胡心尙在나, **憑高⁴⁾慷慨欲忘身**이라.

註解 1) 鏡湖(경호) – 절강성(浙江省) 소흥현(紹興縣) 남쪽에 있는 호수. 감
호(鑑湖)·장호(長湖)·태호(太湖)라고도 부른다. 육유는 호수 남부
가 속해 있는 산음(山陰)에 물러나 있었다. 경원(慶元) 3년(1197) 봄,
작자가 73세이던 때의 작품이다.　2) 開編(개편) – 책을 펼치는 것.
3) 照水(조수) – 물에 비쳐 보다, 거울 대신 물에 비쳐 보는 것이다.
낭세(曩歲)는 오래 전, 옛날.　4) 憑高(빙고) – 높은 곳에 오르는 것.
망신(忘身)은 자기 자신의 몸에 대하여 잊다. 강개(慷慨)는 비분(悲
憤)의 마음을 지니는 것, 원통하고 슬프게 느끼다.

解說 작자가 늙어 고향에 돌아와 있으면서 가 버리는 봄에 대한 감상을 노
래한 것이다. 73세의 몸인데도 아직 조국을 침략한 '오랑캐를 멸망시
키려는 마음'은 그대로 지니고 있어 비분 속에 가 버리는 봄을 보내고
있다.

가을이 저물어 가는데(秋晚)

나뭇잎이 다 떨어지니 절의 누각이 드러나고,
강물이 평평해지니 가에 모래톱이 생겨나네.
소와 양이 지는 햇빛 속에 내려오고,
북과 호각 소리가 높은 성 위에서 들려오네.
추위가 닥치는데도 옷은 아직 전당잡히어 있고,
시름 많으니 꿈속에서도 스스로 놀라네.
오랑캐 무리들이 지금도 쥐가 굴속에서 싸우듯 싸우고 있
　으니,
황하와 위수는 어느 때나 맑아질 것인가?

　　　　목 락 사 루 출　　　　강 평 사 저　생
　　　木落寺樓出이오, **江平沙渚**[1]**生**이라.

　　　　우 양 하 잔 조　　　고 각　동 고 성
　　　牛羊下殘照하고, **鼓角**[2]**動高城**이라.

　　　　한 지 의 유 지　　　우 다 몽 자 경
　　　寒至衣猶質[3]이오, **憂多夢自驚**이라.

　　　　군 호 방 투 혈　　　하 위　기 시 청
　　　群胡方鬪穴하니, **河渭**[4]**幾時淸**고?

註解 1) 沙渚(사저)─모래톱. 2) 鼓角(고각)─북과 호각(胡角), 시간을 알
리기 위하여 치고 불던 것이다. 3) 質(지)─저당물, 저당 잡히다. 4)
河渭(하위)─황하와 위수. 황하와 위수가 맑아진다는 것은 황하 유
역의 중원(中原)과 위수 유역의 섬서(陝西)지방이 평화로워짐을 말
한다.

解說 고향의 저물어 가는 가을을 읊으면서도 조국을 침략한 오랑캐들을 잊
지 않고 있다. 경원(慶元) 5년(1199) 75세 때 지은 것이라 한다. 만약

송나라의 지식인들이 적어도 육유만큼 조국을 사랑했더라면, 몽고족이나 만주족들은 중원 땅에 발도 붙이지 못했을 것이다.

아들에게(示兒¹⁾)

죽어 버리면 만사가 그만이라는 것을 본시부터 알고 있으나,
오직 조국의 통일을 보지 못하는 게 슬프구나.
관군이 북쪽으로 중원을 평정하게 되거들랑
제사지내면서 네 아비에게 알려주는 걸 잊지 말아라.

사 거 원 지 만 사 공   단 비 불 견 구 주   동
死去元知萬事空이나, 但悲不見九州²⁾同이라.

왕 사 배 정 중 원 일   가 제 무 망 고 내 옹
王師北定中原日엔, 家祭無忘告乃翁³⁾하라.

註解 1) 示兒(시아)-육유는 가정(嘉定) 2년(1209) 12월 29일, 85세의 나이로 죽었는데, 그때 아들에게 유언삼아 지어준 시이다. 2) 九州(구주)-우(禹)가 천하의 강물을 다스리고 전국 땅을 아홉 주(州)로 정리했으므로, 중국 전토를 가리킴. 3) 乃翁(내옹)-네 아비.

解說 죽으면서도 외족에게 빼앗기고 있는 조국 땅을 걱정하는 시인의 마음이 뜨겁다.

양만리 楊萬里, 1127~1206

자는 정수(廷秀), 호는 성재(誠齋). 길주(吉州) 길수(吉水, 江西省) 사람으로, 진사가 된 뒤 여러 지방의 지방관 및 중앙 관서의 벼슬을 하였다. 광종(光宗, 1189~1194 재위) 때에는 환장각학사(煥章閣學士)와 실록검토관(實錄檢討官) 등을 지내기도 하였다. 그는 한 가지 벼슬을 할 적마다 한 가지 시집을 내어, 원(元) 방회(方回)는 《영규율수(瀛奎律髓)》에서 양만리는 시를 짓는 데 있어서 '한 벼슬마다 한 시집을 냈고, 한 시집을 낼 적마다 반드시 변화가 있었다(一官一集, 每一集必一變.)'고 하였다.

그도 처음엔 강서시파에서 출발하였으나, 뒤에는 당시를 본받아 자유롭고 가벼운 시를 썼다. 9종의 시집에 4천2백여 수의 시가 실려있으며, 시문집(詩文集)은 모두 133권이다.

가을의 느낌(秋感)

옛날엔 가을의 느낌 없이 그저 가을 좋아하여
바람 속에 피리 불고 달밤에 누각 올라 놀았네.
지금도 가을빛은 전혀 예나 같은데
가을을 슬퍼하지 않으려 해도 마음대로 되지 않네.

구 불 감 추 지 애 추　　　 풍 중 취 적 월 중 루
舊不感秋只愛秋하여, 風中吹笛月中樓라.
여 금 추 색 혼　여 구　　　 욕 불 비 추 부 자 유
如今秋色渾[1]如舊로되, 欲不悲秋不自由라.

註解 1) 渾(혼) - 전혀, 완전히.

解說 나이 먹은 이의 가을의 감상이 가볍게 노래 되어 있다.

삼삼경(三三徑[1])

동원에 아홉 가닥의 길을 내고 강매 · 해당 · 복숭아 · 오
얏 · 굴 · 살구 · 홍매 · 벽도 · 부용의 아홉 가지 꽃나무를 각
각 한 길에 심고, 이름을 '삼삼경' 이라 하기로 하였다.

동 원 신 개 구 경　　　 강 매　 해 당　 도　　 이
〔序〕 東園新開九徑하고, 江梅 · 海棠 · 桃 · 李 ·
굴　 행　 홍 매　 벽 도　 부 용　　 구 종 화 목　　 각 종 일 경
橘 · 杏 · 紅梅 · 碧桃 · 芙蓉의, 九種花木을, 各種一徑
　　 명 왈　 삼 삼 경 운
하고, 名曰 ; 三三徑云이라.

삼경을 처음 낸 것은 장후(蔣詡)였고,
다시 삼경을 낸 것은 도연명일세.
내게는 이에 삼삼경이 있으니,
한 길의 꽃이 피면 그 길을 거닐리라.

삼 경 초 개 시 장 경
三徑初開是蔣卿²⁾이오, 再開三徑有淵明³⁾이라.
재 개 삼 경 유 연 명

성 재 엄 유 삼 삼 경
誠齋⁴⁾奄有三三徑하니, 一徑花開一徑行이라.
일 경 화 개 일 경 행

註解 1) 三三徑(삼삼경) – 길 이름. 삼삼은 구이므로, 작자가 동원에 낸 아
홉 가닥의 길을 뜻한다. 2) 蔣卿(장경) – 한(漢)나라 때의 장후(蔣詡),
자가 원경(元卿). 왕망(王莽) 때에 숨어살면서 집앞 대나무 사이에
세 길을 내놓고, 친구인 구중(求仲)과 양중(羊仲)만이 그 길을 따라
찾아와 놀게 하였다고 한다(《尙友錄》 22권). 3) 淵明(연명) – 도연명.
그는 〈귀거래사(歸去來辭)〉에서 '삼경은 황폐해졌으나, 소나무와 국
화는 그대로 있네(三徑就荒이나, 松菊猶存이라)'라고 읊고 있다. 4)
誠齋(성재) – 양만리의 아호, 자신을 가리킴. 엄(奄)은 문득, 이에.

解說 전원의 맑고 깨끗한 생활을 즐기려는 작자의 뜻이 잘 드러난 시이다.
양만리는 특히 동원(東園)을 좋아했던 듯하다. 그의 시집을 보면 동원
을 읊은 시들이 여러 편 눈에 뜨인다.

한가히 지내는 초여름에 낮잠에서 깨어나(閑居初 夏午睡起)

매실은 신맛이 있어 치아를 시큼하게 하고,
파초는 녹색 빛을 사창을 통해서도 보게 하네.

해는 긴데 자다 일어나니 아무런 감정이나 생각도 없어,
한가히 아이들이 버들솜 잡으려고 뛰어다니는 것 구경하네.

매 자 류 산 연 치 아
梅子留酸軟齒牙[1]하고, 파 초 분 록　여 창 사
芭蕉分綠[2]與窗紗라.

일 장 수 기 무 정 사
日長睡起無情思하여, 한 간 아 동 착 류 화
閑看兒童捉柳花라.

註解 1) 軟齒牙(연치아)－치아를 시큼하게 하다, 치아를 저리게 하다. 2) 分綠(분록)－녹색을 나누어 주다. 곧 파초잎이 크게 자라 사창을 통해서도 파랗게 보이는 것을 형용한 말임.

解說 역시 아름다우면서도 가벼운 서정이다. 육유(陸游)와 같은 시대의 시인이면서도 마음가짐이나 감정이 크게 다르다.

모심기 노래(揷秧[1]歌)

농부가 못단 던지면 부인이 받고,
작은아이는 모를 뽑고 큰아이는 모를 심네.
삿갓은 투구요 도롱이는 갑옷인데,
비가 머리 위에 떨어져 어깻죽지까지 젖네.
도랑 옆으로 불러내어 조반 먹고 잠시 쉬는데,
머리 숙이고 허리 굽힌 채 묻는 말에 대꾸도 않네.
모 뿌리 든든히 박히지 않고 심는 것 다 끝나지 않았으니,
거위와 오리 새끼들 막아주어야 하기 때문일세.

전 부 포 앙 전 부 접
田夫抛秧田婦接하고, 소 아 발 앙 대 아 삽
小兒拔秧大兒揷이라.

입　시두무사시갑　　우종두상습도갑
笠²⁾是兜鍪簑是甲이니, 雨從頭上濕到胛³⁾이라.

환거　조찬헐반삽　　저두절요지부답
喚渠⁴⁾朝餐歇半霎이나, 低頭折腰只不答이라.

앙근미뢰　시미잡　　조관　아아여추압
秧根未牢⁵⁾蒔未匝이니, 照管⁶⁾鵝兒與雛鴨이라.

註解 1) 揷秧(삽앙)−모심기. '삽'은 땅에 꽂는 것. '앙'은 모. 2) 笠(입)−
삿갓. 두무(兜鍪)는 투구. 사(簑)는 도롱이. 3) 胛(갑)−어깻죽지, 견
갑(肩胛). 4) 喚渠(환거)−도랑 옆으로 불러내다. 반삽(半霎)은 잠깐,
짧은 동안. 5) 未牢(미뢰)−든든해지지 않다, 견고하지 못하다. 시
(蒔)는 모를 심는 것. 미잡(未匝)은 두루 다 심지 못한 것, 다 되지 못
한 것. 6) 照管(조관)−돌보아주다, 막아주다.

解說 농촌의 모심는 모양을 노래한 시이다. 자기 주변에서 일어나고 있는
모든 일들을 시로 노래한 것이 송대 시인이다. 농촌의 모심기를 시로
읊고 있는 것을 보면, 양만리가 가볍고 자유로운 서정을 추구한 시인
이라 하더라도 역시 송대 시인임에는 틀림이 없는 듯하다.

나비(蝶)

성근 울타리 너머로 오솔길 깊숙이 뻗어 있고,
나무 끝 파릇파릇하면서도 녹음을 이루지는 못했네.
아이들이 내달리며 노랑나비 뒤쫓자
배추꽃 밭 속으로 날아드니 찾을 길도 없구나.

이락　소소일경심　　수두선록미성음
籬落¹⁾疎疎一徑深하고, 樹頭先綠未成陰이라.

아동급주추황접　　비입채화무심처
兒童急走追黃蝶하니, 飛入菜花無尋處라.

註解 1) 籬落(이락)－울타리. 소소(疎疎)는 성근 모양.

解說 역시 시골 풍경이 가볍고 깨끗하게 노래되고 있다. 사람들이 추구하는 것은 모두가 나비 같은 것인 듯도 하다. 노랑나비보다도 유채꽃이 더 아름다운 것인지도 모른다.

길가던 도중 저녁에 묵으면서(暮宿半塗)

아침 해가 내 동쪽에 있었는데,
저녁 해는 내 서쪽에 와 있네.
내가 길을 가면 해도 역시 가고 있었는데,
해는 돌아갔으되 나는 돌아가지 못하고 있네.
형세가 남의 집에 가 묵어야 할 판인데,
멀리 가야할지 가까이 가면 될지 전혀 알기 어렵네.
평생을 너무 아무렇게나 멋대로 살아왔으니
똑똑한 것도 같고 바보인 것 같기도 하네.
어찌하여 오늘 길을 가는데,
이부자리는 따라주지 않는가?
다행히도 봄날씨 조금 따스해졌으니,
옷 벗지 않고 쓰러져 자리라.
설사 오늘 저녁이 춥다 하더라도,
나는 취해 있을 것이니 알 수가 없으렷다!

조 일 재 아 동　　　석 일 재 아 서
朝日在我東이러니, 夕日在我西로다.
아 행 일 역 행　　　일 귀 아 미 귀
我行日亦行이나, 日歸我未歸로다.

勢須就人宿^{세 수 취 인 숙}이나, 遠近^{원근}¹⁾或難期^{혹 난 기}라.

平生太疎放^{평 생 태 소 방}²⁾하니, 似黠^{사 할}³⁾亦似癡^{역 사 치}로다.

如何今日行^{여 하 금 일 행}에, 不以衾枕隨^{불 이 금 침 수}아?

幸逢春小暄^{행 봉 춘 소 훤}⁴⁾하니, 倒睡^{도 수}⁵⁾莫解衣^{막 해 의}라.

借令今夕寒^{차 령 금 석 한}이라도, 我醉亦不知^{아 취 역 부 지}리라.

註解 1) 遠近(원근)－묵을 곳이 멀리 있는지 가까이 있는지, 또는 멀리 가서 묵게 될는지 가까이서 묵게 될는지. 2) 疎放(소방)－아무렇게나 멋대로 행동하는 것, 마음 내키는 대로 행동하는 것. 3) 黠(할)－똑똑한 것, 총명한 것. 癡(치)는 바보. 4) 暄(훤)－따스한 것, 온난한 것. 5) 倒睡(도수)－쓰러져 자다, 아무렇게나 누워 자다.

解說 정말 아무렇게나 멋대로 살아가는 시인의 마음이 잘 드러난 시이다. 역시 서정이 가볍다.

추위에 떠는 파리(凍蠅)

창문 저편으로 우연히 햇볕 쬐는 파리 발견했는데,
두 다리를 비비며 새벽 밝은 햇빛 희롱하네.
해 그림자가 옮겨가려 하자 먼저 알고서
갑자기 다른 창으로 날아가 떨어지는 소리 들리네.

隔窓偶見負暄^{격 창 우 견 부 훤}¹⁾蠅^승하니, 雙脚按挲^{쌍 각 뇌 사}²⁾弄曉晴^{롱 효 청}이라.

일 영 욕 이 선 회 득 　　　홀 연 비 락 별 창 성
日影欲移先會得³⁾하고, 忽然飛落別窓聲이라.

註解 1) 負暄(부훤)－햇볕을 쬐는 것.　2) 挼挲(뇌사)－비비다, 문지르다.
3) 會得(회득)－알아차리다, 깨닫다.

解說 추위에 떨고 있는 파리, 곧 초겨울의 파리를 읊은 시이다. 성당(盛唐)
이전의 시인이라면 절대로 이처럼 파리를 주제로 시를 짓지는 않았을
것이다. 더구나 추위에 떨고 있는 파리는 말할 것도 없다. 이처럼 자
기 생활 주변의 모든 현상에 관심을 갖는 것이 송시(宋詩)의 또 한 가
지 특징의 하나이다.

보리밭(麥田)

끝없이 넓은 녹색 비단은 구름 짜는 베틀로 짠 듯하니,
통 폭 푸른 비단으로 땅에 옷 만들어 입혔네.
이 철의 농가는 정말 부귀하니
눈은 다 녹고 보리싹이 살찌기 때문이네.

무 변 록 금 직 운 기 　　　전 폭 청 라 작 지 의
無邊綠錦織雲機¹⁾니, 全幅靑羅作地衣라.

차 시 농 가 진 부 귀 　　　설 화 소 진 　맥 묘 비
此時農家眞富貴니, 雪花銷盡²⁾麥苗肥라.

註解 1) 織雲機(직운기)－구름 짜는 베틀로 짜다.　2) 銷盡(소진)－다 녹
다.

解說 농촌의 아름다운 풍경을 노래한 것이다. 다만 양만리는 앞의 육유(陸
游)와 같은 시대이면서도 나라나 세상을 걱정하는 마음은 별로 지니

지 않고 산 듯하다. 농촌도 아름다운 겉모습만 감상하며 즐기고 있는 것 같다.

안락방의 목동(安樂坊[1]牧童)

앞의 아이가 소를 끌고 시냇물 건너고 있고,
뒤 아이는 소를 타고 뒤돌아보며 무언가를 묻고 있으며,
한 아이는 피리를 불고 있는데 삿갓에는 꽃이 꽂혔고,
한 마리의 소가 아이를 태우고 송아지를 끌고 가고 있네.
봄 시내의 엷은 푸른 물은 맑아서 찌꺼기 하나 없고,
봄 섬의 가는 풀은 파랗게 티끌 하나 없네.
다섯 마리 소가 멀리 가고 있지만 그놈들 걱정마라,
시냇물 저쪽이 바로 아이들 집이라네.
갑자기 머리 위에 비가 몇 방울 떨어지니
세 삿갓과 네 도롱이가 서둘러 달려가네.

　　　전 아 견 우 도 계 수　　　후 아 기 우 회 문 사
　　　前兒牽牛渡溪水하고, 後兒騎牛回問事[2]라.

　　　일 아 취 적 립 잠 화　　　일 우 재 아 행 인 자
　　　一兒吹笛笠簪花[3]하고, 一牛載兒行引子[4]라.

　　　춘 계 눈 수 청 무 재　　　춘 주 세 초 벽 무 하
　　　春溪嫩[5]水淸無滓요, 春洲細草碧無瑕라.

　　　오 우 원 거 막 관 타　　　격 계 변 시 군 아 가
　　　五牛遠去莫管他[6]하라, 隔溪便是羣兒家라.

　　　홀 연 두 상 수 점 우　　　삼 립 사 사　　간 장 거
　　　忽然頭上數點雨하니, 三笠四蓑[7]趕將去라.

註解 1) 安樂坊(안락방)—동리 이름. 이 마을은 안휘성(安徽省)의 선성(宣城)에서 흡주(歙州, 徽州)를 거쳐 기문(祁門)에 이르는 중간에 있던 마을이다. 작자가 소희(紹熙) 3년(1192) 68세로 벼슬을 완전히 그만두고 고향으로 돌아가던 중에 지은 것이라 한다.   2) 回問事(회문사)—돌아다보며 무슨 일에 대하여 묻고 있는 것.   3) 笠簪花(립잠화)—삿갓에 꽃을 꽂다.   4) 行引子(행인자)—길을 가면서 새끼를 끌고 가다.   5) 嫩(눈)—부드러운 것. 여기서는 눈청(嫩靑), 곧 엷은 푸른빛을 가리킨다.   6) 管他(관타)—그를 상관하다, 그의 일에 상관하다.   7) 三笠四蓑(삼립사사)—3개의 삿갓과 4개의 도롱이. 네 명의 목동들이 모두 도롱이를 입고 그 중 세 명만이 삿갓을 쓰고 있는 것이다.

解說 시골 작은 마을의 목동들 모습이 한 편의 수채화같이 아름답다. 그러나 양만리의 시를 읽으면서 같은 시대를 산 육유의 시와 대비가 되는 것은 무슨 까닭일까? 이 시도 기교에 있어서는 육유 못지않다. 앞에 실린 〈삼삼경(三三徑)〉의 시처럼 시 속에서의 숫자놀이가 재미있기도 하다.

특히 이 시 속에는 네 명의 목동과 다섯 마리의 소가 등장하고 있는데, 정신차리지 않으면 목동이 몇 명이고 소가 몇 마리인지 파악하기 쉽지 않다. 육유는 늘 우국의 정을 안고 시를 지은 데 비하여 양만리는 이처럼 장난기를 간직한 채 자기만의 감상을 노래하고 있는 것이다.

범성대 范成大, 1126~1193

자는 치능(致能), 호는 석호거사(石湖居士). 오군(吳郡 : 지금의 江蘇省 蘇州) 사람. 육유(陸游)·양만리(楊萬里)·우무(尤袤)와 더불어 남송사대가(南宋四大家)라 알려져 있다. 진사가 된 뒤 여러 가지 벼슬을 거쳐, 참지정사(參知政事)에 대학사(大學士)라는 높은 벼슬을 하고 나서는 고향으로 물러나 석호(石湖) 가에 별장을 짓고 시주(詩酒)로 자연을 즐기면서 살았다. 그도 본시는 소식과 황정견의 시를 따랐으나, 뒤에는 나랏일을 걱정하는 정을 담은 시와 함께 청신하고 아름다운 도연명(陶淵明)·위응물(韋應物)에 가까운 자연시를 많이 지었다. 《석호시집(石湖詩集)》 34권이 있다.

농가에 머무는 손님 노래(田家留客行)

길손은 농가 작다 웃지 마소,
대문 방문 나지막하지만 잘 쓸고 닦고 있다오.
큰아이가 손님 나귀 뽕나무 가에 매어놓고,
작은아이가 자리 털어 까니 부드럽기 담요보다 더하네.
나무 절구에 새로 눈 같은 흰쌀 찧어
급히 향기로운 밥 지어놓고 와서 손님 마중하는데,
좋은 사람 집안으로 들어오면 모든 일 잘된다니,
올해엔 누에 보리 늦될까 걱정 안해도 되겠다 하네.

행 인 막 소 전 가 소
行人莫笑田家小하라,

문 호 수 저 감 쇄 소
門戶雖低堪洒掃¹⁾라.

대 아 계 로 상 수 변
大兒繫驢桑樹邊하고,

소 아 불 석 연 승 전
小兒拂席軟勝氈²⁾이라.

목 구 신 용 설 화 백
木臼³⁾新舂雪花白하고,

급 취 향 반 래 간 객
急炊香飯來看客이라.

호 인 입 문 백 사 의
好人入門百事宜니,

금 년 불 우 잠 맥 지
今年不憂蠶麥遲리라.

註解 1) 堪洒掃(감쇄소)－물을 잘 뿌리고 쓸다, 물 뿌리고 쓸만하다.　2) 氈(전)－양탄자, 담요, 털로 짠 모직물의 깔개.　3) 木臼(목구)－나무 절구. 용(舂)은 찧다, 절구질하다.

解說 농촌의 너그러운 인심과 아름다운 풍습이 잘 묘사된 시이다. 평화롭고 여유가 있다.

사철 따른 전원의 여러 가지 흥취(四時田園雜興) 8수

〈춘일전원잡흥(春日田園雜興)〉 2수

버들솜 날리는 깊은 골목에 낮닭 울음소리 들리고,
뽕잎은 뾰족이 새싹 돋았으되 아직 녹음은 이루지 못했네.
앉아서 졸다가 깨어나서는 할 일이 없어,
창 가득한 밝은 햇빛 아래 누에가 생겨나는 것 구경하네.

柳花¹⁾深巷午鷄聲이오, 桑葉尖新綠未成이라.

坐睡覺來無一事하여, 滿窓晴日看蠶生²⁾이라.

註解 1) 柳花(유화)−버들 솜. 2) 蠶生(잠생)−누에 채반 위의 누에씨에서 누에가 생겨나오는 것.

땅의 기름기 활동하려 하며 비가 자주 재촉하니,
만 가지 풀 천 가지 꽃이 순식간에 다 피었네.
집 뒤의 거친 밭은 그대로 풀이 우거져 있고,
이웃집의 대 뿌리가 담을 뚫고 넘어왔네.

土膏³⁾欲動雨頻催하니, 萬草千花一餉⁴⁾開라.

舍後荒畦⁵⁾猶綠秀요, 鄰家鞭筍⁶⁾過牆來라.

註解 3) 土膏(토고)−땅의 기름기, 흙의 힘. 4) 一餉(일향)−한식경, 잠깐

동안. 5) 荒畦(황휴)-거친 밭, 묵어있는 밭. 6) 鞭筍(편순)-대나무
뿌리.

〈만춘전원잡흥(晩春田園雜興)〉 1수

나비가 짝지어 배추꽃 속으로 날아들고,
해는 긴데 농가엔 찾아오는 손도 없네.
닭은 날아 울타리 넘어가고 개는 개구멍에서 짖고 있으니,
행상이 차를 사러 왔다는 것을 알 수가 있네.

호 접 쌍 쌍 입 채 화　　일 장 무 객 도 전 가
胡蝶雙雙入菜花하고, **日長無客到田家**라.

계 비 과 리 견 폐 두　　지 유 행 상 래 매 차
雞飛過籬[7]**犬吠竇**하니, **知有行商來買茶**라.

註解　7) 籬(이)-울타리. 두(竇)는 울타리에 난 개구멍.

〈하일전원잡흥(夏日田園雜興)〉 2수

낮에는 밭에 나가 김매고 밤에는 길쌈,
농촌 아이들은 모두가 집일 맡네.
어린 손자들은 밭 갈고 베 짜는 일 할 줄 모르지만
역시 뽕나무 그늘 옆에서 오이 심기 배우고 있네.

주 출 운 전 야 적 마　　촌 장 아 녀 각 당 가
晝出耘[8]**田夜績麻**하고, **村莊兒女各當家**[9]라.

동 손　미 해 공 경 직　　야　방 상 음 학 종 과
童孫[10]**未解供耕織**이나, **也**[11]**傍桑陰學種瓜**라.

누런 먼지 뒤집어쓴, 길 가던 나그네 간장 같은 땀 흘리니,
잠시 우리집에 머물며 향기로운 샘물 마시라 하네.
문 앞 평평한 바위에 앉아 쉬도록 하는데,
버드나무 그늘은 한낮인데도 매우 바람 시원하네.

황 진 행 객 한 여 장　　소 주 농　가 수 정 향
黃塵行客汗如漿[12]하니, 少住儂[13]家嗽井香하라.

차 여　문 전 반 석 좌　　유 음 정 오　정 량 풍
借與[14]門前盤石坐하니, 柳陰亭午[15]正涼風이라.

〈추일전원잡흥(秋日田園雜興)〉 2수

지붕 처마에 거미가 나지막히 거미줄 친 것 고요히 바라보니,
부질없이 작은 벌레들 날아다니는 것 방해하고 있네.
잠자리는 거꾸로 걸려있고 벌도 걸리어 어려움 속에 있어서
시골 아이 급히 불러 그놈들 어려움 풀어주게 하네.

정 간 첨 주　결 망 저　　무 단　방 애 소 충 비
靜看簷蛛[16]結網低하니, 無端[17]妨礙小蟲飛라.

청정　도괘봉아군　　최환　산동위해위
蜻蜓¹⁸⁾倒挂蜂兒窘하여, 催喚¹⁹⁾山童爲解圍라.

註解 16) 簷蛛(첨주)－지붕 처마에 있는 거미.　17) 無端(무단)－공연히, 까닭도 없이. 방애(妨礙)는 방해, 방해하다.　18) 蜻蜓(청정)－잠자리. 군(窘)은 막히다, 고생하다, 궁지에 몰리다.　19) 催喚(최환)－재촉해 부르다. 산동(山童)은 시골 아이, 산골 아이.

새로 닦은 흙마당은 거울처럼 평평하고,

집집마다 서리 내린 맑은 날 틈타서 벼 타작을 하네.

웃고 노래하는 소리 속에 가벼운 우레소리처럼 타작하는 소
　리나고,

밤새도록 이어지는 도리깨 소리가 날이 밝도록 울리네.

신　축　장　니　경　면　평　　　가　가　타　도　추　상　청
新築場泥²⁰⁾鏡面平이오, 家家打稻趨霜晴²¹⁾이라.

소　가　성　리　경　뢰　동　　　일　야　련　가　　향　도　명
笑歌聲裏輕雷²²⁾動하고, 一夜連枷²³⁾響到明이라.

註解 20) 場泥(장니)－진흙으로 평평하게 만든 마당.　21) 趨霜晴(추상청)－서리가 내린 맑은 날씨를 이용하다.　22) 輕雷(경뢰)－가벼운 우레소리. 사람들이 떠드는 소리와 곡식을 타작하는 소리를 모두 상징한 것이다.　23) 連枷(련가)－'가(枷)'는 도리깨. 곡식을 떠는 도리깨 소리가 연이어지는 것.

〈동일전원잡흥(冬日田園雜興)〉 1수

솔가지 송진 태워 초롱을 삼으니,
그을음 연기 먹과 같아 방의 창문 어둡게 만드네.
저녁 무렵 남창의 종이 깨끗이 닦으니,
곧 저녁해가 전보다 두 배는 붉게 느껴지네.

송 절   연 고 당 촉 롱   응 연   여 묵 암 방 롱
松節²⁴⁾然膏當燭籠하니, 凝煙²⁵⁾如墨暗房櫳이라.

松節²⁴⁾然膏當燭籠하니, 凝煙²⁵⁾如墨暗房櫳이라.
晚來²⁶⁾拭淨南窓紙하니, 便覺斜陽一倍紅이라.

註解 24) 松節(송절)－소나무의 마디진 곳. 연(然)은 태우다, 연(燃)과 같음. 고(膏)는 송진. 촉롱(燭籠)은 초롱. 25) 凝煙(응연)－연기가 응고된 것, 그을음. 롱(櫳)은 방의 창, 봉창. 26) 晚來(만래)－저녁 무렵이 되어, 저녁 무렵.

解說 작자는 〈사시전원잡흥(四時田園雜興)〉 60수를 짓고 있다. 그가 얼마나 농촌생활을 사랑했는가 짐작할 수 있는 일이다. 그 중에서 〈춘일전원잡흥〉 2수, 〈만춘전원잡흥〉 1수, 〈하일전원잡흥〉 2수, 〈추일전원잡흥〉 2수, 〈동일전원잡흥〉 1수, 도합 8수를 골랐다. 작자는 시 제목 아래 다음과 같은 서문을 쓰고 있다.

"순희(淳熙) 병오(丙午)년(1186), 오랜 병이 약간 나아서 다시 석호(石湖)의 옛집으로 돌아와 야외에서 보고 느낀 것들을 그때마다 한 수의 절구(絕句)로 썼는데, 해가 다할 때까지 60편이 이루어졌고, 여기에 〈사시전원잡흥〉이란 제목을 달았다.(淳熙丙午에, 沈痾少紓하니, 復至石湖舊隱하여, 野外卽事를, 輒書一絕이라. 終歲得六十篇하고, 號四時田園雜興이라.)"

농촌 풍경이며 농민들의 생활 모습이 잘 묘사된 시이다. 봄의 흥취를 읊은 데에서는 아름답고 여유있는 농촌 풍경이, 여름 흥취를 노래한 데에서는 농사일을 하는 모습과 넉넉한 농촌 인심이, 가을의 정취를 읊은 데에서는 곤충을 통하여 자연을 사랑하는 마음가짐과 추수에 흥겨우면서도 겨를이 없는 농촌의 실정이, 겨울 풍경을 노래한 데에서는 솔가지를 태우며 불을 밝히고 사는 옛 농촌생활이 잘 그려져 있다.

세금 독촉의 노래(催租行[1])

세금을 다 내고 증서도 받았는데 관청에선 추가로 더 재촉하여,
어정어정 이장이 찾아와 문을 두드리네.
손에 문서를 들고서 성난 듯 기쁜 듯 이리저리 협박하고 달래면서 하는 말이
"나도 역시 일하러 오기는 했지만 술 취하여 돌아가야 하겠네."
침대 머리 복주머니는 크기가 주먹만 한데,
찢어보니 겨우 3백 전이 들어있네.
"어르신 취하게 해드리기엔 턱도 없으니,
아쉽지만 어르신 짚신값이나 물어드리도록 하지요."

輸[2]租得鈔官更催하니, 踉蹌[3]里正敲門來라.
手持文書雜嗔喜[4]하되, 我亦來營[5]醉歸爾라.
牀頭慳囊[6]大如拳이러니, 撲破[7]正有三百錢이라.
不堪與君成一醉니, 聊復償[8]君草鞋費라.

註解 1) 催租行(최조행) – 세금을 재촉하는 노래. '조(租)'는 세금, '행 (行)'은 가행(歌行), 옛 시가의 일종. 2) 輸(수) – 갖다 내다. 초(鈔)는 증명서, 세금을 내고 받은 영수증. 3) 踉蹌(낭창) – 뒤뚱뒤뚱 걷는 모양, 어정어정 걷는 모양. 4) 雜嗔喜(잡진희) – 성냄과 기쁨을 뒤섞다, 곧 성난 듯이 협박을 하다가 기쁜 듯한 모습으로 달래기도 하는 것. 5) 來營(래영) – 일을 하러 오다, 공무를 처리하러 오다. 6) 慳囊 (간낭) – 저금통처럼 쓰다 남는 잔돈을 넣어두는 주머니. 7) 撲破(박 파) – 때려 깨트리다, 여기서는 찢는 것. 8) 償(상) – 값을 물어주다, 배상하다. 초혜(草鞋)는 짚신.

解說 관리들의 횡포에 시달리는 농민들의 생활을 노래한 시이다. 송나라가 국세는 형편없었지만, 옛날에도 중국 남방의 농촌은 북쪽의 농촌에 비하여 부유했던 듯하다. 북방의 농촌 실정을 노래한 시들에 비하면 그래도 각박한 느낌이 덜하다. 그런대로 여기에서는 일단 세금을 제 대로 낼 만한 여유는 갖고 있기 때문이다.

의춘원(宜春苑¹⁾)

여우무덤 너구리길이 길모퉁이에 가득한데도
행인들은 아직도 '어원'이라 부르고 있네.
연창궁엔 그래도 꽃이 섬돌 가에 피어있다 했는데,
애 끊이는 의춘원엔 풀싹조차도 없구나!

狐塚²⁾獾蹊滿路隅나, 行人猶作御園³⁾呼라.

連昌⁴⁾尙有花臨砌요, 腸斷宜春寸草無라.

註解 1) 宜春苑(의춘원) – 변경(汴京 : 지금의 河南省 開封, 北宋의 수도)

동쪽에 있던 천자의 정원 이름. 작자는 건도(乾道) 6년(1170) 금(金)나라에 사신으로 갔는데, 그 도중에 지은 시이다. 범성대는 이때의 여행기로 〈남비록(攬轡錄)〉을 지었다. 2) 狐塚(호총) - 여우무덤, 여우굴. 환(貛)은 환(獾)과 같은 자로 너구리. 3) 御園(어원) - 천자의 정원. 4) 連昌(연창) - 당나라 궁전 이름. 원진(元稹)에게는 〈연창궁사(連昌宮詞)〉가 있다. 안록산의 난 후 황폐해진 궁전의 모습을 읊은 명시인데, '상황께선 섬돌 옆의 꽃 각별히 좋아하였는데, 여전히 천자의 자리는 섬돌 옆에 비스듬히 있네(上皇偏愛臨砌花러니, 依然御榻臨階斜라.)'라는 구절이 있다.

解說 북송의 수도였던 변경(汴京)을 지나면서 황폐해진 옛 궁전의 모습을 본 감개를 노래한 것이다. 망국의 한이 골수에 스며드는 듯하다.

주교를 지나며(州橋¹⁾)

주교의 남쪽과 북쪽은 궁성 앞 가로인데,
어른들은 해마다 황제 돌아오기 기다리고 있네.
눈물 참으며 우는 소리로 사자에게
언제면 정말로 천자의 군대가 올까요 하고 묻네.

주 교 남 북 시 천 가 　 　 부 로 년 년 등 가 회
州橋南北是天街²⁾니, 父老年年等駕³⁾回라.

인 루 실 성 순 　 사 자 　 기 시 진 유 육 군 　 래
忍淚失聲詢⁴⁾使者하되, 幾時眞有六軍⁵⁾來오?

註解 1) 州橋(주교) - 북송의 수도 변경(汴京 : 지금의 河南省 開封)에 있던 다리 이름, 천한교(天漢橋)의 속칭. 범성대는 건도(乾道) 6년(1170) 금나라에 사신으로 가는 길에 변경을 지나면서 이 시를 지었다. 2) 天街(천가) - 서울의 거리, 변경의 가도. 작자 자신이 '남쪽으로는 주

작문(朱雀門, 汴京의 正南門)이 보이고, 북쪽으로는 선덕루(宣德樓, 宮城의 正門樓)가 보이는데, 모두 옛 어로(御路)이다' 라고 주를 달고 있다.   3) 駕(가)-송나라 천자의 수레.   4) 詢(순)-묻다.   5) 六軍(육군)-천자의 군대, 왕사(王師). 주(周)나라 제도에 천자의 군대는 육군으로 구성되었다.

解說 지난 북송 때의 수도인 변경을 지나가면서 잃어버린 조국 땅을 되찾기 바라는 간절한 바람을 노래한 것이다. 그는 이때 변경에서 이 시 이외에도 앞에서 번역 소개한 〈의춘원〉 시와 〈복승각(福勝閣)〉·〈선덕루(宣德樓)〉 등의 시도 지어 옛 고궁과 황폐해진 정원에 대한 서러운 감상을 읊었다.

우무 尤袤, 1127~1194

자는 연지(延之), 호는 수초거사(遂初居士). 상주(常州) 무석(無錫 : 지금의 江蘇省) 사람. 어려서부터 기동(奇童)으로 알려졌고, 진사가 된 뒤 태상소 경(太常少卿)을 거쳐 예부상서(禮部尙書)도 지냈으나 관운은 그리 평탄치 못하였다. 흔히 육유(陸游) · 양만리(楊萬里) · 범성대(范成大)와 함께 남송 사대가(南宋四大家)로 일컬어지고 있으나, 그는 시집도 변변히 남아있는 게 없고, 그럴싸한 작품도 별로 없다. 청(淸) 초에 우동(尤侗)이 유시(遺詩) 를 모아 《양계유고(梁溪遺稿)》 1권을 편찬하였다.

회남 지방 백성들의 노래(淮[1]民謠)

동쪽의 관부에선 배를 사고,
서쪽 관부에선 무기와 기구를 사네.
내게 묻기를 "무얼 하려는 것이오?"
"방위군을 결성하려는 것이라오.
방위군 대장이 우리집을 찾아왔는데,
기세와 태도가 무척 거칩디다.
검푸른 옷을 입은 두 관원이
저녁 내내 사람들 불러내는데,
불러내는 소리 끝나기도 전에
닭과 돼지를 잡아야 하지요.
대접이 조금만 맘에 들지 않아도,
앞으로 끌려나가 매질을 당해야 한다오.
동쪽으로 내몰렸다 서쪽으로 내몰렸다 하느라고
호미와 쟁기는 팽개쳐 두어야 했고,
칼을 살 돈이 없어서
마누라 옷까지 다 잡혀야만 했다오.
작년엔 강남 땅에 흉년이 들어
먹을 것 찾아 강북으로 갔었는데,
강북에 눌러앉아 살지도 못하고
강남으로 돌아올 수도 없었다오!
부모님께서 나를 낳으시고는
내게 밭 갈고 뽕나무 키우는 일만을 가르쳤으니,
관부가 지엄하다는 것도 알지 못했거늘

어찌 군대에 종군할 수가 있겠소?

창을 잡는다 해도 찌를 줄을 모르고

활을 잡는다 해도 쏠 줄을 모르는데,

군대에 편입시킨들 내가 무얼 하겠소?

공연히 애만 쓰고 아무런 소용도 없을 것이오.

유랑하고 또 유랑하며

추위 견뎌내고 또 굶주림도 견뎌내야 하네.

누가 천지가 넓다고 말했나요?

한 몸도 의탁할 곳이 없거늘!

회남지방이 병란에 휩싸인 뒤,

편히 살던 때 오래되지 않았건만,

죽은 사람들 시체가 삼대 쌓여있듯 많으니,

살아남은 자들 몇 명이나 되겠소?"

황폐한 마을에 서쪽으로 해 기우는데,

파괴된 가옥만이 두세 집 남아있네.

구제해 주려 해도 힘이 미치지 못하니,

이런 소요를 어찌하면 좋단 말인가?

東府²⁾買舟船하고, 西府買器械³⁾라.
동 부 매 주 선　　　서 부 매 기 계

問儂⁴⁾欲何爲오 하니, 團結⁵⁾山水寨라.
문 농 욕 하 위　　　단 결 산 수 채

寨長過我廬하니, 意氣⁶⁾甚雄粗라.
채 장 과 아 려　　　의 기 심 웅 조

靑衫⁷⁾兩承局이, 暮夜連勾呼⁸⁾라.
청 삼 양 승 국　　　모 야 련 구 호

勾呼且未已하여, 椎剝⁹⁾到雞豕라.
구 호 차 미 이　　　추 박 도 계 시

공 응　　초 불 여　　　향 전 수 태 추
供應¹⁰⁾稍不如면, 向前受笞箠¹¹⁾라.

　　구 동 부 구 서　　　기 각 서 여 리
驅東復驅西하여, 棄却鋤與犁¹²⁾라.

　　무 전 매 도 검　　　전 진 혼 가　의
無錢買刀劍하여, 典盡渾家¹³⁾衣라.

　　거 년 강 남 황　　　진 숙　과 강 북
去年江南荒하니, 趁熟¹⁴⁾過江北이라.

　　강 북 불 가 주　　　강 남 귀 미 득
江北不可住하고, 江南歸未得이라.

　　부 모 생 아 시　　　교 아 학 경 상
父母生我時에, 敎我學耕桑이라.

　　불 식 관 부 엄　　　안 능 사 융 행
不識官府嚴하니, 安能事戎行¹⁵⁾고?

　　집 창 불 해 척　　　집 궁 불 능 사
執槍不解刺이요, 執弓不能射라.

　　단 결 아 하 위　　　도 로 정 무 익
團結我何爲오? 徒勞定無益이라.

　　유 리 중 류 리　　　인 동 부 인 기
流離重流離하여, 忍凍復忍飢라.

　　수 위 천 지 관　　　일 신 무 소 의
誰謂天地寬고? 一身無所依라.

　　회 남 상 란 후　　　안 집　역 미 구
淮南喪亂後에, 安集¹⁶⁾亦未久어늘,

　　사 자 적 여 마　　　생 자 능 기 구
死者積如麻니, 生者能幾口오?

　　황 촌 일 서 사　　　파 옥 량 삼 가
荒村日西斜에, 破屋兩三家나,

　　무 마　력 불 급　　　장 내 차 요 하
撫摩¹⁷⁾力不給하니 將奈此擾何오?

註解 1) 淮(회)－안휘성(安徽省)과 강소성(江蘇省) 북부를 거쳐 흘러 바다

로 들어가는 강물 이름. 여기서는 회남(淮南)지방을 가리킴. '회남'
은 회수 남쪽의 광범한 지역을 가리킨다. 2) 東府(동부)－당(唐)대에
설치한 회남도(淮南道)를 송대에 회남동로(淮南東路)와 회남서로(淮
南西路)의 이로(二路)로 나누었다. 여기의 '동부'와 '서부'는 각각
동로와 서로의 관청을 가리킨다. 3) 器械(기계)－무기와 여러 가지
전쟁에 쓰이는 기구들. 4) 儂(농)－나. 5) 團結(단결)－군의 부대를
편성하는 것. 산수채(山水寨)는 지방의 방위를 맡은 향군(鄕軍). 6)
意氣(의기)－기세와 태도. 7) 靑衫(청삼)－하급 관리가 입는 검푸른
색깔의 옷. 승국(承局)은 하급 관리, 공차(公差). 8) 勾呼(구호)－소
리쳐 불러내다, 호출하다. 9) 椎剝(추박)－때려잡고 껍질을 벗기는
것, 짐승을 도살하는 것. 10) 供應(공응)－대접하는 것. 11) 笞箠(태
추)－매를 치는 것. 12) 鋤與犁(서여리)－호미와 쟁기, 농구를 가리
킴. 13) 渾家(혼가)－마누라, 처자. 온 집안 식구. 14) 趁熟(진숙)－
곡식이 익는 것을 좇아가다, 곧 흉년이 들어 다른 지방으로 먹을 것
을 찾아가는 것.   15) 戎行(융행)－군사(軍事), 군대. 16) 安集(안
집)－편안히 지내다, 편히 쉬다. 17) 撫摩(무마)－도와주다, 구제하
다.

解說 남송시대에 회남지방 백성들이 전란을 통해서 겪고 있던 참상을 노래
한 것이다. 이민족 침입자들의 횡포에 앞서 자기네 관료들의 백성들
에 대한 횡포가 더 무서운 지경이다. 그러한 부조리들 때문에 나라가
망하고 있는 것이다.

주희 朱熹, 1130~1200

자는 원회(元晦) 또는 중회(仲晦), 호는 자양(紫陽)·운곡산인(雲谷山人)·
회옹(晦翁)·창주병수(滄州病叟)·둔옹(遯翁) 등을 썼다. 남송 휘주(徽州)
무원(婺源 : 지금의 江西省) 사람. 진사가 된 뒤 고종(高宗)·효종(孝宗)·
광종(光宗)·영종(寧宗)을 섬기며, 벼슬이 보문각대제(寶文閣待制)에 올랐
다. 그의 학문은 모든 이치를 추구하여 앎을 얻으며, 자신을 반성하고 성
실히 행동하며 거경(居敬)을 위주로 하여, 마침내 송대 성리학(性理學)을
집대성(集大成)하게 되었다. 따라서 성리학을 정주학(程朱學)·주자학(朱
子學)으로도 부른다. 죽은 뒤 문공(文公)이라 시(諡)하였고, 휘국공(徽國
公)에 추봉(追封)되었으며, 공자묘(孔子廟)에 종사(從祠)되었다. 그는 학자
였을 뿐만 아니라 시문(詩文)에도 뛰어났고, 《시집전(詩集傳)》·《초사집주
(楚辭集注)》 등 고전문학 연구에 있어서도 큰 업적을 남겼다. 특히 그의 시
는 송시(宋詩)의 두드러진 특징의 하나라 할 수 있는 철리를 담은 작품들
이 적지 않다. 《주자문집(朱子文集)》 백 권을 비롯하여 수많은 저술을 남
겼다.

운곡잡영(雲谷¹⁾雜詠)

농사꾼이 술을 지고 와서,
농사 얘기 하다보니 해는 서산에 기울었네.
찾아준 뜻 정말로 고마우니,
마음에 스미는 정 가이없네.
돌아가거들랑 자주 오진 마오,
깊은 숲 속 산길은 어두우니.

야 인 재 주 래 　　　 농 담 일 서 석
野人²⁾載酒來하여, 農談³⁾日西夕이라.

차 의 량 이 근 　　　 감 탄 정 하 극
此意⁴⁾良已勤하니, 感歎⁵⁾情何極고?

귀 거 막 빈 래 　　　 임 심 산 로 흑
歸去莫頻⁶⁾來하라, 林深山路黑⁷⁾이라.

註解 1) 雲谷(운곡)－복건성(福建省) 건양현(建陽縣) 서북쪽 70리 되는 곳. 숭안현(崇安縣)과 접한 곳에 서산(西山)과 대치하고 있는 산 이름. 본시는 노봉(蘆峯)이라 불렀으나 주희(朱熹 : 晦庵은 號)가 이곳에 초당을 짓고 글을 읽으면서 이름을 운곡이라 고쳤다. 《주자대전(朱子大全)》 권6에 〈운곡잡영(雲谷雜詠)〉이 있는데 각각 다른 시제(詩題)가 붙어 있다. 2) 野人(야인)－전야(田野)에서 일하며 사는 사람, 곧 농부. 재조(在朝)의 군자(君子)에 대가 되는 말이다. 재주(載酒)는 본시 '술을 수레에 싣고' 오는 것이나, 여기서는 그대로 술을 가지고 왔다고 봄이 좋겠다. 3) 農談(농담)－농사에 관한 얘기를 하는 것. 4) 此意(차의)－이렇게 찾아준 뜻. 양이근(良已勤)은 정말로 이미 각별하다 할 만한 것이라는 뜻. 근(勤)은 여기서는 '친절' 또는 '각별함'의 뜻으로 보아야 한다. 5) 感歎(감탄)－마음속에 느끼는 것. 극(極)은 '끝' 또는 '한(限)'이란 뜻. 6) 頻(빈)－자주. 7) 山路黑(산로흑)－산길이 어둡다. 곧 산길이 위험하다는 뜻. 주희의 본뜻은 '자기는 공부하며 수도하는 사람이라 한담할 여유가 없으니 자주 찾아오지 말아달라' 는 것이겠으나, 객에 대한 예(禮) 때문에 완곡히 사절하는 것이다.

解說 이 시는 주희가 운곡(雲谷)에 들어앉아 공부에 열중하고 있을 적에 지은 것이다. 술을 짊어지고 찾아온 농부의 뜻은 고맙기 그지없으나, 자기로서는 이처럼 술 마시며 놀고 지낼 겨를이 없다. 그기에 길도 험하니 다음부터는 자주 찾아오지 말아달라는 것이다. 한편 찾아오는 손님은 숨어 살고 있는 맑고 깨끗한 생활을 흔들어 놓는 것이기 때문에 찾아오는 손님을 사절한 것이라고도 하겠다.

어떻든 세속 속에 술로써 인위적인 허식을 지워 버리고 벗들과 그날그날을 즐긴 이백(李白)의 방탕한 태도와는 좋은 대조가 된다.

책을 보다가 인 느낌(觀書有感) 2수

기일(其一)

어젯밤 비로 강에 봄물이 불어나니,
큰 전함(戰艦)도 한 개의 터럭처럼 가볍네.
전에는 공연히 배를 움직이는 힘을 낭비하였는데,
오늘은 중류에 자유자재로 떠다니네.

작 야 강 변 춘 수 생　　　몽 동　거 함 일 모 경
昨夜江邊春水生하니, 艨艟¹⁾巨艦一毛輕이라.
향 래 왕 비 추 이 력　　　　차 일 중 류 자 재 행
向來枉費推移力²⁾이러니, 此日中流自在行이라.

註解 1) 艨艟(몽동)－전함(戰艦)의 일종, 폭이 좁고 길며, 적함을 충돌하여 부숴 버리도록 설계된 것이다. 몽충(蒙衝)이라고도 부른다. 2) 推移力(추이력)－밀고 옮기는 힘, 움직이는 힘.

解說 철학적인 시이다. 어떤 원리를 깨우치고 나면 이제까지는 알 수 없었던 여러 가지 일들이 쉽사리 이해된다. 물은 그 바탕이 되는 원리에 비유한 것이다. 물을 학문의 기초로 보아도 될 것이다. 기초만 든든하면 아무리 어려운 문제라도 올바로 대처할 수가 있게 되는 것이다.

기이(其二)

반 마지기 모난 연못이 한 개의 거울처럼 펼쳐져 있으니,
하늘빛 구름 그림자가 함께 오락가락하고 있네.
어떻게 그처럼 맑을 수가 있는가 하고 물으니,
근원에서 신선한 물이 흘러 들어오기 때문이라네.

반 묘 방 당 일 감 개　　천 광 운 영 공 배 회
半畝³⁾方塘一鑑開하니, 天光雲影共徘徊라.

문 거 나 득 청 여 허　　위 유 원 두 활 수 래
問渠⁴⁾那得淸如許오? 爲有源頭⁵⁾活水來라.

註解 3) 畝(묘)―넓이의 단위, 6자 사방이 1보(步), 240보가 1묘이다. 대략 우리나라의 한 마지기와 비슷하다. 방당(方塘)은 네모난 연못. 4) 渠(거)―그, 그것. 5) 源頭(원두)―물의 근원. 활수(活水)는 신선한 물.

解說 이 시도 바탕이 잘되어 있어야 학문이 제대로 풀림을 비유한 것이다. 올바른 방법으로 사물의 이치를 제대로 탐구해야만 진리를 터득할 수 있게 된다는 것이다.

서재에서의 감흥(齋居感興) 4수 서문을 붙임(并序)

나는 진자앙(陳子昻)의 〈감우시〉를 읽고, 그 글뜻이 심오

하고 음절이 호탕한 것을 사랑하였으니, 그 시대 문인들로
서는 미칠 바가 아니었다. 단사의 붉음과 하늘의 푸르름 및
금의 윤택과 물의 파란빛과 같아서, 비록 가까이 세상에서
쓰일 것은 못되나 실로 초현실적인, 얻기 어려운 자연의 진
기한 보배라 할 만한 것이다. 그 시체(詩體)를 본떠서 10여
편의 작품을 쓰고자 했으나 생각건대, 나는 생각이 평범하
고 필력이 허약하여 끝내 이루지를 못하고 있었다. 그러나
또한 그 글이 이치에는 정세(精細)하지 못하여 스스로 도교
와 불교 교리에 의탁하면서 그것을 고상하다 여기는 것이
한스러웠다. 서재에 있으면서 할 일이 없어 마침 소견을 써
서 20편의 글이 이루어졌다. 비록 미묘한 경지를 탐색하며
옛사람들의 이론을 다 파악하지는 못했지만 모두가 매일 하
는 실지 공부엔 절실한 것들이다. 그러므로 문장 표현도 천
근(淺近)하고 알기 쉬운 것이다. 이것으로 스스로도 경계를
삼고, 또한 동지들에게도 이것을 선물하고자 한다.

〔序〕余讀陳子昂[1]感遇詩하고, 愛其詞旨幽邃[2]하고 音
節豪宕[3]하여, 非當世詞人所及이라. 如丹砂空靑과 金膏
水碧하여, 雖近乏世用[4]이나, 而實物外[5]難得自然之奇寶
라. 欲效其體作十數篇이나, 顧以思致[6]平凡하고 筆力萎
弱하여, 竟不能就러라. 然亦恨其不精於理하여, 而自託
於僊佛之間以爲高也라. 齋居無事하여, 偶書所見하여,
得二十篇이라. 雖不能探索微眇하고 追迹前言이나, 然皆

^{절 어 일 용 지 실}
切於日用之實이라. 故로 言亦近而易知니라. 旣以自警하

^{차 이 이 제 동 지 운}
고, 且以貽諸同志云이라.

註解 1) 陳子昻(진자앙)－초당(初唐)의 시인, 661~702. 〈감우시(感遇詩)〉
38수를 지었는데, 왕적(王適)이 보고는 '이 사람이 장래엔 반드시 천
하의 문종(文宗)이 될 것이다' 라고 감탄하여 바로 유명해졌다 한다.
'감우' 란 사람이 이 세상에 태어나 시국을 제대로 만나고 못 만난 것
을 노래한 내용이다. 그를 따라 장구령(張九齡)도 12수의 〈감우시〉
를 지었다. 문학사상 진자앙은 성당시의 개척자 중의 한 사람으로
알려지고 있다. 2) 幽邃(유수)－깊숙한 것, 심오한 것. 3) 豪宕(호
탕)－의기가 거칠 데 없이 큰 것. 4) 世用(세용)－세상에서의 쓰임.
여기서는 일반적인 사람들의 생활에서의 쓰임이 아니라 뒤의 '일용
(日用)' 이라는 말과 함께 모두 진리를 탐구하는 학문생활에서의 쓰
임을 가리킨다. 5) 物外(물외)－사물(事物) 밖의 것, 초현실적인 것.
6) 思致(사치)－생각, 사고.

기일(其一)

흐릿한 하늘은 커서 한계가 없고,

엉기어 있는 땅은 아래로 깊고 넓기만 하다.

음양의 변화는 잠시도 멈추는 법이 없어,

추위와 더위가 서로 엇갈리며 왔다갔다한다.

옛날에 성(聖)스럽고 신령스런 복희씨(伏犧氏)가

몸을 숙이어 땅을 살피고 몸을 젖히어 하늘을 우러러 묘한
　진리를 터득하니,

하도(河圖)는 볼 필요도 없이

인류문화를 바로 밝게 펴도록 하셨다.

모든 것이 하나의 이치로 관통되어
분명하고 애매한 것이 없게 되었다.
소중한 주돈이(周敦頤) 선생께서
우리를 위하여 거듭 분명히 가르쳐 주시기도 하였다.

곤 륜 대 무 외　　　　방 박　　하 심 광
昆侖[7]大無外하고, 旁薄[8]下深廣이라.

음 양 무 정 기　　　　한 서 호 래 왕
陰陽無停機[9]하여, 寒暑互來往라.

황 희　 고 성 신　　묘 계　 일 부 앙
皇犧[10]古聖神이, 妙契[11]一俯仰하니,

부 대 규 마 도　　　　인 문 이 선 랑
不待窺馬圖[12]하고, 人文已宣朗이라.

혼 연　 일 리 관　　소 석　　비 상 망
渾然[13]一理貫하니, 昭晰[14]非象罔이라.

진 중 무 극 옹　　　 위 아 중 지 장
珍重無極翁[15]이, 爲我重指掌[16]이라.

註解 7) 昆侖(곤륜) – 혼륜(渾淪)과 같은 말, 물건의 모양이 이루어지기 전의 우주의 상태, 하늘의 모양. 8) 旁薄(방박) – 널리 하나로 감싸고 있는 땅의 모양. 혼동(混同)의 상태. 《장자(莊子)》 소요유(逍遙遊)에 "만물을 감싸고 아울러서 하나로 한다.(將旁礴萬物以爲一)"라 하였다. '방박(旁礴)'은 '방박(旁薄)'과 같다. 9) 停機(정기) – 멈출 기미. 10) 皇犧(황희) – 삼황(三皇) 중의 한 사람인 복희씨(伏犧氏). 팔괘(八卦)의 작자로 알려졌다. 옛날 중국학자들은 팔괘야말로 문명의 출발이라 생각하였다. 11) 妙契(묘계) – 묘한 생각이 떠올라 이치에 딱 들어맞는 것. 《역경》 계사전(繫辭傳)에 "옛날 복희씨가 천하를 다스릴 적에, 우러러[仰]는 하늘의 형상을 살피고 몸을 굽히어[俯]는 땅의 법칙을 살핀 위에, 새·짐승의 무늬와 땅의 여러 가지를 살피어, 가까이는 몸에서 취하고 멀리는 물건들에서 취하여 처음으로 팔괘(八卦)를 만듦으로써 신명(神明)의 덕에 통하고 만물의 실정을 정리하게 되었다.(古者包犧氏之王天下也에, 仰則觀象於天하고, 俯則觀法於地하며, 觀鳥獸之文與地之宜하며, 近取諸身하고, 遠取諸物하여, 於是始作八卦하여, 以通神明之德하고, 以類萬物之情하니라.)"고 하였다.   12) 馬圖(마도)—복희씨의 시대에 황하(黃河)에서 용마(龍馬)가 등에 도표(圖表)를 지고 나왔는데 그것을 근거로 팔괘(八卦)를 만들었다는 전설도 있다. 이를 보통 하도(河圖)라 한다.   13) 渾然(혼연)—전체가 잘 어우러져 있는 모양.   14) 昭晰(소석)—매우 밝은 모양. 상망(象罔)은 없는 것도 아니고 있는 것도 아닌 모양, 분명치 않아 알 수가 없는 모양.   15) 無極翁(무극옹)—송대의 학자 주돈이(周敦頤, 1017~1073). 태극(太極)의 원리를 논한 《태극도설(太極圖說)》의 저자임.   16) 指掌(지장)—분명히 가르쳐 주는 것. 《예기(禮記)》 중니연거(仲尼燕居)에 '나라를 다스리는 것이 그것을 손가락으로 손바닥을 가리키는 것이나 같을 것이다(治國其如指諸掌而已乎!)'라 하였다.

解説 천지의 원리를 읊은 철학시이다. 성리학의 집대성자인 주희의 우주관이 잘 표현된 시이다. 앞의 서문에 보인 바와 같이 주희는 이러한 시 20수를 짓고 있으나 그 중에서 4수 만을 뽑아 번역하였다.

기이(其二)

내가 음과 양의 변화를 살펴보니
온 세상 안에서 오르락 내리락 변화하고 있네.
앞쪽을 보면 그 시작되는 곳이 없는데
뒤쪽인들 어찌 끝이 있겠는가?
지극한 이치 진실로 여기에 있으니,
만년을 두고 지금과 같았네.
누가 혼돈이 죽었다고 하였나?
그런 헛말은 장님과 귀머거리도 놀랄걸세.

^{오 관 음 양 화}   ^{승 강}   ^{팔 굉}   ^중
吾觀陰陽化하니, 升降¹⁷⁾八紘¹⁸⁾中이라.

^{전 첨}   ^{기 무 시}   ^{후 제 나 유 종}
前瞻¹⁹⁾旣無始어늘, 後際那有終고?

^{지 리 량}   ^{사 존}   ^{만 세 여 금 동}
至理諒²⁰⁾斯存하니, 萬歲與今同이라.

^{수 언 혼 돈}   ^사   ^{환 어}   ^{경 맹 롱}
誰言混沌²¹⁾死아? 幻語²²⁾驚盲聾이라.

註解 17) 승강(升降)- 오르락 내리락 하면서 변화하는 것. 18) 八紘(팔 굉)- 팔극(八極), 팔방(八方). 《회남자(淮南子)》 지리훈(地理訓)에 보 이는 말. 19) 瞻(첨)- 바라보다. 20) 諒(량)- 진실로. 21) 混沌(혼 돈)- 혼돈(渾沌)·혼돈(渾敦)·혼돈(倱伅) 등으로도 쓰며, 만물이 이 루어지기 전에 기운을 분별할 수 없는 상태, 곧 만물이 이루어지기 이전의 우주의 상태. 그러나 여기서는 《장자(莊子)》 응제왕(應帝王) 편의 글을 인용하고 있다. 장자는 말하기를, 남해(南海)의 임금으로 숙(儵), 북해(北海)의 임금으로 홀(忽), 중앙의 임금으로 '혼돈'이 있 었는데, 숙과 홀이 중앙으로 와서 혼돈의 극진한 대접을 받고는 그 대접에 보답하려고 혼돈에게 사람처럼 눈·귀·코·입을 만들어 주 려 하였다. 그들이 혼돈의 몸에 하루 한 구멍씩 뚫어갔는데 칠일 째 일곱 개의 구멍을 뚫자 혼돈은 죽어버렸다 한다. 여기에서는 도가의 이론이 엉터리임을 드러내고 있는 것이다. 22) 幻語 (환어)- 환상적 인 말, 헛된 말.

解說 여기에서는 음과 양의 변화의 오묘함을 읊는 한편 도가 이론의 허망 함을 지적하고 있다. 앞 시에서 인용하고 있는 송대 학자 주돈이(周敦 頤)의 《태극도설(太極圖說)》이 주희의 음양론의 근거가 되고 있기 때 문에 많은 이들이 《태극도설》을 바탕으로 하여 이 시를 해설하고 있 다.

기삼(其三)

사람의 마음은 오묘하여 헤아릴 수 없고
나고 들 적에는 기운의 움직임을 탄다.
얼음이 언 것 같다가도 불길이 타오르는 것 같기도 하고
못 속에 잠겨있는 것 같다가도 하늘을 나는 것도 같다.
지극한 사람은 변화의 근원을 파악하고 있는데
움직이나 고요히 있으나 그 본체로부터 어긋남이 없다.
진주가 자라고 있는 호수는 절로 아름답고
옥을 품고 있는 산은 빛을 머금고 있다 하였다.
신령스런 빛이 온 하늘에 비치고 있듯이
오묘한 생각은 무수한 작은 일에까지 통달하게 된다.
책에는 먼지 덮이고 이제는 잘 돌보지도 않으니
장차 어디에 의존할까 한숨만 짓게 된다.

人心妙不測[23]하고, 出入乘氣機[24]로다.

凝氷亦焦火[25]하고, 淵淪[26]復天飛로다.

至人[27]秉元化[28]하니, 動靜體無違[29]로다.

珠藏澤自媚[30]하고, 玉韞[31]山含暉로다.

神光燭九垓[32]하고, 玄思徹[33]萬微[34]로다.

塵編[35]今寥落[36]하니, 歎息將安歸[37]로다.

註解 23) 不測(불측)-헤아릴 수가 없는 것. 24) 氣機(기기)-기운이 움직

이는 기틀, 기운의 미묘한 움직임. 25) 焦火(초화)-불길이 타오르는
것. 26) 淵淪(연륜)-깊은 연못 속에 잠기어 있는 것. 마음의 변화를
얼음과 불길 및 연못 속에 잠겨 있는 것과 하늘 위를 나는 것에 비유
한 이 두 구절은 《장자(莊子)》 재유(在宥)편에 인용된 노자(老子)의
말을 빌린 것이다. 27) 至人(지인)- 덕이 지극한 사람. 28) 秉元化
(병원화)-마음의 변화의 근원을 파악하다. 29) 體無違(체무위)-마
음의 본체로부터 어긋나는 일이 없다. 30) 媚(미)-이쁜 것, 아름다
운 것. 31) 韞(온)-품고 있는 것, 속에 지니고 있는 것. 이상 두 구절
의 표현은 《사기》 귀책열전(龜策列傳) 및 육기(陸機)의 「문부(文賦)」
의 표현을 빌린 것이다. 32) 九垓(구해)-넓은 하늘. 구천(九天)·구
해(九陔) 와 같은 말. 33) 徹(철)-통하다, 통달하다. 34) 萬微(만
미)-만 가지 미세한 것, 이 세상의 모든 작은 변화나 원리. 35) 塵
編(진편)- 먼지가 쌓인 책, 읽지 않고 쌓아둔 책. 36) 寥落(요락)-쓸
쓸한 것, 버려둔 것. 37) 歸(귀)-귀착하다, 귀의하다, 몸을 의지하
다, 의존하다.

解說 사람의 마음의 성격을 읊은 시이다. 주희도 이처럼 사람의 마음을 중
시했기 때문에 육상산(陸象山)과 왕양명(王陽明)의 심학(心學)도 발전
할 수 있었을 것이다. 끝머리에서 책은 덮어놓고 "장차 어디에 의존할
까?"하고 한숨짓고 있는 것은 성리학자들이 그들의 학문방법으로 내
세웠던 '공경히 처신하며 이(理)만을 추구한다.'고 한 거경궁리(居敬
窮理)를 반영하는 것으로도 볼 수 있다.

기사(其四)

안연(顔淵)은 네 가지 해서는 안된다는 일을 실천하였고,
증자(曾子)는 하루 세 가지 일에 대하여 반성을 하였다.
《중용》에선 첫 번째로 홀로 있을 적에 근신하라 하였고,
옛 분들은 비단옷을 입고는 무늬가 너무 드러난다 하여 겉
에 얇은 천의 옷을 더 걸칠 생각을 하였다.

위대하도다, 맹자여!

웅변의 극치로 달리셨고,

마음을 잘 간수하고 버려두는 중요한 한마디 말로

그대들에게 참뜻을 일러주셨다.

단청(丹靑) 같은 밝은 법을 드러내 주셨고

고금의 밝은 빛을 드리워 주셨다.

어찌하여 천 년여가 지난 지금에 와서는

이런 일들을 행하려는 이가 없는가?

안생 궁사물 증자 일삼성
顔生[38]躬四勿이오, 曾子[39]日三省이라.

중용 수근독 의금 사상경
中庸[40]首謹獨하고, 衣錦[41]思尙絅이라.

위재추맹씨 웅변 극치빙
偉哉鄒孟氏[42]여! 雄辯[43]極馳騁이라.

조존 일언요 위이설구령
操存[44]一言要하여, 爲爾挈裘領[45]이라.

단청저명법 금고수환병
丹靑著明法하고, 今古垂煥炳[46]이라.

하사천재여 무인천사경
何事千載餘에, 無人踐斯境[47]고?

註解 38) 顔生(안생)—안연(顔淵), 공자의 제자. 《논어》 안연(顔淵)편에 공자가 "예가 아니면 보지를 말고, 예가 아니면 듣지를 말고, 예가 아니면 말하지 말고, 예가 아니면 움직이지 마라.(非禮勿視하고, 非禮勿聽하며, 非禮勿言하고, 非禮勿動하라.)"고 하였는데, 안연은 그대로 실천하겠다는 다짐을 하고 있다. 사물(四勿)은 앞에 인용한 《논어》의 말에서 나왔다. 39) 曾子(증자)—공자의 제자 증삼(曾參). 《논어》 학이(學而)편에 증자 스스로 "나는 매일 내 자신에 대하여 세 가지 반성을 한다.(吾日三省吾身)"고 하였다. 40) 中庸(중용)—《중용》

앞쪽에 "은밀한 것보다 잘 드러나는 것이 없고, 미세한 것보다 더 분명한 것이 없다. 그러므로 군자는 그가 홀로 있을 적을 삼간다.(莫見乎隱이오, 莫顯乎微니, 故로 君子愼其獨也라.)"고 하였다. 41) 衣錦(의금)－《시경》 석인(碩人) 시에 "비단옷을 입고 얇은 천의 옷을 그 위에 걸친다.(衣錦絅衣)"라 하였는데, 《모전(毛傳)》에 "비단옷을 입고 얇은 천의 옷(絅衣)을 그 위에 걸치는 것은, 그 무늬가 너무 드러나는 것이 싫기 때문이다."고 하였다. 경의(絅衣)는 경의(褧衣)라고도 쓴다. 42) 鄒孟氏(추맹씨)－맹자(孟子). 맹자의 고향이 추(鄒)이다. 43) 雄辯(웅변)－《맹자(孟子)》 등문공(滕文公) 하편에 "내가 어찌 말하기를 좋아하겠느냐? 나는 부득이해서 말하는 것이다.(予豈好辯哉아? 予不得已也라.)"라고 하였다. 44) 操存(조존)－《맹자》 고자(告子) 상편에 "공자가 말씀하시기를, 잘 잡고 있으면 그대로 있지만 내버려두면 없어진다. 들락날락하는 데에 때도 없고 그것이 향하는 곳도 알 수가 없다. 그건 마음을 두고 한 말일 것이다.(孔子曰, 操則存하고, 舍則亡하며, 出入無時하여, 莫知其鄕이라함은, 惟心之謂與아!)"라 한 말을 가리킨다. 45) 挈裘領(설구령)－갖옷의 깃을 잡아준다. 《순자(荀子)》 권학(勸學)편에 보이는 말. 바른 뜻을 알려줌을 뜻한다. 46) 煥炳(환병)－빛, 빛나는 것. 47) 踐斯境(천사경)－이러한 경지를 행하다, 이러한 일을 실천하다.

解說 안연·증자·맹자의 교훈을 통하여 유학사상의 요점을 읊은 시이다. 그리고 유학의 가르침이 제대로 실천되지 못하고 있는 시국을 한탄하고도 있다.

택지의 '길가의 어지러운 풀을 보고 느낌'이란 시의 운을 따라서 지음(次韻擇之¹⁾見路傍亂草有感)

세상에는 따뜻한 봄 오지 않는 곳이란 없는데,
길 나서서 어찌 어려움에만 빠지겠는가?
만약 이런 가운데 싫증나서 무너진다면

어느 곳에선들 몸 편히 지낼 수가 있겠는가?

세 간 무 처 불 양 춘 　　　　도 로 하 증　곤 득 인
世間無處不陽春이어늘, 道路何曾²⁾困得人³⁾고?

약 향 차 중 생 염 두 　　　부 지 하 처 가 안 신
若向此中生厭斁⁴⁾면, 不知何處可安身이라.

註解 1) 擇之(택지)-이름은 임용중(林用中), 택지는 그의 자. 벼슬은 거들
떠보지도 않고 공부만 열심히 하여 주희가 성실한 학자라고 칭찬한
제자이다. 주희는 그와 주고받은 시 여러 편을 남기고 있으나 그의
시집은 전하지 않는 듯하다. 택지는 늦은 가을 또는 초겨울에 길을
가다가 험난한 길을 원망하고 추운 날씨를 탓하면서 가던 길을 포기
하려는 내용의 시를 지었던 것 같다. '길가의 어지러운 풀'을 거친
들판과 싸늘한 날씨를 상징하고 있음이 분명하다. 그래서 스승인 주
희는 제자의 시의 운을 따라 자신의 시를 지어 제자의 마음가짐을
바로잡아주고 있는 것이다. 2) 何曾(하증)-어찌 일찍이 ---한 일
이 있겠느냐? 어찌 반드시 ---하게 하겠는가? 3) 困得人(곤득인)-
사람을 곤란하게 만들다, 사람을 어려움에 빠지게 하다. 4) 厭斁(염
두)-싫증이 나서 포기하는 것, 싫증이 나서 무너지는 것.

解說 제자 택지가 「길가의 어지러운 풀을 보고 느낌」이란 시를 지어 추운
날씨를 불평하고 있지만 스승 주희는 세상에는 반드시 곧 따뜻한 봄
날이 찾아올 것이라며 제자의 마음을 달래주고 있다. 당장 춥다고 하
던 일을 포기하면 따뜻한 날씨조차도 뜻 없는 것이 되고 만다. 추운
날씨가 있기에 따뜻한 봄은 값진 것이 되고 사람들은 그 봄을 좋아하
는 것이다. 그리고 집을 나서서 길을 간다는 것은 고난만을 뜻하는 것
이 아니다. 길가의 풍경은 힘든 중에도 잘 이겨내야만 하면 전에는 몰
랐던 새로운 감흥과 경험을 선물한다. 어지러운 풀은 어지러운 풀대
로의 독특한 풍경을 이룩한다. 목적지에 도착하면 어려움을 이겨내고
목적지에 다른 기쁨을 느끼게 된다. 이러한 추운 날씨나 거친 풍경에
싫증을 내고 가던 길을 포기하며 그런 식으로 세상을 살아간다면 이
세상에는 몸 둘 곳이란 없게 된다는 것이다.

지금 풀이 말라서 어지러운 모습을 보이고 있지만 그것은 얼마 전까지만 해도 푸르고 싱싱하였고 꽃도 피고 열매도 맺은 것이다. 그리고 봄이 오면 다시 새싹이 돋아 아름답게 자라날 것이다. 따뜻한 봄은 잊은 채 지금의 추운 날씨만을 생각하고 마르고 어지러운 풀의 모습만을 보고 있으니 그는 가던 길을 포기할 수밖에 없는 것이다. 말라서 어지럽다는 풀 자체도 보기에 따라서는 꽃이 필 때보다도 더 아름다울 수도 있다.

　　스스로 주어진 여건에 적절히 적응하여야만 즐거움이나 행복이 이루어진다. 곧 즐거움이나 행복은 스스로 추구하여 자신이 누리는 것이지 밖으로부터 주어지는 것이 아니다. 자기 앞에 닥치는 세상의 어떤 일에나 싫증을 내고 그 일을 그만둔다면 정말 이 세상에는 자기 몸을 편히 둘 수 있는 곳이란 없게 될 것이다. 주희는 참으로 훌륭한 선생님이었다고 여겨진다.

유극장 劉克莊, 1187~1269

자는 잠부(潛夫), 호는 후촌거사(後村居士)이며, 보전(莆田 : 지금의 福建省) 사람이다. 세가(世家) 출신으로, 벼슬을 시작하여 중서사인(中書舍人)·병부시랑(兵部侍郞) 등을 역임한 뒤 용도각직학사(龍圖閣直學士)로 치사(致仕)하였다. 유극장은 남송 말 이른바 강호시파(江湖詩派)를 대표하는 작가로, 처음에는 사조(辭藻)를 중시했으나, 뒤에는 육유(陸游)를 추앙하며 그 시대를 반영하는 작품도 많이 지었다. 《후촌대전집(後村大全集)》 196권이 있다.

무진년의 느낌(戊辰卽事[1])

시인이 어찌 푸른 비단옷 입을 수 있겠는가?
올해부터 오랑캐들과 강화(講和)하기 위하여 비단 백만 필
　을 보내기로 하였네.
이제부턴 서호 가에 버드나무 심지 말게나!
뽕나무 많이 재배하여 오땅 누에 길러야지!

詩人安得有靑衫[2]고? 今歲和戎百萬縑[3]이라.

從此西湖休揷柳[4]하고, 剩栽[5]桑樹養吳蠶[6]이라.

註解 1) 戊辰卽事(무진즉사)—무진년에 느낀 일. 남송은 영종(寧宗)의 개
희(開禧) 2년(1206)에 대신 한탁주(韓侂冑)의 의견을 따라 금(金)나라
를 공격하나 결과적으로 크게 패한다. 송나라에서는 그 죄를 한탁주
에게 돌리고, 그를 죽인 다음 머리를 잘라 금나라로 보내며 화의(和
議)를 요청한다. 그 결과 가정(嘉定) 원년(1208) 무진년(戊辰年)에야
화의가 이루어져, 송나라는 이로부터 매년 금나라에 백은(白銀) 30
만 량(兩)과 비단 30만 필(匹)을 바치기로 한다. 이 시는 그때의 느낌
을 읊은 것이다. 2) 靑衫(청삼)—파란 적삼, 푸른 비단옷. 3) 縑
(겸)—비단. '백만 겸'은 백만 필의 비단을 뜻함. 4) 休揷柳(휴삽
류)—버드나무를 꽂지 마라, 버드나무를 심지 마라. 5) 剩栽(잉재)—
여유있게 재배하다, 많이 가꾸다. 6) 吳蠶(오잠)—오나라 땅인 강소
성(江蘇省)을 중심으로 하여 나는 좋은 누에.

解說 외족의 무력에 밀리어 굴욕적인 화의가 이루어진 남송 지식인의 울분
과 설움이 잘 표현된 시이다. 이제 오랑캐에게 비단을 바치기 위하여
자기네 지식인들은 비단옷도 입을 수가 없게 되었다는 것이다.

북쪽에서 온 사람의 말(北來人[1]) 2수

기일(其一)

시험 삼아 동쪽의 옛 도성 일 얘기할 것인데,
사람들에게 흰머리 늘여주게 될 것이네.
왕릉에는 부서진 석마(石馬)만이 남아있고,
황폐한 궁전에선 구리 낙타가 울고 있네.
오랑캐 국운은 오래 가기 어렵다 점치고,
국경의 실정은 잘못 들려오기 쉽네.
처량하게도 옛 서울 여자들은
화장과 머리쪽만이 아직도 북송 모습이네.

試說東都[2]事하리니, 添人白髮多로다.

寢園[3]殘石馬하고, 廢殿泣銅駝[4]라.

胡運占[5]難久요, 邊情聽易訛[6]라.

凄凉舊京女는 妝髻[7]尙宣和라.

註解 1) 北來人(북래인) - 북송이 망한 뒤 남쪽으로 도망온 사람. 여기서는 북쪽으로부터 온 사람의 말을 인용하여 북쪽의 비참한 실정을 묘사하고 있다. 2) 東都(동도) - 동쪽의 도읍, 북송의 수도였던 변경(汴京)을 뜻함. 3) 寢園(침원) - 능원(陵園), 왕릉. 석마(石馬)는 돌로 만든 말. 왕릉 앞에 세워졌던 것이다. 4) 銅駝(동타) - 동으로 만든 낙타. 흔히 궁전 문밖에 세워졌다. 5) 占(점) - 점치다, 예측하다. 6) 易訛(이와) - 잘못 알려지기 쉽다, 잘못 알기 쉽다. 7) 妝髻(장계) - 화장과 머리쪽. 선화(宣和)는 북송 휘종(徽宗)의 연호(1119~1125).

解說 이는 북송이 망한 뒤의 변경(汴京)의 궁전 주변 모습을 노래하면서, 나라 땅을 외족에게 빼앗긴 설움을 읊은 것이다. '북쪽'은 본시 자기 나라 땅이었다. 따라서 '북쪽에서 온 사람'이란 곧 옛 자기네 나라 땅에서 온 사람을 가리킨다.

기이(其二)

한 집안 열 식구가 한꺼번에 흩어져
지금은 홀로 날아가는 기러기 신세 되었네.
굶주림에 황폐한 절의 야채를 캐어 먹고,
가난함에 침략자 오랑캐의 옷을 입고 있네.
대갓집에선 늘 잔치로 시끌시끌하고,
모래밭에는 적정을 정탐하는 기병도 볼 수 없네.
이 늙은 몸은 남쪽 땅에서 죽어
황제의 수레 돌아가는 것도 못볼 것 같구나!

십 구 동 리 비
十口同離仳[8]하여, 今成獨雁飛라.
금 성 독 안 비

기 서 황 사 채
飢鋤[9]荒寺菜요, 貧著[10]陷蕃衣라.
빈 착 함 번 의

갑 제 가 종 비
甲第[11]歌鍾沸나, 沙場探騎[12]稀라.
사 장 탐 기 희

노 신 민 지 사
老身閩[13]地死하여, 不見翠鑾[14]歸리라.
불 견 취 란 귀

註解 8) 離仳(리비) – 서로 떨어지다, 이별하다. 9) 鋤(서) – 호미, 호미로 파며 캐다. 10) 著(착) – 입다. 함번의(陷蕃衣)는 침략자 오랑캐의 옷. 11) 甲第(갑제) – 부잣집, 잘사는 집. 가종비(歌鍾沸)는 노래와 술잔이 들끓다, 요란하게 잔치를 벌임을 뜻함. 12) 探騎(탐기) – 적정을 정탐

하는 기병, 적과 싸우려는 사람들을 가리킴. 13) 閩(민) – 지금의 복
건성(福建省) 지방, 중국의 남방. 14) 翠鑾(취란) – 황제의 수레.

解說 이 시는 북쪽에서 온 사람의 전쟁 속에서 겪는 어려운 경험과 감상을
읊은 것이다. 끝머리 '이 늙은 몸은 남쪽 땅에서 죽어, 황제의 수레 돌
아가는 것도 못볼 것 같구나!' 하고 읊은 것은 작자의 뜨거운 국토회
복의 소망을 노래한 것이다. 적지 않은 사람들이 '황제의 수레가 돌아
온다' 는 것은 북송 말 금나라로 끌려간 휘종(徽宗)과 흠종(欽宗) 두 황
제가 송나라로 돌아오는 것을 가리킨다고 풀이하고 있다. 그러나 이
곳의 해석이 순리인 듯하다.

괴로운 추위의 노래(苦寒行[1])

10월의 변방은 날씨 고약한데,
관군들 몸에 걸친 옷은 얇기만 하네.
의복 담당 특사는 올 건가 안올 건가?
밤은 길고 갑옷은 차니 잠 이루기 어렵네.
서울 성 안에는 고관들이 많은데,
호화로운 집 대문은 해가 높이 떠도 열리지 않고 있네.
겹겹이 포장치고 발치고 병풍까지 둘러놓고,
술 취하여 병풍 밖 추운 줄은 알지도 못하네.

시 월 변 두 풍 색 악   관 군 신 상 의 구 박
十月邊頭[2]風色惡이나, 官軍身上衣裘[3]薄이라.

압 의 칙 사 래 불 래   야 장 갑 랭 수 난 착
押衣勅使[4]來不來고? 夜長甲冷睡難着이라.

장 안 성 중 다 열 관   주 문 일 고 미 계 관
長安城中多熱官[5]하니, 朱門[6]日高未啓關이라.

중 중 위 박 시 병 산　　중 주 부 지 병 외 한
重重幃箔⁷⁾施屛山이오, 中酒不知屛外寒이라.

註解 1) 苦寒行(고한행) − 본시는 상화가사(相和歌辭) 청조곡(淸調曲)에 속
하는 옛 악부(樂府) 제명. 악부구제(樂府舊題)를 빌어 자신의 감상을
노래한 것이다.　2) 邊頭(변두) − 변경(邊境), 국경지방. 풍색(風色)은
날씨.　3) 衣裘(의구) − 옷과 갖옷, 옷.　4) 押衣勅使(압의칙사) − 의복
공급을 담당하는 임금의 특사.　5) 熱官(열관) − 권세가 있는 관리, 높
은 관리.　6) 朱門(주문) − 붉은 대문, 호화로운 집을 가리킴. 관(關)은
대문의 빗장.　7) 幃箔(위박) − 장막과 발. 병산(屛山)은 산이 그려진
병풍, 산 모양의 병풍.

解說 전쟁을 통하여 겪는 병사들의 고된 생활을 폭로하고 있다. 병사들은
헐벗고 추위에 시달리며 싸우고 있는데도, 서울의 고관들은 매일 잔
치나 즐기며 병사들의 고난 같은 것은 알지도 못하고 있다는 것이다.

전사한 병사들을 위한 노래(國殤¹⁾行)

관군이 밤 사이 혈전을 벌이니
새벽에는 군에서 유해를 수습하네.
매장할 적엔 먼저 몸에 입은 갑옷을 벗기고,
표지가 세워진 많은 무덤만이 높다랗게 남네.
성명은 헛되이 전사자 명부에 올려지는 것이니,
집안이 가난해도 급여가 없고 자식들에겐 은전도 없네.
아아! 여러 장수들은 벼슬이 날로 높아지지만,
수많은 귀신들이 음산한 바람 속에 울부짖고 있는 줄 어이
　알리?

^{관 군 반 야 혈 전 래}
官軍半夜血戰來하니, ^{평 명 군 중 수 유 해}
平明²⁾軍中收遺骸라.

^{매 시 선 박 신 상 갑}
埋時先剝身上甲하고, ^{표 성 총 총 고 최 외}
標成³⁾叢塚高崔嵬라.

^{성 명 허 괘 진 망 적}
姓名虛掛陣亡籍⁴⁾이니, ^{가 한 무 봉 고 무 택}
家寒無俸⁵⁾孤無澤이라.

^{오 호 제 장 관 일 궁}
嗚虖⁶⁾諸將官日穹하니, ^{기 지 만 귀 호 음 풍}
豈知萬鬼號陰風고?

註解 1) 國殤(국상)-나라를 위하여 싸우다가 전사한 사람. 2) 平明(평명)- 새벽, 이른 아침. 3) 標成(표성)-묘의 표식을 이룩하다. 총총(叢塚)은 무더기 묘, 많은 무덤. 최외(崔嵬)는 높다란 모양. 4) 陣亡籍(진망적)-전사자 명단. 5) 俸(봉)-전사자 가족에게 주는 급여. 고(孤)는 전사자의 아들. 택(澤)은 은택(恩澤), 은전(恩典). 여기에서는 옷, 송나라 때에는 전사자의 가족에게는 옷을 공급하였다(《宋史》〈兵志〉八 廩給之制 참조). 6) 嗚虖(오호)-~아아, 오호(嗚呼). 궁(穹)은 높아지는 것.

解說 전사자들을 위한 진혼곡(鎭魂曲) 같은 것이다. 외족에게 밀리기만 하는 나라를 위해 싸우다 죽은 병사들이 눈물겹기만 하다.

군중의 노래(軍中樂)

군영(軍營) 사면에는 경비병을 배치하고
장수의 장막 문은 삼엄히 만 명이 지키고 있으며,
장군은 귀중한 몸이라 말타고 나가 전투는 하지 않고
밤마다 군사를 내어 요지만을 지키고 있네.
스스로 적은 두려워, 감히 침범하지 않을 거라 말하면서
고라니와 사슴이나 쏘아 잡아다가 술안주로 삼고,

밤 깊어 술 깨고 산에 달이 지면

비단 백 필을 기녀들에게 주어 돌려보내네.

그 누가 알랴! 군영 중의 혈전(血戰)한 병사들은

칼 창에 찔린 상처를 아물게 할 약을 구할 돈도 없는 것을?

행영 면면설조두　　　장문심심만인수
行營¹⁾面面設刁斗하고, 帳門深深萬人守하며,

장군귀중불거안　　　야야발병방애구
將軍貴重不據鞍²⁾하고, 夜夜發兵防隘口³⁾라.

자언로외불감범　　　사미　포록래행주
自言虜畏不敢犯이라 하고, 射麋⁴⁾捕鹿來行酒하며,

갱란　주성산월락　　　채겸　백단지녀악
更闌⁵⁾酒醒山月落하면, 綵縑⁶⁾百段支女樂이라.

수지영중혈전인　　　무전득합금창　약
誰知營中血戰人은, 無錢得合金瘡⁷⁾藥고?

註解 1) 行營(행영) - 행군 중의 군영(軍營). 면면(面面)은 사면(四面)에. 조두(刁斗)는 동으로 만든 그릇으로, 낮에는 밥을 짓는 용구로 사용하고, 밤에는 두드리어 시간을 알리거나 신호용으로 쓰던 물건. 설조두(設刁斗)는 조두를 든 경비병을 배치하는 것. 2) 不據鞍(불거안) - 말안장에 의지하지 않다, 말을 타고 나가서 전투를 하지 않는 것을 뜻한다. 3) 隘口(애구) - 좁은 입구, 적을 막기에 편리하고 험요(險要)한 어귀. 4) 麋(미) - 고라니, 사슴 종류의 짐승. 행주(行酒)는 안주로 써서 술을 마시는 것. 5) 更闌(갱란) - 밤이 깊어지다. 6) 綵縑(채겸) - 비단. 백단(百段)은 백 필. 지(支)는 지급하다, 주다. 여악(女樂)은 여자 악공, 기녀. 7) 金瘡(금창) - 쇠붙이로 말미암아 생긴 상처, 칼이나 창에 의한 상처.

解說 전쟁 중인 장군에 대한 풍자가 신랄하다. 이런 군대로는 기세 등등한 금나라의 침략군을 막는 수가 없다. 사냥한 짐승고기를 안주로 술을 마시고 밤새도록 기녀들과 즐기는 장군 아래, 싸우다 얻은 상처조차

도 치료 못하는 병사는 마치 망해가는 송나라의 모습을 보는 듯하다.

북산에서 지음(北山¹⁾作)

뼈대가 심히 마르고 조용히 지내고 있으니,
오직 숨어사는 군자 노릇이나 할 수밖에.
산길을 가다가 길의 향방을 잃기도 하지만,
들판에 앉아서는 천체의 움직임을 알아본다네.
글씨는 여윈 모양이나 그저 바위에 시를 써놓기만 하고,
시는 청아(清雅)하여 반은 구름을 읊은 내용이네.
근래엔 또 귀먹는 것이 기쁘기만 하니
부질없는 일은 듣지 않게 되기 때문일세.

骨法²⁾枯閒甚하니, 惟堪作隱君³⁾이라.

山行忘路脈⁴⁾이나, 野坐認天文이라.

字瘦⁵⁾偏題石이오, 詩寒⁶⁾半說雲이라.

近來仍喜聵⁷⁾니, 閒事⁸⁾不曾聞이라.

註解 1) 北山(북산) — 작자의 고향인 보전(莆田)에 있는 산 이름. 이 시는
작자가 은퇴한 뒤 만년에 지은 것이다. 2) 骨法(골법) — 골격(骨格).
고한(枯閒)은 마르고 한가하다, 마르고 잘 움직이지 않다. 3) 隱君
(은군) — 은퇴한 군자, 숨어 사는 군자. 4) 路脈(로맥) — 길의 맥, 길의
향방. 5) 瘦(수) — 마르다, 여위다. 노인의 글씨를 형용한 말. 편(偏)
은 치우치다, ······하기만 하다. 6) 寒(한) — 차다, 속되지 않고 깨끗

한 것, 청아(清雅)한 것. 7) 聵(외)−귀머거리, 귀가 먹다. 8) 閒事
(한사)−한가한 일, 쓸데없는 일. 여기서는 반대로 어려워만 가는 나
랏일을 뜻한다.

解說 만년에 은퇴한 뒤 노쇠한 몸으로 한가한 생활을 하면서도, 어려워져
만 가는 나랏일을 잊으려고 애쓰는 시인의 몸부림이 안쓰럽다. 오죽
해야 나랏일에 대하여 듣지 못하게 되어 오히려 '귀먹는 것이 기쁘
다'고 노래하겠는가? 바위 위에 써놓은 시들도 모두가 그의 울분이리
라!

방악 方岳, 1199~1262

자는 거산(巨山), 호는 추애(秋崖), 신안(新安) 기문(祁門 : 지금의 安徽省 소속) 사람. 진사가 된 뒤 문학장교(文學掌教)에 이어 원주태수(袁州太守) 등을 지내고 이부시랑(吏部侍郎) 자리에까지 올랐으나 당시의 권세가들과 뜻이 안맞아 영영 벼슬살이를 제대로 하지 못하고 시와 사(詞)로 나날을 보냈다. 당시의 시대상을 반영하는 시가 많고, 《추애집(秋崖集)》 40권을 남겼다.

세 호랑이 노래(三虎行[1])

장기(瘴氣)가 성해지고 비가 내리려 하니

늙은 까마귀 까악까악 울고 갈 길은 어둡고 험하네.

농가에서는 나를 막으면서 가지 말라고 말하였네.

"앞의 남산에는 이마가 흰 호랑이가 있는데,

세 발을 지닌 한 마리 어미는 그 이름을 표(彪)라 하고

두 마리 새끼가 따라다니는데 모두 힘세고 사납다오.

서쪽 이웃 사람이 나무하러 갔다가 날이 저물어도 돌아오지
  않아

남은 시체라도 찾으려 했지만 온 데 간 데가 없었다오."

날은 아직 어둡지도 않은데 문을 꼭 닫으니

머리털이 치솟고 마음은 슬퍼서 저려오네.

나그네야 어찌 갈 길의 어려움을 잘 알겠는가?

다급하게 문 두드리는 소리 나는데 누구일까?

풀다발 들고 불 얻으러 왔다는데 서리 바람이 차서

그에게 묵고 가라고 권했지만 감히 묵지는 못하고,

웃통을 벗고 내게 제대로 못 내어 얻어맞은 상처 보여주네.

아아! 호랑이 잡은 이광은 살아나지 못하고 주처는 죽었으니,

선정에 감동하여 호랑이 새끼 등에 업고 황하 건너갈 날 언
  제나 오려나?

黃茅[2]慘慘天欲雨하고, 老烏査査[3]路幽阻라.
<small>황 모 참 참 천 욕 우　　노 오 사 사 　로 유 조</small>

田家止予且勿行하되, 前有南山白額[4]虎니,
<small>전 가 지 여 차 물 행　　전 유 남 산 백 액 　호</small>

일 모 삼 족　기 명 표　　양 자 종 지 력 구 무
一母三足⁵⁾其名彪니, 兩子從之力俱武⁶⁾라.

서 린 작 모 초 불 귀　　욕 멱 잔 해 무 처 소
西隣昨暮樵不歸하여, 欲覓殘骸無處所러라.

일 미 혼 흑 심 엄 관　　모 발 위 수　심 비 산
日未昏黑深掩關⁷⁾하니, 毛髮爲竪⁸⁾心悲酸이나,

객 자 기 지 행 로 난
客子豈知行路難이리오?

타 문　성 급 수 씨 자　　　속 온　걸 화 상 풍 한
打門⁹⁾聲急誰氏子오 하니, 束蘊¹⁰⁾乞火霜風寒이라.

권 거　차 숙 불 감 주　　단　이 시 아 최 조 반
勸渠¹¹⁾且宿不敢住하고, 袒¹²⁾而示我催租瘢이라.

오 호　　이 광　불 생 주 처 사　　부 자 도 하　하 일 시
嗚呼라! 李廣¹³⁾不生周處死하니, 負子渡河¹⁴⁾何日是오?

註解 1) 三虎行(삼호행)－호랑이 얘기를 빌어 가혹한 당시의 정치현실을 풍자한 시이다. 공자가 "가혹한 정치는 호랑이보다도 더 사납다.(苛政猛於虎)"라 한 말을 이용한 것이다.　2) 黃茅(황모)－습하고 더운 고장에 많은 풍토병의 일종, 장기(瘴氣)의 일종. 참참(慘慘)은 병이 심해지는 모양.　3) 査査(사사)－까마귀가 우는 소리, 사사(嗟嗟)와 같은 말.　4) 白額(백액)－이마가 흰 것.　5) 一母三足(일모삼족)－세 다리를 갖고 있는 한 마리의 어미. 표(彪)는 호랑이의 무늬. 여기서는 사나운 호랑이의 이름.　6) 武(무)－용맹스러운 것.　7) 掩關(엄관)－문을 닫다.　8) 竪(수)－위로 솟다, 서다.　9) 打門(타문)－문을 두드리다. 다른 사람이 찾아온 것이다.　10) 束蘊(속온)－마른 풀을 묶은 다발.　11) 渠(거)－그 사람.　12) 袒(단)－웃통을 벗다, 옷을 걷어올리다. 최조반(催租瘢)은 세금을 제대로 내지 않아 관리들에게 얻어맞아 생긴 상처.　13) 李廣(이광)－한(漢)나라 장수, 호랑이를 활로 쏘아 잡았다 한다. 주처(周處)는 진(晉)나라의 용사, 호랑이를 때려잡았다 한다.　14) 負子渡河(부자도하)－자식을 업고 황하를 건너가다. 한(漢)나라 때 유곤(劉昆)이 홍농태수(弘農太守)로 부임하니 그 고장 사람들이 호랑이로 말미암아 많은 해를 입고 있었다. 그러나 유곤이 선정을 베풀자, 결국에는 호랑이도 자기 새끼들을 등에

업고 황하를 건너 다른 지방으로 옮겨갔다 한다.

解說 사나운 호랑이가 있어 어둡기도 전에 대문을 닫아 거는 고장에서, 밤중에 세금 내는 일을 하기 위하여 불을 피우려고 불을 얻으러 온 사람이 있다. 관리들의 강요로 백성들은 추위는 말할 것도 없고, 호랑이로 인한 죽음도 무릅쓰고 밤길을 다니고 있다. 백성들의 원성이 들리는 듯하다.

농촌의 노래(農謠) 5수

기일(其一)

봄비가 개자 물결이 제방에 출렁이고,
마을 남쪽과 북쪽에선 산비둘기가 우네.
바람에 일렁이는 보리밭은 푸르름으로 이어져 있으나,
무논에 심은 부드러운 모는 아직도 파란 잎이 고르지 못하네.

춘 우 초 청 수 박 제　　　촌 남 촌 북 발 고　　제
春雨初晴水拍堤요, **村南村北鵓鴣**¹⁾**啼**라.
함 풍 숙 맥　청 상 접　　　자 수　유 앙　록 미 제
含風宿麥²⁾**青相接**이나, **刺水**³⁾**柔秧**⁴⁾**綠未齊**라.

註解 1) 鵓鴣(발고)－발구(鵓鳩)·축구(祝鳩) 등으로도 불리며, 비가 오려 할 제 다급히 우는 새라 한다. 산비둘기의 일종인 듯하여 산비둘기라 번역해 두었다.　2) 宿麥(숙맥)－겨울에 심은 보리.　3) 刺水(자수)－물에 꽂다, 무논에 심다.　4) 秧(앙)－모.

기이(其二)

뜻을 이루지 못하여 집 짓고 밭 마련하였으나,

도롱이 입고 밤에도 김맬 적마다 즐거운 정 품게 되네.
봄산에 나무들 따스해지니 꾀꼬리가 그 사이를 찾아다니고,
비 개자 새벽 둔덕에 홀로 한 사람이 밭 갈고 있네.

문 사 구 전 계 미 성 　　　 일 사 서 월 　 매 함 정
問舍求田⁵⁾計未成이나, 一蓑鋤月⁶⁾每含情이라.

춘 산 수 난 앵 상 멱 　　　 효 롱 　 우 청 인 독 경
春山樹暖鶯相覓하고, 曉隴⁷⁾雨晴人獨耕이라.

註解 5) 問舍求田(문사구전) - 촉(蜀)나라 유비(劉備)가 허범(許氾)이 넓은
밭이나 사고 좋은 집이나 가지려 하면서 원대한 뜻은 없음을 풍자한
말을 인용한 것이다《三國志》魏志 陳登傳). 6) 一蓑鋤月(일사서
월) - 한 개의 도롱이를 입고 달 아래 김매다, 도롱이를 입고 밤에도
김을 매다. 7) 隴(롱) - 둔덕, 밭두둑.

기삼(其三)

밀은 아직 파란데 보리는 누렇고,
밭을 두르고 있는 모래밭 길은 양 창자처럼 꾸불꾸불하네.
논의 모는 길게 자라 물을 듬뿍 먹고 있고,
가난하지만 집집마다 밥 짓는 냄새가 나네.

소 맥 청 청 대 맥 황 　　　 호 전 사 경 　 요 양 장
小麥靑靑大麥黃하고, 護田沙徑⁸⁾繞羊腸이라.

앙 휴 　 안 안 수 초 포 　　　 진 증 　 가 가 반 이 향
秧畦⁹⁾岸岸水初飽요, 塵甑¹⁰⁾家家飯已香이라.

註解 8) 護田沙徑(호전사경) - 밭을 둘러싸고 있는 모래밭 길. 요양장(繞羊
腸)은 양 창자처럼 이리저리 돌아가다. 9) 秧畦(앙휴) - 모를 심은

논. 안안(岸岸)은 높다란 모양, 위로 솟은 모양. 수초포(水初飽)는 물을 잔뜩 배불리 먹다, 물이 충분히 대어져 있는 것.   10) 塵甑(진증)－먼지가 나는 솥. 동한(東漢)의 범염(范冉, 자가 史雲)은 절의(節義)가 있었으나 가난하여 굶기를 밥먹듯 하였다. 그래서 그 고장 사람들이 '범염의 집 솥에서 먼지가 난다(甑中生塵范史雲)'고 노래하였다 한다(《後漢書》 獨行傳). 따라서 '진증'은 절의가 있으면서도 가난한 사람들의 집을 가리킨다.

기사(其四)

마을에 비가 지나가자 뽕나무는 안개에 싸였고,

해가 지고 있는 숲의 나무 끝에서는 새들 우는 소리가 아름답네.

파란 치마 입은 할멈들이 멀리 떨어진 채 얘기를 하는데,

올 봄은 쌀쌀하여 누에가 잠들지 않아 아직도 뽕을 따야 한다네.

우 과 일 촌 상 자 연　　　　　임 초　일 모 조 성 연
雨過一村桑柘烟¹¹⁾이오, 林稍¹²⁾日暮鳥聲姸이라.

청 군 로 모　　요 상 어　　　　금 세 춘 한 잠 미 면
靑裙老姥¹³⁾遙相語하되, 今歲春寒蠶未眠¹⁴⁾이라.

註解 11) 桑柘烟(상자연)－뽕나무와 산뽕나무에 안개가 끼다, 뽕나무가 안개에 싸여있다. 12) 稍(초)－나무 끝, 나뭇가지 끝. 13) 老姥(노모)－늙은 부인, 할머니. 14) 蠶未眠(잠미면)－누에가 잠들지 못하다. 따라서 아직도 더 뽕잎을 따다가 누에를 먹여야 함을 말한다.

기오(其五)

자욱히 은은한 향기가 풀과 꽃에서 나고,
부드러운 초록이 빈틈없는 속에 뽕나무와 삼대가 자랐네.
물 가득한 연못에선 개구리가 저자를 연 듯하고,
마을 문안에도 봄이 깊어지자 제비들이 집을 짓네.

漠漠¹⁵⁾餘香着草花하고, 森森¹⁶⁾柔綠長桑麻라.

池塘水滿蛙成市하고, 門巷春深燕作家라.

註解 15) 漠漠(막막) – 소리 없고 적막한 모양. 16) 森森(삼삼) – 빽빽한 모양.

解說 작자는 다섯 수의 칠언절구(七言絶句)를 사용하여 초봄에서 한봄에 이르는 농촌 풍경을 아름답게 묘사하고 있다. 작자는 권세가들의 미움을 사 벼슬자리에서 쫓겨나 농촌으로 돌아와 살고 있지만 농촌풍경을 보는 정이 담담하고도 아름답다. 격정을 억제한 채 이처럼 담담하게 아름다운 풍경과 자신의 감정을 노래부르는 것이 당시와 다른 송시의 두드러진 특징 중의 하나이다.

악뢰발 樂雷發, 1253 전후

자는 성원(聲遠), 호는 설기(雪磯)이며 도주(道州) 영원(寧遠 : 지금의 湖南省) 사람. 몇 번 과거를 보았으나 급제하지 못하였다. 그러나 장원급제한 제자 요면(姚勉)이, 자신의 급제를 스승이며 학식과 인덕이 높은 악뢰발에게 양보하고 싶다고 황제에게 상소하였다. 보우(寶祐) 원년(1253)에 이종(理宗)은 기특한 일이라 생각하고 악뢰발을 불러 직접 시험해본 끝에 진사(進士)의 자격을 부여하였다. 그러나 스승과 제자 모두 강직한 인물들이라 자기들의 뜻이 정책에 받아들여지지 않자 벼슬을 내던지고 고향으로 돌아가 그 분만(憤懣)을 시로 읊었다. 《설기총고(雪磯叢稿)》 5권이 있다.

도망다니는 백성들(逃戶)

세금 장부에 이름이 아직도 그대로 있으나
어느 누가 세금을 낸단 말인가?
불에 타서 주인 없는 묘들은 없어져 가고,
토지는 차지하여 관전으로 몰수하네.
변두리로 와 있는데 나라 안은 전쟁으로 들끓고
덥고 습한 고장이라 풍토병이 두루 번져 있네.
노인과 아이들 이끌고
어느 곳으로 가야 풍년이 들겠는가?

조 첩　명 유 재　　하 인 납 세 전
租帖¹⁾名猶在나, 何人納稅錢고?

소 침　무 주 묘　　　지 점　몰 관 전
燒侵²⁾無主墓하고, 地占³⁾沒官田이라.

변 국　간 과 만　　만 주　장 려 편
邊國⁴⁾干戈滿이오, 蠻州⁵⁾瘴癘偏이라.

부 지 휴 로 치　　　하 처 취 풍 년
不知携老稚하고, 何處就豊年⁶⁾고?

註解 1) 租帖(조첩)－세금 장부. 2) 燒侵(소침)－타는 불이 침략하다, 불에 타서 없어져 가다. 3) 地占(지점)－토지를 점유하다. 몰(沒)은 몰수하다. 관전(官田)은 공전(公田). 당시 가사도(賈似道)가 정권을 잡고 관전소(官田所)를 설치하여 백성들의 땅을 빼앗아 관전으로 만들었다. 관전은 개인 소유의 토지보다 세금이 훨씬 많아 백성들은 더욱 살기가 어렵게 되었다. 4) 邊國(변국)－뒤의 '만주(蠻州)'와 함께 자기네 남송을 가리킨다. 이때 남송은 금나라에 밀리어 남쪽 변두리 땅 만을 차지하고 있었기 때문이다. 간과(干戈)는 방패와 창, 전쟁을 뜻함. 5) 蠻州(만주)－남만(南蠻)의 고장, 남쪽 지방을 이르는 말. 장려(瘴癘)는 덥고 습기 많은 지방에 유행하는 풍토병. 6) 就豊年(취풍

년)—풍년이 든 곳으로 가다.

> **解說** 시의 제목은 〈도망다니는 백성들〉이지만 '도망'이란 말은 한마디도 나오지 않는다. 그러나 '세금 낼 사람이 없다' '주인 없는 묘' 같은 말은 모두 백성들이 이미 고향을 버리고 다른 곳으로 도망쳤음을 웅변으로 말해주고 있다. 백성들은 고향에서 살아갈 수가 없어 다른 고장으로 도망을 치지만, 어느 곳에도 풍년이 들어 먹을 곡식이 남아나는 그런 고장이란 없는 것이다. 그 위에 전쟁과 남방의 풍토병까지 백성들을 괴롭히고 있다.

호곡하는 노래(烏烏¹⁾歌)

책 읽지 말게! 책 읽지 말게!
옛날 혜시가 다섯 수레에 책 싣고 다니며 읽었다지만 지금 어떻게 되었는가?
그대는 날 위해 굴원(屈原)의 《이소(離騷)》를 태워버려 주게나,
나도 그대 위해 주돈이(周敦頤)의 태극도를 부숴버려 줄 것이니!
목마르거든 와서 한 말 술 마시고
내가 하늘 우러러보며 호곡하는 노래 들어보게나.
도포에 큰 띠 매고 요순(堯舜)의 도 추구하는 것은
긴 갓끈으로 흉노의 임금 잡아매 오는 것만은 못하지.
붓털 빨고 붓대 잡아 〈자허부(子虛賦)〉 같은 것 읊는 것은
날랜 채찍으로 명마를 뛰어오르게 하는 것만은 못하지.
그대는 보지 못했는가, 작년에 적병이 파유 지방을 함락시

킨 것을!

올해엔 적병이 성도(成都)도 짓밟았다네.

바람에 먼지 자욱이 일자 승냥이와 호랑이가 길을 막고

사람을 삼대 베어 넘기듯 죽이어 피가 흘러 호수를 이룰 지
　경이라네.

소순 부자의 미산서원에선 초계(哨戒)하는 말이 울고 있고,

두보의 완화초당엔 요망스런 여우가 둥지를 틀었다네.

어떤 자들이 올바른 일 하려는 사람들 매질하는가?

어떤 사람이 흉노 임금 잡아매어 올 건가?

어떤 사람이 적은 군사로 함곡관을 봉할 건가?

어떤 사람이 세 화살로 나라의 변경을 안정시켜 줄 것인가?

쓰고 있는 큰 관은 키 같은데 긴 칼로는 턱이나 고이고 서서,

아침에는 안회와 맹자 얘기하고 저녁엔 주돈이(周敦頤)와 정
　이(程頤) 논하며,

기다란 인끈에 주렁주렁 인을 달고,

구주는 넓고도 큰데 그대는 지금 어디로 가고 있는가?

금이 있다면 반드시 부숴서 좋은 화살 만들고,

쇠가 있다면 반드시 녹여서 쇠가시 만들어야 하네.

나는 마땅히 그대에게 담로와 청평 같은 칼을 선물할 것이니,

그대는 마땅히 내게 태을과 백작 같은 장군 깃발을 보내주어,

멋지게 적군 놈들을 죽이고 금인을 빼앗아야 할 것이니,

지저분한 글이나 지어 무엇에 쓰겠는가?

죽은 뒤에도 제갈량은 산 사마중달(司馬仲達)을 도망치게 하
　였고,

공자가 아니라면 그 누가 오랑캐 내이(萊夷)를 물리쳤겠는가?

아아! 호곡을 노래부르니

내 마음 편치 않게 하는구나!

책 읽어 책밖에 모르는 바보 되지 말게나!

莫讀書하라, 莫讀書하라! 惠施[2]五車今何如오?

請君爲我焚却離騷賦[3]하라! 我亦爲君劈碎[4]太極圖하리라!

渴來相就飮斗酒하고, 聽我仰天歌烏烏하라!

深衣大帶[5]講唐虞는, 不如長纓[6]繫單于요,

吮毫[7]搦管賦子虛는, 不如快鞭[8]躍的盧라.

君不見前年賊兵破巴渝[9]아? 今年賊兵屠成都라.

風塵澒洞[10]兮여 豺虎塞途하고, 殺人如麻兮여 流血成湖로다.

眉山書院[11]嘶哨馬하고, 浣花草堂[12]巢妖狐라.

何人笞中行[13]고? 何人縛可汗[14]고?

何人丸泥[15]封函谷하고, 何人三箭[16]定天山고?

大冠[17]若箕兮여 高劍挂頤[18]하고, 朝談回軻[19]兮여 夕講濂伊[20]로다.

수 약 약 혜　　인 류 류　　　구 주 박 대 혜　군 금 하 지
綬若若²¹⁾兮여 印纍纍²²⁾하고, 九州博大兮여 君今何之오?

유 금 수 쇄 작 복 고　　　유 철 수 주 작 질 려
有金須碎作僕姑²³⁾요, 有鐵須鑄作蒺藜²⁴⁾라.

아 당 증 군 이 담 로 청 평　지 검　　　군 당 보 아 이 태 을 백
我當贈君以湛盧靑萍²⁵⁾之劍이오, 君當報我以太乙白

작　지 기
鵲²⁶⁾之旗라.

호 살 적 노 취 금 인　　　　하 용 구 구 장 구 위
好殺賊奴取金印²⁷⁾이니, 何用區區章句爲²⁸⁾오?

사 제 갈　혜　　능 주 중 달　　　비 공 자 혜　　숙 각 래 이
死諸葛²⁹⁾兮여 能走仲達이니, 非孔子兮여 孰却萊夷³⁰⁾오?

희 가 오 오 혜　　사 아 심 불 이　　　막 독 서 성 서 치
噫歌烏烏兮여 使我心不怡니, 莫讀書成書痴³¹⁾하라!

註解 1) 烏烏(오오) - 호곡(號哭)하는 소리, 슬프고 억울하여 소리지르는 것. 오오(嗚嗚)로도 씀. 2) 惠施(혜시) - 전국(戰國)시대 명가(名家)에 속하는 학자. 장자(莊子)의 친구이며, 《장자》 천하(天下)편에 "혜시는 여러 가지 지식이 있었고 책을 다섯 대의 수레에 싣고 다녔다.(書五車)"고 하였다. 따라서 '오거서(五車書)'는 공부를 많이 하는 것을 뜻한다. 3) 離騷賦(이소부) - 전국시대 굴원(屈原)이 지었다는 《초사(楚辭)》의 대표작. 4) 劈碎(벽쇄) - 쪼개어 부수다. 태극도(太極圖)는 북송의 주돈이(周敦頤)가 우주의 근본원리를 해설하기 위하여 지은 〈태극도설(太極圖說)〉. 송대 성리학을 개척한 명저이다. 5) 深衣大帶(심의대대) - '심의'는 옛날 선비들이 입던 소매가 넓고 길이가 긴 도포 같은 옷. '대대'는 큰 허리띠. 당우(唐虞)는 요순(堯舜)의 시대. '강당우'는 요순의 도를 추구하는 것. 6) 長纓(장영) - 긴 갓끈. 선우(單于)는 흉노의 왕. 《한서(漢書)》 종군전(終軍傳)에 "긴 갓끈을 주시면 반드시 남월왕을 묶어다가 궐 아래 대령하겠습니다.(願受長纓하니, 必羈南越王하여, 而致之闕下니이다.)"라고 한 말을 인용한 표현임. 7) 吮毫(연호) - 붓을 빨다, 붓털이 가지런해지도록 입으로 빠는 것. 익관(搦管)은 붓대를 잡다. 자허(子虛)는 한(漢) 사마상여(司馬相

如)의 대표작 〈자허부(子虛賦)〉. 뒤에 무제(武帝)는 이 부를 읽고 그
의 글 재주에 탄복하게 된다. 8) 快鞭(쾌편)—좋은 채찍, 날랜 채찍.
적로(的盧)는 삼국시대 촉(蜀) 유비(劉備)가 타던 말. 이 말을 타고
가다 깊은 물에 빠졌는데, 주인이 힘좀 내라고 하자 3장(丈)이나 뛰
어올라 위험으로부터 벗어났다 한다. 여기서는 명마의 뜻으로 쓰고
있으나 〈상마경(相馬經)〉에는 흉마(凶馬)라 설명하고 있기도 하다.
9) 巴渝(파유)—지금의 사천성(四川省) 남부지방을 뜻하는 말. 10)
澒洞(홍동)—솟아오르는 모양, 피어오르는 모양, 어지러운 모양.
11) 眉山書院(미산서원)—사천성 미산(眉山)에 있는 소순(蘇洵) 부자
가 세운 서원. 문화적인 곳을 뜻함. 초마(哨馬)는 초계(哨戒)하는 말,
경계를 선 기마병. 12) 浣花草堂(완화초당)—만년에 당(唐)나라 두
보(杜甫)가 거처하던 초당으로 성도(成都)에 있다. 요호(妖狐)는 요
망한 여우, 원(元)나라 군대를 가리킨다. 13) 中行(중행)—올바른 도
를 지키는 사람, 나라를 위하여 올바로 일하려는 사람(《論語》子路에
보임). 14) 縛可汗(박가한)—흉노의 왕을 묶어오다. 15) 丸泥(환
니)—진흙 덩어리.《후한서(後漢書)》외효전(隗囂傳)에 왕원(王元)이
'한 개의 진흙덩이로 대왕을 위하여 동쪽 함곡관(函谷關)을 봉하겠
습니다'고 한 말을 인용한 표현. 진흙 덩이는 적은 군사들을 가리킨
다. 16) 三箭(삼전)—3대의 화살. 당(唐)나라 장군 설인귀(薛仁貴)가
국경을 지키고 있을 때 10만이 넘는 적군이 쳐들어왔다. 설인귀가 3
대의 화살로 적군 장수 3명을 쏘아 죽이자 적군은 모두 항복하였다.
이에 사람들은 '장군께서 3대의 화살로 천산(天山)을 안정시켰다'고
하였다. '천산'은 신강성(新疆省) 서북쪽에 있는 큰 산맥 이름. 외족
이 그쪽으로부터 흔히 쳐들어왔다. 17) 大冠(대관)—큰 관. 송나라
대신들이 쓰고 있는 관을 가리킴. 기(箕)는 키, 곡식을 까부는 기구.
18) 拄頤(주이)—턱을 떠받치고 있는 것, 곧 긴 칼을 제대로 쓰지 않
고 있는 것. 19) 回軻(회가)—안회(顔回)와 맹가(孟軻). 공자의 가장
대표적인 제자들. 20) 濂伊(렴이)—북송(北宋) 성리학의 개척자인
주돈이(周敦頤)와 정이(程頤). 주돈이는 염계선생(濂溪先生), 정이는
이천선생(伊川先生)이라 호하였다. 21) 綬若若(수약약)—'수'는 인
끈, 높은 관직을 상징한다. '약약'은 길게 늘어진 모양. 22) 纍纍(류
류)—여러 개가 연이어 있는 모양. 주렁주렁. 23) 僕姑(복고)—화살
의 이름(《左傳》莊公 11年에 보임). 24) 蒺藜(질려)—남가새. 바닷가

모래땅에 나며 잎새와 줄기에 털이 났고, 열매는 세모지고 4개의 가시가 달려있다. 옛날에는 쇠로 남가새 열매 모양의 물건을 만들어 땅 위에 뿌려놓고 적의 진로를 막았는데, 그것도 '질려'라 불렸다. 곧 쇠가시. 25) 湛盧靑萍(담로청평)-'담로'는 오왕(吳王) 합려(闔閭)가 쓰던 명검. '청평'도 옛날의 유명한 칼 이름(陳琳〈與臨淄王牋〉에 보임). 26) 太乙白鵲(태을백작)-장군 수레의 깃발 이름. '태을'은 별 이름으로, 각각 태을 성좌와 흰 까치가 그려진 기이다. 27) 金印(금인)-재상 또는 승상(丞相)의 인. 28) 章句爲(장구위)-글을 짓다, 문장 공부를 하다. 29) 死諸葛(사제갈)-죽은 제갈량(諸葛亮). 촉(蜀)의 제갈량은 위(魏)나라 군대의 진공을 막다가 군중에서 죽었다. 위나라 장수 사마중달(司馬仲達)은 제갈량이 죽었다는 것도 그의 계략이라 생각하고 바로 촉군을 추격하지 못하였다. 여기에서 '죽은 공명(孔明)이 산 중달(仲達)을 도망치게 하였다'는 말이 나왔다. 30) 萊夷(래이)-'내' 땅의 오랑캐, 동이(東夷)의 일족. '래'는 산동성(山東省). 지금의 등주(登州) 및 내주(萊州) 일대였다. 31) 書痴(서치)-책을 읽은 바보, 책밖에 모르는 바보.

解說 망해가는 자기 조국에 대한 걱정이 절실하다. '책 읽지 말라'고 외치는 것은 자신이 공부나 하고 외국 군대에게 침략당하는 나라를 지킬 방책은 전혀 없음을 한탄하는 것이리라. 정말 가슴속에서 우러나오는 통곡인 듯하다.

문천상 文天祥, 1236~1282

자는 송서(宋瑞) 또는 이선(履善), 호는 문산(文山)이었고, 남송 길주(吉州) 길수(吉水, 江西省) 사람. 진사가 된 뒤 호남(湖南) 제형(提刑) 등을 지냈으나, 그 시절은 송나라 국운이 다해가던 때였다. 원(元)나라 군대가 쳐들어오자 우승상겸추밀사(右丞相兼樞密使)가 되어 근왕병(勤王兵)을 모집하여 항쟁에 나섰다. 원군에 잡혔다 도망하여 복주(福州)에서 좌승상(左丞相)이 되었고, 다시 원군과 싸우다 크게 패하기도 하였다. 위왕(衛王) 밑에서 소보(少保)로 신국공(信國公)에 봉해졌으나 조양(潮陽)에서 원군에게 잡히어 끝내 굴복하지 않아 3년 뒤에 죽음을 당하였다. 그가 죽기 전에 지은 〈정기가(正氣歌)〉가 특히 유명하다. 《문산집(文山集)》 21권, 《문산시사(文山詩史)》 4권이 세상에 전한다.

여섯 가지 노래(六歌¹⁾)

처가 있는데 처가 있는데 지게미와 겨 먹으며 함께 살면서
나이 어려 결혼한 이래 떨어진 적 없었네.
난리 중에 길에서 호랑이 이리 같은 놈들 만나,
봉(鳳)새가 펄펄 날아가다 황(凰)새 잃은 꼴 되었네.
병아리 한두 마리 같은 새끼까지 데리고 어디로 갔는가?
나라 깨어지고 집안도 망할 줄이야 어이 알았으리?
차마 당신의 비단 치마 저고리 입은 모습 어이 떨쳐 버리랴?
하늘 영원하고 땅 변함없는데 우리 인연 끝내 아득해져,
견우와 직녀처럼 밤마다 멀리 서로 바라보게 되었네.
아아! 첫 번째 노래 부르니 노랫소리는 길어,
슬픈 바람 북쪽으로부터 불어와 일어나 서성이게 하네.

누이동생 있는데 누이동생 있는데 집안 흩어져,
남편 떠난 뒤 여러 아이들 데리고 지내네.
북풍은 모래 날리고 변경의 풀 싸늘한데,
궁해진 원숭이처럼 비참한 꼴 되었으니 어디로 돌아가야 할
　　건가?
지난해 남해(南海) 가에서 어머님 여의고,
우리 3남 1녀가 함께 흐느껴 울었는데,
오직 당신이 없어 내 살갗을 째는 듯 마음 아팠네.
당신 집안 몰락한 것 어머님께선 아시지 못하셨으니,
어머님 아셨다면 어찌 눈감으실 수 있었겠는가?
아아! 두 번째 노래 부르니 노래 매우 슬픈데,

할미새 호들갑 떨듯 형제는 어려움 서로 돕는다 했는데 무엇
  을 했는가?

딸이 있는데 딸이 있는데 아름다운 눈과 넓은 이마 지닌 위에,
큰놈은 서첩(書帖)으로 글씨 배우느라 종요(鍾繇)와 왕희지
  (王羲之) 글씨 익혔고,
작은놈은 글 읽느라 소리 낭랑했네.
북풍 옷자락 날리고 먼지로 밝은 해도 누런데
한 쌍의 백옥 같은 딸 길가에 버렸네.
기러기 새끼 먹이 쪼으려 하나 가을인데도 곡식 없는 꼴이요,
어미 따라 북쪽으로 향하고 있는데 누가 보살펴 줄건가?
아아! 세 번째 노래 부르니 노래 더욱 가슴아파서,
아녀자가 아닌데도 눈물 줄줄 흐르네.

아들이 있는데 아들이 있는데 풍모가 빼어나서,
부처님이 안아다 주었다는 당나라 서(徐)씨 집안 아들 같으니,
사월 초파일날 얻은 보주(寶珠)였네.
석류꽃 장식과 외뿔소 뿔로 만든 동전을 수놓은 저고리에 매
  달아 주었고,
난향(蘭香) 섞은 물 여러 번 끓여 몸 씻기어 향기롭기 우유
  기름 같았는데,
갑자기 나는 번개따라 진흙길로 날아가 버렸네.
네 형은 열세 살에 죽어 버렸고,
너는 지금 세 살일 터인데 눈앞에 없네.
아아! 네 번째 노래 부르니 노래 반 한숨 반이요,

등불 앞의 나를 더 늙게 하는 밝은 달 외롭게 떠있네.

첩이 있는데 첩이 있는데 지금은 어떻게 되었는가?
큰첩은 손에 작은 두꺼비 같은 아들 이끌고,
다음 첩은 친히 천리마 망아지 같은 아들 안고 있네.
아침에 화장하고 깨끗한 옷 입고 서호(西湖)로 나가면,
아름답게 기러기 내려앉은 듯하고 패옥(佩玉) 바람에 움직
　　이어,
바람에 꽃잎 날아 떨어질 때 새들 지저귀는 듯하고,
금경화(金莖花) 이슬 머금은 채 연못이나 운하에 떠있는 듯
　　하였네.
하늘 무너지고 땅 찢어지는 듯한 일 있어 용과 봉황새 모두
　　죽었으니,
미인이 먼지 흙 되는 일이야 어느 시대건 없었던가?
아아! 다섯 번째 노래 부르니 노래에 시름 서리어,
그대들 때문에 바람 맞으며 한동안 서있네.

나는 태어나서 나는 태어나서 어이 때를 못 만났나?
외로운 풀뿌리처럼 복숭아꽃 오얏꽃 피는 봄 모르네.
날씨 차고 낮은 짧아 더욱 시름 안겨주고,
북풍은 나를 따라 적 병마(兵馬)의 먼지 일으키고 있네.
처음에는 내 골육들 엄청난 재난 만난 것 가엾이 여겼는데,
지금은 골육들이 더욱 나를 가엾다고 여기게 되었네.
그대들 살아 있어 공연히 내게 근심만 얽히게 하는데,
나 죽으면 누가 내 해골 거두어 줄건가?

인생 백 년 동안에 무엇이 좋고 나쁜 것인가?

꿈 같은 속에 얻고 잃는 것이 모두 덧없는 것인 것을.

아아! 여섯 번째 노래 부르니 다시 다른 말 하지 마라,

문을 나서서 한번 웃으면 하늘과 땅도 늙을 것을.

有妻有妻出糟糠[2]하니, 自少結髮[3]不下堂[4]이라.
（유처유처출조강） （자소결발 불하당）

亂離中道逢虎狼[5]하여, 鳳飛翩翩[6]失其凰이라.
（난리중도봉호랑） （봉비편편 실기황）

將雛[7]一二去何方고? 豈料國破家亦亡가?
（장추 일이거하방） （기료국파가역망）

不忍舍君羅襦裳[8]하니, 天長地久終茫茫[9]이오. 牛女[10]
（불인사군라유상） （천장지구종망망） （우녀）

夜夜遙相望이라.
（야야요상망）

嗚呼一歌兮歌正長[11]하여, 悲風北來起彷徨이라.
（오호일가혜가정장） （비풍북래기방황）

有妹有妹家流離[12]하여, 良人去後携諸兒라.
（유매유매가류리） （양인거후휴제아）

北風吹沙塞草凄[13]한대, 窮猿[14]慘淡將安歸오?
（북풍취사새초처） （궁원 참담장안귀）

去年哭母[15]南海湄[16]하여, 三男一女同歔欷[17]나, 惟汝不
（거년곡모 남해미） （삼남일녀동허희） （유여부）

在割我肌라.
（재할아기）

汝家零落[18]母不知하니. 母知豈有瞑目時아?
（여가령락 모부지） （모지기유명목시）

嗚呼再歌兮歌孔[19]悲하니, 鶺鴒在原[20]我何爲오?
（오호재가혜가공 비） （척령재원 아하위）

有女有女婉淸揚²¹⁾하니, 大者學帖²²⁾臨鍾王²³⁾이오. 小者
讀字聲琅琅²⁴⁾이라.

朔風吹衣白日黃한대, 一雙白璧²⁵⁾委道傍²⁶⁾이라.

鴈兒²⁷⁾啄啄²⁸⁾秋無粱하고, 隨母北首²⁹⁾誰人將³⁰⁾고?

嗚呼三歌兮歌愈傷하니, 非爲兒女³¹⁾淚淋浪³²⁾이라.

有子有子風骨殊하여, 釋氏抱送徐卿雛³³⁾하니, 四月八
日摩尼珠³⁴⁾라.

榴花³⁵⁾犀錢³⁶⁾絡繡襦³⁷⁾하고, 蘭湯³⁸⁾百沸香似酥³⁹⁾러니, 欻⁴⁰⁾
隨飛電飄泥途⁴¹⁾라.

汝兄十三騎鯨魚⁴²⁾하고, 汝今三歲知在無⁴³⁾라.

嗚呼四歌兮歌以吁⁴⁴⁾하고, 燈前老我⁴⁵⁾明月孤라.

有妾⁴⁶⁾有妾今何如요. 大者手將小蟾蜍⁴⁷⁾오, 次者親抱
汗血駒⁴⁸⁾라.

晨粧靚服⁴⁹⁾臨西湖⁵⁰⁾면, 英英⁵¹⁾鴈落飄瓊琚⁵²⁾하여,

風花飛墜鳥嗚呼⁵³⁾하고, 金莖⁵⁴⁾沆瀣⁵⁵⁾浮汚渠⁵⁶⁾라.

천최지열　용봉조　　　미인진토하대무
天摧地裂[57]龍鳳殂[58]하니, 美人塵土何代無오?

오호오가혜가울우　　　위이소풍　립사수
嗚呼五歌兮歌鬱紆[59]하여, 爲爾遡風[60]立斯須[61]라.

아생아생하불신　　　고근　불식도리춘
我生我生何不辰[62]고? 孤根[63]不識桃李春[64]이라.

천한일단중수인　　　북풍수아철마진
天寒日短重愁人하고, 北風隨我鐵馬塵[65]이라.

초련골육종기화　　　이금골육중련아
初憐骨肉鍾奇禍[66]러니, 而今骨肉重憐我라.

여재　공령영아회　　　아사수당수아해
汝在[67]空令嬰我懷[68]니, 我死誰當收我骸오?

인생백년하추호　　　황량득상　구초초
人生百年何醜好[69]오? 黃粱得喪[70]俱草草[71]라.

오호육가혜물부도　　　출문일소　천지로
嗚呼六歌兮勿復道하라. 出門一笑[72]天地老라.

註解 1) 六歌(육가)─여섯 가지 노래. 후한(後漢) 장형(張衡)의 〈사수시(四愁詩)〉, 당(唐)나라 두보(杜甫)의 〈동곡칠가(同谷七歌)〉 등 이와 비슷한 구조의 노래들이 있다. 이 시는 송나라 말엽에 승상(丞相) 문천상이 망해가는 나라의 광복을 위하여 복주(福州)에서 경황제(景黃帝)를 세우고 원나라 군대와 싸우다 자기 가족도 모두 잃고, 상흥(祥興) 원년(1278)에는 자신도 원군에게 잡히어 다음 해 북쪽으로 끌려가다가 이 시를 지었다 한다. 자기 가족과 자신의 불운을 슬퍼한 애국시인의 한숨 같은 작품이다. 2) 出糟糠(출조강)─지게미와 겨를 먹고 살아왔다. 곧 처는 자신과 온갖 고난을 함께하여 왔다는 뜻. 3) 結髮(결발)─머리를 묶다. 본디는 성인이 됨을 뜻하나, 결혼을 뜻하기도 한다. 4) 不下堂(불하당)─대청에서 내려보내지 않는다. 집안에서 쫓아내지 않는다는 뜻. '조강지처불하당(糟糠之妻不下堂)'이란 말이 있다(《後漢書》宋弘傳). 5) 虎狼(호랑)─호랑이와 이리. 원(元)나라 군대를 가리킴. 6) 鳳飛翩翩(봉비편편)─봉(鳳)새가 펄펄 날아가다.

봉은 수놈으로 자기, 황(凰)은 암놈으로 자기 처를 가리킨다. 문천상은 공제(恭帝)의 덕우(德祐 : 1276)에 경염제(景炎帝)를 모시고 우상(右相)이 되어 나라의 회복을 꾀하다 공갱(空坑)의 싸움에 패하여 부인 구양씨(歐陽氏)와 아들 불생(佛生)·환생(還生), 딸 유낭(柳娘), 첩 황씨(黃氏)·안씨(顔氏) 등이 모두 원군(元軍)에게 잡혀가 잃었고, 자신과 맏아들 도생(道生)만이 애산(厓山)으로 도망쳤었다. 7) 雛(추)−병아리, 새 새끼. 자기 처와 함께 원군에게 잡혀간 아들 딸들을 가리킴. 8) 羅襦裳(라유상)−비단 저고리와 치마. 여기서는 비단 치마 저고리 입은 처의 모습을 가리킨다. 9) 終茫茫(종망망)−처와 자기의 인연 또는 관계가 '끝내는 아득해져 버렸다' 는 뜻. 10) 牛女(우녀)−견우성과 직녀성. 1년에 칠월칠석날 저녁에 한 번만 만난다는 부부. 11) 歌正長(가정장)−노래의 여운이 슬프므로 길어진다는 뜻. 12) 流離(류리)−흩어져 가버린다. 13) 凄(처)−싸늘하다, 차다. 14) 窮猿(궁원)−궁지에 빠진 원숭이. 누이동생에 비유함. 15) 哭母(곡모)−어머니의 죽음을 곡하다. 어머니는 제위국부인(齊魏國夫人) 증씨(曾氏). 상흥(祥興) 원년(1278)에 죽었다. 16) 南海湄(남해미)−남해 가. 이 해 문천상은 단종(端宗 : 景炎帝)이 죽자 아우 병(昺)을 옹립하고 광동성(廣東省) 혜주(惠州)·뇌주(雷州) 등지에서 싸웠고 왕은 남해 속의 애산(厓山)으로 옮아갔었으니, 남해 가란 혜주·뇌주 근처일 것이다. 17) 歔欷(허희)−흐느껴 울다. 18) 零落(령락)−몰락하다. 19) 孔(공)−매우, 심히. 20) 鶺鴒在原(척령재원)−할미새가 들에 날고 있다. 이는《시경》소아(小雅) 상체(常棣) 시의 구절로 밑에 '형제급난(兄弟急難)'이란 구절이 이어진다. 척령(鶺鴒)은 할미새로 호들갑을 떨며 날아다니는데, 형제간에는 어려움이 생기면 할미새처럼 행동하며 어려움을 서로 도와야 한다는 뜻이다. 21) 婉淸揚(완청양)−완(婉)은 아름다운 것, 청(淸)은 눈이 맑은 것, 양(揚)은 이마가 넓은 것(《毛傳》).《시경》정풍(鄭風) 야유만초(野有蔓草) 시에 '유미일인, 청양완혜(有美一人, 淸揚婉兮)'라 한 데서 나온 말로, 여자의 아름다움을 형용한 것이다. 22) 學帖(학첩)−서첩(書帖)을 가지고 붓글씨를 공부하는 것. 23) 臨鍾王(림종왕)−위(魏)나라 종요(鍾繇)와 진(晉) 왕희지(王羲之)의 글씨를 임모(臨摹)하다. 24) 琅琅(랑랑)−옥이 부딪쳐 나는 소리. 소리가 맑고 깨끗한 것을 형용하는 말. 25) 一雙白璧(일쌍백벽)−한 쌍의 흰 옥. 두 딸을 가리킴. 26) 委道傍(위도방)−길가에 버리다. 전란 속에 길에서 원군(元軍)에게 잡혀간 것을 뜻함. 27) 鴈兒(안아)−기러기 새끼. 두 딸을 가리킴. 28) 啄啄(탁탁)−여러 번 쪼아먹으려 하는 것. 29) 隨母北首(수모북수)−어미 따라 북쪽으로 향하다. 어머니와 딸이 모두 원병(元兵)에게 잡혀갔음. 30) 誰人將(수인장)−어떤 사람이 보살펴줄까. 31) 非爲兒女(비위아녀)−아녀자가 아닌데도. 32) 淋浪(림랑)−눈물을 줄줄 흘리는 것. 33) 釋氏抱送徐卿雛(석씨포송서경추)−부처님이 서경(徐卿)의 아이들 같은 아들들을 안아다 주었다. 이는 두보(杜甫)의 〈서경이자가(徐卿二子歌)〉에서 인용한 표현임. 34) 摩尼珠(마니주)−불교에서 쓰는 말로 보주(寶珠). 말니(末尼)라고도 쓴다. 흐린 물에 던지면 물이 맑아진다고도 했다(《涅槃經》). 35) 榴花(유화)−석류꽃. 조화(造花)로 장식물이었던 듯하다. 36) 犀錢(서전)−외뿔소 뿔로 만든 동전 모양의 장식품. 37) 絡繡襦(락수유)−수놓은 저고리에 매달아 주다. 38) 蘭湯(난탕)−난향(蘭香)을 섞어 끓인 물. 39) 香似酥(향사수)−목욕을 시키면 몸의 '향기가 우유 기름 같다'는 뜻. 수(酥)는 우유나 양젖으로 만든 향기롭고 깨끗한 음료. 40) 欻(홀)−갑자기, 홀연히. 41) 飄泥途(표니도)−진흙길로 날아가다. 역시 원병(元兵)에게 잡혀간 것을 가리킴. 42) 騎鯨魚(기경어)−고래를 타다. 죽어 하늘나라에 가는 것을 뜻함. 송(宋) 매요신(梅堯臣)이 이백(李白)을 노래한 〈채석월(采石月)〉 시에서 '변당기경상청천(便當騎鯨上靑天 : 곧 고래를 타고 푸른 하늘에 올라갔어야만 했다)'이라고 이백이 물에 빠져 죽은 것을 애석히 여긴 데서 나온 말. 43) 知在無(지재무)−현재는 없다, 지금은 죽고 없다. 44) 歌以吁(가이우)−노래하며 한숨 쉬다, 노래 반 한숨 반이다. 45) 老我(로아)−나를 늙게 하다. 밝은 달은 외로이 자기 시름을 더해 주어 '나를 더 늙게 한다'는 뜻. 46) 有妾(유첩)−첩이 있다. 문천상에게는 황씨(黃氏)・안씨(顔氏)의 두 첩이 있었는데 모두 원병(元兵)에게 잡혀갔다. 47) 蟾蜍(섬여)−두꺼비. 예(羿)가 서왕모(西王母)에게서 얻어온 불사약을 항아(姮娥)가 훔쳐가지고 달로 가서 두꺼비가 되었다고도 한다(《後漢書》 天文志). 따라서 달에 살고 있는 신선으로 빼어난 아이에 비유함. 48) 汗血駒(한혈구)−피같은 땀을 흘리는 망아지. 한(漢)대 이광리(李廣利) 장군이 서역 대완왕(大宛王)의 목을 베고 얻어왔다는 천리마가 한혈마임 (《漢書》 武帝紀). 49) 靚服(정

복)-깨끗한 옷을 입다. 50) 西湖(서호)-절강성(浙江省) 항주(杭州)에 있는 유명한 호수. 51) 英英(영영)-빼어나게 멋진 것, 빼어나게 아름다운 것(《南史》陸慧曉傳). 52) 飄瓊琚(표경거)-패옥(佩玉)이 바람에 날려 움직이며 소리를 내는 것. 53) 鳥嗚呼(조오호)-새들이 지저귀다. 패옥(佩玉)이 짤랑거리는 소리에 비유한 듯하다. 54) 金莖(금경)-창랑주(滄浪洲)에 핀다는 꽃 이름. 꽃이 나비처럼 바람에 움직이어 여자들이 따서 머리장식으로 썼다 한다(《杜陽雜編》). 55) 沆瀣(항해)-맑은 이슬. 밤중에 맑은 이슬을 맞는 것. 56) 汚渠(오거)-연못과 운하, 웅덩이와 도랑. 57) 天摧地裂(천최지열)-하늘이 무너지고 땅은 찢어지다. 원병(元兵)에게 온 세상이 짓밟힘을 뜻함. 58) 龍鳳殂(용봉조)-용과 봉이 죽다. 두 첩의 죽음을 가리킴. 59) 鬱紆(울우)-시름이 서리다. 60) 遡風(소풍)-바람을 맞받다. 61) 斯須(사수)-한동안, 잠깐 동안. 62) 不辰(불신)-때를 잘 타고나지 못하다, 시국을 잘 만나지 못하다. 63) 孤根(고근)-외로운 풀이나 나무뿌리. 외로운 자기를 가리킴. 64) 桃李春(도리춘)-복숭아꽃 오얏꽃이 피는 봄. 가족이 단란하게 지내는 것을 뜻함. 65) 鐵馬塵(철마진)-군마(軍馬)가 일으키는 먼지, 원(元)나라 기병(騎兵)이 일으키는 먼지. 66) 鍾奇禍(종기화)-특별한 재난이 모이다. 심한 재난을 여러 가지 당하는 것. 67) 汝在(여재)-가족들이 죽지 않고 원병에게 잡혀 있는 것. 68) 嬰我懷(영아회)-내 근심스런 생각만 얽히게 하다. 69) 何醜好(하추호)-무엇이 나쁜 것이고 좋은 것인가? 70) 黃粱得喪(황량득상)-황량(黃粱)은 황량몽(黃粱夢)으로, 노생(盧生)이 한단(邯鄲)의 여관에서 주인이 황량(기장)으로 밥을 짓는 동안, 꿈에 예쁜 여자에게 장가들고 출세하여 부귀를 누렸다 한다(唐 李泌 《沈中記》). 한단몽(邯鄲夢)이라고도 하며, 인생의 덧없음에 비유한다. '득상(得喪)'은 얻고 잃는 것. 성공하고 실패하는 것. 71) 俱草草(구초초)-모두가 형편없다, 모두 덧없다. 72) 出門一笑(출문일소)-문을 나서서 한번 웃다. 어찌할 수 없는 인생을 탄식하는 행위임.

解說 망해가는 송나라를 바로잡기 위하여 원나라 군대와 끝까지 싸웠던 애국시인 문천상의 고난이 잘 드러난 시이다. 나라를 위한다는 일이 얼마나 개인의 큰 희생을 전제로 하고 있는가? 온 집안이 망하고 나라

조차 망하는 때의 애국자의 처절한 호곡을 듣는 듯하다. 문천상이 원군에게 잡혀가 끝내 굴하지 않고 죽기 직전에 썼다는 〈정기가(正氣歌)〉는 더욱 유명하다. 원 세조(世祖)도 그를 두고 진남자(眞男子)라 탄복했다고 한다.

정기가(正氣歌) 서문을 붙임(井序)

나는 북쪽 오랑캐 수도에 포로가 되어 한 토실(土室)에 갇혀 있는데, 그 방은 너비가 여덟 자이고 깊이는 서른두 자 정도이다. 낮고 작은 쪽문이 있고, 작고 좁은 창문이 있으며, 아래로 움푹 내려앉아 어둡다. 지금 여름날이 되니 여러 가지 기운이 모여들고 있다. 빗물이 사방에서 모여드니 책상 걸상을 떠다니게 하는데, 이것은 곧 수기(水氣)이다. 진흙이 방안 반쯤 차서 찌고 불리어져 어디에나 묻는데, 이것은 곧 토기(土氣)이다. 갑자기 날이 개어 무덥고 바람길은 사방이 막혔는데, 이것은 곧 일기(日氣)이다. 처마 밑에서 땔나무로 불을 때어 무더위를 더하게 하는데, 이것은 곧 화기(火氣)이다. 창고에 곡식이 썩는 대로 내버려두어 두고두고 사람을 핍박하는데, 이것은 곧 미기(米氣)이다. 어깨를 서로 부딪힐 정도로 혼잡하여 비린내, 노린내, 땀내, 때 냄새가 나는데, 이것은 곧 인기(人氣)이다. 혹은 뒷간에서, 혹은 썩는 시체에서, 혹은 썩은 쥐에서 악한 기운이 뒤섞여 나오는데, 이것은 곧 예기(穢氣)이다. 이러한 여러 가지 기운이 겹치니, 여기에 있는 자들은 병이 나지 않는 이가 드물다. 그런데도 나는 허약한 몸으로 그런 속에서 살아온 지 지

금에 이르기까지 2년이나 되는데, 다행히도 탈이 없으니 이
것은 아마도 부양해 주는 것이 있어서 그러한 듯하다. 그렇
다 하더라도 부양해 주는 것이 무엇인지 어떻게 알겠는가?
맹자께서 말씀하시기를 '나는 나의 호연지기(浩然之氣)를
잘 기른다' 하였다. 여기에 일곱 가지 기운이 있는데 나의
기운은 한 가지가 있을 따름이나, 한 가지로 일곱 가지를 대
적한다니, 내가 무엇을 걱정하겠는가? 하물며 '호연'이라
는 것은 바로 천지의 정기(正氣)인 것이니, 〈정기가〉 한 수
를 짓는 바이다.

〔序〕 予囚北庭[1]하여, 坐一土室이라. 室廣八尺이오, 深
可四尋[2]이러니, 單扉[3]低小하고, 白間[4]短窄하며, 汙下[5]而
幽暗이라. 當此夏日에, 諸氣萃然[6]이라. 雨潦四集하여, 浮
動牀几[7]하니, 時則爲水氣하며; 塗泥半朝[8]하여, 蒸漚[9]歷
瀾하니, 時則爲土氣하며; 乍晴暴熱하고, 風道四塞하니,
時則爲日氣하며; 簷陰[10]薪爨하여, 助長炎虐하니, 時則
爲火氣하며; 倉腐寄頓[11]하여, 陳陳[12]逼人하니, 時則爲米
氣하며; 駢肩[13]雜遝하고, 腥臊[14]汗垢하여, 時則爲人氣하
며; 或圊溷[15]과, 或毀屍와, 或腐鼠로, 惡氣雜出하여, 時
則爲穢氣라. 疊是數氣하니, 當之者鮮不爲厲[16]라. 而予
以孱弱[17]으로, 俯仰其間하여, 於茲二年矣로되, 幸而無

差하니, 是殆有養致¹⁸⁾然爾라. 然亦安知所養何哉아? 孟子曰¹⁹⁾; 吾善養吾浩然之氣라 하시니라. 彼氣有七이오, 吾氣有一이나, 以一敵七이니, 吾何患焉이리오? 況浩然者는, 乃天地之正氣也니, 作正氣歌一首하니라.

註解 1) 北庭(북정)－북쪽 원(元)나라의 수도. 문천상은 남송 위왕(衛王)의 상흥(祥興) 원년(1278) 오파령(五坡嶺, 지금의 廣東省 海豐縣 북쪽)에서 원나라 군대의 포로가 되어 원나라 수도였던 연경(燕京, 지금의 北京)으로 끌려갔다. 그가 끝내 항복을 하지 않자 원 세조(世祖)는 그를 토굴로 된 감옥에 가두어 두었다가, 원나라 지원(至元) 19년(1282) 사형에 처하였다. 이 시는 사형 전년에 지은 것이라고 한다. 2) 尋(심)－길이의 단위. 8자가 1심이다. 3) 單扉(단비)－쪽문. 4) 白間(백간)－창문. 단착(短窄)은 작고 좁은 것. 5) 汙下(오하)－낮은 것, 구덩이처럼 낮다, 더럽고 낮다. 6) 萃然(췌연)－모여드는 모양. 7) 牀几(상궤)－걸상과 책상. 시즉(時則)은 시즉(是則), 이것은 곧. 8) 朝(조)－궁실, 방. 9) 蒸漚(증구)－찌고 물에 불리다, 쪄지고 불려지다. 역란(歷瀾)은 두루 묻다, 어디에나 묻다. 10) 簷陰(첨음)－지붕 처마 그늘, 처마 밑. 신찬(薪爨)은 땔나무로 불을 피우는 것. 11) 寄頓(기돈)－내버려두는 것. 12) 陳陳(진진)－낡은 모양, 두고두고. 13) 駢肩(변견)－어깨를 나란히 하는 것, 어깨가 서로 마주치는 것. 잡답(雜遝)은 어지러운 것, 혼란한 것. 14) 腥臊(성조)－비린내와 노린내, 비린내가 나고 노린내가 나다. 한구(汗垢)는 땀과 때, 땀내와 때 냄새. 15) 圊溷(청혼)－변소, 뒷간. 16) 厲(려)－병, 질병. 17) 孱弱(잔약)－허약한 것. 18) 養致(양치)－부양해 주는 것. 19) 孟子曰(맹자왈)－《맹자》공손추(公孫丑) 상편에 보이는 말.

천지간에는 정기가 있어서
자욱이 여러 가지 형상의 물건 이루게 하였네.
아래로는 강과 산을 이루었고,

위로는 해와 별을 이루어 놓았네.
사람에게 있어서는 그것을 '호연지기'라 하는데,
널리 우주공간에 가득 차 있네.
위대한 도가 맑고 깨끗이 행하여질 적에는
조화로움을 품고 밝은 조정에 그것이 토하여지게 되고,
시국이 어려울 적에도 그 절의는 곧 드러나
하나하나 모든 것이 역사 속에 드리워지게 되네.

그것이 제(齊)나라에 있어서는 태사(太史)의 기록이 되었고,
진(晉)나라에 있어서는 동호(董狐)의 붓이 되었으며,
진(秦)나라에 있어서는 장량(張良)의 철추(鐵椎)가 되었고,
한(漢)나라에 있어서는 소무(蘇武)의 부절(符節)이 되었네.
엄(嚴)장군의 머리가 되기도 하고,
혜시중(嵇侍中)의 피가 되기도 하였으며,
장순(張巡)의 치아가 되기도 하고,
안고경(顔杲卿)의 혀가 되기도 하였네.
혹은 관녕(管寧)의 요동모(遼東帽)가 되어
그 맑은 절조는 얼음이나 눈보다도 더하였고,
혹은 제갈량(諸葛亮)의 출사표(出師表)가 되어
귀신도 그 장렬함에 울게 하였으며,
혹은 조적(祖逖)이 장강을 건널 적 배의 노가 되어
그 격정과 의기는 북쪽 오랑캐를 삼켜 버릴 정도였고,
혹은 단수실(段秀實)의 역적을 친 홀(笏)이 되기도 하여
반역자의 머리를 깨어놓기도 하였네.

이 정기(正氣)는 온 세상에 널리 퍼져서
엄정하게 태곳적부터 존재하고 있네.
이 정기가 해와 달조차도 관통하거늘
사람의 생사야 어찌 문제삼을 것이 있겠는가?
땅을 지탱하는 지유(地維)도 이에 의지하여 세워져 있고,
하늘을 받치는 천주(天柱)도 이에 의지하여 드높이 버티고
　　있네.
삼강(三綱)의 윤리도 실로 여기에 생명이 매여있으니
도의도 그것을 근본으로 삼고 있는 것이네.

아아, 나는 불운을 당하기도 했거니와
나라를 위하여 실로 힘을 다하지도 못하였네.
초(楚)나라의 종의(鍾儀)가 포로가 되어서도 끝내 초나라 관
　　을 쓰고 있던 심정으로
죄수 수송차에 실려 북쪽 궁지로 왔네.
사람을 삶아 죽이는 형벌이라도 엿처럼 달게 받으려고
처형을 바랐건만 뜻대로 되지 않았네.
음산한 감방엔 적막 속에 도깨비불만이 일고
봄이 되었는데도 마당은 사방이 막히어 검은 하늘만 보이네.
감방에선 소와 천리마(千里馬)가 같은 구유를 쓰고
닭과 봉황새가 함께 먹고사는 형편이네.
그러다 하루아침에 날씨 탓으로 병이 나면
들려나가 도랑 속에 깡마른 시체가 되네.

이런 속에 두 해가 바뀌었건만

온갖 병이 스스로 비껴갔네.
아아, 이 낮고 습기 많은 고장이
내게는 안락한 고장이 되어 주었네.
어찌 다른 묘한 계책이 있어서이겠는가?
음양도 나를 해칠 수 없었기 때문이지.
이렇게 본다면 빛나는 정기가 존재하고 있는데,
우러르니 떠다니는 흰 구름만 보이네.
끝없는 내 마음의 슬픔이여!
푸른 하늘처럼 끝이 없구나!
명철한 사람들과는 날로 이미 멀어져서
본받아야 할 법도는 옛날에나 있구나.
바람 부는 처마 밑에서 책을 펴 읽으니
옛날의 올바른 도가 내 얼굴 앞에 비치네.

天地有正氣하니, 雜然賦流形[20]이라.

下則爲河嶽하고, 上則爲日星이라.

於人曰浩然이니, 沛乎[21]塞蒼冥이라.

皇路[22]當淸夷하여는, 含和[23]吐明廷하고,

時窮節乃見하여, 一一垂丹靑[24]이라.

在齊太史簡[25]하고, 在晉董狐筆[26]하며,

在秦張良椎[27]하고, 在漢蘇武節[28]이라.

為嚴將軍²⁹⁾頭하고, 為嵇侍中³⁰⁾血하며,

爲張睢陽³¹⁾齒하고, 爲顏常山³²⁾舌이라.

或爲遼東帽³³⁾하여, 淸操厲氷雪하고,

或爲出師表³⁴⁾하여, 鬼神泣壯烈하며,

或爲渡江楫³⁵⁾하여, 慷慨吞胡羯³⁶⁾하고,

或爲擊賊笏³⁷⁾하여, 逆豎³⁸⁾頭破裂이라.

是氣所旁薄³⁹⁾하여, 凜烈⁴⁰⁾萬古存이라.

當其貫日月에, 生死安足論고?

地維賴以立이오, 天柱賴以尊하며,

三綱⁴¹⁾實係命하고, 道義爲之根이라.

嗟予遘陽九⁴²⁾하여, 隷⁴³⁾也實不力이라.

楚囚⁴⁴⁾纓其冠하고, 傳車⁴⁵⁾送窮北이라.

鼎鑊⁴⁶⁾甘如飴나, 求之不可得이라.

陰房⁴⁷⁾闃鬼火요, 春院⁴⁸⁾閟天黑이라.

牛驥⁴⁹⁾同一皁요, 雞棲鳳凰食이라.

^{일 조 몽 무 로}　　　^{분 작 구 중 척}
一朝蒙霧露⁵⁰⁾하여, 分作溝中瘠⁵¹⁾이라.

^{여 시 재 한 서}　　^{백 려　자 벽 역}
如是再寒暑하여, 百沴⁵²⁾自辟易이라.

^{차 재 저 여　장}　^{위 아 안 락 국}
嗟哉沮洳⁵³⁾場이, 爲我安樂國이라.

^{기 유 타 류 교}　　^{음 양 불 능 적}
豈有他繆巧⁵⁴⁾리오? 陰陽不能賊이라.

^{고 차 경 경　재}　^{앙 시 부 운 백}
顧此耿耿⁵⁵⁾在하여, 仰視浮雲白이라.

^{유 유 아 심 비}　　^{창 천 갈 유 극}
悠悠我心悲하니, 蒼天曷有極고?

^{철 인 일 이 원}　　^{전 형 재 숙 석}
哲人日已遠하고, 典型在夙昔이라.

^{풍 첨　전 서 독}　^{고 도 조 안 색}
風簷⁵⁶⁾展書讀하니, 古道照顔色이라.

註解 20) 賦流形(부류형)－여러 가지 형상의 물건들을 이루게 해주었다. '부'는 내려주다, 해주다. '유형'은 여러 가지 형상. 21) 沛乎(패호)－물이 널리 퍼져 있는 모양, 물이 성대한 모양. 창명(蒼冥)은 푸르고 어두운 우주의 공간. 22) 皇路(황로)－'황'은 대(大), '로'는 도(道). 세상을 다스리는 대도(大道). 청이(淸夷)는 맑고 평평한 것. 23) 含和(함화)－조화로움을 품는 것. 명정(明廷)은 정치가 잘되고 있는 밝은 조정(朝廷). 24) 丹靑(단청)－단서(丹書)와 청사(靑史). 역사를 가리킴. 25) 太史簡(태사간)－'태사'는 나라의 역사를 기록하는 사관(史官), '간'은 간책(簡策), 기록, 책. 춘추(春秋)시대 제(齊)나라의 대부(大夫) 최저(崔杼)가 임금 장공(莊公)을 죽이고, 사관에게 그 사실을 기록하지 말도록 하였으나 태사는 그 사실을 기록하였다. 최저가 태사를 죽이자 다시 그 아우가 사실을 기록하고, 그 아우를 죽이자 태사의 남사씨(南史氏) 집안 사람들은 그 얘기를 듣고는 모두 사실을 기록하려고 붓을 들고 나섰다. 이에 최저도 하는 수 없이 그들이 사실을 기록하도록 내버려둘 수밖에 없었다 한다(《左傳》

襄公 25年). 26) 董狐筆(동호필) - '동호'는 춘추시대 진(晉)나라의
사관. 조천(趙穿)이 진나라 영제(靈帝)를 죽였는데, 정경(正卿)인 조
순(趙盾)은 국외로 나가려다가 다시 돌아왔으되 조천의 죄를 묻지
않았다. 이에 태사는 '조순이 임금을 시해(弑害)하였다'고 기록하였
는데, 공자(孔子)가 훌륭한 사관이라고 칭송하고 있다(《左傳》宣公 2
年). 27) 張良椎(장량추) - 장량은 5대를 이어 한(韓)나라의 재상을
지낸 집안 사람. 진시황(秦始皇)이 한나라를 멸망시키자, 장량은 복
수를 하려고 장사들을 모집한 뒤 120근의 철추(鐵椎)로 박랑사(博浪
沙, 지금의 河南省 原武縣)에서 진시황을 죽이려 하였으나 실패하였
다(《史記》留侯世家). 28) 蘇武節(소무절) - '절'은 사신의 징표인 부
절(符節). 한나라 무제(武帝) 때 소무는 흉노에 사신으로 갔다가 잡
히어 항복할 것을 강요받았으나 굴하지 않고 늘 부절을 손에 든 채
양을 치다가 19년만에야 겨우 돌아올 수가 있었다(《漢書》蘇武傳).
29) 嚴將軍(엄장군) - '엄장군'은 삼국시대의 엄안(嚴顏). 엄안은 파
군(巴郡, 지금의 四川省)을 수비하고 있다가 장비(張飛)의 포로가 되
었다. 장비가 항복을 강요하자 엄안은 '우리 고을엔 단두장군(斷頭
將軍)은 있어도 항장군(降將軍)은 없다'면서 태연히 죽으려 하였다.
장비는 그의 태도가 가상하여 그대로 놓아주었다 한다(《三國志》張
飛傳). 30) 嵇侍中(혜시중) - 진(晉)나라의 혜소(嵇紹), '시중'은 임
금을 시종하는 벼슬 이름. 진나라 혜제(惠帝) 때 내란이 일어났는데
임금의 군대는 반란군에게 패하여 위험한 처지에 놓였다. 임금이 위
험에 처하자 혜소는 계속 임금 몸 가까이 바싹 붙어 임금을 보호하
다가 마침내 반란군에게 피살되었다. 이때 혜소의 피가 임금의 옷에
튀어 묻었다. 겨우 난을 면한 뒤 신하들이 임금에게 피가 묻은 옷을
빨 것을 권했으나 혜제는 '혜시중의 피는 빨지 말라'고 명을 내렸다
한다(《晉書》忠義傳). 31) 張睢陽(장수양) - 당나라의 장순(張巡). 안
록산의 난 때, 장순은 수양(睢陽, 지금의 河南省 商邱縣)을 지키고
있다가 패하여 적에게 잡혔다. 적의 장수가 "그대는 싸움을 독려하
며 큰 소리를 지를 때 눈길이 찢어져 피가 얼굴에 흐르고, 이를 악물
어 이가 부셔졌다는데, 어째서 그랬소?" 하고 물으니, 장순은 "내 역
적들을 삼켜버리려고 기운을 다하여 그랬소." 하고 답하였다. 적장
이 그를 죽인 다음 칼로 그의 입을 벌려보니 남은 이가 서너 개밖에
없었다 한다(《新唐書》忠義傳). 32) 顏常山(안상산) - 당나라 안고경

(顔杲卿). 안록산의 난 때 상산(常山, 지금의 河北省 唐縣 西北쪽)을 지키고 있다가 반란군에게 잡혔다. 안록산이 여러 모로 달랬으나 안고경은 끝까지 안록산을 역적이라 욕하여 마침내는 혀를 잘린 다음 죽음을 당하였다(上同). 33) 遼東帽(요동모)—삼국시대 요동(遼東)의 관녕(管寧)은 한나라를 멸망시킨 위(魏)나라의 황제들이 여러 번 벼슬을 내리려 하였으나 계속 거절하며 검은 모자를 쓰고 지냈다 한다(《三國志》管寧傳). 34) 出師表(출사표)—삼국시대 촉(蜀)나라 제갈량(諸葛亮)이 위(魏)나라를 치려고 출진하기에 앞서 후주(後主) 유선(劉禪)에게 올렸던 글. '표'는 임금에게 올리는 글의 일종이다. 35) 渡江楫(도강즙)—동진(東晉) 원제(元帝) 때의 예장자사(豫章刺史) 조적(祖逖)이 북쪽 오랑캐〔胡羯〕를 치려고 장강을 건너가는데 배의 노〔楫〕를 두드리며, '만약 중원(中原)을 평정 못하면 다시는 이 강을 건너오지 않겠다'고 맹세하였다. 그는 마침내 석륵(石勒)을 격파하여 황하(黃河) 이남의 땅을 수복하였다(《晉書》〈祖逖傳〉). 36) 呑胡羯(탄호갈)—북쪽 오랑캐 호갈을 삼키다. 37) 擊賊笏(격적홀)—당나라 덕종(德宗) 때 주차(朱泚)가 반란을 일으켰다. 이때 단수실(段秀實)은 그를 찾아가 침을 그의 얼굴에 뱉으면서 크게 꾸짖고, 주차가 들고 있던 홀(笏)을 빼앗아 그의 머리를 때리어 피가 흐르게 하였다. 단수실은 그 자리에서 죽음을 당하였다(《唐書》〈段秀實傳〉). 38) 逆豎(역수)—반역자. 주차를 가리킴. 39) 旁薄(방박)—넓은 모양, 큰 모양. 방백(旁魄), 방박(旁礴)으로도 씀. 40) 凜烈(늠렬)—추위가 대단한 모양, 엄하고 격렬한 모양. 41) 三綱(삼강)—임금과 신하, 아버지와 아들, 부부 사이의 윤리. 사회윤리의 근간이 되는 것. 42) 遘陽九(구양구)—'양구'는 양수(陽數)의 극(極)으로, 더 지나면 음(陰)이 생기므로 '양구를 만난다'는 것은 '불행을 당하다', '액(厄)을 만나다'의 뜻. 43) 隸(예)—노예, 하인. 하인으로서 힘을 다하지 않는다는 말은 나라를 위하여 힘을 다하지 못한 데 비긴 말. 문천상이 자기 부하들이 힘을 다해 주지 않았음을 탓한 말이라 풀이하는 이들도 있으나, 자신이 힘을 다하지 못한 것을 탓한 자책의 말로 보는 것이 옳을 듯하다. 44) 楚囚(초수)—초나라의 종의(鍾儀). 그는 진(晉)나라의 포로가 되었으나 많은 포로들 중에서 홀로 초나라 관을 쓰고 초나라를 늘 잊지 않았다 한다(《左傳》成公 9年). 영기관(纓其冠)은 그가 초나라 관의 갓끈을 매고 관을 늘 쓰고 있었음을 뜻한다. 45) 傳

車(전거)-사람이나 물건을 멀리 운송할 때 각 역(驛)에서 짐을 새 수레에 바꿔서 실어보내는 데 쓰는 수레. 여기서는 죄수를 수송하는 수레임. 궁북(窮北)은 북쪽 끝, 원(元)나라 수도 연경(燕京)을 가리킴. 46) 鼎鑊(정확)-가마솥, 죄인을 삶아 죽이는 형구임. 47) 陰房(음방)-음침한 방, 죄수를 가둬 둔 감방. 격(闃)은 조용한 곳, 적막한 것. 48) 春院(춘원)-봄이 찾아온 감방의 정원. 비(閟)는 닫혀 있다, 갇혀 있다. 49) 牛驥(우기)-소와 천리마(千里馬). 소는 일반 죄수들, 천리마는 뛰어난 인물, 곧 자신에 비유한 말. 조(皁)는 마구간, 말구유. 50) 蒙霧露(몽무로)-안개와 이슬을 뒤집어쓰다, 곧 나쁜 날씨 탓으로 병이 나는 것. 51) 溝中瘠(구중척)-도랑 속의 깡마른 몸, 도랑 속에 버려진 마른 뼈. 52) 百沴(백려)-백 가지 요기(妖氣), 온갖 나쁜 것. 벽역(辟易)은 놀라 물러나다, 놀라서 피하다. 53) 沮洳(저여)-낮고 습한 땅. 54) 繆巧(류교)-남을 속이는 약은 꾀, 묘한 계책. 55) 耿耿(경경)-빛나는 것, 빛나는 정기(正氣)를 가리킴. 56) 風簷(풍첨)-바람 부는 지붕 처마.

解說 이 〈정기가〉는 문천상이 원나라 군대와 싸우다가 포로가 되어 원나라의 수도였던 연경(燕京)으로 끌려가 토굴로 된 감방에 갇혀 있으면서 지은 시이다. 원나라 세조(世祖)는 여러 가지 방법으로 문천상에게 항복을 강요하였으나 그는 끝내 굴하지 않고 악조건 속에 버티다가, 포로가 된 지 2년이 되는 지원(至元) 18년(1281) 땅굴 감옥 속에서 이 시를 짓고, 다음 해 47세의 나이로 처형을 당하였다. 나라에 충성을 다하고 자기 민족을 사랑하는 붉은 마음이 '정기(正氣)'로 드러나 읽는 이들의 마음을 감동시킨다. 그리하여 이 '정기'는 천지와 함께 영원히 이 세상에 존재하며 사람들을 올바로 움직여 줄 것이다.

사방득 謝枋得, 1226~1289

자는 군직(君直), 호는 첩산(疊山). 남송 익양(弋陽 : 지금의 江西省 弋陽縣) 사람. 송말(宋末) 문천상(文天祥)과 함께 진사가 되어, 파란을 겪은 후에 동강제형(東江提刑) 및 강서초유사(江西招諭使)로서 신주(信州)를 수비하였다. 신주도 원나라 군대에게 함락되자 처자도 모두 원나라 군대에게 잡혀갔다. 남송이 망한 뒤에도 원나라에 항전을 계속하다가 패한 뒤에는 자신의 이름을 바꾸고 복건(福建) 일대에서 숨어 지냈다. 뒤에 원 세종(世宗)에게 잡혀 벼슬을 강요당하게 되자 스스로 음식을 끊고 죽었다. 문인들이 문절(文節)이라 사시(私諡)하였다. 그는 육상산(陸象山) 계열의 학자로, 여러 가지 학술적인 저술도 남겼다. 그의 시에는 옛날을 생각하며 현재를 슬퍼하는 침통한 것들이 많으며, 《첩산집(疊山集)》 5권이 있다.

무이산 속에서(武夷山¹⁾中)

10년 동안 꿈에도 집에 돌아가지 못했는데,
우뚝 선 푸른 산봉우리들 물가에 솟아있네.
천지가 적막하고 산 비도 그쳤는데,
몇 사람이나 매화 같은 절조 닦을 수 있었던가?

　　십 년 무 몽 득 환 가　　　독 립 청 봉 야 수 애
　　十年無夢得還家러니, 獨立靑峰野水涯라.

　　천 지 적 료　산 우 헐　　　기 생　수 득 도 매 화
　　天地寂寥²⁾山雨歇하니, 幾生³⁾修得到梅花오?

註解 1) 武夷山(무이산) ― 지금의 복건성(福建省) 숭안현(崇安縣) 변두리에 있으며, 명승지로 소문이 났다. 사방득은 남송이 망한 뒤에도 신주(信州)에서 원나라와의 싸움을 계속하다가, 신주조차 함락되자 이름을 바꾸고 남방 일대에서 12년이나 숨어 살았다. 이 후기에 무이산에서 지은 시가 이것이다. 2) 寂寥(적료) ― 적막하고 쓸쓸한 것. 3) 幾生(기생) ― 몇 사람이나.

解說 우뚝이 솟은 아름다운 산을 바라보면서도 외적을 물리치려는 자신의 뜻을 꿋꿋이 하고 있다. 그리고 산속에 핀 매화를 보면서도 우국의 절조를 더욱 닦고 있는 것이다. 이런 절조가 있었기에 그는 뒤에 다시 원나라에 끌려가서도 조금도 굴하지 않고 버티다가 스스로 굶어 죽었을 것이다.

봄날에 두견새 소리 들으며(春日聞杜宇¹⁾)

두견새는 날마다 사람들에게 돌아가라고 권하고 있으나,
일편의 돌아가고 싶은 이 마음 누가 알리요?

망제의 신이 있어서 물어볼 수가 있다면,

언제나 돌아가게 될 건가 내게 알려다오!

두 견 일 일 권 인 귀　　일 편 귀 심 수 득 지
杜鵑日日勸人歸[2]나, 一片歸心誰得知리오?

망 제　유 신 여 가 문　　위　여 하 일 시 귀 기
望帝[3]有神如可問이어든, 謂[4]子何日是歸期하라!

註解 1) 杜宇(두우) - 주(周)나라 말엽 촉(蜀)나라 임금. 스스로 망제(望帝) 라 칭하였으며, 그의 재상의 처와 간통을 한 뒤 부끄러워 임금자리 를 버리고 숨어살다가 죽었는데, 그의 혼이 두견새가 되었다 한다 (《說文》). 여기서는 두견(杜鵑), 또는 두견새를 가리킨다. 2) 勸人歸 (권인귀) - 중국사람들은 두견새의 울음소리가 '불여귀거(不如歸去)' 곧 '어서 돌아가라'는 소리 같다고 하여, 두견새를 최귀조(催歸鳥)라 고도 불렀다. 3) 望帝(망제) - 두우(杜宇), 또는 두견새. 4) 謂(위) - 말하다, 알려주다.

解說 사방득이 가족도 다 잃고 복건(福建) 지방에 숨어지내면서 지은 시이 다. 외족을 물리치고 고향으로 돌아가고픈 간절한 마음이 읽는 이의 가슴을 뭉클하게 할 것이다.

창포가(菖蒲歌[1])

기이하게 솟아난 돌 있는데 하늘이 쪼아 만들어 놓은 것이요,

싱싱한 풀 있는데 겨울이고 여름이고 푸르르네.

사람들이 밀하기를 창포는 한 가지만이 아니라 하며,

상급의 것은 줄기 한 치 사이에 아홉 마디 있고 신선에 통달
　케 한다네.

특이한 뿌리는 먼지나 티끌 기운 띠지 않고,

외로이 지키는 절조는 샘과 돌 곁에 자랄 약속 맺기 좋아한
　다네.

밝은 창 앞 깨끗한 책상과는 옛부터 인연이 있으나,

꽃 피는 숲 속이나 풀 우거지는 섬돌 가에는 가까이할 정이
　없다네.

밤 깊어 맑은 이슬 되게 내리는 것 싫어하지 않고,

아침 햇살 비치면 흰 구름 피어나는 듯 느껴진다네.

부드럽기는 진시황(秦始皇) 때 숫처녀가 봉래(蓬萊) · 영주(瀛
　洲) 오를 적에,

손에 녹옥(綠玉) 지팡이 들고 천천히 걸어가는 듯하네.

마르기는 천태산(天台山) 위의 성현 같은 스님이,

곡기 끊고 살아가는 외로운 학 형상일세.

힘 있기는 5백 명의 의사들이 제나라 전횡(田橫)을 따를 적에,

영기(英氣) 늠름하여 푸른 하늘에 닿을 듯한 것 같네.

맑기는 3천 명의 제자들이 공자님 집 뜰에 서있을 적에,

안회(顔回)의 금(琴)과 증점(曾點)의 슬(瑟)이 하늘의 이치를
　따라 자연스럽게 울리는 듯하네.

창포가 있는 집 앞에는 여자의 붉은 연지와 흰 분 기미가 묻
　어들지 않고,

창포 있는 자리에선 《시경》《서경》 읽는 소리 들리는 게 보통
　이네.

괴상한 돌과 가는 대 굵은 대로 모두 공물(貢物)에 충당되었
　었으니,

이 석창포(石菖蒲)도 순(舜)임금 궁정엔 당연히 공물로 함께

올랐었으리라.

신농은 이를 잘 알아 일찍이 《본초(本草)》 속에 넣었으나,

굴원(屈原)은 현명함이 가리워져 《이소(離騷)》에서 읊는 것
　을 빠뜨렸네.

숨어 사는 사람이 석창포에 빠져 즐기게 되면 신선의 흥취
　를 발하게 되고,

방사(方士)들이 이를 복용하면 길게 수명 연장시킨다네.

석창포는 여러 채색의 난(鸞)새와 자줏빛 봉(鳳)새가 노는
　기화요초(琪花瑤草)의 정원 같기도 하고,

붉은 규룡(虯龍)과 옥 기린(麒麟)이 노는 부용성(芙蓉城) 같
　기도 하네.

하늘 위 세상의 신선들은 맑고 깨끗함 좋아하니,

이 신령스런 석창포 싹 본다면 당연히 크게 놀라리라.

나는 이를 갖고 태청궁(太淸宮)을 찾아가려 하니,

요초(瑤草)란 향기로운 향기를 자기 혼자 가질 수는 없기 때
　문이네.

옥황상제께서 웃으시며 향기로운 책상 위에 두었다가,

올바른 도 닦은 이에게 내려주어 불로장생케 하리라.

인간세상의 천 가지 만 가지 화초 아무리 아름답고 곱다
　해도,

반드시 감히 이 풀과는 고상한 이름을 다투지는 못하리라.

유 석 기 초 천 탁 성　　　유 초 요 요　동 하 청
有石奇峭²⁾天琢成이오, 有草夭夭³⁾冬夏靑이라.

인 언 창 포 비 일 종　　　상 품 구 절 통 선 령
人言菖蒲非一種이니, 上品九節⁴⁾通仙靈⁵⁾이라.

이 근 부 대 진 애 기　　　고 조　애 결 천 석 맹
異根不帶塵埃氣하고, 孤操⁶⁾愛結泉石盟⁷⁾이라.

명 창 정 궤　유 숙 계　　　화 림 초 체　무 교 정
明窓淨几⁸⁾有宿契⁹⁾라, 花林草砌¹⁰⁾無交情¹¹⁾이라.

야 심 불 혐 청 로 중　　　신 광 의 유 백 운 생
夜深不嫌淸露重하고, 晨光疑有白雲生이라.

눈　여 진 시 동 녀　등 봉 영　　　수 휴 록 옥　장 서 행
嫩¹²⁾如秦時童女¹³⁾登蓬瀛¹⁴⁾에, 手携綠玉¹⁵⁾杖徐行이라.

수 화 천 태 산　　상 현 성 승　　　휴 량 절 립　고 학 형
瘦和天台山¹⁶⁾上賢聖僧이, 休糧絶粒¹⁷⁾孤鶴形이오,

경　여 오 백 의 사 종 전 횡　　　영 기 름 름　마 청 명
勁¹⁸⁾如五百義士從田橫¹⁹⁾이, 英氣凜凜²⁰⁾摩靑冥²¹⁾이오,

청 여 삼 천 제 자 립 공 정　　　회 금 점 슬　천 기 명
淸如三千弟子立孔庭²²⁾에, 回琴點瑟²³⁾天機鳴²⁴⁾이라.

당 전 불 입 홍 분 의　　　석 상 상 청 시 서 성
堂前不入紅粉意²⁵⁾요, 席上嘗聽詩書聲이라.

괴 석 조 탕　개 충 공　　　차 물 순 랑　당 공 등
怪石篠蕩²⁶⁾皆充貢²⁷⁾이니, 此物舜廊²⁸⁾當共登이라.

신 농　지 이 입 본 초　　　영 균　폐 현 유 소 경
神農²⁹⁾知已入本草³⁰⁾나, 靈均³¹⁾蔽賢遺騷經³²⁾이라.

유 인 탐 완　발 선 흥　　　방 사　복 이 연 수 령
幽人耽翫³³⁾發仙興하고, 方士³⁴⁾服餌延脩齡³⁵⁾이라.

채 란 자 봉　기 화 원　　　적 규 옥 린　부 용 성
綵鸞紫鳳³⁶⁾琪花苑³⁷⁾이오, 赤虯玉麟³⁸⁾芙蓉城³⁹⁾이라.

상 계 진 인 호 청 정　　　견 차 령 묘　당 대 경
上界眞人好淸淨하니, 見此靈苗⁴⁰⁾當大驚이라.

아 욕 휴 지 조 태 청　　　요 초 불 감 전 방 형
我欲携之朝太淸⁴¹⁾하니, 瑤草不敢專芳馨이라.

옥 황　일 소 류 향 안　　　석　여 유 도 자 장 생
玉皇⁴²⁾一笑留香案하고, 錫⁴³⁾與有道者長生이라.

인 간 천 화 만 초 뢰 진 영 염　　　미 필 감 여 차 초 쟁 고 명
人間千花萬草儘盡榮艶⁴⁴⁾이나, 未必敢與此草爭高名이라.

註解 1) 菖蒲歌(창포가)-창포 노래. 창포는 물가에 나는 풀로 이창포(泥菖蒲)·수창포(水菖蒲)·석창포(石菖蒲) 등 여러 가지가 있는데, 여기서 읊고 있는 것은 석창포임. 석창포는 수석(水石) 사이에 자라는 명품(名品)이라고 한다(李時珍《本草綱目》). 2) 奇峭(기초)-기이하게 솟아난 것. 초(峭)는 산이나 바위가 솟아 있는 것. 석창포 곁의 돌과 바위를 형용한 말임. 3) 夭夭(요요)-싱싱한 모양《詩經》周南 桃夭). 4) 上品九節(상품구절)-상급의 품종은 줄기 한 치 사이에 아홉 개의 마디가 있다. 진(晉) 혜함(嵇含)의《남방초목상(南方草木狀)》에 '창포는 번우(番禺 : 廣東省 縣名) 동쪽에 계곡물이 있는데 그곳에서 난다. 모두 한 치에 아홉 개의 마디가 있다. 안기생(安期生)이 이를 복용하여 신선이 되어 가버리고, 옥신발만을 남겼다 한다'고 하였다. 5) 通仙靈(통선령)-신선과 신령에게로 통하게 하다, 신선이 되게 하다. 6) 孤操(고조)-외로운 절조, 고고한 지조. 7) 泉石盟(천석맹)-샘물과 돌과 맹약을 맺다. 석창포가 물과 돌 옆에 잘 자람을 뜻함. 8) 明窓淨几(명창정궤)-밝은 창 앞의 깨끗한 책상. 9) 宿契(숙계)-오래된 약속, 오래된 인연. 10) 草砌(초체)-풀 우거진 섬돌. 11) 無交情(무교정)-사귈 정이 없다, 가까이 하고픈 심정이 없다. 12) 嫩(눈)-부드러운 것, 여리고 싱싱한 것. 13) 秦時童女(진시동녀)-진나라 때의 숫처녀. 진시황은 동해 가운데 삼신산(三神山)이 있다는 말을 믿고 서불(徐市)로 하여금 동남동녀 수천 명을 데리고 가서 불로초를 구해오도록 하였다(始皇 36년,《史紀》始皇本記). 14) 蓬瀛(봉영)-봉래(蓬萊)와 영주(瀛洲). 방장(方丈)과 함께 삼신산의 이름. 15) 綠玉(녹옥)-녹주석(綠柱石), 또는 녹보석(綠寶石)이라고도 하는 옥돌 이름. 16) 天台山(천태산)-절강성(浙江省) 천태현(天台縣) 북쪽에 있는 험하고 높은 산. 한(漢)나라 때 유신(劉晨)과 원조(阮肇)가 약초를 캐러 갔다가 그곳에서 선인을 만났다 하며, 수(隋)나라 지자대사(智者大師)는 그곳에서 수양을 하여 천태종(天台宗)이란 불교의 일파(一派)를 열었다. 17) 休糧絕粒(휴량절립)-양식을 멀리하고 곡식을 끊다, 곧 곡기를 끊는 것. 18) 勁(경)-굳센 것, 힘센 것. 19) 田橫(전횡)-진(秦)나라 말엽 제(齊)나라 임금 전영(田榮)의 아우. 항우(項羽)와 유방(劉邦)을 상대로 싸우며 제나라를 지탱하다 제왕(齊王)이 됨. 한나라가 초(楚)를 멸하자 전횡은 부하 5백여 명을 이끌고 바닷속 섬으로 들어가, 한고조가 불러도 응하지 않다가 마침내는 모두 자살하였다 한다. 20) 凜凜(름름)―싸늘한 모양, 위엄있고 대단한 모양. 21) 摩靑冥(마청명)―푸른 하늘을 어루만지다, 푸른 하늘에 닿다. 22) 孔庭(공정)―공자의 집 마당. 23) 回琴點瑟(회금점슬)―공자의 제자인 안회(顔回)가 타는 금(琴)과 증점(曾點)이 타는 슬(瑟). 《논어》 선진(先進)편에 증점이 슬을 타는 얘기가 보이나, 안회가 금을 타는 얘기는 《장자(莊子)》에 보일 뿐이다. 24) 天機鳴(천기명)―하늘의 이치가 움직이는대로 울리다. 25) 紅粉意(홍분의)―붉은 연지와 흰 분을 바른 여자의 기미(氣味). 26) 怪石篠蕩(괴석조탕)―청주(靑州)에서 나는 옥 비슷한 특이한 돌과 양주(揚州)에서 나는 가는 대(화살 대)와 굵은 대. 27) 充貢(충공)―공물(貢物)에 충당되다. 공물은 각 지방에서 조정에 바치던 그곳의 특산물. 28) 舜廊(순랑)―옛 순임금의 궁전. 낭(廊)은 궁전의 곁채를 가리킴. 29) 神農(신농)―태곳적 삼황(三皇) 중의 한 사람. 처음으로 모든 풀을 맛보고 의약(醫藥)을 마련했다 한다(《史記》 三皇本紀). 30) 本草(본초)―신농(神農)이 지었다는 《본초경(本草經)》 3권. 약재에 관한 가장 오래된 책이라 한다(李時珍 《本草綱目》). 31) 靈均(영균)―《초사(楚辭)》 이소(離騷)의 작자인 굴원(屈原)의 자(〈離騷〉). 32) 遺騷經(유소경)―이소(離騷)에서는 언급을 빠뜨리다. 소경(騷經)은 이소경(離騷經)의 생략. 굴원은 〈이소〉에서 모든 향초(香草)를 동원하여 성인군자에 비유했는데, 창포(菖蒲)는 한번도 인용하지 않았다. 33) 耽翫(탐완)―지나치게 좋아하며 즐기는 것. 34) 方士(방사)―방술(方術), 곧 선도(仙道)를 닦는 사람. 35) 脩齡(수령)―긴 수명, 장수. 36) 綵鸞紫鳳(채란자봉)―채색의 난새(봉황새의 일종)와 자줏빛 봉새. 창포꽃의 아름다움을 비유한 것. 37) 琪花苑(기화원)―기화요초(琪花瑤草)가 가득한 정원. 38) 赤虬玉麟(적규옥린)―붉은 규룡(虬龍)과 옥빛 기린(麒麟). 창포의 줄기와 뿌리의 아름다움을 비유한 것. 39) 芙蓉城(부용성)―연꽃이 많은 신선이 산다는 성 이름(胡微之 《芙蓉城傳》). 40) 靈苗(령묘)―신령스런 풀 싹. 석창포를 가리킴. 41) 太淸(태청)―도가(道家)의 삼청경(三淸境) 중의 하나인 태청궁(太淸宮 : 《抱朴子》 雜應). 42) 玉皇(옥황)―여러 신선을 다스리는 옥황상제. 43) 錫(석)―주는 것, 사(賜)와 같은 뜻. 44) 榮艶(영염)―꽃 피고 고운 것.

여기에서 읊은 석창포는 '겨울이나 여름이나 푸르다' 했으니, 남방 식물임이 틀림없고, 언제나 수석(水石) 곁에 자라는 난(蘭) 비슷한 풀인 듯하다. 석창포의 특성이나 빼어난 모습이 잘 묘사된 시이다.

처음 건녕에 도착하여 시 한 수를 읊음(初到建寧¹⁾ 賦詩一首)

위참정이 나를 잡아 북쪽으로 보내니, 갈 곳도 정해지고 죽을 날도 정해진 셈이라, 시로써 처자와 좋은 친구들과 좋은 동료들을 작별하는 바이다.

〔序〕魏參政²⁾拘執投北하니, 行有期요, 死有日이니, 詩別妻子良友良朋하노라.

눈 속의 소나무 잣나무는 더욱 푸릇푸릇하고,
곧음을 떠받치는 민족의기는 이번 행보에 달렸네.
천하에 어찌 공승처럼 결렴한 이가 없을까?
세상에선 오직 백이만이 청렴한 것은 아닐세.
의기가 높으니 곧 삶이란 버릴 만한 것임을 깨닫게 되고,
예절이 무거우니 바로 죽음은 매우 가볍다는 것을 알게 되어,
남팔 같은 남아는 끝내 굽히지 않으리니,
하늘의 하느님이 분명한 눈으로 보시리라!

雪中松柏愈靑靑이오, 扶直綱常³⁾在此行이라.

^{천 하 기 무 공 승 결}
天下豈無龔勝⁴⁾潔고? ^{인 간 부 독 백 이 청}人間不獨伯夷⁵⁾淸이라.

^{의 고 변 각 생 감 사}
義高便覺生堪捨요, ^{예 중 방 지 사 심 경}禮重方知死甚輕하여,

^{남 팔 남 아 종 불 굴}
南八⁶⁾男兒終不屈하리니, ^{황 천 상 제 안 분 명}皇天上帝眼分明이라.

註解 1) 初到建寧(초도건녕) – 처음 건녕에 도착하다. '건녕'은 지금의 복건성(福建省) 건녕(建寧). 남송이 망한 뒤에도 사방득은 자기의 기개를 지키며 산속에 숨어 원(元)나라 조정에서 여러 번 불러도 나가지 않았다. 뒤에 지원(至元) 25년(1288), 복건행성(福建行省)의 참정(參政)인 위천우(魏天祐)가 그를 잡아 북쪽 원나라로 압송하였다. 북쪽으로 가기 전에 건녕총관(建寧總管) 살적미실(撒的迷失)이 그를 속이어 건녕으로 데려왔는데, 이 시는 바로 그때 지은 것이다. 2) 魏參政(위참정) – 위천우(魏天祐)를 말한다. 3) 綱常(강상) – 보통은 삼강오륜(三綱五倫)을 뜻하나, 여기에서는 몸을 바쳐 나라를 위하는 민족의기(民族義氣)를 말한다. 4) 龔勝(공승) – 한(漢)나라 때의 광록대부(光祿大夫). 서한(西漢) 말 왕망(王莽)이 정권을 잡자 그는 벼슬을 내던지고 숨었고, 왕망이 황제가 된 뒤 상경(上卿)으로 불렀으나 나아가지 않고 스스로 굶어 죽었다(《漢書》龔勝傳). 5) 伯夷(백이) – 상(商：殷)나라 때 고죽군(孤竹君)의 아들. 주(周) 무왕(武王)이 상나라를 쳐부수자 그는 주나라 곡식은 먹지 않겠다며, 아우 숙제(叔齊)와 함께 수양산(首陽山)으로 들어가 고비를 뜯어먹고 지내다 굶어 죽었다. 6) 南八(남팔) – 당(唐)나라 사람 남제운(南霽雲)을 가리킴. 안록산(安祿山)이 난을 일으켰을 때, 그는 수양(睢陽)을 수비하고 있다가 반란군에게 잡혔다. 반란군이 투항을 강요하자 그는 '남팔은 남아이니 죽지, 불의를 위해 굽힐 수는 없다(南八은 男兒로, 死矣니, 不可爲不義屈이라)'라고 큰소리치고 죽었다(《唐書》張巡傳). 여기에서 '팔(八)'은 형제의 항렬로 남제운을 이르는 말이다.

解說 원나라로 끌려가는 도중에 건녕이란 곳에 들리어 지은 시이다. 스스로를 공승(龔勝)과 백이(伯夷) 같은 역사적인 의기와 결백함을 지킨 이들에게 비유하며, 남제운처럼 적에게 굴하지 않고 차라리 죽겠다는 것이다. 정말 보기 드문 의기의 사람이다.

왕원량 汪元量, ?~?

자는 대유(大有), 호는 수운(水雲), 전당(錢塘 : 지금의 浙江省 杭州) 사람.
본시는 남송 궁정의 금사(琴師)였다. 원(元)나라 군대가 수도 임안(臨安)을
점령하고, 유제(幼帝)와 태후(太后) 등이 잡혀 북쪽으로 갈 때 그도 잡혀가
오랫동안 연경(燕京)에 머물렀다. 그곳에서 잡혀있던 문천상(文天祥)을 찾
아가 시를 주고받으며 친하게 사귀었다 한다. 뒤에 도사가 되어 남쪽으로
돌아와 각지를 돌아다니다가 죽었는데, 어디서 언제 어떻게 죽었는지 알
수가 없다. 그의 시는 흔히 송나라 망국(亡國)의 시사(詩史)라 일컫는다.
그는 북쪽으로 끌려갔던 전후의 경험과 감상을 처절하게 노래하고 있다.
《호산유고(湖山類稿)》 30권과 《수운집(水雲集)》 1권 등이 전한다.

취하여 부르는 노래(醉歌) 10수

기삼(其三)

양회(兩淮) 형양(荊襄) 지방의 고을들 모두 적에게 항복하고,
원나라 군대는 북소리 시끄럽게 천지를 울리며 임안(臨安)
　으로 쳐들어왔네.
국모께서는 이미 정사를 처리할 마음이 없으니,
서생은 공연히 눈물만 줄줄 흘리네.

淮襄州郡¹⁾盡歸降하고, 鼙鼓²⁾喧天入古杭이라.

國母³⁾已無心聽政하니, 書生空有淚成行이라.

註解 1) 淮襄州郡(회양주군) - 양회(兩淮)와 형양(荊襄)의 고을들. '양회'
는 회남(淮南)과 회북(淮北) 지방, 회수(淮水 : 安徽 · 江蘇 두 省 사
이를 흐름)의 남쪽과 북쪽 지방. 중국의 동부에서 중부에 이르는 넓
은 지역을 가리킨다. '형양'은 호북(湖北) 호남(湖南)을 중심으로 하
는 넓은 지역을 가리킨다. 2) 鼙鼓(비고) - 군대에서 쓰던 북. 여기서
는 원나라 군대를 가리킨다. 3) 國母(국모) - 남송 공제(恭帝)의 할머
니 사태후(謝太后). 뒤의 '기오(其五)' 시에 보이는 사도청(謝道淸).
그때 67세로 나라의 정치를 도맡고 있었으나 권신(權臣)들에게 우롱
(愚弄)당하기 일쑤였으니 나라의 어려운 정국을 해결할 길이 없었던
것이다. 고항(古杭)은 남송의 수도 임안(臨安), 곧 지금의 항주(杭
州). 수(隋) 문제(文帝) 때 항주를 두어 '고항'이라 한 것이다.

解說 송나라가 망해갈 적의 정경을 노래한 것이다. 적군은 멋대로 날뛰고
있는데, 남송에는 아무런 대비도 생각하는 이가 없다. 다만 우국인사
들이 눈물을 흘릴 따름이다.

기사(其四)

육궁의 궁녀들이 눈물 줄줄 흘리니,
임금을 끝까지 섬기지 못하게 될 줄 누가 알았으랴?
태후가 널리 알리어 나라가 항복하기로 하였다 하니,
적의 백안 승상이 태후 앞에 이르렀다네.

六宮宮女淚漣漣하니, 事主誰知不盡年고?

太后傳宣許降國하니, 伯顔丞相到簾前이라.

註解 4) 六宮(육궁)－왕비(王妃)와 후궁(後宮)이 지내는 궁전 안의 궁전 전
부를 가리킴. 련련(漣漣)은 눈물이 줄줄 흐르는 모양. 5) 傳宣(전
선)－선전(宣傳), 선포하는 것. 6) 伯顔(백안)－원나라의 승상(丞相)
이름. 그는 원 세조(世祖)를 섬기어 송나라를 정벌하는 데 큰 공을
세웠고 중서좌승상(中書左丞相) 자리에 있었다. 염(簾)은 태후(太后)
가 수렴청정(垂簾聽政)하는 발.

解說 역사기록에 의하면 원나라의 백안이 직접 와서 항복을 받은 것은 아
니라고 한다. 그러나 그 당시 송나라 사람들이 모두가 알던 원나라의
무서운 장수는 백안이었기 때문에 그의 이름을 인용했을 것이다.

기오(其五)

어지러이 연달아 밤 끝나는 육경의 북소리 딱딱이 소리 들
   리고,
훨훨 마당의 횃불도 날이 밝기를 기다리고 있네.
시신들은 이미 항복서를 써놓았는데,
신첩 사도청이라 서명하고 있네.

난 점 련 성　살 육 경　　　형 형　정 료 대 천 명

亂點連聲⁷⁾殺六更하고, 熒熒⁸⁾庭燎待天明이라.

시 신 이 사 귀 항 표　　　신 첩　첨 명 사 도 청

侍臣已寫歸降表하니, 臣妾⁹⁾僉名謝道淸이라.

註解 7) 亂點連聲(난점련성)−시각을 알리는 북소리와 딱딱이 소리가 어
지러이 연달아 들리는 것. 살(殺)은 끝맺다, 밤이 끝나는 것을 뜻한
다. 육경(六更)은 송나라에서는 오경(五更)이 지나면 육경의 시각을
알리는 북을 쳐, 새로운 날을 시작하는 시각으로 삼았다. 8) 熒熒(형
형)−불빛이 비치는 모양. 정료(庭燎)는 마당을 밝히는 횃불. 9) 臣
妾(신첩)−태후가 원나라를 상대로 자신을 낮추어 부른 말. 사도청
(謝道淸)은 사태후(謝太后)의 이름, 공제(恭帝)의 할머니. 당시 태후
가 수렴청정(垂簾聽政)하고 있었다.

解說 남송의 사태후가 원나라 군대에게 항복서를 쓰고, 남송이 원나라에
항복할 당시의 정경을 노래한 시이다. 작자가 직접 눈으로 본 생생한
기록이라 감동이 더하다.

기십(其十)

원나라 백안승상과 여장군이
강남을 점령하면서도 사람을 죽이지 않겠다 하네.
어제 사태후가 초청하여 차와 식사를 대접할 적에
조정 가득히 있던 대신들 모두가 항복한 신하 되었네.

백 안　승 상 여 장 군　　　수 료　강 남 불 살 인

伯顔¹⁰⁾丞相呂將軍이, 收了¹¹⁾江南不殺人이라.

작 일 태 황　청 차 반　　　만 조 주 자　진 항 신

昨日太皇¹²⁾請茶飯할새, 滿朝朱紫¹³⁾盡降臣이라.

註解 10) 伯顔(백안)−원 세조(世祖)의 승상. 남송 정복을 총지휘했다. 여

장군(呂將軍)은 원나라에 항복하여 백안 밑에서 원나라 장수로 활약한 여문환(呂文煥). 11) 收了(수료) – 다 점령하는 것. 백안과 여장군은 세조 홀필렬(忽必烈)의 조명(詔命)을 따라 항복하는 장수를 우대하며 사람을 죽이지 않고 진군하는 방법을 사용하여 남송의 수도 임안(臨安)까지도 점령하였다(《元史》 世祖紀). 그러나 실제로는 수많은 사람들을 죽였다 한다. 12) 太皇(태황) – 태황태후(太皇太后) 사씨(謝氏)를 가리킨다. 13) 朱紫(주자) – 대신들이 입던 관복의 색깔. 여기에서는 대신들을 가리킨다.

解説 원나라에선 강남을 점령하면서도 사람을 죽이지 않겠다고 했지만, 실제로는 수많은 사람이 죽은 것을 왕원량은 잘 알고 있다. 첫 두 구는 비꼬는 말로서 망국의 한을 풀고 있는 것이다. 그리고 송나라에서 벼슬하며 권세를 누리던 수많은 대신들이 꼼짝도 못하고 모두 항복하는 현실이 시인의 마음을 더욱 아프게 하고 있다. 정말 그의 시는 남송 망국의 시사(詩史)이다.

서주(徐州[1])

백양나무엔 살랑살랑 슬픈 바람이 일고,
눈 가득히 누런 먼지가 하늘로 퍼지네.
들판에 남은 벽과 산의 담장이 팽조의 묘자리라 하고,
먼지 덮인 꽃과 더러운 풀이 자라있는 곳이 항우의 궁전터
   라 하네.
옛일과 지금의 일을 모두 석 잔 술 밖의 일로 치부하고 보니,
호걸들의 활약도 다 같이 한 꿈속의 일로 귀착되네.
다시 높은 누각에 올라 성곽을 바라보니,
고목 위엔 어지러이 까마귀 날고 저녁 해는 붉게 떠있네.

<ruby>白<rt>백</rt></ruby><ruby>楊<rt>양</rt></ruby><ruby>獵<rt>렵</rt></ruby><ruby>獵<rt>렵</rt></ruby>²⁾<ruby>起<rt>기</rt></ruby><ruby>悲<rt>비</rt></ruby><ruby>風<rt>풍</rt></ruby>하고, <ruby>滿<rt>만</rt></ruby><ruby>目<rt>목</rt></ruby><ruby>黃<rt>황</rt></ruby><ruby>埃<rt>애</rt></ruby><ruby>漲<rt>창</rt></ruby>³⁾<ruby>太<rt>태</rt></ruby><ruby>空<rt>공</rt></ruby>이라.

백 양 렵 렵   기 비 풍   만 목 황 애 창 태 공
白楊獵獵²⁾起悲風하고, 滿目黃埃漲³⁾太空이라.

야 벽 산 장 팽 조 택   매 화 분 초 항 왕 궁
野壁山墻彭祖⁴⁾宅이오, 塵⁵⁾花糞草項王宮이라.

고 금 진 부 삼 배 외   호 걸 동 귀 일 몽 중
古今盡付三杯外하니, 豪傑同歸一夢中이라.

갱 상 층 루 견 성 곽   난 아 고 목 석 양 홍
更上層樓⁶⁾見城郭하니, 亂鴉古木夕陽紅이라.

註解 1) 徐州(서주)—지금의 강소성(江蘇省)의 도시 이름. 옛부터 군사적 인 요지로 알려졌다. 남송이 망한 뒤 작자는 이 고을을 지나며 황량 해진 고을 풍경을 보고 슬픔을 노래한 것이다. 2) 獵獵(렵렵)—바람 이 부는 소리, 또는 바람에 나부끼는 모양. 3) 漲(창)—퍼지다, 늘어 나다. 4) 彭祖(팽조)—옛날 오래 살았다는 전설적인 인물, 팽갱(彭 鏗). 그는 요(堯)임금이 팽성(彭城, 후의 徐州)에 봉하였는데, 주(周) 나라 때까지 살았다 한다. 서주에는 이런 전설을 따라 그의 무덤이 있게 된 것이다. 5) 塵(매)—티끌, 먼지. 항왕(項王)은 항우(項羽). 그는 한(漢) 고조(高祖) 유방(劉邦)과 싸우면서 서초(西楚)의 수도를 팽성에 두고 있었다. 따라서 서주에는 항우의 옛 궁성터가 있다. 6) 層樓(층루)—여러 층으로 이루어진 누각, 높은 누각.

解說 이 시는 작자가 남송이 망한 뒤 북쪽으로 끌려가다 서주를 지나면서 지은 것인지, 혹은 남쪽으로 돌아오는 도중에 지은 것인지 알 수 없 다. 어떻든 망한 조국의 번화했던 고을의 처참한 광경을 바라보는 시 인의 마음은 처절하기만 하다. 나라가 망해 버리고 보면 나라를 위하 여 활약했던 호걸들의 활약도 모두 한바탕 꿈이나 같은 것이 되고 마 는 것이다.

호주의 노래(湖州[1]歌) 98수

기사(其四)

황제의 성은에 감사드리고 궁전 안문을 나서는데,
태후와 임금의 수레 앞에서 상장군 납신다고 소리치네.
흰 모우(旄牛) 꼬리 깃발과 누런 도끼 양편으로 줄지어 서있
는데,
한 점의 빨간 것이 어린 임금인 듯하네.

謝了天恩[2]出內門하니, 駕[3]前喝道上將軍이라.

白旄黃鉞[4]分行立이어늘, 一點猩紅[5]似幼君이라.

註解 1) 湖州(호주) - 지금의 절강성(浙江省)에 있던 고을 이름. 원나라 세
조의 지원(至元) 13년(1276)에 태황태후(太皇太后) 사씨(謝氏)와 태
후(太后) 전씨(全氏)는 네 살의 어린 황제 공제(恭帝)와 궁녀와 시신
(侍臣)들을 거느리고 원나라에 투항하였다. 이때 작자인 왕원량은
북쪽으로 끌려가는 이들을 수행하면서 보고 느낀 것을 읊은 것이 이
〈호주가〉 98수이다. 이때 원나라 승상 백안은 호주에 주둔하면서 남
송 정복을 지휘했기 때문에 작자는 이 시들을 〈호주가〉라 제한 것이
다. 2) 謝了天恩(사료천은) - 항복서를 올리고 항복을 받아들인다는
조서(詔書)가 내려지자, 원나라 황제의 성은에 감사를 드리고 남송
의 황제 일행이 궁전을 나가는 것이다. 3) 駕(가) - 태황후와 태후 및
공제가 탄 수레. 상장군(上將軍)은 여장군(呂將軍)을 가리킴. 4) 白
旄黃鉞(백모황월) - 흰 모우(旄牛) 꼬리로 장식된 깃발과 누런 도끼,
황제의 의장(儀仗)임. 5) 猩紅(성홍) - 빨간 것. 황제의 옷은 누런 색
인데, 빨간 옷을 입은 것은 이미 어린 공제가 평복으로 갈아입혀졌
음을 뜻한다.

황태후와 태후 및 임금의 수레 앞에서 상장군이 납신다고 소리쳤다는 것은 이미 그들이 태황후나 태후 또는 천자의 지위를 잃었음을 뜻한다. 그리고 흰 모우 꼬리 장식의 깃발과 누런 도끼도 이미 황제의 의장(儀仗)이 아니라 무력에 의한 압송의 호위인 것이다. 나라가 망하자 이처럼 허망하게 자기 궁전에서 쫓겨나게 되는 것이다.

기십(其十)

태호의 바람이 물결 높이 말아 올리니,
아름다운 배 키는 흔들흔들하고 앉은 자리 온전치 않네.
봉창에 기댄 채 두 눈 내려뜨고 보니,
뱃머리고 배꼬리고 활과 칼이 번쩍이네.

太湖⁶⁾風捲浪頭高하니, 錦柁⁷⁾搖搖坐不牢라.
靠着篷窗⁸⁾垂兩目하니, 船頭船尾爛⁹⁾弓刀라.

註解 6) 太湖(태호) - 강소(江蘇) 절강(浙江) 두 성에 걸쳐 있는 장강(長江)과 이어지는 큰 호수 이름. 북쪽으로 압송될 때 태호를 지나가면서 읊은 시이다. 7) 錦柁(금타) - 아름다운 배의 키. '타(柁)'는 타(舵)와 같은 자. 불로(不牢)는 온전치 못하다, 안정되지 않다. 8) 篷窗(봉창) - 배의 창. 9) 爛(란) - 요란한 것, 번쩍이는 것.

解說 포로들의 불안한 압송 광경이다. 불안정한 배 위에 앉아 눈도 제대로 내려뜨지 못하고 있다. 뱃머리고 배꼬리고 활과 칼이 번쩍인다는 것은 삼엄한 호위 아래 기가 죽어 있음을 형용한 것이다.

기육십(其六十)

아름다운 배 돛 백 폭이 저무는 해를 가리고 있는데,
멀리 바라보니 능주가 1리 정도 너비로 펼쳐져 있네.
수레와 말이 다투어 달리면서 손에는 환영하려는 술잔이 들
　려있고,
배 위로 뛰어올라와서는 궁녀들을 찾으려 하네.

금범　백폭애사양　　요망릉주　리허장
錦帆¹⁰⁾百幅碍斜陽하고, 遙望陵州¹¹⁾里許長이라.

거마쟁치영파잔　　　주래선상간화낭
車馬爭馳迎把盞¹²⁾하고, 走來船上看花娘¹³⁾이라.

註解 10) 錦帆(금범) - 비단 돛. '금범백폭'이라 한 것은 당시 압송되던 선
단의 규모가 매우 컸음을 말하는 것이다.　11) 陵州(릉주) - 지금의
산동성(山東省) 덕주(德州) 부근에 있던 고을 이름. 원나라가 금(金)
나라를 멸망시킨 뒤 이곳을 점령하여 이미 30년이나 다스리고 있던
곳이어서 상당히 번화한 도시였다. 북송선단이 이곳에 머물 적에 읊
은 시이다.　12) 迎把盞(영파잔) - 백안의 위대한 승리를 환영하려고,
술잔을 들고 나오는 것.　13) 花娘(화낭) - 보통은 기녀(妓女)를 이르
는 말이나, 여기서는 송나라의 궁녀들을 가리킨다.

解說 포로들을 압송하는 대선단이 능주에 정박하게 되었다. 그곳의 관리들
은 모두 백안의 승리를 축하하려고 술을 준비해놓고 마중한다. 그리
고 일부는 궁녀들을 찾아 배 위로 올라오고 있다. 아마도 궁녀들을 겁
탈까지도 했을 것이다. 왕원량의 시는 정말로 남송 망국의 시사(詩史)
이다. 그를 제외하고는 남송 망국의 실상을 곁에서 이처럼 직접 보고
쓸 수 있는 사람이 있을 수가 없을 것이다.

찾아보기

[ㅂ]

[ㅅ]

[ㅈ]

송시선 (宋詩選)

초판 인쇄 _ 2012년 5월 10일
초판 발행 _ 2012년 5월 15일

저　자 _ 김학주
발행자 _ 김동구
본문 편집 _ 이명숙, 양철민

발행처 _ 명문당(1923. 10. 1 창립)
서울시 종로구 안국동 17~8
우체국 010579-01-000682
Tel　(영)733-3039, 734-4798
　　　(편)733-4748 Fax　734-9209
Homepage : www.myungmundang.net
E-mail : mmdbook1@kornet.net
등록 1977. 11. 19. 제1~148호
• 낙장 및 파본은 교환해 드립니다.
• 불허복제

값 26,000원
ISBN 978-89-7270-982-4　　03820

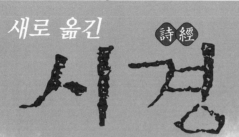

옛날의 사관史官들이 역대 임금들의 말과 행동을 중심으로 하여
정치에 관한 일들을 기록해놓았던 것을 공자가 다시 편찬한 것!!

새로 옮긴

서경 書經

요堯임금과 순舜임금에 관한 일에서
시작하여 흔히 삼대三代라 부르는 하夏·은殷·주周
세 왕조에 관한 기록들이 실려 있다.

번역문 아래 원문과 주석 및 해설을 붙여놓음으로써 원문을 대조하
며 읽기에 편하도록 구성했다. 번역문은 되도록 편하고 쉽게 현대적
인 문장이 되도록 노력했으며, 아울러 서경 전반에 걸친 해제를 자세
하게 수록했고, 각 편의 앞머리에 간단한 해설을 덧붙여 해당 편의
성격을 미리 이해할 수 있도록 했다.

• 김학주 譯著 / 신국판 양장 / 720쪽
• 30,000원

위대한 중국의 대중예술 경극 이야기

위대한 중국의
대중예술 경극(京劇)

• 김학주 著 / 크라운판
• 20,000원

경극(京劇)이란
어떤 연극인가?

• 김학주 著 / 크라운판
• 20,000원

중국의 탈놀이와 탈

• 김학주 著 / 크라운판
• 20,000원

중국의 전통연극과
희곡문물·민간연예를 찾아서

• 김학주 著 / 신국판
• 15,000원